民国首版文学经典

泪珠缘 [一]

陈蝶仙　著

上海科学技术文献出版社
Shanghai Scientific and Technological Literature Press

出版说明

民国时期虽只有短短三十几年，却在中国历史上拥有极其重要的地位。随着地理封闭格局的打破，社会制度的转型，思想束缚的解放，社会的文化和学术也开始了古今中西新旧融合与创新的历史过程，迎来一个百家争胜、异彩纷呈的局面，直接表现便是名家辈出、佳作迭现，且其视野之开阔、学识之渊博、影响之深远，为前代所不及，亦为后人所难达。

民国文学史堪称一部文学思潮、文学流派、文学运动、文学论争、文学社团的流变史，它们之间存在着相互交叉、相互生成的复杂关系，而要想从这些复杂的关系中理清头绪、找到脉络，关键还是要着手到具体的作家与作品上。由于受到各种因素的影响，有时即使是同一部文学作品，在不同的版本中也会呈现出大相径庭的风貌。我们尽量选取民国文学经典作品中最初的版本，保留了原书的内封和版权页、书后广告，将文学经典作品的原貌呈现出来。有些文学作品，由于作者早逝等因素，虽然在文学史上具有一定的价值，但人们对其知之甚少。为此，我们也挑选了一些并非广为流传，但是具有自己的风格、在当时的文学思潮中占据过一定地位的文学作品，为当代文学史的研究提供更多的资源。

从 1911 年辛亥革命结束清王朝统治到 1949 年中华人民共和国成立，在这一段特殊时期成长起来的中国学人涌现出了许多大家，并产生了在中国学术史占有重要地位的著作，尽管今人对民国学术的评价是仁者见仁，智者见智，但不可否认的是不论是这些大家的人格魅力，还是那些著作所折射出来的思想的光辉影响了几代学人。

有鉴于此，我们以“民国首版经典”之名影印了民国文学、学术经典。内容可谓包罗万象，诗歌、小说、散文、纪实文学，以及史学、理学、文学研究等方方面面，所选皆出自名家、大家之手，或为各学科奠基之作，或为集大成之作，或为震动当时、影响深远的传诵之作，其中不乏流传很少、极难觅寻的孤本，我们苦心孤诣，找寻到这些经典著作的初版本，影印出版，精装制作，以飨读者。

编　者

淚珠緣
初集

發明著書者之本意

淚珠緣弁言一

思量我生

仁和頌花何春旭撰

何代而無山川也。何代而無事物也。何代而無風花也。何代而無蟲牛也。我何忽忽不得見前代之山川事物風花蟲牛也。忽而日忽而年我何忽忽見此山川事物風花蟲牛而不得見前代也。夫前代之刻劃山川事物牢籠風花蟲牛者。吾不知幾輩。我亦僅僅見此幾輩。此幾輩者。我無與焉。非我無與也。我不能爲前代之我也。前代之我。其亦山川事物風花蟲牛中之塵垢毫芥耳。我而爲塵垢毫芥也。祇冥冥頑頑供諸先生刻劃牢籠矣。我爲冥冥頑頑。則諸先生之刻劃牢籠以及於我。又烏得知此幾輩哉。即此幾輩當勞心苦脾之時。知彼身之必依附山川事物風花蟲牛而茫昧歷億萬代也。則將不刻劃不牢籠而先揖此塵垢毫芥鄭重以囑之曰我之爲我非我有也其爲山川事物風花蟲牛之有也亟亟思之更涕泣而歸之曰我既如是山川事物風花蟲牛中之我又與我何有焉亟亟思之誠與我何有則將不刻劃不牢籠而全我矣然不刻劃不牢籠又烏全我而見我即是我生而必刻劃我必牢籠我於其刻劃於其牢籠於其有我則我之中。又區別曰三代之我。七季之我。漢晉之我。唐宋之我。元明之我。且區別曰周孔之我。申韓之我。班馬之我。謝鮑之我。李杜之我。程朱之我。金趙之我。楊徐之我。是則我也。而且有此美名也。且有此美世也。我又烏能謝刻劃牢籠哉。卽使伸此尊長。伸此匹配。伸此傳後。伸此心孔。伸此眉眼。伸此皮肉。脫然謝絕。不自塑望。又復冥心。勿受知識。能逾時刻。不生此念。於斯之隙。居然見我。日復一日。年復一年。自或惴惴。自或奄奄。所伸尊長。所伸匹配。所伸傳後對我慟哭對我拜跪我忽不知心孔爲酸眉眼爲皺皮肉爲鼓逾一時刻百感油集於斯之隙周孔申韓班馬謝鮑李杜程朱金趙楊徐紛至沓來爭攫我名篡取我也欲其多脫苦不可得哀告再四求於斯世而作塵垢毫芥猶悠悠吐吐不我見許乃至搥牀失聲我自省覺不敢有我不敢有世不敢有名徐步啓門懽笑無量起滌筆研拂拭几案舒紙磨墨右手灑灑大書佳願心脾皆動於時朝夕覺無惡相日復一日年復一年身不見客足不出里而名山大川佳事奇物清風好花蟲蜿牛糞又如周孔申韓班馬謝鮑諸輩紛至沓來對我婉媚對我譽贊作成我世揄揚我名我於斯時求一塵垢毫芥便相安善日復一日年復一年眞眞脫我則彼先生勞心苦脾刻劃牢籠時我之精靈又依附名山大川佳事奇物清風好花蟲蜿牛糞紛至沓來奔走筆硯几案紙

說明所以不得書著之故

墨右手之間絕意婉媚絕意譽贊不遺餘力不漏一狀則彼先生忽焉刻劃牢籠以至於我我仍得以歡笑無量不失爲我不失爲我非我所得有也非我所得有誰有之耶則亟亟思之仍由刻劃牢籠而得有也由刻劃牢籠而始得有我則彼名山大川佳事奇物清風好花蟲蛻牛糞之責我之責也我既有此責而我生以前不必有此筆硯几案紙墨右手我生以後不得不有此筆硯几案紙墨右手我生以前彼筆硯數物爲彼先生我生以後彼筆硯數物爲現在我我謝絕此數物是謝絕彼先生也是謝絕此我也不謝絕彼先生於是心脾之外乃得點畫句讀不謝絕我於其點畫句讀之外乃得文字章義於其文字章義之間又復諦審擇取不落次想知周孔占道德我遂不强次於道德知申韓占幽刻我遂不强次於幽刻知班馬占博大我遂不强次於博大知謝

鮑占清逸我遂不强次於清逸知李杜占才識我遂不强次於才識知程朱占性理我遂不强次於性理知金趙占材藝我遂不强次於材藝知楊徐占風雅我遂不强次於風雅於是之隙偶爾勞心偶爾苦脾硜硜有我不復有彼譬彼我裳長短稱我譬彼我屨大小稱我我設脫謝裸跣而去所遺裳屨人皆曰我則此我者非固我也是裳屨也則此裳屨非固我也是稱我也則此稱我間不容髮亟亟思之我之精靈又不當奔走彼先生之前當婉媚譽贊於我之裳屨之前而後可矣然既有此裳屨而能爲人以及於我也我又何爲不稱此裳屨時而不遺餘力不漏一狀哉我又何爲不外此裳屨而不占一物以不遺餘力不漏一狀哉亟亟思之彼山川事物風花蟲牛則可矣既可矣又有不可也彼不可者獨思夫名山大川不能移以就目佳事奇物不能久而賞心清

風好花不能盛於我之時而求盛於人之時蟲蛻牛糞不能以我之甘而强人之甘必其可移以就目久而賞心盛於我又盛於人我甘之人亦甘之者則庶幾可以茫昧而歷億萬代矣夫至於如是而猶曰茫昧其歷億萬代也又僅僅乎幾輩夫惟僅僅乎幾輩於幾輩之間即有一硜硜之我焉夫我能硜硜乎獨往獨來於億萬代其不爲塵垢毫芥中之我可知矣不爲塵垢毫芥中之我其果得爲名山大川佳事奇物清風好花蟲蛻牛糞中之我乎則我且不願居彼隙之我也則我且不願舉此隙之我以告普天下之人也

淚珠緣弁言二

移贈有情

仁和頌花何春旭撰

我嘗願舉我一切所知諄諄焉以告普天下之人遲之久之而卒闇閟不得普告歸而自思乃至夢想顚倒莫可名狀種種幻心生諸鬼魅我以爲是具苦心苦口轉轉導說引解至兩手譬兩足狀而諸種種仍爲藐藐我誠悲矣我誠痛矣嗚呼我何悲哉我何痛哉蓋我猶是悲我也痛我也究之何悲乎何痛乎蓋知日月之下水土之上有一物焉復生耳目鼻口四肢百骸其聽其視其聞其食及其動遊與我相似親暱視之非我之影衆口勉强名之曰人此謂人也其非我耶既非我而我可悲也既非我而又生一名焉則我更可痛也究之何悲乎何痛乎蓋知日月之下水土之上使獨有我我且渾渾灝灝耳得順其聽目得順其

視鼻得順其聞口得順其食四肢得順其動百骸得順其遊一切幻相得順其幻不復修飾不復閑尼不復眞僞不復離合不復謂我有是非不復謂我有生死乃至不幸一物對待至大不幸與我相待忽生問答忽生拜跪忽生男女忽生父母遲之久之忘其爲我衆口勉强拚於人之前呼我爲人嗚呼此何名耶而遽聞之有不悲且痛者哉遲之久之其所爲人初相錯愕繼相交接又繼相狎就遲之久之乃至歡喜徐聞衆口不復勉强若人若我之名無有剖晰遲之久之我爲之修飾我爲之閑尼我爲之眞僞我爲之離合我爲之生是非我爲之生生死以至於再以至於三我之所言若人爲言之我之所行若人爲行之我之所不言不行若人亦爲言之行之我樂之而若人則歌笑我悲之而若人則涕淚若人所爲而我亦然是我若人也若人我也遲之久之乃復不

幸若人遠我若人樂我非遠我也非棄我也步武離趾我意於遠形影失節我意於棄以此萌芽遂誓生死生死萌芽遂得是非是非修飾種種幻相生於我與生於人與生於我也夫我何以忽生此哉此固注之按之悁悁焉而可悲且痛者也然而何悲乎何痛乎我之少也得一異書得一殊色不敢便讀不敢便翫必擇佳日必擇佳時稍稍讀之稍稍翫之而其讀其玩之際又復含茹而咀嚼之我之壯也得一奇山得一曲水不敢便覽不敢便游必待心淸必待神爽稍稍覽之稍稍游之而其覽其游之際又復徘徊而體貼之斯二者非我不敢也我直不忍敢耳我何爲不忍敢我以爲有普天下之人在也我以爲普天下有如我之人在也有如我之人在而我竟盡讀之玩之覽之游之則將置如我之人於何地乎如我之人而具此淸心爽神且鄭重得擇佳日佳時以

至無可讀可玩可覽可游。則我所讀且玩覽且游者之書色山水。亦何由見其異。見其殊。見其奇。見其曲乎。至不見其異。不見其殊。不見其奇。不見其曲。則我所具此清心爽神。與夫所擇之佳日佳時。不且與此書色山水同歸於盡哉。此我之所以悁悁焉悲且痛。而不敢竭情窮知者也。矧又我與人。其爲薰蕕蘽苔乎。我與人。其爲鮑魚芝蘭乎。則我竭情窮知。亦未必果見爲遠。果見爲棄。如其隱暗。存想遠棄。差差老死。不復對待。我於初心。猶此胏胅。我修飾閑尼眞僞離合是非生死。一切幻相如卽若人有加無已。而此若人四山五水。渺不相應。以至我大聲疾呼。爆心涎口。愈棄愈遠。悲定痛定。遲之久之。左置一鏡。右置一燈。以心證心。忽得初心。復我歡喜。一二若人亦作此想。億萬若人亦作此想。卽無若人。人亦作此想。意謂我身。渾渾。灝灝。源本。如是。朝而出門。笑揖而去。暮

文語草本乃亦有知可謂奇想天開

是善讀淚珠緣者乃才[illegible]境

而入室笑揖而止有如鄰人之子無可無不可有如菩薩弟子所可不思議百物俱陳心之所向物爲之招一心遠引物之所傲心爲之翕如是十年如是百年如是千萬年年年閒暇乃潔我室陳我文語乃潔我庭陳我草木鄰人之子菩薩弟子嘉我初心導我儒佛我忽搔爬我忽離引四山五水亦如若人飄然遠去渺不相應如是十年如是百年如是千萬年乃至大幸我室我庭有如我者如我潔之手我文語目我草木文語知之有如見我字字清淨發大妙明草木知之本本佳秀成大懽樂彼如我者無論知不知我以此文語以此草木曼聲誦之小語贊之距躍三百曲踊三百前妻後子牽裳籠袖於此文語草木之前誦之贊之之不足而復左置一鏡右置一燈取此文語復於燈下交口誦之取此草木復於鏡中交口贊之竭情窮知有加無已使其親身生含茹

代作者立言乃是千古才人同聲一哭

咀嚼之心使其妻子生徘徊體貼之心滿室滿庭皆大妙明皆大懽樂於是十年於是百年於是千萬年年年此身耿耿此心隨若文語草木有如燈鏡不可復滅則此之故豈獨於我有所長短耶豈獨於我有所功罪耶成當其時無復影響卽欲任其長短功罪而可得耶嗚呼文語我也草木我也悅我者已在千百年之上而悅人者乃在今日此我之所以諄諄焉而悲且痛者也此我之所以諄諄焉告普天下之人且諄諄焉以留告普天下之人如我者

淚珠緣題詞

仁和　何春楙　嬾鶴

金陵王氣黯然收。往事辛酸說石頭。末了一場兒女債。又揮情淚寫杭州。

神仙富貴付秦家。翰苑才華到處誇。此後小桃花館裏枝枝添種合歡花。

迷離情境猜郡主。浩蕩天恩錫國公。洗盡平生零落恨。百花含笑列屏風。

半種情根半慧根。才人手格想溫存。十年償盡相思淚。爲讀君書一斷魂。

仁和　趙組章　冕英

天付生花筆一枝。爲他兒女寫相思。如今不似桃花夢。到底須吟合沓詩。

人生不合忒多情。熱淚如珠故故傾。畢竟兩家欠多少。淚泉司合記分明。

輕顰淺笑又嬌啼。各有心情數不齊。我固未曾花照眼。却從局外也痴迷。

喁喁私語太傳神。說法應當自現身。一部大書堪屈指。居然五百廿三人。

泉唐　陳蝶仙　自題

撮合良緣亦太痴。家家分種合歡枝。有情眷屬終成就。莫與儂爭早與遲。

一半憑虛一半眞五年前事總傷神旁人道似紅樓夢我本紅樓夢裏人。

不有歡娛那有愁相思因果也前修緣深緣淺何須問得到團圞便好休。

顰笑歡嗔記得眞小桃花下慣傷春於今心地分明甚此是前身我後身。

西泠 朱素仙 澹香

天教占斷一家春多築花房貯美人我替寶兒愁不了者邊啼笑那邊嗔。

淚說紅樓迹已陳絳珠依舊謫紅塵夜來警幻查仙籍離恨天中少幾人。

瑣瑣婚姻忒費心。人生難得是知音。當時合向花卿說。不到別離情不深。

葉家情事感滄桑。富貴豪華兩兩當。贏得旁觀成一歎。人生難得好收場。

艷說陳思八斗才。心花眞共筆花開。讀書我算眞僥倖。多少花枝入夢來。

不展雙眉故故顰。近來歌哭爲誰眞。願將姊妹多情淚。塡入桐棺葬汝身。

而今風月已全休。祗有相思死不休。開卷便敎儂哭煞。大書淚字在當頭。

錢塘陳蝶仙先生肖影

淚珠緣楔子

天虛我生著
鈍根校訂

淚珠緣一大說部也。不知有多少意思。多少卷子。多少字。總之意思只一个情字。字數只一个緣字。卷子却只有三卷。上卷是寫的情字。中卷是寫的孽字。下卷是寫的緣字。人問你寫這情孽緣三字。能了。爲什麼要拼這大架子。大排場。大結局。作者道。這淚珠緣偌大一部書。也有幾十萬字。那裏是隨口捏造得出的。便細心揣摹出來。情節也不逼眞。這是作者親身閱歷過的一番夢境。有人笑道。你們操觚家。動不動拿一个夢字作起作結。偺們也聽的慣了。沒什麼稀罕。誰和你這癡人說夢去。作者慨然道。人生世上。那一件兒不是夢。那一刻兒不做夢。昨兒的事。今兒想去。便是夢。今兒的事。明兒想去。也是夢。醒着的事。夢裏想去。便是夢。夢裏的事。再夢裏想去。也是夢。那裏定要睡了。纔算是做夢。我

剖解得精細

是極是極

所以講安知夢裏的景象不是眞的呢只醒過來記不淸罷了也和做夢去記不了醒的時候事一樣你不信試拿支筆放在睡處一夢醒來便從頭至尾的記了下來明兒再夢去再記下來天天的記着只可不要漏了一點脫了一節回來鬬攏來瞧只怕也和偺的淚珠緣一樣成了書呢那時你說你寫的是夢境人又不信說夢境那有這般眞你若竟說是眞的那些笨伯又要尋根究底說近來並沒這些事是講的夢話所以偺這一大說部發過願只許夢人看不許醒眼瞧人問是什麽緣故要知道夢人看了這書便會猛醒過來回頭說是夢那醒眼瞧了我怕他忍禁不住一時便艷慕死了又從此入夢去便不復醒大凡作書的人總存着一片婆心要人看了知道什麽樣個人什麽樣個行爲到頭什麽樣個了局學得的學學不得的便好把書裏的人取一個來

見解非不超超奈看得破跳不過耳君既蹈此轍故復作此語以勉人

是極

當鏡子照好的學他不好的便痛改了即如現在人人都滿口說個情字又人人都說自己是有情的究竟他也不知道情字是什麼樣個解可知這情字是最容易造孽的甚之纏綿至死次之失貞敗節下之淫奔苟且人家原知道是造的孽他自己却總說是情呢這便錯認了這個情字作者嘗說一個人眞懂得一個情字不把情字做了孽種倒也可以快活一輩子最怕似懂非懂的那些傖父只知道佳期密約是個情以外便是兩口子好他也只說是該派的不是情姐姐妹妹講的來他也說終究他不遂我的心便有情也算不得眞等到眞個遂了他的心願他又看那情字已到盡頭地步便也淡了這是普天下人的通病作者深替這情字可惜被這些傖父攪壞了所以淚珠緣一書特地把一個眞正的情字寫透紙背教人看了知道情是人人生成有的只要

做得光明正大。不把這情字看錯了題面。便是快樂。不是煩惱。人問此書既說快樂。不是煩惱。怎麽又叫淚珠緣。難道快樂也有淚珠麽。這淚珠是怎麽解。緣字又怎麽解。作者道煩惱多從快樂中來。人看快樂和煩惱。是兩件。作者說煩惱也有快樂在裏面。快樂便有煩惱在裏面。他這淚珠兒滾着人。當是煩惱。其實也是快樂。大凡人的淚珠。斷然不肯輕拋。沒有的時候。竟沒有。便拿着薑片子辣去。也迸不出來。定要至情感動。纔肯弔下幾點兒。等到和珠兒似的滾了。他的情便至到極處。不看別的。只問列位。不是至情感觸。可能哭嗎。所以說淚珠是不易多得的。一件最貴重最稀罕的東西。但也有個分別。那些哭死喪離別的都算不得貴重稀罕。要那無緣無故會哭泣的。纔可算得人看他說是煩惱。其實他煩惱什麽。原是極快樂的一個人。天下惟有那種快樂。眼淚

若既知此
何必悵悵
耶

是最不易得最貴重最稀罕的所以特地寫他一番這講明了且再把那個緣字講講明白普天下的事全仗一個緣字有了情沒得緣便不免生離死別的事縱有情到天不容覆地不容載的地步也是沒用所以一個人要想用情便先要打量有沒有這個緣分這又什麼說要知人的情是由天付與的那緣也便跟着情字由天付與的有了情斷不會沒緣沒緣的便不會有情老天何嘗肯故意做個牢愁圈套叫人鏡花水月的做去只多是人自己不留點餘算一下子把個緣分占盡了所以多不滿意要知一個人情是無窮的緣却有限有些只一夕緣的有些只一面緣的也有些是幾年緣總不能到一輩子不離別不死散不過這緣也扯得長比如有一夕緣的你但不輕易便過這一夕就使一輩子不了這一夕緣他生仍可相逢所謂前緣未了的因果便是列

位不看別的。只把人人所看過的紅樓夢比看。人人知道寶黛兩人。是最有情的。又人人都說寶黛沒得緣分。是個缺憾。據作者看來。他兩人果然有緣。未了。轉生去定該償這緣分。不過人不知道誰是他兩人的後身。罷了。便他兩人的後身。也不知道自己的前身便是寶黛。這話雖不可據。却也有個比證。無論寶黛兩人轉生。不轉生。了不了這緣分。只看紅樓中留下了一個缺憾。便早有那些續的補的去勞心費血。定要把兩人撮合攏來。心裏纔覺舒服。可見人情如此。天心也是一樣的。只教人不把個情字去造了孽。折了福。便不會短少了緣分。作者先看紅樓夢。便被他害了一輩子。險些兒也攪得和寶黛差不多。原來紅樓上的情。也不是好學得的。男孩子學了寶玉。便苦了一世。把不論什麼人都當做黛玉看。女兒家學了黛玉。也是一樣。其實按到歸根。他兩人也

此自喻之之意也

不。見。得。怎。樣。寶。玉。一。身。的。孽。也。造。得。多。了。所以。把。艷。福。折。了。去。那時。便。把。黛。玉。竟。給。了。他。只。怕。寶。玉。也。沒。福。消。受。不。是。自。己。死。了。也。少。不。得。瘋了。做。和。尚。去。那。黛。玉。的。死。正。是。留。一。線。之。緣。爲。他。生。的。地。步。呢。這也不去講他了。如今却有幾個人。形跡絕似寶黛。只他兩個。能彀不把個情字做了孽種。居然從千愁萬苦中。博得一場大歡喜。大快樂。且講給列位聽聽。倒是一段極美滿的風流佳話。這是楔子。下面便有正文。

淚珠緣初集目次

天虛我生著

第一回 石書生夢入碧欄杆 金公子說明玉蝴蝶
第二回 小書生秦府作西賓 大花園石生謁東主
第三回 西花廳赴席見壚篦 南正院演書供色笑
第四回 花婉香擁衾春臥病 秦寶珠燒燭夜談心
第五回 鏡裏相看深淸綺麗 閨中調笑微露嬌嗔

第六回
柳夫人挈眷賀生辰　花小姐傷春吟艷曲
第七回
譜新聲藕香解音律　驚讖語婉姐弔殘紅
第八回
問病牀前媳烟誓死　依人籬下婉姊傷心
第九回
因喜成悲三更警夢　疑眞恐假一味痴情
第十回
癡公子癡情調美婢　軟姊兒軟語謔嬌鬟
第十一回

病媳烟虛心怕鬼　情寶珠慧眼識人

第十二回
集書句巧拈紅樓令　奪酒盞笑涴碧羅襟

第十三回
好弟弟嬌倩醉扶歸　軟姐姐密報好消息

第十四回
情公子撮合小鴛鴦　婉姐兒邀賞大當貴

第十五回
結芳隣可園生色　良晏會山館留春

第十六回
嗜餘桃小妹笑哥哥　分兼金大方推嫂嫂

天虛我生著
鈍根校訂

淚珠緣第一集

第一回

石書生夢入碧欄杆　　金公子說明玉蝴蝶

滿江紅

離合悲歡。逃不出牢愁圈套。天付與心猿意馬。名繮利鎖。鏡裏紅顏容易老。鬢邊華髮催來早。算從前拋却淚珠兒。知多少。　撇不下。愁和惱。忘不了。顰和笑。把人間甘苦。般般嘗到。兒女恩情身上債。英雄事業波中泡。猛思量兜底上心來。聽儂道。

却說這部書出在什麼年間。看官不知道。作者也不知道。說是一位姓石的。不知從那裏得來這部書。這書就叫做淚珠緣。這姓石的是浙江的一位名士。叫做石時。他家本是石崇之後。現在雖不富饒。却也尚稱素封。他父親石歆。曾爲翰林院侍講。娶妻金氏。生得一女。取名漱芳。次年又生一子。便是這個石時。不到十年。石歆便自去世。家內也就漸漸清貧了。他母親金氏。本來是世家小姐。於文墨中却狠通些。況當石歆在時。伉儷甚篤。筆墨事。也常互相討論。故石歆故後。這金氏便自己丸熊教讀。石時也很聰明。十三歲上。便進了學。十六歲。又舉了孝廉。他母親金氏。雖覺歡喜。只是目下家計艱難。兒大未婚。女長未嫁。石時雖得了個舉子。又因沒錢上去會試。便會上了。也不能當錢用。往後想想着實焦慮。前兒他哥子金有聲來。他便託他。代兒子覓個館地。也可掙些錢來。助助他自己的膏火。這金有聲原是世家子弟。爲人極慷慨。好結納。又深通歧黃之術。所以於鄉宦場中。都狠要好。這金氏託他。他便一口應承了去。這且慢表。且說石時素性幽嫻。大有女兒心性。平時也不

於寶珠如何於瀛仙如何

夢景迷離恍遇仙

出門。只在他母親膝下讀書。有時與他姊姊漱芳。吟詩唱和爲樂，這漱芳也生得聰敏。臉龐兒又長的可人。性情自不必說。年已十八。却尚未字。在家無事的時候。不是做些針線。便是學習文墨。這日因做了一首小詞令兒。要與石時看看。便叫小了頭翠兒。去書房請他弟弟進來。那知石時因這日天氣困人。書窗無事。覺得身子狠倦。便在書案上。枕着手兒睡睡。不知不覺便睡熟了。恍惚耳邊有人叫他。忙睜眼看時。却並不在書房裏。好像不是自己家裏。四面一看。却在一座院子裏面。這院子倒狠好。四面俱是穿山走廊。都掛着一帶的簾子。天井外面。種着些海棠。桃杏。都已開了。石筍邊。又有幾株芭蕉。綠的可愛。再看自己。却立在迴廊裏面。糢糢糊糊的想道。這是那家的院子。怎麼悄悄的沒得一人。想着。便慢慢的依着迴廊走去。轉個灣兒。已是院子的正面。一邊。是

寫景妙筆令我神往矣

此何人耶

卍字欄杆一邊是一帶的碧紗和合窗嵌着紅玻璃甚覺精緻只中間掙起一扇以外八扇却都關着窗裏又半捲起一幅粉紅繡花的幃子有些香烟裊裊從牕隙裏浮出石時料想裏面有人便躡着脚步向窗隙裏望去却是閨閣的光景靠裏鋪着一座紅木嵌大理石的葵花牀垂着海紅紗帳左首列着一帶几椅鋪着大紅半舊的繡披右首擺着一座極精緻的妝臺地下列着一扇大着衣鏡却用錦袱罩着靠窗是一座書案左角上堆着幾套錦匣的書中間擺着一個睡鴨爐兒噴出些香烟又擺着一座小紅木帖架架上鋪着帖子石時因立在正中近處被帖遮住隱約見背後有人坐着却看不清是什麼樣人便換個窗隙望去不道是一個絕色的美人便暗暗吃了一驚再細看是一張小圓臉兒下龐略瘦小些小小的嘴唇點着些淡墨直直的鼻子一雙似

絕似石頭記林瀟湘評語一幅白描仕女圖

笑非笑的含情眼兩道似蹙非蹙的籠烟眉額上覆着一批短而又細的髩髮眞覺另有一種風韻滿面的嬌嫩玉光似紅又白眞是吹彈得破的眼波盈盈喘息微微一隻手握着一管牙幹兒筆在那裏臨帖鋪着一張玉版箋用一個玉猫兒鎭着一手按在紙上比紙還白些顏色與玉猫兒差不多瑩白却還嫩些石時暗忖道不信世上有這樣的好女兒只恐這裏是神仙住宅不然那眞有天仙化人在世界上的呢又想道且看他寫些甚麼想着再看原來寫的是洛神賦已寫了三行多些却寫得極娟秀婀娜石時暗暗贊嘆只是目不轉睛的看那女子正看得出神猛裏面鐺的一聲那女子便握着筆回轉頭去石時也望裏面看去只見海紅紗帳已捲起一邊有一個美少年坐起尚擁着一條文錦被兒只露出半截身子生得面如滿月白而且瑩眉如墨畫眼似

潘安乎衛玠乎恐潘衛亦不能如是也

如聞嬌語

秋波欲笑不笑似愁非愁的一種神韻望着那女子姸然的一笑道好個瘦人天氣那女子也破顰一笑道怎便起來了我還寫不到幾個字呢那少年笑了一笑將袖兒整整眉心慢慢的穿上了薄底靴兒走下地來石時看他不過十四五歲的光景只穿一件湖色緞繡花的小夾襖下面露出半截松花色的袴兒項間戴着一個鎖圈墜着一隻玉蝴蝶兒越覺好看見他慢慢的整整衣襟走到書案前來那女子便回過頭來那少年却站在女子身邊看他寫的字那女子便將握着的筆點着道那字寫壞了這字也寫壞了那少年便一手靠在桌上看道那字也好不過比這兩個字差些總比我好多了那女子便側轉臉兒對那少年笑道誰要你討好兒那少年也便一笑又道讓我也來寫幾個兒那女子便放下了筆站起來石時看他却與那少年差不多長暗度總

嬝煙何如人下文自知

催醒好夢焉得不嗔

不過同年伴歲的樣兒見那少年坐下了拈起筆來舐了些墨照那女子寫的字並行照樣的寫了十幾個那女子一面替他磨墨一面看他寫忽左邊簾鈎一響走進一個丫頭來也生得眉目如畫對那女子道二小姐起來怎早太太着來請三爺的剛到三爺屋子裏去嬝烟姐姐說一早便過小姐這邊來了這會子太太請小姐和爺進去呢那少年便擱下筆道你可見嬝烟在屋子裏麼那丫頭道在那裏呢少年道你問他將我書架上的石頭記檢出來送太太上房裏去太太昨兒講過要看呢你先去偺們便來那丫鬟道太太候着呢少年便向那女子道那麼着姐姐就同去走一躺兒那女子點點首兒整整衣裳便和少年同着丫頭出來石時看無處可避便望欄杆上想爬到簾外去却從來不曾爬過一失腳便跌下來聽有人叫二爺急睜眼看時却是翠兒在

那裏推他石時嗔道我好好的做夢兒你推我醒來做什麼翠兒道這裡有風。睡着了不當耍的。小姐請爺看詩去呢。石時便站起來。呵個欠。走出房來。心裏却很想那夢裏的光景實在豔羨的很。一面想着已到了漱芳住的院子。翠兒便先走一步。石時跟了進去。見漱芳正在那裏寫字。心裏想道。剛纔看夢裏那人。眞比我姊姊强十倍呢。那漱芳見石時進來。便站起來道。怎麼這時候纔來。翠兒代答道。爺睡着呢。石時道。說姊姊有詩在這裏。我看呢。漱芳笑道。只一首愁倚欄杆的小令兒。也沒甚麼好。說着便向鏡台抽屜裏。拿出一張箋紙。遞與石時。石時接過看寫着道。

簾影重篆烟微漏聲遲小院春深人靜燕雙棲　一帶碧紗窗掩

流蘇銀蒜輕垂偏是一縷鑪香關不住出幽閨

石時看畢。暗想這寫的好似我夢中所見的光景。便笑道。這眞是此中有人。呼之欲出的了。漱芳笑笑。却不理會。忽金氏身邊的卍兒進來道。太太請二爺過去。舅老爺來了。有話講呢。說小姐不必過去。石時便向漱芳說了聲。我去去便來。說着便同了卍兒到上房裏。見他母舅金有聲。正和他母親講話。便上前請過安。靠着他母親身邊坐下。便與金有聲寒暄幾句。金氏因對石時道。你可曉得你舅舅的來意麼。他此來。一則爲你姊姊的親事。二則已與你找得個館地。講起來倒也狠好。石時便向金有聲道。不知舅舅講的是那一家。金有聲道。便是越國公秦府裏。石時道。原來他家。這是很好的。金有聲道。你也知道他家麼。石時道。不過聽說是大家。究竟也不知道底細。金有聲道。說來這親事却很當。他家原是安徽省人。因先皇賜第在這邊。所以也算是本地世家了。那越國公。是他的曾祖。他祖父是秦文勝公。由探花出身。放江蘇巡撫。歷任雲貴總督。升禮部尚書。官至協辦大學士。娶的是陸殿撰之妹。生下三子二女。長子名敏。次子名政。三子名文。女適姑蘇花殿撰占春先生。這文勝公已去世廿餘年了。陸太夫人亦已去世。大房秦敏公死於國難。謚封文節公。並無子嗣。只有遠房過繼的一位少爺。名喚秦珍。襲了一等輕車都尉。年已三十。娶的便是都門沈左襄先生的女公子。名喚藕香的那位大小姐。金氏道。原來便是沈左襄的小姐。我在京的時候。到見過的。長得很出衆。他還有兩個妹妹。也是絕好的。我平日也常想起他們。聽說這大小姐。已經過門了多年。可曾生得一位公子。沒有。金有聲道。祇有一位小姐。已經十二歲了。名喚賽兒。這秦珍因沒有公子。便將這位小姐。扮做男裝。我到見過一面。相貌倒狠好的。石時道。舅舅

深得聖嘆所云畫壁之法

諺云三句不離本行

講的郎官兒。是那一房的。金有聲笑道。你不要急。我細細的講與你聽便明白了。他三房的文老爺。現已五十多歲。由內閣學士。升禮部右侍郎。任都察院左都御史。現告病歸省。娶的便是袁太史的妹子。已生得一子四女。長子名瓊。現年十九。長女名喚美雲。年已十七。次女麗雲年十四。三女綺雲。年十二。幼女纔八歲。叫做茜雲。都長的狠好。金氏道。你講的。可是瓊哥兒麼。金有聲道。這瓊哥兒。長的雖好。總不及二房裏的雲哥兒。那長的眞是美人兒一般。我也講不出他的好處來。就叫我比比。也沒有樣兒可比。想古來的。子都也不過這樣。便了。這也不去講他。單講他。纔十四歲的孩子。便博古通今。琴棋書畫。詩詞歌曲。眞眞沒有一件兒不會。沒有一件兒不精。便是彈絲吹竹。金石圖書。也都會得。醫理。藥性。也徹底通明。我常說。他這個心。定是鏡子做的。見一樣。便會一

故金有聲說說便說到醫理藥性上去足引一噱

近來富家子弟都叫書記朋友代筆不知此君如何一笑

樣只他有個脾氣放着一個世襲他不稀罕說是祖宗餘蔭算不得定要自己考試出來果然十二歲上入了庠竟奪了一府的批首姊姊你想不是難得的麽金氏笑道只怕偺們漱芳年紀大了又沒那樣體面。他家不要呢。金有聲尚未開口。石時早插問道可便是秦珊枝。金有聲道。正是呢。你見過麽。石時道。見卻不曾見過。他有一部一粟園詩集。我卻見過。他纔十三四歲的人。那詩集倒有三十六卷了。那一個不拜倒他。便是性情面貌。人都說他是個女孩兒的樣子。舅舅也這樣說。定是好絕的了。金有聲道。我素來不肯誇獎人。這位哥兒。實在是眞好。所以我纔講呢。金氏道。他房裏政老爺尚在麽。金有聲道。他爺已去世五年。在日極蒙聖眷。御賜的物件。一天也背不了。拜了體仁閣大學士。派了軍略。又贈了一等伯爵的封典。這政老爺的元配。係俞太史的令妹。並

連用四的字聲口如繪

無所出。早已謝世。繼室柳氏。是詹事府正詹柳殿翔的小姐。單生下這位哥兒。便叫秦雲。號珊枝。他家裏人。都喚他的小名。叫做寶珠。他太太養他的時候。說夢見一隻蝴蝶。飛入懷裏。細看却是玉的。他太太用手捉時。轉眼化爲一顆頂大的珠圓兒。醒來便生下這位哥兒。他生的時候。又有一朶紅雲。覆在屋上。人多說這哥兒。將來定有造化。他太太所以喚他做寶珠。名雲。因曾看見玉蝴蝶兒。便畫出樣兒。叫人去喊玉鋪子裏。照式的做一個來。不道却有個現成的。他太太看時。却與夢裏見的一式無二。便歡喜的了不得。與寶珠做了項圈墜兒。石時聽到這裏。便截住道。這人。可是一。張粉團臉兒。眉兒濃濃的。鼻梁統統的。似笑似惱的。帶些女孩兒氣的。金有聲拍手道。是了是了。一點不錯。這樣講來。你是見過他的了。金氏也歡喜。問是那裏見過的。石時。只說記不清了。

又道。好像聽說已經娶了親了。那位姑娘的相貌兒也眞眞沒得說的。我也好像見過的。金有聲不禁笑道。這又胡說。他多早晚定下親了。你倒說他已經娶了。又說見過的。眞是講夢話呢。你見什麼樣的人來。石時也自好笑道。我看見那人與寶珠差不多年紀。長的眞是天仙一般。兩灣眉兒好像帶着些煙霧的光景。一雙眼睛眞好像含着兩泓秋水。又似含着千萬情緒的光景。以外我就形容不出來了。金有聲笑道。是了。這是寶珠的表姊。你怎麼能見他。我纔前兒看病的時候。略見了一面。果然是這種風韻。金氏却呆呆的聽着。石時便喜的坐不住。立起來道。他表姊是誰。金有聲道。便是我方纔說的姑蘇花殿撰的小姐。他母親便是政老爺的妹子。現在都已去世。只生得這位小姐。名喚婉香。今年十五歲。狠通些文墨。在姑蘇却有才女之名。因父母故後。又無兄弟。

依他叔嬸度日。他叔子嬸子。不比他母親。件件總欺他些。只位小姐。却也懂得些世故。不作一聲。前兒花朝。他來秦府裏探他舅母柳夫人。問起。知道他的苦處。便不肯放他回去。留在府裏住了。他嬸子也不來接他。所以柳夫人狠有意思。將來要討做媳婦的。只不過旁人猜着。却也並沒成見。他文老爺還是託人替寶珠提親。我所以來講這親事。你怎麼說。他娶了呢。石時不禁好笑。便將夢中所見的光景說了。金有聲和他母親。多覺好笑。金氏又道。我總不信這位哥兒有這許多好處。金有聲道。這也不難。一見我講外甥的館地。便是他家。那教讀是早請下了的。便是丙戌科的翰林陸蓮史。若說帳房。是外甥幹不下的。現在講的是記室。這原是筆墨事情。不荒廢了自己的學問。一月也有三五十兩銀子的薪水。强如在家閑着。日後果然主賓相得。便長好來往。况他家柳太太。是極要好的姊姊。可常去得。也便好看看那位哥兒。如果是合意的。不妨慢慢講這親事。豈不一舉兩便，金氏聽了。甚是歡喜。金有聲又坐了會兒。也便去了。不知這親事成與不成。落後自要表明。正是

好夢有緣先識面　良材隨處得知音

第二回

小書生秦府作西賓　大花園石生謁東主

却說金有聲去後。過了幾天。秦府家人便送關書過來。這日正是二月杪。石時告知金氏。抵裝明日三月朔。便進府去。金氏應允了。石時便自去收拾書箱。金氏替他檢些衣服被鋪。一切齊備。到了次日下午。秦府裏已備了官輿。請帖過來。石時便向母親說知。又與他姊姊作別。少不得一番叮囑。灑淚上轎。帶了管家許升。出門逕往學士街秦府裏來。不

一時。至秦府門首。見是一座宗宮墻門懸着直矗綠地金字匾上書大學士第。對面開着方井。已歇滿轎馬。站着些挺胸凸肚的管家。氣象甚是巍峨。轎子便一直進門去。接着一道甬道。兩旁擺着些執事。像是有大員在裏面的光景。儀門內擁着許多親兵差役。石時看那號衣。知是中丞在裏面。那些人見轎子進來。便多站開。轎夫便如飛的進了儀門。直到大廳上歇下。早有幾個當差的上來接待。石時出轎。那當差的便上來請安。許升遞上名帖。那當差的接了。一溜烟往裏面跑去。不一時見大廳中門大開。又跑出一個有體面的管家來。擎着帖子說請。石時便隨那管家。進了中門。又繞過一帶抄手遊廊。纔到一座院子。那管家却不進院子去。望東首遊廊上的墻門內進去。見一座落地大理石屏風擋着。轉過屏後。却是花廳的左廊。一派鳥語花香。很覺幽雅。廊上半捲着一帶的簾子。簾外便有一堆假山石擋住。從石孔望出。見隱約有些亭台花木。轉過走廊。已看見欄杆外景緻。却眞華麗。石時剛看外面的景緻。見對面右首走廊裏。從簾子影內走出幾個管家來。看見石時。便搶上幾步。說老爺在西花廳會客。請爺在這裏稍坐會兒。石時含笑道。是。那管家已打起中間軟簾。讓石時進內。石時走進。看是一所五開間的花廳。上面榜着雨香草堂。中間掛着一幅刻絲的山水。兩邊鑲着一幅泥金對聯。寫的是

花鳥與人若相識　富貴於我如浮雲

下署金湖退叟的單欵。想是秦文自己寫的。石時便在下首椅上坐了。看那一帶几椅上。多鋪着嶄新大紅繡金團龍披。中間地上。鋪滿錦毯。上面設着大匟。也是大紅團龍繡圍。匟几上擺着玩器。兩邊列着一對

落地鏡屏。把天井裏的景緻多映在裏面。越覺好看。石時剛自看那鏡子。忽聽外一陣脚步聲。有人說老爺來了。石時連忙站起。見幾個家人七手八脚的打起簾子。走進一位官長來。穿着大衣。十分威重。兩道濃眉。一雙笑眼。却不露一點威相。項下一部班白長鬚。身幹長長的。石時一見。打量便是秦文。趕忙趨前行禮。秦文帶着笑。連道不敢。還了一個半禮。早有管家送上茶來。便讓石時登匟。石時連說不敢。秦文便呵呵的笑道。足下這樣拘泥。日後是常要請教的。那便反生疎了。石時無可推諉。只得登匟。欠身坐了。秦文開談道。前兒令親金有翁講起足下兄弟實在企慕的很。今兒得就雅教。眞相見恨晚了。石時只連稱不敢。也說些客套的話。秦文道。尊大人在日。兄弟與尊大人却常會面。那時兄弟也年輕的很。不道只幾年工夫。尊大人已作故了。因拈拈鬍鬚道。

兄弟也老了。說着哈哈的笑了起來道。人生如白駒過隙。却是眞話呢。像足下這樣才幹。又在年輕的時候。正大有作爲。到兄弟這裏就館。可不大材小就了。石時連說那裏那裏。晚生得叨庇蔭。已是受益不淺。秦文笑笑。因向管家道。師爺可帶家人來。那管家道在外面伺候着。秦文道喊他進來。那管家答應出去。秦文便向石時道。盛紀可不必打發回去。兄弟這裏。雖然有人伏侍。總未必合式。就留在這裏。當値足下的事能。石時連忙欠身道謝。話未畢。只見那管家已領着許升進來。許升便搶上前請個安。站起來。挺腰兒垂手侍立。秦文將他上下打諒一番。便道。你喚什麽名字。許升又請個安禀明了。秦文道。那你在這裏當値東書房的事。專伺候你爺。若要什麽。只問帳房裏葛師爺要去便了。許升答應着。便退了下去。秦文即笑向石時拱茶。茶畢。秦文站起來說請書房裏坐。回來再請教罷。石時也便站起告辭出廳。秦文送至花廳門首。便站住說請。石時也便站住說老伯先請。秦文略一推讓。說聲回來再見。便歸自己轉去了。這石時出了花廳門。許升便上前說爺可去見見各位師爺。及府上少爺麼。石時點首道。這自然要去拜的。秦府家人。便揷口回道。陸師爺和葛師爺都出去了。大爺在園子裏。師爺要去也好帶逛逛園子。說着便上前引導。仍走出正廳前面。向西轉灣。却是一條花墻夾道。約有三五十步。地下鋪着碎紋石子。一邊有一條雨廊。直接到園門口。這園門是月洞式的。上面鐫着一粟園三字。有四扇大冰蘭格子嵌着。進門便有幾個小厮立起來。那跟着的管家。問珍大爺還在裏面麼。那小厮道。剛和瓊二爺向東府裏去了。三爺還在裏面呢。管家又道。小姐們不在麼。那小厮道。今兒沒來。說太太有事呢。管家便點點頭。說請師爺進來。石時便走進園裏一看。見迎面一座假山。在欄杆外擋住。左首遊廊。是漸高漸遠的。一望不盡。那管家却向右首靠山遊廊走去。轉過山脚。便顯出一座石洞。那管家道。走這裏近些。若走正廳又遠了。要繞過七八個院子呢。師爺還是愛逛逛呢。還是走近些。石時笑道。走這邊也好。於是便走出遊廊。逕走石洞裏來。石時看那假山宛然同眞的一般。形象百出。進洞。迎面一方碑石。礴着別有天地四字。一路轉轉曲曲的石徑。兩邊。常。有。透。亮。的。石。孔。隱約。見。些。亭。臺。樓。閣。依石徑走不過三四十步。便出了山洞。一看。眞換了一番眼界。山坡。接。着。一。座。九。曲。紅。欄。的。石。橋。壓在。水。面。兩岸。桃。花。楊。柳。正是。茂。盛。的。時。候。半遮。半。掩。的。藏。些。樓。閣。那一。池。的。春。水。又綠。的。可。憐。微波。鱗。鱗人在。橋。上。行。走。那人。影。也。在。橋。下。晃。動。石時暗暗贊嘆。管家領着。已走過幾曲橋欄。一路。看兩邊池畔的樓臺。或臨水開牕的。或有花牆遮着的。或有假山花木擋着的。層簷飛棟。或隱或現。眞正目不暇接。石時只當逛西湖的一般。又轉過了一個灣。過一乘橋亭。池心裏早顯出一座六角亭子來。周圍俱是白石欄杆環着。這亭子却是六面開牕的。牕子俱一色絳紗。嵌着藍玻璃牕楹也雕得極玲瓏精緻。看看已到面前。門却關着。榜着洗翠亭三字。鑲一幅楹聯。是泥金北魏書法的道。

渡水。簫聲。催月上。　隔湖人語。採蓮歸。

下署着秦雲的欵。石時暗暗點首。轉過亭後。仍接着紅欄石橋。灣灣曲曲。過一乘橋亭。又是八九曲。纔走完了。迎面柳陰裏。便有座青粉花牆。也開着月洞門。上面標着綠雲深處。管家便道。請爺進這院子裏去坐坐。我去北面春笑軒吟秋榭那邊。找三爺。看省得回來再跑這裏。說着便自跑去。石時便同着許升信步走進月洞門內。見左右兩帶沿墻的曲曲回廊。中間是石子砌成的甬道。兩邊多種竹子。別無雜樹。石時便向左首游廊上走去。看一邊透空的花墻裏面還有院子。藏着一邊是坐盤檻欄杆。欄杆外面有一帶清泉潺潺作響。向外流去。都灌往池子裏去的。沿着游廊走不多步。迎面見一色碧紗卍字牕子。牕前又有一帶朱紅欄杆襯着。越覺幽雅。便沿着牕外走去。見中間一帶落地風牕開着。却是三明兩暗的一所院子。進內一看。見列着的桌椅却是湘妃竹打成的。也不用披墊。兩邊分間格子。也是碧紗卍字的。嵌着刻絲書畫塊子。上面列着紫竹籐心的大匠。前面裝着葫蘆籐的落地罩。正中懸着一面大鏡。鏡上面榜着清可軒三字。楹聯是集句的道。

龍腦半銷金鼎火　蟲聲新透綠窗紗

如入山陰道上讀者幾乎目不暇接

也署着寶珠的欵。石時略坐一會。那管家已自外來。說那幾處沒有光景定在惜紅軒。石時便跟着出外。出了月洞門。轉南便又是假山石擋住。却有走廊向石洞下穿過。便覺漸行漸高。原來這走廊是依山鑿成石級。五六步一級。約有二十餘級。右手牆上。都嵌些碑碣。左手俱是一帶坐欄。依山而上。隨處皆可小坐。從欄杆外。望那些亭閣。只露些飛檐挑角。不一時走盡遊廊。不知不覺。已在假山上面。從下一望。這滿園的樓閣。也不止數十處。多被些花木高低掩映的遮着。惟洗翠亭因地面寬闊。倘看的見。再看立的所在。却與平地一般。也種滿花木。堆着假山矗着石筍。右首一所花窗的樓屋。榜着聽秋聲館。左首一座青石的月臺。列着石桌石磴。對面一個秋葉式門。進門又是一座假山石砌的平臺。約有五六級。走上石級。四面俱是碧瓦做成的欄杆圍着。望上面是一座高樓。却是西洋式飛出一椽。便做了下面的遊廊。牕檻都是紅木嵌黃楊的葵花格子。鑲着白磨花玻璃。中間榜着紫玲瓏閣。樓上簷口榜着夕陽紅半樓。牕檻却是紅玻璃的。石時剛要看楹聯。那管家道師爺怕乏了。進這邊去便是。說着。便向西首垂花門進去。又是一座院落。榜着醉花仙館四字。仰面一看。却是三層樓。飛簷高棟。直接雲際。上面簷鐸丁丁當當的響個不住。隱隱認得榜着天風樓三字。隸書的泥金匾額映着日光閃閃熠熠耀人眼光。石時見那管家已向前面走去。便跟着又進了一重花格子的圓洞門。却又換了一種景象。一帶碧瓦欄杆。環着一所小小的三楹精舍。欄杆外種着幾株垂絲海棠。又有些櫻桃花。開得正是嫵媚。芭蕉也正綠的可愛。也有幾株石筍。靠闌杆列着一帶的盆景。各式花草俱備。那牕檻却別樣精緻。純用五色雜玻璃打成。冰蘭塊子用格子湊成一片的光怪陸離耀人眉睫。正中榜着一方泥金匾額題着惜紅軒三字。下署小桃花館主人婉香女史的欵。越覺華麗異常。門口掛着一𢃇西地錦的軟簾。忽遊廊上的鸚哥叫道。誰來了。裏面便有個十二三歲小丫頭揭着軟簾出來道。誰呀。那管家便站住脚道。石師爺請見三爺來。那丫頭搖搖頭道。三爺下去了。說着便放下軟簾進去。那管家知道裏面有人。便向石時道。師爺請醉花仙館坐會兒。三爺下去了。光景給師爺請安去的。石時因不知行李安頓好未。便道。既如此。不坐了。偺們就轉去罷。說着便要回步。那管家道。天將晚了。那裏洗翠亭怕不好走。平坦點兒走這邊罷。說着便引了石時向惜紅軒廊下越過。又穿出一重圓洞門。見一座大院子。榜着留餘春山房字樣。又過了幾所院落。纔漸漸的走下山來。石時已經倦極。便無心賞

玩。出了園門。逕向東書廳來。不知寶珠見與不見。且看下文。正是

繞。遍。迴。廊。人。不。見。　夕。陽。閑。煞。好。樓。臺。

第三回

西花廳赴席見壖麄　南正園演書供色笑

却說石時出了一粟園。其時天色將晚。那管家便引着仍向二廳廊下走過。走出大廳。向東首游廊上。進一座墻門。便是一所小小的三間院落。三面走廊下。已點齊了琉璃燈。照見天井裏。也有些花木竹石。却看不清楚。中間門首。也掛着一扇軟簾。裏面射出一片保險燈光。有如月色。石時便進了院子。中間看兩邊用書畫圍屏分作三間的。一邊是書房。一邊是臥室。石時便先進了臥室。看已安頓齊備。便換了便衣。走過左首書房裏來坐下。見几案擺設。都是現成的。便喊許升打開書箱。將

要用的書檢出。一部一部的集齊了擱在書架上。一時有人來請說老爺在西花廳。請師爺用酒。說不用公服。就是便衣狠好。石時答應着。却仍換上大衣出來。早又是一個管家來催請。石時便隨那管家。出了東書房。仍穿大廳廊下。向對面一座朝東的墻門進去。見滿廊下都點着幾十盞花式簷燈。照的通明。廊口一帶簾子。已都捲起。天井狠寬。有些高大樹木。像有花開着狠香的。幾株石筍立着。隱約像人似的。對面又有一座半角亭子。欄杆外都點着五色簷燈。映着牕槅。越顯華麗。亭前一株大玉蘭花。開得雪山一般。映着朦朧月色。越覺好看。燈光下望去。寫的字却看不明白。沒幾步。已到花廳正面。看這廳是一統七間的廠廳。外面一座捲篷。氣局比東花廳宏曠許多。廊下立着幾個管家。見石時來了。便高聲報道。石師爺到。石時便略立一立。聽裏面說請。早有人打起軟簾。石時進廳一看。見居中一排掛着七盞廿四副的水法塔燈。照得滿廳雪亮。上面擺一張大匟。下首坐着個秦文。穿着蜜黃開氣袍。罩着天青織金團龍短褂。薄底靴子。戴着拉虎帽子。綴着一顆大紅絨球的結子。神氣狠足。旁邊站着一個六品軍功的老管家。上首坐着一人。却是五品營裝的。剛和秦文講話。見石時進來。便連忙站下地來。秦文也便慢慢的走下匟來。向石時一攔手。說請升匟。石時那裏肯坐。推讓半晌。又和那五品服色的那人各問姓名。纔知是府上的文案夏作珪。便向他推讓一會兒。秦文定要他坐。又說今兒初次是客。石時只得欠身略坐着一點兒。秦文便對石時道。足下也太拘了。兄弟早着人過去回。不要穿大衣。足下却定要穿着公服纔來。偺們從此要捐去這些俗套纔好。說着。便回頭向管家道。喊人把師爺的短褂子拿來。外面許

喚只喚一個答應者

升早答應着去了。秦文又道。剛兄弟到東書房去來。說足下到園子裏去了。石時忙站起來說失迎。秦文略一欠身道。請坐請坐。剛說過不要這樣拘禮纔好。石時陪笑稱是。便道。剛纔瞻仰名園。眞一邱一壑都是文章。勝讀十年書呢。秦文笑道。也沒什麼好處。不過聊可賞心悅目罷了。兄弟雖起了這所園子。却也沒得空兒去逛。倒是兒輩常在那裏躲懶呢。足下可見着這幾個孩子們。眞不成器皿。日後總要足下教導些纔是。石時忙說不敢。又道。剛到園子裏。原給三位爺請安去。不道多不在那裏。未能領教。秦文笑道。這些孩子眞也胡鬧。論禮早該過去給師爺請安。那有反勞足下的。說着。便向管家們道。去南書廳請陸師爺過來。把瓊兒寶珠帶了來。再去裏面喚聲珍大爺。幾個管家一片聲答應個是。却只去了兩個。一會子遠遠聽見有人高喊花農。便聽見遠遠有

乃有許多可見花農之紅又可見花農之不在彼也

許。多。人。答。應又聽道。快去上房裏。請三爺出來。便像有人答應去了。石時忖量。必是寶珠不在館裏。看秦文像不聽見似。的歸自己吸水烟好一會兒。還不見來。便向裝烟的管家道。你找找去。那管家去了會兒總外便有許多脚步聲走來。有人報道。陸師爺來了。石時等便站起來。見前面兩個管家。掌着羊角風燈。寫着南書廳的紅字。後面又有一叢人。掌着西正院的燈。到簾外便都站立。只走進一個四十多歲的人來。生得十分清癯。石時料是陸蓮史。見他一進來。便搶前幾步。與秦文道候。轉身便和石時招呼。各道姓名。石時便讓他登匟。陸蓮史笑道。足下初到這裏。那還有謙讓的理。說着仍讓石時上座。自己便向夏作珪對面一排椅上坐下。秦文歸座道。孩子們來了麼。陸蓮史尚未回答。簾外早一片聲答應道。伺候着呢。一聲未了。早走進兩個人來。一個身幹短短的。白淨臉兒。年約三十內外。一個却不過十五六歲光景。濃眉方臉。相貌比那個好些。都穿着大衣。石時暗想這兩人定是秦珍和秦瓊了。剛想着。秦文已命兩人向石時請安。石時忙回了禮。講幾句話。見秦文問兩人道。寶珠呢。兩人剛要回。早簾外有人應道。三爺早來了。伺候着呢。秦文因道進來。管家傳了一聲。說請三爺。外面簾子一動。早見兩個極俊俏的小廝。擁着一個如花似玉的寶珠進來。石時看他年不過十三四歲。穿一件粉紅百蝶衣。罩着一件緯金堆花的箭袖。下面結着湖色排圍鬆兒。彷彿和霞佩一般。足下登着薄底粉靴。小的很覺好看。頭上戴着束髮紫金冠。嵌一顆極大的明珠。顛巍巍的一個絨球。頸上繫着玉蝴蝶兒的項圈。越顯得唇紅齒白。目媚眉韆。雖是正色。却帶笑容。覺得比夢中所見更美幾倍。石時不禁呆了。寶珠早緊步上前。先給石時請過安。又向秦文請安。垂手立着。秦文。却。放。下。臉。露。出。一。種。威。相。看。了。寶。珠。一。眼。寶珠便低下頭去。臉兒飛紅了。一聲兒不言語。秦文看那小廝道。誰教你爺不穿公服出來。那小廝有個叫花農的。却很靈變。忙回道。爺剛進館。聽老爺喊。怕來遲了。所以不及再進去更衣。秦文哼了一聲。便不言語。石。時。見。寶。珠。那。種。苦。惱。樣。兒。心裏。着。實。過。不。去。便和寶珠搭訕幾句。不過講些一向企慕的話頭。寶珠隨口答了幾句。一時見管家上來擺席。看是五個座兒。知道自己沒事。便走近秦瓊身邊站着。看秦文的臉色。秦文又看了寶珠一眼。纔道聲去罷。寶珠暗將秦瓊的衣角一扯。秦瓊便同寶珠向各人告辭出來。到簾外。剛小廝掌起風燈。想走。忽裏面秦文喊道。瓊兒轉來。秦瓊忙應了聲。便仍轉去。寶珠知道是秦文自己不陪席了。恐怕出來撞見。反爲不美。便一溜烟跑出廳門。趁着一路的燈光跑進二廳走到柳夫人住的南正院來剛跨進門迎面撞着柳夫人身邊的丫頭可兒走來看見寶珠便站住笑道我的爺到這會子纔回把太太急死了呢說爺出去遲了三老爺是不管有人沒人會放下臉來的怕爺回來丟了臉教我着小廝來請爺去的寶珠笑道還好沒惹罵二姐姐可還等着我嗎可兒道早回屋子去了寶珠一呆道怎麽他不等我一會兒可兒笑道爺不要又站住了太太盼着呢寶珠便繞過游廊到畫錦堂下揭着軟簾進去見他母親柳夫人正坐在匟上聽他姪女賽兒講書那賽兒只穿着件湖色花繡的袍子束着玉帶也戴着紫金冠綴着一粒大珠背面垂着短髮屈着一膝反露出一個三寸多大的小靴底兒一手托着腮靠在匟桌上念石頭記聽見寶珠聲音便回轉頭來笑道寶叔叔你回來了好好來替我講書呢柳

夫人也笑問道。可惹罵來沒有。寶珠笑搖搖首兒。說沒有。便挨着賽兒來坐。賽兒靠進去些。讓他。寶珠也便屈一膝兒。伏在匟桌上看那石頭記。賽兒道。你怎麽不把褂子脫了。可不熱嗎。寶珠一笑道。是呢。我忘了。嬝烟來替我脫去。那寶珠的丫頭嬝烟。便走上來替寶珠鬆去腰帶給他脫了。又將項圈兒整整好。壓在衣衿外面。寶珠便心裏活撓撓的想走。柳夫人道。忙什麽。一會兒就擺飯了。給我安安穩穩坐着歇罷。寶珠便不好走。仍挨着賽兒坐下道。你來多少會兒了。你奶奶怎麽不來。賽兒道。我一個兒來找婉乾娘的。他回屋子裏去了。太太便不放我走。要我念這個牢什子呢。寶珠笑笑。見他紫金冠上的紅絨球兒歪着。便順手。替他。整整好。隨口道。你念到那一段兒了。賽兒嫣然一笑道。我剛念那個劉老老的笑話兒呢。寶珠笑道。這也有趣兒。說着便一手搭在賽

兩個小孩子情神活畫

兒肩上。一手去翻那書。柳夫人道。好孩子。便你念給我聽罷。寶珠笑道。我不要看得。我做那劉老老的樣兒給太太瞧。說着便做那劉老老對鏡子叫親家的樣兒。口裏又做出那老婆子的聲音。引得柳夫人大笑起來。賽兒覷着寶珠的臉。只是憨笑。寶珠笑着只顧做那好笑的形景。連地下的丫頭們。都看的好笑。賽兒早笑的胸口疼了。便央着寶珠叫不。能能。寶珠却一法的逗他笑。賽兒笑着來掩他的嘴。寶珠纔笑着能了。剛亂着見婉香身邊的丫頭笑春進來。要知他來什麼。且看下文敘明。正是

上客好留連夜飲　佳兒能博合家歡

第四回

花婉香擁衾春臥病　秦寶珠燒燭夜談心

好端端如何又哭了我却不解

却說婉香身邊的笑春進來。便笑道。太太這裏好熱鬧吓。三爺回來了麼。寶珠見是笑春。因道。你小姐。怎麼不也來聽笑話呢。柳夫人也笑道。偺們這邊熱鬧呢。你請你小姐來這邊用飯。笑春道。咱小姐吓。又不適意了。這會子悶的很着來瞧瞧三爺。請去談談呢。寶珠忙道。怎麼姐姐又怎麼了。笑春笑道。也沒什麼大不了事。剛打太太這邊轉去。好好的看書。不知道怎麼一下子。又哭了一會。這時兒又說心疼。帶點嗽着。燒發的很旺呢。柳夫人道。那可吃點兒什麼沒有。笑春未答。賽兒先道。怎麼不問我奶奶要香蘇飲去。笑春道。珍大奶奶送來的藥塊子。正是這個名兒。說好的很。此刻春妍在那裏煎呢。柳夫人道。那也還可吃得。寶珠你瞧瞧去。看是怎麼了。倘有什麼。可也不必回我。逕喊當差的去請那金有聲來。打個方子。前兒不也是他的一劑藥。便好了嗎。寶珠巴不得一聲兒。連連答應着。便丟下了賽兒。也不等笑春。逕走過左手游廊。向西首墻門走。進向南轉個灣兒。便是婉香住的小桃花館。一進中門。便一手揭起軟簾。一眼見春妍蹲着煽藥爐子。見寶珠進來。便站起來。寶珠不待他開口。問道。姐姐怎麼了。春妍指道。在房裏睡着呢。寶珠低聲道。敢睡熟了沒有。春妍道。一會子沒聽聲響。多管睡熟了。裏面婉香却早聽見。因咳嗽了一聲道。春妍藥好了麽。春妍隔着圍屏回道。快當呢。三爺來了。婉香却不則聲。寶珠便自己揭着門簾。走進房去。見妝台上洋燈。却旋得幽幽的。床上帳子垂着。外面又放下一重海紅帳幔。寶珠尚未走到床前。先喚聲姊姊。你怎麼了。婉香便自伸出手來。揭開帳子。向寶珠道。沒什麼。不過不適意點兒。你怎早家來。敢不念夜書麼。寶珠笑點首兒。便在床沿上坐下。替婉香鈎起一邊帳子。婉香便要坐起來。

寶珠忙坐近些。止住道。不要起來。仔細兜了風。婉香也便不想起來了。寶珠伸手向他額上熨熨。婉香欲躲不躲的。一來寶珠縮轉手道。了不得。燒的火燙呢。你還要起來。可是不當要的呢。婉香笑嗛道。我不起來罷了。你給我好好的坐着。不要大驚小怪的駭人。寶珠一笑。因又問道你心疼可好些麼。太太叫我請金有聲去。婉香聽說。便抝起來道。我沒什麼。誰告訴太太去來。寶珠見他已經坐起。忙拿件玫瑰紫襖兒想給他披上。婉香却已伸手來接自己披了。接着道。敢你回太太去的麼。寶珠看他兩頰紅紅的。嬌艷得和海棠花兒似的。正發燒着。便口裏答是笑春講的。一手却去放那帳子。婉香嗔道。怎麼。你放他下來。什麼。寶珠怕他發惱。忙仍替鈎上。道我怕你冒了風。婉香笑道。誰要你獻殷懃兒隨又嗔道。笑春也忒胡鬧。這一點算什麼病。又到上房裏回去。你快去

孩子氣活畫

文心如牛毛繭絲細到極處

說。我。原。好。好。的。沒。什。麼。不。要。去。請。大。夫。寶。珠。扭。頸。兒。道。我。不。去。婉。香。道。隨你罷。不過太太記挂着呢。你不去也罷。我睡我的。說着便和衣躺下。寶珠只是訕笑不語。見他睡下。便與他鋪蓋好了。却仍不走。婉香轉向裏床道。你到外面坐。我要睡了。寶珠笑道。何苦來呢。又和我嘔氣了。婉香聽說。便回轉頭來笑道。誰與你嘔氣。我愛睡一會兒。怕又得罪了你。麼。寶珠也。便。一。笑。道。好。好。你。睡。你。睡。我。不。擾。你。說。着。便。站。起。來。替。他。放。下。帳子婉香隔帳兒道。幔子不要放下。怪悶的。寶珠依他。便只將羅帳垂下。却把幔子卷得高高的。便慢慢的走到妝台邊去。見燈不亮因道姊姊。這燈怪討厭的。旋亮些兒好麼。婉香含糊應道。隨你。你愛那樣便那樣。你不喚我。我要睡熟呢。寶珠便不則聲。就靠妝台坐下。見鴨爐裏香。已。燼。了。便。隨。手。將。鴨。爐。蓋。子。揭。開。用。香。印。兒。慢。慢。的。印。了。個。雙。回。文。

的心字看看不甚清楚傾去又重印了一個看還明白便用煤紙燃着仍將蓋子蓋好移進鏡邊見鏡袱尙未套上暗暗埋怨道這些丫頭們這樣不經心姊姊睡着連鏡套子也不套回來夢魘了可不苦了姊姊因便將一個粉紅平金套子遮上了坐一會却沒得事做隨手把鏡台抽屜兒抽開見粉盒兒沒有蓋上前年送他的那個長指甲還在做粉梢兒順來拿出來看見染的鳳仙花露尙有些紅蹟便自己伸出左手將小指上的指甲比看却比剪下的長了一半便將手上的指甲在粉匣裏捎了些粉仍又傾在粉匣裏忽簾鈎一響春妍捧着一個小銀盤兒裏面承着一隻翡翠小蓋碗兒進來見寶珠在那裏弄粉因低低的笑道爺想搽粉麼寶珠回過臉來見是春妍便將指甲一彈道你來我替你搽點兒春妍笑道我沒得這樣福分兒寶珠笑道因向盤子裏看

湯藥親嘗
可爲情種

道。可是姐姐給我吃的茶麼。春妍道。不錯。我忘了。爺的茶也不送上來。寶珠忙道。不要不要。我講着頑的。這是姊姊的藥麼。姊姊睡着呢。這會兒不要喊他。去春妍點首兒道。我還去擱着罷。說着便要轉身。寶珠喚住道。且慢。我嘗嘗瞧什麼味兒。倘苦了。姊姊可不要吃的呢。春妍嗤的一笑道。藥有什麼好吃的。我嘗過了。很甜甜的。婉香此時剛醒。聽兩人說着。因在帳裏道。可是藥好了麼。端來我吃。春妍尚未答應。寶珠早應着過去。揭開帳子道。姊姊你沒睡熟嗎。藥端來了。這會子吃麼。婉香在枕上點點首兒。便慢慢的坐起身來。仍披上襖子。却用衣襟在眉間搵了搵。道將來我吃。春妍應着便端到床前來。寶珠伸手向盤裏拿了藥碗。揭開蓋子。看顏色濃濃的。便嘗了嘗。覺尚有些兒澀嘴。便捧着吹了一會兒。又嘗了嘗。果然有些兒甜。便道。好了。吃了便好。說着便將藥送

得沾口脂香味否　活畫小孩子氣

到婉香嘴邊。婉香便在他手裏喝了一口。隨即自己接了過來。一口一口的喝着。寶珠笑央道。好姊姊。不要喝完了。也給我一口兒喝喝呢。婉香笑了笑道。這又是什麼可口兒的哪。你吃去能。寶珠接了便一氣喝淨。還說好吃。春妍不覺在旁好笑。婉香似笑不笑的道。今兒藥是甜的。想來不要漱口水了。春妍一想。果然忘了端漱口水。便要去拿。却見小丫頭愛兒已端了一杯來。春妍忙用盤子去接過來。寶珠便拿與婉香漱口。自己也將婉香漱賸的一半漱了漱口。仍擺在春妍手裏的盤子內。春妍端了出去。笑春進來道。晚膳送來了。小姐這會兒想吃麼。婉香搖搖頭說。我不要。問寶珠道。你可吃點兒麼。寶珠剛要搖首兒。見笑春遞個眼色。便道。姊姊你也吃點兒。我陪你吃好麼。婉香道。你吃你的罷。我眞不想吃這些東西。寶珠便笑着央告道。好姊姊。你好歹吃點兒。回

姐姐瘦了
干卿底事
說得可笑

小姐避嫌
乃在有意
無意之間
婉妙煞人

來餓瘦了太太又派我的不是說我不勸你吃呢婉香笑笑春知是肯了便喊道劉媽媽你把匣子端了來外面答應着寶珠忙道不要不要他們拿你拿去罷笑春剛答應着春妍已托着個楠木匣子進來問擺在那裏寶珠道便床裏擺張儿兒很好省得姊姊又要起來說着看看婉香見他不語笑春便端過一張湘妃竹小匠儿兒擺在被上將兩邊帳子卷起又拿過一盞玻璃罩燈擺在儿上春妍便將匣子放在中央海棠早擺上兩副杯筯放在兩對面婉香道我不吃酒說着便伸手將對面的杯筯移在橫頭愛兒早端過一個錦礅兒放在床沿外地上寶珠便歪着身子坐下拿着壺兒替婉香斟了半杯酒自己也斟了半杯婉香看是白玫瑰露便吃了一口看看匣子裏擺着幾樣菜倒還清口的便拿箸子夾了一片春筍與寶珠自己也吃了一片道怪沒味兒

偏偏於無意中流露深情眞是忍俊不得

吠我知道了此哭字之注解也

的。怎麼今兒便做的這樣。寶珠道。本來沒什麼好吃。你又不適意着。不吃這個罷。婉香點點首。喝了口酒看看。還有好些。便倒在寶珠杯裏道。你替我吃了罷。我吃不了。寶珠慢慢的喝完。笑春盛上飯來。婉香便稍些吃了點兒。寶珠也隨便吃完。春妍上來。撤去盤盞。愛兒絞上臉布。婉香抹了抹臉兒。又漱了漱口。喝了茶。便道什麼時候了。寶珠看床裏擱儿上的鐘。已經十下。便說還早呢。婉香看看房裏沒人。便低向寶珠道。今兒太太說。昨兒金有聲來和老爺講什麼親事。你可知道嗎。寶珠道。給誰提親呢。婉香眼圈一紅。剛要說。忽外面海棠報道。太太派菊秋來望小姐呢。婉香應道。請這裏邊坐呢。一語未了。見菊秋同着東府裏袁夫人身邊的玉梅進來。看見婉香坐在床裏。竹儿上擺着一盞風燈。映的臉龐兒嬌滴滴越顯紅白。便都上前含笑道。姐兒好些麼。太太很想着呢。婉香笑說道。又勞你們兩位姐姐了。坐坐講罷。說着。愛兒已端過兩張低杌子來。擺在地下。菊秋等便坐下。笑道。咱們了頭們。眞一發不成體統了。哥兒姐兒都在這裏。便放肆的坐下了。寶珠笑道。誰講究這些。來。又對玉梅道。老爺進來了。可講些什麼。沒有玉梅道。早進來了。外面的席。是珍大爺和瓊二爺陪的。倒也沒講什麼。單說哥兒不在館裏。婉香笑道。可是又惹罵了。玉梅笑笑不語。寶珠也笑了。菊秋道。太太說姐兒吃了香蘇飲。覺怎麼樣。婉香說好些。菊秋又道。太太說倘然吃的對。太太那裏上好的有着。明兒叫人去拿便了。婉香應着。說你回太太去。我沒什麼。不過稍微發點兒燒。不算什麼。千萬不要去請大夫。外頭打的方子。總苦依依兒怪難吃的。就這香蘇飲吃吃很好。菊秋答應着。便向寶珠道。哥兒多坐一會兒麼。時候早呢。說着便和玉梅同站起來。

向婉香說些保重的話。婉香又囑兩人轉去道謝。兩人便退了出去。寶珠見他們去了。便問婉香道。你剛說金有聲給誰提親。婉香道。你想誰呢。寶珠聽了。便自納悶。倒是婉香笑道。你又癡了。這愁什麼。寶珠便點首兒道。我知道了。你放心。婉香紅了臉。知道寶珠會錯了意。心想不說怕寶珠從此便亂講起來。便沈下臉道。我不過給你個喜信兒。怎麼倒教我放心起來。我問你。教我放什麼心。我有什麼心放不下。講到這裏便縮住了嘴。心想自己又講錯了。便一聲兒不言語。寶珠却聽得滿心舒服。也只點頭不語。一時媪煙來請寶珠轉去安寢。寶珠便向婉香道。姊姊你該睡了。咱們明兒見能。婉香却一點不露笑影。但點點首兒說你去能。寶珠還想再坐會兒。禁不得媪烟已拿着風燈等着。便不得已同回自己院子裏去。欲知後事。且看下文。正是

莫非我嗎

心中事已被明明說出何返掩飾

妙妙小兒女真真有此情理

美人不礙長多病　公子無端也善愁

第五回

鏡裏相看深情旖旎　閨中調笑微露嬌嗔

却說寶珠和嬝烟回來。到婉香對面自己的院子裏來。嬝烟伏侍寶珠睡下。便歸自去。寶珠因婉香那句話。思量了一會。便睡不着。因叫嬝烟冲茶。嬝烟捧茶進來。寶珠一面喝着。一面想道。這事不如問他。總該明白。究竟說的是那家子的小姐。想着便問嬝烟道。你可聽見說。昨兒金有聲來什麽。是給誰提親的。嬝煙笑道。說也可笑。他也不估量自己。便給爺來提親了。寶珠道。是那家的小姐。嬝烟道。便是今兒新來的石師爺家的小姐。據他說。這位小姐是有一無二的了。三老爺聽了高興。便來和偺們太太商量。你想太太是早已存着個主見。寶珠連問道。什麽。

主兒我却不明白呢媳烟笑抿着嘴兒不說寶珠連連逼問又再三軟語央告媳烟笑道。太太說爺年紀還輕着呢。早娶了。怕分了你用功的心要等你中個舉兒。點了元兒纔給你娶個好的媳婦呢。爺快還不要天天上學去麼。寶珠啐了一口道。正經問你。你總拿我開脾胃兒。媳烟笑道。誰不講正經呢。寶珠扯他向床沿坐下道。正經我問你。太太怎樣對三老爺講呢。媳烟坐下道。太太先只推辭。三老爺說這樣的小姐。還不定下。將來不要懊悔。我是探聽得仔仔細細的了。只要小姐好。那家底差些兒怕什麼。太太却說得好。說既這麼着。我倒替瓊兒做個媒。就把這頭親事說給瓊兒不好嗎。寶珠拍拍手笑道。那三老爺怎樣呢。媳烟道。三老爺也便不再講了。今兒沒提起。都管把這話擱起了。寶珠聽畢。便很高興。媳烟站起來道。沒什麼講了麼。時分遲了。爺請安置罷。寶珠還要問。媳煙却早出去了。寶珠此時。已將心事放下。向裏床一睡。便睡熟了。次日一醒。便爬起來了。媳煙聽見。便也起來道。爺怎早起來。敢是聽了。昨兒的話。要上學去麽。寶珠笑道。不是。我睡着不穩。不如早點兒起來。你們仍睡你們的好了。媳烟笑道。爺起來了。誰還有睡着的福分呢。說着便喚道。春柳兒打臉水來。爺起來了。外面答應着。寶珠便向牕口坐下。笑向媳烟道。今兒二小姐可好些麽。媳烟笑道。昨兒我同爺同回來的。今兒也同是睡着。纔起來。那裏知道呢。寶珠自覺問的可笑。便嗤的笑了。春柳兒已送進洗臉水來。寶珠隨便擦了擦臉。又潄了口。站起來要走。媳烟道。爺沒有梳辮呢。寶珠道。回來再梳罷。我瞧瞧二姊姊去。媳烟又道。二小姐還不曾起來呢。爺吃些點心再去罷。寶珠道。我到二姊姊那邊去吃。總是一樣。說着已走出院子去。媳烟跟着出來喚住道。爺早些兒轉來上學去呢。寶珠一面答應着。一面走過抄手游廊。向對面小桃花館來。見腰門尙關着。便輕輕的扣了幾下。裏面仇老媽子出來開門。見是寶珠。便笑道。爺怎早吓。寶珠不理。進了八角門。便向游廊上走去。見一帶的簾子。尙未放下。院子是朝西的。那東面的花牆上。早被日光罩上滿牕的桃花影子。裏面靜悄悄的沒有人聲。剛轉過闌干。走到卷篷底下。忽有人叫他道。寶珠你來了麼。抬頭看時。却是那隻白鸚鵡。叫着頑的。寶珠笑了笑道。你怎麼也叫我的小名兒了。剛走着。聽中間的風牕門呀的一聲開了。見愛兒走將出來。還沒梳頭。寶珠笑嗔道。嬾了頭。到這時候兒纔起來麼。愛兒笑道。你姊姊還睡着呢。寶珠走近。笑拍拍他的肩道。可兒。好利嘴。難怪你小姐疼你呢。姊姊們呢。愛兒指道。在院子後面梳洗呢。寶珠見婉香前面的房門尙關着。便走中間進去。到後軒。見左首春妍的房門已開着。便想進去。剛揭起門簾。見春妍只穿一件粉紅色小緊身兒。坐在床沿上。手裏拿着白綾條兒。正在那裏裹脚。見寶珠進來。忙放下一邊。帳子遮了。道請爺那邊坐。笑春早起來了。寶珠笑了笑。便不進去。轉身到對面笑春房裏來。揭起軟簾進去。見笑春也只穿着一件荷花色品月鑲袖的緊身襖兒。罩着一件元色四鑲的長背心。在牕口梳妝台上梳頭。海棠站在旁邊看他。寶珠進來。海棠先看見。道爺進來了。笑春回頭看見。便放下梳子。一手握着頭髮。站起來道。爺擦過臉麼。寶珠點點首兒。說擦過了。你只顧梳頭罷。說着便在妝台橫頭坐下。笑春也便坐下。對着鏡子梳着頭。笑說道。爺這早起來就上學去麼。說着轉過眼波來。向寶珠一笑。寶珠也對他一笑。便道今兒我想不上學去。笑春笑道。今兒初二。是課期。只怕不能躲懶呢。寶珠道。那倒不怕什麼。昨兒姊姊什麼時候睡的。可好些麼。笑春道。昨兒聽他睡了。又起來。又睡的光景。該好些了。寶珠點點首兒。便站起來。說我瞧瞧他去。笑春道。他睡着呢。你輕些兒。寶珠道。我曉得。說着仍到春妍房裏。春妍已起來洗臉。看見寶珠進來。便對寶珠笑了一笑。寶珠便立住。也對他一笑。輕輕的道。剛纔做出那模樣兒。慌得什麼似的。怕什麼呢。春妍笑笑不語。寶珠指指裏面道。醒了麼。春妍搖首兒。寶珠便躡着脚想走。春妍將衫袖兒一拽。寶珠忙回過頭來。見是春妍對他搖首。寶珠也搖搖首兒。笑着。放輕了脚步。走過春妍床後。揭着軟簾進去。便是婉香的房。見妝台上。尚點着一盞長頸燈台。半明不滅的。牕子。關着牕幃。尚遮着牀上。垂着海紅帳幃。微露些湖色裏帳。微微的。有股幽香。靜悄悄的。沒得聲息。寶珠輕輕的將幃兒帳兒一并揭開。見

細膩熨貼
如見其人

蜀錦的被上鋪着一件湖色白縐的小襖子和合枕兒上睡着個婉香合着眼兒顰着眉兒睡着鼻間微微的有些芳息一手墊在腮下替着枕兒腮邊尚覺有些紅紅的寶珠恐是熱尚未退便伸手去輕輕的向他腮邊一摀又輕輕的向他額上一摀又轉手向自己額上也摀了一摀覺差不多兒便輕輕的將被兒整整又將蓋着的小襖子與他蓋上些又細看看他便輕輕的退出將帳子放好又將幃兒放好把那半明不滅的燈吹熄了仍放輕腳步慢慢的揭着軟簾出來春妍回過頭來看見笑道怎麼鬼魆魆的沒些聲響兒在那裏做什麼來寶珠笑答道做賊呢說着便靠在春妍的椅背上向鏡裏看他春妍已梳起頭卻剛對鏡兒撲粉兒寶珠的影兒在鏡裏看他他便也在鏡子裏看寶珠却忘放了手裏的粉撲兒忽寶珠嗤的一笑春妍便回過臉兒來道什麼

輕圓流利
如聞其語

寶珠低低的笑道。我看你和小姐差不多兒。春妍嗤的一笑道。做了個爺還這樣輕嘴薄舌的。我看你們媳烟倒比我們小姐還强呢。寶珠笑道。何苦來。媳烟也不來惹你。你取笑他什麼呢。春妍一扭頭道。要你這樣回護他麼。寶珠嗤嗤的笑着。便挨着春妍坐下。春妍忙讓出了座兒。低聲道。我的爺。這是什麼樣兒。我不是媳烟呢。寶珠便一手拽住他的手道。你還講這些話麼。你愛做媳烟。我明兒就回過太太。也叫你做媳烟罷。你說好麼。春妍笑道。我不配喚這個名兒。快放了手。被人瞧見像什麼樣兒。寶珠涎臉笑道。好樣兒呢。春妍帶笑帶嗔的。奪去手道。爺們的體面也沒得了。回來總講我們了頭沒規矩。寶珠笑着便放了手道。誰講你來。春妍笑向裏面一指道。你姊姊醒了。寶珠不信。春妍道。聽呢。寶珠便住了笑。聽裏面果然有些瑟瑟縮縮的聲響。像是醒了。春妍低笑道。可不是嗎。快去快去。寶珠對他一笑。便丟下春妍。到前面婉香房裏來。隔着帳子。輕輕的道姊姊醒了麼。婉香不應。寶珠便揭開帳子見婉香已轉過裏牀睡了。却沒有醒。一隻手壓在錦被外面。只穿着一件白湖縐的小衣。袖子却未曳直。露出半彎玉臂。兩隻金釧兒。却尚帶着想是昨夜忘記卸下的。手背上隱隱的有些枕痕。寶珠暗想道。一夜沒轉枕兒。這臂兒定有點酸了。這手兒也定有點痛了。想着便撫撫他的手。又替他將衫袖兒曳曳直。不想婉香驚醒了。回過臉兒來道。誰吓寶珠。看他尚一味的睡態。眼兒似開不開的。問了一聲。便輕輕的答道。姊姊是我。婉香掙開眼來。朦朦朧朧的看是寶珠。便抝起身來。將衣襟揩揩眼睛。向寶珠看看。嫣然的一笑道。我當是春妍呢。你多早晚便來了。寶珠一手替他披上夾襖子。一面隨口答道。我來了一會兒。頭裏來看。

姊姊還睡着呢姊姊今兒好了麼婉香笑道我倒忘了說着便自己摸摸額角又摸摸寶珠的便低下頭道你試瞧可是不發燒了寶珠用手揾了揾道好了不熱了婉香點點頭擁着被兒出了會神便道我起來罷寶珠道早着呢再將養會兒罷婉香點首兒就不想起來寶珠順手曳過他的手放在自己掌上一手撫着道可酸麼婉香點首兒道怪酸的寶珠道可是自己討苦呢今兒不要寫字了說着又替他揑揑手腕又替他將兩隻金釧兒卸下便套在自己手上婉香忽笑道怎麼我昨兒忘記卸了怪道隱着痛呢說着便自己去卸那手上的鐲子却沒得了因笑道我說我昨兒記得卸了的不道只卸了一邊寶珠笑笑婉香便伸個懶腰道起來罷你到外面去不要再纏不清了寶珠對他一笑慢慢的走出帳子到窗口書案邊坐下聽婉香喚春妍進來伏侍起牀

寶珠。卻。不。回。頭。去。看見案上擺着部洛神賦帖。便信手揭開。見夾着一張文金箋。上面寫着春日睡起天氣困人偶拈一解調系感皇恩另行寫道。

寒食不多時。牡丹初買。過了。花。朝。春。有。態。昨宵風雨。今日餘寒猶在。

羅幃慵未卷。渾無賴。

寶珠看了道。這只有半闋。怎麽便擱起了。說着。回頭見婉香已立在背後。道這好多日了。我接不下去。你替我續圓了。寶珠點首兒。便拿起筆來續道。

小睡纔醒。宿醒微帶。不。惜。羅。襟。搵。眉黛。日高。不。起。簾外。鸚。哥。偸怪傷春心裏事東風解。

寫畢。就放下筆道。如何。婉香笑道。你眞是走霜毫不搆思的了。寶珠站起來笑道。姊姊。你好熟的西廂吓。你怎麼學紅娘的話兒。你分明是個小姐也。婉香便沈下臉道。你講什麼。寶珠着急道。怎麼我不過講句頑話兒。姊姊。你又生氣了。這就是我該死。婉香忙掩住他的嘴道。大淸早起。你又講這些話了。你拿我比作鶯鶯。你不是分明欺我麼。寶珠笑央道。好姊姊。我不是有心講的。不知怎麼便順口淌了出來。婉香似笑不笑的道。你幾回了。動不動就拿鶯鶯比我。我問你。誰是張生呢。寶珠忍不住嗤的一笑道。你又問我了。我不敢講。婉香便曳住手夾口問道。你講。你講。寶珠只是笑。不作一聲。婉香怔了半响。眼圈兒一紅道。原來你是這樣的心思。說着已撲簌簌的淚下。便甩開手到妝台邊坐下嗚咽起來。寶珠急的沒法。自悔不該亂說。便走到妝台邊拽拽婉香的袖兒道。姊姊不要這樣多心。婉香。抬起頭來。早哭得淚人兒一般道。什麼多心。我多什麼心。寶珠沒得說。便將彩袖兒替他拭淚。婉香一手攔開。却自己用帕兒去揩。寶珠要想分辨幾句。却一句也說不出。剛想一句要說。笑春送臉水進來。看見道。怎麼好好的。又嘔氣了。三爺總這樣。定要嘔得姐兒哭了纔舒服。寶珠連連道。只是該派我不是。以後我再不敢講頑話便了。說着。春妍也進來。看見道。姐兒不犯着為他生氣。他怎麼欺負了姐兒。回來告訴舅太太。也叫他罵幾句兒。哭一會子。寶珠不禁噗的一笑道。你叫他告訴我什麼來。春妍頓住了口。婉香也不禁破顰一展。似嗔似笑的指着寶珠道。我今兒不去告訴。明兒有事犯在我手裏。我也叫你罵一會兒。哭個半死。纔消我這一口子氣呢。寶珠笑道果然姊姊要我死。我便全個兒死了。斷不留這半個。婉香聽了不禁好笑。春妍道。究竟他講些什麼來。婉香道。你還問呢。他總不是拿我比黛玉。

就拿我比說到這裏。又縮住嘴。眼圈兒一紅。向寶珠轉了一眼。便對笑春道。拿臉水來。笑春便端過臉盆。擺在妝台上。春妍揭去鏡套。婉香便坐正了。寶珠也便在橫頭坐下。婉香却一眼也不去看他。忽窗外的小丫頭道。請三爺呢。不知何事。且看下文。正是

不揩眼淚情還假　肯露嬌嗔愛始眞

第六回

柳夫人挈眷賀生辰　花小姐傷春吟艷曲

却說寶珠剛看婉香梳洗。聽牕外小丫頭報道。請三爺呢。春妍便問道。誰請三爺。愛兒進來說。媳烟姐姐派春柳兒來請。說上房派人來請三爺。請三爺就去。寶珠聽了。便站起來。去開了前面房門。婉香道。你去了麼。寶珠道。我問聲什麼事兒。婉香不語。寶珠便開門出去。問了聲。說是

說的委婉可憐小姐怎不心軟

太太喊。不知什麽事。便隔着牕子道。姊姊。太太喊我呢。我去去來。婉香聽見忙喚道。你轉來。寶珠便仍進來。婉香看看他道。你便這樣去了麽。寶珠不語。婉香道。你梳過頭麽。寶珠笑道。我想姊姊惱了我了。還有誰給我梳呢。婉香一笑道。你還講這些尖酸話兒。那便隨你去罷。寶珠見婉香已不惱他。便走近身邊。央告道。好姊姊。你與我梳支辮兒罷。我再不講這些了。婉香初只不理。有一會兒纔道。這是我前世欠下你的。也沒得說了。春妍你與他打散了。我梳罷。寶珠便央春妍替他打散。走到婉香身邊。背過臉去。口裏不住的討好兒。婉香便拿了象牙梳兒。輕輕的向他頸上擊了一下。道。你眞是我的太爺呢。寶珠嗤的一笑。婉香便慢慢的與他梳通。將金線札了根。然後分作三股。打了幾轉。便將一副粉紅纖線添上。打過髮稍。又將纖線翻轉。打了蓮蓬絡兒。便放下。道。好了。寶珠甩過來看看長短。仍甩轉去。連連作揖道謝婉香。又道。吃過點心沒有。寶珠笑道。我這半天兒不餓。倒忘了。婉香便叫春妍去將燕窩粥端來。春妍便去端了兩碗進來。婉香同寶珠一同吃了。寶珠還坐着不走。婉香道。好一會子了。你該先去。我一會兒便來給太太請安。寶珠便自出了小桃花館。走備弄出來。順道先到西正院給秦珍夫婦請安。却不道秦珍已到東書廳和石時談天去了。藕香和賽兒也早往東正院給袁夫人請安去。寶珠便也不坐。逕往南正院來。進門便見游廊上站滿了一班執事的婆子老媽。像有什麽事的。那班人見寶珠進來。一疊聲叫聲三爺。算是請安的意思。寶珠點點首兒。問什麽事。那太太的陪房張壽家的先回道。太太出門呢。寶珠聽說。便繞過游廊。見卷篷下站着七八個大了頭。看一個是東府裏美雲身邊的湘蓮。那兩個又是

家常閒話各具神情自是寫生妙手

美雲的瑞蘭碧桃和秋蘋。那兩個是麗雲的小桃小珠小紅小翠。那幾個是綺雲同茜雲的四兒佩兒情兒喜兒。見寶珠進來。都向他陪笑請安。寶珠笑應了聲。便走進中堂。見他姊妹俱在。先向柳夫人請安。再向美雲等四人問好。柳夫人道。到這會兒纔來。忙什麼着。寶珠笑笑。便道。太太往那裏去。我也去呢。柳夫人道。好孩子。你今兒不能去。要做課藝呢。寶珠道。那且不問他。太太往那兒去。說我聽聽。若不是好去處兒。我就不去了。柳夫人道。今兒是葉冰山的老太太生日。我本來不去。你大姐姐要去望望姐姐妹妹。我纔同他去呢。寶珠便笑。向美雲看了看。道。怪道。裝得美人兒似的。美雲笑道。你也不用氣不服。我便不去。讓你去好麼。寶珠道。你去你去。我本來也不願去。你只替我望望軟姊姊和蕊妹妹便了。美雲笑道。誰替你講這些假人情兒。麗雲在旁笑道。偏我不

那一個想必是轉贈二姊姊的

去。倘我去便寶哥哥不講。我也要替他一個一個的連姨娘都望到呢。美雲嗤的一笑。寶珠道。你這種寬心話兒我不愛聽。你想我在太太面前講個情兒也帶你去。可不是這個主意麼。柳夫人剛在那裏用點心。聽說笑道。隨你們怎樣放刁。我總單只帶美兒去。美雲笑向寶珠點點首兒。寶珠因走到柳夫人面前道。太太瞧着大姐姐誇能呢。柳夫人笑道。我沒瞧見。你不要看二妹妹的樣兒。我回來賞給你好東西。寶珠道。什麼好東西呢。柳夫人道。我拿個頂大的佛手回來給你。寶珠歡喜道。那便要給我一對。也不要過大了。我手裏拿不起。柳夫人笑應了。麗雲笑道。寶哥哥要兩個光景。我有一個分了。寶珠笑道。那你想呢。麗雲剛要說。忽外面報道。珍大奶奶和賽姐兒來了。一聲未了。早見沈藕香帶着賽兒進來。寶珠等都站起互相問好。藕香又和賽兒請了柳夫人的安。柳夫人笑向藕香道。你今兒不去麼。藕香道是。又說珍爺已過去道喜了。柳夫人點點首。又喚賽兒過來。賽兒便走到柳夫人面前。柳夫人看。他穿着一雙品月小雲頭鑲鞋。穿件粉紅繡花夾衫。不戴紫金冠兒。黑油油的一頭好髮。梳根大辮。耳上墜着兩個小金環兒。笑盈盈的臉色。越覺好看。便道你娘竟把你扮得和寶叔叔一個模樣了。賽兒道寶叔叔沒有這個耳環子。我明兒也除了。他寶珠笑道。你有這個好看。不要除了。明兒我倒來穿上兩個。不好看嗎。藕香笑道。寶兄弟你愛穿。我就這會子替你穿上。只是你不要哭。賽兒笑道。寶叔叔快不要穿這個。痛得很呢。我奶奶哄你的呢。美雲等聽了都笑。柳夫人又道。你可要同我逛逛去。賽兒道。今兒是逢二。我爺要叫我做詩呢。改日再跟太太逛去。柳夫人撫他道。好孩子。這樣纔是。又向寶珠道。你做了個叔叔還不如他呢。剛說着。簾外報道。花二小姐來了。寶珠看時。見婉香穿着一件品藍滿身繡珠蝴蝶兒的夾襖子。下面露出白繡褲腳。一點兒寶藍緞珠的鞋尖。再看頭上。却不包帽子。黑亮的一頭好髮。剪着一字兒的覆額。檻髮鬢影裏。露出兩個小小的金環兒。越顯得臉龐端整。眉眼含情走一步兒。也都可人心意的。見他一進來。便向藕香笑道。大嫂子多早便來了。藕香笑道。纔來。婉香已向柳夫人請安。又向美雲等問好。賽兒便也向婉香請安。畢。柳夫人道。婉兒你怎麼也來了。今兒可好些麼。婉香笑道。本來沒什麼。昨晚大嫂子給我些香蘇飲。吃了便好了。說着。因向藕香道謝。藕香笑道。那算什麼。我還恐妹妹嫌苦了。不要吃。所以加上些甘草。叫和着煎的。寶珠插說道。怪道。甜甜的。婉香忙遞個眼色。寶珠便縮住不說。柳夫人剛吸着煙。外面已走進幾個丫頭來回道。外面

足見柳夫人是隨隨便便什麼都不經心的

伺候齊了。請太太更衣。柳夫人身邊的大丫頭殿春賞春。早送上衣服。柳夫人便站起來。藕香已向殿春手裏。接過一件鵝黃綉金龍團的大衣來。抖一抖。替柳夫人披上。彎腰兒繫好了帶兒。向背面拽一拽衣角。見頭上的珠翹兒插歪了。因道。太太今兒是誰替插戴的。翹兒也插歪了。說着請柳夫人坐下。重替插過。又將滿頭掇一掇。好笑道。今兒這個頭。眞梳得不見好。柳夫人問道。今兒是誰給我梳的。這些丫頭們。都沒個敢答應。柳夫人也不問了。便喝口茶。站起身來。滿屋子人也都站起。外面婆子們。飛也似的跑出去喊伺候。柳夫人慢慢的走出正院。婉香寶珠等。都隨着出來。打二廳起。大廳穿堂等處中門洞開。直至大門兩旁管家人等。都兩字兒排開。約有百餘人。寶珠道。請太太和大姐姐就這裏上轎罷。大廳上嘈雜的很。柳夫人點首。早見從大廳上抬進兩乘官轎來到二廳中堂歇下。早有幾個管家。趕忙揭去轎簾。柳夫人便自上轎。美雲也便登輿。轎班抬着八九個軍裝的老管家。扶着轎扛出去。那丫頭婆子們。便跟着走出。一直出了大廳。到穿堂上。那些丫頭婆子等。便也上轎。到甬道上。管家一齊上馬。擁擁擠擠的出大門去了。這裏寶珠回到裏面。婉香等已都不在。問了聲丫頭們。纔知道婉香到袁夫人那邊道謝去的。便獨自走到小桃花館。和海棠說了聲。便自上學去了。匆匆忙忙的將一篇課藝做完。時已過午。便繳了文字進來。到小桃花館。見婉香獨自個坐在牕下寫字。便走近笑道。姐姐也在這裏做文字麼。婉香回過頭來笑道。你回來怎早。敢散學了麼。寶珠道。瓊二哥還在那裏抽腸子呢。我繳了。便自進來了。婉香道。什麼題兒。寶珠道。是春省耕而補不足的春字。婉香想一想道。也還好做。瓊大哥的呢。寶珠道

淒麗纖穠
動人肺腑

是詠而歸的詠字。婉香笑道。那更容易。他還沒繳麼。我替他做一篇兒你拿去。寶珠笑道。你又何苦來抽這腸子。你愛做。下課替我做罷。婉香笑了笑道。也罷。我剛做了一篇春曉曲。你瞧過得去嗎。說着便將那洛神賦帖翻開。檢出一張箋子。遞與寶珠。寶珠便伏在案傍看着念道

東風吹入湘簾縫一桁波紋蕩春夢曉鶯啼破碧城春花外迴身顫幺鳳釧聲隔霧敲東丁背掃雙蛾愁更靑春雲羅羅剪秋綠烟痕逗入芙蓉屏瑣牕無人落花舞春魂如烟鏡中語傷春倚遍曲欄杆淚雜胭脂作紅雨

寶珠念畢。便笑道。你這筆致。眞比溫飛卿還綺麗些。我眞一個字也讚不出來。婉香笑笑。寶珠便在旁邊坐下。又拿來婉婉轉轉的讀着。便手舞足蹈的起來。婉香劈手奪去。道你又瘋了。回來叫人聽見。不又是笑

妙人妙語

話麼。說着春妍送茶進來。婉香便接了一鍾喝着。寶珠也拿了鍾喝了口道。怎麼這茶不好吃。婉香道也沒什麼不好。寶珠道。你這個給我喝口兒瞧。便在婉香杯子裏喝了口。道果然你這個好些。又香些。便回頭向春妍道。你好。我和你小姐的茶。你都要分出個等次來。春妍笑道。阿吓。這話從那裏講起吓。茶是沒什麼兩樣的。只怕爺心裏愛那盞兒。就那盞兒好了。不香的也說是香了。婉香忍不住笑道。春妍你這張嘴越尖利了。你看東府裏二小姐的樣兒。也拿我開心麼。回來我回過太太撕你的嘴。那時你可不要哭呢。春妍笑道。我丫頭那裏敢拿小姐開心兒呢。不怕被太太攆出去麼。三爺是這樣的脾氣兒。我又不掉謊吓。寶珠笑道。我不這樣。你那裏來的罵呢。春妍笑向婉香道。姐兒不聽見嗎。婉香一笑。站起來道。我不管你們。你伺候爺們不週到。就請三爺打你幾下。也不算什麼罪過。說着。便走向床上睡去。寶珠也站了起來。春妍噗的一笑。低聲道。去罷。寶珠便不好意思。過去。笑曳住春妍的手道。姐姐教我打你。可眞要我打麼。春妍道。只怕。閃了。爺的手。又派。我不。是呢。寶珠笑道。我也。不捨的打。你說着便放了手。春妍收了茶盞子出來。婉香便坐起喚寶珠道。你來。我問你。寶珠走近。婉香。笑。拿指尖兒向他的。靨。上。一。抹。道。好。不。愛臉。的爺們。我問。你。丫。頭們。有。什。麼。捨。得。不。捨。得。打。的。寶珠笑道。怪。可憐。的。便眞。有氣。我也。斷斷。打不。下手。婉香一笑。却好笑春進來。寶珠便問道。笑春。你可是打上房裏來麼。你可聽說太太什麼時候回來。笑春道。張壽回來。回過珍大奶奶了。說太太要住幾天呢。明兒叫三爺和賽姐兒去。寶珠道。可眞麼。怕是你哄我呢。笑春道。爺不信。問珍大奶奶去。寶珠歡喜起來。向婉香道。姊姊。你看。我還是去不去。

出神入妙文心細到極處

婉香笑道。隨你去。也好逃兩天學。讓我又好清靜幾天。寶珠道。誰要逃學。來我不過替姐姐去邀軟姊姊和蕊妹妹來。和你頑幾天兒。不很好嗎。婉香道。怕他們不見肯來。寶珠道。我和你賭個東道兒。婉香道。誰和你賭。來你輸了。總要賴賭他什麼。寶珠道。我不賴。我和你打個掌兒。我若賴了。就叫我變個蝴蝶兒被孩子們撲死。說着便拖了婉香的手掌對掌拍了一下。忽寶珠袖裏鐺的一聲。婉香道。什麼。寶珠也覺古怪。拽起袖子一看。原來早間帶的兩隻鐲子忘卸下了。婉香笑道。我的爺險吓。倘老爺見了。還了得嗎。寶珠笑道。幸而我沒撞見老爺。又道。便老爺見了。我說太太賞給我帶的。也便沒事了。婉香道。那倒沒什麼。教人家見了。算什麼意思。第一個麗妹妹便又要當笑柄兒了。快還不給我卸下來。寶珠笑道。這會子天晚了。我不出去。便帶着也不妨事。婉香道。不

妙人妙語
洵是可兒

穩當。不要回來又忘了。說着便替寶珠卸下。套在自己手上。寶珠回頭見笑春還立着便笑道。癡丫頭還立在這裏。什麼天晚了不去點火。笑春笑道。我怕點上了火。爺又要上學去呢。寶珠笑道你放心。我不去。笑春道。只怕不能呢。我聽見老爺用了晚飯。要和陸師爺談心去。回來不是又說爺躲懶了。寶珠便怔了一怔。婉香道正經呢。還是頑話。笑春道。正經花農來通知的。寶珠道那麼你怎不早講。笑春道我看爺正開心着。所以不講。這會兒天晚了。爺也該去了。寶珠便垂頭喪氣的立起來。喊照燈。愛兒連忙點起風燈來照。寶珠便懊惱嘆苦的出去了。不知笑春這話是眞是假。且看下文。這便是

嬾向鷄牕勤夜讀　愛從鴛侶逐春游

第七回

驚讖語婉姐弔殘紅　譜新聲藕香講音律

却說寶珠去後。婉香因昨夜病後疲倦便自睡了一會。醒來用了晚膳。還不見寶珠回來。因喚愛兒去看。一會子愛兒回來說三老爺正在那裏高談闊論和陸師爺講究時事。三爺和二爺都站着聽講。光景還早得很呢。婉香聽說。便道。那就不等他罷。叫仇老媽把腰門上了鎖。我睡了。愛兒答應出去。婉香便自睡下。及至寶珠進來。時已二更。見腰門已經上鎖。知道婉香已睡。便也自去睡了。一夜無話。到了次日。寶珠起來。便同了婉香到西正院秦珍處來。秦珍已早出去。藕香見寶婉二人進來。便迎出來道。婉妹妹怎早起來。穿這點衣服。不冷嗎。婉香道。我裏面穿着小緊身兒。所以不冷。賽兒起來了麼。今兒不是要出門去嗎。藕香道。可不是。他還睡着不肯起來呢。說着看看寶珠道。寶兒弟你到梳洗好了。寶珠笑笑。便同走進院子裏面。賽兒已早聽見。隔着圍屛問道。可是寶叔叔來了麼。寶珠笑道。你還不起來。我一個兒去了呢。賽兒裏面喚道。好叔叔。等我會兒。我起來了。寶珠應着。便和婉香同到藕香外房坐下。秦珍收過的了頭銀雁。便送上茶來。藕香親自送了一盞與婉香。婉香接着。喝了口。放下道。大嫂子近來做些什麼事兒。藕香道。也沒什麼消遣。前兒沒事。把趙秋舲的葬花曲兒。編了套工尺。在這裏和珍爺商量。想把他全本子編出譜來。倒好頑呢。妹妹空了。好來替我正正拍。婉香笑道。這音律的工夫。我那及得上大嫂子一半。大嫂子打定了。自然字字合拍。寶珠早聽得高興。便向藕香索看。藕香笑道。我不給你看。你前兒譜了套長恨歌的工尺。便奇貨可居的。你要我的工尺。你只把長恨歌的譜兒和我掉。婉香道。大嫂子也不犯着問他要。你要那個譜

從知多情種子其用情處不私於一人也

兒。我比他的譜兒還準呢。寶珠笑道。你眞是逢蒙殺羿了。我教了你你倒說比我準。不講別的。你吹那忽聞海上有仙山那句。你便飛不起。你只有天旋地轉的那一段兒比我吹得凄楚些罷了。藕香笑道。住了。你給我少吹點兒罷。你道我沒有你的譜兒。我吹不來麼。我吹你聽。說着便向壁上卸下一枝笛兒來。寶珠奪住道。大清早起不吹罷。回來傷了中氣不當要的。我知道嫂子的譜兒比我好。所以我不敢拿給嫂子看的。藕香笑了笑。便將笛子放下道。偏你有這些講究。什麼中氣不中氣。婉香道。這倒是正經。大嫂子以後要少吹纔是。便愛聽只不妨教了頭們吹着。自己拍拍曲子倒很好。說着賽兒已跑進來。接口笑道。拍曲子請我來呢。寶珠見他只穿一件大紅白繡的緊身短襖。下面穿着松花綠的小腳袴子。一雙小小的鑲鞋。手裏拿着塊元色白繡帕兒。笑嘻嘻。

的站在面前寶珠道你不要凍了呢快穿件襖兒去賽兒搖搖頭道不冷我去洗了臉兒再來說着便又出去婉香道大嫂子你瞧他們兩個倒像一對弟兄呢寶珠笑道人家也都這麼講不曉得的那裏瞧得出他是位姐兒扮的藕香笑道不是前兒婉妹妹來的時候也還只說你也是女孩兒扮的呢婉香聽了自覺好笑寶珠也笑道可不是姐姐不信還看我的耳墜兒見沒穿過眼兒纔信我是眞男孩兒呢婉香紅了臉道你又嚼呢藕香笑笑寶珠知道婉香不好意思便拿別的話搭訕過去一時賽兒已梳洗完了進來穿着件與寶珠一樣的粉紅繡百蝶的箭袖頭上戴着束髮紫金冠脚下穿着小小的靴兒笑嘻嘻的向藕香道奶奶看就這樣好麽藕香笑道你看見你寶叔叔今兒戴紫金冠你也眼熱了賽兒笑道這是媽媽給我裝扮的說要和寶叔叔一個樣

兒纔叫人看着。不單疼寶叔叔呢。婉香笑道。可是他奶媽給他裝扮的麼。藕香道。正是呢。那老婆子還比我疼他呢。賽兒笑道。我說。媽媽也沒什麼疼。我便是爺和奶奶。太太也不眞疼。我呢。藕香笑駡道。反了。你說誰疼你來。賽兒笑指道。最疼我的。只算寶叔叔和婉乾娘。藕香笑道。那麼着。你以後便跟着寶叔叔和婉乾娘去。好歹不問我罷。賽兒一兀頭。撲向藕香懷裏。嗤嗤的笑。藕香道。痴兒又瘋了。你瞧這紫金冠兒攪壞了。賽兒便站起來道。奶奶替我修好來。藕香便將楊梅毬兒整了整道。好了。吃過點心沒有。賽兒點點頭道。吃過了。寶叔叔吃過沒有。寶珠說吃過了。賽兒便說要去。寶珠站起身來道。偺們是該去了。說着。便將了賽兒的手。同藕香婉香走出院來。老媽子早傳伺候出去。藕香同到院子門口。便和婉香站住道。寶兄弟你去替我請葉老太太的安。今兒想來總不回來了。賽兒交給你。能寶珠滿口答應。便帶着賽兒和賽兒奶媽。及丫頭玉簪翠翹。出了院門。到二廳上見已歇着一乘官輿。小厮花農鋤藥。家人來貴許旺張壽沈順等。都已齊集。便和賽兒同坐一轎。轎班抬着。出了大門。一行人逕往葉府去了。却說這葉府乃是此地有名的富家。這葉大人便是葉冰山。年不過四十多歲。他父親早已謝世。老太太尚在。今年六十歲了。他大夫人便是袁太史的妹子。與秦文是個連襟。二夫人姓羅。名四姐。三夫人姓蘇。名畹蘭。四夫人姓陸。名慧娟。五夫人姓朱。名賽花。六姨娘姓楊。名小環。七姨娘姓尤。名月香。八姨娘姓吳。名閬仙。大夫人生下三子。長名用。次名敉。三名魁。三夫人生的小姐。便是軟玉。五夫人的小姐。便是蕊珠。這葉冰山是極愛熱鬧的。一年到頭。不是給這位夫人做生日。便是給那位姨娘慶生辰。三位公子。是生就的紈袴心性。從不曉得念一句什麼書。不是打馬弔。便是挾妓飲酒。那葉冰山也不管他。打算到長成了。花這麼幾兩銀子給他捐個大大的官兒出去便了。這幾位夫人。却都生得極好。內中楊小環和尤月香爲最。次之朱賽花和蘇畹蘭。所以分外得寵。兩位小姐。又生得千嬌百媚。是老太太最憐惜的。這日老太太生日。那冰山便大開筵晏。滿城官府。齊來慶賀。一連忙亂了幾天。到第五日。纔是親戚慶賀。所以柳夫人和美雲。便在第五日上過去。那寶珠去的這日。已是第六日了。便覺清靜好些。只幾家子至親。尙住在府裏。這軟玉蕊珠兩人。是素來和寶珠好的。見寶珠來了。少不得留住幾天。一番熱鬧。自不必說。這且按下。且說婉香自寶珠去後。連日少興。又聽說葉家因柳夫人愛看戲。連日叫自家府裏班子。唱演新戲。軟玉姊妹。又將寶珠留住不放。知道沒十日八日。定不轉來。自己也樂得清靜幾天。便不是找藕香拍曲。便是和麗雲鬬棋綺雲茜雲。也天天見面。倒不覺冷靜。這日早起。見窗外的桃花。都已殘謝。堆得滿地都是花片。看兩個蝴蝶兒。欵款在地上飛着。滿院子靜悄悄的。沒些人聲。那日光照在窗上。覺得煖烘烘。人又似昏昏沈沈的。沒些聊賴。便獨自靠在欄杆上。看着兩隻蝴蝶兒飛來飛去。出了會神。不知不覺心裏有所悵觸。忽架上鸚哥叫道。寶珠你來了。麼婉香忙向迴廊上一看。並沒個人。心裏忽然的跳了一下。便慢慢的到房裏窗口書桌上坐下。見銀雁手裏拿着一件物事。笑嘻嘻的進來道。姐兒怎獨自在此。兩位春姐姐那裏去了。婉香便站起來道。他們見沒事。便逛去了。你奶奶好麼。爺在家麼。銀雁道。爺回來呢。陸師爺送了爺十枝筆。十盒紋金箋。奶奶看了歡喜。叫我拿來轉送姐兒的。婉香笑道。那麼

一片春情無着處。游絲吹到繡簾前。文情似之

你們奶奶。怎不留着自己用。我也用不了這些。說着便接過來看是十枝湘妃管的兎毫小楷。十匣淺色金花箋子。便擱在案上向銀雁道。你替我謝謝奶奶。倘奶奶閑着。就請過來。銀雁答應着去了。婉香便拿出張箋子。鋪在桌上。又將新筆檢了一枝。便移過硯台。一手磨着墨。一面看着箋子花紋。見畫的是林黛玉葬花圖。便呆呆的看着。忽外面一陣笑聲。抬頭看是麗雲和綺雲兩人。將着手站在右首游廊上向地下不知看什麼。婉香站起來向窗外看時。見茜雲蹲在地上。一手撳着一個猫。地下擺着個蝴蝶兒。欲死不死的。茜雲在那裏叫猫吃。婉香忙走出來道。四妹妹。你不怕罪過麼。麗雲回過頭來看見。笑道。這蝴蝶兒的救命王來了。茜雲對着猫兒道。快吃吓。再遲一會兒。吃不成了。抬頭見婉香已到面前。連忙捧着猫向外逃去。猛可的藕香進來。剛剛撞個滿懷

險些撞倒茜雲一看是藕香便笑道大嫂子快帮我呢婉姐姐要打我的猫藕香笑說不怕有我在這裏你把猫交與我茜雲不肯猛聽見後面婉香的笑聲便捧緊了猫丟下藕香望備弄裏逃去藕香喚道茜妹妹慢慢的走罷婉姐姐不來呢茜雲却不聽見一直的跑出去了藕香見他去遠便走進游廊見婉香手裏擎着個蝴蝶兒低着頸子在那裏對蝴蝶兒吹氣麗雲凭在他肩上笑他綺雲也站在手邊嗤嗤的笑藕香走近笑道這蝴蝶兒那裏撲來的婉香回頭看見笑道誰撲他呢你只看麗妹妹手裏拿的什麼藕香見麗雲手裏拿着把川金扇兒便道今兒拿扇子也太早了光景這蝴蝶兒命該如此麗雲笑道那裏是我用扇子撲的他自己飛到綺妹妹身邊去他拿帕子撲了一下他便跌在地下飛不起來茜妹妹剛捧着個猫來便搶了去要飼猫吃却好那

猫也知趣的。死也不肯吃。便引出這救駕的來。你瞧這個樣兒。還能活嗎。婉香笑道。哪這翅膀兒不是動了嗎。麗雲瞥手一抹道。這有什麼攙不清的。婉香吃了一驚。却好這一抹。那蝴蝶兒便趁勢的飛在綺雲頭上。婉香用手去拿。那蝴蝶兒便翩翩的飛了去了。婉香不禁失笑。麗雲便一手將了婉香。一手將了藕香道。偺們站了好會兒。也不請我坐坐去。婉香笑着。便也將了綺雲一串兒走進中間。到了房裏。見桌上擺着紙筆。麗雲笑道。敢又做詩嗎。婉香笑道。那裏來呢。我剛想寫幾句兒。被你們打斷了。麗雲笑道。那我便去好嗎。藕香一把扯住道。可又來。你給我好好的坐着。這樣好天氣。咱們不尋點兒事情做做。也太覺辜負了。說着。便各坐下。婉香便喊茶來。只有愛兒應着。麗雲道。怎麼寶哥哥不在這屋裏。便冷清清的了。春妍和笑春呢。婉香道。他們見太太不在便

反起一筆出人意料

逛園子的逛園子。望姐妹的望姐妹去了。麗雲笑道。這些了頭們。太沒規矩兒。倒比咱們寫意呢。今兒這麽好天氣。咱們也該尋點頑意兒樂樂。纔是藕香道。我也這麽講。咱們不如聯幾句詩。倒也很有味兒。婉香道。聯句沒甚意思。倒不如各人自做一首。弔這落花兒。可不有趣。藕香麗雲都說很好。婉香便又拿出幾張箋紙。分與三人。各人便自思索起來。一時愛兒送上茶來。婉香接了。喝了一口。便拿起筆來寫了。麗雲見他動筆。走過來看。見寫道

豈是尋芳到已遲。都應花自負花期。

麗雲便道。好一個起句。這樣寫來。纔不落人的窠臼。藕香綺雲聽見。便也走來看。他接着寫道

空澆一夜招魂酒。難乞三春續命絲。好月已無含笑影。東風猶妬可

憐。枝。

藕香看看說好。這眞纔是弔落花。不是咏落花呢。見又寫道。

從來好事多磨折。造化機緘卽此知。

藕香不禁嘆了一聲。見他又寫道。

韓虢妝殘寵亦稀。嬌魂不悟此生非。東風有願來何急。流水無情逝不。歸。

麗雲看到這句。不禁嗤的一笑。婉香回頭道。怎麼不好嗎。麗雲搖首兒道。不是說詩不好。我問你。這流水一句是指誰的。婉香道。我總只弔這落花。那裏有什麼比興呢。麗雲笑道。好好。你寫下去。婉香便不理會寫道

搖動。美。人。千。日。思。破除。嬌鳥。一。羣。飛可憐釀得春如許。彈指輕銷一

寄托遙深

身世之感那不墜淚

寸暉。

綺雲看看。只是點首說好。藕香也不住的讚嘆。婉香想了想。又寫道

樓台十二總淒淸。雨雨風風不肯晴。初見已鍾今日恨。重逢難訴隔年情。

麗雲看了這兩句。不禁叫好。婉香又寫道。

高枝黃蝶銷魂去。野草靑蛙得意鳴。憐爾爲花猶命薄。況儂更是可憐生。

婉香寫着。不禁眼圈兒一紅。便疾筆寫道。

三千世界鏡中天。愁浣紅香又一年。無塚不驚埋艷質。有金何計贖春妍。須知妬女纔銷恨。却便家童也見憐。拈向靈仙歸一笑。好從迦葉問前緣。

年年錯用一春心花落花開感不禁莫賀疏林能結子只愁芳樹易成陰春從杜宇聲中盡愁向黃梅雨後深二十四番風信裏一宵何祗值千金

此日漂離悟刧因春婆夢醒黯傷神芳容自分無三月薄命生成祗一春

綺雲看到這兩句不覺失聲道吓二姐姐你怎麼做出這樣的句子來藕香也道詩句果然好極的了只是說得忒衰頹些妹妹年紀正輕着雖則弔落花的詩果然要悲切些纔合這弔字的題面但也不可過於這樣以後妹妹用意總要開豁些纔是婉香笑道我也不知道自己是甚麼意思寫寫便寫出許多傷心來麗雲道這也難怪姊姊傷心總之這些話那不曾傷心過的人再也講不出一字來叫我們便做不到這

樣悲切姊姊是沒了爺媽的所以不拘什麼事情總覺得自己苦惱便起了自己憐自己的心說說便又自己想自己不知道日後要那樣的好婉香聽了這話却句句打在自己心裏不知不覺便滴下淚來滿紙上都濕透了綺雲道多是姊姊說說又說起婉姊姊的苦惱來了你瞧這紙上都濕透了叫他怎麼樣寫呢藕香道不做罷咱們原想尋開心的婉妹妹又傷起心來咱們不如談談罷婉香收了淚道我也沒心做了擱着罷麗雲笑道本來原說一家一首你偏要奪第一把所有的話頭都講盡了叫人家不好做的意思這也是天不容你叫你自己傷心起來做不出便也只得歇了好好讓我來續下去罷說着便拈起筆來寫了一句

細雨獨滋金谷草。

婉香揩了淚。瞥手奪過筆來道。誰要你這狗尾續上去。說着早接上二句道。

暖風。不。醉。玉。樓。人。

麗雲笑道我也是這一句。可見所見略同的。你說。我。的。是。狗。尾。你。怎。麼。又。不。出。我。的。意。見。那。你。這。付。心。腸。便。是。狗。心。腸。了。婉香聽得好笑。便道。這會子隨你放刁去回來我問你誰是狗呢。麗雲道。你有本領。你換一句別的纔算你是大才磐磐的。婉香笑道。這有什麼難處。說着便要下筆。麗雲道。且慢。你這句我料得到。讓我先和大嫂子說了。你再寫。你能不被我料着。我纔服你。說着便向藕香耳語道。你瞧。他。寫。什。麼。你。便。講。我。早。說。是。這個藕香嗤的一笑。點點首兒。麗雲便靠在桌上含着笑道我和大嫂子講了。你快寫。我瞧。婉香剛要寫。麗雲嗤的一笑。婉香心裏想道我若寫了。又是他心裏想到的。可不是被他笑話麼。倒不如不寫。便向藕香道。我認輸。罷他講的是什麼一句。麗雲道。嫂子別告訴他。讓他自己想去。婉香笑道。我知道了。你全掛子用的詐術。只暖風不醉玉樓人一句。那裏是你想到的。你不過見我寫了。故意這樣講講。便再改一句。你也總說是你想到的。我費着心思。來給你笑話麼。你這種狡獪法子。少到我這裏來使罷。你果然有了句子。我便認輸。你寫出來。我瞧。說着。麗雲忍不住笑了。藕香也笑道。好嗎。麗妹妹。我講你猜不到他。他倒能猜到你呢。婉香笑道。可不是嗎。還强嘴呢。這會子。我又要寫了。你又好說是你想到的了。麗雲笑着來看。見婉香寫道。

可憐同此漂零況生世無非暫寄身。

深巷無聲雨一樓。

麗雲道。這起句出色。這眞正是我想不到的。綺雲道。這一句却與細雨暖風兩句一樣深刻。藕香點點首。見婉香又寫道。

光陰如水去悠悠。塵緣盡處原無我。

藕香道。這句頗像禪語。眞正越做越出神了。對句倒難呢。婉香想了想。便寫道。

世事看來只有愁。

寫了這句。便問麗雲道怎樣。麗雲笑道。我看來也有些偏見。不是至言。你看。世事都只有一個愁。我倒看來只有個情哩。婉香笑道。你總不肯說一個好字罷罷。我不做了。麗雲笑道。我倒有兩句在這裏。

怪底繡囊容易盡。憐他彩筆等閑休。

婉香聽了便笑道。你講我做不出了麽。我再做十首給你瞧。這種句子。

也算得到落花詩上去麽。麗雲笑道。怎麽算不得。我拿兩個花字旁襯。難道丟了題面不成。婉香笑道。隨怕什麽。便狀元卷子上抄來的。我也不用說。着便把他兩句勾了。另寫道。

夢醒繁林能解脫。魂依芳草悟浮休。天涯相遇多相識。一樣漂離悵旅游。

婉香寫到此處。覺得詩思似潮湧的一般。便不住筆一直寫下道。

年年淪落悵迷津。已隔菩提第幾塵。廿四風前如昨日。三千雨後不成春。六朝金粉空中色。一代繁華夢裏身。夜夜子規啼血盡。總爲花果話前因。

麗雲看一句叫一句好。只見婉香又寫道。

天不由人信有之。等閑何必媢封姨。人生搖落都如是。夢醒姻緣獨有誰。

藕香看着不禁點頭嘆息。走開來高聲吟這兩句。又走近來看婉香接着寫道。

富貴也終歸此局。文章空自說今時。風流回首都無覓。値得騷人幾句詩。

婉香寫畢。便放下筆道。可憐可憐。我這心酸了。做不得了。麗雲便移過箋子。同藕香綺雲從頭吟了一遍。都說好極。婉香自家也看了一遍。剛在議論。見春妍和笑春進來道。大奶奶和兩位姐兒都在這裏。三爺回來了。剛往東正院裏請安去。藕香道。太太回來了麼。笑春道。太太還未呢。賽姐兒却跟三爺回來了。麗雲聽說。便和綺雲先回東府去了。這裏藕香略坐一會。也便去了。這正是

閑中未必身無事　忙裏拈來筆有神

第八回

問病牀前𡡉烟誓死　依人籬下婉姐傷心

却說寶珠在葉家逛了數天回來便和賽兒向東府袁夫人處請安却只有茜雲在屋裏便略坐會兒出來剛到南正院走廊上見麗雲綺雲二人走來寶珠便和賽兒站住互相問好麗雲道寶哥哥你怎麼去了只許多天咱們都冷清清的大姐姐怎麼又不同回家來寶珠道明兒總來家了太太說和姐姐同走麗雲又道軟姊姊和蕊姊姊可來麼寶珠道我邀他他一口說來光景遲早些兒總來的說着便將着賽兒要走麗雲因笑道婉姊姊盼得你眼睛都酸了快些去不要和我們講話了回來耽了你的工夫賽兒聽說便嗤的一笑寶珠却回轉來扯住麗

雲道。你總講這些話兒。你不叫我走。叫我還講什麽呢。麗雲一甩手道。去去。我知道。你和我們沒多話講的。我也不。要聽。你的話。我回來不。好問。大姊姊說着。歸。自己。去了。綺雲走着回頭道。寶哥哥回來你來。我告訴你一件事兒呢。寶珠應着。便攜着賽兒到西正院。見了藕香。又和秦珍講一會話兒。便把賽兒交出。歸自己到小桃花館來。一進門。便見幾樹桃花。都已。零落。不禁失聲道。吓。怎麽我去了。幾天。這花兒。便都落盡了。可惜。可惜。剛說着。那架上的鸚鵡。忽念道。芳容自分無三月。薄命生成。祇一春。寶珠聽着。吃了。一驚。道。呀。怎麽。你講出這話來。那鸚哥又念了。一遍。寶珠便忽然的感觸起來。心裏。不知不覺像有千萬種懊惱的光。景。其實也。講。不。出所以然。便呆呆。的立在游廊。上看着地下的落花出。神。忽有人向他肩上一拍。回頭一看。却是婉香。便呆呆。的叫了。聲姊姊一手便去曳他的手婉香連忙甩脫手自己埋怨不該拍他的肩寶珠被他一甩手纔覺如夢方醒連問道姐姐這幾天好麼婉香還當他發獃便似笑似惱的一來却不作聲寶珠慌了道怎麼不理我了敢爲着什麼又惱了我了婉香因笑道誰惱你來你一個兒在這裏站着半天做什麼寶珠道我看這落花呢我懊悔這花兒前兒開的正好時候我不曾着意的賞玩他無緣無故的出去逛了幾天我得着什麼好處來這花兒却不等我便自落了豈不可惜說着跌足稱恨婉香因道那是你負了這花兒花兒却沒負你你恨他什麼呢說着一笑寶珠聽了這話便正色道吓姐姐我是沒負你呢婉香聽了吃了一驚臉上便一陣一陣的紅將起來暗想我這話是無心講的不道他聽的却當有心了我若不拿話蓋過他他回來又講出些什麼來被人聽見豈不駭異

想着便放下臉問道。這話怎講。什麼負不負。我問你什麼樣負。什麼樣不負。寶珠頓住了口。自悔失言。便不敢則聲。婉香却歸自己慢慢的走進屋子去了。寶珠便跟着進來。婉香却頭也不回的走進房裏去。寶珠暗想。我若跟了進去。他必定有些做作。我不好再講別的。勢必倒反逼僵了。不如我回屋子去坐一會兒。再來和他說笑。他也便忘了這話了。心裏想定。便轉身走出游廊。到自己屋裏來。一進門。見春柳兒和晴烟坐在中間花窗下。檢玫瑰花朶兒。見寶珠進來。便都站起來道。爺回來了。逛了這許多天。不辛苦嗎。寶珠點首兒道。很倦的。昨兒又瞧這一晚子戲。沒睡。又道。你們檢這花兒幹什麼。晴烟道。這是花農送進來的。說爺愛吃紅茶葉兒。拿這個和着很好。寶珠笑道。好雖好。只可惜委屈了這花兒。你瞧這顏色。嬌嫩得這個樣兒。很該戴在美人兒頭上。這會子給我泡了茶回來便倒掉了可不可惜說着拈了一朶道晴烟我給你戴一朶兒晴烟笑道爺又來爺剛說美人兒纔配戴這個我們丫頭那配呢寶珠道也配快來我給你戴上晴烟不肯寶珠硬摟着給他戴了晴烟早羞的滿臉通紅站起來仍自摘下道正經爺不要這樣胡纏大白晝裏回來給人撞見又說我們和爺怎麼樣呢春柳兒看着只是抿嘴兒笑寶珠回頭看見因笑道你笑什麼春柳兒笑道我笑晴烟姐不受抬舉爺拿這樣的好花兒給他戴他還不要掉我便想要一朶兒爺還不肯給我呢晴烟道你要戴你便多拿去戴這麼一個滿頭倒也好看寶珠笑道正經給我分一半兒送婉姐姐去晴烟答應着寶珠又問你姐姐嬝烟呢晴烟道他病着睡在裏面呢寶珠驚異道怎麼好好的又病了春柳兒笑道誰教爺出去了老不回來他自然要害病了寶珠

啐了一聲。便自走進到嬝烟房裏來。嬝烟早聽見寶珠聲音。已勾起帳子等着見寶珠進來。便要掙扎起來。寶珠連忙止住。問道。你怎麼好好的病了。嬝烟被他一問。便撲朔朔的吊下淚來。寶珠不解。連問道什麼什麼事。誰委屈了你。嬝烟搖首兒不語。寶珠又問。嬝烟便抽抽噎噎的哭將起來。寶珠慌得手足無措。便將自己的帕子。替他拭淚道。什麼事。你告訴我。我替你作主。嬝烟嗚噎半晌。嘆口氣道。還什麼說。總是我的命苦罷了。又道。爺回頭想想瞧。我來了這幾個年頭。可曾幹着什麼錯兒。又可曾有什麼壞事。人都說着。爺給我引誘壞了。我的爺。這從那裏講起呢。說着。便又哭了。寶珠聽着。却摸不着頭腦。便問道。誰講你來。嬝烟道。人家講我。那值得什麼。不道三太太都這樣講起來。還當面叫我去。說太太出門了幾天。你便無法無天了。又說你前兒一徑幹的事。你當我不知道嗎你太太却被你蒙混得過仔細我講了出來擰你呢爺替我想想我什麼事值得吃人家指駁自家的太太還沒講什麼東府裏倒要擰我我做了頭的雖賤也不賤到這個地步寶珠聽了也着實生氣便道那你也不用氣得横豎也管不到偺們這邊事只要太太疼你就是了嬝烟道爺講的鬆爽只怕忌我的人也多了妬我的人也多了到頭來總沒得什麼好結果呢寶珠聽着也不禁滴下淚來因道你放心你不要這樣苦惱回來把自己的身子蹧蹋了倒不當要的况且你又不是東府裏人三太太認眞能擰你麼便三太太要擰你太太也不見得肯我也要回護的嬝烟道我也不是怕擰出去只是我在這裏好像就是一個釘兒人人眼裏都看我不得要只有爺疼我此外只有珍大奶奶和太太除了這三位便我講句話都聽着不舒服這是爺都

知道的爺看不但東府裏的人便這咱們自己府裏自己屋子裏也都這樣的以先人還不敢欺我前兒三太太講了這些話兩府裏那一個不知道那一個不講我的醜話我還能在這裏過日子嗎要說攆我出去的話我再也不奇等到那個地步我只有一個死剛說到這裏寶珠忙掩他的嘴嬝烟早已淚如雨下寶珠也沒別的好講只得安慰幾句勸他睡下便自走了出來一肚子悶氣便到自己床裏躺下躊躇了一會晴烟進來問道爺用飯麼寶珠道我不要吃晴烟道爺也要自己保重些不要又攪出病來寶珠見他說得委婉便扨起來坐在床沿上招手道你來我問問你晴烟便走過來見寶珠含着兩包眼淚垂頭喪氣的樣兒知道爲着嬝烟便道爺何苦來這些事也値得這樣苦惱寶珠道你和你姊姊最講得來的你總知道這事怎麼樣便吃三太太知道

了。晴烟道爺有些地方也太覺過分了些和我們頑笑不顧有人沒人的這些兒事也不用講了前兒不是綺小姐和茜小姐還說爺待他們還不如待我們丫頭的好麗小姐又說嬝烟的排場架子比小姐們還大這都是招人怪的事情一則爺待他也忒好些二則嬝烟也忒自使性兒爺不看別的只看花二小姐那麽樣一個也還招人妬忌何況他丫頭呢麗小姐還說嬝烟比花二小姐還高傲呢爺想想瞧這些名頭嬝烟可躭得起麽況且東府裏那些丫頭們那一個不氣不服他小桃小紅又格外很些都跟着主子跑主子不知道的他還去告訴主子不作聲的他還去挑剔有這許多怨招在那裏莫說是嬝烟便是爺也抵擋不住前兒晚上三太太不知怎麽講起丫頭們麗小姐便說現在府裏的丫頭們多不像樣兒了二太太年紀大了也不管這些任他們行去。前兒二太太出了門。那些丫頭們。沒一個安安穩穩蹲在屋子裏的。不是逛園子。就和小廝們兜搭去。實是不成體統。又說春妍和嫣烟兩個又出衆些。太太聽了。便不高興說春妍是婉小姐帶來的。不好說他。那嫣烟是咱們家的。不能聽他胡鬧。回來必得請二太太着實講他幾句纔好。可巧嫣烟這日沒事。想給爺繡個枕頭兒。因短了些金線。問珍大奶奶要去。却又沒得。便向綺小姐要去。綺小姐却在三太太身邊。團兒便替嫣烟。明言正氣的到太太身邊問綺小姐要去三太太知道是給爺做枕頂兒的。便一法不舒服起來。立刻叫嫣烟過去。說了一頓。爺知道嫣烟的性兒。那比我們。他自然要氣得個半死。回來便把做好的。一面拿剪子鉸得粉碎。哭個半死。昨兒早起。就病倒了。爺又不在家。誰給他調護呢。寶珠聽了這番話。又氣又惱。心裏難過起來。便一聲兒不言語。歸自己躺下。晴烟講話的時候。早已淚下。此時見寶珠這樣。又不敢走開。便站一會兒問道。爺到底用些飯纔是。寶珠道。我吃不得了。你們吃去罷。說着。便轉個身兒睡去。晴烟道。爺不要這樣。料想也沒什麼大不了的事。昨兒既然沒睡。就該將養會兒。爺請睡好了。寶珠道。我便這樣和衣睡睡罷。晴烟點首兒。一手拭去眼淚。一手替他蓋上條夾被兒。放下帳子。歸自己去了。寶珠在床裏哭了會兒。又七上八落的想了會兒便睡着了。等醒來。已是初更時分。便覺肚子有些空空的。晴烟已端了飯來。也就吃了一口。問人家都已睡了。料想沒處去走。因來和媪烟談心。不知不覺。竟天明了。因這日是十二。又是課期。便不再睡。竟上學去了。下午出來。很覺磕睡。因和衣躺一會兒。醒來已是傍晚。春柳兒進來。說太太回來了。爺快接去。寶珠聽說。便走下床來。見房裏外已點上燈了。便道什麼時候了。春柳兒道。纔上燈呢。爺沒用點心。不餓嗎。寶珠道不餓。春柳兒便去絞了臉布進來。遞與寶珠。揩了臉。晴烟又送進一碗蓮子湯來。寶珠吃了道。可還有麼。晴烟道有着呢。寶珠道你拿一碗給你姊姊吃去。晴烟答應着出去。寶珠便站起來。春柳兒早點上風燈。引着寶珠到南正院來。見兩廊下的簷燈都已點齊。站着許多丫頭婆子們。寶珠走到卷篷底下。春柳兒報了一聲。寶珠便揭着簾子進去。見柳夫人美雲藕香賽兒及麗雲姊妹俱在。獨不見。婉香。便上前給柳夫人美雲請安。道太太怎麼這時候纔轉來。我還當今兒又不轉來了。柳夫人道。可不是嗎。險些又走不脫了。他們今兒還唱戲呢。寶珠笑道。他們也眞會鬧。唱來唱去。總是這幾齣戲。也看得厭了。還唱什麼呢。美雲道。說今兒唱的是什麼桃花夢。纔眼前的一位名士。叫什麼盃蘧仙打的崑曲。說好的很。我本來想瞧瞧。太太叫回來了。柳夫人道。想來也不過這樣。你愛瞧。明兒借他們的班子來唱幾天。給你們瞧便了。又問寶珠道。你姐姐怎麼不來。敢又病了。寶珠道。我剛睡着醒來。沒瞧見想來沒什麼嗎。便回頭道。春柳兒你瞧瞧去。春柳兒應着去了。麗雲道。太太出門幾天。家裏怪冷清清的。今兒太太來了。這屋子裏便像鬧熱些似的。柳夫人道。你們這幾天幹些什麼頑意兒。藕香道。也沒什麼。纔是昨兒。婉妹妹做得幾首詩呢。寶珠便問什麼詩。藕香說了。寶珠便要藕香背給他聽。藕香說記不清了。寶珠便問麗雲。麗雲道。什麼事急得這樣。回來二姐姐少不得會給你看的。寶珠道。好妹妹。你記性兒好。你背給我聽。麗雲笑着不理。忽門簾一動。婉香進來了。麗雲笑道。好好。他來了。你問他去。婉香不懂。怔了一怔。寶珠嗤的一笑。婉香一發不解。麗雲

妙語如環

惡劇麗雲以尖刻勝人的是可兒

道。寶哥哥要請教你那個豈是尋芳到已遲呢。婉香當有什麼意思在裏面。便臉上一紅道。我不曉得。柳夫人道。婉兒你這幾天好嗎。聽說你做的好詩。背給我聽聽瞧。婉香笑道。全是胡謅的。算不得詩。那好背給太太聽呢。麗雲笑道。他要寶哥哥叫他背。他纔肯背呢。婉香笑道。二妹妹這話又講的奇了。他又不是我的什麼。麗雲嗤的一笑道。你這話更奇了。他是誰。誰是他什麼。叫什麼呢。婉香頓住了嘴道。我不和你鬬口兒。麗雲笑道。我知道你的口兒是要和他鬬的。婉香急得臉兒通紅。欲說却又咽住。反笑道。二妹妹總拿我開心。我打今兒這時候起。再不和二小姐講話便了。柳夫人笑道。婉兒你不要理他。我和你講話兒呢。蕊珠和軟玉都說候候你。還說請你去逛園子呢。婉香道。軟姊姊和蕊妹妹都好嗎。太太怎麼不請他們來頑頑。柳夫人道。我也這麼講。他太太

映帶生姿

說。明兒便着他姊妹過來謝步。寶珠插說道。可不是。我倒忘了。二姐姐。前兒我和你賭的東道兒。你可輸了麼。婉香尚未開口。麗雲便扯着寶珠的手道。好哥哥。你們賭下什麼東道兒。我可能鑲點兒邊麼。寶珠道。我講。我輸了。給我變一個蝴蝶兒。吃孩子們撲了去。麗雲道。他呢。寶珠道。他却沒有講。麗雲笑道。這麼說。你們不是賭的東道。竟是賭的咒了。寶珠一笑。綺雲道。寶哥哥。你下遭兒賭不得咒。險些兒應了。寶珠不解。綺雲便將昨兒茜雲撲蝴蝶兒飼猫的話講了。麗雲笑道。怪道我說一個蝴蝶兒。二姐姐要這樣的保護他。原來你們賭下咒。怕眞是你變的。所以這樣發急。茜雲道。是早知道是這個緣故。該搶了來給猫吃了。叫二姐姐急個半死。婉香笑道。你們也太會得無中生有了。那裏眞有人會得變蝴蝶兒的。我不過怕罪過。叫你們放了。也好積些兒福多活

妙語解頤

幾歲的意思。麗雲道。你存這樣的好心。包管你活一百歲。只是寶哥哥沒有積些福活不到一百歲。二姊姊已在他九十九歲上死了。便怎樣。寶珠笑道。那我便活九十九歲彀了。說着大家都笑起來。婉香站起來笑道。我講你們不過。我告個迴避罷。柳夫人道。婉兒你便在這裏吃飯呢。婉香因笑道。我熱了。去換件衣服來。柳夫人道。你穿着什麼。婉香道。我穿的夾襖子。這會子覺得煖烘烘的。我換件去。柳夫人道。這天氣夾的還可穿得。不要回來又凍了。婉香笑說不妨。便自去了。麗雲推寶珠道。你快去呢。寶珠啐了一聲。便不好走。隨便搭訕了幾句。又坐了一會。見擺上飯來。美雲麗雲四姊妹便回東府裏去了。寶珠陪柳夫人藕香和賽兒吃了飯。便跑到小桃花館來。春柳兒便自轉去。寶珠踏進門。見婉香在窗下洗臉。便道。姐姐用過飯麼。婉香道。剛吃了。呢你可吃了沒有。寶珠說也吃了。婉香一面洗手。又將指甲在水裏浸了會兒。拿臉布揩着。一面問寶珠。你昨兒跑那裏去了。寶珠笑道。我當姐姐惱了我。我沒興的很。睡了一會兒醒來。已遲了。今兒又上學去來。婉香笑了笑。便將手裏的臉布遞與寶珠。寶珠接了。便抹了抹臉。也將左手的長指甲。在水裏浸了浸。向婉香道。我這指甲。昨兒險些斷了呢。軟姐姐忘了我有指甲的。他扯我的手猛了些。幾乎帶斷。我明兒要戴套子纔好。婉香因道。我這個也太長了。覺得險零零的。寶珠走近身邊看了看道。你也要戴套子纔穩當。婉香道。套子我倒有着。還是前兒在家裏的時候。我太太給我。叫人去定做來的。長長短短共有十副。那頂長的却有一尺。寶珠道。那太長了。婉香道。短的也有。只不知道用得用不得。讓我找找看。若好用。你便拿一副去。說着便叫春妍進來。向首飾箱裏找去。寶珠便伸手與婉香比比。覺得婉香的略長點兒。寶珠道。怎麼前兒姐姐來的時候。和我一樣長的。什麼便比我長得快些。婉香道。這倒我也不懂。想來我們女兒家血脉旺些。所以長得快也未可知。寶珠又道。你養了幾年了。婉香道。我前。兒。不。是。講。過。了。寶珠道。我忘。記。了。我這個還是十歲的時候養的。却只有老爺歿的時候。斷了一個。所以這個略短些。這個便長些。婉香道。說也古怪。我前兒老爺歿的時候。斷了一個。前年太太歿的時候。又斷了這個。可見這個指甲兒也有預兆的。寶珠道。如今兩。個。一。樣。長。了。安。知。不。也。是。預。兆。呢。婉香一笑。春妍已拿了兩副出來。向婉香道。這一副是五寸的。這一副是六寸的。看用得麼。寶珠接了看是兩個錦盒。裏面盛着兩個玳瑁指甲。便揭開匣子。拿出來看時。一副約有五寸多長。套了套。却還嫌短。便將那副長的套上。却好指寸也不

孝思不匱
多情人自

大不小。便戴上了。向春妍道。可有再長點兒的。春妍道有着。只怕太長。約有八寸長呢。婉香道。那太長。我不用這個。不比你在外面與人扯手扯脚的。我一輩子。不戴套子也沒兜斷過。寶珠便不再說。春妍笑道小姐好把這短的賞給我了。婉香道。你要你拿去。春妍便接過來道謝。寶珠笑道。你也嫌長呢。何不換一副再短些的。春妍道明兒長了。省得再換。就這個罷。說着就出去了。婉香道。軟姊姊和蕊妹妹究竟可來。寶珠道。軟姊姊和我說是一準來的。婉香笑道。那便。你有得忙呢。也不用上學去了。寶珠笑道。誰說。我不過想他們來了。偺們這吟社便又好興起來了。婉香也笑道。是吓。我也想呢。我在家裏的時候。我太太每逢着節令兒總教我做詩。我自從太太故後。便也沒興了。便做做也總是窮愁極苦的話頭。說着眼圈兒一紅。不知不覺已撲簌簌的淚下。寶珠勸道。

我講講又講起姊姊的心事。快不要傷心。回來太太看出。又道我和你惱呢。婉香忍住淚半晌不語。寶珠一味的甜言蜜語勸他。忽婉香又嗚噎起來。寶珠便着急道。姊姊、你好好的。怎麼又這樣了。難道我又講錯了什麼了。我講錯了什麼。我便自己掌嘴兒。好麼。你瞧。你眼圈兒都紅了。快不要這樣呢。婉香嗚噎道。你想我怎麼不傷心。我太太在日。我在家裏。也和你們姊姊妹妹一樣的。今兒你不瞧你姊姊妹妹那種光景麼。說着已哭出聲來道。你姊姊妹妹都拿我當丫頭看呢。寶珠聽說。不禁也陪着哭了。却也不曉得這付眼淚從那裏來的。寶珠想要勸他幾句。却說不出什麼來。只握着婉香的手兒對面哭。婉香知道寶珠是爲自己傷心。便左思右想。倒覺格外傷心起來。外面春妍聽見進來看他兩人却對面的哭着。不知爲着什麼。便隨便的勸了一會。見寶珠含着眼淚。將衫袖兒替婉香去拭淚，婉香卻不避開。便慢慢的住了哭。寶珠替他揩乾眼淚。便自己也揩乾了。卻好與婉香同聲一嘆。春妍在旁看着。眞正茫無頭緒。不知兩人爲着什麽哭的。勸又不好說又不好弄得沒了手勢。便倒碗茶送與婉香面前。說小姐不要這樣。吃口兒茶談談心罷。婉香還含着淚。慢慢的揭開茶碗。出了一會神。便喝了口。隨手遞與寶珠道。你吃罷。寶珠便接在手裏看着婉香。慢慢的隨口喝着。春妍看這光景。是不像惱翻的樣兒。便勸道。小姐剛好好的。何苦又傷心了。不知道三爺又怎樣的惹起小姐的心事來。婉香剛要說。忽笑春進來道。太太請三爺呢。說有要緊話兒問呢。寶珠吃了一驚。心裏防是嬀烟的禍水發了。便道誰來叫的。笑春道賞春姐來叫的。寶珠便喚道賞春。賞春聽見。連忙進來。寶珠問道太太這會子講些什麽。還是喜還是惱。

賞春笑道。太太正高興着。叫爺去談談呢。還有什麼話問爺。寶珠便點點頭。賞春退了出去。寶珠便站起來。慢慢的走出房門。回頭見婉香還對着茶碗出神。寶珠便暗暗向春妍一招手兒。春妍眼快。便慢慢的出來。寶珠。附耳道。姊姊又傷心呢。因剛纔東府裏小姐拿他開心。他這會兒講起。纔傷起心來。你替我勸勸他。春妍點點首兒。寶珠便出去了。正是

花因得意風常妬　人到多情淚不乾

第九回

因喜成悲三更驚夢　疑眞恐假一味痴情

却說寶珠去後。春妍便仍進來。見婉香還坐着出神。春妍便站在身邊。不敢作聲。婉香回過頭來道。你怎麼還站在這裏。春妍道。小姐睡一會兒養養罷。婉香兒是春妍。便臉上一紅。道我不要睡。你去罷。春妍只立

原來認錯了癡情人書

着不走。慢慢的道。小姐何苦來生什麼氣呢。咱們又不是一輩子老在這裏的。婉香聽說。便向春妍看了一眼。早又簌簌淚下。春妍忙縮住口。暗想道。怎麼這句話又傷心起來。及細想一想。纔知道自己無心講的。他聽的。卻有心了。便也不敢再找話講。見婉香已拭着淚立起來道。我睡罷。春妍忙去疊被伺候婉香睡下。婉香在枕上暗暗的哭了一會便朦朧睡去。見寶珠笑嘻嘻的進來道。姐姐恭喜了。婉香也便拭了眼淚。勉强笑道。什麼事兒。可是太太准你收嬀烟麼。寶珠笑道。那算什麼事。這個。喜纔是眞眞的喜呢。姐姐你試猜瞧。婉香便想一想道。可是三老爺高升了。寶珠搖搖首道。不是。婉香又道。可是你軟姐姐和蕊妹妹來了。寶珠又搖首道。不是。婉香笑道。那便我猜不到了。你快講明白罷。不要塞塞泥泥的。叫人難過。寶珠只是嗤嗤的笑。一手來曳着婉香的手。

只是對他憨笑。婉香半喜半嗔的道。什麼事。你怎麼又不講了。寶珠笑道。我講了。怕你不和我好。婉香着急道。什麼事。你講了。我總和你好。不講。我便惱了。寶珠欲說不說的道。你和我。好了。我纔和你講。婉香笑道。這樣。難。道。不。算。好。麼。寶珠嗤嗤的笑道。這樣。總。算。不。得。好。婉香便漲紅了臉。啐道。你不講。隨你。我睡我的便了。寶珠却不放手因道。我和你講。我太太。說到這裏。又嗤嗤的笑着不說了。婉香連問道。太太怎麼講。寶珠道。太太說。今兒葉老太太給我提親。婉香道。怎麼。寶珠笑道。葉老太太給我提親聘你呢。婉香惱道。這是什。麼。話。你莫。非。醉。了。麼。寶珠正色道。這是眞的。誰謊你來。婉香甩手道。我不愛聽這瘋話兒。說着仍走到床裏去睡。寶珠却一直跟到床前。仍曳住手道。姊姊。你不。願。嗎。婉香。不。語。寶珠又道。姊姊。你眞。不。願。嗎。你。日。後。不。要。悔。呢。婉香正色道。悔什。麼。

依你便該怎樣寶珠道也沒有什麼樣你願就是你果然不願我只白費了心血罷了婉香道有什麼願不願你想有什麼願不願寶珠聽說便狂喜道這纔是我的好姊姊說着一手靠到婉香肩上來婉香紅了臉順手一推寶珠便撲地倒下一看已經死了婉香急叫道寶珠寶珠春妍聽見忙進來見婉香夢魘忙撲着被兒道小姐醒醒小姐醒來婉香掙眼一看便拘起來曳住春妍的手哭道你怎麼便這樣了春妍見婉香還是囈語便輕輕撲着他的肩兒道小姐小姐我在這裏呢婉香聽見便忍住哭定一定神細細一看道你是春妍麼寶珠呢春妍道寶珠沒有呢不道婉香驚魂未定聽春妍說寶珠沒有了便心裏一急一翻眼直倒下去春妍聽他打個倒噎氣便沒聲息了忙叫道小姐小姐聽婉香不應忙上起帳子一看見婉香面色急白眼已翻上便急急的

叫了幾聲。婉香不應。春妍便哭出聲來。掐着唇中亂喚。外面笑春愛兒海棠聽見。都忙跑進來。一見這個樣兒都着忙了。一淘大哭起來。婆子老媽們聽見。都落亂跑進來。却只有亂喊小姐的力量。也沒個主見。還是春妍道。你們只管亂着什麽。快去回上房裏請大夫來診診脈看。說着伸手去向婉香胸口一摸。尙是溫熱。便止住哭聲道。你們不要慌。小姊剛飯後。傷了會子心。這會子又夢魘了。想迷了魂了。不妨事的。剛說着。外面院子裏已落亂的脚步聲進來。頭一個。便是寶珠。春妍看見。忙去攔住他。不教他看。寶珠那裏肯聽。死命的甩脫春妍。一氣跑到床前。見婉香這個樣兒。便喊了兩聲姊姊。見不應。他便伸手去鼻邊一探。已沒得氣了。便放聲大哭道。我再不想我姊姊竟說到這裏。早已嘔出一口血來。撲地往後倒了。春妍笑春忙丟下婉香去看寶珠。見寶珠臉兒也急白了。嘴唇兒也青了。只打着倒噎氣。沒有一口轉氣。連眼珠兒也掉上了。春妍便急得手足無措。剛滿屋子亂着。柳夫人已急急的來瞥眼見衆人圍着一人。在地下亂着。便忙趕過來一看。却是寶珠。已經這個樣兒。便放聲哭道。我的兒。你怎麽跑到這裏來。也這樣了。春妍也放聲大哭了。笑春見婉香面前沒得一人。便走到婉香面前去喊婉香。婉香仍是不應。像已死了。便大哭起來。又想。婉香已到這個地步。大家還只圍着寶珠。不來看看。婉香想到這裏。一法哭的凶了。柳夫人聽見笑春哭得凶。纔記得自己原爲婉香來的。便到婉香床前一看。連忙搖手道。不要亂。不要亂。不妨事的。婉兒的嘴唇兒還不青呢。笑春聽柳夫人分。出。彼。此。來。便一肚子氣。不管好歹的。回道。氣也絕了。還說嘴唇不青呢。說着大哭起來。柳夫人也不計較。再三止住哭聲。滿屋子略靜了靜。

忽寶珠哭出聲來。春妍道。阿彌陀佛。好了好了。柳夫人便趕過來看寶珠。已哭得淚人兒一般。道。姊姊眞捨了我麼。柳夫人忍着淚道。寶珠寶珠。你醒來。你姊姊在這裏呢。寶珠隱隱聽見。便醒過來。睜眼一看見柳夫人拿着燭火照他。便急急忍住哭。定一定神。看看滿屋子的人。又忍不住哭道。姊姊呢。柳夫人也簌簌淚下。道。我的兒。你心清清。你姊姊在那裏呢。寶珠便走到婉香床前。柳夫人也跟着過來。寶珠曳着婉香的手。哭着喊了幾聲。婉香仍不答應。便向他耳邊哭喚道。姊姊。你當眞的這樣了麼。說着。淚珠兒早滴滿了婉香一臉。婉香忽然心裏一清。便睜開眼來一看。見是寶珠哭他。便挨近臉兒認道。寶珠。你不是寶珠嗎。寶珠哭着應道。姊姊姊姊。我在這裏。婉香便抝起身來。却抝不起。便在枕上哭道。寶珠。你急死我了。寶珠也哭道。姊姊。你眞眞急死我呢。柳夫人見婉香開了口。便念了幾聲急佛道。婉兒。我的兒。你怎麼了。婉香聽見柳夫人聲音。定睛一看。正是柳夫人站在面前。寶珠却伏在自己睡的枕上。臉對臉兒的哭。便吃了一驚。連連掬起身來。柳夫人道婉兒你怎麼了。這會子心裏覺得怎樣。婉香口裏說沒什麼。眼裏早長一行短一行的淌下淚來。春妍倒了兩碗參湯進來。遞與婉香。又遞一杯給寶珠喝了。寶珠眼睜睜的四下看了會子。心裏也淸了好些。見柳夫人坐在床沿上。便站開些。柳夫人看見道。寶珠你就這裏坐會兒給你姐姐瞧瞧。婉香此時心也淸了。聽說便漲紅了臉。暗想這個光景這夢像是眞的了。又想幸而寶珠尙在。倘若眞被我一推跌死了。那便怎麼想到這裏。又要哭了。又看寶珠原好端端的坐在自己身邊。又覺好笑。寶珠見他有些笑影兒。便問道。姊姊你夢見什麼來。便到這個樣兒。婉香想一想道。我夢見失手將你一推。你便跌倒在地死了。剛說到死了兩字。忙要縮住。却已來不及了。便接着說道。我想這便怎麼。我喚你你不應。我隱約記得春妍進來。我問他寶珠呢。他說寶珠沒有了。我當是說死了的沒有了。不由得一急。便昏過去。又看見你果然倒在地下。臉兒也變色了。嘴唇兒也靑了。眼兒也閉了。還是笑春和春妍帮我扶你起來。我纔慢慢的喚你醒來。見你醒了。我纔放心。却不知道怎麼我也醒了。你這會子原好好着。這不是夢魘嗎。說着。又露了個笑影。柳夫人道。我的兒。這到不是夢魘。你弟弟分明爲你急死。纔回過來呢。寶珠忙掩過說沒有沒有。太太講着頑的。柳夫人便也不講。婉香便看了寶珠一眼。低下頭去。外面報道。金爺來了。寶珠便要去接。柳夫人一把扯住道。你又不顧自己了。寶珠便站住。替婉香放下帳子。笑春早端張儿兒安在帳

細膩得體

門前攏下個手枕兒。柳夫人便叫請金爺進來。外面答應着。門簾動處。金有聲進來。先向柳夫人請安。寶珠也勉强與金有聲請安道勞。柳夫人道。這早晚還要勞駕。眞是熟不知禮了。金有聲也謙讓了幾句。愛兒海棠已站在帳前說。請金爺診脉。有聲便低着頭走近帳前。婉香向帳內。伸出手腕來。海棠拿塊帕子遮蓋上。金有聲只立着診脉。不敢坐下。柳夫人道。請坐了細細的診。金有聲應着。便略坐一點兒。頭低着向外面屏聲歛息的診了一會。便換了手。又診一會。放下手。退下來向柳夫人道。小姐的貴恙不妨事的。不過魂魄不安。受了些驚嚇氣惱。以致如此。柳夫人道。那便請金爺打個方子。回來再給寶珠瞧瞧。金有聲答應着。寶珠便扶着愛兒陪出房去。到中間坐下。看有聲打起方子來道。

左寸浮散肝胆脈沈細而緊兩尺細弱心包邪熱炎甚法宜清滋

琥珀粉　青花龍骨　遠志肉　茯神　焦山梔　大生地　茯苓

四製香附　陳皮　燈芯

寫畢。註明重量。遞與寶珠。寶珠看了。便也請金有聲診看有聲診畢道。今兒敢是失血過麼。寶珠道不曾。愛兒在旁點首道。曾嘔出一口兒紅的。金有聲道。可不是嗎。這不當耍的。爺千萬保重纔是呢。寶珠聽說自覺心痛。不禁弔下淚來。金有聲道。不妨事。吃兩劑藥。調養會兒。便好了。便拿紙寫了方子。又審定一會。送與寶珠。說吃這麽一劑安安神。不要走動費心。明兒再過來請安。便好下補劑了。說着告辭去了。寶珠扶着愛兒進來。見笑春春妍海棠都站着。婉香牀裏擺了張湘妃竹几兒。婉香一手靠在几上。托着腮。和柳夫人講話。臉龐兒。早清減了。好些。柳夫人見寶珠進來。便道。方子拿出去打了麽。寶珠點點頭說打去了。說着看看婉香道。姊姊這會子覺得怎樣。婉香道。也沒什麼。不過心裏空空洞洞的人覺得輕了許多頭裏這身子兒便不像是我的了。任他們喊着推着我也不知道。春妍把我的唇宗兒也掐破。我此刻纔覺得痛呢。寶珠看他唇宗上。果然兩個深深的血指印兒。心裏着實疼他。想替他揉揉。當不得柳夫人在面前。不好動手。便看了他一眼。暗暗心痛。柳夫人道。你也該轉去躺一會兒。養養頭裏哭得什麼似的。難道一會子便好了麼。正經傷神的呢。寶珠坐在牀沿上搖首道。我沒什麼。這樣坐坐談談就好。勝似一個兒睡在牀裏悶呢。柳夫人便也由他。因笑道。頭裏眞急得沒脚兒走呢。這邊一個。那邊也是一個。叫我管那一個好呢。婉香微微一笑。笑春也一笑。婉香聽笑春也笑。便向笑春看了一眼。像是冷笑的光景。婉香便猜着了八九分。暗暗點首。忽門外老婆子們報道。

東府裏太太和珍大奶奶兩位小姐來了。婉香便反睡了。寶珠將几兒拿出放在地下。自己便走了開去。柳夫人便也站起來見袁夫人同着藕香美雲麗雲進來。袁夫人便走向牀前道。姐兒怎麼樣的。婉香便在枕上側一側。像要掙起來的光景。袁夫人連忙止住道。你躺着罷。不要這樣拘禮。婉香便在枕上告罪。袁夫人向床沿上坐下。春妍已將兩邊帳幔一齊捲起。婉香道。這會兒好了。要太太受驚。眞是大動經界了。袁夫人謙了幾句。又道大夫來瞧過了麼。柳夫人道。剛金有聲來瞧過說不妨事的。袁夫人便問寶珠道。大夫怎講。寶珠便只說是受了些邪熱。所以夢魘住了。袁夫人又向婉香道。你本來是單弱的。禁不起什麼風浪。你在這裏。離太太那邊又遠。又沒得人照顧。你樣式總要自己珍攝纔是。婉香便在床沿上道謝。袁夫人又向寶珠道。聽說你也昏過去了。

可有這事麼。寶珠連說沒有。柳夫人笑道。他見他姊姊這麼樣了。他便也急壞了。袁夫人笑道。倒是這孩子心熱。難怪他姊妹們都和他好。柳夫人道。這也是兩個要好。所以痛癢相關。不然便病得再凶些。也不到這個地步。婉香聽柳夫人這話。心裏着實受用。又因這個好字。想到夢裏寶珠講的那好字。不禁又紅了臉。袁夫人都不理會。早走開和柳夫人講話去。藕香趁空兒便同美雲麗雲走近來問好。婉香在床上點首兒道。我眞正過不去了。又驚動大嫂子和姐姐妹妹呢。藕香道。這是講那裏話來。我聽說妹妹病的凶。我慌得什麼似的。走也走不快了。到這會子見了面。纔把我這心放下。婉香笑笑。便問美雲道。大姊姊這時候還不睡嗎。美雲道。我剛在那裏看了頭們疊箱子。聽見外面亂着。說花二小姐。說到這裏一頓口道。病了。我連忙回過太太。同着過來。都急得什麼似的。幸而好了。這眞是祖宗保佑呢。婉香笑道。我的。祖。宗。還。在。蘇州。怕。沒。有。人。替。我。打。電。報。去。通。知。管。不。到。呢。麗雲笑道。你。到。了。我。們。這裏。我。們。祖。宗。便。也。肯。管。你。了。婉香聽了這話。像是雙關。便有些高興起來。向美雲道。明兒軟姐姐和蕊妹妹。可眞的來麼。不知美雲怎說。且住。這便是

柔魂一縷輕於絮。　熱淚雙行貴似珠。

第十回

痴公子癡情調美婢　軟小姐軟語謔嬌鬟

却說婉香剛問美雲道。軟姐姐和蕊妹妹。明兒可眞來麼。美雲道。他正念你呢。問了我好些話兒。太太接他來住幾天。他便歡喜得很。說明兒回了太太便來。婉香道。這纔有趣兒。我這幾天不知怎麼悶不過。他們

來了。我便有個伴兒。倒不會得病了。麗雲笑道。你快好罷。明兒好同到園子裏逛逛去。婉香笑道。我也這麼望着呢。說着見袁夫人已站起身來。麗雲知道要走了。便和婉香說些保重的話。袁夫人也和藕香過來講了幾句。婉香道謝。一干人便自去了。柳夫人見沒什麼。便向寶珠道。你回去麼。寶珠道。我走不動呢。柳夫人道。那便叫笑春扶你過去好麼。寶珠想了想。便道。這會子還早。太太先請罷。柳夫人道。時候也有三更了。你要坐一會。兒便坐會兒去。回來可不要談到什麼時候不睡。寶珠道。我一會兒便去。柳夫人點點頭。又向婉香講了幾句閑話。便自去了。寶珠見柳夫人已去。便也沒得病了。跑到婉香床前。曳着婉香的手道。姊姊。你到底夢見什麼。婉香甩脫手嗔道。你又這麼樣了。我講過的了。寶珠笑道。好姊姊。你剛纔沒講完呢。婉香道。沒什麼了。你不要這樣纏不清。怪討人厭的。寶珠不敢再問。半晌。忽婉香道。頭裏太太喊你去講些什麼。寶珠道。沒什麼。因爲珍大哥子要往京裏去。太太問可要什麼。教開個單子。我替你開上兩件平金的小襖子。并些枷楠香末子。又開上十副的平金褲脚。婉香笑道。我要這些什麼。你倒不替我開上個平金的帳沿兒和那個堆花的椅墊兒。寶珠道。那堆花的椅墊兒。太太開上五堂了。帳沿兒我要了一個來。便送給你罷。婉香點點首兒。忽床裏畫几上擺鐘。鐺的敲了一下。寶珠道。怎麼便一下鐘了。婉香道。你該睡去了。寶珠一扭頭道。我走不動。睡在這裏罷。婉香詫異道。你講什麼。寶珠不敢則聲。春妍在旁道。當眞夜深了。爺又病着。外面不好走。我今兒便和笑春睡去。爺在後房睡罷。寶珠聽着看看婉香。見婉香也沒什麼。便向春妍道。你替我叫愛兒去我屋子裏說聲。教媳烟等睡罷。春妍答應去了。婉香道。㜑烟病着。你忘了麽。寶珠笑道。他好些了。我這。會。兒。因。姊。姊。這。樣。我也。顧。不。得。他。了。婉香。冷。笑。一。聲。寶珠笑問道。你敢是笑我沒情麽。你知道㜑烟的病。不過懊悔出來的。吃我解說了一番。他便好了。姊姊這病。是爲我急出來的。我便用不着解說。只有陪着姊姊。給姊姊瞧着。我分明沒死。講到這裏。婉香截住道。你不講罷。我不愛聽這話兒。說着便向裏牀睡了。寶珠便一手靠在被上笑道。姊姊。你不愛聽。我便不講罷了。你不要這樣。你回過臉兒來。我找那個你愛聽的。講你聽呢。婉香笑道。我不要聽了。你睡去罷。明兒再講。剛說着春妍進來。寶珠便笑着起來道。姊姊。我給你鋪蓋好了罷。婉香道。不用你。讓春妍來罷。寶珠便讓春妍給他蓋好被兒。放下帳子。婉香在帳裏道。你也該睡去了。明兒早點起來。不要又頑到什麽時候纔睡。寶珠笑應着。春妍已將房門關好。窗幃兒遮了。換上長頸燈台。將洋燈熄烏。便後面房裏去了。寶珠也跟着進來。見春妍在床沿上。彎着腰兒。替他疊被。寶珠便去曳他的手。向床沿上坐下。春妍搖手兒。寶珠順手一拽。春妍站不住。便也向床沿上坐下。寶珠笑嘻嘻的附耳說了兩句。春妍却說響了道。什麼疊被。什麼鋪牀。我不懂。寶珠忙去掩他的嘴。又輕輕的道。你聽不清麼我說。我若與你多情小姐。春妍聽着。不禁噴聲笑了。道罷了。不用講。前兒惱翻了。你忘了麼說着自己拿帕兒掩掩嘴。寶珠見他嘴唇兒紅紅的。便偎近臉兒道。好姐姐。你把這點胭脂兒給我吃罷。春妍嗤的一笑道。我明兒叫你姊姊。多搽點兒。看你吃不吃。寶珠笑道。那我便眞眞要垂涎死了。春妍輕輕的道。講話留神些。不要把我當做媳烟呢。寶珠聽了這話。便一頭倒在他懷裏。伸手向他兩脇下亂撓。春妍笑得忍不住

賈怡紅第二

問你什麼叫什麼

一心無定

了。幾乎出聲。寶珠道。我問你。可還講這些酸話兒麼。春妍笑着搖首兒。說不敢了。好哥兒饒我罷。寶珠纔住了手道。你與我嘴吃。我纔饒你。春妍強不過。便與他吃了一個道。好了。該放我去了。回來他們聽見。當是我們在這裏什麼了。寶珠便笑嘻嘻的曳住手道。什麼。叫什麼。了。春妍紅了臉。甩脫手道。我不曉得。寶珠便笑着放了手。春妍站起來。整整衣裳。理理鬢髮。站得遠遠的道。爺可睡了麼。寶珠笑笑不理。還在那裏招手兒。春妍便笑了笑。將房門帶攏。自往笑春房裏睡去。這裏寶珠見春妍去後。便自解衣上牀。隔着板壁向裏牀叫了聲。姐姐。聽婉香不應。便放心。睡下。心裏。忽然。想起。嬝烟。病着。又必。知道。我也。病了。這會子。我不。轉去。他必定。念着。我還。沒睡。熟呢。又想道。我今兒。睡在。這裏。有什麼。好處。倒反。一個兒。冷清清的。姐姐。雖睡。在間壁。又不。好和他。講話。却教。嬝烟在家裏怪我。想着便要坐起來穿衣服轉去。忽聞壁婉香牀裏的鐘鐺鐺的打了兩下。又轉念道。這時候了。不轉去罷。好歹挨這一夜便了。想着便仍睡下。忽隔壁婉香咳嗽一聲。寶珠也便輕輕咳了一聲。聽婉香沒得聲響。知道睡着了。便也睡熟。次日醒來。已是下午。聽前面婉香房裏。有許多笑聲。便連忙抝起來。問道。可是軟姐姐來了麽。外面軟玉聽見。道誰吓。是寶弟弟麽。寶珠聽是軟玉聲音。便應道。是我呢。一面應着。已披了衣服起來。剛走下牀。見軟玉已走進來。笑道。你怎麽睡在這裏。寶珠笑回着。一面自己紐衣服。一面看着軟玉。穿一件玫瑰紫緞子白鑲的單襖子。袴子也是一色玫瑰紫白鑲的。身材兒越覺嬌小。一張瓜子臉兒。灣灣的眉毛。生得滿面的秀氣。好像比前兒在他家看見。還格外好些。眼睛裏打量着他。口裏却把昨日病了沒回去的話。說了。軟

因知以上云云俱被聞見故急耳

玉道。怪道你臉兒便比前兒清減了些。這會子可好了沒有。寶珠道。早已好了。說着已將衣服紐好。軟玉見他面前有幾根兒短髮披下。便替他來挑上去。寶珠低下頭。見軟玉頸上有一線的紅影兒。便伸手撫了撫道。這是什麼。軟玉笑道。可不是前兒你和我掉了根兜肚鍊兒。你的比我粗了些。我帶着睡。今兒起來便印了一條痕子。還痛呢。寶珠道。那我仍和你掉轉來罷。軟玉道。那既和我掉了。有什麼再掉轉來的道理。只不要明兒又拿我的和人家掉去。寶珠道。你的我戴着呢。我給你瞧。說着便把領口紐子解了一顆。軟玉笑道。一晚子工夫。自然不會給人的。你戴着就是。說着便替他將領口紐子扣好。寶珠剛要說。忽牀橫頭有人笑道。好吓。怪道不出來了。軟玉急紅了臉。回頭一看。却是麗雲。便笑道。我說還有誰。你哥哥起來了。不來請安兒。還取笑人呢。麗雲笑着。

如入衆香國令我神往不置

便也進來。向寶珠問好。寶珠便一手携了麗雲。一手將了軟玉。同向牀後婉香房裏來。瞥眼見蕊珠穿着一件湖色素緞白鑲條的單襖兒袴子。也是一色的鑲條上綴着些小小的圓鏡。閃閃爍爍射人眼目。梳得絹光的兩個小圓頭。戴着一朶白薔薇花兒。面前覆着襤髮。越顯出眉目娟好。一種嬌小可人的光景。手裏拿着一塊白絹帕兒拭着小嘴兒笑。着聽美雲和婉香坐在美人榻上講話。一眼見寶珠將着他姐姐和麗雲出來。便站起來道。寶哥哥起來了。聽說你回來不適意着。可好了麼。寶珠便放了軟玉的手。將着蕊珠道。早已沒事了。你們鬧這幾天。不辛苦嗎。今兒恁麼還來得恁早。蕊珠笑道。你睡到這時候兒纔起來。還說早呢。咱們來了好多會子。飯也吃了。寶珠不信。回頭問婉香道。姐姐可眞吃過飯了麼。婉香點首兒道。吃過了。你不餓嗎。寶珠搖首兒道。不餓。美雲道。寶弟弟。你昨兒沒回屋子裏去麼。寶珠道是。蕊珠道。我剛和大姊姊到你屋子裏。嬝烟病着。說你昨兒睡在這裏。只不知道那有你睡的處兒。寶珠隨口答道。我睡在春妍床裏。蕊珠因笑道。阿唷。我倒沒知道。照講來。我還該給春妍道喜呢。春妍姐快來快來。軟玉也笑道。可不是。我也失禮了。春妍呢。春妍剛替寶珠送臉水進來。聽軟玉喚他便趕忙應着進來。蕊珠笑着。忙替他接了臉盆子。放在棹上。檢着。祗眞個。朝他道起喜來。春妍連忙避開。道怎麼姊兒敢是拜門神麼。說得滿屋子通笑起來。蕊珠笑道。我拜嫂子呢。春妍不懂。軟玉一手把春妍將着過來。笑道。你不懂嗎。我問你。昨兒三爺睡在那裏的。春妍方纔明白。便紅漲了臉道。姊兒總拿我們開心。婉香剛笑着。因道。哎唷。怎麼今兒便稱起我們來。蕊珠軟玉都笑道。可不是。你小姊也這樣講了。春妍一發紅了臉道。我是講我們了頭呢。小姊也湊趣兒。捉我的字眼子。麗雲忍不住笑道。二姊姊。你也曉得這我們兩字是不好講的。你且慢點兒笑他。你自己想想。瞧。婉香也紅了臉。笑向春妍道。你快還不謝謝二小姐去。他帮得你多緊呢。春妍笑道。那倒也不是帮我。二小姐自己在那裏講公平話兒。婉香笑向軟玉道。反了反了。我門春妍投降到高麗國去了。美雲寶珠等通笑起來。寶珠道。二姐姐。你是什麼國王呢。軟玉道。他是洛陽國的花王。寶珠剛洗着臉。聽見笑道。也配。那我是什麼王呢。麗雲接口笑道。你是牛魔王。寶珠聽說。便醮了一手的水。向麗雲兜臉的灑將過去道。你倒是個螞蝗呢。麗雲不提防。猛被他灑了一臉的水。便捧着臉兒要婉香替他揩乾來。婉香笑道。這個干我什麼事。誰弄你的。叫誰揩乾去。麗雲笑罵道。我倒不曉得是誰弄你的。寶珠笑着便擰了

調粉弄脂
平生擅長

把臉布過來。替他揩了。麗雲又笑又氣。又不好再說。只聽他揩乾了。還要他賠一臉粉兒。寶珠件件依他。便向婉香妝台。揩了些粉。勻在自己掌上。替麗雲輕輕的敷上。麗雲拿鏡子照了照。見敷得很勻。纔沒得講了。春妍便將臉盆拿去倒了。端了漱口水。併蓮子進來。寶珠漱了口。吃着蓮子。隨手兜了一瓢。送到軟玉嘴邊。軟玉吃了。忽然道。寶弟弟。你的項圈兒呢。美雲等一看。果然沒有了。婉香急問道。怎麼昨兒我也沒有留神。你丟到那裏去了。寶珠便自己也記不得。細想一想道。是了。在春妍床裏。婉香道。你往常不卸下睡的。怎麼昨日便卸下了。寶珠道。帶着睡怪討厭的。昨兒偷卸下的。不要對太太講。說着。春妍已去拿來。軟玉接着。便替寶珠帶上。又拈着那個蝴蝶兒看了一會。寶珠對他一笑。軟玉看見道。你笑什麼。我瞧瞧。可碰壞了沒有。麗雲在旁嗤的一笑。寶珠倒不好意思起來。麗雲軟玉又望着春妍一笑。春妍臉兒上便紅一陣白一陣的要哭了。婉香看見笑道。癡了頭誰不知道你和笑春睡去。不過拿你開胃兒。怎麼便急得要哭的了。春妍道。回來吹到太太耳邊去。只當是眞的我們了頭門。引壞了爺了。麗雲笑拍拍肩道。好姐兒不要哭。誰講去呢。春妍向麗雲一瞋一笑。欲說不說的。麗雲知道春妍是個利口。怕丟了臉。便只做不見。拿別話和寶珠打訕去。美雲剛和寶珠講話。聽麗雲向寶珠道。今兒珍大哥進京去了。你可知道。寶珠尙未答應。美雲接口問道。當眞你叫珍大哥帶的平金挽袖兒是給誰的。珍大嫂子笑你呢。寶珠道。我是帶來孝敬太太的。美雲笑道。那也罷了。我只當預備將來給二妹妹用的呢。婉香紅了臉道。怎麼你們動不動便不拘什麼多拉到我身上來。回來大姐姐嫁了姐夫。不要姐夫的什麼事兒也拉到我身上來美雲頓了嘴麗雲笑道二姊姊你這話又失便宜了怎麽姐夫的什麽事兒便好拉到你身上來婉香笑道我不過這樣講横竪大姊姊還沒得姊夫便有你也湊不攏班子去干你甚麽事一个姑娘家虧你想到這個上去麗雲聽了便一聲兒不言語趕過來笑罵道婉兒你會翻嘴兒麽我把你這齷齪嘴撕掉了看你還能講也不婉香連忙避開躲到寶珠背後道好弟弟帮我呢不知寶珠怎樣且看下文這是

閨中說笑原無忌　局外猜疑似有情

第十一回

病孃烟處心怕鬼　情寶珠慧眼識人

却說麗雲因婉香取笑他便趕過來婉香連忙躲到寶珠背後笑央道

好弟弟你帮我呢。麗雲已笑着走到寶珠面前。寶珠便攔住道。好妹妹。饒他罷。麗雲嗔道不要你帮他我撕他的嘴呢。婉香在寶珠背後央道。好妹妹。我不敢再講了。隨你們想這個不想這個。我不問罷麗雲笑點點首兒道。你還敢這樣說麼。說着已向寶珠脇下伸手過來。寶珠忙挾住。道看我的面兒。饒他罷。麗雲道。婉兒。你不告饒。我决不饒你。婉香連連笑央道。好妹妹。我不敢了。饒我這遭兒罷。看你們親親哥哥的面上。麗雲笑罵一聲道。你好。憑你怎樣的利嘴。我回來收捉你罷。美雲軟玉蕊珠三人。只看着笑着。婉香笑嗔美雲道。大姊姊也不帮我一點兒。只站着看冷眼兒。回來我告訴太太去。說二妹妹欺我。大姐姐還帮着笑呢。美雲道。妹妹又不叫我帮。有寶弟弟回護着。還要我什麼。你不看寶弟弟裏的你死緊的。我來帮了。回來還說我打你們的杈兒呢。麗雲也

一聲嬌鳥亂啼花文境似之

笑道。你告訴太太頂好。太太問你。說你妹妹爲什麼要撕你的嘴。那時你不說。我也要直講的。看你羞也不羞。這些話。可是女孩子家講得的。婉香笑道。那也沒什麼。你回頭想瞧。今兒這些話。誰講的多。況且我的話。也不傷什麼脾胃兒。你自己不知道怎麼想去了呢。大家聽着都笑起來。此時天色已晚。太太身邊的殿春過來。請用晚膳。寶珠道。怎麼夜飯恁早。我纔起來不多會兒。頭還沒梳呢。美雲道。這時候也不早了。天晚了。橫豎你不出去。梳什麼頭。寶珠便也不說。見婉香已讓軟玉蕊珠等出去。便和麗雲美雲站起來。同着出來。走到廊下。見小丫頭都拿着老虎燈子。站着點燈。笑春也在那裏。看丫頭們上簷燈。寶珠見他仰着臉兒。便道。看仔細。蠟燭油兒滴在臉上。笑春聽見道。顧着呢。爺們敢是往南正院去麼。回來我來接。寶珠點點首兒。走出腰門。見仇老媽站起來請安。寶珠略一點首。軟玉笑道。老媽。你今兒便宜了爺的早安晚安併一塊兒請了。仇老媽笑道。可不是。昨兒還沒請晚安呢。昨兒三更天我還等着腰門。四更天。媳烟姐還著春柳兒來喊門。我沒聽見。今兒一早起便聽一頓罵。可也沒得便宜了。蕊珠聽他說得囉哆好笑。寶珠却被他一句話兜在心裏。便向婉香道。姐姐你先走一步。我往屋子裏轉一轉來。婉香知道寶珠爲着媳烟。便點點首兒。歸自己同着軟玉蕊珠美雲麗雲轉灣出去。這裏寶珠講了這句之後。便一逕跑向自己屋子裏來。一進門。見黑越越的迴廊上燈也不點。一盞中間屋子裏射出一片燈光也不甚亮。走進中間。只聞得一股藥香。四下裏靜悄悄沒些人聲。向左邊房裏一望。見點着一盞洋燈。旋得烏熄熄的。並沒個人。向左邊自己房裏一看。并且連火也沒得。剛要轉步。忽裏面縮縮的一響。便有些膽寒硬着膽喊道誰在房裏聽沒得聲息便喊道晴烟聽不答應又喊道春柳兒也不答應後面媳烟却聽見答應道可是爺回來了麼寶珠應了一聲便要進去忽回頭見自己房裏一個人影兒一晃往外面去了心裏吃了一大驚便突突的跳個不住後面媳烟又道爺怎麼不進來寶珠聽媳烟說話便大了膽走到後軒見燈也黑魆魆的壯着膽走進媳烟房裏見媳烟掀着帳子等着寶珠便走近問道你今兒可好些媳烟勉强道好些了寶珠又道怎麼單剩你一個兒在這裏他們那裏去了媳烟嘆口氣道爺不在屋裏誰敢禁止他們不走哩況我病着又惹他們的厭寶珠聽着心裏着實生氣又道你一個兒睡在這裏怎麼連老婆子們也不來陪陪你你妹妹又怎麼這樣看得過你冷清清的可不怕麼媳烟道可不是我往常倒還膽大不知怎麼這幾天便

膽怯怯的前面房裏又常有響動我喊喊又沒個人答應寶珠聽着便打個寒噤道可是我睡的房裏麼我剛來也聽見些響動還看見個說到這裏忙改口道還看見個猫想來是耗子打架呢嘴裏說着心裏着實狐疑要想去看個明白又沒個人陪去剛想着忽門簾一動走進個人來寶珠和嫣烟一齊嚇了一跳一看不是別人正是春柳兒寶珠便發恨道你敢是鬼麼怎麼走路也沒得聲響你存心要嚇死誰春柳兒紅了臉一聲兒也不言語寶珠又道晴烟呢春柳兒道我那裏知道他的去處爺也問得好笑寶珠便也不再問半晌道你們忙些什麼連簷燈也不點了黑魆魆的打量我這會子不轉來嗎你們好頑難道連老婆子們也好頑起來不幹事了尤媽呢春柳兒見寶珠動氣不敢多說便走出去向後院子喊道你們這些婆婆媽媽可有着請幾個出來爺

喊呢不要老躲着過太平日子裏面老婆子們聽見便走了四五個出來春柳兒引着逕到嬝烟房裏來寶珠看了看哼了一聲心裏想道怎麼我幾天沒有回來住便多變了樣子春柳兒也好似有氣的樣兒難道我這屋子裏眞出了鬼不成想着便喊春柳兒打燈春柳兒應着便把羊角風燈點起寶珠站起來背着手踱出房來見燈烏烏的便叫旋旺些那些老婆子們見寶珠生氣多不敢則聲七手八脚爬上去把燈旋旺了寶珠便叫春柳兒走在前面走到自己睡的房裏來寶珠見地下遺着塊帕子剛要走近去拾忽然風燈吹熄了寶珠冷笑了一聲便喊春柳兒去點來自己却站著不動及至春柳兒點火進來那地上的帕子却沒有了寶珠此時却放大了膽往四下一看却沒些影響再往牀上一看見枕頭却歪著了心裏便滿猜是春柳兒幹些什麼事來很

想發作却又不好造次便藏在肚裏索性連臉色也放和軟了便走出來春柳兒和老婆子們也同著出來寶珠笑道剛纔媳烟疑心說這裏有響動我說好好的屋子有什麽着這會子你們不瞧見可不是一點也沒什麽嗎說着看看春柳兒見春柳兒道我也這麽講只是響動却有點兒也不過是耗子和猫打架呢寶珠點點首笑了一笑見春柳兒忽然低下頭去臉紅了寶珠便大明白因道總之我不在家幾天你們膽小的膽小胡鬧的胡鬧所以纔這樣提心弔膽的只是我倒被你們弄得膽小起來呢說着笑了笑春柳兒也笑道那爺怕什麽回來我和晴烟陪爺睡罷寶珠點點首兒忽外面有人拿着風燈進來道怎麽今兒偺們家連簷燈也不點了寶珠聽是晴烟的聲音見他進來道咦爺還在這裏太太叫賞春姐去喊你呢寶珠笑道你在太太那裏麽我剛

反襯一筆
大放光明

在講你呢。咱們正商量着。今兒晚上。央你和春柳兒陪我睡。晴烟笑道。怎麼忽然要人陪着睡起來。寶珠笑道。他們都講我屋子裏出鬼了。我被他們講的慌。所以不敢一個兒睡。晴烟冷笑道。爺出去了七八天。這屋子裏果然有些鬼鬼祟祟樣兒出來。別的倒不怕什麼。只怕明兒弄得。滿屋子人都顛顛倒倒起來。分不出誰是鬼。誰是人呢。寶珠聽他說得有因。再看春柳兒。只是冷笑着不作一聲。寶珠便又胡疑起來。忽然想了個主意。便站起來笑道。隨他鬼打架的。我且吃我的酒去。說着便叫春柳兒掌燈出來。又叮囑晴烟伴着媳烟。不要走開。晴烟應着。寶珠便同著春柳兒到南正院來。見裏外燈火。點的像火樹一般。迴廊下立滿了。婆子。丫頭們。院子裏面。一片笑聲。寶珠進去。見柳夫人和藕香賽兒美雲麗雲軟玉蕊珠婉香團團圓圓的坐了一桌。只美雲肩下。却留着一個空座兒。一淘人正說着笑着見寶珠進來。賽兒便先立起。走出座來。給寶珠請安。寶珠也向柳夫人藕香請了安。便向空位上坐下。賽兒也仍入席。柳夫人問寶珠道。你昨兒沒轉去睡。聽說你屋子裏媳烟病的凶呢。可知道爲什麼病來。寶珠笑道。我去瞧過了。沒什麼。不過受點兒寒。發燒罷。柳夫人道。那麼人還說他是女兒癆呢。說病了好久了。寶珠笑道。這眞眞從那裏講起。他纔前兒起的。可知人多嘴多。一家子的話。還傳不淸呢。柳夫人也笑了。笑便也不問。因向婉香道。你再吃杯子酒。咱們不要猜枚了。我老了。要你們不過便算了罷。這會子人齊了。你想個令兒出去。公公平平的行一回兒。寶珠笑道。太太高興。那便請太太出個令兒。柳夫人道。我想出來的。總嫌太老些。好孩子。你替我想個罷。寶珠道。我想也要容易點兒的。那麼茜妹妹還好夾著來。婉香道。

險些做了睛雯

我也這樣說。我想了個在這裏倒也容易。咱們說兩句四書。要藏着個紅樓人名在裏面頭家飲了門杯說兩句出來數幾個字一順兒數去。到誰是著末一個字便該誰說兩句貫串的各賀一杯。不聯絡的罰一杯。說不出的罰三杯。下家接說。你們瞧怎麼樣。大家都說好得很。柳夫人道。那便考倒了。我這個老童生了。這一部。兒四書我已經四五十年。沒。打。過。照。面。叫我。那。裏。想。起。呢。也罷。我拼着罰酒便了。婉兒起令罷。婉香便飲了門杯道。我說兩個紅樓人名。只不知說出什麼來。且看下回。

正是

人因怯膽常防鬼　　飲到開懷便是仙

第十二回

集書句巧拈紅樓令　　奪酒盞笑浼碧羅襟

點出座次一筆不苟乃見下文並非隨筆亂寫

却說婉香飲了門杯。便說道

　　寶珠。寶玉。諸侯。之。寶三。寶珠。玉。

大家都說很好。便順着字兒數去。諸字藕香。侯字美雲。之字麗雲。寶字寶珠。三字賽兒。寶字柳夫人。珠字軟玉。玉字蕊珠。蕊珠便飲了門杯道。我說一個。

　　劉老老。昔日。公。劉。上老。老。而。民。興。孝。

大家都說好。數一數。却該賽兒說。賽兒飲了門杯。想了想道。

　　寶琴。惟善。以。爲。寶。如鼓。瑟。琴。

柳夫人贊好。便道我賀一杯。說着喝了一鍾。數去。却仍該賽兒說。賽兒便笑道。這便窘了。因慢慢的喝着門杯。大家都看着他。賽兒一發想不出來。便抓把瓜子嗑着想着。忽笑道。有了。

賈政。我。待。賈。者。也。子。奚。不。爲。政。
大家絕口贊好。合席各賀了一杯。數了數。却好。又該柳夫人說。柳夫人便飲了一杯道。
熙鳳。於。戚。熙。敬。止。鳳。鳥。不。至。
大家都道好極。婉香道。那何不索性把穆穆文王說。上更加好呢。柳夫人笑道。我怕三句用不着呢。婉香道。加一个姓的帽子。也沒什麼。說着便替柳夫人數了數。計九字。却好仍要柳夫人自己說。柳夫人笑道。這了不得。那第二個我再講不出了。我罰酒罷。寶珠道。太太不要罰酒。只依二姐姐說的。把那穆穆文王加上數去。便該大嫂子說了。藕香便答應着。飲了門杯道。我早想得個在此。便道
賈璉。王孫賈問曰。瑚璉也。

婉香笑道。這該罰酒了。這兩句怎麼連得攏來。藕香自己想想。也講不過去。便飲了一杯。蕊珠見又輪到自己。便道

迎春以迎王師春服既成。

數去。該柳夫人說。柳夫人笑道。這會子到想了個起來了。

探春。如探湯春省耕而補不足。

婉香聽了笑道。仍要太太再說一個。大家數了數。果然仍該柳夫人說。便合席都笑起來。寶珠道。我替太太說一個罷。柳夫人笑道。難道我眞個便想不出了。要你來討好兒。你有了。你藏着回來輪到你。不要又講不出了。寶珠笑道。我早把全部紅樓夢想過了。我已經想了十五個在這裏。便人家想着了。也逃不出我的範圍。麗雲笑道。我也想過了。却只有九個好說的。你倒說有這許多。難道連襲人黛玉李紈都好講。麼我

只不信。你且說來我聽。我情願罰十杯。寶珠道。要便我講一個合席賀三杯。我講十五個。合席共四十五杯。我少講一個。便也罰三杯。柳夫人道。誰和你賭東道兒。我倒想着了。

妙切身分

賈母王孫賈問曰父母其順矣乎

說畢。連問道。這個比藕官的瑚璉也如何。大家都說好絕。麗雲笑道。這個我却沒有想到。寶珠道。可不是。快吃酒罷。麗雲道。怎麼該派我吃。寶珠笑道。賀杯難道不吃嗎。於是大家賀了一杯。軟玉見輪到自己。便飲了門杯說道。

妙在自述

玉愛事之以珠玉愛之而不欲其死

寶珠拍案叫道。這個連我也沒有想到。眞好眞好。便舉起杯來。滿滿的飲了一杯。麗雲也絕口贊好道。軟姐姐。我賀你三杯。說著便飲。寶珠道。

我也該賀三杯。說著隨手把賽兒的一杯喝了。又喝美雲的一杯。婉香見該自己說。便道

智能知仁勇三者。欲罷不能。

合席齊聲讚好。數去該是蕊。珠蕊珠便想了想道。

可卿。可使爲政。卿祿三大夫。

軟玉見又輪到。便飲了門盃。說道。

來旺。來朝。走。馬以齊。王。由。反。手也。

麗雲笑道。這王字算不得旺字。軟玉道。總一樣講法。的果然不好。我飲一盃便了。蕊珠見又要自己說了。便道怎麼單只我們幾個說了。大姐姐和麗雲姐姐。還一個沒講呢。麗雲笑道。你快講個五個字的。讓我好講。蕊珠想了想道。經書可講得麼。若可講得。我便講一句五個字的。

元春。元年春。

婉香道。那不能算得照這樣。今兒一晚子還行不完呢。蕊珠又想了一會。又暗地數了一轉。便笑向麗雲道。這會子要你說了。你可把那九個一齊講出來。麗雲笑道。難道眞有五個字的輪到我麼。我不信。你快些講來。蕊珠笑道。字却不止五個。你數著便念道

雪。雁。齊。宣。王。見。孟。子。於。雪。宮。顧。鴻。雁。麋。鹿。

說著。大家拍案叫絕。麗雲數著。却好第二轉正輪到自己。便飲了一盃道。

入畫。入公門。今女畫。

寶珠笑道。我早想過了。這畫字不是畫字呢。麗雲笑道。四書裏。怕沒得正讀畫字的。寶珠道。你賀我一盃。我替你說。麗雲便笑著吃了一盃。忽

笑道。

　毀瓦畫墁。

寶珠點首說是。婉香笑向寶珠道。剛好好的。該蕊妹妹說。這會子你添了個字。又弄到我身上來了。寶珠連連作揖。婉香笑道。說幾個令兒。倒不値什麼。我這杯子酒。實在有點兒怕他。你給我代了罷。寶珠點首道。狠該我吃。說着。伸。手。來。拿。婉。香。的。杯。子。婉香。撇。手。的。打。了。一。下。道。你自。己。沒。杯。子。麼。寶珠。不。提。防。被。他。打。了。一。下。竟把。蕊。珠。的。杯。子。一。帶。那杯。子。一。磆。碌。碌。的。弔在。蕊。珠。懷。裏。蕊珠。忙。立。起。來。那杯。子。竟。跌。到。地。下。去。好是。舖。着。地。毯。却沒。打。碎。丫頭。們。拾。了。起。來。見蕊。珠。已。滿。身。倒。的。是。酒。大家。都。笑。個。不。了。寶珠。只。是。作。揖。打。供。的。陪。罪。蕊珠。笑。罵。道。你們。兩。家。子。尋。開。心。倒帶。累。我。遭。殃。快還。不。替。我。脫。下。來。寶珠笑應着。便替他解

活畫小孩子氣煞是可愛

開鈕子。脫下來。裏面只穿着一件大紅白綉牡丹花圖兒的小緊身子。麗雲笑道。你們快瞧新娘子呢。大家都趁着取笑。蕊珠紅了臉啐道。你們還拿我開心麼。我不叫你們大家都脫下襖子來。我也不叫蕊珠。說着。便拿了個酒壺向滿桌上灑來。婉香等連忙躲開。却不道那酒壺是空的。柳夫人笑的話也講不出了。蕊珠笑罵道。這尿鼈子也欺我。來丫頭們。替我抬罎子酒來。看我鬧一个水漫金山。纔消我的氣呢。柳夫人笑道。好好。蕊兒。你看我面上。饒他們罷。回來你做了水漫金山。我是要做黎山老母的。滿屋子人。連地下站的丫頭婆子們。都笑起來。賽兒早躲在柳夫人懷裏。這會子更笑的了不得。亂了一會。纔各坐下。蕊珠已換了一件紫色滿身平金的襖子。穿上。便仍入席。道。婉姐姐。這多是你鬧的亂子。如今也沒得說。只叫你罰十杯便算了。婉香道。這可不能要

巧極妙極

仍就請寶弟弟代吃。蕊珠不肯。柳夫人和美雲等大家討了情。便叫婉香自己飲了一杯。便仍接令道

小紅。小子鳴鼓而攻之。紅紫不以爲褻服。

蕊珠笑道。婉兒。我饒了你。還敢罵我麼。仔細我撕你這張嘴。婉香笑着不理。寶珠見該自己說了。便飲了酒道。

侍書侍妾數百人。何必讀書。

婉香說好。柳夫人笑道。這孩子終究是個不長進的東西。快還不給我掌嘴呢。寶珠笑道。太太總駁我的回兒論理。我該自己掌嘴。但我身上臉上的肉那一塊兒不是太太的。回來我掌了嘴。太太又肉疼的。便看太太面上不打也罷。柳夫人笑道。不愛臉的猴兒。誰疼你呢。寶珠道。那我另外講一個好麽。若太太又說不好。我便再講一個。軟玉笑道。是呢。

天下之自命才子者試聽之

曉得你想了十五個在肚子裏這會子又賣弄了也罷你給我講十五個出來我便吃十五杯酒寶珠笑道可又來打量我這會子講了幾個過來沒得十五個了你可知道我是普天下有名的才子這一點兒那裏難得倒我剛說的得意却被麗雲用一個指頭向他臉上一抹道我問你這張臉可要不要你是個才子我問你才在那裏子在那裏寶珠笑道柴在竈肚裏指便指在我臉上大家都笑起來寶珠却忍着笑道你們不要亂聽我道來說着便抓了一把瓜子一粒一粒的數着念道

侍書

剛念了兩字軟玉笑道講過了怎麼又來頂充了寶珠道太太講不好我另講一個難道又錯了麼麗雲笑道你們不知道如今的才子大通行抄老墨卷呢寶珠道誰講來我只不雷同便了說着便念道

子路曾皙冉有公西華侍坐不如無書

說着便向盤子裏擺了一粒瓜子道吃酒軟玉便吃了一杯寶珠又道

秦穆公用之而覇萬鍾於我何加焉秦鍾

兩個了吃酒軟玉又吃了寶珠連說了三個道

王曰善夫保民而王王善保

程子曰又日新一國興仁程日興

堂堂乎張也子華使於齊張華

五個了吃酒三杯軟玉一聲不響吃了三杯寶珠又道

籩豆之事百官牛羊倉廩備豆官

大家說好公賀一杯婉香道這個眞一氣貫串的了寶珠又道

林放問禮之本己蘷蹩曰夫子加齊之卿相林蘷卿

巧妙絕倫

妙造自然

合席齊聲稱好道。難得。竟把第一位美人也抬出來了。軟玉又道。別的不奇。但只一個犟字。虧他滿腸子搜出來的。說着便甘甘心心的吃了一杯。惟蕊珠笑着不響。寶珠指着他道。

王笑而不言。稱之曰。夫人。王夫人。

大家都笑起來。蕊珠笑道。狗嘴裏總沒得象牙。寶珠又道。

商賈。敏於事。而愼於言。賈敏。

軟玉道。這個又杜撰了。紅樓夢那有這個名字兒。寶珠道。虧你。天生你兩隻眼睛。滴溜溜的。幹什麼用。林妹妹的太太。可不叫賈敏麼。軟玉方才記起來。是冷子興口裏講的。麗雲先笑道。怎麼喚起林妹妹來了。可不要笑死了人。婉香等也都笑得和花枝兒似的顫動。寶珠道。不要笑了。軟姐姐吃酒。不要帶錯帶賴的渾過了。軟玉笑着吃了一杯。道。幾個了。寶珠道。我記着呢。九個了。軟玉笑道。可不要趁空兒添兩顆瓜子上去。報虛帳呢。寶珠笑道。你不信。我背給你聽。賽兒道。寶叔叔沒添上去。我管着呢。寶珠笑道。哎唷。我幸而正大光明的。不然吃你們看破了。還了得。好姪兒。我添一顆罷。你不要叫出來。賽兒笑着把盤兒搶了去道。不要讓我來記數。寶珠笑道。你可不要倒拿兩顆去的。賽兒笑說我不。寶珠念道。

民之所賴以生也大哉孔子賴大。

麗雲笑道。阿吓。了不得。這個賴字竟被他想出來了。我早就想過。只說四書裏沒得這個字的。寶珠笑道。還講什麼。我早說是才子呢。說着逼着軟玉吃了一杯。軟玉已經臉通紅了。柳夫人道。軟兒算了罷。你吃不得了呢。仔細回來醉了難過。軟玉那裏肯依。蕊珠道。姐姐。我替你吃罷。

還有五個。總要他講完的。軟玉道。不要代。向寶珠道。講來講來。寶珠笑着說道。

北面。而朝。而後。能靜。王顧。左右。而言。他北靜王。

軟玉喝了一杯。聽寶珠接著說道。

求善。賈。而沽。諸敬。鬼神。而遠。之賈。敬。

晋人有馮婦者。惡紫之奪朱也。得天下英才而教育之。馮紫英。

軟玉剛吃了一杯。聽了第二個道。這該罰三杯了。我念你聽。三句連得攏。麼寶珠說該罰該罰。便吃了三杯。又道。

欣欣。然有。喜色。而相。告曰。鳳兮。鳳兮。喜鳳。

秋。陽。以。暴。之。拱把。之。桐。梓。秋桐。

說到第二個。大家齊聲贊好。說這個名字。眞虧你想到的。軟玉便連吃了兩杯。已經當不住了。便道。可齊了沒有。賽兒道。還少一個呢。寶珠道。這一個倒想不出呢。軟玉道。想不出。罰十五杯。寶珠笑道。你倒是這麼想呢。讓我想想看。難道多的也有了。倒爲着這個兒坍台麼。軟玉連道。快。快。說着。便拿兩隻筷子向盤子邊上擂着道。我在這裏擊鉢呢。快講來。寶珠想了一想。忽然跳起來道。有了。大家連問什麼。寶珠說道。

靜而後能動。實若虛。靜虛。

衆人都道。只又是誰的名字。寶珠道。鐵檻寺的老姑子。不叫靜虛麼。衆人都說。這倒沒曉得。敢是你問了他來。寶珠道。你們又和我强呢。春柳兒。你把那王熙鳳弄權鐵檻寺的那回。翻來給他們瞧。婉香笑道。好好。算了罷。寶珠道。怎麼算了罷。我翻給你瞧。你們輸了。我只罰你們的酒便了。軟玉笑道。好好。我吃酒便了。賽兒道。我記得了。果然是的。軟玉已吃了一杯。柳夫人道。今兒鬧的彀了。偺們吃飯罷。於是大家吃飯。只軟玉不要吃。柳夫人吃着飯道。今晚軟姐兒酒吃多了。可難過嗎。軟玉搖搖頭說。也不過二三十杯。還禁得起。這會子再叫我吃十杯。還能彀呢。大家都說滿席子人。除了寶珠。要算軟玉的了。軟玉向美雲道。大姐姐酒量也不差。今兒怎麼也不吃一杯兒。也不說一個兒。美雲笑道。你們都不肯飛個到我身上來。我想了一個賈敬。被寶弟弟講去了。還有兩個是。

賈赦。我待賈者也。赦小過。

元春。曾元養曾子。春服既成。

還有翠縷的翠字沒有。只有個縷字。是蔴縷絲絮輕重同。還有個是。

張道士。子張問士。先王之道。士何事。

大家都說甚好。一時飲畢。藕香賽兒麗雲美雲便先散去。柳夫人因問婉香道。軟兒和蕊兒說多到你屋子裏睡去。你可安頓好了沒有。婉香道。我已叫春妍把對過房裏收拾好了。軟姐姐和蕊妹妹同睡可好。柳夫人說好。又閑談一會。軟玉因有了酒。坐不住。便要先走。蕊珠婉香也便告辭。這正是

縱無珠履三千客。已勝金陵十二釵。

第十三回

好弟弟嬌倩醉扶歸　軟姐姐密報好消息

却說婉香見軟玉已醉。便和蕊珠一齊向柳夫人告辭出來。軟玉剛走出門。便頭昏起來。他的兩個丫頭墨香和書芬連忙攙住了。寶珠親自打了風燈。走在前面。婉香將著蕊珠。剛走出走廊。寶珠快了一步。軟玉

夜景如畫

便嗔道。你什麼事。要走得這樣快。我瞧不見路呢。寶珠笑應着。便立在門首等他。軟玉走到跟前。一手便放了墨香。搭在寶珠肩上道。好弟弟。你扶我家去罷。寶珠便偎近點兒。扶着他走。後面婉香笑道。阿吓。好樣兒吓。蕊妹妹你瞧。這可不是戲裏扮出來的醉楊妃麼。寶珠聽見。便嗤的一笑。軟玉道。仔細燈吹烏了。叫墨香拿着罷。寶珠不肯。仍一手拿着燈。一手攙着軟玉。慢慢的走進夾道。忽東首墻門內藕香屋子裏。吹出一片笛子鼓板聲來。軟玉便立住問道。什麼。寶珠笑道。大嫂子和賽兒拍曲子呢。婉香也站住道。大嫂子眞會尋樂呢。纔回來便又攪這些東西。軟玉聽得好聽。便要寶珠同進去聽。蕊珠也要進去。寶珠便攙着軟玉進西偏院來。這日正是三月十三夜。月色大好。照得滿廊都是花影。那些點着的簷燈倒覺不明了。軟玉便和寶珠悄悄地走去。聽裏面唱道。

花壓。欄。杆。漸黃。昏。栁。梢。月。上。瑣雲。屏。金。鴨。香。殘。晚風。多。珠簾。卷。爵

蘭。飄。散。薄。羅。衫。不。耐。春。寒。守着。個。牕。兒。兀坐。到。晚。

唱到這句。略歇了歇。又聽見唱道。

鎭日的刺綉太無聊。拈針還又懶。小桃。花。下。晚。妝。殘。我獨。自。兒。想。

想。算只憔。悴。經。年。傷春。幾。度。銷。魂。一。晌。

寶珠暗暗點首道。這兩疊是粉蝶兒和醉春風。想着裏面又唱道。

淚。珠。兒。背。地。偸。彈。俏。影。兒。燈。底。羞看。對。春。風。沒。個。商。量。算。只。有。寶

鏡。兒。知。儂。心。向。

寶珠聽了這疊道。這是什麼牌子。婉香悄悄的道。這是脫布衫。後面便

是小梁州兩疊了。寶珠點首兒道。敢是你做的嗎。婉香笑笑。又聽唱道。

我待訴衷情下筆難說不透心事千般晚來明月剔團圓抬頭望
淚眼不曾乾

寶珠暗暗點首道好哀艷的曲子吓聽又唱道

近來把骨髓都相思透放不開眼角眉端魂已銷腸將斷一種春
愁春恨壓折小眉彎

軟玉悄悄的笑向寶珠道你聽見了麼寶珠笑笑點點首兒又聽裏面拍漫一板唱尾聲道

我多愁多病由來慣只一寸的心灰死復燃可奈這挽不斷的情
絲還比我心兒軟

唱到軟字便曼聲拖長那檀板搭的響了一下便寂然無聲聽藕香笑道今兒的板却準些了怎麼銀雁兒的笛子便飛不起來我幾乎唱不

下去。聽銀雁兒笑道。奶奶把小梁州的後闋。改了一句。我便渾了。聽賽兒道。不是本來頭一句是相思早已心兒透。奶奶改了近來什麼。我也當是換了牌子了。聽藕香笑道。痴丫頭。板總一樣的。你管他什麼呢。說着。聽賽兒喚道小憐。倒口兒茶來。寶珠聽見。便和軟玉道。咱門去罷。回來他們見了。又走不散呢。婉香道。是呢。咱們去罷。說着便將着蕊珠。蕊珠將着寶珠。寶珠仍攙軟玉。一串兒出來。到小桃花館。見婉香對面房裏。已鋪設得花團錦簇的。四人便走將進去。軟玉見上面床上已鋪好被褥。便一倒頭躺在床裏道。哎唷。難過死了。寶珠道。可不是。快不要這樣睡。你起來。我給你鋪好了。好好的睡罷。軟玉聽說。便又站起來。却站不住。便一手兒靠在寶珠肩上。寶珠便替他將襖子脫下。又替他卸下耳鐶。交與婉香。便扶他睡下。軟玉在枕兒上。模模糊糊的唱道。那挽不

妙進一解

或以爲褻但小兒女固不知有所嫌疑是寫至情入妙處

斷的情絲還比我心兒軟婉香聽了笑道我倒說那挽不斷的情絲還比你身兒軟呢軟玉笑道眞呢我這身子兒不知道怎麼好像沒有了骨頭似的婉香笑道骨頭總有的不過輕了些兒軟玉嗤的笑了道好好你罵我我這會子要睡了不來和你算帳回來我問你誰的骨頭輕呢說着便朝裏牀睡了閉着眼安了一會神忽覺得有人伏在被上睜眼看時却是寶珠剛要開口却被寶珠捧着臉兒嘴對嘴的度過一顆東西來軟玉吮了吮却是荳蔻便笑了笑道他們呢寶珠輕輕的道蕊妹妹嫌你有酒氣和婉姐姐睡去了軟玉道什麼時候去的怎麼我沒聽見寶珠道你睡熟了他們剛過去呢軟玉又道你怎麼還不回屋子睡去寶珠笑道我屋子裏出了鬼了我怕去睡今兒仍就睡在這裏軟玉道睡在那裏寶珠道你想我還有那裏睡得軟玉笑了笑道既這樣

春妍想必和笑春睡去。墨香和書芬呢。寶珠笑道。不知道睡在那裏。蕊妹妹的筆花硯香往我屋子裏睡去了。軟玉點點首兒。見寶珠還伏在被上。因道。伏着不吃力嗎。你便這邊躺躺。我和你講話兒。寶珠笑了笑。便順勢兒在被外面和軟玉一個枕兒靠了。軟玉道。我告訴你一句話兒。你怎麽謝謝我。寶珠道。什麽事這樣鄭重。你講了我便謝你好東西。軟玉道。你可不要告訴人。我告訴你。你前兒下晚子便回來了。我家老太太和你太太給你說親呢。寶珠聽了這句話。便不高興道。又是誰家的女孩兒。又來打拟了。軟玉笑道。你不要急。聽我講呢。咱們老太太說。蕊妹妹年紀長了。外頭又沒得好哥兒們。想給你呢。寶珠笑道。我們太太怎麼說呢。軟玉道。太太說。蕊兒果然長的可人。我也想呢。只是咱們家婉兒。却苦惱的很。又沒得爹媽。他叔叔嬸嬸。又不疼他。現在在咱們家裏。還沒得什麼病痛。前兒偺們家三太太做媒。說把婉兒給了寶兒。我也很有這個意思。只寶兒現在不肯長進。我又不好和他嬸子提親去。所以擱着。我們老太太聽了這話。便道。我也早經想過。婉兒總是你家的人。不過沒聽見你們講起。我當是有什麼緣故在裏面呢。若說寶哥兒不長進。這話也太過分些。我眼睛裏見的哥兒們也多了。要照寶哥兒那模樣人品。那模樣才貌。我却一輩子沒見過第二個。所以纔把我們蕊兒提親。照這樣何不竟把婉姐兒定下了。再講我們的蕊兒。寶珠聽了。便興高采烈的道。那麼太太怎講呢。軟玉道。你太太却也不好講了。倒是我們老太太。還纏七纏八的。說要替婉姊姊作伐呢。寶珠點着頭。心裏美滿的了不得。忽向軟玉道。你老太太怎麼不先給你提親。倒給蕊妹妹說呢。軟玉笑道。我也不曉得。我正要問你呢。寶珠道怎麼

妙譬

愈譬愈妙

問我軟玉冷笑道不問你問誰你回頭想想瞧去年子我在惜紅軒住的時候你怎麼講的現在有了婉姊姊便多了我們可知道我起先也是現在的婉姐姐呢寶珠自覺慚愧起來便道我的心總只有一個但是我這個心便像鏡子一般不拘什麼事什麼人總明明白白的嵌在裏面再不昧了一點也沒有什麼彼此分出來軟玉道可不是呢你自己拿心比鏡子正比得很是誰在你面前你便照誰在裏面回來又換了個人你這裏面又換了個影兒前頭照的那個影兒便無影無蹤的了再也不留點規模兒在裏面要除非那人再來到面前纔又顯出來呢所以那些獃子自然猜不透你只道我得了這面鏡子便有個我的影兒嵌在裏面今兒照照果然在裏面明兒照照也果然在裏面那裏知道他轉過背兒你又把別人照裏面去了寶珠被他說的沒得說了

便道。你不信也罷。你拿把刀兒與我剖出來給你瞧。只怕凡是我的姊妹妹妹。沒一個不嵌得深深的在裏面呢。軟玉笑道。你的心又不是個橄欖核兒。便好雕人兒的。你要剖。你剖給你的親姊姊瞧去。寶玉聽了這話。便一咯碌向被裏鑽進去道。你不是我的親姐姐麼。軟玉一手推他。一邊向裏牀躲去。寶玉却笑着摟的死緊的道。你說你可是我的親姐姐。軟玉怕癢。早笑得一團兒似的應道。好弟弟親弟弟。憑你說罷。你不要這樣窘我。寶玉纔笑着放手。忽聞壁婉香喚道。寶弟弟。你怎麼還不睡吓。夜深了呢。寶玉笑着應了一聲。便捨了軟玉走下牀來。軟玉道。慢點兒走。你瞧。把我的被攪得這樣。給我蓋好了去。寶玉便替他蓋好。又在被上撲了撲道。我去了。明兒會罷。軟玉點點首兒。寶玉纔回到婉香後房睡去。一宿無話。到了次日起來。婉香和軟玉等都尚未醒。因葉家的丫頭們都在屋裏。不便進去。便走出到自己屋裏來。見春柳兒還蓬着頭。在天井裏掃落下的薔薇花片兒。見寶珠進來。因道。爺怎早回來了。寶珠點點首兒道。嫣烟可好些麽。春柳兒道。今兒起來梳洗。光景好些了。寶珠聽了。便走進屋子。到嫣烟房裏。見晴烟正替嫣烟梳頭。見寶珠來了。便都站起來請安。寶珠向牀沿上坐下。問嫣烟的病。見好些了。便很放心。坐了會兒。忽想起昨晚的事來。便喚春柳兒進來。同到自己房裏。向書厢裏檢了幾卷新做的詩稿兒。叫春柳兒送東書房石時看去。春柳兒接了。便到自己房裏。掠了掠頭。捧着去了。寶珠便仍到嫣烟房裏來。把老婆子們差遣開去。向晴烟問道。這幾天我沒回來。住我知道春柳兒鬧的不成樣兒。你們總知道底細。講與我聽聽。瞧嫣烟不懂道。什麽。我倒沒知道呢。寶珠道。你病着。自然管不到這些。晴煙總知

伏線照應絕無痕跡可知作者決不著一閒筆

道。晴煙一面替嬿煙挽着頭。一面冷笑道。爺怎麼不問他自己倒問我。呢。寶珠道。你不知道。我若兜頭問了。他他未必一口招承。回來這事弄大了。倒帶累你們。多不好。看昨兒我回來。分明見一個人影兒出去。像是小廝的樣兒。不過不知道是誰。後來到我房裏。又看見地下有一塊帕子遺着。我剛看見。春柳兒早把燈吹熄了。等他點了燈進來。帕子便沒得了。這可不是他弄鬼麼。我牀裏的枕頭又歪在一邊。你想還有什麼好事。你不替他瞞罷。你告訴我。我也不難爲他。只把他賞了。那個小廝便沒事了。嬿煙聽了氣道。好吓。怪道人家說我和小廝們兜搭呢。原來是這個小娼婦坯子幹出來的。這會子明白了。爺替我作個主兒。給滿屋子人洗洗身子。寶珠一面勸着嬿煙。一面問着晴煙。晴煙道。要說是那一個小廝。我也不知道。但是爺的小廝。只花農鋤藥兩個進出前兒爺出了門。鋤藥。是跟了。去。跟了。回。來。的只有花。農那日爺還沒有回來。他便送玫瑰花兒來。想來他早回來了。但這事幾時起的。我也不知道。總之爺出了門。這屋子裏便有響動。寶珠笑道。這便是花農幹的事。怎麽。他。們。幹。到。我。床。裏。去也太。胡。鬧。了。媳煙笑道。那些鬼精靈的東西。他那。一着。兒不。想到他。想別。處。頑。去。總。要被人。撞。到。的只爺。房。裏爺不。在。家。是沒。人。敢。進。去。的要只有早。晨。進。去灑掃也是。他自已的職。分便有。時。別。人替他收。拾。去。也不。過。一。刻。兒。便。出。來。了。寶珠點點首兒道。也罷。我。自。有。主。意。說着便站起來。媳烟問那裏去。寶珠道。我往園子裏去去便。來。春柳兒轉。來。叫他到洗翠亭來便了。我問他呢。媳煙應着。寶珠便走出去了。正是

人情到底原非石。　孽繭相纏絕似絲。

第十四回

情公子撮合小鴛鴦　婉姐兒邀賞大富貴

却說寶珠和嫣烟說了出來。逕到穿堂上喊了花農。同到園裏來。花農幷不知道什麽。一路的湊趣兒說好聽話。寶珠隨口應着。逕由石橋走到洗翠亭。叫花農開了門。便進去向匟上坐下。半晌不語。花農弄得不懂起來。忽寶珠放下臉道。狗才。還不給我跪下。花農見寶珠生氣。都管是沒什麽好意思的。便連忙跪下道。奴才沒幹錯了事兒。爺怎麽生氣了。寶珠哼了聲道。你還强嘴呢。給我打二十個嘴巴子。再講。花農不敢違拗。便自己打着數着。分兩面打齊了。寶珠道。我問你。昨晚子在我屋子裏幹些什麽。花農詫異道。呀小的沒有到爺屋子裏去來。寶珠冷笑道。你還賴麽。你可知道春柳兒尋了死呢。花農聽了這話。便把臉急白

問答俱妙

了。心裏一痛。眼淚兒不知不覺的吊將下來。便一字兒也說不出了。寶珠見他這樣。便也心軟了。嘆口氣道。這會子太太要拿你呢。你怎麼處。花農滿心一想。這事料想春柳兒已經招承了。如今他爲我死了。我也只有一個死。橫豎回來被太太拿了去。總是一個打死的分兒。不如告訴了爺。便投了池水。做個有名有實的鬼。倒也爽快。想定了主意。便道。爺既知道了。也不必問了。春柳姐既然死了。小的也不願活着。只求爺這會子便把小的打死。省得自盡。寶珠聽了這話。倒被他嘔笑了。忙又忍住道。倒講的容易呢。花農見寶珠露了個笑影。便放下了心。知道春柳兒沒死。便連連的磕頭道。總求爺作個主兒。寶珠剛要說。瞥眼見春柳兒遠遠的來了。便截住道。住了。你給我在這裏跪着。我去去來。花農連連的磕了幾個響頭。寶珠不理。便走將出來。向石橋上迎向春柳兒

趣極

好看煞人

面前去。春柳兒見了道。爺怎麼大清早起。便跑到這裏來。可不要冒了風呢。又道。爺喊我來什麼。寶珠笑道。我給你瞧件兒好東西。說着便携了春柳兒的手。走進洗翠亭來。春柳兒眼快。見花農跪着。便吃了一驚。寶珠指着花農。問春柳兒道。這是誰。春柳兒知道事破了。便紅了臉。一聲兒不言語。寶珠却把花農扯將起來。把手交與春柳兒道。你們兩口子自己商量着。這事該怎麼處。兩人多紅了臉。低下頭去。寶珠笑道。還害什麼羞呢。你們自己講來。打算怎麼樣個了局。終不然一輩子到我房裏頭去不成。花農便跪下道。總求爺開恩。作個主兒。春柳兒也跟着跪下了。寶珠笑道。起來罷。我便給你們當個和合馬兒罷了。花農你回去對你爹講明白了。我就把春柳兒賞給你罷。只是春柳兒年紀小着。我不能對太太講。說把他配人。回來府裏的人。又千百口子的議論我。

不成個主子了。說着。便向春柳兒道。我只有派你個不善伺候。和我拌嘴的錯兒。攆你出去的呢。春柳兒含著一包眼淚。謝了寶珠。寶珠又道。回來嬝烟他們說你幾句。只有咽下去的。本來是你錯了。可不要又拌嘴。鬧出去。連我也丟了臉。春柳兒應著。便磕個頭站起來。花農却還跪着。寶珠道。還爲些什麼不起來。花農磕頭道。小的實在沒有錢娶親。寶珠笑道。我給你們斷攏了。倒還問我要錢。只怕眞個打到官司。你還要化錢呢。那裏有倒貼錢的道理。也罷。你去帳房裏向葛師爺領一百兩銀子去。出我的帳便了。花農便磕了個響頭。纔站起來。寶珠便歸自己去了。這裡春柳兒也便要走。花農扯住笑道。好妹妹慢點兒去。這會子你是我的人了。你講句眞心話兒。我聽你還是愛跟著我。還是愛伴着爺。你若愛伴着爺。我便忍耐幾年。你只伴爺去。橫竪爺總肯給我的春

絕妙詼諧活畫一個小油嘴

柳兒笑罵道猴兒跪這半天不哭去還開心呢幸而是這位爺他知道自己也和你差不多所以纔這樣週全的花農伸伸舌道頭裏的勢子凶呢後來爺見了你不知道怎麼便一點兒氣也沒得了可見妹妹眞是好人眞是消災障菩薩但是我總有點疑心爺爲什麼代你這樣好其中必有點兒緣故如今你是我的人了我今兒這一夜却有些放心不過不要回來給我把綠頂子捐戴上了可不是話柄麼春柳兒笑道那你有了這些銀子拿去捐一個官兒便沒人敢笑話你了可知道現在做官的大半是當奴才做烏龜的呢花農聽了這話便捧過他臉兒來道我吃了你這尖酸嘴兒春柳兒笑着向他臉上輕輕的打了一下道你慢點兒開心我不知道回來怎樣呢你好出去了我走惜紅軒進去罷說著便分開手花農先出園子去了春柳兒一路走著一路想着

入情入理

這會子叫我怎樣回去見嬝烟倘或他們說起來我把這臉兒放到那裏去呢又轉念道罷罷也講不得了且挨過這天再講想着已走到山上便打從惜紅軒後面走廊下轉到寶珠住屋樓上定一定氣色向壁鏡上照了照便走下樓去見嬝烟正看晴烟給寶珠挑三鑲頭茉莉花的帕兒見自己進來也沒什麼說春柳兒終覺不好意思便往自己房裏坐去纔坐定忽外面婆子們喚道春柳兒呢春柳兒應了一聲便走出來看是張壽家的便道什麼事張壽家的道太太叫我喚你呢春柳兒便跟著張壽家的到南正院來一路暗暗地捻一把汗走到南正院張壽家的帶着進去見柳夫人放下臉着寶珠也在旁邊春柳兒便給柳夫人請安柳夫人道你成日家幹些什麼事嬝烟病着你便躲懶去了昨兒連燈也不上了爺講你你還强嘴麼春柳兒連忙跪下道丫頭

問答得體

好做作入情入理

那裏敢和爺强嘴呢爺既怎麼講丫頭也不敢辯求太太責罰便了柳夫人道我府裏的丫頭一個個的多要我責罰起來我還有空兒麼我早知道你不是個東西便嬝烟和晴烟我也多有耳風兒刮到今兒也沒別的說只教你家裏人領了轉去便了說着便向張壽家的道他媽是誰張壽家的回道他媽是珍大奶奶的陪房沈元家的柳夫人道那便叫他領去不准再頂名進來張壽家的聽說便替沈元家的代求一回婉婉轉轉說了一番柳夫人到有些轉意了寶珠却一口要攆他出去春柳兒自己也假求了一番寶珠只是不肯張壽家的無奈只得交與沈元家的領了出去寶珠見春柳兒去了心裏未免不捨悄悄的與沈元家的說明了又賞了些物件沈元家的感謝萬分便仰體寶珠的意思把春柳兒給了花農自此花農伺候寶珠便披肝瀝血的了這且

好名色却是這這的伏線讀者須記

不表且說葉軟玉和蕊珠在秦府住了幾天。便回去了。這裏寶珠因熱鬧了幾天。忽然冷靜。便沒得趣味。上了幾天學。聊以塞責。不覺已過了三月。這日正是四月初二。寶珠在館裏做完文字。進來已是飯後。到小桃花館一看。却沒有婉香。便找春妍。也不在屋裏。問了海棠。纔知道往園裏惜紅軒去了。便回到自己屋裏。因天色暖。換了件單衫兒。便打從樓上。往惜紅軒後面走廊上走來。剛轉到前面。見婉香。靠在欄杆上。穿着湖色繡花的小襖兒。手裏拿着一塊帕子。揩手看春妍和笑春在欄杆外面種牡丹花兒。寶珠近前一看。見那牡丹。却全是白的。開的朶頭多有盎子樣大。便笑道。這樣的好花兒。姐姐從那裏移來的。婉香笑道。移來的。你瞧瞧。你家有這樣好種子嗎。這種子叫素團圞。是出在蘇州的、寶珠道。可是姐姐家裏送來的麽。婉香道。我家裏的牡丹却不少。便

此語讀者須記

這個種子。沒開得這模大。這是我換譜的妹妹。顧眉仙送來的。寶珠聽了詫異道。你幾時有個換譜的妹妹。怎麼我不知道。婉香笑道。那你不知道的事多的很呢。那裏該派要件件都告訴你過的。寶珠笑着看花兒道。這朶花兒更好。你瞧。可不像粉團花麼。我眞眞愛死了。又道。姐姐。我不信怎麼他有這樣的花兒不自已留着賞玩倒送與你呢。婉香笑道。人多和你一般的見識還好嗎。他和我從小兒要好的很。莫說這幾朶花兒他便把自已這個人送給我。還肯呢。寶珠笑道。那麼還是我。和姊姊好呢。他和姊姊好。婉香搖首兒道。我不知道。寶珠笑笑。便蹲在地下帮春妍種去。忽向婉香道。姊姊你把這一本兒給我罷。婉香道。你拿去。不是蹧蹋了。橫豎擺在這裏。你也瞧得見的。寶珠道。不是我要。我想送一本兒給軟姊姊去。婉香道。這可不能。這可不能。要便邀他們來

奚落得妙的是小孩子口吻

看看。倒可依得。若送了去。他家那个蹧蹋地方。也不配供這清清白白的花兒。況且他們在家裏。那一件兒由他自己做得主。你把這花兒送了去。料想他自己也沒得到手。依我說。不如去請他們來賞玩幾天。你想好麽。寶珠聽了。也覺不錯。便去洗了手來。叫婉香寫信去請。婉香見怪道。怎麽叫我寫信。我的字。敢是由他家的什麽人拿去傳觀麽。寶珠笑道。這又是多慮。他家的那三个磊塊。連一個爺字也識不得。還敢看信麽。便他老爺也不過識得了個銅錢的錢字罷了。婉香聽了這話。不禁嗤的笑了道。我也不懂。他家裏便惡陋得這個樣兒。又偏偏把兩個好好的姊兒生在他家裏。可不埋沒了。我往常聽他講他在家裏。還比我苦惱呢。雖有個老太太喜歡。當不得他家裏人多。又加是姨太太養的。身分兒便低了。他兩個哥子。是不必講了。同來說不把他姊妹放在

一往情深是至性人語

眼角上的便那些姨娘也多瞧不起他兩個丫頭婆子們自然奉承有勢頭的你想他們可不苦惱在家裏上上下下幾百個人都欺負他你想這樣的日子怎麽過得去所以他到了這裏來便不想回去要想不回去又怕他太太發話我實在替他苦惱只是也想不出个主意來寶珠嘆口氣道他們家裏也眞眞攪得不成个樣兒前兒我住了幾天眞把我看的醜死了那家教天倫四个字也說不得了婉香點點首兒道我望光景照這樣窮奢絕慾的下去也沒得好收場呢只軟姊姊和蕊妹妹我到替他往後想想實在可慮呢說着便呆呆的坐下寶珠笑道你又要替杞人憂天呢人家的事管我們什麽且開我們的心再說軟姊姊和蕊妹妹的事包在我身上替他們找个好好的結局便了今兒且去請了他來偺們賞賞牡丹談談心好給他們樂一樂勝似在家裏

苦惱。說着便到房裏拿了箋子寫去。婉香也就跟着進來。看他寫好。因道。明兒是立夏。怕他們不來。你索性約他後日來罷。寶珠想想不錯。便依着婉香寫了。親自送給柳夫人看過。便立刻差人送去。不知後日軟玉來與不來。且看下文。正是

好將花朵比顏色。　預釀葡萄歎美人。

第十五回

結芳鄰可園生色　良宴會山館留春

却說寶珠差人去後。到了第三日早起。果然來報。說軟玉和蕊珠來了。寶珠到小桃花館。兜了婉香。同到柳夫人處來。見兩邊走廊下。都站滿了頭們。那葉家跟來的墨香書芬筆花硯芳等。見寶珠和婉香進來。便都迎上來請安。寶婉二人還問了好。便同着進去。見袁夫人和美雲麗

雲綺雲茜雲都在裏面。正和軟玉蕊珠。問些家常閑話、寶珠便趕上前。給柳夫人和袁夫人請安。回來便和軟玉蕊珠問好。婉香也見過了衆人。因道。軟姐姐剛來麽。怎麽今兒便帶着許多丫頭們來。軟玉道。我在家裏悶的慌。因回了老太太到這邊府裡來住幾天兒。想過了夏。纔家去呢。寶珠笑道。這纔是呢。我本來也早講過。怕你老太太不准。既這麼着。就好極了。咱們園子正空的很。回來我們也搬幾個進去住。可不有趣。柳夫人道。我剛纔也這樣說。所以請三太太過來商量。想教美兒和麗兒綺兒。都搬進去住呢。寶珠喜道。這就很好。索性茜妹妹也搬了進去。袁夫人道。他小呢。搬到園子裏住。我又照顧不到。有美兒和麗兒綺兒去了。也彀鬧熱了。寶珠連連道是。又道。大嫂子怎麽不來。太太怎麽不叫大嫂子和賽兒。也搬去住不好嗎。據我的意思。頂好太太也搬了進去。這邊院子也沒得一株兒花兒柳兒有什麼好處不如那邊園子裏。好多呢柳夫人笑道偏遇到你不拘什麼事便會得亂些你瞧這一所院子只容得你一個兒指手畫脚了還不給我安安穩穩的坐着寶珠剛要坐去聽外面報道珍大奶奶來了寶珠便立著等見藕香和賽兒向各人請了安問了好寶珠便道大嫂子太太叫你往園子裏住去你去不去藕香笑道你哥哥不在家裏太太斷不會叫我住到那裏去的敢又是當面掉謊呢柳夫人和袁夫人都笑道可不是你這個一想情願的事你只好自己講去的說着因向藕香說明軟玉等要往園裏住去叫他派了頭們進去收拾幷檢點動用什物進去藕香應了軟玉道這麼一來倒又累大嫂子費心呢藕香笑道這也不值得什麼因又問了些軟玉的家事和蕊珠也談了幾句銀雁來請藕香値事去藕香便帶賽兒告辭出去。理值家事去了。原來秦府的內務事情。本來歸秦珍管的。近日因秦珍進京去了。所以一切事務都問藕香的了。這會子藕香去後。袁夫人和軟玉蕊珠談了會兒。便叫四雲陪着。自己因秦文要拜客去。便先回東府去了。這裏麗雲見他母親去後。便又高談闊論起來。因向婉香道。婉姐姐你好。你得了幾種好牡丹花兒。也不送一本兒給我。還怕我看見。索性藏到山上去了。前兒去邀軟姐姐。又不與我知道。今兒見了面。又不邀我去看。太太在這裏。看可有這個理沒有。柳夫人笑道。婉兒也大覺小氣。前兒打蘇州送來。我還只道是他家送來與我的。我還高興的了不得。那裏知道。說是他的什麼乾妹妹送他的。我還獃想着。他知道我眼熱的很。必定送我一本兒湊湊趣。那裏知道。他竟不客氣。教春妍來盡數兒搬去了。婉兒。你自己想瞧。可也太不盡

妙語解頤

人情了。婉香笑道。那我倒是好意。知道太太愛這個花兒。倘孝敬了太太。太太必定要起早落夜的對着他瞧。回來把太太的老眼看花了。可又報怨我這花兒送壞了呢。太太果然要這個。我回來就送一對兒過來。柳夫人笑道。這會子你便盡數兒搬來給我。我也不要了。你可聽見茜兒常說的。討出來的有烟火臭呢。婉香等聽說都笑起來。一會子春妍來請說。惜紅軒酒擺好了。請太太和小姐們過去。柳夫人笑道。今兒是婉香的東麼。我謝謝罷。回來我在那裏。你們又拘了頑。不像意。你們先去。我倘高興。隨後來便了。婉香便笑着答應。說是。讓軟玉蕊珠先走。寶珠美雲麗雲便都同着出來。只茜雲隨在後面喚道。姊姊你們先去。我去帶了猫兒來。美雲道。不要去弄他來討厭。茜雲不聽。竟歸自已往東府裏抱猫去了。美雲等便不等他。一干人出了南正院。竟望寶珠屋

畫龍點睛
一筆不苟

裏來軟玉道惜紅軒不是在園裏麽怎麽走這裏寶珠道我這樓上本來和惜紅軒貼着壁的現在開了一重門出來走的通了蕊珠道怪道我聽說你們長在惜紅軒裏我還說走前面的山坡兒不吃力嗎那知道便往樓上過去的軟玉道這個我又不懂了難道那園裏的山只和這樓一樣高嗎怎麽園子裏的山坡兒便只樣多呢婉香道你又糊塗了那山坡兒是坦的走幾步兒纔高一級不比這樓梯是連接連步步高的軟玉點點首兒道不錯我明白了說着已走上樓梯去却是寶珠住的前樓廂便向正面走馬樓廊上走去便望見對面婉香住的樓窗却好是對面對的中間只隔着一座花墻兒隱約露出泥金橫匾寫着海棠春睡樓五字再回看寶珠樓簷上榜的也是泥金匾額寫着小紅樓三字映着日光兩對面的玻璃金碧輝煌光彩互相激射眞是好看

向欄干上望下去。那些花木都露些稍抄與樓上的欄杆子相齊。軟玉看了笑道。這裏逛逛倒很有趣兒。寶弟弟怎麽不住在這裏。倒蹲到下底去。寶珠笑道。我不常蹲在屋子裏。還是地下房走走便當些。軟玉點首兒。說着。婉香已領着一干人走過正面樓廊。向左首廂廊上走去。寶珠因道。怎麽走這邊。走我這邊後樓廊去。不是近好些麽。婉香走着道。我怕不知道。走這邊去。往留餘春山房轉去。讓軟姊姊他們也好逛逛。寶珠道。也好。說着已走到月臺上。蕊珠看時。一直去便通碗香前樓。對面是剛走上樓來的亭角。這月台上却尙寬闊。三面青石欄杆。正中擺在一張月桌。四个花鼓墩。靠壁嵌着一扇落地大圓鏡。見婉香把那圓鏡一推。却隨手轉了過去。現出一个兩對半的大月洞來。裏面花木繁盛。便像。月宮似的。軟玉蕊珠都不禁贊奇。仔細看時。原來。這圓鏡是活。

靈心妙運
意匠翻新

動的居中上下做了筍頭推過去這圓鏡便橫豎轉來只中間隔着一綫兩邊多好走人的軟玉看着便跟了婉香携著蕊珠和寶珠等進了這門寶珠便順手把這圓鏡推轉依然是一面圓鏡蕊珠回顧道怎麽這鏡子兩面好照人的寶珠道本來是兩面鏡子合攏來的蕊珠點點首再看這立的所在是也一個月台樣子欄杆圍着像個半圓的樣兒兩邊俱通走廊天井裏種些花木石筍桂花居多此時綠葉繁盛也看不出有多少桂花樹因想這裏樓上如何能種花木便問寶珠寶珠笑道你還當是樓上麽這裏已是山上留餘春山房的後面了蕊珠方纔明白因笑道這地與那邊樓上一樣高的所以我便糊塗了剛說著聽前面婉香道咱們便在這前面坐罷隔壁便是惜紅軒牡丹花兒便種在那邊這會子給你們見了回來賞宴你們倒把花兒看得不在意了

不如在這邊坐一會子。等那邊酒擺下了。再走過去看著吃著。纔有味兒。大家都說甚好。只麗雲笑道。偏二姊姊不居什麼總奇貨可居的幾朶牡丹花兒也比人家値錢些。你不瞧那邊春笑軒裏儘多著呢。婉香笑道。誰請你瞧來。你不耐煩。請往春笑軒一個兒賞牡丹去。麗雲笑笑。說着已向東邊後廊上走。到留餘春山房後面。見是一所五開間大院子。四面俱是卷篷走廊。後面一式六角大塊紅玻璃和合牕。中間落地風牕。也是六角紅玻璃的。却俱開著。向牕內望去。裏面是五開間分作三間的。兩邊用紅木大月洞式格子分間。居中腰堂門上。懸着六塊楠木拚成一塊的大橫披。刻着金山水畫的。便是一粟園全圖。鋪設大坑大椅。俱是紅木大理石仿古式打成的。再看月洞門內分間。却也寬敞。進深約有五六椽的光景。看着。已向左手游廊下轉去。一邊是掛落欄

好結構

杆。一邊便是院子的靠墻。開着花牕壁洞。兜轉前面游廊。纔是留餘春山房正面。正中是青石露台。上面蓋着青磚雨栅。卷篷下懸着玻璃燈彩。牕檻一式整塊大淨白玻璃。中間落地風牕開着。進門見正中堂門上。懸着楠木刻字一粟園記。兩旁用大玻璃十景書廚分間。書廚上面。又掛着粵東古銅花藍燈四盞。左右兩間。遙對設大坑兩張。牕口各設書案一座。後軒便是剛從牕外望見的所在。原來這所院子。本是五開間十椽的鴛鴦廳。前後各分五椽。頂作雙卷篷式。所以一所院子便似兩所的樣兒。居中三間。一間用堂門。邊兩間用落地罩。便覺分外宏敞。兩邊分間裏面。兩間居中。也用落地罩分前後間。便五花八門。別樣精緻。現在姑蘇閶門外留園裏的冠雲山房。便照這個留餘春山房樣造的。這且不表。却說婉香寶珠美雲麗雲綺雲軟玉蕊珠。一行人進了這

絕好布置

留餘春山房。便分頭坐下。軟玉却不坐。去向那書架上去開玻璃門取書看去。婉香見了笑道。這會子用什麼功呢。咱們閑着。不如先把園子裏的地方。各人選一个所在。好吩咐丫頭們去收拾出來。明後兒便好去住。軟玉聽了這話。便將書仍就放好。道我便住在這裏。也不用再選別的所在了。美雲道。你瞧這裡兩邊。雖分間。却沒得門。便後面月洞門。也沒得關閉的。怎麼能做房呢。軟玉道。橫豎天要熱了。沒得門。倒涼快些呢。麗雲道。好雖好。只是這裏面中間。又沒得分間門。直通通的。也不成個房間。要除非拿圍屏隔斷了。纔好鋪床。軟玉想了想道。隔斷了倒不好。我看有個極好主意。前兒我瞧見我家六姨娘房裏。有一間鐵牀。是西洋式的。他那個帳子。前後開門。我照那樣兒去買一張來。鋪在中間。前面。算房。也可。後面。算房。也可。豈不好嗎。寶珠聽了這話。便拍手道好極我前兒也睡過這牀起先是在後房睡的他後房是個睡房鋪設梳妝台後來我一憁睡醒來忘了那一邊兒是帳門見前面點的燈亮些我便掀起前面的帳門走下地來一看不是起先睡的所在却是一間書房我倒疑惑起來後來問了他纔知道這牀是前後開門的軟姐姐便照這樣買一隻來鋪在這裏倒還比他這邊好呢軟玉還未答話麗雲笑問道寶哥哥你說這許多他他究竟是誰喤敢是他家楊姨娘的牀你也睡過嗎寶珠紅了臉啐了一聲軟玉蕊珠也都紅了臉婉香等都看寶珠的臉色寶珠見軟玉不好意思因笑道麗妹妹總這樣不管輕重的取笑麗雲也自悔唐突因搭訕道正經蕊妹妹做那裏房蕊珠道我也這裏罷寶珠道這裏讓軟姊姊一個兒住蕊妹妹不如住惜紅軒間壁的天風樓底下那間我便住惜紅軒婉香笑道那不能惜紅

軒向來是我的。你要住便住到夕陽紅半樓去。寶珠道。那太遠了。我便住天風樓。蕊妹妹住夕陽紅半樓罷。蕊珠笑道。我也不爭這些。聽你們分派罷。美雲道。那麼着。山上只剩下聽秋聲館了。咱們三個住那兒去。麗雲笑道。我早檢下了。這裏山上的屋子。都朝北的。有什麼好處。回來天熱了。總住不住。我不如住那個清可軒。有幾竿竹子倒很幽靜的。綺雲接說道。那麼我便住一房山罷。和二姊姊一塊兒。麗雲道。那我的了頭們住那裏去呢。清可軒又沒得後軒。間壁那間一房山。我要給了頭們住的了。於是綺雲定了春笑軒。美雲定了海棠香夢軒。軟玉因問海棠香夢軒在那裏。寶珠笑道。你前兒去逛過的。怎麼便忘了。那清可軒走廊接着的便是春笑軒。春笑軒隔壁便是海棠香夢軒。軟玉想了想道。我記得春笑軒是轉東的。打春笑軒走廊上過去。便是朝南臨水的

如此建築自是五花八門文心之細細如牛毛

吟秋榭。吟秋榭間壁。便是有露台的水流雲在堂。再走過去。是得月樓台了。那裏有什麼海棠香夢軒呢。寶珠道。不錯。你講的吟秋榭那一排屋子。是朝南的前一排。這春笑軒。是朝東的。右手走廊是通吟秋榭的。左手走廊。便與海棠香夢軒是並排的。只隔了一帶花墻兒。這海棠香夢軒和春笑軒。也是並排的一樣朝東三開間。那香夢軒前面左廊。通聽雨艸堂前面。右廊。通聽雨草堂後面。聽雨艸堂間壁。便是有竹子的碧琅玕館。兩處却都是坐北朝南的。打碧琅玕館捲篷下一直走去。便接着有戲台的春聲館。左手轉廊。那春聲館是朝西三開間的。那右手轉廊。便通碧琅玕館後面的捲篷。打捲篷下一直過聽雨艸堂後面便仍是海棠香夢軒的左手走廊了。軟玉聽着。仔細一想。方知。那。邊。屋。子。是前。後。兩。排。的。共八。所。院。子。四向。俱。齊。所以。記。不。清。了因道不錯。我把

點清一段井然不紊

得了。那碧琅玕館前面便是水流雲在堂。聽雨艸堂前面便是吟秋榭。得月樓台後面。便是春聲館的天井。春聲館左壁外。便是南書廳後面的帳房了。可是不是。寶珠拍手道是吓。你這會子纔明白了。蕊珠因笑道。我一時還摹不清。明兒總要打他一个地圖出來。我再一處一首詩的標詠出來。給你園子裏勒着碑請寶哥哥馱着纔有趣兒。說着大家都笑。見丫頭們已來請。說間壁惜紅軒已擺下席了。於是婉香便邀一行人同走出留餘春山房向捲蓬下走去。逕到惜紅軒來。正是

仙人樓閣珠爲檻　女兒香閨玉作房

第十六回

嗜餘桃小妹笑哥哥　分衆金大方推嫂嫂

却說婉香和寶珠等到了惜紅軒。軟玉蕊珠和美雲姊妹。都到欄杆外

趣譴

去看那牡丹。見開的眞比衆不同。婉香於昨日。又從春笑軒移了幾種粉紅淺紫的來。襯着這白牡丹。愈覺可愛。大家都絕口贊成。婉香見席面已擺整齊。便邀衆人入座。首座讓了軟玉。次蕊珠。次美雲。寶珠。次綺雲茜雲。婉香自己坐了末座。因道。茜妹妹怎麼到這會子還不來。春妍道。剛來過了。見小姐們不在這裏。他採了朵花兒。抱了猫又跑去了。說把花兒去送了太太再來。綺雲笑道。咱們到了這許多會兒。還纔見到這花兒。他倒先採了朵跑了。二姐姐明兒要把花兒數數淸楚。共是幾朵。兒可不要回來吃入偸光了呢。婉香笑了笑。因道。春妍你去請聲四小姊。再請聲大奶奶和賽姊兒。這裏橫豎是圓桌兒。也坐得下。再太太那裏也須得去請一聲兒。回來不要又說今兒是我的東。便捨了他們。春妍答應着。叫小丫頭們去了。這裏丫頭們篩上酒來。大家飲了一口。

軟玉見滿地站的丫頭裏面。却沒有嬝烟和春柳兒。便向晴烟道。你姑姊和你妹妹呢。晴煙道。嬝烟病着纔好。今兒在屋子裏給爺做活呢。春柳兒前兒給人了。軟玉道。怎麼春柳兒這一點兒年記。便給人了。這孩子很可人意兒的。太太怎麼捨得。是給與誰的。寶珠笑道。你太太那裏。可不要這樣講。是我給丫花農了。太太那裏。我只回的是攆出去的。軟玉會意。因笑道。你這位爺。存這樣的好心思。明兒天總有好意思報你。呢。寶珠笑笑。麗雲道。今兒這樣好天氣。咱們一味子寡吃有什麼味兒。綺雲笑道。罷罷。你安靜了會兒。又想出法兒來了。我今兒先說上前。若要做詩行令。願不攪這一顧兒。先出席罷。軟玉蕊珠都道。咱們也和綺妹妹一個樣兒。麗雲笑道。我還沒有出口。你們便忙得什麼樣兒。你們不做詩。就我一个兒做這麼幾十首。也不值什麼。婉香笑道。這會子又

雅人深致
兒女心情

賣弄你有才學。你要賣弄。須到那。個。不。知。道。你。來。歷。的。所。在。賣。弄。去。那人。家。纔。被。你。嚇。到。了。這會子咱們又不應試。任你有倚馬萬言的本事。也沒用處。你若說。你一。口。子。能。喝。得。一。壜。子。酒。回。來。人。家。多。沒。得。吃。了。或者。倒。還。被。你。嚇。倒。呢。說得大家都笑起來。寶珠因道。咱們今兒這一席。原是爲賞牡丹起見。這會。子。只。顧。吃。着。喝。着。那。花。兒。也。要。氣。不。過。的。咱們要怎樣的樂法。且等一會兒再作計較。做詩也沒什麼味兒。不如。大。家。先。用。一。杯。酒。先。獻。了。這。位。花。神。姐。姐。然。後。我。們。再。想。法。子。尋。樂。婉香等多說不錯。於是各人將自己吃的杯子。篩滿了酒。都去澆在花。兒。根。上。見。那。花。兒。多。搖。搖。顫。顫。的。越。覺。好。看。紅。的。紫。的。白。的。各。有。艷。處。大家。都。說。這。花。兒。越。精。神。了。光。景。有。花。神。呢。因。都。福。了。一。福。笑。着。進。來。重復。入。席。美雲道。這會子咱們該樂了。寶弟弟講。該怎麼樣個樂法。寶珠道。我想好不過聽戲。只可惜咱們家沒得班子。前兒京裏沈左襄送一付班子來。老爺又辭掉了。豈不可惜。我外面又沒得好班子。不如打个條子。去軟姐姐家裏借一班來。儘我們頑怎麽一兩個月。再還他家去。軟玉道。那也不値什麽。咱們的女班子。現在老太太也不愛看。一徑閑着。沒一點兒用處。美雲因道。你們那付女班子也很好。這裏城圈子裏。只怕也尋不出第二付來。怎麽老太太還不愛看。軟玉道。本來看看倒也過得去。自前兒三王爺送了一付小孩子唱的班子來。便把自己家的女班子逼下了。其實我瞧那些小孩子唱的京腔梆子。倒不如伶兒門唱的崑曲好。今兒既寶弟弟愛聽。便去喊他們來罷。蕊珠因道。昨日不是聽說小春兒病了。只怕少一个唱小生的。攏不來班子呢。麗雲笑道。那麽着。也不打緊。就屈寶哥哥。湊個脚色。罷。寶珠笑道。那也沒什麽。

只不知道那唱旦的什麼个樣兒。倘然和前兒瞧見的那个小喜兒一个樣兒。那我不但唱不出口。完要嘔呢。蕊珠笑道。那小喜兒本來是唱老旦的。那唱小旦的是嫩兒。前兒因老太太講他唱戲不規矩。他便推病不肯上檯。所以你沒瞧見。他那模樣兒長的眞好眉眼兒和二姐姐差不多。只他那個上檯的形景眞教人看着心痒痒的。不比二姐姐那種莊重樣兒了。寶珠聽着。便高興起來。立刻寫了條子。叫人去葉家傳來。這裏麗雲便望瞧戲。也無心鬧酒了。便催着要飯。婉香笑道。你總只顧自己。你瞧。剛去請大嫂子的人還沒轉來。你便要散了。設或大嫂子和四妹妹來了。算什麼意思。麗雲笑道。我望光景。大嫂子斷斷不來。剛說着。忽窗外捲篷下有人接道。吓。我倒不知道。原來你們是虛邀的。早知道我便不來了。大家回頭一看。見正是藕香攜着賽兒。茜雲抱着猫。

一同進來。大家便都站起笑道。大嫂子居然來了。難得怎麽。來。了。不。進。來。却在。門。背。後。聽。冷。話。兒。呢。藕香笑道。剛湊得巧。我來了。先瞧瞧花兒。誰知道你們正說我的背。呢茜雲笑依着婉香道。二姐姐。你可知道。你屋子少了什麽沒有。婉香笑道。可不是。我正要罰你呢。怎麽把我好好的花兒。偸了去做人情兒。孝敬太太去。太太可給你什麽東西快拿出來分一半兒給我呢。茜雲笑說沒有賽兒笑向婉香道。聽他呢。試搜搜他瞧。婉香便假作要搜的樣兒。茜雲笑道。好姊姊。不搜我罷。我拿出來送。你。說。着。便。向。袖。子。裏。取。出。一。件。物。事。却。是。圓。圓。的。用。帕。兒。包。着。賽。兒。撇。手。搶。去。茜雲急道。阿吓。好姐兒。不要攪。髒了。我的。帕。子。賽兒笑背着打開來看時。却是。一。個。頂。大。的。水。密。桃。子。却被。這。一。搶。搶。腐。了。惹。得。滿。帕。子。都。是。鮮。紅。的。茜雲。便。笑。着。要。賠。帕。子。賽兒把桃子還了他。又把自

聲情如繪

己的手帕兒陪了他。纔挨着婉香肩下坐定。茜雲却抱那桃子剝去了皮。送婉香嘴邊。婉香笑着。吃了一口。因皺眉道。怪甜的。我不要吃。你自已吃罷。茜雲不肯。定要婉香吃下去。婉香强不過。只得再吃了一口。道。妹妹。我眞不要吃。你把丫頭門吃了罷。茜雲笑。點點首兒。走下地來。却去送到寶珠嘴邊。道。好哥哥。我這半個兒孝敬你罷。寶珠剛和藕香說話。便回頭來看了看。笑道。這桃子怎麽紅的這樣可愛。你瞧可不像胭脂麽。茜雲笑了笑道。你不管他。你吃了罷。寶珠道。誰吃過了半邊。怪醃的。婉香聽說。紅了臉。寶珠却沒看見。茜雲道。你想誰吃過的。敢拿請你吃呢。寶珠聽說。便看了婉香一眼。婉香丢個眼色。寶珠因道。不問誰吃過的。我總不愛吃人家吃賸的東西。茜雲笑道。又掉謊呢。怕我不知道麽。二姐姐吃賸的葯。你還要吃呢。這會子二姊姊吃賸的桃子倒說醃了。你不瞧。這紅。紅。的還是。二姊姊。嘴上。的。胭脂。呢。你不。要。吃。我請。我。的。猫。兒。吃。罷。說著。眞要。拿去。喂。猫寶珠恐。婉香生。氣。忙道快。不。要拿來。我。吃。罷。婉香道。四妹。妹。還。拿。來。我。吃。茜雲。那。裏。肯。給。婉。香定。要。寶。珠。吃。了。纔。笑。着跳。着說寶。珠不。愛。臉。軟玉剛飲着酒。暗想這東府裏人。都有這些刻。薄茜雲這一點。年紀也看着麗雲的樣兒行事。便暗暗替婉香生氣。婉香却不把這些事放在肚裏。知道日。後便做這裏媳婦。也受不著東府裏的姑娘家欺負。況現在凡事都在他門眼裏。過。設或得罪了他門。被他門在背後講兩句讒言。反爲不美。所以凡事總忍耐。些這也是婉香的見得到。現且不表。且說藕香入席。後與諸姊妹飲了幾杯。知道晚間有戲。須開發賞犒。的便悄悄地吩咐銀牋。准備去不叫婉香破費。這邊便和軟玉美雲等。說了些閑話。便把賽兒交把寶珠。自已却先出席。走回院子裏來。却值大丫頭翠鶯在那裏攤着銀子封兒算帳。見藕香進來。便站起來。藕香問算什麼。翠鶯道。剛書芬和硯香送一百兩銀子進來。說是軟姊兒和蕊妹兒賞下人的封兒。請奶奶散給去。我剛算了。單是咱們太太身邊的人。連陪房。就有三十四個。每人給他一兩。就去了三十四兩。再東府裏太太身邊。也有二十九個人。再廚房裏打雜的老媽子。也有念一個人。一總已經去了八十四兩。還有東府裏小姐身邊。共是三十二個丫頭。再加十六個老媽子。再咱們這邊府裏裏外打雜的老媽們。再花小姊和自己奶奶及三爺二爺身邊的婆子丫頭。一總裏裏外外總得三百個人光景。這幾兩銀子。彀什麼開銷。請奶奶斟酌見瞧。藕香坐下道。這個。你不能連管家爺們算在裏面。我知道葉府上早已拿過來二百兩銀子。交在外面總管房裏。我算來只好開

言之譪然適與鳳奇兒成一反比例入謂

銷門口和各房的管家廚子灶上了頭婆子們是分不到的了這筆一百兩的光景還是兩位小姊自已拿來的我也知道他們在家裏是用不到錢的便前兒來這裏頑幾天那些賞封他太太也不問這會子來這裏打算住長的所以纔有那二百兩交來否則也不見得只是倒把這二百兩拿來的壞了不然這些婆子丫頭們也不想錢這會子外塲倒有了賞難道裏面倒可少得若說叫兩位姐兒再補出來他那裏來錢我看連這一百兩的封子也不要去動他回來你給我送去說我的意思叫他留着自已使用在這裏府裏住了要用錢的地方正多着不要回來短了什麼用處又不好教人轉去拿叫他儘留着使用倘短了什麼只管來問我要就是了現在這裏了頭們的賞封說我早經替他開發了也不用說得數兒翠鶯答應着便把那封銀子撩在抽屜內打

淚珠緣人物均高過紅樓一籌於此益信

開櫃子。另取三百兩出來叫小丫頭們。稱着封着。每一兩一包的。共包了三百個。用盤子承着。核了名數。一房一房的分頭送去。藕香再叫銀匭封了四兩一封的十封。准備賞給戲子。又去外帳房提了四十串錢。做賞掛的。這兩筆。便出了寶珠的帳。那三百兩。便自賠了。剛理值明白。陪房沈元家的進來。見藕香剛在值事。便站着伺候。見事完了。因陪笑道。奶奶這幾天兒正忙呢。藕香笑道。也還好。沒什麼大不了的事。因道。你有什麼事兒。沈元家的便向四下一瞧。見沒外人。纔輕輕的道。今兒爺打發沈元轉來了。藕香道。怎麼。沈元不是跟爺進京去的。怎麼這幾天兒。便轉來了。沈元家的道。可不是。小的也這樣講。沈元說。爺沒進京去。藕香道。怎麼不進京去。敢又往那兒逛去了。沈元家的道。可不是呢。說是爺到了上海。便有許多官兒替爺接風。又有些請爺去頑。不是小

紈袴子弟大都如是

紈袴子聽者

的說。爺也太沒得主見。把正經的公事也忘了。頑了這幾天兒便丟掉了三千兩銀子。這會子要進京去。沒得盤川了。又不能不去。怕躭誤了日子。回來老爺知道。是了不得。這會子向上海萬康莊上挪了三千銀子。趕先帶了沈順和王喜蘇處進京去了。這裏打發沈元轉來問奶奶領了銀子去。還那莊上。說千萬遲誤不得。恐怕端節那邊分帳來。吃老爺知道。藕香聽着呆了半晌道。咳。這位爺怎麽好。年年這樣不出去便能。一出去便攬出這些把戲。也不想想家裏擱着多少銀子。便這樣海五海六的花。照這樣花法。便一家把銀子搬攏來。也不經花的呢。沈元家的道。奶奶總這樣多慮。目下莫說爺用了幾千銀子。便幾十萬。奶奶也不爭這些。不過爺出門的人。也要有點把握。幸而路近。倘然路遠些短了銀子。便怎樣呢。藕香道。那這會子也沒得說了。你喊沈元來拿我的摺子。去萬豐銀號裏。拿三千兩。趕緊送去便了。沈元家的答應出去。藕香又喚轉來道回來我還有事情。怕沒得空兒。我便把摺子交你拿去。晚頭交進來。沈元家的道。那小的自然知道。藕香便叫銀鴈去開了箱子。拿摺子出來交與沈元家的。那沈元家的便興抖抖的拿出去了。

因這一番有分教。

主子未承丹詔下。　家奴先着紫袍來。

淚珠緣四集諒非一時主稿蓋二集以後筆墨驟緊作者自謂嫌初二集冗長不知初二集較後實佳卽初集一部觀之其轉折過渡等確得紅樓神髓

淚珠緣初集

每冊定價洋四角

著作者　天虛我生

校閱者　鈍根

發行者　中華圖書館

印刷者　中華圖書館（上海新閘路中　電話一三三三）

發行所　中華圖書館（上海棋盤街中　電話二四五九）

代售處　各省大書坊

民国首版文学经典

泪珠缘 [二]

陈蝶仙 著

上海科学技术文献出版社
Shanghai Scientific and Technological Literature Press

淚珠緣
二集
大錯署檢

淚珠緣第二集目錄

第十七回
鬧戲館葛亮甫被打　代帳席夏作珪弄權
第十八回
秦寶珠病歛紅玉枕　沈藕香親送繡金衣
第十九回
賺巨款奴才捐官　赦小過主人積德
第二十回
送鮮花石時助讌　拾睡鞋媳烟担憂
第二十一回
暗猜疑秦公子受屈　明譏諷葉大人貽羞

第二十二回
畫錦堂琴邊飛竹笛　洗翠亭月下放荷燈
第二十三回
天風樓兩夫人看火　新花園諸名士標題
第二十四回
一覽亭李冠英防電　大洋房盛蘧仙論風
第二十五回
種松樹秦文伏見識　逛栩園蘧仙觸相思
第二十六回
夢中夢翻舟驚惡兆　病上病支枕聽詩聲
第二十七回

讀詩箋眉顰花婉娟　換繡枕情注顧眉仙
第二十八回
論官商寶珠見實學　買文字顯宦盜虛名
第二十九回
莽寶珠誤嗔好姐姐　苦媚香遺集惜惺惺
第三十回
送花果秦瓊締姻　舐紙牕小環出醜
第三十一回
活別離頸纏三尺練　死纏綿臂嚙一條痕
第三十二回
趁顛狂小環索命　了寃孽葉赦歸陰

淚珠緣第二集

天虛我生著
鈍根校訂

第十七回

鬧戲園葛亮甫遭打　代帳桌夏作珄弄權

却說沈元家的。拿着銀號摺子。輿抖抖的出來。剛走出穿堂找沈元去。不期秦瓊剛從南書廳出來。不及站住。却被秦瓊喝住道。你鬼頭鬼腦的忙些什麼。沈元家的。便連忙站住掉謊道。奶奶着我去問聲爺們。向葉府上去借的班子。可來了沒有。秦瓊道。什麼班子。沈元家的道。剛三爺去借的戲班子。秦瓊道。今兒沒有什麼事嗎。傳戲班子什麼。沈元家的道。也沒什麼正經。三爺愛聽戲。回了太太傳去的。秦瓊點點首兒。便放沈元家的出去。心裏便不高興。想寶珠也和我一般的人。他便這等快樂。他要什麼。他太太總依他。偏自己不拘幹點什麼事。總吃老爺訶

喜鬧脾氣者聽者

開口便是箋片話頭

罵。想著便滿肚子的懊悶。因順步走到文案府房。夏作珪那裏來。原來秦瓊這人是最有脾氣的所以姊妹們都和他講不來便美雲等嫡親姊妹也不和他一塊兒頑好便罷有點兒不是便要幹鬧。所以倒成了個庸庸碌碌的一種人品。外面結交些朋友。也沒什麼好人。只本府裏兩位師爺和他要好些。這夏作珪是絕會逢迎的。所以秦瓊對他這會子秦瓊到了文案房裏。那夏作珪剛在那裏寫家信見秦瓊來。連忙收起紙筆。站起來道。哎吓。爺怎麼好久。不來我這裏談談。我險些兒悶死。昨晚子綴了一夜燈花今早子噪了半天的喜鵲我當是什麼大喜原來是爺來了好極好極說着。忙喊管家倒茶自己點了個煤子裝一袋烟遞與秦瓊秦瓊坐下笑道。這幾天師爺沒什麼事嗎。夏作珪道。也沒什麼大事。今兒早起。替老爺打了個奏辦營務處的摺子。剛謄了。請爺瞧瞧看。可用得用不得。說著忙向文具箱內取出雙手遞與秦瓊。秦瓊略看了看道。寫的很好。只是偺們老爺也太不怕勞。年紀有了。朝廷家的事。也幹不了這些。現在雖外面有事。我瞧也不打緊。只奏辦營務處果然是個好事。只怕現在國儲也不十分充裕。未見得准呢。夏作珪道。爺見得極是。我也早這樣說。照老爺只樣年紀。也不犯着再辛苦。不過上了這個本子。准不准未必。但老爺因此竟自助了十萬兩的軍餉。也足見老爺愛國的忠心了。秦瓊道。是。夏作珪因問老爺可在府裏。秦瓊道。剛纔說往中丞處商議事情去的。夏作珪道。陸連翁可也出去了麽。秦瓊道。飯後便出去了。說今兒不來家也未可必。偺們趁今兒閑着。何不出去逛逛。夏作珪道。狠好狠好。我也悶的慌。偺們不如去邀了石時和葛亮甫同出去。秦瓊道。石時那人。討厭。不是我講他。他眼裏只有一

描摹盡致

個寶珠。以外都不放在眼裏。還是葛亮甫。邀他同去走走。夏作珪道是。便換了身嶄新單湖縐衫兒。拿了把扇兒。將眼鏡子。用手帕子。裹了。整整衣服。便讓秦瓊出來。一同出了文案房。繞過了穿堂。到對面帳房裏來。却好葛亮甫正在那裏着衣服。想出去。見夏作珪也換了衣服過來。便道。二爺敢是和作翁出去麼。夏作珪剛要說。忽一陣鑼鼓聲打將起來。便側耳朵駭異道。什麼。敢是今兒府裏唱戲麼。秦瓊道。可不是。今兒寶珠躲了學。却傳了班子。在園子裏唱戲呢。夏作珪道。園子裏唱戲。怎麼這裏便聽得見。葛亮甫道。那有戲台的春聲館。便在這壁墻外。那邊唱一句兒。笑一聲兒。都聽的見。這會子正唱的熱鬧。那鑼。鼓。…兒。一陣響。似。一陣打的人。心癢癢的。我所以。坐不住。要想去外面瞧瞧。戲去。夏作珪因道。那裏瞧去。敢是會館裏有戲麼。葛亮甫笑道。你不知道嗎。前兒小獅子巷。開了一個戲園子。班子纔京裏新到的我已去瞧過了一本。果然唱的好。秦瓊道。那。咱們便瞧戲去。夏作珪道。二爺又來。自己家裏唱戲。倒不看。也和我們一樣見識。往外頭瞧去。秦瓊道誰愛去討人厭呢。裏頭他們又不來請我。便叫我去看了。他們另是一淘兒作樂。都和我沒得話講。我一個兒坐着。有什麼味兒。倒不如外面瞧去的有趣。葛亮甫道好。咱們便一淘兒去罷。說着。便讓秦瓊先行。一同到穿堂。喊胡升邵二小喜子來順兒等七八個人。跟了出門。因怕秦文知道。三人都不乘轎。一齊步行到小獅子巷。其時已經傍晚。戲園裏日班已經停唱。晚間班子被人傳去。說不唱了。秦瓊便一肚子火冒。定要園裏開唱。那戲館裏見勢頭來得。也不敢多講。便請三人進去坐了。去叫老班來回話。這裏胡升一干人。都跟着主子進來。見這戲園是五開間廠廳。樓上空宕宕的。檯下滿堂掛的玻璃水法塔燈。鋪設的桌椅。也是紅木大理的。兩邊包廂。又鋪設些着衣鏡。玻璃罩花擺設等件。工本也不區小。秦瓊等看着。便各隨意坐下。一時送上茶來。那管班來了。先將三人上下打量一番。便陪笑道。爺們。今兒對不起了。咱們家班子。今兒被盛府裏傳去了。明兒只怕還留着唱。爺們愛瞧。過天再請過來罷。秦瓊道什麼話。你家開了戲館子。那兒能缺了班子。我今兒特來瞧你家的戲。你能回我走嗎。小喜子。你吩咐他。今兒我愛瞧戲。喊他去傳齊人來。該幾多開銷。你該他就是了。倘再敢講一個不字。你給我封起他的館子來。那些管家都一疊聲答應。個是小喜子便一手扯那個管班過來道。你這人。怎麼這樣不通禮。咱們爺喊你家開唱。難道不該你錢。你死也不講一個字兒。你敢是要討打麼。那管班恨道。怎麼你老有這樣不通理。

咱們也不希罕這幾兩銀子。剛說到這兩句。小喜子早兩個嘴巴子打過去了。那管班本是武生。這會子便動了眞氣。和小喜子打將起來。小喜子早跌了幾個觔斗。胡升等便多一鬨動手。打將起來。那些戲園子裏的人見勢不對。便早吶聲喊。一齊擁將出來厮打。約有二三十人。這裏胡升等。總只有七八個。早被那班子裏打得亂跳亂叫。葛亮甫還插着去勸。也被打在裏面。這夏作珪看不濟事。便扯着秦瓊的手道。偺們走罷。秦瓊此時也胆怯了。便跟着夏作珪急急的出來。却不道大門已經反鎖了。幸而沒人把門。秦瓊略有點手力。忙扭斷了鎖。逃出門去。趕緊親自到縣裏報知。那縣官立刻帶領差役。乘轎到小獅子巷來。一到戲園門首。見門裏外都擁塞着閑人。那些差役用籐竿子打開條路。進去。見滿園子打得雪片似的。那些人還在厮打。那知縣喝令差役進去。

只檢那不戴紅纓帽子的拿。休誤拿了秦府家人。那些差役。一片聲答應。都磨拳擦掌的進去。見那些扭着廝打的多沒有帽子有幾頂兒多丟在地下。便暗暗認定穿馬靴的多是秦府家人。並不問好歹。只將那些不穿馬靴的拿住。除逃散的。還有十三個人。便一齊上了鍊子。那些人都趕着分辨。那裏管他。都一起拿住了。帶回衙裏。不問好歹每人打了二百板子。十三面大架。一串兒架了出來。這裏秦府家人。却打壞了小喜子和胡升兩個。葛亮甫本來沒用。已早被這些人打得半死。睡在地下。動彈不得。滿口裏只是哼着。邵二看不是路。連忙趕回府裏。喊當差的用一張棕棚子去抬了回來。那胡升小喜子也走不來。便一概叫人抬回。剛到府門。可巧秦文拜客回來。門口擠滿了人。邵二便敢不抬去進。歇在門口。等秦文進去了。纔把葛亮甫抬到賬房裏歇下。夏作珪知道。忙走過來看時。見葛亮甫的衣服。也扯的七零八落。兩隻眼睛。似開不開的望着夏作珪看了。着實過意不去。因皺着眉頭問道。可覺得那一處兒打壞了。葛亮甫只是哼着。說不出話來。夏作珪慌了。忙請秦瓊出來商議。說亮甫既只個樣子。賬房裏又一刻少不得人。這怎麼處。秦瓊想了想道。光景不過受了點傷。也不妨事。請金有聲來瞧瞧。看怎麼說。大約總有幾天兒纔得復原。這賬房裏的事情。須得請一個人。代理幾天纔好。夏作珪道。代理兒倒也不值什麼。只是你我做不得主。叫誰代。依我的意思。不如回了老爹。給亮甫請幾天假。聽老爹派人代理便了。不要回來又被人說我舞弊。秦瓊點點頭道。也說得是。那便我替他請假去。你趕緊叫人去請金有聲要緊。夏作珪點點首。秦瓊便喊小喜子。夏作珪連忙止住道。不要喊他。他和胡升兩個。也打壞了。秦瓊聽了。滿肚子好氣。因道。還了得。只個眼前虧吃的不小。回來我不把這個園子折毀掉。我也不算人。夏作珪道。我的爹。這會子也講不得了。快去回了老爺是正經。你瞧。這時候將要晚飯了。回來各房來領賬。誰去理值呢。秦瓊聽說。便耐着氣。往東正院來。進門見滿屋子燈火照的通明。靠西秦文房裏。有些安息香的氣息。又有人在牕裏面念書。立脚聽時。却是茜雲在那裡背唐詩。心便打了個格頓。想道。這會子進去。老爺必定又拿他來比我。說我不用功。剛想到裡面。秦文見牕外有個人影兒晃着。便喝問道。誰在那裡探頭探腦。秦瓊嚇了一跳。聽茜雲的書聲。也嚇斷了。便搶步進去請了安。說因老爺在這裡有事。不敢進來回話。秦文因擱下書道。什麼事要你來回。秦瓊道。剛賬房裡葛師爺來。叫我過去。那裡知道。葛師爺日間出去。吃人打壞了。要求老爺賞幾

足見秦文於銀錢上亦看得頗重故五集中一語點醒

天假。幷求老爺替他作主。秦文詫異道。怎麼吃人打壞了。可知道爲什麼事兒。秦瓊道。也不甚仔細。聽夏師爹說。因偺們府裡往常開銷的賬目略枯渴了些。所以外人都恨了葛師爺。秦文聽了。哼了一聲道。這話再沒別人講。要便是夏師爹的意思。那也不管他。只問你是誰打的。秦瓊道。說是小獅子巷戲園裡人打的。因前兒老爺請中丞瞧戲。是傳的他家班子。葛師爺把二百兩銀子。扣下了四十兩。吃他們知道了。這會子撞到。便擁着打了一頓。葛師爺連話也不會講了。秦文因道。是了。前兒扣下四十兩。正價原是我的意思。這與他什麼相干。況且又是他老班貪圖生意。自己情願讓四十兩出來。給爺們管家的。這會子因只個鬧事。也太胡鬧了。你去喊當差的。傳他們老班來。很很的辦一辦。纔叫只些混賬東西。知道規矩。秦瓊因道。本來也太不成事了。連跟出去的小喜子和胡升。也打的彈動不得。老爺要辦。也不犯着當面么喝他。只請個片子。交縣裡辦去便了。只是今兒賬房裡缺了人。請爺派人代理纔是。秦文想了想道。那便叫夏師爺代理一晚子。明兒一早去請金有聲來代理便了。秦瓊應着。見沒事。剛要退去。又喊住道。瓊兒。秦瓊連忙站住。要知秦文講甚話來。請看下回。這正是

一任豪家身手很。　可憐已吃眼前虧

第十八回

秦寶珠病欵紅玉枕　沈藕香親送繡金衣

却說秦瓊剛要退出。秦文又喊轉來道。裡頭陸師爺講起。說他的家眷來了。還躭擱在船裡。沒得下處。我想喈們園子裡儘空。沒得人住。也要荒蕪了。現在美兒和葉府上的小姐。都打算住裡面去。倒也狠好。倘師

其事若有憾焉其實乃深喜之

爹想咱們這裡住。就請他們太太。和小姐們。住園子裡去。也沒什麼要緊。只問愛那樣便那樣罷。咱們府裡。也不爭只一點兒用度。秦瓊答應着。又站了會兒。晃沒事了。便退出來。先將這話告訴了夏作珪。夏作珪便又高興又不高興的道。這一晚子。叫我代什麼。橫豎明兒金有聲來了。今兒的賬。叫留着明兒算罷了。秦瓊再三央他。夏作珪一忖道。管他娘。今晚子賬上。算他幾十两銀子用用也好。只儘把大筆頭的開鎖清了。也好拿一個九扣的除頭。多少可百两銀子。總有想着。便道。既二爹怎麼說。我便代理一會子罷了。說着便叫邵二掌燈。到賬房裡去了。秦瓊便到南書廳。將秦文的話。對陸蓮史講了。蓮史狠合己意。便說等你師母和師姐到來。再作計較罷了。秦瓊應諾。到放館出來。回了秦文不提。且說這日寶珠等在春聲館唱戲。那歡笑熱鬧。是不必說。直唱到五更，方纔歇鑼。這些人也多唱的倦了。柳夫人頭一個禁不起。早先睡去。軟玉妹妹。便仍就睡在婉香對房。寶珠看大家睡了。纔回到自己屋裡睡去。到次日傍晚。纔醒過來。却因天色下雨。陰上沉不辨時候。及至梳洗完了。那天便眞個黑將下來。雨聲是越發大了。寶珠覺得心裡煩燥起來。又因昨夜不睡。今日又起來遲了。身子狠倦。便仍躺到床上去。媳煙點燈進來看見道。爹又怎麼了。寶珠見媳煙問他因略笑道。沒什麼。因我覺悶的慌。姐姐他們。可起來了麼。媳烟道。婉小姐和蕊小姐軟小姐。都早起來了。這會子東府裡大小姐邀去鬭葉子戲去了。因爹睡着。沒請爹去。寶珠聽了心裡便活撓撓起來。想也到東府裡頑去。又轉念怕秦文知道惹罵。便又收轉念頭。因道。他們怎麼不在咱們府裏頑。倒跑那邊去。媳煙道是三太太的主意。說天下雨。怪沒味兒。所以連太太也請過去吃酒呢。寶珠點點首兒媳煙又道。早間金爺拿帖子進來請爺的安。因爺睡着。我不來回。拿爹的片子回拜去了。寶珠因道。怎麼他忽然來拜起我來。敢有什麼事兒。媳煙道。光景沒什麼說。聽事金爹是來府裡代理賬席的。寶珠道。怎麼要代理賬席。葛師爹那兒去了。媳煙便將昨日葛亮甫被人被打壞的事。講了一遍。寶珠聽了好笑。因道。昨晚子倒造化了夏師爹。媳烟笑道。可不是。外頭多說。昨兒夏師爹弄了好幾個錢今兒早起吃館子去呢。寶珠笑了笑。因問道。昨兒軟小姊叫買的洋床。賬房裡可辦進來了沒有。媳煙道。纔今兒珍大奶奶開賬出去。還有添做門簾幰幃和繡花墊子。那些物件。光景明後兒纔辦進來呢。寶珠點首。媳煙又道。今兒太太說。小姊們現在不能搬進園子裡去住。因什物還未齊備。廚子也沒有派定。須得園子裏開個廚房纔便。現在檢定本月二十八日纔搬進去住呢。寶珠算算日子。覺得老遠的。心裡好不耐煩。剛納着悶。晴煙進來。說三太太叫玉梅來請三爺喝酒去。寶珠想了想。便點點首兒。走下地來。忽身上打了一個寒噤。因道。怎麼發起熱來了。媚煙忙過來握他的手。覺得手心兒進灼灼的。再向額上一摸。也滾邊的。失色道。怎麼好端端的發起燒來。你肚子裡可怎麼來。寶珠道。倒也不覺什麼。不過氣悶的狠。媚煙道。既這麼着。東府裏不要去了。外邊雨也大的狠。風又尖颼颼兒的。不如睡一會兒罷。寶珠自覺支撐不住。便叫晴煙去回了。又叫不要說起病。怕婉香知道發急。晴煙答應去了。寶珠便自睡下。媚煙陪着。到晚膳時候。寶珠也不吃飯。聽那牕外的雨。一陣大似一陣。忽滿牕子一亮。一個閃電過處。跟着一個霹靂。坑磕磕的。震得玻璃牕兒都響。寶珠早躲在媚煙懷裡。不敢言語。那

情景兼妙

雷還旋磨似的響個不了。那雨小了些。滴滴瀝瀝響着心裏覺得悽愴。起來自己也說不出所以然。納悶半晌。因想睡熟。却好婉香和軟玉蕊珠來了。知道寶珠病了。心裏多狠不受用。便恩恩切切的和寶珠談了一會。又勸寶珠吃了口稀飯。看他睡熟了纔去。藕香知道。也過來望了望。又送了些香蘇飲來與寶珠吃。到了次日。病越重了。寶珠因發燒太重。抵當不住。便睡着走不起來。柳夫人發急了。請金有聲進來診脈。說不妨事。纔放了心。不期寶珠打這日起。一日重似一日。連米湯也吃不下。婉香藕玉等。終日伴着他。他總是昏沉沉的好睡。也沒什麼話講。把平日的一種溫存樣兒。却一疊收拾起了。到月底邊還起不得床。大家因寶珠病着。都沒得興趣。廿八那日。便也不搬往園子裏去了。到了五月初上。寶珠纔好起來。足足的病了一月。不打緊。倒是婉香等一干人。

被他急死了。現在纔各放心。寶珠也能起坐。和姊妹們談談說說。倒也有趣。有時自己照着鏡子。覺得清減了許多。兩彎眉兒。却顰的和婉香差不多。有一種可憐模樣兒。自己也覺憐惜。便分外保重。不是和婉香下棊。便自己拿着筆做做詩。又挨過六七日。纔霍然痊愈了。便慫慂婉香等搬進園子去。婉香見他已經大好。便大家商議着。從五月初十日。搬進園去。却好這日是蕊珠和綺雲賽兒三個的小生日。大家便又鬧起戲來。熱鬧了一天。那園子裏。自從諸人搬了進去。便覺得花柳有情。山水生色。寶珠住在裏面。就像一個穿花蝴蝶兒一般。樂的了不得。那些吟詩飲酒的事。是不必說。也記不得這許多。到了六月初二日。秦珍打京裏回來了。藕香接着歡喜的很。把帶來的物件。逐樣檢點明白。送往各房去。却把寶珠和婉香的物件。親自送到園裏惜紅軒來。却值寶珠

閨中樂事
隨手拈來
悉成妙景

和婉香軟玉蕊珠一塊兒坐着挖西瓜殼兒做燈。藕香進來看見道：你們到會頑意兒呢。這個西瓜殼兒還要挖出這許多花紋來，明兒便壞了，可是吃着沒事做嗎？婉香因笑道：大嫂子你瞧，看誰的鏤得細。藕香看時，婉香鏤的是細迴文卍字，夾着四個圖兒，鏤出月圓人壽四個雙鈎篆字，覺得精緻的狠，便滿口贊好。再看寶珠鏤的是鴛鴦戲荷的散花，軟玉是四塊合景書畫的，蕊珠是綉毬紋夾著兩個獅子的。因笑道：多好心思，講細緻還是婉妹妹頂好。寶珠笑道：大嫂子總存著一個偏見，我這個還沒鏤好呢，鏤好了你瞧着眼睛多要花呢。說着放下刀子，回過頭來，見銀鴈捧著一個緞盒，因道：大嫂子，這什麼頑意兒？藕香道：你哥哥回來，這便是你要的東西。寶珠便跳起來道：好哥哥，好嫂子，我正想著呢。說着便叫軟玉和蕊珠的西瓜燈拿開，又一疊聲叫春妍抹桌。子藕香等都看着他好。笑春妍過。來抹了檯子。銀雁便將緞匣放在桌上。大家都圍着來看。寶珠先打開個袱子。看是一件金醬女襖料兒。滿身平金線的大牡丹花。略一展看。便覺光采奪目。寶珠喜的頓足道好。又忙問道。這是送誰的。藕香道你哥哥因要公道。照這個樣兒。一色的定了十件。東府裏送了五件去。寶珠道。東府裏四件殼了。怎麼要五件。藕香道。你不知道嗎。前兒金有聲在這裏。給瓊哥說下了親事了。便是石師爺的令妹。轉眼就要行聘了。寶珠恍然道。不錯。前兒我病着。也聽見講起。我因這些事兒不經心便忘了。足見大嫂子心細。又道。那麼這一件兒。送婉姐姐。還有四件。留著幹什麼。藕香笑道。你不要替我躭憂。難道我自己不該要一件兒嗎。這兩個袱兒裏。便是兩件。送軟妹妹和蕊妹妹的。還有一件。是要送給陸師爺的小姊去。寶珠聽說。因忙問

直顧到第一回

讀者亦正要問

道。我正要問大嫂子呢。頭裏四月間。聽說老爺邀陸太太和小姊來園子裏住。師爺答應了。怎麼隔這兩個月還不提起這話難道還在船裏嗎。可不要熱壞了那位小姐藕香笑道便熱壞了也不干你事前兒原說要來住的。此後不知怎麼。陸師爺又說不便來。回了老爺。在外面租公館住了。說改日總要來給太太請安的。寶珠又道。大嫂子可知道。這位小姐喚什麼名字兒。藕香道這個我倒不知道。只聽說年紀卻長了。長的倒很好。還會得做文章呢。寶珠道。你那還不仔細。我到知道他叫做瑣琴呢。婉香笑道。偏你會打聽這些橫豎你心裏有了個他他心裏還不知道有你只個人呢寶珠笑道。那我也不希罕要他知道剛說着。見藕香身邊的小鵲進來道。爺請奶奶轉去。有事情呢。藕香應了聲便把緞盒裏三件襖料檢出。又打開一包。是十副平金褲脚。又打開一包。

看是十副挽袖。軟玉看見。駭異道。婉姐姐。你要這個。什麼用。婉香笑道。那裏是我要的。這是寶珠帶來孝敬太太去的。軟玉笑道。我當是你要穿。披風兒了。說着大家都笑起來。藕香又打開一包。是一副平金的帳沿。和床幃子。八副堆花的椅墊套兒。又兩大匣子的枷楠香末。和些阿膠桃杏等脯。都叫春妍替婉香收了進去。婉香和軟玉等多道了謝。藕香略坐一會。便告辭出來。正是

草索不妨公子病　　花衣却稱美人身

第十九回

賺巨款奴才捐官　　赦小過主人積德

却說藕香帶着銀雁小鵲。打惜紅軒後面。往寶珠樓上繞過下來。見只有晴烟一個。穿着。白紗。衫兒低着。頸兒在那裏穿茉莉花翹。兒見藕香

好物不堅
牢是物理
所必然

打樓上下來。因站起來道。大奶奶好忙呢。大爺回來了。不辛苦嗎。藕香笑道。也沒什麼。三爺搬園裏去了。你到不冷靜麼。晴烟道。這屋子裏到比往常熱鬧的多呢。往園子裏去的上上下下一干人多貪着路近。打這樓上上去。這屋子裏就像穿堂似的。樓梯上一天也響不了。晚頭樓上下一路又點了燈。到比茶館子還熱鬧呢。藕香笑笑。因道。我剛打月台上來。見那月洞上的鏡子門推的鬆了。怕明兒脫了筍。打將下來。不打緊。倒是這樣大的鏡磚沒處配去。你明兒索性叫人把他卸下來。倘嫌晚間沒得關閉。你叫小厮們把那個冰蘭格子裝了上去就是。晴烟答應着。藕香便走出迴廊上來。因看看天井道。這大熱的天。怎麼還不搭涼棚子。晴烟道。可不是麼。偺們這位爺因前兒到葉府裏去。來見他家的涼棚。都是機器做的。說靈便的很。用鐵桿子搭起來。上面用綢子做了篷可不用扯得只要把那桿子上的螺螄旋兒一旋那篷子飛風似的打開了再倒旋一旋那篷子便也飛風似的卷做一卷兒了。爺愛這個。所以連對面的小桃花館的舊篷子也不叫搭。說已叫葉府上的什麼洋匠做去。明後兒就送來了。藕香笑道。好便好。怕沒得百十兩銀子辦不下來。回來開上帳去。又吃三老爺罵呢。晴烟道。是呢。說八十兩銀子一座呢。連太太院子裏共是三座。光景也得三五百塊錢。不過太太准了。光景這錢是太太出的大面了。藕香點點首。忽一陣風吹來很熱烘烘的。藕香道。熱的很。這天要下陣雨纔好呢。照這樣熱。我眞一點兒事也幹不了。說着。便帶銀雁小鵲出來。到自己屋裏。秦珍却又被秦文喊去問話去了。因走到房裏。換了件茜紗衫兒。叫翠鳳打着扇。自己便拿張箋子。開了個單子。叫銀雁拿出去。喊賬房裏辦扇子去。賞給婆

信手拈來入情入理

因風而起無一閑筆

奇峯又起
但非無根

子了頭們的。又問小鵲道。去年咱們府裏。辦四十架洋風扇兒。秋天卸下來。擱在那裏。天熱了。早晚各房裏便要來領。你去問聲沈元家的瞧。小鵲應了聲出來。便找沈元家的去。却好剛撞着沈順家的進來。小鵲因道。媽媽來的正好。奶奶喊沈元媽媽呢。可在外面麼。沈順家的詫異道。怎麼。奶奶喊沈元家的。敢是喊我。你聽錯了。小鵲笑道。媽媽又取笑來。這一點兒事。我那會聽差呢。沈順家的道。那麼着奶奶忘了。前兒四月間。不是奶奶打發沈元和家的往上海去了。到今兒還沒囘來呢。小鵲道。那光景是奶奶忘了。又道。只是我一晌沒聽講起這事。沈順家的道。這事你自然不知道。奶奶怕老爺知道。瞞得鐵桶似的。我還是沈元家的私地告我的。這會子什麼事。我去幹去便了。小鵲便把要洋風扇子的話講了。沈順家的道。這個去年是我收下的。我去找囘來送進來便了。說着囘了出去。小鵲進來囘了藕香。却把沈元家的事隱着不提。怕𢥞穿了。藕香生氣所以不敢提及。到晚後秦珍進來。便一味子嚷熱。藕香替他脫了長衫子。又叫小鵲與他打扇。銀雁替他抹個身子。靜坐了一會兒。秦珍纔舒服些。因道。你可知道這裏本縣老爺壞了。剛今晚子差官來摘了印去。藕香笑道。我那裏管這些事。自己府裏還管不過到呢。秦珍道。你自然不明白。可知道是爲着偺們府裏的事壞的。今兒葛師爺也囘復了。連瓊弟也被老爺搥了幾下。藕香咤異。問是爲着什麼。秦珍便歎口氣道。本來也太胡鬧了。四月間瓊弟和葛師爺出去打戲館子。囘來叫縣裏枷了戲園子的人。還把戲箱封了去變賣充公。這都是瓊弟借着老爺的名頭。叫那官兒幹的事。那裏知道這戲園子老班。是京城裏三王爺得意的人。他便趕進京去哭訴了。三王爺連咱們府裏也告在裏面說怎樣的倚勢欺人指使地方官壓詐小民因此我在京的時候。王爺還講我幾句不是呢。照這樣鬧法。咱們府裏也不穩便。剛老爺喊我出去。就爲這個事兒藕香聽了不語。秦珍又道。還有節兒事情。昨兒吏部裏信來。問新捐大八成。在部候選的縣丞。沈培元。在那裏求缺。說是咱們府裏的門生。問究竟是否這事。老爺問我。我也不知道。及至查了冊子。纔知咱們房裏的陪房。沈元的原名。這也奇事。沈元是幾時告假出去的。藕香吃了一驚道。吓。這怎麼講。沈元原不曾告假。出去前兒跟爺進京。他四月初囘來。說爺在上海花空了。乏了盤費。在什麼莊上挪了三千兩銀子進京去。特地打發他轉來。把這筆錢匯去銷賬。照這樣說。敢是他謊了銀子去捐官的麼。秦珍跳起來道。不必說了。一定是這奴才謊了去的。我那有這件事兒。我到上海的時候。他

如聞其聲入情入理

拿了封信來說他家的病重所以告假回來的罷罷這還了得好大的膽子小鵲你去傳沈元家的進來小鵲聽着也失了色。因道剛日間奶奶叫去傳沈元家的沈順家的回說沈元家的還是四月間奶奶差往上海去的還沒回來我怕是奶奶忘了又聽說是瞞著老爺的所以不敢問得藕香道啊吓反了這從那裏講起這些奴才坯子幹的好事吓快給我喊沈順家的來我問他呢小鵲應着。忙出去傳沈順家的進來。沈順家的知道這事。也道這還了得。偺們還洗得淸嗎。說着。便連忙叫人去把沈元家的女兒春柳兒帶了進來。春柳兒早嚇的哭了。沈順家的也不問別的什麼。只扭着春柳兒。到西正院來。秦珍早氣的話也講不出了見沈順家的和春柳兒進來便拍着桌子喊道我出去了幾天你們一班兒舞這樣的弊還不給我掌嘴巴子藕香止住道不忙讓我問。他。呢。因向。沈。順。家。的。道。你知。道。沈。元。家。的。逃。去。你怎。麼。眼。睜。睜。的。也。不。來。回。我。一。聲。沈順家的連忙跪下道。奶奶。這這個不干小的事。前兒四月初四。沈元回來。小的們只知道來替爺匯銀子的。次日沈元家的把鋪蓋箱籠搬出去。小的問他。他說爺在上海。說。到。這。裏。便。不。說。了。藕香道。他說爺在上海怎麼。沈順家道。小的不敢說。藕香道。你只管講。不干你事。沈順家的戰競競道。他說爺在上海。娶了位姨太太。爺寫信回來。請奶奶打發人去接。說奶奶因他兩口子穩當。所以著他去的。還說不許聲張出來。怕老爺知道的話。小的當時。並。不。知。道。這。黑。心。的。奴。才。種。子。幹。這。些。的。事。請。奶。奶。只。問。春。柳。兒。總。知。道。的。說着。春柳兒跪着嗚嗚咽咽的哭將起來道。小的也不知媽幹下這事。求奶奶開恩。不干小的事。小的爹和媽。總在京裏。聽憑爺和奶奶怎麼樣發落。小的總不敢

藕香之賢明實有過于李紈沈元尚算知足

求一個字兒。藕香氣了半晌道。我明白不干你們事總之我自己大意了。些你們退去罷外面不許給我多講。沈順家的。和春柳兒磕了兩個頭。出去了。藕香因叫銀雁。把萬豐的摺子拿出來叫人驗去可不要換了。假的與我銀雁答應着拿了出去一會子進來說不錯的摺子原是眞的。秦珍接來一看。見寫着四月初四日。付規元銀三千兩。因道奴才。打諒捐了這功名。我便不能奈何他麼。小鵲你拿筆硯來。小鵲便送了過來。秦珍卽便帶草的寫了個電報底子。叫小鵲拿出去。藕香遞了個眼色。與小鵲小鵲會意。便拿着出去揣在懷裏往別處閑逛去了。藕香見秦珍盛氣已過。因道。這事總怪我不是。秦珍道。那能怪你。便我也要上這個圈套子。藕香因道。難道一個卽選縣丞。三千兩銀子就能捐足嗎。秦珍道。也不彀點兒。照他的這個花樣。總得五千兩銀子。照例四十八日。就能得缺了。所以我趕早打電報去。關照吏部裏去拿問他。藕香道。他不是白用了銀子壞了。功名嗎。秦珍道。這個自然。不這樣。那裏知道利害。藕香道。論理也該這樣辦法。只是也造點孽。他兩口子。當一輩子的奴才。纔不過掙下二三千兩銀子。這會子雖謊了。我的去他也添補着二千兩光景。果然壞了他的功名。可不要悔死了。便不悔死也一輩子出不得頭了。依我。不如咱們認了晦氣。只算丟了三千兩的個摺子。成了他的功名也算積點子陰德。他有點子良心。總不敢忘了咱們爺。再出個諭單給他瞧着。他深自悔過。倒也是件好事呢。秦珍聽了這番話。暗暗贊歎藕香賢德。因道。終不然叫你平白地丟這一大宗銀子。藕香道。倒不值得什麼。在咱們手裏也只算丟了幾百個錢似的。誰疼這一點兒來。只你也不犯着爲這些事氣得這樣。你瞧你衫兒都汗透

伉儷之情是一是二寫來別樣生妙洵是手寫入體微貼

閨房樂事洵有甚於畫眉者

了。何苦來呢。說着。便把自己扇子替給他扇。秦珍便一點兒氣也沒得。了。因笑道。那麼我已打電報去了。終不然再追一個電報去成什麼事兒。藕香笑道。我早打算着電報在小鵲身邊沒去打呢。秦珍便付之一笑。也就罷了。因見壁上掛着笛子。便隨手卸下來。撫了撫蘆衣子吹了一句彩雲開。忽道。賽兒呢。藕香道。他往園子裏看西瓜燈去了。敢是喊他拍曲子麼。秦珍笑一笑。便又吹月明如水浸樓台一句。藕香笑道。這個大熱天還弄這些東西。你愛聽。我來吹個應景兒的賞荷你唱罷。秦珍說好。便把笛子遞與藕香吹着。自己唱道

閑庭槐陰轉。深院荷香滿。簾垂清晝永。怎消遣。十二欄杆。無事閑凭遍。悶來把湘簟展方夢到家山。又被翠竹㬉風驚斷。

唱了這一拍。便一疊聲嚷熱。叫拿荷蘭水來吃。藕香笑道。我到沒聽兒。

蔡。邕。吃。過。荷。蘭。水。說着大家都笑起來。銀雁早開了兩瓶進來。倒在兩隻水晶杯子裏。兩人都喝乾。忽外面說賽姐兒回來了。且住。這叫做

小虧在我原無損。　大德於人却有功。

第二十回

送鮮花石時助謙　拾睡鞋媳烟擔憂

却說秦珍和藕香喝完荷蘭水。却好報說賽兒回來了。秦珍因喊道賽兒。賽兒聽見。隔牎子應了一聲。進來。藕香見他手裏提着一盞西瓜燈。裏面點着蠟燭。因要來看時。却是蕊珠鏤的那個兩隻獅子。竟像活的一般。因笑道。這是蕊乾娘給你的麼。賽兒道是呢。今兒園子裏纔有趣呢。偺們大家都在洗翠亭喝酒。四面牎子開了。涼快的很。簷口掛了這四盞西瓜燈。美乾娘和麗乾娘又紮了十幾盞荷花燈。點了蠟燭放在

果然有趣

池子裏氽來氽去。引得那些魚都潑刺刺的跳着響。那眞的荷花也開了。好些他們說後兒是寶叔叔的生日。就照今兒這個樣子頑一天呢。藕香聽了道。不是你說。我倒忘了。後兒是初四。是寶弟弟的小生日呢。你瞧。怎樣給他做做。秦珍道。也不用怎樣大舉動。近來老爺又怪要省錢。依我不如封一百兩銀子過去。聽他自己辦去。愛那樣頑便那樣罷了。藕香說是。因向賽兒道。你爺剛找你拍曲子呢。賽兒聽了高興道。好好。我剛在洗翠亭拍一隻賞荷來。大家都說好聽。纔把這盞燈給我呢。小鵲。你把這盞燈掛好了。你吹笛子。我來唱呢。小鵲答應着。便把那燈掛在保險燈下面。拿個矮櫈子坐了。你吹笛子。秦珍擊著棹子當板。賽兒開口唱道。

　强對南薰奏虞絃。

味在言外

剛唱到紘字。那聲音便住了。因咳嗽一聲。又唱道。

　只覺指下餘音不似前。那些個流水共高山。

唱到兩句。那喉嚨眞正提不起了。蘊香笑道。何苦來現什麼世。賽兒笑了笑。定要唱下去道。

　只見滿眼風波惡。似離別當年懷水仙。

小鵲吹着笛。兒聽他啞了。不禁嗤的一笑。便脫了板。賽兒跳起來道。這個死喉嚨。偏不爭氣。罷罷。不唱罷。我來吹笛子。奶奶唱。蘊香笑道。今兒不利市。我也沒得嗓子。你爺剛唱了板一枝花。就像老猫聲似的。秦珍聽着笑了道。不唱罷。偺們呷杯酒睡罷。銀雁聽見。忙去把日間秦珍帶回來的白玫瑰。開了一瓶進來。又裝了兩盆鮮荔枝。和藕爪蓮子等類。三人便坐下一塊兒吃了。賽兒便自睡去。秦珍和蘊香兩個。用花露水。

洗。了。個。臊。覺。得。遍。體。鬆。爽。也便安寢。次日已是初三。藕香派人去園子裏。把洗翠亭鋪設起來。又把外面西花廳結了綵綢子。預備明日給寶珠請男客的。又封了些賞封。是二兩一個的。再把昨日秦珍吩咐的一百兩銀子。檢了兩個元寶。用盤子盛了。蓋着紅綢子。叫翠鶯送往天風樓寶珠處去。忙了半日。纔空了一會兒。各房丫頭都來領洋扇子。藕香便叫大丫頭金雀和翠鳳。逐架的檢點發出去了。忽沈順家的進來回說。葉府裏送女班子來伺候。遞手本來請安。藕香點首。說叫留在春聲館便了。沈順家的答應着。又送上一個禮單。藕香接來看時。是葉冰山送的。平金百壽圖的大紅緞子圍屏一堂。玉如意一架。翠松紮的鶴鹿一對。兩個玻璃缸的文魚。一件刻絲紗的花衣。兩柄么月雕扇。兩柄紈扇。四罇子酒。藕香看畢。便問可全收下了麼。沈順家的道。這不是來單。

這是三爺把收下的物件。開這個單兒來。請奶奶開發的。藕香約了約。也值到百十兩銀子的禮物。便叫銀雁封的二十兩的使力。又二兩一個茶封。交沈順家的拿出去了。一會子又來回說。石師爺送四盆茉莉花來。給爺賞玩的。問奶奶可要抬進來。藕香道。便收進來。擺在廊下罷。沈順家的答應出來。見大廳上歇滿了花擔子。許升和花農兩個在那裏忙着分派。見沈順家的出來。便道媽媽。大奶奶可叫抬進去麼。沈順家的道。奶奶收了。叫送上去。花農便指了四盆。叫小厮們抬往西正院去。又指了八盆叫送東府裏去。沈順家的笑道。石師爺倒好癖呢。買這許多來幹什麼。許升笑道。還分不了呢。東府裏去了八盆。南正院太太那裏去了四盆。大奶奶那裏四盆。三爺那裏也是四盆。這裏有了十六盆。還有四盆沒抬來呢。沈順家的笑道。照這樣。偺們府裏倒好開花圃子呢。剛說着。裏面喊沈順家的。沈順家的便應着進去了。這裏花圃子裏。又抬了四盆來。花農便叫小斷們抬着。領進園子來。因問管園的道。偺們爺。可在洗翠亭麽。那管園的道。光景總在那裏頑。花農因領着八個小斷。抬着花盆子。往假山洞裏穿過。剛走到石橋上。忽一陣風來。從天上吹下一派的鼓樂聲。和些笑聲。抬頭看時。原來那山上的天風樓。高出雲際。陽光照着那泥金匾額。閃閃熠熠的。看不明白。見四面都開了。牕子。簾子。下隱隱有些人影兒。便打諒寶珠在天風樓。和那剛送來的女班子。吹唱。因笑道。你們瞧。咱們爺。倒樂得和神仙似的。這會子都管。不在洗翠亭了。你們把這盆子。歇下來。在這裏。等讓我去問要擺在那塊兒的。省得回來。又像螞蟻搬蒼頭似的。扛來扛去。扛個不了。那些小斷們。便都歇下了擔子。坐在橋欄上等着。花農便迎着風。一溜烟的。

活畫一個狡佶小厮

跑過橋去。到洗翠亭一張。見滿亭子擺的珠蘭茉莉。亭裏面打掃的干干淨淨。却沒用一點兒紅色披墊。却是光禿禿的磁墩子和雲石的桌椅。匠上面兩邊擺着兩個紅木高架子。架着一對滾圓的玻璃球兒。裡面養着金魚兒。多有五六寸長。一上一下的游着好頑。花農見四下沒人。便伸手去捉了一個。想藏在懷裡。又怕死了。便忍着心痛仍放在缸裡。却不道因天色熱。手心火燙的。那魚放在水裡便不沉下去。那肚子朝着天。一動也不會動了。花農急了。想撈起來甩到池子裡去。猛回頭見一個人打後面來了。便一溜烟跑出亭子。往綠雲深處繞過向天風樓來。剛走到山坡。見媪烟迎面走來。花農便站住陪笑道。姐姐往那兒去。爺敢是在天風樓麼。媪烟道。剛下來。在這邊夕陽紅半樓蕊小姐那裡。你有什麼事兒。回花農便說了。媪烟道。那你站着。我去問來。此地現在到處都是小姐們做了住屋。你還照先那模樣亂闖着。回來。可不要。吃了。嘴巴子。還沒處哭去呢。花農道。是。姐姐。講的是。足見姐姐疼我。我這會子站着伺候。回來我拿茉莉花朵兒孝敬你。媳烟笑了笑。也不多說。便倒轉去了。花農在循山游廊上坐了會兒。見媳烟來了。忙站起來。笑迎上去道。姐姐。爺怎麼說。媳烟道。爺叫送太太那裡去。花農道。太太那裡有的送去了。媳烟道。那麼着。你擺在洗翠亭廊下便了。爺說喊你去謝謝石師爺。花農應諾。便一氣走下山來。到洗翠亭廊下。先看了地窩再跑去喊小廝們抬了過來。一字兒的擺下。剛排好。見那邊橋上媳烟和春妍兩個將着手兒飄飄逸逸的笑說着走來。到亭子廊下。見花農已將花盆子擺好了。便同着過來看。春妍因道。這茉莉花兒倒開的比那些旺呢。花農笑道。我送進來的東西那有壞的呢。你瞧這幾盆花。

細到

兒。擺在這裡連這個亭子也換了樣兒了。你們瞧不像個水晶宮嗎。嬝烟嗤的一笑道。是呢。前兒聽說這水晶宮裡還爬着一個龜將軍呢。吃爺打了一頓。花農紅了臉道。這兒不是爺明兒要做生日的嗎。我回來告訴了爺。怕不揞你這紅紅的小嘴兒。嬝烟聽了。便拿帕子來豁他的臉。花農忙笑着逃去了。嬝烟也不追趕。便同春妍進亭子來。偶然見玻璃缸裏的魚氽起了一個肚子朝着天。春妍忙喚嬝烟看道。這個魚怎麼了。嬝烟把扇柄兒撥了一撥。那魚翻了個身。仍舊朝天了。因罵道。這魚定是花農攪死的。回來咱們那一個見了。又要跳斷了腿條子呢。春妍笑道。你們那一個是誰。嬝烟紅了臉道。啐。你還問我呢。我往常不問你也便罷了。剛說着。見海棠和愛兒捧了一包子披墊進來。嬝烟道。你們在那裡逛。到這會子纔來。海棠道。多是爺吓。頭裏檢了一堂平金大

如聞嬌語不知作者如何體會出來

紅的罩披兒又說嫌俗很了再叫換洋紅堆花的去換了來又說不好。這會子又換了這個湖色刻絲的來纔對哪！說叫你們好好的套上了。不要攪釀了。媳烟接了。便和春妍兩個把一應椅子磁礅子都套了套子。春妍一面套着。一面道。這位爺也太多事這大熱的天涼冰冰的磁石墩子不要坐還要罩這套子上去媳烟也道。可不是呢你瞧着明兒咯坐一坐又要教人去了他呢海棠笑道。爺說這冰冷的椅子只能像我這樣坐坐還不打緊姊姊們是坐不得的所以要用這個套子說着。大家都覺好笑一時套齊了。四個人便一串兒手將手的往石橋上走回來。忽媳烟放了手道。哎吓。險些兒忘了你們先走我去轉一轉來春妍問什麼事。媳烟道。那個魚也剛才忘記丟了他我去丟了池子裡來。說着。便獨自回轉來到亭子裡把那個魚撈在手裡忙拋在池子裏

細膩至此得未曾有

又起一峯出神入化

看他還氽着不沈下去媳烟一面看着魚一面用帕子揩手揩乾了便拿帕子去抹臉猛覺得一、股腥膻氣薰得要嘔了再聞一聞連手上都有了原來這金魚是最腥氣的媳烟暗暗好恨便把那帕子也撩在池子裏再到池邊去淨了手向衣角上揩乾了剛要走忽荷花叢裏飛出一隻白鷺把那個死魚一口擒着、拍拍的飛向水流雲在堂那邊去了媳烟便站起來信步走石橋上去剛到綠雲深處門首覺得脚底下踹着一件、軟軟的東西低下頭去看時卻是一個手帕子裹着不知什麼因拾起來看那帕子已踹的都是泥了便提着指尖兒抖開來看裏面卻裹着一隻小小的軟底紅睡鞋兒心裡跳了一下見四下沒人再細看脚寸卻還不到三寸是扯弓頭的那鞋底兒竟不過二寸光景因滿肚想轉道偺們府裡除了婉小姐再沒有這樣的小脚寸兒光景定是偺們這位爺和婉小姐頑故意藏過他一隻。却不道掉在這裡。幸而是我拾了。倘然被小廝們拾了去成什麼話。想着。便暗暗埋怨。忽又轉念便滿臉飛紅起來。將那鞋兒仍將帕子裹了。揣在懷裡慢慢的走回天風樓來。寶珠却出去和石時談天去了。便一個兒坐在納悶。又把那鞋兒拿出看了一看。藏在自己枕頭下底。心裡又七上八落。狐疑着當是寶珠和婉香有了什麼事情。不知這鞋兒究竟是誰的。且看下回有分教。

分明鶗鴂多防到　不是鴛鴦暗贈來

第二十一回

暗猜疑秦公子受屈　明譏諷葉大人貽羞

却說這日寶珠和石時。一直談到起更。纔進來。見嫚烟。背着燈。坐着一聲兒。不。言。語。因陪笑問道。姊姊你又怎麼一個兒在這裡納悶。媳烟笑道。誰。講。來。好。好。的。悶。什。麼。來。爺什麼時候出去的。寶珠道。我傍晚纔出去的。怎麼。敢有什麼事兒。媳烟道。也沒什麼。爺今兒可曾往綠雲深處去來。寶珠道。我今兒沒去。剛日間是打留餘春山房下去的。媳烟又道。剛婉小姊房裡少了件東西。叫人來問。爺可拿。不拿。寶珠詫異道。什麼。我沒拿。他一點兒東西。他失了。什。麼。了。媳烟低聲道。說失一隻睡鞋兒。敢是爺藏著。寶珠正色道。這什麼話。我那裡敢拿他這樣的東西。這個失了。還了得。敢丫。頭們偸去了。不過丫。頭們要這一隻什麼用。這個古怪。媳烟見他正顏厲色的。心裡詫異道。這。個。不。是。爺。掉。下的還有誰。做這。種。事。情。這。便。奇。死。了。人。因向寶珠道。爺不要這樣大驚小怪。敎人聽見成什麼話。你既不拿。我給你瞧一件兒東西。說着。便把枕頭下底的鞋兒取出來遞與寶珠道。這可不是婉小姊的嗎。寶珠接來看時。宛然是婉香的脚寸。因道。怎麼你藏他的東西。媳烟哼了。聲道。我藏。他的。我只。問。爺是誰。藏。他。的。寶珠急了道。哎吓。這個。怎麼。能。寃。我。來。你。不。信。我賭個咒。你聽。因道。倘是。我。藏這個。東西。來。立刻。叫。我。媳烟忙掩住口道。可又來。這也不犯着急得這樣。寶珠看着鞋兒。忽道。這不是婉姊姊的。你瞧。這帮兒是大紅的。婉姊姊一輩子不愛穿大紅的。你瞧他自從到偺府裡來了。你幾時見他穿大紅鞋兒。況且。鞋兒。是。扯。弓。頭的。又不。很尖。小雖。小。底兒。也。這樣。闊。這個。定不。是婉。姊姊的。你老實。告訴。我。是誰。的。不要嘔。我了。媳烟被他一說。仔細看時。鞋樣果然不像婉香的。往常見婉香的鞋底兒。纖瘦得很。不是這樣粗蠢。因道。這。更。奇了。是。誰。的。呢。我是從綠雲深處門口拾來的。我當是你遺下的。所以怪了你半天。照

異想天開
情生文耶
文生情耶

這樣說。難道又出怪了。寶珠道。你也太不明白。便是我的。我也斷不肯帶在身邊。大白晝裡逛去。設我被姊姊妹妹搜了出來。算什麼意思。既是綠雲深處拾的。喊那邊的丫頭來問一問。便有影兒可捉了。嬝烟一面聽着。一面看那鞋兒。忽道是了。定不是婉小姐的。你瞧這花兒。是初學手兒做的。攙罩的針脚兒又不齊。絨線又不光絹。光景是那一個丫頭。拿這個打算送小厮去的呢。剛說着。猛然省悟道。是了是了。我寃了爺了。說着嗤嗤的笑將起來。寶珠連問是誰的。嬝烟笑道。我忘了。昨兒聽麗小姊在那裡和小翠頑。說小翠要學針黹。總再也學不好。小翠說。這個不知怎麼一個講究。麗小姊說。你前兒學生活的時候。可曾拜過坑山姑娘沒有。小翠說。前兒我娘教我做生活的時候。也說有什麼坑山姑娘。住在屎坑上。要做一隻鞋兒孝敬他。穿了纔兒做生活呢。今兒

愈說愈奇妙此等文情不知從何處得來

小姐也這樣說可見是眞有這個講究的了麗小姐說你只做了一隻麼怪道你一輩子做不出好生活小翠因說照小姐這樣講來敢是要兩隻的麼麗小姐笑說那自然你見誰只穿一隻鞋兒的你那坑山姑娘又不是個獨脚魈你明兒快補一隻去孝敬他便做得好生活了這原是麗小姐的頑話我還聽着好笑光景小翠當眞的去做這隻來寶珠聽了笑道他怎麼丢在門口呢媳烟笑道光景因園子裏沒得男人到以沒有尿坑子他見前兒爺在綠雲深處的墻角下溺過他所以供所那裏去的寶珠聽着笑的了不得媳烟也覺好笑寶珠因笑道那！你倒做了坑山姑娘了又道我總有點疑心你明兒還問聲小翠看可是不是不要又和春柳兒一樣的鬧出把戲來媳烟應着便把那鞋兒藏起各自睡了一宿無話到了次日寶珠起來便穿了公服先到秦府

宗祠裏拈了香。又給柳夫人和秦文袁夫人道了喜。再往南書廳拜了陸蓮史纔進來換了公服。晴烟上來回說。夏師爺和金師爺陸師爺送禮進來。請爺瞧這單子。寶珠接來看了看。便點了幾樣。叫收了。請大奶奶開發去。晴烟剛去了。又轉來說。外面當差的和管家們在二廳上傒爺磕頭去。寶珠連連搖首道。算罷算罷。誰講究這些來。晴烟笑應着傳出去。一會子花農來回說葉府裏大爺和二爺來了。請爺道喜去。寶珠皺眉道。這两個磊塊。又來惹人厭了。你去請石師爺代陪一會兒。我便出來。花農答應着下來。出了園子。逕到東書廳來請石時。石時應着。便換了公服。喊許升提着烟袋出來。一路想道。聽說這两位爺有些獃氣。我只沒有見過。今兒且和他談談瞧。想着。已到西花廳門首。見站着許多紅纓帽子。挺胸凸肚的葉府管家。見石時進來。也不理睬。石時走到卷篷下。鋤藥看見。便報了聲。說石師爺來了。石時進去。見那葉用和葉赦迎上來。和石時行過禮。問了石時姓名。石時講了。一面打量那葉用兄弟。都穿着刻絲花衣。戴着緯帽。葉用是三品服式。葉赦是五品服式。那葉用和葉赦。見石時是金頂子。便不把石時放在眼裡。石時讓二人上坐。二人也不推讓。便大模大樣的坐下了。葉用因問石時道。三爺可在府裏面。石時道。在府裏呢。這會子光景往宗祠裏拈香去。所以屈二位暫坐一會子。葉用又道。師爺到這邊府裏幾年了。石時回說。纔三月間進府裏來的。葉赦道。葛亮翁可在府裏。怎麼不見。石時道。葛亮翁還是前兒辭席出去了。葉用忙道。這倒沒知道。敢爲什麼事兒。石時說。也沒什麼講究。光景葛亮翁另就上席去了。葉赦坐的與石時近些。因向石時要手裏的扇子看。石時便送與他。葉赦看是李冠英寫的上款稱

獃相活畫

勢利相活畫

是年兄便吮嘴嚼舌的臉上起了許多怪物遞與葉用看道這不是咱們先生寫的嗎葉用看了也覺怪異因向石時道這位先生敢是去年的解元公麼石時道是那葉赦道那麼足下敢也恭喜過麼石時道是去年僥倖的葉用道想來總是高標的了石時道僥倖了也講不得名次兄弟已經低了是第三葉用兄弟聽了連忙站起來說失敬石時暗暗好笑剛坐下外面報說三爺來了葉用等便都站起見寶珠戴着紫金冠穿着刻絲亮紗袍子進來便互相請安道喜寶珠讓三人坐下又道了謝管家送茶上來寶珠坐定因道今兒又勞兩位的駕小弟委實不敢當尊大人在府上麼葉用道家大人還是前月進京去的所以今兒太太着愚兄弟過來道賀并說舍妹在府打攪一切要三哥和府裏太太費心寶珠謙了幾句因見葉用換了項珠兒打量着花了幾個錢

捐了。官了。心裏暗暗陋他。却故意道。大哥是幾時恭喜高陞的。光景郎就有好消息嗎。葉用見問。便與高采烈起來道。兄弟這個功名。纔是前兒蒙會典館裏保的。三哥不知道。現在會典館裏保舉很優呢。像兄弟。頭裏原是個郎選知縣。去歲蒙令親沈左襄少師。替保了個免選本班。以知府用。這會子總裁大人。又替保這個免補知府本班。以道員用。兄弟本來滿擬明歲鄉試。中這麼一中。也不稀罕這點兒功名。那總裁大人。定要給兄弟保這個。說照兄弟這樣才幹。仕途裏狠有出息。明年說要開博學宏詞科。再給兄弟保上一本。那考了出來。不是賜同進士出身。便是授職翰林院。可不比外面鄉試快當呢。現在家大人進去。又替兄弟加一個二品頂戴去。光景再幾天就有部照轉來呢。說着得意的了不得。葉赦却一聲兒不言語。像狠氣不過的樣兒。寶珠聽着。暗暗好

罵盡世人不顧讀者汗下

笑。却也不回他一句話。葉用又道。像三哥這樣才幹。何不如此去攪攪。況且又有這個世爵。不較兄弟更快當呢。寶珠笑道。現在講到出仕。那裏是爲國家民政起見。無非爲幾個錢。偏兄弟有一個毛病。莫說見了錢。要嘔。便聽見個錢字。耳朵裏就像灌了什麼腌臢東西似的。若講那些官兒。兄弟見了。只當他是一堆銅臭。也不知道是什麼東西。葉用聽了笑道。三哥這話太過分了些。照這樣說。難道尊大人和三大人也是一堆銅臭麼。寶珠正色道。大哥當是家老爺也和尊大人一樣嗎。家老爺在日。眞把那鐵硯磨穿了。用了十年的苦功。纔爭得這個狀元回來。嗣後又向那千軍萬馬之中。血汗功勞博得個伯爵。便三老爺也是和先老爺一個樣兒。從一個舉子混起。纔爭得一個學士。前年任了這個御史。咱們三老爺還不敢擔這重任。所以告假回來。要說乞憐昏夜拿

少年意氣絕不顧人下不去亦是一病

照此講來葉氏昆仲殆爲孫嗣徽兒弟轉世

錢。去鑽營出來的。偺們一家子累世沒得這樣的敗子孫。葉用聽了這話。把臉兒都氣青了。講不出話來。葉赦怕兩人口角起來。想倘在這裏用飯。也沒什麼味兒。不如往妓院子裏逛去。想着。便和寶珠石時拱茶。葉用還想講幾句。外面管家早一疊聲喊送客。葉氏兄弟告辭出來。寶珠只送到二廳上便站住了。那張壽看見。忙喊請轎子進來。外面答應着。便把兩乘官輿抬進來。寶珠和石時送他上轎。仍回西花廳來。讓石時坐下。寶珠笑道。你瞧這兩個東西。可不嘔死了人。今兒那老二還沒出醜。他往常和人講話。總嚼着文之乎者也的。嚼個不了。那更惹人厭。倒是他那老三。見了人索性一句話也講不來。倒覺乾淨。石時因笑道。爺也說的他太利害些。換了別個定死氣了。寶珠笑道。他講話也不知輕重。我和他客氣什麼。剛說着。外面報說金師爺和夏師爺來了。寶珠

說請。金有聲和夏作珪各向道喜畢。閑講一會。寶珠便吩咐擺席。不知後事如何。且聽下回分解

欲把姓名書鐵券　但求家世住銅山

第二十二回

畫錦堂琴邊飛竹笛　洗翠亭月下放荷燈

却說寶珠那日。在西花廳擺席。請金有聲和夏作珪石時。那陸蓮史知趣。怕煞他們的風景。午前便回家去了。這裏寶珠等酒畢。已是傍晚。散席後。寶珠進來。到中門一望。見裏裏外外自頭門口起一直到二廳上都點齊了紅紗燈照的如同白晝進南正院。見三面走廊上也點齊了燈站滿了婆子丫頭天井裏機器涼蓬早卷開了搭了一座燈棚一班女孩子坐在裏面唱曲子院子裏面一派鬧鬨鬨的人聲寶珠且不進

氣象儼然

神情如繪

去走到燈棚下。看欄杆裏面坐着七八個女孩子。那唱着的。却是賽兒。寶珠剛要開口賽兒連連搖手口裏唱着手裏拿過一支笛子遞給寶珠寶珠笑笑便挨着那唱小旦的嫩兒坐下嫩兒在燈光下見是寶珠便要站起來寶珠按住他道不要這樣快坐下了嫩兒笑了笑寶珠一手撫着蘆衣子一面看他道你臉上紅紅的敢吃多了酒嫩兒笑道沒有光景是這燈光映着的剛說着。那些女孩子打起出場片子來。寶珠聽唱的是琴挑。剛賽兒唱的懶畫眉一拍。說白過了。這會該是陳妙常出場。唱前腔一拍。聽戲鑼打到第五下。便和細柳兒兩個吹起笛子聽嫩兒唱道

紛牆花影自重重簾卷殘花水殿風抱琴彈向明月中。香嫋金猊動人在蓬萊第幾宮。

寶珠停了笛子。聽嫩兒說白道。

妙常連日冗於俗事。未曾整理冰絃。今夜明月如水。不免彈瀟湘雲水一曲。聊寄幽情則個。

嫩兒說到這句。那伶兒眞個拿一張琴去。遞與賽兒。賽兒調了調絃。彈了幾個仙翁。眞的彈出一套瀟湘雲水曲來。寶珠剛聽的入味。忽院子裡面有人喝起采來。寶珠嚇了一跳。聽是秦珍的口氣。便笑了一笑。剛彈到尾聲。伶兒等又打起戲鑼。寶珠便又吹起前腔來。賽兒唱小生道。

步虛聲度許飛瓊。乍聽還擬別院風凄凄楚楚那聲中。誰家明月琴三弄。細數離情曲未終。

接着說白道。

吓。原來是妙常彈琴。門兒半掩在此。不免到彼細聽一番。

接着嫩兒唱前腔道。

朱紘聲杳恨溶溶。長歎空隨幾陣風。

唱着。賽兒咳嗽了一聲。那戲鑼鍧的敲了一下。賽兒白道。仙姑彈得好吓。嫩兒作驚道。吓。

仙郎何事入簾櫳。早敎人驚恐。

相公此來。莫不爲

雲水聲寒一曲終。

賽兒剛要接白。忽廊下有人報道。婉。小。姐。來。了。賽。姐。兒。和。三。爺。園。子。裏。沒。有。呢。寶珠聽見。忙應道。在這裏呢。便放下笛子。向賽兒道。不唱罷。咱們請了太太和姐姐們往洗翠亭去。這。裏。燈。底。下。怪。熱。何。苦。蒸。着。呢。因又向嫩兒道。你們也涼涼去。囘來園子裏頑去。嫩兒等笑應着。便歇了唱。賽兒和寶珠將着手進來。見婉香剛到。滿屋子人都站起來。和他說笑。寶珠再四下一看。擺着三桌葉子戲。中間一桌是柳夫人和袁夫人秦珍秦瓊。左首一桌是藕香美雲軟玉麗雲。右首一桌是蕊珠綺雲茜雲三個。還空著一個位兒。是太太身邊的大丫頭殿春湊着。一干人見寶珠和賽兒來了。都說你們两個跑那兒去了。咱們好找呢。寶珠笑道。咱們原在這裏。我剛進來。見賽兒在那裏唱曲子。我便吹了會笛子。難道廊下這些丫頭們都不瞧見嗎。柳夫人道。這干人也太糊塗很了。光景燈光下瞧不明白。剛纔那一套瀟湘雲水曲。敢是你彈的嗎。寶珠笑指賽兒道。是他彈的。秦珍道。怪道。我說他們班子裏也有這付好身手。敢是寶弟弟起的小生。賽兒起的貼。可惜離得遠了。聽不淸楚。賽兒道。是我起的小生。寶叔叔沒唱。是嫩兒起的陳妙常。藕香道。嫩兒到唱的不錯呢。現在要照這樣的板性。外面也少的很。婉香因道。敢是唱琴挑麼。好曲子。可惜我來遲了。說着外面丫頭來回。說西花廳擺下席面了。請大爺二爺用酒去。柳夫人因道。寶兒在裏面坐罷。珍兒和瓊兒替他陪陪去。秦珍應着。便和秦瓊出去。柳夫人又喚住道。外面總散得快。你們仍就進來。到洗翠亭賞荷花去。不要又是生疎疎的回去睡了。秦珍和秦瓊都答應着。是見沒別話。便喊掌燈出去。這裏殿春便喊小丫頭們掌燈。外面一片聲答應。早見點起十二對羊角風燈一字兒站在卷篷下。等寶珠便先出來。早有一對天風樓的風燈引着。後面便是蕊珠。茜雲。賽兒。綺雲等一干人。每人前面都有小丫頭掌着各院字號的風燈引路。一串兒出了畫錦堂。向西走廊。打夾道裏越過西正院門首。向寶珠舊屋裏來。進門見樓上下都點齊了五色琉璃燈。扶梯上都點

的雪亮一干人上了樓梯到月台上往下一望見樓下四面走廊上的
燈都纍纍掛着甚是好看進了冰蘭月洞門那留餘春山房也點齊了
燈打山上望下去見滿園的燈火高高下下和螢火一般那洗翠亭和
兩座橋亭在水中央就像燈船似的看看。便都走下山坡穿過假山洞
打九曲石橋往洗翠亭來早遠遠聞見一派的茉莉花和建蘭等香氣
一路上池面風來又有些荷花香甚是清爽大家都說有趣走上亭子
見早有許多丫頭們伺候着六面迴廊上點滿了琉璃串子燈簾子都
卷起了牕子也都打開裏面中間圓桌上早擺下了圍碟子周圍設着
十二個磁礅子地上擺着兩架電氣風扇像蝴蝶子一般轉着柳夫人
等進了亭子。便各散坐一會。了頭們請上席。便一圈兒坐下。是柳夫人
第一位袁夫人第二。軟玉次之。蕊珠又次之。下面便是婉香藕香美雲

寶珠麗雲綺雲茜雲賽兒丫頭們斟上酒來。寶珠接了。先送了柳夫人一杯。又依座次各送一杯。大家喝了口。柳夫人四下看了看。因道。說你們鏤了四盞西瓜燈怎麼不見。婉香笑道。可不是費了多少心力纔前兒頑了一天今兒便壞了。賽兒因道。我那盞還好呢。今兒忘拿來送太太瞧。柳夫人道。你們也會的頑。說還放荷花燈來。今兒這樣好天。咱們忘了。早該喊人做幾十盞來放。藕香笑道。我知道太太高興備下了。因回頭向金雀道。你瞧去怎麼還不放過來。金雀應着出去。大家又喝了一巡酒。忽隱隱的聽見笛子鼓板聲夾着荷花香氣吹將進來。袁夫人道。誰家唱戲呢。美雲聽道。光景那些女孩子在春聲館唱着頑。寶珠婉香。也都側着耳朵細聽。像是兩管笛子在池子兩盡頭吹的樣兒。婉香因道。這聲音。怎麼這邊也有那邊也有。麗雲道。想是那邊山石子繞轉。

妙景妙人
妙事令人
心爲之曠
神爲之怡

來的應聲大家再聽那笛聲。一左一右漸漸從遠近來剛在詫異偶見水流雲在堂那邊牕下四五盞荷花燈從水裏氽來漸漸的多起來大家都靠到牕檻上來看那燈一盞一盞的越多了散的半池了却多遠遠的一堆兒擁着剛看着。忽賽兒在那邊牕檻上指道你們瞧這邊的荷花燈更多呢大家來看見假山腳下多擁着燈却好南風起了那燈都順水淌來早有幾盞氽到亭子腳邊柳陰下躲着隨波洸動也有幾盞一串兒的往橋洞裏氽往那邊的池子裏去了再看那邊水流雲在堂的却高起了七八盞像龍頭似的後面一串兒跟着無數的燈從水面上走來剛氽到亭子邊忽池心裏打起一陣響鑼鼓來大家嚇了一跳定睛看時那高起的幾盞原來不是水面上的荷燈却是一隻採蓮艇子四角跳出四串荷燈裏面坐着四五個女孩子打鑼鼓柳夫人笑

果然有趣

說這個頑意兒有趣的很藕香笑道太太還不見那邊兒又是一隻燈船拖着荷燈往那個橋洞裏出來了話未畢果然綠雲深處那邊橋洞裏也划出一隻船也打着響鑼鼓却好這邊的船進橋洞去那邊的船出橋洞來又漸漸的盪圓來剛剛接着這邊進橋去的船後拖的燈那鑼鼓漸漸打的緊了那船便划快來两船首尾相接那幾百盞荷燈便盪成一個圈兒把洗翠亭圍在中間两隻船穿着橋洞一進一出穿梭似的比鬧龍船還好看的多忽然鑼鼓聲两船多齊斷了吹起笛子和笙簫小鎖吶又夾着琵琶弦索的聲音那两個船不知怎麼一來便頭對頭碰着並行一會忽又分頭倒囘轉去那荷燈原是一線兒串英的這會子都放散了那燈便散滿了一池子變成滿天星的形勢大家一齊贊好却不道那两隻船自歸自划出橋洞去大家也不去留心他只

目迷五色幾使讀者目不暇給

奇峯又起

看著荷燈那船早泊近石橋兩班女孩子各上了岸走着吹着望洗翠亭來那船早把四角的掛燈也割斷了繩子放在池裏悄悄的暗搖開去躲向柳陰裏去了柳夫人等剛看着池裏猛回頭見亭子前後兩帶九曲橋上兩頭走來兩班女樂衆人出其不意都笑說有趣的很便各入席喝了鐘酒聽那女班子在迴廊下唱了套小曲再去看池裏的燈却早一盞也沒有了水面上印着一鉤新月波汶晃着就有幾百個小月子在那裏攢動婉香便和蕊珠出來看月。寶珠也跟了出來。見滿池的月色。眞是在水晶宮裏一般。忽欄杆邊柳陰裏一個知了咋的叫了一聲移到別枝上去有許多宿鳥都驚了起來啣啣咄咄的叫個不了猛抬頭。見東南角上一片紅光。映的柳梢上和夕陽似的。人臉兒也紅了。寶珠當是什麼頑意兒剛要請柳夫人來看忽外面一片聲嚷將起

來。人聲鼎沸似的。不知何事。且看下文。正是

柳梢月上三更盡。天上霞飛一片來。

第二十三回

天風樓兩夫人看火　新花園諸名士標題

却說寶珠和婉香蕊珠。在那裏看月。忽一片紅光。照的滿天通紅。外面一片聲喧嚷起來。便似鼎沸似的。寶珠和婉香三人。多嚇呆了。柳夫人聽見。忙敎停了鼓樂。問是什麼。丫頭們都說。光景外頭失了火了。柳夫人袁夫人等聽了。都吃驚不小。忙多到迴廊上來看。見東南角上。透出火頭。那火星直冒上去。袁夫人失色道。這光景不遠。你們丫頭們。快往園門上問去。那些丫頭們。小的。都嚇的。應不出了。大的。急得發顫。還是老婆子們有些見識。便去了七八個。一時飛跑上來回道。園門上小厮

寫得有聲有色宛然目擊耳聞

說。東府裏失了火了。這會子老爺吩附。把裏外的門。都了上鎖。只放一班管家進去。以外的都打了出來。連這園門也鎖了去了。袁夫人等沒聽完。便渾身發戰。婉香和蕊珠。多急得要哭了。賽兒茜雲早哇的哭了。一時。間。把。個。洗。翠。亭。鬧。的。不。成。樣。子。還是柳夫人再三把衆人寬了心。說小廝們的話。也作不得準。既園門鎖了去。偺們不如到天風樓看看去。到底燒的是那一個院子。袁夫人見說的是。便教玉梅和湘蓮夾扶了。柳夫人也叫殿春和賞春攙了。藕香却有膽量。便將着銀雁的手。跟着出來。這裏婉香等都嚇的一堆兒動彈不得。柳夫人叫寶珠陪着。自已。便。和。袁。夫。人。藕。香。三。人。出。來。急急的上了山坡。早聽見。噼。辣。辣。倒。屋。子。的。聲。響。及。走。上。天。風。樓。第。二。層。已。早。是。滿。樓。通。紅。如。同。白。晝。一。般。再。上。一。層。看。那。東。南。角。上。的。火。却。似。一。盆。子。烈。炭。濃。烟。烈。燄。的。竄。着。看。地。

處是東正院後面沿過東去却剛剛把東正院圍了兩面燒着側耳聽時只有些澆水的聲音和倒屋子聲那人聲却一點也沒得了遠遠見東正院瓦上站着許多人在那裏救看看剛烏下去忽那火星直撲上樓牕來殿春等忙關了牕子又竄起一個火頭燒的更凶那風刮刮的望南吹來柳夫人和袁夫人多急的念急佛喚祖宗了那腿條子多和彈棉花似的抖着幾個丫頭扶住了。請兩位夫人坐下。柳夫人和袁夫人藕香只面面廝窺。再也講不出一句話。足有兩個多時辰。那火頭纔漸漸的矬下去殿春等都道好了好了這會子不妨事了太太好請下面坐坐去罷袁夫人還呆呆的看着那火一會子聽見滿地裡嗚嗚的掌起號來打起太平鑼來纔放心是救烏了那天還是通紅的柳夫人望那東正院。原好好的存在。因道。偺們下去罷。不知道孩子們急得那樣了呢。袁夫人怕美雲等急壞。便和柳夫人藕香。下來。到園門口。早有幾個小廝迎上來問安。報說是東正院牆外。民房裡起了火。把咱們東府裏大廚房沿燒了。這會子還在那裡運水澆呢。老爺傳話。說請兩位太太放心。府裏原沒損失了一點物件。此刻外面府道官兒。都來問安。正亂着。請太太在園裡坐一會兒。這園門怕有雜人進來。仍鎖了。柳夫人等聽了。多放了心。臉兒也和轉了。便仍到洗翠亭來。見走廊上的燈。多烏熄了。好些裡面靜悄悄的照滿了一亭的月色。進亭看時。見丫頭們和些女戲子。多擠在一堆兒。婉香早嚇個半死。這會子回過來。倒在那裏嗚嗚咽咽的哭。見柳夫人等進來。都道好了。太太回來了。袁夫人和藕香多忙着寬慰他們道。不妨事。只燒了大廚房。這會子熄了。寶珠因道。剛小斷們來回過了。別的不打緊。只是茜妹妹和婉姐姐嚇壞了。

怎麼處。袁夫人忙去看茜雲。見茜雲倒在美雲懷裏。哭得淚人兒似的。袁夫人哄着他。說哭不得。回來老爺要打呢。茜雲纔漸漸的住了聲。這裏柳夫人也安慰着婉香。婉香只覺心裏搖搖的慌。連應的聲音也顫巍巍的。柳夫人便叫春妍和笑春。攙扶了回到惜紅軒睡去。寶珠知他心慌。便囑軟玉和蕊珠兩個陪他去。自己因柳夫人在。不敢走開。軟玉等便同着婉香去了。這裏美雲等多說要回東府裏瞧瞧去。叫丫頭們去看。回來說園門還鎖着。連惜紅軒的便門。也鎖着未開。美雲等無奈。只得再耐着。看看那天上的紅光。也漸漸淡了。忽然遠遠的鷄啼起來。柳夫人因詫異道。怕天明了麼。看那月兒果然墜下西去。東面的天泛作魚肚白色。那池面上風來。有些荷花香。却狠涼的。大家都覺得紗衫兒嫌薄了。剛寶珠說涼的狠。却好春妍和海棠。捧著兩緞匣衣服進來。

是婉香打量着天凉了沒處拿衣服去。把自己夾紗袄兒。檢了七件。又把寶珠的夾紗袍子檢了兩件。一件是給賽兒穿的。於是大家都添上了衣服。那天已是大亮。亭子裏的洋燈。已沒得光了。丫頭們拿吹管子來。吹熄了。覺得滿屋子多是煤氣。那地下兩架風扇。還刮紮紮的煽動。藕香便親自把機器弄停了。大家肚子裏多空空的有些餓了。剛要着丫頭們。向園裏小廚房裏要點心去。只見笑春和愛兒。一手提着半明不滅的羊角風燈。一手託着一架攢匣進來。原來也是婉香送來的點心。大家便胡亂吃了些春妍又送一盤子熱茶來。衆人吃了。却好小丫頭跑來。說園門開了。請太太和小姐們進去罷。大家聽了。便都拔起脚來。走去。似候城門開了。似的一行人出了園門。早有許多婆子們問安。柳夫人和袁夫人。帶着寶珠等到東府裡來看。只見東正院西廊下。和天井裡都潑得滿地是水。有些熱烘烘的氣息。秦文秦珍秦瓊。都站在卷篷下講話。見柳夫人進來。秦文便問了驚。秦珍兄弟請安。寶珠等又請了秦文等安。秦文纔道。這場子火險呢。二太太受驚了麼。幸而女孩子們多不在這裏。不然還不知道亂的什麼樣。那裏還幹得來事。袁夫人因問。敢便這壁隔外麼。秦文指道。可不是。你們不瞧。這牆也烘裂了。快不要老站在那邊。仔細倒下來。你們還是南正院坐去罷。孩子們倦了。要睡儘睡去。茜兒便也睡園子裡去。或是跟太太睡到南正院去。你那屋子裡也攪得不成樣兒了。不進去罷。寶珠也睡去。橫豎你也幹不了什麼正經。大家便多應着。回了出去。這裡秦文問秦珍道。你去踏看過了。到底燒了這一夜。壞了多少民房。秦珍道。熱地上還有火煤着。看不仔細。剛地保回說。共燒了三十四家民房。連這裏大廚房。共有五十

是精於建架者不知作者從何得此經驗

幾家門面。這火還是對街廣貨鋪子裏。洋油上失的。因南風起了。直撲過這壁來。兩對街夾燒着。所以勢頭凶的狠。一時便救不下來。偺們這廚房。水師裏派了五架洋龍。還保不住。這東正院還是洋人帶了藥龍。上瓦去。纔保住了。秦文道。這洋人是誰派來的。秦珍道。是中丞請來的。中丞因是偺們府裏。也親到彈壓。後門是兩縣把守的。秦文點點首兒。因道。這邊的牆。是直裂。還不打緊。這裏後面和茜兒院子後面的這一帶牆。你瞧。把水打縫了。腰怕馬上就要坍的。還撲向裏面。打下來還了得。你喊總管。快去喊幾個工匠來。拆做了纔穩當。秦珍應着。秦文又向秦瓊道。你去賬房裏督着。外面開銷各處義龍局的賞封。你也不用多嘴。這暗暗記下數兒。不要回來又開上一大筆。沒一點兒查考。秦瓊應着。便同秦珍出去了。這裏秦文因各大憲多來過了。該得親自謝去。便換了公服也出去了。不提。且說這一場火。不打緊。倒把婉香嚇壞了。次日醒來。便心驚膽戰的發寒發熱起來。寶珠本來也不受用了。却因婉香病了。便把自己忘却也不覺什麼了。只是日夜伴着婉香。遞茶送藥的。忙了半個多月。後來還是金有聲給他瞧好了。已是嫩涼天氣。七月到了。這幾天裏面秦府裡都忙個不了。修屋子。打墻頭。起廚房。秦文又將新燒却的白地。買了些回來。足有十五畝。用圍牆圈了。蓋起一所東花園來。興工動土的。足足忙了一年。好容易纔竣了工。裡外一切油漆裝摺齊備。秦文看了甚是得意。覺得與西花園不同。別具一種瀟灑幽雅的景緻。不是起先那麼一味子講究富麗的樣兒。便想請幾位清客們來題額。因喚秦珍進來商議。請那幾位。秦珍便開了名單。并各人的履歷進來。一排兒寫着道。

白劍秋　年二十六歲江蘇吳縣進士
李冠英　年三十四歲浙江仁和人辛卯舉人
何祝春　年二十二歲浙江仁和人附貢
桑　春　年四十七歲湖南衡陽人附貢
華夢庵　年二十三歲浙江仁和學廩生
薛笑梅　年五十歲安徽歙縣人附生
林冠如　年十九歲安徽定遠縣增生
盛蘧仙　年十九歲浙江錢塘人優貢

秦文看畢。因指道。這李冠英和薛筱梅桑春幾位、我倒見過。那白劍秋的詩集。我也讀過。他還有位令妹。喚什麼白素秋的。也有一部嫩碧山房的詩稿行世。都好的狠。這何祝春。敢便是別號駢枝生的麼。秦珍道是他和華夢庵盛蘧仙兩人。最是莫逆。三人常合刻些詩詞曲稿。所以人都稱做三大家的便是。秦文笑了笑。又道。我倒沒見過這幾位的筆墨。秦珍因道。老爺怎麼沒見來。前兒老爺在南書廳拿進來看的那部三野叢談。便是他三人的。老爺還說。狠有些學問識見的話。秦文道。哦。這個便是他三人的麼。因拈着鬚。點點頭。便把單子交與秦珍道。你寫帖子分頭請去。就明兒在新花園裏請他們標題罷了。秦珍答應出去。不知那幾人來與不來。且看下回分解。正是

入。座。但。延。題。字。客。　開。門。端。候。看。花。人。

第二十四回

一覽亭李冠英防電　大洋房盛蘧仙論風

却說秦文因東府裏新蓋了座花園。請諸名士題額。命秦珍備帖子請

去。到了次日傍午。先到李冠英薛筱梅桑春白劍秋林冠如五人。秦文請東花廳坐了。親自出來陪茶。講了些企慕的話。各人謙了幾句。秦文因問秦珍道。何祝春和盛蘧仙華夢庵三位。怎麼不見來。秦珍回說。昨兒着人請去。轉來說。今兒三人逛湖去了。下晚子準來。這裏請幾位先題了。說光景總一下子也題不了這些。一會子他們便來。秦文點首。便讓諸人打東花廳右手走廊上走去。見新開了個大牆門。上面標着栩園兩字。却尙關着。小厮們忙赶先幾步。去開了。衆人進去。看是一個朝東的半角亭子。天井裏種滿了竹子。望對面也是一個亭角。隱隱現出月洞門。四面接着抄手游廊。左右可通。左手却也有個半亭。秦文因回頭指那牆門圈上道。這裏便該題兩個字。那左手亭角也該題點兒。李冠英道。這裏是入門第一處。該用這個意思纔是。白劍秋道。我想兩個

李白之才不過爾爾笑落不少

字。不知可用得用不得。秦文忙喊拿筆硯伺候着。因問那兩字。劍秋說涉趣二字如何。大家說好。秦文不說好歹便叫小廝們記了。一千人都打左首游廊上走來。到亭角上一看。見是半個六角式的。靠後開着花牆。一望。裏面露些亭台花木。深遠莫及。桑春道。這裏先把園裏景緻。略一透露。却是可望不可卽的。這法子好絕了。秦文笑指道。那葫蘆頂的亭子。打這邊走去。還要繞過十幾個院子。纔瞧的見呢。大家都說佈置好絕。李冠英因道。這裏便用顯微二字如何。秦文叫記了。忽林冠如道。我想不如用一角花陰四字。秦文點頭說好。便也叫記了。到月洞門口。向門裏。望去。只見曲曲折折。重重的多是迴廊。也看不清楚是那樣。造的。桑春因道。這裏便用通幽兩字如何。秦文點點首。便同衆人進去。走

漸入佳境

上游廊一看。見這走廊。却是四通八達的。打半中間。分路。多曲。曲折。折

絕妙建築非圖不明書中房屋方向均非隨筆亂寫試爲繪一平面方圖均得了了並無缺角

打假山洞裏穿出去一轉身便認不出那條是來路那條是去路月洞門早不知去向只面面多是些花木石筍和奇形怪狀的假山。秦文因笑道。這裏狠有趣兒。這中間該題個匾額。因指道。這向北去走廊。打假山背後繞轉來。仍通到這向東去的那條走廊。那向東的走廊。也是三面通的。向西便是這裏的去路。向南便仍通到這向南的走廊上來。這裏向南的走廊。也是四面通的。向北走。便是這裏。向西走繞個圈兒過來。也是這裏。所以不知道路的在這游廊上便好撞這一天還迷住了走不出來林冠如接口道。那便榜這個迷廊曲曲四字不好嗎大家都說狠好。便一齊向南那條走廊上走去穿過假山。仍是一帶游廊。一面靠着花牆。一面對着假山。向西轉去。到一個亭角上看時。那游廊又分了三叉路去。秦文指道。這向西一直去。便通兄弟住的正東院。這向北去。便通呢迷廊曲曲的所在。這向南去纔是正路呢。薛筱梅道。這邊兩面環着山子。就用環翠兩字好麼。秦文叫小廝記了。便引衆人向南走去。轉個灣兒。却是一所朝東的三楹楠木花廳。外面一帶卷篷天井裏矗着一二十株石筍。形狀百出。也有像松樹的。也有像人的。也有像立鶴的。種着兩株白皮松樹。又有幾株棱樹。廳裏面陳設些古器。絕沒一點兒火氣。牕楹也雕的甚是古媚。不與時俗相類。桌椅都是楠木嵌綠雲石的。衆人都走進來坐了。秦文因道。這裏倒要好好的想幾個字纔配呢。大家思索了一會。李冠英說用太古山房。秦文不甚愜意。白劍秋道。太古二字。不如改作勻碧二字。林冠如道。那不如用石林仙館了。秦文道。這個石林仙館好。便用這個。叫小廝們記了。因向秦珍道。這裏掛字畫也不狠配。你明天兒把那個前兒你老丈沈左襄送來的鐵畫屏。

掛在這裏。倒狠好。薛筱梅道。可便是那種鐵衣子鑄成的翎毛花卉屏麼。秦文道。便是呢。薛筱梅道。這個鐵畫。只一個人會鑄。他鑄的鳥獸蟲魚。便和活的一般。現在這人作故了。便再沒有人鑄的來。所以外面便不多兒。大家都說。明兒倒要請教細看看呢。說着。秦文又引衆人出來。打右首走廊上一直走去。過一個花瓶式門。便是一間小書室。也是朝東的。天井裏却只有一個石臺。一顆兒花樹也沒有。打諒是明年春間種牡丹的。秦文因道。這個所在。諸位看題個什麼名兒。李冠英道。這個容易。用五字的匾額。看到子孫軒。便很切貼。秦文說好極。便又引着衆人。向南走去。又過一重花瓶式門。却是一座朝南的水閣。蓋在一個魚池上面。那池約有半畝大。這一泓水。碧靑的像鏡子一般。伏到檻上看去。這些魚都浮上來吸人影兒。林冠如道。這所在。該題小凌波榭四字。衆人說好。秦文也狠愜意。便記下了。大家再細看這水閣。是三面開。牕。的對面池邊。種着一帶楊柳。柳陰裡露些牕櫺樓角。兩旁。是。花。牆。走。廊。却。是。灣。灣。曲。曲。的。秦文便引着衆人。向左首廊上走去。約四五步一灣。轉了兩三個灣子。却有一座圓亭。蓋在水面上。秦文因道。這裡我想用塊長匾。寫安知我不知魚之樂的篆字。如何。衆人說好。秦珍道。昨兒寶兄弟寫了一副對聯。教人做去了。說用在這裡的。大家問是什麼句子。秦珍道是

游魚聚人影。

唬鳥說花香。

林冠如等一齊贊好。因道。怎麼今兒不請三爺也來題幾處兒。秦文笑道。孩子們那裡幹的了。這個珍兒你去喊他。把下聯改作唬鳥奪花枝罷。秦珍因陪笑道。寶兄弟本來是用唬鳥奪花枝的。後來說。因亭子是

在水中央的。近處又沒得花木所以改了這個。說較渾同些。秦文便也不言語了。出亭子。逕往對面那柳堤上走來看是一所五開間大院子。天井甚大。上面蓋着青磚卷蓬。臨池用紅欄杆子圍着有七八株一排的。柳。樹。隱。隱。望。見。對。面。水。閣。這院子却還有樓。進廳看時。却是五間一統的。容得十幾桌席面。牕檻都是整塊大玻璃的。甚覺寬敞。桑春因道。這裏。榜。一。個。遠。香。堂。如。何。秦文道。這裏有了。是陸連史老夫子題的鑑堂兩字。這樓上因打算藏賜書的。就竟用賜書樓三字的直轟匾額。可好。大家稱是。就跟着秦文向鑑堂的出簷卷篷下走去。靠北。開着一個月洞門。進去。却是一所小小的三楹精舍。糊着碧紗牕子。天井種着幾株芭蕉。秦文道。這上面請那一位題幾個字兒。白劍秋道。綠夢庵如何秦文說好。便又引着衆人。向對面再進一個月洞門。見。是。朝。南。一。所。五。

開間的鴛鴦廳前面種着幾株大梅樹。又堆些假山。兩邊走廊向山上曲折上去。山腳下滿擁着梅樹。約有五六十株。林冠如道。那山上的亭子狠有趣。便榜個停琴待鶴如何。秦文道。好也好。只是太熟些。昨兒寶珠說題個翳雲二字。倒還用得。因指那鴛鴦廳道。這裏須得前後面兩塊匾纔是。李冠英道。我想好了。那剛來的那面。榜暗香堂三字。這面榜小羅浮仙館如何。大家說穩當的狠。於是一行人多由迴廊上走上山去。見這廊上。靠壁多嵌着許多字碑。也不仔細去看。上了山。到亭子上一看。見這對面小羅浮仙館。打欄杆邊望下去。却是峭壁。那老梅枯幹剛擁着亭腳。再向那面看時。却又是直上的峭壁。那峭壁上也嵌着碑石。靠左首又是一帶迴廊。沿上山去。大家走去。却有五六十級高纔到山頂一座亭子。再看翳雲亭。却一直在下面樹陰遮蔽着。只露一個頂尖兒以外便不見了四面一望滿城子的房屋都在目前前江後湖也都望的見再看府裏的房屋便只似腐干子的一方地露些牆頭瓦脊也瞧不見什麼房子大家都說這裏正是江山一覽了可便用這四字作匾。又道這亭子在這山上到底有多少高。秦文笑道光景也有二十丈你瞧那邊園裏的天風樓已有十四丈高望去還這樣低呢李冠英道。別的不打緊只怕打雷的時候電氣擊着不穩當。秦文道那不妨事這邊立了引電桿子了。大家出來看時見亭後面立着一根桿子還比亭子高幾丈頂上削尖的却沒一點東西李冠英看了道。有這個便好那電氣便依着桿子鐵線上下來走入土裏去了。秦文點點首。於是又引着衆人望亭後面兩廊上繞下去約低了十四五級便是一片平陽朝西起了一排的拾二間平屋。却是洋房樣子的進去看時裏面分間。

都不用門牕。都是磚牆挖着亮孔子。嵌了玻璃。後面也開了牕洞。望下去一落千丈。却是一條大河。大家詫異道。這河是那裏的。秦文笑道。這河。打下面走去總有五六里遠。便是叫桑池的那個所在。因這山高了。又是直削下的峭壁。所以把近處的倒藏住了。便望到那裏。大家點首。再看屋裏面鋪設的。全是西洋器皿。衆人笑道。這個所在。倒另換一番眼界呢。這是不好題額。秦文因道。這裏既仿洋式。也不用匾額了。這裏來夏天搭個蓬子。在這裏消夏。倒狠爽快。剛說着。見小厮趕來。回說何爺和盛爺華爺來了。秦文便着秦珍去迎進來。一時見三人打一覽亭的循山游廊上下來。秦文看三人是一色湖色實地紗衫。罩着元色鐵線紗的夾紗馬褂。手裏團扇也是一樣的。打先兩人。差不多長。後面那年紀最小的。略高些。都是極洒脫的樣兒。見那三人已到面前。便各招呼問好。又和衆人道了姓名。秦文便讓中間一間內坐下。小廝們送上茶來。那年紀最小的是盛蘧仙。開談道。好一所園子。怎麼在這裏。却蓋起這個洋房來。秦文笑道。也不是兄弟的本意。因這山太高了。這片地。又是四面凌的。到冬天北風大的狠。倘蓋咱們中國房屋。那裏吃得住。所以纔蓋這個的。盛蘧仙笑道。這個不礙事。剛打一覽亭下來。見這裏山勢是一氣打了下的。北面又沒得屏幛。此地又不種樹。囘來北風大的時候。這邊一覽亭的峭壁又薄。穿脚算去。不過三丈地窩。怕不穩便呢。秦文聽這話狠有經濟。便連連點首道。這個兄弟到沒打算到。這會子講破了。倒有些險呢。請敎該怎麼樣一個佈置纔是。不知盛蘧仙講出甚話來。且看後面。正是

看竹問人來曲徑。　掃苔題字到高山。

第二十五回

種松樹秦文伏見識　游栩園蘧仙觸相思

却說盛蘧仙因秦文又問他。他便邀秦文走出來看。衆人也都跟出來。盛蘧仙因指北首花牆道。這牆外可還有餘地沒有。秦文道。那邊又低了五丈下去。也起了房屋。盛蘧仙點點首。因道。這洋房光景是丈四開間。秦文道正是。盛蘧仙道。那這片地。橫闊便有十六丈八尺。不知可是見方的不是。秦珍道。這直面略短些。只有十二丈五尺。盛蘧仙剛要說。那華夢庵插問道。我倒想不怎准呢。這麼這。假山。上便有這樣闊一片平。陽盛蘧仙笑道。這光。景不。是用。假山石。子特地。堆起。來的你只看打霹。雲。亭起。到這裏沒見。一個深邃的。山洞可見這山是。實心的了。秦文大笑道。蘧兄眞有眼孔。這個。山子。原是。前兒。火燒場上的土堆子。那伍十幾家的瓦礫都堆起來便成這樣一個大堆下腳便有二畝多寬倒項尖就有十幾丈高兒弟本來想要挑淨了那人工時日便不可算所以四面就用假山石子圍起來使他不得綫下去又籠實了所以這項上便成了平陽只那邊一覽亭的峭壁是全用石子砌成以外多依山築屋不曾改動什麼大家都說這法子是好極的眞是一得兩便盛蘧仙道。依愚見不如把這洋房拆了。況且殊不雅觀。這裏有這樣一塊好地。儘可種幾百株大松樹。到冬又不落葉。那風便多被這松樹吃住。打不到峭壁上去了。但這松樹。須隨意種的或稀或密千萬不可作一字兒排不然到像墳堆子了大家笑着。盛蘧仙又道。靠右首下山去的所在。可打垜兒花墻子。開個洞門榜萬松深處四字。這裏的松自然高過那牆。那墻便不吃風了。只是也高不得。這裏四面都造了低低的游廊。

不用牕隔。自然也不吃風。居中造一所四面開牕的亭子。再檢松樹稀的所在。也用彎彎折折的游廊通到亭子上去。這亭子便榜巢雲二字。何如。秦文合着眼睛細細一想道。好極了。好極了。明兒便改這個樣子。回來還請蘧兒替我打一個圖樣纔好。說着。管家上來問席面擺在那裡。秦文便叫擺在百桌廳中間。罷。管家答應下去。秦文又引衆人。打洋房左首走下山來。却也是靠山走廊。約低下五六十級。又轉向南去。却接着一個滾圓的亭子。四面圍着修竹。秦文因請題額。林冠如等因三人來了。聽他們議論宏博。便不敢則聲。見何祝春道。這裡榜來鳳二字。便狠切貼。秦文叫記下了。用小條子貼在柱上。又望南走進一座八角式門。見是一所朝東三間的院子。面着那洋房下的峭壁。天井裡種了十幾株梧桐。仰望上去。却隱隱見那洋房的屋脊。華夢庵因指道這個自不雅觀。照盧仙那樣說這裡望上去便是一帶紅欄自然好看多了。大家說是華夢庵又道。此地便榜個漏月軒如何薛筱梅等一齊贊好。秦文也狠歡喜忙喊記下了。貼了條子。又引着向南再進一重八角門。却又是一所三間院子。却是背面。打游廊轉過正面看時。那院子是朝南的天井甚長種滿了桂花約有三伍十株一望無盡左右兩帶走廊不知通到那裏。林冠如道。這裡榜聽霓裳館如何。盛盧仙笑道。這不如榜作冷露山房這樓上便用摘星樓如何。大家都說這個好這個好。便也貼了條子。秦文又引衆人向迴廊上走去。走到盡頭。顯出一座月洞。上面鐫着映月二字。出月洞。再回頭看那榜的。是小廣寒三字。却又是一帶游廊盤沿下山去了。足有七八十級纔到平地。先到了一座小亭。這亭便臨着池子。那池雖不甚寬。水路頗長。彎彎曲曲的向北流去。亭對面便是剛下來的那座山。何祝春因道。這裡榜觀碧二字如何。秦文說好。那亭又接着游廊。向西轉去。又是一座三面山。一面水的。朝西湖亭容得八九桌席面。見已榜着屏山帶水四字。便不進去。繞過北面幾曲石橋。接着一座船式小廳。蓋在水面。衆人進內見分間格式俱照西湖船樣子。兩面開牕。便宛然眞的一般。已榜看舫齋頗有小谿山的長匾。何祝春道。這七字。不如竟用花爲四壁船爲家了。秦文笑點點首。衆人回了出來。那石橋灣向西去。接着一座三角式小亭。三面臨着水。榜着心如二字。再向西去。便是一座花牆攔着。沿牆過北。纔見一個月洞大門。進去見一方極大的天井。種着幾拾株挺高挺大的松樹。中間一帶甬道。走甬道上去。便有一座白石露台。環着太湖石琢成的欄杆上面。是朝南的九開間一所廠廳。軒宏莫比。裡面也不分間。擺着一百張方桌還寬綽的很。人在裡面講話。多有嗡嗡的應聲。中間已設下一席。有許多管家伺候着。秦文便讓衆人入席。各衣年齒坐下。秦珍坐了末位。秦文便坐在秦珍上首。管家上了一道大菜。衆人吃了。秦文喝口酒道。這園裡碑石不多。改日還要屈諸位題詠幾處。勒在迴廊上。纔耐人尋味些。白劍秋道。這個自不可少。偺們何不趁今兒便卽席上各題一點兒如何。秦文笑道。這個太辛苦。不如多用杯兒酒。改日請教罷。囘來還有幾處兒要費心題額呢。盛蘧仙却早興致勃勃的。情見乎色。還是何祝春遞了個眼色。蘧仙纔囘過念來。想這些人。橫豎也懂不得什麼。何苦搜這個腸子。因也不則聲了。吃了幾道菜。便出席來。向石欄上望望。見兩面的牆。却是太湖石砌成的。再看卷蓬上面。見那架樑楹條。却是一木生成的。足有拾二丈長。暗暗贊歎一囘。又看正中榜着晚春堂

神情活現

三字。便忽忽不適意起來。因想道。好好的怎麼榜這三字。雖是桑榆晚景的意思。終究不是個吉兆。剛想着出神。忽有人把肩兒拍了一下。回頭見是何祝春。笑着問道。你一個兒老站在這裡什麼。蘧仙笑道。沒甚事。祝春因道。聽說他家三哥兒很不俗。怎麼連影兒也不見了。蘧仙笑道。光景也是紈袴子弟。幹不了這些。所以躲去了。祝春笑了笑。忽裡面管家出來。請用點心。祝春便將着蘧仙的手進來。入座用了點心。又閑談了一會兒。擺上飯來。隨衆人吃了。各自散坐談天。祝春便和蘧仙夢庵聚了一塊兒談心。管家遞上臉布。三人抹了臉。又漱了口。小廝送過茶來。夢庵喝了一口。向懷裡掬了枝雪茄烟出來。擒在嘴裡。小廝送火過來。夢庵點着了火。吸了一口烟。噴出了。伏到匠桌上來。聽祝春和蘧仙講話。聽蘧仙道。我不知怎麼。看了這園子裡景緻。便感觸起許多愁緒來。覺得處處是我傷心的所在。這會子又吃了點酒。便覺滿腸子都是眼淚。要哭似的。自己也講不出什麼緣故來。祝春道。這滄海桑田之感。凡是至情人總是有的。瀟仙道。我倒不爲這個。我因去歲子往姑蘇去了一躺。又逛了留園和怡園兩處。那兩處兒你知道是我的傷心所在。又兼遍桃花塢裡訪不到媚香的消息。此刻見了這個所在。便又想起姑蘇來了。又聽說這裡有一位姑蘇的小姐住着。說也是桃花塢人。想這園子。他定逛過了。他逛了這個園子。他又必定想起家鄉的園子。只不知道他認不認得媚香。又不知道他知不知道媚香究往揚州去不去。我總不能問他一聲兒。說着便止不住弔下淚來。夢庵歎道。瀟仙又痴了。人家的小姐怎麼知道你這些事。便是知道。橫豎你又不能問他。祝春道。你不要再嘔他了。這個據我看容易的狠。瀟仙忙拿帕子拭了淚問他。祝春道。你前兒打姑蘇囘來。不是有許多感事詩嗎。你明兒把這個一總封了來。送給寶珠瞧去。寶珠看的好。定送給那位小姐瞧去。他們女兒家的心。都是七孔通靈的。定然識的透。必和寶珠有一番議論。你次日再見寶珠。去寶珠定見你。再把這番苦衷告訴他。他自然會去道聽來。藹仙聽了這話。便坐不住。立刻就要家去了。夢庵道。可又來。偺們既來了。不成沒題點兒什麼便走了。可不要吃人笑話。藹仙皺眉道。我的哥。你想我還有什麼心思。幹這些來。祝春也道。我也沒了心緒。偺們一塊兒走罷。因便站起來。往那邊匠上。來向秦文告辭。秦文苦留不住。三人都說有事未了。因不敢爽約。特來到一到的。秦文沒法。只得和秦珍送三人出來。小廝門早去開了左首卷蓬下的牆門。秦文讓着進去。夢庵看是一所三楹的精舍。總楹精細的很。中間落地風牕開着。見裡面又有一干人走動細看却是三面的靠壁和頂版都是整塊的大鏡子鑲成的連桌椅儿匠也都是紫檀嵌大塊鏡磚的天井裏種着幾株桃花左首一個小亭裡面鎖着兩隻孔雀秦文因道這裡和那邊還請三位留個題。蘷庵接口說用鏡檻二字。又轉過幾曲迴廊。又是一所朝南的精舍。裏面壁上掛滿了琴。桌子都是漢磚的琴桌。中心穿一個窟洞。天井裡立着一塊奇石。絕似人形。傴僂作聽琴的樣兒。蘷仙一看。又早眼圈兒紅了。秦文問用個什麼匾額。蘷仙道便用石聽琴室罷。說着拿帕子揜拭了拭淚秦珍一眼見蘷仙愁眉淚眼的心裡怪異的很。想剛來好好的。怎麼一會子便這樣起來。他本來知道蘷仙那節兒事。打諒着不知那一處又觸着他心事了。因秦文同在。不好問他。便跟着又繞過幾曲迴廊幾處亭院。纔到迷廊曲曲的所在。秦文却一逕送出園門。到東府二廳。揖三人上轎。纔回轉去。這裡三人自二廳上轎。各家管家。跟了出大廳來。穿過穿堂。轉彎向西甬道出來。東府管家。都站班伺候。那轎子一串兒出了東府頭門。轉灣向南府正中儀門上。飛也似的抬出秦府大門去了。不知蘧仙家去怎樣。且看下文。正是

十三樓閣家家好。千萬花枝處處愁

第二十六回

夢中夢翻舟驚惡兆　病上病支枕聽詩聲

却說盛蘧仙打栩園回來。天已旁晚。便趁着晚涼天氣。把前兒做的蘇游感事詩。抄了幾首。天已晚了。等上了燈。便一起抄齊了。打算明日親自送寶珠看去。心裡早七上八落的。想個不了。等不到晚膳。便想睡下。做夢去。及至用了晚膳睡下了。却因使了心勁。便再也睡不着。暗暗埋

秋夜景物如在目前

得神

怨了。一會又嗟嘆了。一會聽外面打了三更。還睡不穩又輕輕。覷着要媚香入夢來談一會兒剛有點朦朧着忽窗外淅淅瀝瀝的下起雨來那窗外的芭蕉和梧桐葉兒早和炒豆兒似的沙沙喇喇的瞎個不了。心裏着實凄楚暗暗在枕上哭了會兒也沒個人知道他妻子冷氏還是前兒歸甯去了未來。他便一個兒冷落的了不得。足足挨到四更。纔朦朧睡去。忽見他表姊顧媚香身邊的丫頭。小春進來道。爺怎麼大早睡了。偺門小姐找你呢。靄仙忙道。怎麼你來了。你小姐在那兒。小春笑道。這也好笑。怎麼連小姐的住處也忘了。靄仙想了想笑道。哦！我糊塗了。是桃花塢。是桃花塢。小春抿嘴兒一笑道。走嗅。靄仙道。外面下雨。我帶个斗篷子去。小春笑道。這大的日頭。怎麼說下雨。靄仙打四下一看。果然是絕好的晴天左邊是山右邊是水自己却站在柳陰樹下上

惝恍得妙

面還有幾個黃鶯兒啼着天氣很煖的便和小春手將手兒的走去。過了一座小橋。兒一片大湖。那水綠的可愛風吹着起了許多皺紋對岸開了許多桃花濃香馥郁的膩人情致小春笑指道。那邊桃花影裡露出的一角紅窗子的樓臺便是偺們家了。靄仙看。果然有一角紅樓。在桃花深處不知不覺已到了樓下。見這樓三面擁着桃花一面臨着湖走廊下掛著一個鸚鵡看是舊時媚香養的那鸚鵡還認得靄仙喚了聲你來了。靄仰面見樓牕呀的一聲開了見媚香穿着一件白淛綢單衫兒靠到樓欄上望下來見是靄仙。便向靄仙招手兒。却把手裡的絹帕失手落將下來可巧罩在靄仙臉上靄仙忙拾在手裡。聽媚香在樓上噗的一笑。靄仙不知怎麼一來說已在樓上了。見媚香出落得比先丰滿了許多。兩道彎彎的蛾眉越覺可愛穿着白衫兒越顯的臉色和

惝恍得愈
奇妙

紅玉似的因握着手兒道。姊姊。這一向幹點什麼來。你叔叔可和你嘔氣。媚香道。我叔叔作故了。所以我着這個白衫兒。瀟仙想一想。像果然聽人講的。因道。說你揚州去了。可原來是人家哄我的。媚香嫣然一笑道。你敢是醉了。還是做夢。這裡不是揚州。是那裏。瀟仙道。這裡是桃花塢吓。媚香笑指道。你瞧。那不是二十四橋麼。怎麼還故意的向我纏來瀟仙剛要說。是門簾影裏。走進一個老婆子。捧着茶盤子進來。見瀟仙。便道。這位便是姑爺麼。媚香紅了臉。低了首兒。那老婆子便把茶送到瀟仙面前。說姑爺用茶。瀟仙倒不懂起來。再看媚香時。却原來不是媚香。便是他妻子冷素馨。瀟仙剛在疑惑。見冷素馨走過來。握他的手笑道。怎麼不睡了。又站着出神來。瀟仙定睛看時。桌上點着一盞長頸燈檯。四下靜悄悄的。聽床上自鳴鐘鐺鐺的打了九下。却不在別處。原在自己房裡爐鴨內又燒着香因暗暗回想剛纔景像分明尚在目前早難道是夢不成因呆呆的向冷素馨道我可曾睡來見素馨顰眉一笑道你怎麼問我來敢是你還沒睡醒嗎蘧仙想了想自覺好笑起來便不言語解衣就寢忽見媚香如舊日住在他家光景說姑蘇有人來接了。媚香要回去了。兩人厮對着哭了一會。一會兒又說船泊在門口了。蘧仙送他落船。眼睜睜看他颺帆遠去。忽然起了一陣大風遠遠見媚香的船翻了沉下水去蘧仙吃驚不小忙急聲呼救不道自己也失腳落水忽有人推他睜眼見一頭兒睡着的便是媚香因睡眼朦朧的摟過他的粉頸來道姐姐驚了麼只覺那人拍着自己叫醒醒定睛看時原來仍是冷素馨暗暗自慶道幸喜是夢幸喜是夢剛說這兩句忽耳邊一派的風濤洶湧聲蘧仙叫聲啊吓纔眞醒過來却原是夢中之夢

迷離夢幻
讀者亦如
身在夢境

早掙出。一身冷汗。心跳不止。側耳聽時。那裡是風濤聲。只牕外的雨。攪着芭蕉梧桐樹的滿耳。桌上的燈光小如紅荳。隱隱的聽見打了五更。便再睡不着。回憶夢境。忘了一半。只翻船呼救的事。還記的明白。心裡着實不受用。再想那夢裡夢的情事。件件都是前兒經過的。便把翻船也當個眞事。竟嗚嗚咽咽的哭將起來。哭了一會。覺得帳縫裡鑽進風來。尖颼颼的身上打個寒噤。覺得頭很重的。伸手向額上一摸。早發的火燙的。燒安神一會。聽雨聲小了。紗牕上逗着迷離曙色。簷聲還點點滴滴的滴個不了。再朦朧一會。聽中間那間裡有些聲音。藹仙咳嗽了一聲。因問外面誰吓。聽應了聲。是我呢。是小丫頭珠兒的聲音。因道珠兒你來。那珠兒見喚他。便開門進來。藹仙一手掀起帳子。見珠兒已梳好了雙丫的小圓頭。槅髮斬齊。眉目如畫。穿着一件湖色小羅衫兒。罩

夢裏鐘聲原來不幻

着四鑲的元色夾紗背心。蘧仙看了。又想起小春來。便半晌不語。珠兒因道。爺怎麼大早醒了。蘧仙道。什麼時候了。珠兒道。才八下鐘呢。蘧仙因回頭看床桌上的鐘。已指在九下。再細聽時。却原來早停了擺了。因向珠兒道。我書案上有一封書子。用鎮紙壓着的。你拿去。喊文兒送越國公府去。回來再去冷府上。接奶奶家來。說我病了呢。珠兒因問。爺怎麼又不適意來。可請個大夫瞧瞧。蘧仙道。這個不消。過一會兒。去請何爺來替我打個方子。還是他知道我的病原。珠兒答應着。又站了一會兒。蘧仙歎口氣。朝裡床睡了。便放下帳子。把桌上那一點殘燈吹熄了。向書案上拿了書子出來。把門簾子放下了。逕出院。到中門口來。見小斯文兒。剛在廳上。拿瓦灰帕子。擦蘧仙的馬鞍轡上的銅器。珠兒便在中門口喚了聲。文兒聽見。忙過來問什麼事。珠兒便把蘧仙的話吩咐了。又將這書子與他。文兒看了看。便揣在懷裡。一口答應着。見珠兒進去了。便忙去穿上雨靴。拿了把洋綢傘子。逕往學士街秦府裡來。向號房裡投下。那號房裡人道。撩在這裏便了。文兒陪笑道。費爺們心。就送進去。回來領回書呢。那號房裏人道。這個你不該投在這裡。偺們府裡規矩。投在外號房裏的文件。要到晚間纔呈進去。既你是要緊文書。該投到宅門口號房裏去。文兒便要還書子。拿着到內號房來。并說是要緊文書。煩便呈進去。那內號房裡人。查了查號簿。說三爺是前兒往葉府裡去沒回。書子便送進去。回書呢。偺們府裡派人送來便了。文兒沒奈何。只得回去。回了蕙仙。原來寶珠因軟玉蕊珠回去了久許不來。便打初四那日。望他們去。直至初七旁晚纔回。見府裏冷清清的。心裡詫異。到二廳上落轎。便喊總管張壽來問道。今兒七夕。是花二小姐生日。

怎麼府裡沒一點兒舉動。張壽回道。喜封打早間便發出來了。說因花小姐的病。又加重了些。所以太太沒興。便不教開賀。禮物却送來了好些。只收了這裡葉老太太的。和姑蘇顧府上的兩封。寶珠點首。心裡早自亂了。忙忙的到南正院。柳夫人處。講了幾句話。便到園裡惜紅軒來。一進門。便問姊姊怎麼了。婉香却坐起在床裡。擺了張湘竹小桌兒。鋪着許多箋紙不知在那裡看什麼。寶珠問他。也沒聽見。寶珠見他坐起着看書。知道沒什麼大事。便放下了心。因走近來道。說姊姊病了。怎還不將息兒。看這個什麼。婉香見問。笑道。你瞧好詩呢。寶珠拈過一張來。看是一張玉版如意箋。寫着客冬之蘇紀游詩。錄請粲正。下面一排兒寫道。

近。水。生。波。遠。水。平吳山。旋。繞。越。山。行中。間。着。個。孤。帆。影唱。出。竹。枝。

三兩聲角聲。淡淡月生稜。來往船多水不冰。行過橋灣不知處。兩三燈火指嘉興。

寶珠纔看了這兩首。早跌足贊歎道。這詩眞選聲鍊字。一字一珠的了。姐姐。你沒看仔細麼。婉香笑道。果然是好。我愛這詩。你婉婉的讀給我聽。還比服藥好呢。寶珠便曼聲吟下道。

曲水紆山四百程。艄舲如鯽尾而行。夜深就枕各無語。船底但聞呼吸聲。

因道。這小火輪眞寫得入神了。又吟道。

荒鷄啼煞月無光。林影山陰亂入艙。三兩牌樓四五塔。榜人都說到平望。

寶珠因道。這詩景寫的入畫。只不知平望是什麼地處。婉香道。平望在嘉興過去。和不測相近。往姑蘇去。是定要打這裡過的。那地處牌樓最多。那寶塔多四五個一叢。沿岸多是的。他這首。便說得細到。畫也不過這個樣兒。那起二句還畫不出來。你合着眼睛細想想瞧。便似身入其境的樣兒。又道。你不許打技。給我一順兒念下去。寶珠笑道。有好的句子。不由得我不贊。因又吟道。

平蕪一片遠連天。斗大孤城起晚煙。一樣江南好山水。如何到此便纏綿。

婉道聽着道。哎吓。這人心細極了。寶珠忙問怎樣。婉香道。他這首詩。是望見吳江的城子做的。浙江的越山到了杭州。雖然明秀的很。終究帶些。崛强氣。一到吳江。便是江蘇地界。那山便綿軟了。這不是尋常人道得出的。寶珠歎服。又吟道。

五十三橋天下無。

寶珠道。這句不解。又吟道。

江南人物最姑蘇

寶珠拍手笑道。是極是極我早這樣講又吟道。

郎心若比吳江水斷不分流入太湖

寶珠道。吓這個有意思有意思婉香笑道。你懂得什麼。他那五十三橋。是指寶帶橋的。那橋長的很。共有五十三個橋門子。郎心兩句。是本楊鐵崖姑蘇竹枝詞。生憎寶帶橋邊水。半入吳江半太湖兩句。他却更翻進一層。藉以自況的。寶珠極口贊賞。又吟道。

姑蘇城外舊荒邱。今日荒邱盡畫樓。莫把滄桑驚一度。女兒生小不知愁。

婉香道。這是指現在的靑陽地了。又聽寳珠吟道。塢裡桃花冷夕陽蕭疎楊柳斷人腸生憎訪到天台路沒個人人飯阮郎

婉香聽了道吓。這是指桃花塢的。怎麼有這樣句子。且慢。我問你。這人姓什麼。叫什麼號。寳珠笑道。我讀了半天還沒有知道是誰的詩那箋尾光景總有的寫着婉香便向桌上找着那最末一張見寫着惜紅生盛遼仙呈草。婉香道。吓！原來是他。寳珠道。我却不認得這人。敢是由姑蘇寄來的麼。不知婉香怎說。分入下文。正是

舊恨未消留幻夢　好詩索解到深閨

第二十七回

讀詩箋眉顰花婉姐　換繡枕情注顧眉仙

却說婉香見箋尾署着惜紅生。因道原來是他。寶珠忙問是誰。婉香道。我本來也不知道他。今兒眉仙打姑蘇送來一集子。是媚香樓女史顧影憐的箋稿。這顧影憐便是眉仙的族妹。我在眉仙家裡。也曾見過長的眞和紅樓夢上的林黛玉似的。他家也住在桃花塢。隔咱們家不遠。便常自來往的。大前年。說往這裏來探親。我也不問是誰家。後來眉仙說是盛家。那盛家的太太和他太太。是中表姐妹。因影憐的太太作故了。只一個叔子。又不在家。所以便住在盛家去。前年子囘來了。還來見我。他便換了一種愁眉淚眼的樣兒。問他。說是叔子在揚州客死了。早晚便要奔喪去。別的也沒甚話。那時因三年不見。彼此生疎了。所以沒眞心話對我講。及至他到揚州去了一會兒。忽然眉仙來託咱們叔叔。去蘇州府裡存案。說影憐去的時候。帶了四個丫頭。和五個老婆子。四個家丁。又他的一個十二歲的小兄弟。雇了蘇州吳縣的民船。船戶叫什麼倪敬福。共是兩號大無錫快。前兒揚州信來。問影憐怎麼不去。他叔子要安葬了。核算日子。影憐已去了六十八日。這裡倪敬福船。又不回來。有說在揚子江被風翻了船了。有的說倪敬福本來是個歹人。請縣裡行文查去。又沒一點兒消息。所以存這一案。今兒偶繙繙他的集子。見有許多寄惜紅生的詩詞。多是些幽怨纏綿的話頭。可見這首桃花塢的詩。有根柢了。寶珠呆呆的聽完。跌足稱恨道。偏是天生這些美人。一個個教他紅顏薄命。不得個好了局。可不恨死了人。婉香道。你且念下去我聽。寶珠便又吟道。

二月鶯花冷虎邱。金閶門外水西流。山塘七里絲絲柳。不繫樓船繫釣舟。

因道。這詩感慨不少。再吟道。
寒山。煙水太模糊。月滿楓橋。無酒沽。不怪渡船小兒女。逢人故故
問西湖。
婉香笑道。這個有偏見。西湖那及得寒山的風景。寶珠笑道。你也是明
知此地湖山好。偏要違心譽虎邱了。因又吟道。
鈿車陌上走轔轔。樓上笙歌樓下聞。冷眼吳門橋上望。華燈影裏
雜青燐。
婉香道。這又是指青陽地的。却有一種感歎。令人不忍卒讀。寶珠又吟
道。
吳水吳山繫夢思。重來崔護又誰知。桃花久已無顏色。惟有斜陽
似舊時。

婉香聽這兩句。不禁淒然動色。眼圈兒紅了。寶珠却沒看見。又吟道。

道旁愁煞雨絲絲。苦苦逢人問所知。一語傳聞頓驚絕。五湖煙水葬西施。

婉香聽到這裏。不禁弔下淚來。寶珠亦俛仰孤望久之。又吟道。

怡園樓閣背山開。記說香車日日來。狼藉桃花紅似血。如何不築避風臺。白石欄杆長綠苔。更無人處小徘徊。亭前一樹森森柏。可有歸魂化鶴來。

寶珠道。吓這正是悼亡詩了。寫得這樣沉痛。我讀不下了。婉香要他念下去。寶珠又吟道。

媚香樓外更無人。顰翠嬌紅比不眞。袖出一編詩卷子。莫教錯認李香君。

寶珠道。這便指那詩集子了。咳寫的傷心。一個人。凡心裏有了一個人。便西。施。王嬙站在面前也看不入眼何況現在普天下有幾個美人呢。說着又念道。

乘騮橋上客乘騮。縞素衣衫雪滿頭。一事思量差得意。女兒口裏說風流。

寶珠看了這首。又笑起來道。果然是得意的事。又念下去道。

欲別姑蘇無限愁。甘棠橋畔再勾留。怪他。溪水無知識分作東西兩處流。小船搖月出胥門。杯裏葡萄酒半温。行李不須親檢點。只防遺下一詩魂。一路啼鵑莫淚催。篷窗處處把頭回。山程水次須牢記。好倩西風吹夢來。

讀畢。兩人贊歎不已。見桌上還有一張箋紙。取來看時。見寫着怡園感事十六首。寶珠因正讀的得意。便朗吟起來道。

西風無那惱人懷。一畝蒼苔綠半階。儘說顧家園子好。不堪提起臥龍街。入門風景太淒其。殘雪瀟瀟壓竹枝。小小洞門圓似月。阿誰亭柱更題詩。

婉香因道。這是他傷心的所在了。你瞧。只這兩首便成一片哀音了。寶珠又念道。

奇石傴僂似老人。古苔斑駁困風塵。坡仙已去焦桐死。還有何人解賞音。波光塔景兩參差。南雪亭邊小立時。燕子不歸春已半。夕陽閑煞好花枝。石橋曲曲水灣灣。四面湖亭兩面山。倚檻生憎一池水。歡容不照照愁顏。梅花如雪繞吟廬。鐵笛吹來笑故吾。若把寒梅比肥瘦。阿儂還不算清癯。蒼松黃葉擁孤。合六扇文牕面水開十曲危欄憑不得漫天風雪撲人來松花亂落鳥無聲傑閣登臨感慨生但說遠山眉嫵好如何不見畫眉人兩間屋子小於舟止水無波靜不流儘有谿山好風景片帆何苦去揚州八月西風下井梧翠毛么鳳恨何如生憎墻角如鉤月照上牕紗一半無舊時月色尚依然敲斷金釵散綺筵不怪雲英無處覓如今舉宅盡成仙絳霞洞裏綠成陰語燕啼鶯沒處尋幸是繫鈴人去了不然揉碎惜花心婆婆雲外小勾留一點秋心合做愁巖桂高枝休折取好花須插美人頭迴廊繞遍待如何山水無情人嘯歌我愛桃花勝兒女旁人不許更摹挲歲寒松柏見貞心留得焦洞爨後音莫把平安問修竹沉腰消瘦到於今山頂危亭四面開層層石級凍莓苔叮嚀莫唱滄浪曲我感滄桑一度來

後面一行小字云。長箋苦短。握筆腸斷。孤憤塡臆。淚綴眉睫。不復能伸帋直書矣。別有短章。容續呈政。前詩如獲賞音。頗望隋珠之報。此致珊枝閣下。寶珠因道。這詩我不敢和。還是姐姐代我和他幾首。婉香道。和詩倒不値什麼。只是又引起我一番愁緒。想影憐在日。和我那樣講的來。照這詩看時。影憐定作故了。你想我那不傷心。這會子我因他這詩。很想着家鄉風景。只怕我回去了。便不能再來。這也沒的說。明兒你替我備些禮物和這幾首兒詩。寄眉仙看去。寶珠因皺眉道。送他的禮物。倒不容易。備重了又嫌俗套。輕了呢又不是。婉香道。那不用你費心。我早親手繡下了一堂鐲毛花卉小屏。和四個枕頂兒。只要你去添些兒本地土產來。加上便得了。寶珠道。敢便是前兒在小桃花館繡的。那五彩的。有一對兒鴛鴦的。還有一幅有兩個蟋蟀。像活的似的。那堂子屏麼。婉香道是呢。寶珠道。許了我了。怎麼又送他去。那枕頂兒。多管便是繡蝴蝶兒的。也許我的了。這個我不肯。婉香笑道。你又小器了。你不知道。他手上的針黹。還比我好多呢。我做這個送他。他自然也做些別的送我。我便把他的給你。你不要嗎。可知道我的東西。你要容易。他吓。便你給他磕一百頭。他也不肯輕易給你呢。寶珠聽了這話。便甘心情願。反快活的了不得。因道。那我再送他點兒好東西。婉香嗤的一笑。你有什麼稀罕物件兒。寶珠道。他沒到過杭州。自然沒逛過西湖。我拚幾天不顧工工緻緻的畫一百頁青綠的西湖圖。定要把西湖的景緻畫全了。再每張題一首詞兒。要和白香詞譜一百首的原韻。你看怎麼。婉香道。好果然好。只怕你沒這樣靜心。沒一個月畫不了呢。寶珠笑道。我爲他。也講不得了。只你可能請他來咱們家頑頑。和你作個伴兒。婉香道。

論他來也難說。好在他又沒爹媽兄弟。又沒結親。一門兒住一所園子。只一個七十多歲的老家人管理家務。他也不問一星兒事。自己愛那樣。便那樣。閑常也南京北京的親戚家頑去。一月兩月一年兩年。不家來也常事。他怕誤了什麼事。只不知道這裡府裏。他肯來不肯來。他生性高傲。不肯受人一點兒虧。也不肯沾人一點兒便宜。他和你家。非親非眷。所以他沒說要來。不呵。他和我是從小兒形影不離的。在家總一年三百六十日。和他一塊兒吃睡坐頑。他那捨得離這一年兩載。這會子我寫信去請他。或者來也難說。不來。你可不能和我厮纏。寶珠連連作揖道。好姐姐。那麼就請發一個信去。婉香道。我病着呢。怎麼能寫字。你不忙。遲早我總請他來便了。寶珠剛要說。忽晴烟進來道。三老爺喊爺呢。有一會兒了。快去快去。寶珠吃了一驚。心裏疑惑。不知又是什麼禍水到了。便捨下婉香。急急的向東正院來。且住。這一回有分教。

男兒身手終須好。　羅列金釵自不難。

第二十八回

論宮商寶珠見實學　買文字顯宦盜虛名

却說寶珠因秦文傳喚。便忙到東正院。時已上火。見台階下設着供牛女的香案。美雲和麗雲綺雲茜雲。都圍在一處兒穿針乞巧。見寶珠進來。都笑道。來的好。可有什麼東西帶來和我們鬬巧嗎。茜雲道。你瞧這供着的毬子香。是我的。你可有這個。寶珠略笑一笑。低聲道。老爺喊我什麼。美雲說不知道甚事。老爺在房裏呢。寶珠便走上台階。小丫頭報了一聲。秦文便喊進來。寶珠進去。見房裏點着保險燈。只秦文一人坐在太史椅上。寶珠進去請了安。看秦文臉色很和靄的。便大了膽子。秦文叫他坐下。因道。你這幾天沒上學去麼。寶珠紅了臉不敢答應。秦文道。你文字不知道荒疎得那麼樣兒了。可知道本月月課。是你師爺看的卷子。把你丟出五名外去了。可不臊死了人。你二哥子倒考上第一。寶珠改容回道。這會月課時候。適因太太有點兒不適意着。所以便草草的塞責了。進來伺候。像以先姪兒雖常在太太身邊。頑却也沒一刻兒敢忘了書本子。到做文字的時候。隨怎麼熱鬧。只拿起筆就收住了心。再也不管別的閒事。所以也便不甚荒疎了。什麼別人講。老爺或說是謊。這月課。每期是老爺面試的。却總把姪兒卷子。取在上面。終不成老爺也肯賞臉兒嗎。說着秦文倒被他嘔笑了。道我知道你在正項文字。絕不講究。不過臨時急幾句出來。還看的過去罷了。人說你在雜作上很用點心思。敢自信得過嗎。寶珠道。說自信得過。姪兒不敢講這話。

在人。却還稱許的多。詆毀的少。只詞曲上的音律兩字。姪兒却自信考不下的。秦文道。哦！。這個怕也難說呢。我試問你瞧。律呂二字。有分別麼。寶珠笑道。這個講音律的。總由此開端。陽者爲律。陰者爲呂。律聲淸。呂聲濁。人但說十二律。不知道却是六呂六律。幷爲十二的。如黃鐘太簇姑洗蕤賓夷則無射爲六律。屬陽。大呂夾鐘仲呂林鐘南呂應鐘爲六呂。屬陰。陰呂陽律。必相間而成聲。黃鐘元間大呂。太簇二間夾鐘。姑洗三間仲呂。蕤賓四間林鐘。夷則五間南呂。無射六間應鐘。這便律呂合聲之說。秦文又道。九宮是那九宮。寶珠道。九宮只用七宮。卽黃鐘宮。仙呂宮。正宮。高宮。南呂宮。中呂宮。道宮便是。秦文因道。五音宮商角徵羽。六律六呂。各有所屬。是那幾個。再變宮變徵。是那一宮所生。寶珠道這個極明白。黃鐘大呂屬宮。太簇夾鐘屬商。姑洗仲呂屬角。蕤賓閏徵林鐘夷則屬徵。南呂無射屬羽。應鐘屬閏宮。這便是律呂隔八相生之說。秦文點點頭。又道。天干十數爲十母。五音各有所屬。各有所生。是怎麼解呢。寶珠道。宮居中央屬土。爲戊已君之象。爲信。徵所生。其聲濁。生數五。成數十。商居西方屬金。爲庚辛臣之象。爲義。宮所生。生數四。成數九。角屬木。居東方爲甲乙民之象。爲仁。羽所生。其聲半清半濁。生數三。成數八。徵屬火。居南方。爲丙丁事之象。爲禮。角所生。其聲次清。生數二。成數七。羽屬水。居北方。爲壬癸物之象。爲智。商所生。其聲最清。生數一。成數六。聲生於日。天干十數爲十母。便是這個解說。還有律生於辰地支十二爲子。廿四候爲孫之說。則便是黃鐘爲子。應十一月大雪至冬至節氣。大簇爲丑。十二月小寒至大寒。大簇爲寅。正月立春至雨水。夾鐘爲卯。二月驚蟄至春分。姑洗爲辰。三月清明至穀雨。仲呂爲巳。四月

此論爲前人所未道

立夏至小滿。蕤賓爲午。五月芒種至夏至。林鐘爲未。六月小暑至大暑。夷則爲申。七月立秋至處暑。南呂爲酉。八月白露至秋分。無射無戌。九月寒露至霜降。應鐘爲亥。十月立冬至小雪。秦文聽了。甚是得意。想自己還論不到這地步。因又道。律呂四犯。是怎麼樣一個犯法。寶珠笑了笑道。四犯是四個名式。即正犯。側犯。偏犯。旁犯。其實不至四犯。還有歸宮。便是稱爲尾犯倒犯的。秦文道。我不問名式。你只把那樣一個犯法講來。寶珠道。以宮犯宮爲正犯。秦文道。怎麼宮能犯宮。寶珠道。黃鐘犯大呂。便是以宮犯宮。以宮犯商爲側犯。以宮犯羽爲偏犯。以宮犯角爲旁犯。以角犯宮爲歸宮。周而復始。秦文道。那你還沒仔細。可知四犯是總名。一宮皆有四犯的。寶珠連道。正是呢。若把四犯細講起來。原十二宮各有所犯。以十二宮照前律呂相間排去。如黃鐘宮犯無射商。爲宮犯商。無射商犯夾鐘羽。爲商犯羽。夾鐘羽犯無射閏。爲羽犯角。無射閏犯黃鐘宮。爲歸宮。以此類推。只寫一紙出來。便明白了。秦文道。你便寫一紙出來我瞧。說着。便將筆硯移到桌角上來。令寶珠寫。寶珠欣欣得意的一氣寫了一張。呈與秦文看是。

律呂四犯表

宮犯商	商犯羽	羽犯角	角歸木宮
黃鐘宮	無射商	夾鐘角	無射閏
大呂宮	應鐘商	姑洗角	應鐘閏
太簇宮	黃鐘商	仲呂角	黃鐘閏
夾鐘宮	大呂商	蕤賓角	大呂閏

姑洗宮	太簇商	林鐘角	太簇閏
仲呂宮	夾鐘商	夷則角	夾鐘閏
蕤賓宮	姑洗商	南呂角	姑洗閏
林鐘宮	仲呂商	無射角	仲呂閏
夷則宮	蕤賓商	應鐘角	蕤賓閏
南呂宮	林鐘商	黃鐘角	林鐘閏
無射宮	夷則商	大呂角	夷則閏
應鐘宮	南呂商	太簇角	南呂閏

秦文看了點頭道。道這便是了。可知十二宮生八十四調。你也辨得清歷。寶琜道。這個解得來。每宮以宮商角變徵羽閏。七音生七調。變卽變徵

閏郎閏宮宋譜多只用一字分別註拍。秦文道。這個你既知道。可知每宮七調。有幾調可用。寶珠道。如黃鐘宮以七音生七調。一曰正黃鐘宮。二曰大石調。三曰正黃鐘宮角。四曰正黃鐘宮轉徵。五曰正黃鐘宮正徵。六曰般涉調。七曰大石角。却只用正宮大石般涉三調。共八十四調。只用三十三調。秦文道。你試寫出來瞧。寶珠便拿筆寫道。

黃鐘七調。祇用正宮。大石。般涉。

大呂七調。祇用高宮。高大石。高般涉。

太簇七調。祇用中管高宮。中管高大石。

夾鐘七調。祇用中呂宮。中呂調。雙調。

姑洗七調。祇用中管中呂。中管雙調。

仲呂七調。祇用道宮。小石調。正平調。

蕤賓七調。祇用中管道宮。中管小石。中管正平。
林鐘七調。祇用南呂調。高平調。歇指調。
夷則七調。祇用仙呂宮。仙呂調。林鐘商。
南呂七調。祇用中管仙呂宮。中管仙呂調。中管林鐘。
無射七調。祇用黃鐘宮。羽調。越調。
應鐘七調。祇用中管黃鐘。中管越調。

秦文看了。說很不錯。這個你倒明白。你既講究音律。我給你瞧一件兒。說着。便拿過筆來寫了幾字。遞與寶珠道。這個什麼字。寶珠看寫着的。是。

久 リ フ 人 ㄅ 一 マ ム ㄋ

因笑道。這個認得。秦文哼了一聲道。這是姜白石詞稿上的註拍宋代。

凡讀白石詞者莫不以爲疑案得此一問大快人意

迄今無有識者你倒認得敢有鑿鑿可據的麼。寶珠道。這個那敢在老爺面前謊來。這宋譜應指字法。原應着十二律。老爺這個。還少兩字。秦文道。我忘了。那你寫我瞧。寶珠便接過筆來。並排寫了兩行。

黃　大　太　夾　姑　仲　蕤　林　夷　南　無　應

ム　久　ㄋ　マ　㊀　一　ㄅ　乙　人　ㄋ　⑪　リ

秦文看道。律呂果然被你譯出了。你可能辨聲出口麼。寶珠道。這個便與今時工尺無異古爲管色今爲指法剛老爺寫的九字譯到今譜便是六凡工尺上乙四合五。秦文道。怎麼便是這九字。寶珠道。宋譜原與今譜無異。只看沈括的詞集。原本字旁註譜。原是草書工尺。並無久△等字樣。沈括與姜夔同時。可見陸鍾輝所藏汲古閣。白石道人詞集。旁註△久等字是誤。老爺不看別的。只看白石集內。琴曲所註指法。勹誤。

洵是破的之論惜白石詞集鈔傳愈誤更不可以體認矣否則依此尋繹無不可以被之管絃

作亇乚誤作⊥㛐誤作嫢省誤作𦣻可知久字是草書六字之誤△乃合字逸其半フ乃工字缺一筆マ乃草書四字失其筆意ㄅ乃上字缺其點劃ㄡ乃五字缺一劃人乃尺字缺其頭リ乃儿字缺其鈎乙乃挑字作乚形寫。近本竟以久字寫作ㄠㄅ字寫作ㄣ字更誤不可體認凡有圈者卽猶近世上字高音加一人旁作仩尺字高音作伬工字高音作仜。秦文恍然大悟。拈鬚笑道。這個很見心思。便別的也不再問了。因道。你明兒好好的。把這個細細編一集子出來。就名個四聲五音九宮十二律呂考。我給你發刻行世去。因又低聲道。我喊你來。却不爲這個。因今兒往中丞處去來。中丞自己說。人因我不是個正途出身。那些士子們。都瞧不起我。我囘來想半天來。得一個法子。想也沒什麼幹不來。我因問什麼一個主見。中丞說。我想刻一集子詩。無奈我自己動不得筆。倘請外面人做去。勢不穩便。意思要請我做。我那裡高興替他幹這些。便不回一話。中丞見我不語。他便移近座兒。向我說。老兄有了年紀。自不肯代我幹這些。聽說令姪的筆墨很不壞。此地人個個都推許他。可否就勞他替兄弟幹這點兒事。兄弟替他保一個兒功名。頑頑去。不很好嗎。我知道你不愛這些功名的。便一口兒辭了。中丞又說。既不要功名。兄弟便封五千兩的潤筆。送去便了。這詩也不必過好。過好了便不像。兄弟做的也不用多。只要怎麼一二百首。有一卷子可訂。便有了。我因想你老不能掙一個錢。白白的拿這一大宗銀子回來。也好叫你太太歡喜。所以我答應下了。說着。便向抽屜內取出一卷本子來道。這是他來的題目。你拿去做去。可不要又丟在腦背後。不幹了。寶珠打起。臉兒。不應。秦文放下臉。道。怎麼。寶珠勉强應了個是。接了本子在手。便

如聞其聲

想要走。秦文道。今兒你姐妹們因鬬巧。辦下了些什麼可口兒的酒菜本來要去喊你。你便在這裡吃罷。寶珠不敢違拗。便仍坐下。秦文因道。今兒你論的音律。狠見些兒工夫。明兒你向賬房裏。領十支大卷筆。十錠松烟去。明年鄉試近了。可不要誤了正經。寶珠唯唯。一會子擺上飯來。寶珠便和秦文袁夫人及美雲姐妹。一桌兒胡亂吃了些兒沒事。便囘惜紅軒去。不知後事如何。且看下文分解。正是

書生莫笑無長物。一句新詩一寸金。

第二十九囘

莽寶珠誤嗔好姐姐　苦媚香遺集惜惺惺

却說。寶珠自東正院囘來。一肚子惡氣。跑到婉香房裡。便打起臉兒向床前坐下。一聲兒不言語。婉香當是惹了罵來。因緩緩的問道。怎麼。又

生氣來敢是三老爺說了你什麼寶珠道不是今兒倒還賞我許多物件只不該拿我的筆墨去賣錢難道我的文字便臭到這樣只要拿錢來便該替人做牛做馬的抽腸子便五千萬銀子我也不肯拿筆墨換去婉香不懂因笑道這話我不解誰拿你筆墨賣錢去寶珠道還有誰呢婉香道賣多少錢來寶珠道五千兩銀子我看着直是一堆牛糞塊子婉香笑道什麼好文字便賣到這些錢寶珠恨道你也來了好好明兒你們多睡到金銀子堆裡去罷婉香紅了臉氣起來道這奇了怎麼和我嘔起氣來因想道只道他一晌温存的性兒不道也這樣使性我何苦趨奉他去想着眼圈兒紅了便拿帕子拭眼淚寶珠一眼見他哭了知道自己太莽闖了些便甜言蜜語的央告了一會婉香纔回過念來想也錯怪了他因見寶珠挨着他口裡不住聲的叫好姐姐身子兒

和扭股兒糖似的倒覺好笑起來因道。你怎麼受了人家的氣和我嘔來。到底你講這一篇子我也沒一點兒頭腦。究竟爲着什麼誰賣了你什麼去。生誰的氣呢。寶珠因陪笑將前事說明了。又道。我不是愛惜筆墨。只怪他拿錢來買我的。把我當做什麼看了。婉香笑道。那你也不犯着生氣。你不要錢。你不拿罷了。請老爺收入總賬去。老爺還格外疼你些。說你好。可知道一家的主子總沒一個不愛錢的。況又是你的大人。你便順他一個意兒這詩。你不愛做。明兒我替你做罷了。寶珠聽了這話。也通氣了許多。便袖出一卷子來道。你瞧。他還有題目呢。婉香接來看時。見寫些什麼上某相國。又什麼與某中堂同席得句。又什麼蒙恩賜壽字紀典。又什麼某總裁囑閱闈卷。因笑道。笑死人了。這些我不做。叫春妍做幾首兒塞塞責罷。這紫禁城待漏。和這個日本星使紀游的詩。你可做去。那些四季詠物卽景等題。我代你做罷。寶珠道。這個我不敢勞你。好好的筆墨。替這些東西做。我還犯不着。况是你。明兒我拚把這支筆汚了。一起我做去罷。今兒七夕。又是你生日。我想做幾句應景兒的。你沒用飯。咱們作對兒。便在這床裡吃杯酒。婉香啐了。一口。又把臉。飛紅了。道。你講話也。留神點。再隨口亂氽可不要。又說。我惱你。寶珠囘頭。一想。纔知道。說的沒意。他聽的有意了。因陪笑道。姐姐。可喝杯兒酒。婉香點點首兒。便喊春妍。把前兒秦珍送來的白玫瑰酒。開了一瓶。寶珠便盤腿兒坐在婉香對面喝酒。婉香見攢匣裡的菓品。都不可口。因向春妍要洋葡萄和波羅蜜吃。寶珠道。那個怕你吃不得。婉香笑道。我那裡。眞病。因怕今兒是我生日太太又要忙個不了。我也怕熱鬧所以。只說復病了。其實我原好好的不呵。我早睡了。那裡。還高興喝酒說着。春妍把洋葡萄和波羅蜜送了兩盆上來。婉香先把波羅蜜吮了一口。便皺眉兒說酸。又把葡萄吃了一顆。又說太酸。寶珠剛剝着鮮荔枝想放嘴裏去。婉香道。你那個給我吃。寶珠便送到他嘴邊來。婉香就在他手裏吃了。又喝口酒。寶珠得意起來。又說要做詩。婉香笑道。頭裏我也想做。偶然繙了繙媚香樓的詩集子。見一首七夕詞的七古做得好極了。我便不敢下筆。你不信。你試做一首。我再拿那個你瞧。寶珠點首。便向春妍要筆墨來。想一想寫道。

秋河篇

碧波界斷情天秋。織女欲渡河無舟。珮環如烟泣秋雨。片雲飛墮仙
魂幽。愁絲恨縷三千尺。織就霓裳貯窮魄。支機石爛不補天。塡海孤
禽早頭白。

寫畢。遞與婉香。婉香吟了一徧。驚道。這聲口。宛然是媚香的。你見過他集子麼。寶珠笑說。沒見過。我因你這話。所以想到他。便有這個幽怨的話頭。照這樣說。他的詩。定好絕了。快給我瞧。婉香便回身向枕邊取出一套子。遞與寶珠。寶珠捧來看時。是一付楠木板。夾着四卷裝訂極工緻的絹面詩卷。籤面題着媚香樓籤稿惜紅生書眉。繙一卷看是詞。婉香因道。不是這卷。在卷三那一本。寶珠道。我瞧瞧這個詞。因隨手繙一張。見寫着洞仙歌三疊答惜紅生原韻。

春愁滿紙。把君詩細讀。花落東風冷金屋。算眉山減翠。秋水愁靑。腰肢瘦。掩過羅裙一幅。　桃花門巷小。窈窕文窗。一帶紅樓抱谿曲。無語悄憑闌。對着蓮花。隱約想可人如玉。道簫管雙吹一年來。算鴛帳鸞衾。是儂無福。

寶珠道。這詞筆纖穠極了。看這末句。蘧仙娶親。他是知道的了。婉香因伏到桌上。側着頸子來看。寶珠把本子移了點過。歪擺着。看第二首是。

紅箋小字倩流鶯相候一寸春愁酒邊逗悵夢魂蝶冷鏡彰鸞孤只賸得血淚尚沾紅袖　茜牕愁獨坐傷別傷春。如此銷魂怎禁受。花底問雙禽那處樓臺可依舊萬花如繡記攜手迴廊囑叮嚀說別後想思寄儂紅豆

小樓西角有幾株烟柳三疊陽關笛中奏記銀屏索酒、寶扇題詩總坐到小院悄無人後　伊家何處是。夢也難尋。月夜花朝斷腸久。欲守十年貞不嫁東風問爲甚又難開口怕門外安排七香車便斷近紅顏不堪回首

寶珠道。照這樣。他已許了堦家了。婉香道。原是爲此。纔回去的。你看那

卷三的懊儂曲一篇。便知道了。寶珠便合下這卷。檢那卷三來看。却好繙出湖樓曲一篇。看是七古。

柳絲搖夢湘簾尾樓上橫波剪春水翠濤飛拍玉欄干倒吸春人入波底十幅柳蘇卷空綠鴛鴦瓦冷春雲宿木蘭艇子搖過湖愁聽一聲懊儂曲

寶珠擊節贊好。又繙過一張。便是七夕詞了。因細細看是。

羅雲十幅拖秋碧一線銀河暗波滴悄倚花冠過鵲橋露珠涼暈仙鬟濕玉宇無塵夜氣清。璇宮鴛杼乍停聲含晴欲訴相思苦夢裏駛牛喚未醒女虫啼遍梧桐樹十二瑤軿正飛度碧漢遙通瀲瀲波。紅墻不隔迢迢路。月帳雲階次第開。涼螢小影墮瓊階誰傾萬斛銀潢水洗淨仙家別淚來蟾魄流光逗苔縫湘簾窣地波紋動烟絲吹落芙。蓉。屏。露。泣。庭。花。照。幽。夢。河。鼓。驚。傳。到。五。更。銷。魂。帶。水。自。盈。盈。金。支。翠。羽。三。生。約。碧。海。青。天。萬。古。情。靈。源。一。例。滄。桑。變。仙。侶。飄。零。幾。相。見。紅。淚。流。成。無。定。河。香。盟。冷。落。長。生。殿。誰。家。姊。妹。惜。佳。期。瓜。果。陳。來。祝。有。詞。省。識。星。辰。猶。昨。夜。劇。憐。風。露。立。多。時。阿。儂。不。乞。天。孫。巧。悔。被。聰。明。誤。儂。早。天。上。人。間。一。樣。秋。娟。嬋。別。恨。知。多。少。良。宵。小。聚。太。怱。怱。鏡。檻。燈。涼。鈿。匣。空。莫。笑。雲。房。悲。獨。處。西。風。深。鎖。廣。寒。宮。

寶珠讀一句贊一句。讀畢又贊。贊畢又讀。讀了三遍。還贊不已。婉香因移過書來。又繙一張出來給寶珠看道。這首也好的很。我便再做不到這樣。寶珠看是懊儂曲。便讀道。

茜。牕。環。碧。敲。東。丁。碧。城。晝。掩。桃。花。扃。春。魂。如。烟。隔。花。語。芙。蓉。鏡。裏。搖。空。青。

寶珠道。只起四句。直似長吉。又念下道。

螺山寸碧春愁重。俏倚花冠身不動。絳雪分飛鬢角鸞。綠雲壓折釵頭鳳。

寶珠連贊好工穩細緻的對仗。我讀着倒還比這鮮荔枝好吃。又念道。

瘦盡垂楊一捻腰。春閨酒醒麝香銷。珍珠寮中壓金線。年年錦字迴文挑。儂採蓮花比人面。蓮花易見人難見。淚滴紅珠濕翠衣。詩吟紫玉題紈扇。雲房寂寞延孤顰。蛟絲小罩凝脂塵。凍璧霜華隱濃黛。金魚瑣斷璇閨春。

寶珠連道。這詩筆膩極了。膩極了。說着喝了口酒。將燭花彈去了。又看着念道。

香肌冷襯琤琤佩。罡風吹墮青鸞背。

寶珠道。這兩句又突起一筆了。看怎麼接轉來。因見下兩句是。

漫訝蓬山隔萬重屏山更無蓬山外

不禁拍案叫絕。婉香笑道。這是床裡呢。不禁你這樣狂法的呢。寶珠笑了笑。又朗吟道。

雲翹側嚲銀蠣蟠凄馨綉被啼痕乾簾波無聲剪秋綠櫻桃一樹紅瀾干銷魂陌上青絲騎金屋無人碧天醉鈿匣空勞郎定情燭花長替儂垂淚

寶珠讀到這兩句。又噓欷歎息了一會。又看是。

箏堂夜靜燈影涼銀蟾暗逗眉尖黃錦羽文鱗斷消息玉簫幽恨雲天長

寶珠道。講到這裡了。光景下面便收了呢。因繙轉一張看。果然只有四

句了。念道

閒愁不斷如春水目送飛花三萬里一寸相思久化烟無端又逐東風起

讀罷餘音嫋嫋不斷寶珠還要再看別的。早被婉香撇手奪去。藏過了道。你總不拘看什麼。便要一口氣看完。他酒也不吃了。睡也不睡去。寶珠笑了笑。忙喝了鍾酒。又拿瓶子倒了一鍾。嘴裏還念着鈿匣空勞郎定情燭花長替儂垂淚兩句恐向婉香道。照這兩句看來。他兩個是定情過的了麼。婉香笑道。那我怎麼知道。寶珠又道。怎麼他兩個便有這樣好可不教我艷羨煞不知寶珠說了這話。婉香可惱不惱。且看下回分解。正是

苦拋限淚吟詩句　留與旁人帶笑看

的評

第三十回

送花果秦瓊締姻　舐紙牕小環出醜

却說婉香見寶珠說出這話。明知有意。想索性道破也好。絕了他的邪念。便道。這有什麼艷羨處他兩人的事情設或有人知道替他編一部傳奇或是小說可不要遺羞千載始亂之終成之那還不要管他萬一不成叫那一個怎麼做人可知道得之易者失之易這是千古不易的道理不看別的只看古今書籍上也載的不少有幾個能成就的須知小說上記的那多是作書的人自己犯這一着到頭成了個恨事却借著筆墨故意反說得美滿聊以自慰其實都是反面譬如你見一部子奇書你原想買家來的却先給你看了一遍那便你買不買都不打緊了便買了家來也看得不貴重了這是一說若講得易失易的話也有個譬喻不看別的只看天孫和牽牛兩口子一年只聚一夕人生終日聚首一年便三百六十日百年便三萬六千日一日便有兩夕光景不是七萬二千夕麼那人生百年天孫和牽牛便有七萬二千年的緣分可知道緣分是有定數的有如這洋葡萄似的假如這盆子洋葡萄有一百顆你一口也便吃的了一日吃一顆便有一百日好吃你想這話可是寶珠笑道那！我今兒先吃這麼一顆婉香忽的正了顏色寶珠便滿臉飛紅了剛沒的搭訕却好海棠進來說嬝烟姐姐叫晴烟來接爺了。說三老爺叫湘蓮送了一個書簡兒來。不知什麼。請爺家去看去。寶珠便點點首兒。走下地來。一聲兒不言語婉香也不則聲敎春妍把酒盞收拾了。便自睡下。寶珠走回天風樓底下一間醉花仙館來。見嬝烟正在那裡燒安息香。寶珠走近來道。三老爺有什麼簡兒送來。嬝烟便向文具內取了出來。遞與寶珠。看是一個三寸長的小書簡兒。上面是秦文寫的。付寶珠收貯。拆開一看。却不是諭單。是一扣萬源金號的摺子。裏面寫着收存赤金一百十一兩四錢九厘五毫。下面蓋着年號戳子。寶珠看了。便仍套在封子裡。嬡烟問他。只約略說了緣故。就叫嬡烟收下了。便自睡下。一宿無話。到了次日。寶珠起來。往婉香處轉了轉。婉香叫他做詩。他總聽他的話。便回來眞個引紙握筆。做起詩來。又趁此機會。向秦文處請了十五天假。打這日起。便有時往惜紅軒綠雲深處春笑軒海棠香夢軒等處。和姐妹們頑頑。有時便回來做詩。到落得快活幾天。又兼秦文和柳夫人袁夫人。都道他好。寶珠纔信服婉香的話。這十幾天內。莫說不上學。連別的閒事。也不問一星兒。那盛蘧仙的詩。他早忘的影兒也沒有了。那裡還去復他。却把個盛蘧仙悶死了。望雲霓似的望了許多日子沒見一封回書自己又病的是熱瘧。沒一月起不得床。心裡那裏耐煩得住。想叫冷素馨代寫個字兒去問。素馨却不肯寫。遽仙沒法。又耐了幾天。這日略支掙得住。便自扶病寫了封書子。着文兒送去。文兒接了書子。不敢怠慢。忙到秦府裏來。一路見些官員開鑼喝道的來來往往。絡繹不絕。進了學士街。見滿街擠住了旗鑼傘扇轎馬人役到秦府門首見方井裏搭了馬棚拴着幾十匹高頭大馬左右搭了兩座鼓亭大門口兩邊圍牆都歇滿了執事又許多親兵成淘結隊的站在那裡看號衣也有撫院裡的也有將軍裡的也有提台統領的文兒打諒府裡有事便不敢輕易進去到街口茶肆裡來找熟人一踏進門檻見滿座都是戴紅纓帽子和戴歪帽子扎頭巾的兵丁差役好容易找着個東府裡兆貴的兒子來順兒便和他講。要見一

又起一峯別是一番氣局

見寶珠。有機密書子。要親呈上去的。來順兒本來和文兒是酒朋友。便一口答應了。和文兒走出茶肆來。文兒一路上問道。今兒什麼事。便這樣鬧熱。來順兒道。今兒八月初二是南府裡二太太六十大壽。又是偺們老爺的五十八歲小慶。又是咱們瓊二爺和石府裡締姻。所以兩府裡都熱鬧得鼎沸似的。你要見三爺。我帶你裡面園子裡見去。外面有客着。不穩便。文兒應着。跟來順兒進了大門。見甬道兩面滴水簷下都歇滿了儀從執事擁擁擠擠的不知有多少人。二門上掛了紅彩交椅上坐着幾个武弁在那裡彈壓閒人進儀門便清爽多了只有二三十乘空官輿歇着好些當差的分兩排兒站班着猛聽見裏面升炮來順兒忙帶着文兒站到邊上去見穿堂裏面飛也似的抬出兩乘紅拖呢的二四轎子出來後面跟着七八個管家打從面前掠過一轉眼出儀

門去了文兒私問是誰旁邊二個當差的道是本府裏的金師爺和陸
師爺兩位大冰領盒子去的文兒便打疊起眼光打算看盒子猛聽見
又升起炮來却伸着頸子半晌沒見一人出來原來這炮是大門口送
客的一會子又放了三個炮見穿堂裏面先跑出許多有品職的管家
來兆貴也在裏面隨後一串兒扛出許多嶄新的擡箱來文兒定睛看
時那抬箱裡都擺着緞盒盛了花果五彩雜陳光耀眼目一架一架的
打面前過去共是二十四架抬箱內中陳設也看不仔細總覺件件是
好的罷了那抬箱出了儀門隨後又是兩乘官輿出來打頭一乘前面
走着四個親兵看號衣知道是個統領那後面一乘文兒認得是秦文
送客出來的見那頭一乘轎子出了儀門聽外面升了三個炮秦文的
轎子便回轉來四五人插着轎扛飛風似的打面前擦過進穿堂去了

這裏站班的便漸漸的散開了幾個來順兒便引着文兒進穿堂過大廳一路見掛滿了喜字壽字的大紅緞幛到二廳見台階下坐着一班清音天井上面搭了彩棚子來順兒急急的引着文兒打西首游廊上越過進了一座牆門便是甬道上面蓋着雨廊又進一重門抬頭見榜著一粟園三字到裏面走廊上早有許多小厮在着問來順兒什麼事來順兒說明了便叫文兒在這裏站着切莫亂走自己回出去了半晌小厮們說三爺來了文兒一眼見來順兒跟着一人進來年紀不過十三四歲比自己還瘦小些戴着束髮紫金冠穿着繡蟒的箭袖大衣上面罩着西地文錦的背心約有二三尺長下面結着排穗鬚兒剛和大衣一樣長腰間繫着四塊玉的扣帶裏面襯着白湖縐襯腰帕子滿臉秀氣眉目如畫覺得便把自己的主人比下去了那人進來。文兒赶先打個千請安。說家爺本來要到府道喜。因病着不便。說抱歉的很。寶珠笑說不敢。又道。囘去替我給你爺請安。我早想過去。和你爺談談。總沒得一個空兒。你爺痊可些。儘請過來逛逛。只是屈駕的話。我又不敢說。文兒應着。又代主人謙了幾句。便呈上書子。寶珠拆開看了看道。知道了。這事。筆墨上也講不了這些。我明兒閑了。便過去給你爺請安。帶講這事。文兒唯唯。見寶珠還要講話。忽外面走進一個十二三歲的小厮來。說西正院請爺去。寶珠點點首。便向文兒道。我也不寫囘字了。你家去。便這樣講。請你爺保重些。說畢便轉身出去了。文兒便和來順兒出來。因問怎麼這幾處不見一位客。來順兒笑道。客多着呢。那邊西花廳和那邊東花廳新花園裏三處幾所院子都擠滿了客便剛纔那個園裏也擠滿了女客只你看不見罷了。文兒點點首。暗暗讚歎。到儀門口口。別了來順兒。逕回府來。將這番情形和寶珠的話。告知藹仙。又贊寶珠那樣和藹。那樣標緻。沒一點兒公子氣。藹仙聽了。那願兒之私。越發殷勤了。過了幾天。仍不見寶珠的影兒。夢却夢見了。好幾次總又沒一句咬實話。便怪寶珠終究是紈袴子弟。不盡人情的。便也冷了心。挨到八月十六那日。病好了些。身子略支掙得住。只還怕風。偶然想起寶珠。便要親自往秦府裏去。冷素馨勸他不住。只得依他。叫多添了件衣服出去。又叫把轎簾兒放下了。仍是文兒跟了去。却不道到了秦府。門上人回說。三爺剛被葉老太太請去過中秋去了。藹仙大失所望。只得回去。過了幾天又去。又說還沒家來。藹仙便氣起來。絕口不提寶珠兩字。其實不是寶珠糊塗。因替中丞做詩。便告了十五天假。到期却只有十二首詩。又請寬限了十日。又只有三首詩。總一味的忙些。頑秦文動了氣。等過了初二的壽日。便把寶珠鎖在新花園裏。限他五日繳齊。過了五日去看。却把滿園的景緻都題到了。倒有一百首絕句。却又用些。風。花。雪。月。的字面用不。到。那。集。上。去。的。秦文看了好氣又好笑。便又把他關了幾日。到十五早辰。纔把三百首雜體詩做齊了。却是冠冕堂皇。純用台閣體的秦文歡喜的了不得。便賞假十天。一面把詩發刻去。這寶珠放了出來。便如倦鳥出籠似的。十五夜。和姐妹們賞了一夜的月。鬧熱自不必說。次日却好葉老太太來喚他賞月去。他那肯不去。所以把邇仙這事。倒做了。個。願。心。這等。檢。日。子。去。還。的。似。的。打十六日到了葉府。自然又沒個空兒。又況冰山和袁夫人都進京去了。葉用又往江蘇候補去了。家裏這留些女眷。那葉魁自日日關在書房裏的。葉赦却沒年月的外面嫖去賭去。所。以。寶。珠。在。那。裏。便。和。香。人。兒。似的。那些。年。紀。

和他差不多的小姨娘都似蝴蝶兒一般黏住他你想寶珠還有什麽心思替藹仙擔憂去一日寶珠沒事來看蕊珠的母親五姨娘朱賽花來可巧不在屋子裏因順步到六姨娘楊小環院子裏來見靜悄悄的沒些人聲那些丫頭們都不知那裏去了因想到房裏去却不道房門反門着寶珠只當他睡着便悄悄的回了出來到玻璃牕上來看却也被幃子遮着因拿舌尖子舐破了一個空眼子望進去見上面洋牀上垂下亮紗帳兒那帳門兒在那裏抖動靜聽有些氣喘喘的聲音心裏疑惑小環病了因定睛着時原來那床是兩面靈空的後面牕子照着日光映着亮紗帳子見床裏面疊起兩個人影兒在那裏顫動便把臉飛紅了心裏突突的跳了起來便不再看回轉步來想走忽那邊廊上走進一個人來不知那人是誰且看下文分解正是

有意呼茶尋鸚鵡　無心閑步見鴛鴦

第三十一回

活離別頸迴三尺練　死纏綿臂齧一條痕

却說寶珠剛想轉步走出去。忽見那面廊上來了一人。仔細一看。原來便是自己的影兒被對面鏡屏照過來的。心裏暗想。不道小環這人是這樣的。又想只不知那人是誰。想着。便故意放重脚步道。你們的桂花好香吓。見這邊牕子。呀的開了。却是小丫頭奴奴。見是寶珠。便笑道。請爺這邊坐罷。又低聲道。姨娘在那裏洗脚呢。不要進去。寶珠暗暗好笑。便打中間進這邊房來。奴奴忙去後面點火拿烟袋去。聽對面後房門響。寶珠便偸眼打中間望後面去。見一個人影兒一晃。往後天井跑出去了。却是寶珠眼快。分明認得是葉赦。便暗暗吃驚。忽對面房門也開了。見小環穿着一件粉紅小夾襖子下面露出湖色袴兒寶藍扳尖頭鞋兒頭髮掠的絹光檻髮抿的嶄齊濃濃的眉兒白膩膩的一張鵝蛋臉堆着笑容向寶珠招手兒道來這邊坐呢寶珠望他笑了一笑。便捧煙袋走過來道。你關着門在這裏什麼小環嗤的一笑寶珠便靠妝台坐下。見床上帳子已鈎起了窗幃兒也打開了。濃濃的焚着一爐子麝腦香小環斜着身兒站在寶珠面前道你敢是從七姨娘那裏來麼寶珠道。月香我還是昨晚子見了沒見來。小環道。昨晚子敢是你往那邊去的寶珠點點首小環却嫣然一笑便把帕子去掩小嘴兒還嗤嗤的。笑寶珠看他這樣也嫣然一笑小環溜轉眼波去看一看沒人便挨着寶珠一塊兒坐下來道。我問你纔說了這句又站起來走到床沿上去坐下用帕子招他道你來我問你呢寶珠便放下煙袋過來小環按他並肩兒坐下。臉對臉兒的問道。我昨晚子。看你來。你可知道。寶珠道。你敢是到軟姐姐那裏看我去。小環道不是。寶珠笑道。哦。昨晚子窗外咳嗽一聲兒的敢便是你。小環嗤嗤的笑起來道好吓。可不臊死了人。寶珠紅了臉道。你呢。小環便一手鈎住寶珠的頸子。一手來擰他的嘴。寶珠連忙掉轉頭躲過了。央告小環。却沒得氣力。拗不過寶珠。早順勢兒和寶珠滾在一堆。寶珠忙正了色道。哎唷。閃了腰了。快放了我。小環笑着扶他坐起來連問閃了那裏。寶珠說這會子好了。小環因替他整整紫金冠兒道。你和月香好。可知道月香的事呢。寶珠道。我不知道什麼事。你講。我聽。小環道。偺們家瞿福。你知道爲什麼問了死罪。寶珠道。哦。你不說我知道了。因道。這個也太罪過些。小環道。不然月香也保不住。因是老爺鍾愛的。所以大爺不敢專主。要等老爺回來再作區處。光景像月香那模樣。老爺也忍不的捨了。寶珠道。這事辦的不好。教我。且問住了不響。等老爺回來。告訴了。或索性賞給了他。或好好的回覆他出去。照這樣。幸而瞿福不把實情講出來。設或當堂供出。這府裏的名聲。還好聽嗎。小環點首兒。寶珠又道。怎麼便能問了死罪。小環道。他本來姓徐。因打死了兩個人。逃了出來。見官府緝獲的兇。不知怎麼求了老爺。到這裏府裏來充了家丁。又改了姓。也便沒人敢惹他。這會子是大爺向府裏太尊講了。說他改名躲匿。以前偺們並不知道他是緊要人犯。誤收留了。此刻察出蹤跡。所以送府來辦的。那太尊查看存案。果是有的。審了一堂。瞿福也是寃家到了。竟一口招承。所以問了這死罪。這事却。沒。提。一。字。兒。寶珠嘆了口氣道。主。僕。通。奸。是。死。罪。不。知。道。子。淫。父。妾。是什。麼。罪。名。小。環。失。了。色。寶珠便。站。起。來。抖。一。抖。衣。裳。要。走。小。環。一。

阿吓怎麼寶珠講出這話來我知之矣所謂寫至情者也

喚醒春夢不少

把扯住衣角。寶珠忍着心疼把袖子拂散了就走小環見寶珠生氣去了。便嗚嗚噎噎的哭將起來初則是怪寶珠繼則自恨沒得主意何苦放着寶珠倒被葉赦壞了身子哭了一會忽又自己懊悔起來想從前至今。沒一件兒稱心的事。進了這府裏。便似進了囚籠似的。再飛不出去。葉冰山在家的時候。便沒時沒節的便幹些醜事。便自家不高興着也要勉強奉承再加葉赦穿花似的。和他來廝纏。這會子連寶珠也知道了。可見說要人不知除己莫爲既出了醜還有什麼顏面見人不但見不來葉冰山打今日起連寶珠也見不來了想到這裏。便心灰意爛起來。看看天色晚將下來。挨到晚飯時候。聽丫頭們說寶珠回去了心裏便加了一勺冷水似的也不用飯就獨自睡下淌眼淚聽自鳴鐘打了十二下外面丫頭們都睡靜了忽然起了個自盡的念頭便獨自起

鬼氣逼人

來。四下看了。看見燈光暗小。如豆綠熒熒的。到窗口一看。見天井裏月色。迷離落葉兒被風吹着。在迴廊上蔌蔌的打旋。窗兒走動。便慢慢的回床邊來。向床沿上坐下。細想一會。覺得做人實在沒趣的很。不如死了。愛到那裏便那裏。可不自在。想到這裏。心裏倒快活起來。便揩乾了眼淚。到妝臺上拿了付紙筆來。想把那燈剔明些。却不道反烏了下去凍紅一點。絕無寸光。小環嘆口氣。便道還寫什麼來。只是死得不明人還說是爲的寶珠。可不又冤了他。因大書道。

不應强賦定情詩。悔到如今死已遲。若問此身被誰污。宮門懸帶料應知。

寫畢。便解下腰帶。拴在床横頭鐵桿子上。用一張矮櫈子墊了脚。引頸套上。再把矮櫈踢開了。只覺喉間一哽。那一縷香魂便從泥丸宮透出

出神入化

隨風飄出窗外到迴廊上站住看自己原好好的與生人無異心裏疑感還當自己沒死再回到房裏看那个脂粉搓成的嬌小身軀已如步靈仙子似的靈空懸在那裏到這地步不禁灑了幾點眼淚因想我這身軀兒在生時那樣自憐自愛不要回來他們給我胡亂收拾可不辱沒了我這身體不如守着看他們那樣佈置因便坐在妝臺上等着一會子聽雞鳴了那紗窗上漸漸的白了因想人說鬼是不能到天明的可見也作准不得看自鳴鐘已指在七下二刻因想把燈吹滅了却吹了半天也吹不息便漸漸悔恨起來再一會子聽丫頭們起來了却好這日天也陰慘慘的沒得日頭小環見半晌沒人進來好一會聽外面丫頭們私說今兒姨娘怎麼了這會子還不起來小環聽了這話不禁弔下淚來忽有人在外面問道六姨娘怎麼不起來請安老太太問呢

聽便有人來開了房門進來却是大丫頭端端看他先到床邊喚了聲見不應便掀起帳子看沒得人因怪異道奇了姨娘那兒去了聽外面有人接應着進來看是楚楚見端端向楚楚道姨娘沒睡在這裏敢又到那裏和二爺幹那個去了楚楚道光景便是了小環暗暗痛恨見楚楚猛回頭見牀橫頭掛着一人叫聲阿吓便扯了端端的手飛跑出去一會子見四五個老婆子進來看是小環縊死了都大聲呼救見一個抱住了一個解繩子兩個扛着歇到牀上來一個伸手去模胸口說阿吓胸口不溫了一個去把脈息說哎吓脈息也斷了七八個老婆子便一片聲哭將起來正亂着見外面闖進一人來看是蕊珠的母親朱賽花見小環已沒救了便痛哭了一會瞥眼見桌上有一張紙便取來一看勃然變了顏色忙揣在懷裏小環暗暗點首見賽花又撫屍大哭了

痛快之至
奇譎之至

一場小環也淌着眼淚一會子見老太太和七位姨娘都到了軟玉蕊珠也都來了小環見人多了沒處兒坐便自己坐到裏牀去守着屍首一干人多哭着見葉赦葉魁也多進來小環看見便咬牙大恨見他也來哭着便伸手打了他一個嘴巴子見葉赦叫聲哎吓捧住了一邊臉兒小環順手又是一下那葉赦便嚷着痛老太太忙問怎麼了見葉赦兩頰俱腫只道葉赦觸犯了什麼神道便祝告了一番小環見老太太這樣便忍住了氣看葉赦捧着嘴跑出去了自己覺得隱隱有些手掌兒痛便手對手兒拿帕子揉着冷眼看一干人還是蘇畹蘭和軟玉母女兩個哭得凄切些又好一會見一干人都走了出去來了七八個老婆子和貼身的四個丫頭來替他洗臊換衣服成殮又一會子說材停好了請出去大殮心裏想這闔棺的景象我看不得回來定不受用不

不知可是大荒山

如便此刻走別處逛逛去因便捨下那身軀兒走到迴廊上來四下一看都是高牆打那邊走去正想着那身子覺得秕輕的隨風吹去雲裏霧裏不知到了那一處睜眼看時却在一座山子上見對面來了一人定睛一看却不是別個正是昨兒在一塊兒頑的寶珠因趕到面前叫道寶弟弟你那兒去寶珠一眼見是小環便抱住哭道姐姐你怎麼便這樣了你敢是爲我那句話兒傷觸了你嗎你便和我鬬氣也不到這個地步說着痛哭流涕小環也流淚不止因替他拭淚寬慰他道我原和活着一樣倒反自在些我那裏爲你我只恨葉赦那狗子起這樣歹心把我名節壞了我必要報這個仇纔是亦和你在生怎樣講的來只我死了便幽明相隔遂不來我的心願我再投一生來你可依我那一件兒寶珠哭道姐姐哄我來投生那有這樣容易的小環道這個你不

知道我自有主見你果然◎不棄記取十二年後臂上有硃砂記的便是。我後身可不要忘了。寶珠哭着答應。小環把袖子撩起露出雪白的一彎粉臂舉向寶珠道。你果然許我。你把我這臂膊上嚙一個血痕。寶珠哭道。姐姐我不忘你便了。這個我可忍不下這個心腸。小環正色道。罷罷。算我癡想便了。寶珠見他這樣說便只得依他。閉了眼睛硬打起心腸只把這臂膊當做自己的。橫起膽子咬了一下。只聽得小環絕叫一聲。寶珠大吃一驚。睜眼看時連小環的影兒也沒有了。只媳烟和婉香兩個站在面前喚他。自己却睡在牀裏。站的滿屋子人。原來剛纔寶珠聽說小環縊死了。便一哭暈倒。媳烟急了。又不敢回上房裏去。只婉香近些。便請婉香過來一同喚他。見寶珠只合着眼睛使勁的發抖。人喚他也不聽見。春妍海棠笑春愛兒晴烟都一片聲帮着喊。到這會子纔

教誰怎麼呢急不擇言自是從肺腑中流露出來

醒。過。來。大。家。略。放。了。心。婉。香。便。去。勸。他。寶。珠。只。嗚。嗚。咽。咽。的。哭。着。講。不。出。話。婉。香。見。他。這。樣。心。裡。酸。得。和。醋。似。的。含。着。一。包。眼。淚。道。你。自。己。也。該。保。重。些。果。然。是。傷。心。的。事。也。不。能。捨。了。自。己。的。身。子。便。哭。到。這。樣。倘。有。點。兒。什。麼。長。短。教。人。怎。麼。呢。寶。珠。見。他。說。出。這。話。便。看。了。他。一。眼。婉。香。把。頭。低。下。了。想。這。話。又。說。混。沌。了。便。滿。臉。飛。紅。默。默。的。坐。了。一。會。聽。自。鳴。鐘。打。了。十。一。下。已。是。三。更。時。分。便。勸。寶。珠。解。衣。睡。罷。寶。珠。此。時。已。不。哭。了。却。不。肯。睡。只。呆。呆。的。想。那。小。環。的。話。見。滿。地。站。的。人。又。不。好。和。婉。香。講。便。和。衣。躺。下。了。叫。婉。香。睡。去。不。知。後。事。如。何。且。看。下。回。表。白。這便是

三生。有。約。知。何。日。　兒。女。癡。情。死。不。休。

第三十二回

不知如何體會出來

趁顚狂小環索命　了寃孽葉赦歸陰

却說葉府自把楊小環一死。滿屋子弄得陰慘慘的。每夜必有響動。那些婆子丫頭們。不是這個說見鬼。便是那個說出怪。外面延僧懺悔。做七回神。忙個不了。過了七七。纔安穩些。那蕊珠的母親。本來爲人極好。想小環既死了去。何苦留這一紙字跡。教人知道。況老太太也有些知覺了。要這何用。便背地把他燒却了。那小環的本意。他自然不知道。這且不表。再說小環的魂。自與寶珠嚙臂訂盟之後。心裡原想便投生去。却因頸上這帶子。再卸不下。咽喉間時時呃痛。因此大恨葉赦。誓要報了他的仇去。只可恨這身子不由自主。心裏。想。到。這。邊。剛。走。着。又。被。風。吹。了。到。那。邊。去。再。也。沒。自。己。一。點。兒。主。意。分。飄。飄。蕩。蕩。的。飄。了。幾。日。總。飄。不。到。自。己。屋。裏。去。一。夜。月。色。昏。暗。北。風。大。起。站。脚。不。住。便。和。柳。絮。似。

的。隨。風。吹。去。可巧吹到一所梧桐院落落下來看不是別的所在正是自。己。住。的。院子心裏想道好容易到了自己家裏了只不知道我屋子裏。是。什。麽。個。樣。子。了。因走上迴廊兒一帶簾子破壞了好些零零落落的。掛。着。一。個。蛛。絲。網。兒。直沿到欄干上來結成一個八卦圖兒却已破了。半。邊。心裏很不受用再走見一扇朱紅欄干竟已破了歪倒在迴廊外。面。草地上那草却早枯黃了。慘悽悽的籠着烟霧下面有兩個蟲兒一。遞。一。聲。的。厮叫再看那梧桐葉兒落了滿地只賸些枯幹兒掛着一鈎。的。涼。月。四。下。悄無人聲想道不道我纔死了幾天這裏便荒蕪到這個。樣。兒。了。不。知。道。我。這。形。影。還。似。舊。時。不。似。因。想。到。走。廊。盡。處。照。照。鏡。屏。去。却。不。道。那。兩。扇。鏡。屏。早已搬去了露出一片敗壁沿着些莓苔蟢鏡。隱。隱。有。幾。行。墨。跡。近。前。一。看。却。自。前。年。自。己。題。的。詩。一。排。兒。寫。着。七。

八首看是

曲欄干宛轉思不辭涼露立多時今宵怪底羅衫薄應是秋風到桂枝月鈎空掛美人魂草長紅心舊有根已是牢愁禁不起那堪庭院又黃昏

看了這第二首。不禁弔下淚來道。不道這詩竟做了今日的讖語因便不願看了走進中間見供着一個湖色靈幃。一張方桌。一付燭台香爐。一對魂旛已是灰塵罩滿了靈幃邊亭柱上又掛着幾陌紙錢。想是一天不過來兩個丫頭祭奠虛應故事的所以也不收拾又看桌上擺的五花五神和香亭獅象那些紙絹紮成的件兒早已破壞殘缺上面一架紫竹靈床懸着燈彩幔子裏面襯出一幅自己的眞容近前一看宛然極似呆呆的看了半晌不禁凄然下淚向那畫上道小環誰叫你生得這樣是你自己把這紅顏誤了你也說着竟嗚嗚咽咽的哭將起來。剛哭着忽墻外一陣笑聲因住了哭聽是那壁尤月香院子裡來的料是丫頭們頑的有趣心裡一發凄酸不禁又哭了起來哭了一會忽這邊間壁朱賽花院子裏的自鳴鐘鐺鐺的打了十下因收淚道。我好容易纔得到此。却只顧自己傷感着。不報仇去還待天明了不成。想着。便拭淚出來。約略認得門路。趁着月光把袖子障了風逕到葉赦院子裏來見重門靜掩裏外悄然無人月光略斜過西却照在葉赦臥房窗子上見窗內有一片燈光和月色相逗因走近向牕裏望去見一張方桌上擺着一盞長頸燈台幾本石印小書看簽面標着耶蒲緣三字心想這書我到沒見過只不知道是什麼典本子因四下一看。却不見葉赦。見上面葵花床上。垂着湖色綢帳。料是葉赦睡了。細聽有些聲息。又夾

不着一字盡得風流洵是寫生妙手

着咿咿呀呀。斷斷續續的啞語聲。心裏疑惑。猛可地想到了。便面紅耳熱。起來。剛欲轉步。忽帳鉤兒錚的一聲。帳門開處。走出一個人來。一看不是葉赦。却是大丫頭叫圓圓的。身上披着一件大紅小緊身兒開着胸襟。拖着睡鞋兒笑蓉可掬的走到方桌邊抽開抽屜取了一包物件便急急的鑽進帳去便聽葉赦嗤嗤的笑着一會兒忽牀裡面透亮起來像是點了一盞洋燈了小環不禁心裏突突的跳了幾下暗暗地罵聲無恥。轉身走向迴廊上坐下。還隱約聽得些聲響心窩早似十五個吊桶打水七上八落的坐又不是立又不是暗想他們那種情節眞正把人醜死了忽又回想到自己身上不禁又羞愧又苦惱起來哭了一會遠遠聽得穿堂上打了三更四點因看看天色怕亮的快誤了事便又走近牕邊望去瞥見連帳子也索性都上起了連忙不看退轉到天井裏梧桐樹下看看月色已是斜過西去滿地下都堆着落葉帶着露水晶熒熒的自己踹着却一些兒也沒聲息低頭看看地下樹影兒和欄杆影兒都有只自己的影兒却一些淡痕也沒得不禁又悲酸起來剛掩着淚忽葉赦房裏疾聲呼喚聽是圓圓的聲音道哎吓爺不好了你們快來嗄連喚幾聲這邊婆子丫頭們房裏纔有人答應問是什麼聽圓圓發急道快來嗄爺不好了呢纔聽這邊房裏瑟瑟縮縮的起來了七八個丫頭婆子打着火一齊亂鬨鬨的闖將出來小環躲避不及早被一個老婆子看見急聲喊道阿吓這這不是楊姨娘麼大家聽說都打個寒噤一眼見一個影兒一晃向葉赦房裏去了衆人知道不是好事仗着人多便一鬨擁進葉赦房裏圓圓尚未着衣忙把帳子一齊放下婆子們聽得鐺的一下猛抬頭見楊小環手裏拿着根腰帶子

站在床前大家都嚇的疾叫不出忽一轉眼不見了却從床裏面鑽出
一個滿身血紅的人來大家吃了一驚細細一看却是圓圓衆人硬着
膽子問是什麼圓圓一句話也回不出呃牙兒的掙出一句說爺不不
好了丫頭們當是小環索了命去多不敢上前還是老婆子們有些膽
量搶過去打開帳子一看見牀桌上擺着一盞洋燈燈光下亦條條的
睡着個葉赦口眼渦斜四肢不收像是死了的光景因見褥子上攪的
不成樣兒纔知道不是眞死因都埋怨圓圓道哎吓嘖嘖這種事兒也
値得大驚小怪的喊人眞沒見過局面的冒失鬼呢圓圓一面紐着衣
襟道什麼沒見過局面你們不瞧氣也沒有了嗎婆子們聽說又着了
忙七手八脚的向葉赦鼻孔邊一探果然沒了氣息一個便搥床大哭
起來一個道不忙氣有呢不過微微的了一個早趕着埋怨圓圓一個

手忙脚亂的寫來偏又一絲不亂好看煞人

道這會子你們還有工夫埋怨去快還不拿參湯子吊呢一個道是呢是呢快喊丫頭們煎去丫頭們早七張八嘴的答應了鬨着煎去一會子便煎好了端着進來婆子們忙帮着給葉赦灌下不一時葉赦便漸漸囘了轉來昏沉沉地叫聲哎唷睜開眼一看見滿地下黑壓壓的站滿了婆子丫頭都圍在牀前燈光依然雪亮枕畔不見了圓圓因見自己一絲不着出顯顯的覺得不好意思想拉過一牀被來遮蓋却不道沒了氣力那手再也抬不起來婆子們會意忙替他蓋上被道爺養養神呢葉赦紅了臉掉過面去婆子們纔退下來看圓圓和美人兒似的倚着椅背兒坐着軟洋洋的作態因都把冷話兒去埋怨圓圓道一個年輕輕的爺們你好和他狂到這個地步圓圓不語一個有道姑娘家貪頑的也有要像你這樣很的也眞少有出見的了一個也道他往常

不知何如體會出來

當着咱們不暢意今兒沒人看管着便索性拚了命了一個道要像這樣的拚法怕也拚不得幾次兒呢圓圓被他們你一句我一句的說得惱羞成怒起來道你們沒經過爺手自然不知道爺到這個上那裏還顧人的死活吓我早死過去了爺說到爺字却有羞止了因整整衣裳站起來想走忽覺一陣冰冷的往小腿兒上直流下去因皺皺眉兒暗暗的埋怨了聲便忍受着走向後房去一個婆子道還躲去不陪着呢圓圓不理却回到自己房裏向大牀背後去轉了轉出來換着下衣淨了手便向自己牀沿上坐下支頭兒出了會神覺得身子還是雲裏霧裏飄着似的很想睡因放不下心仍又走到前房來看葉赦已是昏迷迷睡熟了鼻息很響那些婆子知道不妨事早散去了幾個還有幾個見圓圓來了便也散去只叫小丫頭寶寶和圓圓兩個陪着圓圓因替

出神入妙之筆

葉赦蓋好被兒將洋燈捧出交寶寶吹熄了便一手放下帳子漫漫的走下地來和寶寶同向方桌邊坐下寶寶只顧看圓圓的臉色覺得比往常分外嬌媚了許多眉目間別具一種載情不起的態度圓圓被他看的不好意思起來適因困倦便一手靠在方桌上一兀頭竟自睡熟了。寶寶喚他不應聽鐘打了三下外面靜悄悄沒一點兒人聲此時正是十月下半月天氣朔風漸緊那月色罩在窗上却朦朦朧朧的忽一陣風來那樹上的葉子都蕭蕭縮縮落下地來在迴廊上走看響寶寶本來膽小看這光景便坐不住站起來想走覺得後面有什麼跟着似的因便頭也不敢一回仍復坐下伸手推推圓圓却正在好睡那裡推的醒側耳聽遠遠的打了四更三點那葉赦的鼻息聲却是尖魆魆的好像鬼叫一般忽又是一陣風天井裡瑟瑟縮縮的亂響那風吹進牕子來把個燈吹得沒一些兒光綠瑩瑩的晃着猛見燈影下站着一個人嚇了一身冷汗定睛看時原來是自己的影兒在那裏晃動心裏跳了幾下偶見桌上擺着一本書想道不如看看書挨到天明罷因便移過來看却正是補磕頭方成好事的一回看了不攪滿臉飛紅把一手抵着下頦子眼波盈盈的看了一回便丟下了心裏想道這味兒我倒沒嘗過幾時請這位爺也這樣的試試瞧剛想的火熱忽一陣冷風吹進來打了個寒噤隱隱聽得有人在牕外嗚嗚的哭那風一陣冷似一陣的逼緊來寶寶慌了再聽那哭聲幽細的很哭的甚是淒慘細聽却又沒得了滿屋子都是一種陰慘氣忙推圓圓却又和死人一般寶寶毛髮俱戴便再坐不住站起來想走猛見一個黑影兒在紗牕上映着月色晃動寶寶又不敢走忽葉赦在牀裏喊道阿呀不好了寶寶忙急

出神見鬼
奇妙百出

步走到牀前揭開帳子見葉赦仰面睡着白瞪着眼睛在那裏急喊寶寶只道是夢魘忙推他葉赦醒過來見是寶寶便道你陪我睡我慌呢寶寶見他這樣說那裏還肯陪他睡葉赦扯住他不放猛一陣風來把燈吹熄了紗牕上也沒月色了寶寶忙喊老婆子拿火來却再喊不應倒把圓圓喊醒了圓圓睁眼看是黑漆漆的昏了頭倒摸到牀上來却剛摸着寶寶的頭寶寶一嚇只當是鬼要想喊却早噤住了喊不出聲一昏頭跌在葉赦身上葉赦也當是鬼早嚇死了那圓圓因摸着寶寶的頭髮陡覺毛茸茸的一個東西也當是個鬼早嚇的仆倒在地這一聲響外面老婆子們嚇醒忙問什麽響聽裡面沒人接應知道壞事忙走起七八個人都點了火擁着進來見地下倒着一人看是圓圓面色嘴唇都靑了有幾個便去救他有幾個早赶到牀上來揭開帳門一看

見寶寶蓬着頭倒在葉赦身上。葉嚇眼珠兒都翻白了。幾個人忙着救。葉赦。拔頭髮。掐唇中。灌姜湯。有一點鐘工夫。見寶寶先醒了。過來一句話。沒得。只是發抖。一會子圓圓也醒了。只葉赦不醒。過來一干人慌了。手脚有老成的。忙伸手去摸胸口。見是溫的。因趕着哺氣。半晌纔見葉赦睜開眼來。向衆人一看。却嗚嗚咽咽哭起來道。我好苦吓。衆人聽聲音。不是葉赦的。宛然楊姨娘口氣。知是小環附在身上了。因道。姨娘你總發個慈悲念兒。放他轉來罷。小環借着葉赦的口道。他吓。你們不知道。我原好好的一個人。他千方百計的誘我。我因他是老太太鍾愛的。我不敢和他翻臉。但不依從他便了。前兒六月間。他叫圓圓哄我到園裡。亭子上看鴛鴦去。我當是眞的。誰知他懷着歹意。引我進了園子。他便把園門反鎖了去。說到這裡。因指着圓圓道。他還拿那頑話兒逗我。

括現

好似活捉張三的活劇

我那裏知道到了池亭上便被這個歪纏住了我要喊左右又沒一個人便被他强汚了身子以後又來厮纏我因旣有了事也免不過又怕他老爺跟前唆我去所以也只得勉强順從他那知道我前兒剛午睡他又使强我回過念來悔恨絕了夜間便尋只個自盡可不是這畜生害了我呢說畢又嗚嗚咽咽的哭起來一衆人都哀求着忽厲聲道今兒定不放過他我天天把帶子迴在頸子上苦的彀了也替我套幾年去說着見葉赦伸起頼子聳起肩膀兩眼一翻把舌頭直拖出來大家慌了都忙說姨娘只個使不得見葉赦早已喉間打個倒噎氣七孔流血死了大家都哭起來忙報上房去不一刻見老太太和各位姨娘兩位小姐都趕進來見葉赦已這個樣子有些都看的害怕不敢近身去只老太太一人跑到牀邊放聲大哭一會看他頸上靑了一圈大家都

說是楊姨娘弔了去的。老太太也沒得說。只恨着自己防閑不密。把各姨娘都很很的狐狸精粉妖兒的駡了一頓有的抱屈有的膽寒都不敢則聲老太太本來是最疼葉赦的。這會子便給他好好成殮。又替他做法事超脫他。只恨了楊小環。因便不許把他的材。停在院子裏。擇日出殯。寶珠却來弔奠。悲悲切切的哭了一塲。見葉赦也死了。停着柩。因暗暗想道。光景這會子有了替代。該投生去了。心裏倒安放了許多這日也不住夜。便囘去了。背後少不得有人議論有的說寶珠情重有的說寶珠心熱有的說寶珠和小環定有來去的有的說有意罷了斷斷不致於怎麼的不如究竟怎樣。且看下。囘正是

慾海竟成寃孽鏡。陽台直接鬼門關。

珠緣二集終

中華民國六年四月再版

淚珠緣二集（每部一册）
定價大洋三角

版權所有

著作者　天虛我生
校閱者　鈍根
發行者　中華圖書館
印刷者　中華圖書館（上海新閘路中　電話一三三三）
發行所　中華圖書館（上海棋盤街中　電話二四五九）
代售處　各省大書坊

民国首版文学经典

泪珠缘 [三]

陈蝶仙 著

上海科学技术文献出版社
Shanghai Scientific and Technological Literature Press

淚珠緣
三集
丁悚畫
1914

淚珠緣三集目錄

第三十三回　苦圓圓奉母質銀簪　好寶寶瞞人贈金鐲
第三十四回　綉貨鋪張總管揾股　美人局來順兒迷魂
第三十五回　聽鶯處座上訝雄談　逐馬蹏道旁笑傾蓋
第三十六回　行酒令良朋猜性格　渥被窩小婢占温柔
第三十七回

一枰棋癡兒呵凍手　兩首詩玩婦笑鍾情
第三十八回
拈鬮兒令翻蝴蝶會　喚美人曲唱牡丹亭
第三十九回
染果毒來順兒結果　成家室石漱姐還家
第四十回
對葵床四姐妹談心　抄蕖府一家人分手
第四十一回
血模糊命索一顆頭　花綽約詩聯三十韻
第四十二回
燬春册小夫妻反目　成好事大德慧過人

第四十三回
三尺劍蔣圓兒戕命　一席話石漱姊寒心
第四十四回
葉小姐潦草依秦　石公子探花及第
第四十五回
得月樓臺良宵聞笛　集詞牌令秋字飛觴
第四十六回
軟心腸寶珠哭姊姊　巧口角麗雲笑哥哥
第四十七回
小廣寒法曲舞霓裳　大鬧熱飛觴折桂令
第四十八回

淚珠緣　三集目錄　　　四

聽琴夜寶珠招薄怒　下場時秦瓊遇寃家

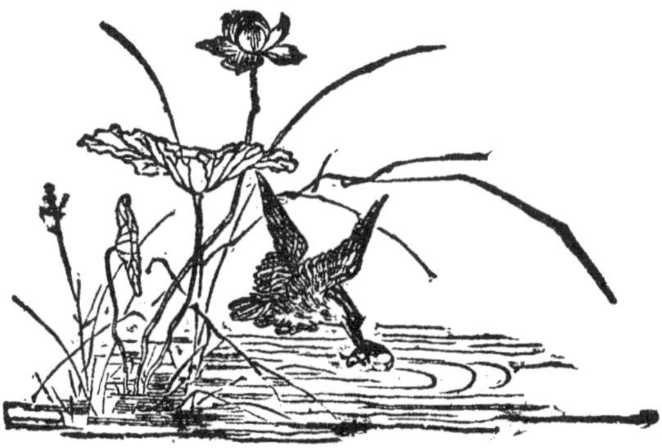

淚珠緣第三集

天虛我生著
鈍根校訂

第三十三回

苦圓圓奉毋質銀簪　好寶寶瞞人贈金鐲

却說葉赦死後。過了幾日。太夫人纔知道是被圓圓害的。便恨圓圓入髓。待處他的死。又怕罪過。便把圓圓趕出府去。只有隨身衣服。把一應私蓄都抄了去。賞給別個丫頭。那圓圓本來和管家任大貴有交情。這會子攆了出來。便去找任大貴。那任大貴原因他在府裏權重。所以湊他的趣兒。他家裏原有妻子很妒的。這會子便翻轉臉皮。不認他了。圓圓氣個半死。也沒得別法。奈何他便老着臉皮家去。他家本來是個小戶。因過不得日子。纔把圓圓賣去作婢。他父親早故了。只一個八十幾

別具一種神情

歲又聾又盲的母親。一個哥子。倒是很好的。只家裏窮。他念不成書。日裏販些水菓。挑往街上去賣。賺得百十文錢。便買了飯食來。孝敬他母親。這日圓圓回來。他哥子早挑着担子出去了。沒回。見母親坐着。便喊了一聲娘。他母親聽了半日。又認不出是誰。閉着眼睛問道。誰喊我。圓圓高聲道。是女兒圓圓呢。見他母親。死睜着眼睛來看他。却看不清。因道。是圓圓麽。圓圓在那裏。圓圓走近身去。他母親摸着他。便抽抽咽咽的道。不想我還有見你的日子。說着便大哭起來。原來圓圓自十六歲進府裏去。到今已是四年了。他母親因他賣進府裏去。便不得見面。日夜的哭。把雙眼睛哭壞了。這會子說他回來了。可不又歡喜又悲傷。圓圓見這光景。也覺傷心。母女兩個。抱頭大哭了一塲。再看看屋子。是小小的上面也不是瓦只蓋着茅草牆壁是泥做的還坍塌了半截向來

到底是大出手

高廳大廈住慣了的這會子看着這個光景益發凄涼起來到午間肚裏餓了因想去做飯與他母親吃竈下去找了半日却找不到一根柴一顆米便來問他母親他母親見問兩掛眼淚撲的吊將下來道兒啊你不知道咱們家因你哥子病了斷了三日火炊了今兒你哥子好些挑担子出去看造化或者晚間有一口兒米湯下肚圓圓止不住滴下淚來道娘可餓不餓我有支兒銀簪子看光景可換幾百個錢來買米吃他母觀道這個使不得回來你回府裏去可不要挨打麼圓圓哭着道我是不去的了府裏老太太因我年紀大了放我出來伏侍母親的他母親道那身價可要還不要還圓圓說不要還了他母親聽了纔開心起來圓圓便抽了簪子用一支筷兒拗斷了別了鬆心兒逕到街上店鋪子裏來換了五百個錢便買了幾升米用衣襟兒兜着又買了一

神情活畫

百個錢的燒鴨子。回來把米淘了半升。想去做飯。却沒有柴。忙又去買了二十個錢的一把柴來做飯。却從來沒幹過這些事。把一鍋飯燒的和粥似的。再燒不像來。他母親聞見煑米香。早等不得的要吃。圓圓便把這飯盛了兩碗。拿了兩雙茅竹筷子出來。他母親早捧着就喝。圓圓忙去找盤子盛鴨子。再找不出一個來。碗也只得兩個。盛了飯了。便只得就把荷葉包子打開。拿筷子夾了一塊。送到他母親嘴邊。他母親一口吃着。詫異道。這不是腐干子。怎麼這樣好吃。圓圓道。這是燒鴨子。他母親道。阿彌陀佛。不道我這生這世。還有這個吃。我有十多年沒嘗這個滋味了。說着。忙吃了一口飯。道可還有沒有了。圓圓道。多着呢。娘儘慣吃着罷。他母親道。留幾個兒給你哥子嘗嘗。他一輩子沒吃過這個呢。圓圓聽着。實是難過。一時吃完了飯。到傍晚。見他哥子挑着一個空担子回來。一眼見圓圓、像是大人家兒女似的。吃了一驚。暗暗疑惑、還是圓圓認得是哥子。便迎上來喚他。他哥子呆了半晌。纔歇了担子笑道。原來是妹子。我倒不認得了。圓圓看他穿着一件藍布舊棉襖。腰裏拴着一根帶子。脚下穿着草鞋。雖是窮相。倒還清清脫脫的。見他哥子問他。怎麽能出來的。圓圓只把前話告訴了他。哥子也不多講。便同着進去。見他母親。他母親聽是兒子回來了。便道。今兒可賺得幾個錢。他哥子道。今兒大好。我拿五百個錢。販了些水菓在學士街秦府裏。一下子便賣光了。他們還要買。我却沒有了。便再去販了一担挑去。也賣完了。還叫我明兒挑了去。照這樣。一日倒能賺二百個錢。咱們三口子吃用彀了。因向腰裏掏出二百個錢來。拿在手裏。要買米去。圓圓道。米還有許多着咧。日間燒的飯。也沒吃完。只是菜蔬不彀了。他母親忙道。有了。鴨子。了。還要什麼。圓圓道只有兩三塊了。誰吃了好。還是再買去。他哥子便聽他的話。去買了四個錢腐乳。又買了十個錢冬菜葉子。回來便煨熟了飯。盛了一碗出來。和日間賸下的鴨子。買來的腐乳冬菜。來與他母親吃。圓圓見天還未晚。因道怎早吃晚膳了。他哥子道你當是大人家麼。咱們晚間又沒得燈。吃了飯。天晚了。便睡。明兒一天明便好。起來。幹事。去。圓圓也便不講。等他母親吃完了。纔和他哥子一塊兒坐下來吃。見這兩樣菜。那裏下得來飯。只得胡亂吃了。收過。天已晚將下來。見他母親說要睡去。他哥子便扶他母親往竈下去。圓圓問他母親睡在那裏。他哥子指着一塊板道。便拿這個搭起來。因叫圓圓扶着他母親。他便去外面拿了兩張竹椅子來。把一塊板擱上了。教他母親睡下。上面蓋上幾件衣服。便算了。圓圓看看。心裏便酸的和喝了醋似的。

禁此一問
那得不哭

因問他哥子睡在那裏。他哥子指着竈下泥地道。我便這兒睡。你可和
母親一塊兒睡去。圓圓道。只一塊板。怎麼睡得兩人。我的被鋪是託府
裏人替我拿來的。到這會子還不見來。不知道怎麼了。剛說着。聽外面
有人喊門。圓圓道。光景便是了。黑摸出去開了門。是二門上的小廝阿
巧。打着燈籠。替他送鋪蓋來的。見開門的正是圓圓。阿巧道。好找呢。怎
麼住這點兒屋子。這時候。又不點火。圓圓被這一問。止不住哭將起來。
阿巧進門一看。見是一間草屋。黑漆漆的。便道。這個敢便是住屋麼。拿
燈籠四下一照。只一張板桌和一張竹椅以外。沒一點兒東西。看着也
覺可憐。因道。既到這個地步。也不用哭了。你把這個檢點明白了。因打
開氈毯。一件一件點與他道。這是你的兩頂帳子。只是四條褥子。只是
一條單被。只是夾被。只是棉被。只是皮褥子。只是老虎毯子。只兩個和

阿巧亦是至性人煞是可愛

合枕。也是你的。又打開一個衣包。一件一件的點與他看。共是二十七件衣服。圓圓看着收過了。阿巧又向懷裏掏出一個紙包兒。打開來看。是雪白的紋銀。圓圓看着不懂。阿巧道。這是五十兩一包。是大小姐私下賞給你的。又向懷裏亂掏。忽道。阿吓。那裏去了。掏了半晌道。還好。還好。在這裏。呢。圓圓見他掏出一個手帕包兒來。道。這是寶姐姐叫送還你的。說原是你的東西。是老太太抄了去。纔賞給他的。圓圓問是怎麼阿巧道。是一雙包金鐲子呢。圓圓打開來一看。便滿臉喜色。也不說破因向阿巧道了謝。阿巧提着燈籠出去。忽又轉來道。外面月亮很大。你們。沒得火。我把這個燈籠送給你們。用了。裏面還有兩支蠟燭。看光景點。得。到。天。亮。了。圓圓着實感激。因送了阿巧出門。把門閂了。三脚兩步的走轉來。喊他哥子。他哥子已睡了。聽見喚。連忙爬起。見圓圓滿臉笑容道。咱們好了。打明兒起。你也不用挑担子去了。咱們也不用住這個草屋子了。他哥子當是頑話。圓圓去了燈籠殼子。擺在桌上。向衣服堆裏取出一包銀子來給他看。他哥子便樂得手舞足蹈的道。這一大宗銀子。是那裏來的。圓圓告訴了他。他哥子便滿口贊道。好小姐。好小姐。又道。有這宗銀子。咱們明兒便好開店鋪子了。圓圓道。開什麼鋪子。他哥子也沒工夫回他的話。兩手。忙着。翻。衣服。看。翻一件。贊一件。圓圓一手按住道。我問你。這一包子是五十兩銀子。你能開一個什麼鋪子。能賺多少錢一天。他哥子道。那！開一個水菓鋪子。彀了。一天總賺這麼一弔錢。圓圓哼了一聲道。一吊錢。濟什麼事。你能依我。我還有銀子着。不啊。我便過我的日子去。他哥子道。好妹子。這銀子原是你的。你愛那樣便那樣。我能講一個不字嗎。圓圓便又把那付鐲子拿出來給他看。

我亦替他兩人心花一展

寶珠存金是三十九串半如今漲了十串不知譬于打算的秦文給他換不換了銀子一笑

他哥子道。這個包金的能値幾個錢。圓圓道。難怪你當是包金的。連府裏的人也不打諒我有這個。所以纔送來完。我因把鐲子拿到燈邊。指着裏面的小字道。這不是萬源文記十足葉金幾個字嗎。他哥子一看跳起來道。阿吓。這還了得。還了得。可不要把我樂死了。忽又道。怕是做夢呢。圓圓嗤的笑將起來道。你不要這樣大驚小怪。你聽我講。這鐲子是五兩一隻。現在金價大貴。葉金是四十九串半。這萬源的金號。是學士街秦府裏開的。不拘進出。都是十足。不去一星兒水的。可不是便有四百九十五塊錢了。那五十兩銀子。現在是每兩作一元六角四。可又不是八十二塊錢。總共有五百多了。咱們去賃間屋子。要在學士街靠近秦府的。再拿二百塊錢去。先買些綉貨來。鋪了塲面。再請些上好的女工。家來做些鞋帮子。和綉枕頂兒。件兒。掛總要不惜工本。做的精緻。

圓圓善於會計眞是難得

原來要你哥子依你的便是這一着可發一噱

不消別。家只秦府裏一家。子三等丫頭們。一年用的繡貨。就不少。此刻是十一月初上。趕緊開起鋪子來。就有一注大交易。你不知道。秦府裏和咱們府裏。每年年下。必要些繡貨賞給下人。再各廳上的披墊都是一年一換的。把換下來的。用裏面去。外面都要換得嶄新。這一筆便不好算。照我這樣說。一下子便能賺到幾百兩銀子。可不比開水菓鋪子好麼。兩府裏我認識的很多。這生意怕不招攬過來。只是本錢小些。也不妨。先開起來。只做我。不着和那些有臉面的管家小廝好上幾個。怕不把銀子一封一封的送來。我用他哥子先聽的高興。聽到這裏便作色道。這個使不得。咱們一家子可不醜死了。圓圓啐了一口道。你知道什麼。咱們當丫頭的那裏講究得這些。只要爺們歡喜便吃用多有了。我不這樣來那裏有這雙鐲子。假如我在府裏你也管我嗎。橫豎我又沒。得。男。人。終。不。成。叫。我。守。一。世。空。頭。寡。呢。他哥子道。那！我果然不能管你。只是我還有什麼臉面見人。要便你找個心愛的人。素性贅了家來。倒。也。名。正。公。氣。的。圓。圓。見。他。說。出。迂。話。來。便。又。氣。又。好。笑。因想道。我何。苦。早。早。和。他。爭。到。那。時。我。圖。我。的。快。樂。再。講。罷。好。便。好。不。好。我。便。和。他。鬧。橫。豎。沒。他。一。點。兒。主。意。定。了。宗。旨。便。也。不。和。他。去。爭。了。因笑道。你這話也不差。再看罷。說着。見蠟燭完了。便換了一支。點着。叫他哥子。把被。舖。捧。了。進。來。舖。在。地。下。却很寬闊。因叫他母親也睡倒被裏來。他母親。摸。了。一。會。說。香。說。軟。的。纏。不。絕。口。又。說。到。底。是。大。人。家。出。來。的。絮。煩了。好。半。晌。才。睡。熟。了。此時天氣已冷。圓圓便把皮褥子和老虎毯勻給他哥子睡去。把銀子藏好了。鐲子套在手上。也一倒頭睡熟了。不知後事如何。且看下回分解。正是

圓圖可謂
善享自由
者矣

所謂人要衣裝圓圓確是一個大經濟家

儻來。福。分。都。疑。夢。　顧。後。思。量。半。是。癡。

第三十四回

繡貨舖張總管拚股　美人局來順兒迷魂

却說次日圓圓。將這話告訴他母親。他母親高興。自不必說。一面便叫他哥子找屋子去不道學士街前後左右一帶。都是秦府圍牆。沒有一間屋子。只街對面。有一座石庫牆門的大屋子空着。是當初秦府裏開銀號的現在移別處去了。問了一聲這屋子每月要二十兩租銀。壹百兩押租。他哥子嫌太大。另外又沒得空屋。回來和他妹子說了。圓圓忙叫去定下來。便把些銀子。先叫他哥子。買幾件好衣服穿了。又把一隻鐲子換去了。教他拿一百二十兩銀子。往秦府總管房裏去。講他哥子小名叫阿喜。本來和總管張壽認識。因張壽常買他菓子吃。這會子來

不知錢會可有這等本領

找張壽。張壽。一眼。見他。穿着。湖縐。棉袍。方袖。馬掛。簇新。新的。鞋兒。宛然。一。個。好。家子弟。因詫異道。阿喜哥。今兒怎麽來。這樣一個光鮮。敢打着了白鴿票嗎。阿喜笑道。爺們又取笑了。瓦片。也有。翻身的。日子。咱們。苦這。一。輩子。也該。有個。好日。因說。妹子蒙葉府裏放了出來。知道咱們窮。又賞了許多銀子。叫做本錢做生計。養活我這個老母。這會子因要租房屋開舖子。知道對街那屋子。是這邊府裏的。所以來求老爹。做個保人。張壽聽了。也替他歡喜。因道。你要借大房子。開什麼舖子。來。阿喜說明了。張壽道好好。咱們府裏的生意。明兒都挑挑你罷。這屋子我便替你作保。你可帶錢來沒有。阿喜連連道謝。向懷裏掏出一包銀子來。請張壽過平。張壽看了看成色。向手裏等了。一等。道。敢是。一。百。二。十。兩。阿喜笑道。老爹。這。手。倒比。平。子。還。準。呢。張壽也笑道。咱。們。成。日。夜。拿。這。個。

過手自然戲的出來。因道。你租約可寫來沒有。阿喜道。沒有。張壽便向文具裏。拿了張白的花鼓箋出來。又把那筆硯移過來道。你便在這裏寫一紙兒算了。阿喜小時也讀過兩年書。便拿起筆來。寫了一張。張壽看時。見寫的名字是蔣文喜。因道。這便是你大名麼。阿喜道。是。張壽收下了。因讓阿喜坐下道。這事你打算多少落本。阿喜道。我妹子只有五百多塊錢。去了這裏一百二十兩。便是一百六十九元八角。還賸了二百多塊錢。想一應作了本兒。張壽道。這一點兒濟什麼事。還要辦生財傢伙。總要像樣點兒。倘將就了些。便不起眼。在這府門口開一萬年也發不得財。這生財一筆。便得二百兩纔轂。還有什麼錢辦貨。阿喜被他這樣一說。把一肚子高興掃得精光。一句話也講不出來。張壽因悄悄的道。我有個乾兒子。在這府裏。手頭很有幾個錢。去年打算開一個欄杆鋪子。也是單靠府裏的銷場。算來一年也不好算。咱們府裏。從老太太起。到小丫頭止。共有二百多人。你算。一年要用多少。這生意也和繡貨差不多。不過又是繡貨銷塲大些。一年送人的。就是一大宗。此刻我的意思。你這個鋪子。小了開不出。必得二千銀子落塲。纔好看。你或是借二千銀子去。或是和他拚股子。都可以使得。阿喜不敢答應。想了想道。且和妹子商量去。因問若說是借。每月品個什麼利。張壽道。那！我也不肯要你多。照二千銀子落塲。你一月總能掙到七分利的樣兒。除去開銷。總有三四分利。這裏說放重利。又講不過去。回來老爺知道。那還了得。照一個典當官利一分六。那就再少不得。阿喜點點頭。便回去和圓圓商議。他母親膽小。一口叫不要這樣大開口的攬。圓圓却有把握。說。借。不。必。隨。他。一。鼇。錢。也。是。要。還。的。還。是。拚。股。子。咱們凑出一股這

拚股子的看者作者不怕天下人打死竟爾掇穿窻子說亮話直是菩薩心腸

筆上不彀。我還有四個金戒指。是四錢一個的。一串雙回金項鍊兒。是三兩重的。也有二百五十幾塊錢好換。就湊得起來了。他出三股。或是五股七股。聽他的便。沾了錢。總照股兒派。我來管賬。只是先要講到。既拚了。須得立一紙合夥議單。有利同分。有折同認。回來。可。不。能。折了。一。點。便抽。股子。出去。那。不是。一。抽。兩。抽。便抽。坍了。阿喜知他有些見識。便照他這話。去對張壽講了。張壽見講的不差。滿口答應。便當面擇日立議。到十二月初上。就要開張起來。這且慢表。看官知道張壽的乾兒子是誰。原來便是兆貴的兒子來順兒。怎麼別個小廝不聽說有錢。偏他能挣得到這些銀子。這有個曲折在裏面。原來秦瓊積了幾個私蓄。瞞着人。叫來順兒拿去放利。只說是來順兒的。這底細。只有兆貴和張壽知道。別個就不明白。這會子。來。順。兒。和。阿。喜。合。夥。開舖子。秦瓊也不。知。

道。只拿一。分錢一。月的。死利。息。能。了且說阿喜自開了鋪子。吃用俱不消問。得都是圓圓在裏面理值的。圓圓本來替葉赦管過小貨賬。這會子便放出手段。辦得井井有條。生意又甚是興旺。不到半個月。一結帳。已消出千巴銀子的貨。倒多了百巴兩銀子。一家子都很歡喜。來順兒來。圓圓便給他看帳。來順兒自然興頭。因見圓圓長。的。縹。緻。暗暗垂涎。圓圓看他知。趣也有些意思。只礙。着他哥子。的。眼。睛。兩人。只各。自懷。了一。個。心。思。偸。空。兒。逗。幾。句。頑話便走。散。了。不道圓圓這人。雖是好淫的。他却。從。不肯。失。了。便宜。以前和葉赦好的時候。總。不。時。要。他。的。金。器。首。飾。和。些。衣。穿。他打諒來順兒年輕沒主意。早存下一個意見。想吞他的本。錢。這會。子。便。暗。暗。換。了。一。本。簿。子。把。掙。的。做。了。自。已。私。蓄。這。簿。子。上。每。結。下。來。或。是。消。了。一。千。兩。貨。他。只。開。七。八。百。兩。或。是。七。八。百。兩。進。貨

教會多少帳桌先生此書可作商業教科書讀

的他開上一個一千兩只一來一去便不可算生意也實在好他這樣舞着弊。每日帳簿上。總還多許多錢出來。所以也沒人看的他出。到了十二月十幾上。秦府裏和葉府裏。都到他家來定繡貨。和平金披墊兩府總算起來。也有七八千兩銀子交易。舖子裏墊不下來。便叫阿喜和張壽去商議。張壽也知道本錢太小。便替他向帳房裏先領了一張一千兩的票子。又替他往自己府裏開的萬豐銀號裏去。說通了掉款纔活動起來。這一下子。便沾了千巴兩銀子。圓圓私吞了五百。却被張壽看出苗頭怕走了細便叫來順兒向府裏告了假進舖子去管年帳來順兒正想着圓圓。巴不得一聲兒。便打十二月廿一。進舖子裏去圓圓。把帳簿交與他管暗地裏仍做着鬼來順兒管了兩日弄得頭奎倒掛每日的進出帳還結不清來圓圓看着他嗤的一笑。來順兒便請他代

這又是一節吊膀敎科書

算只一下子把釐毫絲忽都算的斬清來順兒靠在旁邊看他見他穿一件太紅白繡緊身兒低着頸子一面看簿子一手打算盤映着燈光那臉兒便嫩的吹彈得破見四下沒人忍不住伸手兒向他臉上一摸圓圓驚了一下因問怎麽來順兒笑道這裏有一點子墨汚着圓圓便拿帕子去揩問可有沒有了來順兒道沒揩淨呢圓圓又用一點兒吐沫子揩去來順兒還說沒揩淨圓圓因把帕子遞與他道你替我揩來順兒便挨近身來接過帕子替他揩了一揩因道那邊也有點兒圓圓回過臉來却被他可巧的親了個嘴去圓圓嗤的一笑故意嗔道這算什麽來順兒嗤的笑道你這小嘴唇兒上也有了墨替你吮淨了怕又是我不是圓圓不理一手來要還帕子來順兒向他手心上撓了一下却把帕子揣在懷裏去圓圓站起來搶來順兒忙逃到床邊圓圓追過

可不把來順急死圓圓真是惡作劇

來。卻被來順兒。一把抱住。撳在床裏。把舌尖兒亂塞到他口裏去。圓圓把頭亂搖亂躱。口裏說我要喊了。來順兒央告道好姐姐你便可憐我罷。圓圓道這刻子被人撞見。算什麼要｜。等你睡了我來。來順兒還不信。圓圓發了誓。來順兒纔放他起來。圓圓站起來。理理鬢髮。向他瞋了一眼。那來順兒的魂。早沒有了。圓圓剛走到帳桌上坐下。卻好他哥子進來。說母親喊他。圓圓便出去了。這裏。來順兒便似失了寶似的。等不到。起更便自睡下。不道等到天明。也不見來。次日連影兒也不見了。盼穿。眼的盼了。一日只道今兒晚間該來了。卻又空等了一夜。一連三四日。不見圓圓。心裏疑惑。因問阿喜道令妹什麼幾日不見。阿喜說病着。來順兒纔放了心。不說圓圓哄他的了。吃過飯沒事。便出來街上逛逛。可巧碰着盛府裏小厮文兒。便一把扯住道。好好咱們喝酒去。多日不

竟是店小二口吻作者眞有怪筆一箱

兒了。文兒視是來順兒便也高興。就一同走出學士街。找了個酒肆。檢個座兒坐下。酒保認識來順兒。因陪笑道。來大爺。今兒。什麼風吹到這。裏。來有好的。新開罈噴香的玫瑰燒。和新鮮的腰子。蝦仁。鱔魚。鯽魚。冬筍。炒黃魚。溜黃菜。烏肚頭。來順兒道。好好。隨便攙幾樣吃罷。那堂倌答應。喊出去了。一刻兒。便把一壺酒。和一盆子蝦仁送上來。來順兒替文兒灑上一杯。又自己灑上一杯。喝了一口。又吃了一點菜。因問文兒道。前兒咱們三爺。去拜你們爺。兩躺都回說出去了。三爺回來生氣。說你們爺拿架子。分明的。一個說在家裏。一個說出去了。倒底怎麼一個講究。文兒笑道。我們爺也太嬌貴了些。他因送了三封書去。沒一個回字。親自到府裏拜了兩躺。又都不見。打七月起。盼到九月。也不見個影兒。到十月裏。你們三爺纔來一躺。可巧我們爺眞的出去了。爺回來知道。

偏是奴才小廝慣求大人先生書畫

懊恨得什麼似的。次日趕忙回拜去。又說三爺往葉大人府裏弔唁去了。過了幾天又去。又說往紫陽山逛去了。爺趕到紫陽山。氣喘喘的爬將上去。那裏有個人影兒。總說又逗出了。回來過了兩天。又拜去。又說逛西湖去了。咱們爺不信。這十一月天氣。還逛西湖去。分明是假的。所以你們三爺來。他也叫回。說出去了。不見他。還說你們三爺拿架子。給他。看他很瞧不起你們三爺。其實我看你們三爺。不像有習氣的人。來順兒笑道。這也好笑。照這樣他兩人。一輩子也不得見面的了。聽說你們爺的書畫很好。我想求點兒畫兒。不知可使得。文兒連連搖首道。這個不用開口。他從來不肯替人畫。要只有他高興着。畫出來送人。倒是肯的。來順兒道。不是白畫的呢。文兒道。他稀罕什麼錢。若和他提起。一個錢。字就比打了他一下。還要恥辱。所以咱們家日用他都不問。只憑奶奶調度去他。一天。到晚手裏。拿着一。支筆。一刻。兒。也。不。停向紙。上。颼。颼颼的。不知。道。寫。些。怎。麽。天。天。的寫寫的。滿屋。子。都。堆。着。字。本。子。有。客。來。他。也。不。和。他。們。談。什。麽。天。那客。人。也不。講。話。總。捧。着。他。寫。的。本。子。看。看。一。會。贊。一。會。喝。口。茶。吸。筒。煙。便。走。了。來順兒笑道。那。客。人。和。主。子。都。不。是。獃。的。麽。文兒笑。道。那。裏。是。獃。那。些。來的人。都。說。是。才。子。呢。究。竟。我。也。不。知。道。才。不。才。來。順。兒。笑。了。起。來。堂倌又送上酒菜。兩人乾了兩大盃。子。文兒說有事。便要走了。來順兒定要他再吃一杯文兒只得依他。立着喝乾了。便和來順兒出來。兩人分路。不知後事如何。且看下回分解。正是

遭。遇。也。憑。天。作。合。　姻。緣。多。半。鬼。挪。揄。

第三十五回

逐馬蹏道旁笑傾蓋
聽鶯處座上訴雄談

却說文兒別了來順兒出來。漫漫的走着。忽後面追上兩騎馬來。連忙避開。定睛一看。見頭一匹馬上是那日見過的花農。第二匹便是寶珠。寶珠一眼見文兒。便帶住馬。文兒當馬頭請了個安。寶珠道。你爺可在府上。文兒道。家爺還是午前出門。說逛湖去了。寶珠因道。我剛想看你爺去。你可去。喒們府裏備了馬。跟我湖邊去找去。不爲別的。怕我見了面。認不。的。你。們。爺。文兒走近一步道。小的是奉家奶奶命。往冷府裏取物件回去的。請爺先行一步。小的回去消了差。便跟上來伺候。光景家爺。也不走遠。總在望湖樓。不是聽鶯處。兩處。寶珠又道。你爺今兒穿什麼。衣。服。出去的。文兒道。這個好認。是穿湖色緞。閃。大藍。蝴。蝶。花。的。馬。褂。寶珠點首。便煽一煽。踏鐙。和花農兩個。一馬跑出了城門。下馬。先到望

嘗見火車上遞手巾女兒家只抹手不抹臉大約便是看寶珠的樣兒

湖樓四下一看。沒有穿閃緞馬褂的。便不上馬。交花農把馬拴在柳樹上。自已再到聽鶯處來。滿屋子看轉。也沒有這樣一個人。寶珠乏了。便向匠上坐下。花農站在旁邊。堂倌送上臉布。寶珠抹一抹手。便放在桌上。堂倌泡上一碗茶來。和一盆腐乾子。一盆瓜子。寶珠拈了一把瓜子磕着。又四下看了看。見窗子外面臨水柳陰下。擺着一張茶桌。坐着三人。在那裏高談闊論的。那些窗裏面的人。多沒些聲響。在那裏聽他們談論。寶珠看那三人。一個穿湖色袍子。雪青背心。却背坐着。對面一人。穿着品藍的緞袍。罩着一件十三太保湖色一字襟四鑲的背心。一表不俗。眉痕微蹙。語氣頗溫。目若點漆。膚如瑩玉。寶珠看了。他半晌。見他也看着。自已忽那背坐的那人。也回過頭來看自已。寶珠看他也是滿面秀氣。眉目筆淸的。再看旁坐那人。也和兩人差不多。各有各的雋處。

寶珠一轉睛見滿屋子裏外四面的人都看着自己覺得不好意思起來因低下頭喝了口茶也教花農把桌子移到窗外去臨水擺了寶珠便坐下看着那一湖的水出神聽那三人有一個道這地處兒倒很有奇趣你瞧這岸邊的木樁子打的不牢那水晃着和作揖似的寶珠回眸那水上的樁子果然在那裏搖擺聽又一個嗤的一笑道剛你說詩要做的深刻纔醒人磕睡我穿鑿了一句水搖樁作揖可不又切貼又深刻麼寶珠回頭看是穿雪青背心的講的見那穿一字襟的笑道這便是板側尿流急的遺響了那旁坐的正喝着茶一笑把一口茶噴了滿桌子那穿一字襟的笑道他還怕我講不淸他做個樣兒給你看呢說着三人大笑寶珠也覺的好笑見那穿雪青的道你不要亂嚼你能把我這句對出來我便伏你那穿一字襟的道這個容易便對個風定

樹搖頭。寶珠暗暗贊好。聽那旁坐的道。前兒我有一句雲截樹頭齊的即景。到今兒沒對出。那穿一字襟。道這便對水擱牆脚斷。忽那穿雪青的道。不講這個。你把剛纔那個良心和憐字。講明白來。到底是一是二。那穿一字襟的道。誰還和你講來。我說憐字不是良心。你定要說良心便是憐。那穿雪青的道。我試問你。假如此刻。忽然有人來說。你心上人作故了。你趕去不趕去。你哭不哭。那人道。這個便是良心。不是憐。這人又道。倘使父母凍餒。你見了怎麼樣。那人又道。這也是良心。不是憐。這人又道。憐是怎麼一個樣子。良心又是怎麼一個樣子。一個人沒了良心。還能憐嗎。那人道。假如見了美人。心裏便起個憐惜的念頭。及至壞了人的名節。可還是良心。不是這人道。果然沒了良心。那人道。那兩口子。可還憐不憐。這人頓住了嘴。又道。這且不講。我問你。齊宣以羊易牛。

是不是憐。那人道是。這人道。是不是良心。那人道不是。這人道。怎麼不是。那人道。以羊易牛。可還是良心。這人道不是。良心。發現。那裏。便肯。不殺。牛。那人道。若是良心。發現。那裏。肯把羊來。易牛。這人又道。你和你夫人好。是憐。還是良心。那人道。是良心。這人道。怎麼是良心。那人道。我不。憐。他還有誰。憐。這人道。是了。你憐。他是從良心來的。怎麼憐。還不是良心。那人道。這個那裏硬扯得攏來。我問你。假如你那心愛的。和一個乞丐的同站在一塊兒。那乞丐跪着求你。你那心愛的招手兒喚你。你理。誰。這人道。那我定要接應了招手兒的。問他要了錢。捨給這乞丐的。那人道。你心裏可是一樣。個主見。這人道。一樣一個憐。一樣一個良心。那人道。假如。那跪着的把頭磕破了。你那心愛的慌的哭了。你管誰。這人道。我便止了。他的哭。教人去醫那頭破的。那人道。這就明白了。你止他哭。是憐不是。良心。這頭。破的你倒。放在。後面。終教。人醫他是良心不是。憐。這兩說。你都是故意狡强。違心之論。歸根你也幹不出這樣好事。我說。你這人只有憐。沒有良心的你有。良心你肯明明知道自己錯。還橫着。心。腸。和我。辨來。歷。這人嗤嗤的笑着不說了。寶珠聽他辨的都有理。暗想這三人定有來歷因先走一步。叫花農去問他三人的姓名住址。花農進來。向三人道。咱們。爺問你們。姓什麼。喚什。麼名字兒那三人見。這。小廝這樣。無理因想。剛纔。那人定是紈袴便都歸自己談。心不去理。他。花農。氣起。來便。自一。掉頭。轉。來只說三人。都是。姓。王名字。不肯。講寶珠也就。罷了因找不着蘧仙看天色將晚。便上馬加鞭赶進城去可巧兜頭撞着文兒。打着馬。喝着道兒。飛跑過來。一眼見是寶珠。忙跳下馬。寶珠也便勒住馬道。你爺沒的見。敢過湖去了。文兒道。光景便是待小

大頭小厮開口便是兩樣

的往湖邊上等去。寶珠點點首。便拍着馬回府去了。文兒跑出城來。向望湖樓一看。果然沒得。再到聽鶯處一看。也沒得。猛見臨水一桌上迎面坐着的便是盛蘧仙。旁坐的是華夢庵。背坐的是何祝春。便過來請個安。說剛才秦府裏三爺來這裏找爺。說找不見。這會子回去了。原來盛蘧仙在何祝春家裏。把馬掛子脫下了。所以寶珠認不得他。這會子文兒講了。三人都驚道。吓。原來那人便是寶珠。怪道長的和美人兒似的。只可惜當面不認得。沒和他談談。華夢庵道。這人了不得。我讀過他的詩。眞要教人拜倒的。他既回去了。咱們何不赶進城去追着他。蘧仙說好。便叫文兒到後面園子裏去。牽了馬來。三人一齊上馬。文兒打頭。夢庵壓尾。一縷煙赶進城來。遠遠的聽得前面鈴瓏響。四人飛馬追去。望見影兒。文兒便很很的如上一鞭。追到寶珠面前。跳將下來說。家爺來了請三爺稍緩點兒寶珠收住馬回頭見飛也似來了三個馬一到跟前都跳下來寶珠看便是剛才的三人因也忙跳下馬來招待大家先笑個不了寶珠叫且不通姓名待我認一認看是不是寶珠把三人細看一看便一把扯住蘧仙的手道你敢便是蘧仙大家都笑起來寶珠又問了兩人的姓名祝春看寶珠有趣便要邀寶珠到他家去蘧仙夢庵也多要寶珠到自己家裏去寶珠笑了一笑因道我看今兒不如屈三位到舍下坐去三人都依便仍各上馬蘧仙和寶珠並馬同行不一時已到學士街花農飛馬前去喊伺候到大門口早有許多當差的站班文兒下了馬寶珠和蘧仙夢庵祝春四人進了儀門到穿堂上下馬讓三人進了二廳到東花廳坐三人是多來過的便也不作客套各坐下了寶珠便進去轉了轉出來天色已晚東花廳早上齊了燈火裏

不知去見柳夫人抑去望他姊姊

外通明。寶珠向三人道了歉。三人反說寶珠拘了。寶珠便不再謙。談了會子閑天。寶珠便將着瀘仙的手兒。到這邊匟上坐下。問他姑蘇的事。瀘仙見問含着淚珠。講不出話來。寶珠見這個光景。心裏懊悔。不該一見面便問他這個。因道。你要傷心。我便不講了。瀘仙忙拭了淚。問他寶珠便不肯說。瀘仙苦苦央告着說。你告訴我。我不哭。寶珠便不肯說眞話。因道。本來我早寫回書子與你。因這事我原不知道。還是我表姐姐知道點影兒。說這位小姐的名字。叫影憐。瀘仙道。正是。令姐怎說。寶珠道。我表姐有一個換譜的妹妹。在姑蘇。和令表姐是一家兒的人。我表姐說。他定知道令表姐的去向。那五湖烟水葬西施之說。作不得准。你是聽誰講的。瀘仙道。那也是他族人講的。什麼知道。作不得准。寶珠道。令表姐本和家表姐是要好的姐妹。因令表姐來府上住了三年。轉去。

委委婉婉的說來好語如環娓娓可聽怎不令人愛煞寶珠

彼此都生疎了。和家表姐的譜妹。却總在一塊兒。後來令表姐往維揚去後。還有信來與家表姐。說順道逛秦淮去了。到了秦淮。也有信來。令表姐頗有張志和浮家泛宅的趣向。俟後便沒有信來。可見姑蘇謠言。說揚子江翻舟的話。是謬的了。前兒託家表姐寫信。問他譜妹去。光景這幾日。總有封子信來。究竟現在那兒。煩他訪明了。來到此刻還不見回信。大約家表姐的譜妹。不在家裏也難說。他們顧氏女着們。都有山水癖的。他嘗嘗南京北京逛去。一年兩年。一月兩月。回不回是講不來的。令表姐光景也有此癖。藹仙聽這一席話。相信的了。不得本來媚香也游歷過不少地處。所以深信不疑。并囑寶珠一得回書。便給一個實信。寶珠道。令兒年念五了。光景年裏沒書子了。開年一得確信。定當來報。說。到。這裏。聲。音。便。放。響。了。祝春和夢庵都聽的明白。也替藹仙歡喜。

夢庵走過去。一手扯住蘆仙的手道。這遭兒可不要怪寶珠了。蘆仙紅了臉。寶珠一笑。向夢庵道。蘆仙怪我也是人情。我頭裏也怪蘆仙。今兒見了面。到彼此親密的了不得。可見咱們結朋友也有點兒前世的寃緣。夢庵聽了大笑。因道。這話正是。咱們三個。當初他也不認得祝春。祝春也不認得我。我也不認得他。大家聞名便了。不知怎麽一來。三人便聚了頭。天天的一塊兒頑。一天不見。便各要找去。總又再找不着。他來找我。我去找他。忙個不了。見了面也沒得正經。不是鬬口。就是訴苦惱。攪的大家不高興。廝對着淌一會子眼淚。就各自生病去。祝春和蘆仙都笑起來。寶珠也笑了。覺得除出姐姐妹妹。便要算這三人和自己合得攏脾胃。一會子小廝來說。西花廳擺下席面了。寶珠便讓三人出來。走出軟簾。覺得很冷。因道。這天光景有雪。小廝們說。下了好一會子了。

三人便和寶珠一同出來。往西花廳去。不知後事如何。且看下回分解。

正是

才。華。望。重。皆。豪。傑。　朋。友。情。深。亦。女。兒。

第三十六回

行酒令良朋猜性格　渥被窩小婢占温柔

却說寶珠讓三人到西花廳來。見當中掛着灰鼠煖簾。裏面升起四座宮熏。七座塔燈都點齊了。照得滿屋生春。滿廳又擺了許多梅花。都開的正好。寶珠便讓三人坐。三人各次年齒坐下。是華夢庵首坐。何祝春次之。盛蘧仙又次之。寶珠末坐。寶珠要自己送酒。三人都不肯。便讓小廝們篩了。送上菜。寶珠略遜一遜。大家也不拘俗套。各揀可口的夾了筋。寶珠高興。便要大家乾了杯酒。又送上菜來。各人隨便吃了。何祝春道。你們令兒該樂一樂纔是。夢庵先問怎樣一個樂法。祝春道。別的都頑熟了。咱們須得想一個新鮮法子纔有趣。蘧仙道我有一個絕新緻的法子。各人抓一把瓜子。數三十顆。放在一個碟子裏。再拿一個空碟子放在面前。各人都照樣擺了。蘧仙又叫小廝們拿筆硯記着。說我來起令。說一個字。譬如喜怒哀樂。是四樣事情。我檢一樣自己有的說了。你們如有的。拿一顆瓜子擺這空碟子裏。四人都有。算我小見。罰一盃。他如沒有這種事情的。就不記瓜子數兒。也不必多說。自已喝一盃酒。我說完了。看是幾個。叫小廝們記了。我便交令下來。回來總算誰少了。誰吃一個字一盃。照字數算。大家都說有趣。各各依令。蘧仙因說到哭。何祝春放了一顆。夢庵不放。寶珠也不放。兩人都喝了盃酒。小廝們把這個哭字記下了。蘧仙又說愁。三人都放了。蘧仙罰了一杯。因道。悲二人又都放了。瀟仙。暗。暗。怪。異。看了。寶。珠。一。眼。又說苦三人都不放。忽祝春放了一顆。瀟仙猛然醒悟。因又道。樂。祝春和寶珠兩個放了。夢庵不放下去。卻喝下盃酒。瀟仙又道。怨。三人都不放。都吃了酒。瀟仙又道自憐。祝春夢庵放了兩顆。寶珠。不放。喝了一盃。瀟仙又道憐人。寶珠。趕。先。放了。一。顆。祝春庵夢也都放了。瀟仙把祝春一顆拿出來。仍放在瓜子盤裏道。你。也。憐。人。你。不。打。諒。把。那。節。兒。不。算。嗎。祝。春。也。便。笑。而。不。辨。喝了杯酒。瀟仙又道。人負我。三人都不放。瀟仙又道。我負人。寶。珠。先。放。了。一。顆。祝。春。也。放。了。一。顆。夢庵卻罰了杯酒。瀟仙又道。誑。三人都放了。瀟仙罰了一杯。因道。風流罪。祝春放了一顆。寶珠。夢庵都。不。肯。放。瀟仙只不。信。向。寶珠道。這。個。你。定。逃。不。走。寶。珠。正。色。道。此。心。惟。天。可。表。瀟仙笑道。你。先。早。認。了。誑。去。也。就。罷。了。寶珠笑道。這。個。那。能。冤。我。來。你。日。後。自

此番酒令乃是四人的小傳讀者勿囫圇讀過

然。知。道。蘆仙也便不爭。又道。寃。寶珠放了一粒。祝春夢庵也都放了一粒。蘆仙。却。不。許。夢庵。放。這。一。顆。夢庵。回。想。一。想。也。沒。得。說。便喝了杯。蘆仙忽然想起一事。心裏難過起來。寶珠見他呆呆的半晌不語。便遞個眼色與祝春。祝春見蘆仙這樣。知道蘆仙又想心事了。便道這令兒太冷靜乏味。不如我來擺個莊。先吃三十杯。隨你們來打。夢庵早說聲好。說我來擺五十杯。不要你做莊。祝春因笑道。你留心。蘆仙擺一百杯。你也做不成莊。寶珠便說要蘆仙做莊。蘆仙先聽沒見這話。見寶珠和他說。要他做莊。蘆仙不肯拂他的意思。因道。我便擺十杯。夢庵大聲道。你不聽見人家五十杯。還不許做莊呢。蘆仙本來好量。見夢庵奚落他。他便打起興子道。我擺一百杯。祝春笑向夢庵道。如何。夢庵一兀頭噹噹的笑道。我不敢。我不敢和蘆仙鬭。寶珠便喚小廝拿海碗來。用小杯子一杯一杯的斟下去。五十杯便滿了。寶珠因道。倘要醉。還是少飲些。回來兜了風可不是頑的。蘆仙聽了個醉字。早搖着頭捧起碗來。一氣喝了下去。寶珠看他豪飲。心下替他擔憂。忙夾了塊魚唇子。送到他嘴邊。蘆仙吃了。笑了一笑。又叫小廝把那五十杯斟來。寶珠防他醉。不肯叫他吃。祝春說這一點兒不會醉的。儘他喝罷。蘆仙笑道。老哥哥知道我是個酒仙。你瞧着。今兒不教他兩個醉了告饒。我也不算個什麼。說着。又把那一海碗飲乾了。因問夢庵猜多少枚。夢庵道。一枚五杯。我輸到五十杯。便讓人猜去。設或你輸了三十枚。那你就要再吃五十杯酒。蘆仙允諾。兩人便猜起枚來。夢庵連輸了五枚。喝了二十五杯。說了不得。猜你不到。你不要和頑把戲。你弄豆兒一般欺我呢。蘆仙道。那！你做去。我猜。說着便把四粒瓜子遞與夢庵。夢庵做了做。蘆仙料定是空手。

却果然是的。夢庵吃了五杯。又伸手向桌下做了做。叫蘧仙猜。蘧仙說仍是空手。夢庵又輸了。再做了半晌。再猜。蘧仙仍說是空手。夢庵又輸了。寶珠和祝春都笑起來。夢庵又叫猜。蘧仙道還是空手。夢庵放開手來。却是一枚白子。蘧仙便除了五杯。夢庵又做了。叫猜。蘧仙還說是空手。夢庵大笑起來道。狡猾絕了。便一兀頭喝了五杯。又做了叫猜。蘧仙說是雙。夢庵問是幾顆。蘧仙道四顆。夢庵搖首道罷罷。算我輸了。因喝了五杯酒。把枚子交還蘧仙。寶珠笑道。我來猜。蘧仙問限幾杯。寶珠笑說不限罷。我酒量淺。回來醉了何苦呢。看猜的準多猜會兒。蘧仙便做了叫猜。却總被寶珠猜着。做了十回。猜着了十回。兩人的心思。好像一個似的。蘧仙不信。定要叫寶珠輸兩回兒。又做了十回。果然寶珠輸了四回。吃了二十杯酒。蘧仙看他臉色。映着燈光。便和桃花一般。心裏着

只叫着惺惺惜惺惺

實。憐。惜。他。祝春見蘧仙只賸了十五杯酒了。因道。我來猜幾枚。蘧仙點首兒便做了叫猜。却連輸了三回。把吃的酒都退淨了。祝春還要他做。蘧仙不肯了。便要飯來吃了。大家散坐。漱了口。抹了臉。見寶珠紅着臉兒兩眼水盈盈的。別有一種。媚態。蘧仙問他可醉了。沒有。寶珠笑說。不。醉。見。蘧。仙。的。臉。也。是。紅。紅。的。心。裏。也。很。痛。他。忽華夢庵躺在匟上唱起紅樓夢的開闢鴻濛來。蹺着一隻腿。用脚尖兒在痰罐子上拍着板。那讀。的。聲。音。一。聲。響。似。一。聲。直着頦子。喊何祝春和盛蘧仙都嗤嗤的笑他。寶。珠。也。覺。好。笑。忽夢庵改了腔。又唱起鄭板橋的道情來。那聲音越發。響。了。祝春悄悄的去茶几上拿了一個佛手柑子來。藏在手裏。暗暗好。笑。見。夢庵合着眼睛張着了口。正唱的高興。便把這佛手柑子向他嘴。裏。一。塞。夢。庵。不。防。猛跳將起來。寶。珠。蘧。仙。都。笑。的。發。顛。了。祝春也吃

吃的笑着。夢庵見祝春躲在寶珠背後。便嘴裏罵着。手裏拿佛手、柑子、
也來。塞他的嘴。祝春便央蘧仙幫他。蘧仙笑着和寶珠兩個遮住了。替
他央告。夢庵就把佛手柑子。撩出窗子外去。仍躺到匠上來唱。祝春笑
罵道。你是不是還要唱。你不怕把這張油嘴。塞破嗎。夢庵便笑的唱。不
出來。正亂着。聽外面一陣瀟瀟的響。因問敢是下雪子嗎。小廝們回道
是呢。蘧仙因喊文兒。文兒進來。蘧仙道。馬可曾開轉去換了轎來。文兒
回道。馬早回去了。爺的轎子來了。何爺和華爺的小厮喜兒四兒都跟
着轎子來了。在外面伺着候呢。夢庵便站起來要走。祝春也要走了。寶
珠却握着蘧仙的手。依依不捨。蘧仙也捨不下寶珠。兩人立談了一會。
還不放手。夢庵一手扯住蘧仙道。咱們明兒不做人嗎。你兩個又不是
兩口子。便這樣絮絮叨叨的弄不清了。祝春大笑起來。寶珠漲紅了臉。

便放了。手外面早喊送客出去。廊下已有四對風燈伺候着。見四人出來。便嵌搭花兒照了出去。見天井裏雪已有一寸厚了。映得滿天井雪亮。寶珠送了三人出來。到二廳上。三家小廝都把大毛一口鐘。各替主子披上。蘆仙又和寶珠叮囑了幾句。三人便流水兒上轎。寶珠看轎子出大廳中門去了。纔叫掌燈回南正院來。到中門。小廝把風燈交與小丫頭。掌着照進去。見柳夫人已經要睡。寶珠略坐一坐。便到惜紅軒來。問海棠。知道婉香已睡了。便回向天風樓下醉花仙館來睡。一夜無話。次早。寶珠醒來。滿擬賞雪。一睜眼。見窗幃上。一片亮光。直射到帳幃上。來。因道。敢是天晴了。晴烟剛在帳外。聽見笑道。是吓。還出了日頭呢。寶珠。連問。可還有雪沒有。晴烟道。化的一點也沒得了。寶珠拍着手道。可惜。可惜。那我。犯不着。起早。我再睡呢。晴烟嗤的一笑。寶珠聽見。他笑。因

全書盡是閑文却又無一閑筆

掀開帳子猛一線梅花香向帳縫裏鑽進來看時原來晴烟頭上戴了一枝蠟梅花翹兒身上穿一件楊妃色小皮襖子罩上一件四蓋出風的大毛背心一手套着個元絨綴水鑽花蘇式的雙穗袖籠一手拿雙銅筷子在熏籠內撥灰寶珠招手兒喚他晴烟便放下火筯過來寶珠向被窩裡伸出手來扯他的手兒是冰冷冷的因道你套着袖籠子怎麼還這樣冰冷的快來我這裏渥着晴煙便彎腰兒靠在床沿上把袖籠卸下了伸手向被窩裏渥去寶珠挨近去溫着他一手替他把後頸上的鬆髮理理齊晴煙縮着頸子說他的手冷寶珠說道你也渥渥我說着把手向他領子裏伸將進去晴烟怕冷又怕癢早縮着頸笑的伏在被上顫聲兒央告說好爺饒我罷我也不渥了寶珠看他可憐因笑道你縮着頸子教我怎樣伸出來晴煙因低下頭寶珠伸出手來拿他

晴烟煞是可兒看書的也被他瞞過了半晌

的袖籠子看因道這個水鑽子倒盤的很好敢是你自己做的晴煙道纔昨兒買來的說是咱們府門口開了爿綉舖子件件都綉的工緻前兒辦進來送人的綉貨便是他家的這個我前兒見東府裏的玉梅他在那裏用我看的好昨兒託張壽家的買來的寶珠道你姐姐可有這個沒有晴烟道姐姐說要做事用不來這個他說還是手爐子好我用這個他還講不配呢剛說着媳煙進來見寶珠擁被兒坐着晴煙彎腰兒靠在床沿上兩雙手都伸在被裏因笑道好嗎昨兒我說不要騎馬去可不是今兒腿酸了寶珠說道那裏是他替我捏腿兒倒是在我這裏替他渥手呢晴煙笑道好罷我不要渥了說着把手伸了出來媳煙道你老在這裏頑也不看看去你不瞧小丫頭們掃堦沿上的雪却把天井裏玉似的一片攪得七損八傷寶珠道怎麼敢是雪還沒化嗎晴

煙。嗤。的。一。笑。寶。珠。纔。知。道。哄。他。不知後事如何。且看下回分解。正是

高。朋。放。浪。無。形。迹　小。婢。嬌。憨。有。至。情。

第三十七回

一枰棋癡兒呵凍手　兩首詩玩婦笑鍾情

却說寶珠聽說有雪。便趕忙起來。把牕幃子一。手。拉。開。了。隔。着。玻。璃。一。望。見。滿。園。的。樓。閣。都。似。瓊。樓。玉。宇。一。般。便。心。花。兒。都。開。了。忙着梳洗好了。到。堦。前。一看見一白無際。那天還抽綿扯絮的落着。那地上的雪已有。三。四。寸。厚。便順步到惜紅軒來。進。門。見。鴉。雀。無。聲。的。那。廻。廊。上。的。鸚。鵡。也。縮。着。頸。子。不。作。一。聲。堦。下。兩株鴛鴦梅開得和桃花似的。有幾瓣兒。落。在。雪。地。上。便。似。粉。龐。兒。上。點。着。胭。脂。一。般看了一會。覺。得。風。刮。在。面。上。有。些。兒。痛。便揭着暖簾子進去。見滿屋子擺的盆梅。有的開了。有

好一幅冬閨曉起圖

的末開有的已謝了些兒婉香房門口暖簾垂着。便掀起來進去。婉香梳洗剛完對着鏡子在那裏簪白茶花春妍站在背後看他婉香剛戴着花瞥見鏡裏面映着一個寶珠因也不回過頭求向鏡裏道這冷天氣不在屋裏躲着還出來冒風可不凍了臉兒嗎寶珠挨近來伏在桌上看着他笑道我怕你冷的走不起來來替你燒宮熏的婉香回眸一笑見寶珠兩頰凍的紅春春兒因道怎麽不戴風帽子寶珠笑笑不語。婉香合了鏡奩手對手渥一渥道好冷這鏡兒倒像一塊冰春妍笑道。我忘了連手爐子也不燒呢說着便走出去一會子把手爐子拿了進來婉香接在手裏掀開蓋子加上一個龍涎香餅子仍蓋好了擺在膝上兩手兒渥着還皺眉兒叫冷。寶珠笑道。照這樣今兒不能出去了。可不辜負了這一天的好雪。我那天風樓纔好頑呢。婉香笑道。也不過這樣一個樣兒。合着眼兒想得出的。我最嫌這個賞雪一事。好好的。圍爐。兒。坐着不舒服。要跑到這外面吹風去。寶珠笑道。我說圍爐兒坐。不如躲在被窩裏睡。婉香的道。果然是睡好。我回來便睡。寶珠笑道。一個兒睡。也冷清清的很。婉香低了頭。不理他。因喊道。海棠。外面應了一聲。見海棠進來。婉香手裏拿。釵兒。撩着手爐子。口裏說。你去請可軒和海棠香。夢軒看看。大小。姐和二小。姐去。昨兒。說大。早。便來。到這會子。敢因怕冷。不來了。倘不來也。回我一。聲兒。省教。我盼着。海棠答應了聲。要去寶珠便站起來說。我同去。婉香道。你去什麼。外面冷呢。寶珠說。我不怕。便和海棠出去。先到自己屋裏。要出風兜和一扣鐘披了。便打聽秋聲館這邊。循山游廊上下來。遠遠見洗翠亭在池心裏。四面凹下。中間凸起。一。亭宛然。一座白玉的寶塩擺在水晶盤裏。那彎彎曲曲的石橋。又像

好雪景名畫不能至此

一條玉帶寶珠指與海棠看道你瞧好麼海棠說果然是好雪景聽說
池子裏水都冰了像鏡子似的寶珠道那水光景沒冰你瞧倘冰了便
該有雪在上面他還是碧澄澄的一泓水呢要只近岸淺的所在冰了
也難說剛說着猛一股淸香參入鼻觀原來沿山脚下的紅白梅花都
開了雪壓着所以一時沒看見寶珠要折一枝兒海棠看了半晌見那
梅花都在欄杆下折不着因沿着欄杆走去却好有一枝紅梅被雪壓
斷仆在欄杆裏面寶珠喜極忙過來伸手去折早攪得滿袖子都是雪
忙抖淨了已有幾點沾濕了寶珠便自己拿着梅花和海棠到綠雲深
處來進月洞門見滿園的竹子都被雪壓的低下頭來中間石子甬道
上已鋪滿了雪却印着一個一個的小鞋底印兒不知道誰打這雪地
上走進去的因也把自己的靴底兒印了一個比看見自己的印兒約

有五六寸大那個印兒小一半還不止因嗤嗤的笑將起來海棠笑道爺又癡了那能和女兒家比去寶珠笑了笑便打抄手廻廊上走出因指尖冷把梅花交海棠拿了走到窗口聽裏面一陣笑聲說這遭你還走那兒去寶珠 一手解下一扣鐘。一手去了風帽。丟在欄杆上。跑進去看。原來美雲和麗雲鬬棋。綺雲賽兒兩個站着看。都在那裏望着棋盤子笑。寶珠挨近身來。看見美雲的將軍上叉着一個士。那兩個相一個士早沒得了。當頭河口擺着個麗雲的炮。寶珠笑道。這個容易落士便罷了。美雲道。不相干。他把車抽開了。照着我。我要吃我那個車去呢。寶珠細看一看。見兩家都只有一車一炮。美雲的炮。擺在麗雲的車位上。相位上擺着個車。麗雲的士。却已下了。也是想抽車拔砲的。只遲了一步。被麗雲先抽了。美雲無奈。只得下士。聽他吃去。寶珠笑道。二妹妹這棋走寬了。教我不吃這車把車直下去照他可不死了嗎。麗雲道。你懂得什麽。我不吃他。他這個車死的不會吃。我嗎。大家都笑了。起來。美雲見砲又要被他吃去。便逃出來也沒用。擺穩輸了。便把棋盤一推。攪亂了道。算我輸罷。麗雲笑道。不是你輸。該誰輸。怎麽說算呢。我早講。我這棋要算國手了。這會子可信了嗎。賽兒道。我偏不信。我再和你來。寶珠一手把棋子抓了幾顆來。道。不許下了。這大冷天。還攪這個牢什子。麗雲笑道。他們怕什麽冷。還僵着手塑雪人兒來呢。賽兒笑道。依你們說。都該縮着手縮着脚縮着頸子做烏龜形去。麗雲笑着把一雙冰冷的手塞到他頸子裏去。賽兒縮着頸子告饒。麗雲笑道。你們看可像不像個烏龜呢。賽兒連說像的像的。好乾娘饒我罷。寶珠也替他告饒。麗雲纔放了他。寶珠把手裏棋子仍放在盤裏了。因坐下道。二姐姐盼着你們。

說怎麼約了一大早。到這會子還不去。美雲笑道。可不是我剛和三妹妹來兒他去。他却和賽兒下着棋。死不肯放。又扯我下這一盤。此刻怎麼時候了。因看一看壁上的掛鐘道。十一下了。難怪婉妹妹等的心焦。咱們就去罷。麗雲綺雲賽兒便都說去。去。大家便一串兒出來。寶珠要戴風帽。麗雲笑道。臊人呢。這樣老的臉兒還怕風吹了不成。寶珠笑了一笑。便仍丟下不戴。賽兒早望雪地上跑去。麗雲見天不下雪。便也扯着美雲綺雲。都往雪地上走出來。寶珠却打廻廊上繞轉來。追着見他們多站在棕毯上。拖鞋底兒見寶珠來。笑道。虧你一個男孩子不敢走雪地。寶珠笑道。不是我不敢走。我因這靴底兒不雅觀。所以不走的。大家都笑了笑。一齊出來。見通洗翠庵的石橋。也是鋪着粉似的。沒有點痕跡。賽兒又要走去。寶珠一把扯住。說那個走不得。這一點窄的橋。怕

活畫孩子氣可愛煞人

欄干子又不牢。可不是耍的。美雲麗雲。也多不放他去。便扯着他走上山來。打聽秋聲館到天風樓下見臺堦下。圍着許多丫頭。在那裏笑。不知看什麼。賽兒挨近去看。見愛兒。拴着腰帶子。在那裏撲雪人兒。三四。個丫頭。扯他起來。早攪的滿頭滿身是雪。把臉凍的通紅。捧着臉兒說。疼。看那雪地上的印兒。不甚明白。已走了。樣便笑道。我來撲一個你們瞧。大家都不許他。纔勉勉强强的罷了。跟着寶珠等到惜紅軒來見廊上的鸚哥。縮着頸子和鷺鷥似的。賽兒把帕子甩了他一下。那鸚哥吃了一驚。罵道寶珠。你好你惱。我我告訴太太去。麗雲笑起來道。這是婉姐姐。罵寶珠的。你怎麼聽了來。罵他。那鸚哥跳了個轉身。又道姐姐好姐姐。我和你好。大家都笑起來。婉香聽見在裏面笑道。一個人倒和毛族鬬口。去回來可不要失了便宜。沒處哭訴呢。麗雲學着婉香的口音

如聞其聲
如見其人
麗雲亦是
可愛

道那我便告訴太太去說寶珠欺我呢婉香笑了一聲見麗雲一手將着寶珠一手將着賽兒笑說着進來婉香把手裏帕兒做了球兒兜臉打將過去麗雲猛不防叫聲哎呀放了兩人的手捧着臉兒揉去婉香當是打了眼睛忙走過來問打在那裏麗雲只捧着臉兒不則聲婉香慌了連問怎樣了猛不防麗雲捧過他的臉兒來道賠我眼珠子呢婉香吃了一驚看他原好好的因笑道那容易拿一顆蔻荳子配上就是了麗雲笑罵道你還强嗎說着把手向他頸上亂撓婉香笑的要跌倒去幸而寶珠賽兒夾扶住了美雲捉住了麗雲的手婉香滿口子告饒着麗雲纔罷了美雲進來瞥見桌上擺着一集書卷子却攤開了一本合在桌上因順手拈來看時見籤面標着病紅詩鈔寶珠一眼見因道這敢是瀟仙的集子婉香道是呢剛鋤藥送上來的我正看着他們詠

雪的詩。想和韻兒。美雲早繙着看。麗雲綺雲賽兒也都圍攏去看。寶珠也來看。見寫着客吳門大雪。內子素馨。寄聚星堂韻索和。錄左。寶珠道。哦。這是他夫人的筆墨。因看道。

蘭釭落燼新荷葉。微風吹落梅梢雪。夜寒遙念玉關人。悄對銀屏已愁絕。羅幃。不耐。五更。風。湘簾。影動。微波。折。睡鴨金爐火半溫。龍涎香盡烟絲滅。畫堂深掩悄無聲。銀箭丁丁是誰製。碧窗。疑。照明。月。光。紅燈。冷。綴金花。纈玉欄干外天女來。散盡天花糝碎屑。北風吹夢到天涯。不覺銀河渡倏瞥。雪滿山中不見君。羅襟冰透向誰說。鄰。雞。喚。醒。淚未。乾。枕。函。如。水。衾。如。鐵。

美雲贊道。這詩筆娟麗得很。又能押原韻。一如已出。這便了不得。大家都說果然是好。又看後面寫着。答內子素馨次聚星堂原韻。又注一行云。內子素好吟詠。苦不自愛。得句便焚却。謂藏拙也。近日詩來。婉婉可誦。因揚譽之。俾不再惡筆墨。寶珠笑道。這也有趣得很。因看道。

簪花小字書蕉葉。柳絮才高詠雪。一篇讀罷齒頰芳。纏綿清麗稱雙絕。綠窗新號女相如。十二花奴半心折。春愁滿紙墨未乾。淚痕幾點半明滅。笑我無才但詠鹽。欲和新詩眞肘掣。投我方勝連理詞。報卿宛轉同心纈。細嚼梅花與雪花。唾餘都變珠璣屑。莫嫌欲寄一枝難。千里飛鴻只一瞥。願卿與我同化蝶。相思好向夢中說。客窗凄絕畫樓深。一樣孤衾冷於鐵。

麗雲笑道。詩也過得去。只怕太過譽了些。寶珠道。這個不妨。我倒從這詩上看出他兩口子相敬如賓的樣兒。美雲把詩丟下道。人家事。干我們什麼。這樣好雪。我們也該想個頑意兒。婉香道。我早講過了。大家問

怎麽講。不知婉香想了怎樣一個頑法。且看下回分解

賞。雪。應。開。新。釀。酒。　對。花。宜。讀。舊。題。詩。

第三十八回

拈鬮兒令翻蝴蝶會　喚美人曲唱牡丹亭

却說婉香因美雲要想個頑意兒。婉香道。我早講過了。喒們令兒喝酒。不准落成套。一不許登高賞雪。二不許行令做詩。三不許飲半逃席。四不許猜枚拇戰。五不許避酒不飲。六不許對棋彈琴。七不許高談闊論。八不許頑皮嬉笑。麗雲笑。道。罷。罷。我。不。敢。在。座。除。了。這。幾。樣。還。有。什。麽。好。頑。婉香道。你曉得怎麽。你聽我講完了。依不依隨你們。美雲忙問他。婉香道。咱們喝的酒。你又不許落了成套。我昨兒特把今年一年釀的十二種果子酒。和花露。拿了出來。大家拈鬮兒。誰得。那。一。種。便吃。那。一

種。賽兒道。這個便很有趣。快拿出來我們吃。婉香道未呢。我先把瓶子拿來你們瞧。因叫春妍和笑春兩個去玻璃廚裏搬了.出來。大家看。一瓶一瓶的標着泥金籤子。寫着白玫瑰露。櫻桃釀。鮮荔子釀。葡萄釀。雪梨釀。水蜜桃釀。杏仁露。金橘釀。蘋菓釀。白荷花露。薔薇露。海棠蜜釀。婉香照樣謄了一紙出來。撕了條子。做了鬮兒。攪亂了。大家搶着。每人拈了一個。看是寶珠的櫻桃釀。婉香的鮮荔枝釀。美雲的白玫瑰露。麗雲的葡萄釀。綺雲的白荷花露。賽兒的水蜜桃釀。還剩下六瓶。婉香又道。咱們的菜也不要和往常一樣。只各人檢愛吃的點了。便各人自吃。別個的也不必問。可不很好。大家都說。這也很有趣。婉香便叫愛兒把食單子拿來。各人點了幾樣。喊廚房裏做去。婉香因道。怎麼大嫂子還不來。春妍你再去請一聲兒。春妍答應去了。閑談一會。見丫頭進來。問酒在那兒吃。婉香道。便這裏中間。因自己走出來指道把這個圓桌子拿開了。把那益智圖桌子搬過來。小丫頭答應着。七手八脚把圓桌抬開了。又把益智圖桌子。一張一張的搬了過來。婉香。指。使。着。擺了。個。方。圈。兒。把宮。熏。闈。在。中。間。吩咐擺八付杯筯。又叫去把春聲館女戲子叫來。把樂器都帶了來。小丫頭答應去了。婉香。又。叫。把。盆。梅。搬。子。十。幾。盆。過。來。放在。椅。子。後。面。也圍。了。個。圈。子。剛布置完。藕香來了。看見笑道。好吓。今兒不賞雪。敢是賞梅麼。婉香笑了笑。賽兒等聽見藕香聲音。都走出來。見這樣個擺設。大家都說別緻。婉香讓各人依次坐下。每人面前都有了四盆乾濕菓子。藕香因道。四妹妹怎麼不來。婉香因道。位子却留着呢。怕今兒這個玩意兒。他幹不了。所以不請他去。丫頭們把六瓶酒都分送在各人面前。婉香知道藕香愛吃雪梨。便叫把雪梨酒送給藕

塲曲板快坐曲板緩所以必須自己吹打是作者細心

香吃。各人各自斟着吃了。都贊好酒。又各人更換着吃了幾杯。都說別饒滋味。各有各的好處。一時送上菜來。藕香的恰和賽兒一樣。大家吃了點。婉香道。今兒不算行令。咱們好多天不唱曲子。咱們今兒要正正經經的唱一會。理理牌子。不能這個唱了那個不唱。那唱的牌子也要拈鬮。的拈了。牌子。或該兩人唱。該三人唱。那生。旦。淨。丑。又要拈鬮的。纔公道。不能唱。淨的拈了淨。罰三杯酒。倩人代唱。自己吹笛子。生旦丑一例。假如。拈的。牌子。是跌雪。我不能唱。我也罰三杯。再拈。過總要拈到會唱的。纔算。大家都笑說好極了。我們都只樣依婉香。又道。鑼鼓教春聲館女戲子打。笛子鼓板須要。咱們自己人吹打。纔合板性。衆人都說這個自然。該派不唱的人吹打。正說着那些女孩子都來了。藕香便叫嫩兒伶兒。把戲名開了一百個。做了鬮兒。擺在盤子裏。依坐次。先後教藕香拈。藕香拿筷子夾了一個。打開來看是千金記的楚歌。可巧中間忘了些。便情願罰酒。再夾過。看是牧羊記的告雁也忘了。因笑嗔道。你怎麽多檢這些冷色的寫在上面。嫩兒笑回道。奶奶說要一百個牌子。所以纔把這些也寫上了。藕香喝了酒。又夾一個看是長生殿的小宴。因道。這個便好。又道。還是淸唱。還是夾白。婉香道。這個隨各人歡喜。藕香道。我說不如淸唱。因叫嫩兒。把那生旦也寫了兩個鬮兒。另放在盤子裏。因問誰和我對唱。麗雪趕先答應了去。便伸手來拈鬮兒。可巧藕香拈了旦。麗雲拈了生。麗雲笑道。妃子請了。藕香笑道。拈了這一點兒便宜。便又發狂了。不要回來吃陳元禮罵的哭不出來。麗雲笑了笑。寶珠便和賽兒兩個吹笛。婉香不肯打鼓板。叫嫩兒打着。自已却拿枝笙來。呼綺雲去把九韻鑼捧了過來。擺在面前。嫩兒打起鼓板。笙簫齊奏。

聽麗雲和藕香合唱道

攜手向花開。暫把幽懷同散。涼生亭下。風荷映水翩翻。愛桐陰靜悄。碧沈沈並繞迴廊看。戀香巢秋雁依人。睡銀塘鴛鴦偸眼。

唱完這節。麗雲道。那不勞你的一節。都是些乙凡。怪沒趣的。不如删了。藕香笑道。你不過躲懶罷了。也罷。便我唱罷。因唱道。

花繁穠艷想容顏。雲想衣裳光燦。新妝誰似。可憐飛燕嬌嬾。名花國色笑微微。常得君王看。向春風解識春愁。沈香亭同倚欄干。

麗雲笑道。哈哈妙哉。李白錦心。妃子綉口。眞乃雙絕也。大家都笑起來。藕香不答應道。咱們講到清唱。不准夾白。這會子可要罰酒來。麗雲不肯吃。藕香拿一杯酒來灌他。大家都看着兩人笑。麗雲死不肯吃。一扭頭。把那杯酒倒的綺雲一身。綺雲笑罵道。你們。皇爺。妃子。的。做着。倒拿。

我晦氣。大家都笑起來。麗雲忙拿帕子替他揩乾了。笑道。你不要氣不服。我做了萬歲。你便是御妹呢。綺雲聽這樣說。便不許他再唱。又叫寶珠賽兒不替他吹笛子。兩人眞個放下笛子不吹了。賽兒因道。這樣唱起來。大家輪轉。要唱到明兒還唱不了呢。又不上臺串戲去。要這樣從頭至尾的唱。這會子該輪到我了。麼原來賽兒是坐在藕香身邊。大家都說。你拈鬮兒罷。賽兒拈了一個看是叫畫。便開心道。這是我的拿手。快吹起來。麗雲笑道。你叫誰吹。誰是你用的後塲。賽兒道。這個不能。咱們講到的。不然。我替你吹什麼來。綺雲笑道。我吹。能藕香也拿枝笛子過來。賽兒纔高興起來。因道。我夾白的。綺雲點首兒。賽兒道。吓不在梅邊在柳邊。這怎麼解。奇哉怪事。大家聽了都笑起來道。怎麼沒頭沒腦的說白起來。賽兒笑笑不理。接着唱道。

說白迴與俗本不同可作樂典教科書讀

蟾宮那能得近他。怕隔斷天河。

又對。着。婉。香。笑。着。說。白。道。吓。美。人。我。看。你。有。這。般。容。貌。難。道。沒。有。好。對。

頭。麼。又唱道

爲甚的傍柳依梅。去尋結果。

又說白道。我想世上那姓柳姓梅的。可也不少。小生叫做柳夢梅。若論起梅邊。是小生有分的了。那柳邊呢。哈哈。小生也是有分的。

偏喜咱柳柳停和。

又說白道。咦。這美人的面龐却是熟識的。很曾在那裏會過面來。吓。怎的再想不起了。接唱道。

我驚疑未妥。幾曾向何方會我。

哦。是了。我春間曾得一夢。夢到一座花園梅樹之下。立着一個美人。哪。

就是他。他說柳生柳生。你遇着我。方有姻緣之分。發跡之期。嗳嗳。就是你也。吓美人。究意是你不是你吓。　你休間阻。敢則是夢兒中眞個又白道。待我細細認來。吓。你看這一首題詞。小生不免和他一首。哪－這是小生的拙作。倒要請教。說着向綺雲點點首兒便接唱道。

我題詩句。聲韻和。猛可的害相思顏似酡。

吓。待我狠狠的叫他幾聲。吓美人。美人。美人。姐姐。姐姐。我那。美人。吓。我那。姐姐。吓。吓。姐姐。吓。美人。你怎的。不。應聲兒。吓。我那。美人。姐姐。吓。因笑向婉香接唱道。

向眞眞啼血你知麼。我呵叫叫得你噴噓似天花吐。

夾白道。咦下來了。下來了。

動淩波。請吓。請。盈盈欲下。啐。不見些影兒那。

又道。小生呢。孤單在此。少不得將這美人。做個伴兒。早晚間玩之叫之拜之。讚讚讚之。接唱尾聲道。

拾得個人兒先慶賀。柳和梅有些兒瓜葛。

吓美人美人。姐姐姐姐。俺呵。

只怕你有影無形的盼煞了我。

唱畢。嗤嗤的笑個不了。綺雲道。慢點兒笑。給我吃了罰酒再講。賽兒道。怎麼要罰。綺雲笑道。你怎麼把那青梅在手詩細哦的集賢賓一齣跳了。賽兒笑笑只沒的說。便喝了一杯下底該美雲唱。美雲便拈了個訪普。是不會的。便罰了酒。又拈一個。看是長亭哭晏。又說忘了好些情願罰酒。倩人代唱。婉香一口答應了去。寶珠接了笙。藕香吹起笛子。聽婉香只唱得碧雲天黃花地兩句。忽銀雁上來說。三太太打發湘蓮來問奶奶。請奶奶快去。藕香只道。什麽要緊。忙放下笛子。丟下衆人。和銀雁走回西正院來。見湘蓮在那裏和小鵲翠鳳等說笑。見藕香來了。便請個安。藕香問怎麽事。湘蓮道。太太說前兒叫辦的平金綉披五十堂。和十七副匹幃子。說二十四有的。怎麽到今兒還不送進來。可不要誤了事。請奶奶傳內總管問一聲兒。藕香道知道了。別的可還有怎麽吩咐。湘蓮道。別的。單府裏上下壓歲錢。一應該多少。請奶奶開個單子呈上去。好發銀兩出來。再大年三十。該祭宗祠的一應排場。也請奶奶吩咐了總管。又各莊上的佃米。已收了多少了。請奶奶查一查。該追的追去。藕香道。那我都知道。你回太太去。說我回來自己來回。湘蓮答應去了。欲知後事如何。且看下回分解。正是

鸞簫艷曲紅牙暖。象板新歌素口香。

第三十九回

染果毒來順兒結果　　成家室石漱姐還家

却說湘蓮去後。藕香便喚內總管張壽家的進來。吩咐了。自己便往惜紅軒拍曲子去。這裏張壽家的領命出來。和張壽來講。張壽正忙着派人去追租。聽了這話道。我沒空兒。你喊小喜子。往對門和來順兒講去。張壽家的。便回出來。找着小喜子道。你去對門繡舖子裏追去。說定的貨已誤了期。裏頭問過了。說明兒再沒有可不穩便呢。小喜子答應了。便跑出府門。到對門蔣阿喜的舖子裏來。見櫃上站滿了買客。阿喜和幾個伙計。忙着拿這樣。拿那樣的。見賬桌上坐着一人。認得是石時的管家許升。許升見是小喜子。便兜呼他進來坐。小喜子見他忙着。便不進去。只隨口問聲兒道。來順哥敢在內帳房麽。許升道是呢。小喜子便一直打店堂裏走進去。到帳房門口。一抬頭。見貼着一張告白。寫道。帳房爲銀錢重地。自宜謹愼。昨己被竊。日後。不論何人。不奉呼喚。不許擅入。小喜子看了。便住了步。心裏暗暗好笑。原來來順兒因帳房人多。不能和圓圓着手。他想出法子來。自己藏過了幾兩銀子。只說失了的。出這告白。便不許人進來了。他抽空兒好放膽子。幹他的把戲。却把那失了的錢。還寃着阿喜。阿喜便打昨兒起。賭氣不進帳房去。這且不表。且說小喜子一手掀起門帘。一脚跨進房去。見帳桌上沒人。到裏房門口。見也垂着門帘。走進去。見床上垂着帳子。來順兒在床裏問道。是誰。小喜子道。我呢。來順兒厲聲道。什麼事。小喜子嗤的一笑道。好罷。我跟前。也使這付架子。來來順兒掀開一綫帳門。一看見是小喜子。也自己好笑起來。忙跳下地來道。你什麼事。怎麼好多天沒見你一個影兒。小喜子因把來追定貨的話講。了因問道你怎麽大白晝裏睡着。來順兒說有病怕風。小喜子也不多講。略坐了坐。便去了。那裏知道來順兒床裏却藏着個圓圓。這會子來順兒見小喜子去了。便回身把圓圓的臉兒捧來。嗄個嘴。道好嗎。他沒看見。可信我的話嗎。圓圓笑罵了一聲。來順兒道。可再來麽。圓圓嗤的一笑。打了他一下。料想此時外面生意熱鬧。沒人進來報帳。兩人便摟着睡了會兒。醒來。圓圓怕人看見。便先起來。悄步進去了。這裏來順兒醒來。見圓圓已去了。只覺小便急的狠。便走下地來。到天井裏去立了半晌。只淋了一兩點。痛的了不得。因不好對人講。得便隱忍着。依舊帮着阿喜幹正經事去。次日把秦府的定貨都送了去。又把葉府的定貨打了包子。圓圓因受了軟玉和寶寶的惠。沒處報効。這會子便繡了兩件襖兒送軟玉。又十副平金繡脚和四件小襖子送寶寶也打了包子。叫人一總送了去。偷空兒又和來順兒親熱了一回。到臨了的時候。來順兒痛的要死。也洩不出來。痛了一夜。次日是大年三十。晚間分歲。又吃了點雞便不對了。兆貴知道。忙喊回家去醫治。因染毒太重。又加不早調理。醫生都滿口回復。說不相干了。兆貴急了。求金有聲來給他瞧瞧。金有聲也說有些棘手。因兆貴央着他。只得替他盡心醫治。到了正月十幾上。來順兒病的更兇了。瘡已潰爛。兆貴急的了不得。問他。只說別處過來的。兆貴也沒得說。只替他好好調治着。又因府裏秦瓊要娶親了。他便格外忙亂。到元宵那日。正是府裏的喜日。一大早起來。想到府聽差去。可巧來順兒一時三刻。心痛起來死了。兆貴哭了一會。只得向府裏請了假。來給他成殮。闍棺不表。且說這日秦府石府裏。熱鬧非常。一切舉動。也不必細表。直打第一日起。鬧了半個月纔清淨些。秦文和袁夫人。見新婦人物既好。筆墨又佳。自是歡喜。那秦瓊更加興頭。天天如膠似漆的粘在石漱芳身邊。兩口子你恩我愛。一刻不離。後來漱芳漸漸試出秦瓊的脾胃兒。原來是個沒用的東西。一點兒心思也沒有。暗暗有些不合起來。到了將要滿月。石漱芳要歸甯去。秦瓊捨不得他。只不許他回去。石漱芳見他說出不許兩字。暗暗好氣。還是那幾個倍房的大丫頭萬兒翠兒等。都說這是大禮。便嗐們小姐也做不得主。秦瓊一味子胡鬧。漱芳却忍不住道。我又不是賣在你家的。便不許我家去。秦瓊道。你可知道你太太把你這人給了。我你這人。便是我的了。我愛那樣。你就該順着我。漱芳不理他。秦瓊又和袁夫人講去。袁夫人也說是大禮。這不能教人議論的。秦瓊沒了法。回來又和漱芳尋事取鬧。漱芳又不好惱他。置之不理罷了。一會兒。

活畫兩小夫妻情景

秦瓊又哼丫頭罵婆子起來石漱芳聽不得一口氣便是睡了秦瓊賭氣不睡石漱芳便氣的嗚嗚咽咽哭了秦瓊見他哭了心裏也軟了下來却又不肯叫他看輕便不去撫惜他漱芳見他沒一點兒憐惜的心腸益發傷心起來秦瓊纔忍不住過來勸他見漱芳眼圈兒都紅了秦瓊便拿帕子替他去拭淚漱芳一手抹開了不要他揩鑽進被窩裏去秦瓊見這樣便脫了衣服要進去漱芳把被裹得死緊的不放他睡秦瓊央告了一會漱芳只不理他秦瓊做出苦惱的聲音道那我便凍凍死罷說着眞個把綿襖子脫了躺在褥子上一聲兒不言語的聽凍漱芳見他這樣終究是女兒家心軟便放鬆了順手替他蓋上被秦瓊嗤的一笑一頭兒鑽在漱芳懷裏道我便凍死罷你還要我什麼漱芳不語秦瓊又去摟他漱芳恨道動不動便這樣我可要發惱的呢秦瓊笑

道。好姐姐。你明兒。不回去。我便好好的睡。不啊。你明兒回去了。我還和誰。親熱去。呢。漱芳不語。只合着眼兒裝睡。秦瓊又央告了一會。兩口子纔親親蜜蜜的交頸睡了。次日漱芳大早。便悄悄的起來了。秦瓊一惚醒來。見枕邊沒人。掀開帳子一看。見漱芳梳洗已畢。秦瓊咕嘟了許多漱芳走近來笑了一笑道。一個人也要盡個人情。昨兒我和你講倒了。怎麼又變起卦來。秦瓊一手扯住他臉對臉兒道。一個女兒家怎麼沒一點兒情。大早便拋人冷清清睡着。這是怎麼說。漱芳笑道。有什麼說。橫豎。我家去了。你又可來。秦瓊道。我來可有什麼好處兒。漱芳拿指尖兒羞他的臉道。這話虧你可不臊死了人。秦瓊嗤嗤的笑。見他臉兒上。的粉傅得薄薄的。嘴唇兒上的胭脂點得紅紅的。便捧過來聞個香。漱芳啐了一口。秦瓊又要親他的嘴兒。漱芳躲避着。秦瓊定要嘬他的漱芳聽有人脚步聲進來忙道有人來了秦瓊看時却是翠兒進來了漱芳因問太太可在上房裏翠兒道剛起來呢漱芳便換了宮裝穿戴好了秦瓊見他要去了又氣起來罵翠兒催的凶漱芳又和他講了許多好話秦瓊纔忍着心痛放他走了漱芳便先到東正院向秦文袁夫人兩位拜辭了又到南正院辭柳夫人見藕香四雲和婉香寶珠賽兒都在一一告了失陪一行人便都送出來看漱芳上轎出去纔回轉來後面七八個老婆子四個陪房丫頭都到穿堂上了轎小厮跨了馬出去這裏秦府家人壓着十六槓食蘿跟了送去到石府大廳漱芳下轎早有許多大丫頭迎上來漱芳參過了家廟纔進去請他母親金氏的安石時因要會試去在家整頓行李此刻知道漱芳回來了忙進來問姐姐的好大家歡聚了一會金氏少不得問長問短的問個不了漱芳一

一的講了。又說帶去的銀子少了。險些兒不夠賞。還是壓箱銀子。拿出來用的。金氏因道。那邊府裏。排塲也太大點兒。前兒我上門去。回來算算賞封。竟去了四百多呢。你哥子前兒說。我不信。到這會子纔信呢。那邊府裏。光景一天的用度也不小。你舅舅說。一天總得一二百開銷。可眞的嗎。漱芳道。這個我也不清楚。喒們各房裏。每月多有五十兩一房的月規。丫頭們是分三等的。大丫頭每月十五兩。小丫頭每月十二兩。下等打雜的丫頭。每月八兩。老婆子們也是八兩。喒們帶去這些婆子丫頭小廝。却都是十五兩一個的。金氏聽說。頗覺歡喜。到午間。把秦府送來的八桌席。賞了丫頭們兩桌。老婆子兩桌。管家小廝們三桌。自已用了一桌。那八擡食籮內。都是海味桶子。便發往廚房裏。逐日做菜去。飯後沒事。却好金有聲的女兒金菊儂。和陸蓮史的女兒陸瑣琴。白劍秋的妹子白素秋。三個都來自漱芳出閣後。彼此都沒會過這會子見了。都歡喜的了不得。金氏便吩咐廚房裏備了一桌盛筵相待。暢聚了一會。晚間各家來接。金氏却留住了不放走。漱芳也要和他們聚聚。便都打發轎班回去。三位小姐也都狠願意。菊儂便說要和漱芳同睡。素琴也說要一床兒睡。瑣琴也不肯獨自睡去。金氏因笑道。我這邊院子原空着。我知道你們都不愛和我睡。他院子裏已給你們一房兒鋪下了兩間榻子了。對面對可不和一床兒一樣。四人多笑說回來再瞧。坐談一會。金氏便叫丫頭們打點。送往間壁院子裏去。三人到了漱芳房裏。見兩對面榻上已鋪下了兩個被筒兒。漱芳因笑道。可惜我這床小。不過睡得三個人。回來。不。不要說。我冷淡了。誰。了。倒不如。給。我。安。安。穩。穩的兩。床兒。睡。罷。倒省。的。拈。酸兒。素秋嗤的一笑道。纔有了。姊。夫。便知道。

拈酸兒我問你你敢和誰拈酸兒過來還是誰和你拈酸兒過了漱芳紅了臉笑道和我拈酸兒的便是你素秋笑道臊死人了你給姊夫討便宜他又不知道何苦來費心費血的想出這句話來菊儂笑道這個我不問你我只問你還是我們和你好的好還是姊夫和你好的好漱芳笑道好罷了有什麼好的好好的不好瑣琴也笑起來菊儂笑道好有幾種好法各是不同你總要對我下一個斷語漱芳笑道你和我是從小親愛的他那裏能到這樣菊儂笑道你那個他難道不親你愛你嗎大家都笑起來漱芳要擂他的嘴菊儂告饒了纔罷不知後事如何且看下文分解正是

莫道女兒拘束苦　　背人一樣說風流

第四十回

抄葉府一家人分手
對葵床四姊妹談心

却說四人談笑了一會。菊儂和潄芳是中表姊妹。本來在一塊兒無話不說的。這會子便和潄芳同睡。素秋却和瑣琴同睡。那瑣琴是有些道學氣的。睡下一會子。便睡熟了。素秋醒着聽菊儂道。我做一個姊夫的樣兒你瞧。可是這樣不是。聽潄芳嗤嗤的笑將起來。菊儂也笑着半晌。潄芳罵道。不好好睡。吵什麼。你要學個樣兒。我做你瞧。聽菊儂拍的打了他一下。兩人都笑個不了。聽菊儂問道。你們第一個破題兒是怎麼樣個做法的。聽潄芳道。臊人呢。只也有個問頭的。菊儂還問着他。聽潄芳的聲音低了。切切。咄咄。不知。怎講。忽菊儂笑將起來道。那他怎麼呢。潄芳笑道。他也沒法。一會子也歸自己睡熟了。菊儂又道。那第二夜還這樣嘔他也不。潄芳不語了。聽兩人又笑了一會。便不則聲。像是睡熟了。自己便也暗笑一聲。挨着瓊琴睡熟。次日起來。各自梳洗。素秋少不得有一番取笑。漱芳只聽他們講去。一時早餐已過。翠兒來說姑爺來了。太太請小姐出去。漱芳道。這喊我什麼。請大爺陪着便了。翠兒道。大爺因前兒李爺來邀。同進京會試去。今兒便要動身。正忙着。所以請小姐陪去。漱芳便應了。大家去取笑他。說姑爺等久了。快去快去。漱芳笑笑不理。便出來。到隔壁院子裏。見他母親陪秦瓊坐着。秦瓊一眼見漱芳穿着一件紫絳珠兒皮襖子。襟袖上用白緞條盤出回文萬字的身材越覺嬌小得狠。下面穿着彈墨細縐裙。露出一點兒大紅平金鞋尖。一臉喜色。眉梢上又帶點羞態。進來向他母親請了安。對着秦瓊。欲笑不笑的。一來便自在母親肩下坐下。秦瓊早心裏癢了。要笑的光景。漱芳低下頭去。一眼見菊儂和素秋在鏡屏隙裏偷窺。也便紅了臉。更不好。意。思。起來聽秦瓊對金氏道。今兒大舅榮行。家爺說。不及親自過來拜送。着小婿帶來點禮物。請太太賞收。說着便喊小喜子。小喜子在門外答應。把禮單交丫頭送上來。金氏看是贐儀五百兩。茶葉子二十瓶。金腿子六十掛。海味十六桶。九子龍松烟一百錠。大卷筆二十盞。便叫丫頭們送大爺看去。因向秦瓊道。聽說尊大人有好消息了。不知可準不準。秦瓊道。是家爺去歲子上了奏辦營務處的摺子。奉旨准了。却因家爺假期已滿。着來京聽用。那營務處因非內官責任。已委了人了。家爺也今兒動身進京去。所以小婿也不敢久坐。說着。却好石時進來。秦瓊和他握手立談一會。便向金氏告辭。石時要留他用飯。金氏替他講了。石時知是正經。便不再留。逕送秦瓊出去。回轉來。忙換了衣服。向秦府裏謝并送行去。到飯後纔轉來。一見金氏。便道。母親可知道中丞壞了。金氏吃了一驚。忙問爲什麽事。石時道什麽事也不底細。三老爺正忙着。也沒細講。單說是沈左襄現在任了御史彈參的。裏面開的十大款。狠不好看。現在革職着來京聽訓。不知道該怎麽個處分。金氏忙道。那咱們家借與他的錢。該趕緊要去纔是。石時道。我也爲這個着急。幸而中丞因此去好歹不知。把一應私蓄。都託付了秦三老爺。他又沒一個公郞。只一個姪子。現在河北。說倘有長短。就請秦府裏喊他姪子來。把一應交付他姪子。這裏外欠的款目。中丞多開了單子。也託秦府裏代還了。中丞昨兒就交了印。是藩司護理着。此刻我也講不了這些。總之咱們這筆錢。問秦府裏要就是。說別匆匆的出去。看行李已整頓好了。便進來和他母親金氏及漱芳告辭。又向素秋說。秦府記室。已請令兄代理。一切費神。容回來再到府叩謝。家裏各事。也費姐姐的心照拂些兒。素秋應了。石時又向菊儂說剛到秦府賬房。給母舅辭行去。母舅正忙着沒進去。請妹妹見的時候。代道個罪。菊儂也答應了。石時又向瑣琴說了幾句求照拂的話。瑣琴也說了些順風得意的套頭。大家都送到廳上。看他上轎。說專聽捷報。石時拱揖上轎。幾個管家。壓着書箱行李去了。且說石府自石時去後。愈加冷靜。秦瓊因下半年鄉試。秦文託陸蓮史督率他和寶珠兩個用功。所以不得出來。便來也一刻兒去了。漱芳心裏倒狠歡喜。瑣琴因秦府柳夫人接他去。頑便自去了。只素秋和菊儂。仍伴着漱芳及時行樂。或詩酒怡情。或琴棋消遣。倒也有趣。流光易逝。看看又是三月暮春天氣。一日剛在午餐。忽京裏來了個急電。大家吃了一驚。漱芳連忙和素秋菊儂兩個。各拿一本電報號碼。七手八脚的繙繹出來。湊攏一看。見寫着葉冰山被御史會參。現已拿問查抄。擬斬監候。該款速速收取。原來石時的報。金氏看了。忙道。這是怎麼講。漱芳道葉冰山恩眷甚隆。怎麼忽然有這一件事。光景裏面查出怎麼了不得的事情。所以纔有了這個會參的本子。既這麼着母親須得趕緊討去。略辭幾天。怕京差堂官到了。這欵子便完了。金氏道葉冰山和他太太。還是去歲子進京。沒家來呢。漱芳道。這個管他什麼。報上說已拿問。便不得家來了。母親快問他老太太要去。金氏聽說。便不換衣裳。忙喊轎往葉府去。只帶兩個丫頭。到了葉府大門口。見那些管家和些當差的。還在那裏耀武揚威的么喝人。一直進了穿堂。到二廳下轎。葉府丫頭。接了進去。到正院一看。見擠滿了一屋子人。七位姨娘兩個小姐。一個老太太。一欄糟的哭着。桌上也擺着一封電報。原來是秦文打與他家的。金氏勸着他們。說不要亂。仔細風聲傳出去不穩便。老太太哭着說道。還有什麼說呢。石太太。你總該知道了。金氏又安慰了許多話。說府裏恩眷素隆。這會子火頭上。自然不好看。又況這個還是部議的旨意。沒下。或者早晚便有轉機。但是既有消息。便該絕早設法呢。老太太止了哭。衆人也不許亂向金氏道。昨兒天津一個飛電來說大有金號倒了。我只當脫了本。那知道就是這個上的來歷。正說着。外面又送一個飛電來。看是上海匯源坍了。接着又是一個報。說江蘇萬康坍了。老太太急的放聲哭了。接着又是四個報。湖北阜豐。湖南永康。福建宏裕。四川德濟。四家大銀號都逼坍了。一家兒都亂的鼎沸。忽報本城永裕。如川。海流。三家。一齊支撐。不住。被人。蜂擁。抽收。款子。一時也都坍了。金氏聽說。更加急了。因道。這時候也管不得這些事。快把各處所有未坍的銀號各舖。趕快一齊閉歇了。還好逃遁幾個錢。不則便一掃精光了。再把府裏窖金。都發出來。把所有欠欵。該付的付了。該打幾折還的。也都完了。再有餘賸的。并各房私蓄。也趕緊寄了出去。不啊。怕來抄的差官。也不一留點兒餘步呢。老太太也知道利害。吩咐教內外帳房。趕快把要緊的帳目交進來。再把各房所有放重利的借據。也赶快呈上來。再吩咐本府所開各典舖。亦暫時閉歇。省被抄入。又對金氏道。你那筆。我不能短你。因叫軟玉去拿一盞子金葉子出來。道。這是葉金四百兩。大約合銀二萬兩。也差不多了。此刻亂着。我也不好留你了。金氏見款子還了。也不肯久留。怕有不便。便自去了。這裏帳房裏果然交進十二本帳簿來。各房姨太太都把放重利的借據。藏在身邊也有幾張呈上來的。老太太忙叫丫頭們打了一個包封。再把金葉子。五百兩一封的。封了二十封。一起裝在一具壽材裏。只說這壽材是秦府寄在這裏的。便叫葉魁壓着抬去。其時已經天晚。忽又一個急電到來。廣東和雲南貴州的幾處銀號。也倒了。老太太也無暇及此。忙把細軟等物。又運出了些。寄往親戚家去。又喊本府典當內開了幾十張假當票來。分藏各人箱內。次早果然署中丞的奉着戶部飛電來封府第。把前後門都派兵丁把守了。只准一人進出買物造飯。還要細細搜驗。怕運出要緊物件。一應封口書函。不准投遞。一連守了幾日。把一個葉府圍得水洩不通。幸而趕早運了些出去。老太太和衆人到這地步。也只得硬挺了。到半月後。京差纔到。中丞接見了。纔知道葉冰山還是爲侵沒國款一件發的案。再加上盤剝小民。要挾官吏。强取民婦等事。共十二欵。刑部議抄。及斬監候的罪名。還是幾位王爺代求了。此刻家便抄了去。斬監候却蒙赦輕。議了發往邊疆效力。葉用削職。這且表明。且說這

這官兒較之趙堂官好多

會子京差督着。把合府所有一應。抄將出來。開了單子。把箱籠多加上了封條。限三日叫合府人口出產。那差官見所抄數目不上二十萬。心裏暗暗明白。因受秦文之託。也不多講。看單上也沒什麼犯禁物件。也便不作威勢。只把葉府花園先封了去。這裏太夫人和各姨娘。早哭的昏過去了。因限期太急。又不能違抗。只得喊齊各姨娘。問願隨進京去的去。願散的散。那些姨娘見問。多滴下淚來。有幾個有小貨錢放在外面的。便不願跟去。打算散了。口裏。不說。老太。太。已。看。出。情。形。便把尤月香吳閬仙羅四姐陸慧娟四位姨娘遣去自行擇嫁。四位姨娘。磕了頭。帶着貼身丫頭。連晚各自奔散去了。蕊珠的母親朱賽花。哭着向老太太磕頭。說求老太太開恩。准他到京一見老爺。倘能隨往邊去。是雖死猶生的了。老太太知道他和蘇婉蘭兩個。是素有心腸的。便含着眼淚點首兒。見蘇婉蘭。祇是哭着。不則一聲。暗暗可憐。因把丫頭們及管家小廝的花名册子弔上來。問有願散的。除了名氏。都叫散去。只賸了十幾個大丫頭。卽寶寶楚楚端端好好墨芳書芬筆花硯香等人。管家小廝。也只賸了二十幾個。偌大一個葉府。這會子。便不像個人家了。太夫人悲傷了一夜。次日命打起行李。僱下船隻。准備進京去。因葉用又不在家。葉魁年輕。幹不了正經。因去秦府。求了柳夫人。請派秦珍送進京去。柳夫人一口應允。便派秦珍過去。理値一切。到第三日。京差來押着出府。秦珍便送太夫人和蘇婉蘭朱賽花軟玉蕊珠一千人下船。逕往京去。差官也便同路進京。秦珍本來和差官熟識。一路便和他談談。并求他包涵些。不知後事如何。且看下回分解。正是

覆雨翻雲驚世態。迅雷疾電變天心。

第四十一回

血模糊命索一顆頭　花緯約詩聯三十韻

却說秦府自見葉府這樣冰消瓦解的一來。大家都灰了一半心。柳夫人因道。爲人一世。及時行樂。自不可誤了時光。的像葉老太太沒享了幾年福。忽然遭這一場大禍。眼睜睜看兒子充邊去。這個心可不要碎了。袁夫人和葉冰山的太太是嫡堂姐妹。這會子見冰山這樣了。料想袁夫人必要去的。但只一去。能不能再見一面。便不可預料的了。想到這裏。也不禁凄慘起來。一家人直替擔憂了許多天。自從打發秦珍送他們家去京之後。心略安放了些。又加秦文升了刑部大堂這一件。便在他案下。想起來。葉家不致大受虧苦。一日正和柳夫人講着。忽秦瓊送進一個電來。袁夫人忙問什麼。秦瓊道好了。老爺來電說葉冰山已於前夜一點鐘。在監死了。袁太太也投井殉節死了。昨兒老爺自己議了失察處分。到午門請罪。承各位大臣保奏。說葉冰山本來病重。實實不是放死的。蒙恩准了不究。今兒欽差到京覆聖。見所抄册子上。也沒犯禁的物件。姑念葉冰山曾在新疆効力過來。恩准領屍歸塟。大家聽了。都替他一家歡喜。皆額手稱慶。獨袁夫人不勝悲慟之至。又過了幾天。忽外面人來回。說江蘇來了兩個葉府的老婆子。因戴孝着不敢進來。柳夫人忙道只不妨事。和咱們家的事一樣。那能講究這些。快傳他進來。張壽家的答應着出去。一時引進兩個人來。一見柳夫人。便跪下去磕頭。柳夫人叫坐了。那兩個婆子那裏敢坐。柳夫人說坐了好講話。那兩個婆子纔向地下矮櫈上坐下。柳夫人道。你們敢是你大爺派來的麼。那兩個婆子見問。早沮喪了顏色。撲朔朔弔下淚來道。大爺自知到削職的信。便謝世了。柳夫人驚道。怎怎麼說。謝世了。一個婆子哭着道。家大爺本來是膽小的。得了家老爺被禍的消息。早嚇瘋了。再加自己削了職。還要進京去待罪。所以急了。便起這個短見。那哭着的收了淚道。這也是寃家到了。大爺天天晚間說。一合着眼。便見一個人手裏提着一顆血瀝瀝的頭站在面前那個鬼大爺說還是認得的呢。不知怎麼前月二十八晚間。忽然拿寶劍自刎了。說着又哭一會子。又道。太太知道大爺在那裏候補。有什麼錢。再大爺往常使架子。不理人這會子也沒個人代理喪事。還是那邊一個什麼縣丞姓沈的說是這邊府裏的人。是受過這邊府裏恩典的。知道咱們家是府裏最相好的。他纔去借了二千兩銀子。來給大爺成了殮。還了些店帳。此刻要盤喪回來。又沒人理值。那沈太爺有缺去了。他那銀子說只要還府裏便了。這會子小婦人來。也不爲別的。總求太太。念先家老爺和家太太在日情分。派個人。把家大爺的棺木盤了回來。假貸幾千兩銀子。給家爺落了喪。那不但小人頌德。便家爺在九泉之下。也是啣恩不朽的。柳夫人聽了這話。止不住眼淚。心想難得葉家有這樣義僕。因道銀子儘用罷了。盤喪我這裏珍大爺進京去了。以外的孩子又小。幹不來正經。只有請帳房裏金師爺去理值罷。銀子要多少使用。只問他拿。一切不可草草了事。都要照頭裏。你家赦二爺那樣纔是。那兩個婆子磕了頭道謝。柳夫人叫丫頭們外面留飯。去又把寶珠叫來。敎他吩咐金有聲去着他今兒便去帳房事件。便另外請人代理了。寶珠答應出去。一會子進來回說。金爺說去。便今兒去。他家裏沒人。只菊儂姐姐。可否請太太留在府裏照顧。見柳夫人道。那叫他放心去。他小姐我留着家住給瓊兒媳婦作個伴。倒也狠好。你便這樣講去。寶珠出來。對金有聲講了。金有聲自是歡喜。又把帳房薦了桑春。寶珠說好。便自進來。回了柳夫人。見擺了飯了。便在南正院吃了。回院子裏來。剛到留餘春山房門口。見迴廊上站着兩個丫頭。說着笑着。寶珠來也沒看見。寶珠走近看時。見一個是陸瑣琴身邊的丫頭綠綺。一個是笑春。寶珠要聽他們講什麼。便閃在薔薇架後。聽綠綺道。你小姐的皮胃兒也眞好。偏我們這一位。便像個女學究。天天在家裏。要我們做文章。我們都笑。說要這個何用。倒不。如。學。做。做。詩。他便有一番大議論。說那做詩的沒用處。他頭裏見你們三爺。一味子講些詩詞音律。他回來說。人說寶珠怎樣好怎樣好。那裏知道。是一。個。一。輩。子。沒。出。息。的。東。西。連文。章也。不。會。做。還說。是才子。笑春笑道。這話教這位爺聽見。定把腿條子跳斷了。綠綺道。現在倒也不了。他因見三爺常進館去。又常常做文章去。所以纔不講這話了。寶珠暗暗好笑。聽笑春笑道。他不愛做詩。怎麼今兒又請了白小姐來聯句呢。綠綺笑道。他能做什麼詩。做也不過五言八韻的試帖罷了。笑春笑將起來。忽遠遠有人喊綠綺。兩人便都往惜紅軒去了。寶珠聽說他們在那裏聯句。便興斗斗跑到惜紅軒來。一進門。見滿天井開了垂絲海棠。和十姐妹兒。此時正是四月天氣。綠陰滿地。裏面靜悄悄的。有些吟哦聲。進房去。見許多人圍着中間圓桌上。過來看是白素秋坐着。拿枝筆。向紙上寫。瑣琴漱芳菊儂藕香美雲麗雲綺雲茜雲賽兒俱在。只不見婉香。四下看了。一看。見婉香打後房出來。笑問道。可輪到我沒有。大家都道未呢。寶珠見婉香和衆人都穿着去年藕香送的絳色平金大富貴單襖子。只素秋菊儂賽兒三人不同。素秋穿的是白緞子。

綉粉紅秋海棠花的單襖子下面被衆人挨着不見菊儂是鵝黃平金菊花的單襖子。賽兒却和自己一樣的紫金冠裝束。衆人也不理寶珠。只看着素秋寫字。素秋寫畢。菊儂正坐下去寫。寶珠便挨到菊儂身邊來看。菊儂回頭笑了笑道。你挨着我怎麽寫呢。寶珠道。我瞧瞧誰做的好。素秋在旁笑嗔道。我肩膀子壓坍了。怎麽站着總要把這隻手靠到人家身上來。寶珠笑道。人家身上干你什麽事。大家都笑起來。寶珠一面笑着。一面看詩。見寫着

立夏惜紅軒聯句。限八庚卅韵排律。各依年齒接句。

春風歸去也。瑣 旭日滿窗明。砌草侵瑤檻。韻 池波撲畫楹。欄杆猶着露。湫 庭院悄無聲。鶗鴂窺人喚。素 鷓鴣隔樹鳴。

寶珠道。下面還有一句呢。菊儂見問。因笑道。你替我寫一句罷。寶珠便

道。讓我坐着寫。菊儂剛站起來。寶珠便挨坐下了。提起筆來寫道。

玳梁聞燕語。寶鏡證鴛盟。午夢醒無覔。

寫到這句。還要寫下去。美雲擠着他道。該我接了。讓開讓開。寶珠那裏肯。急急的又寫了一句道。

春情說不清。

美雲撇手把筆奪來。寶珠纔讓他坐下。美雲笑道。這個只能算我的了。這春情一句。該算婉妹妹的。婉香道。那我不用這句。改作

辰鐘數不清。疎簾篩竹影。

美雲替他寫了。道這會該是寶弟弟了。我替你寫兩句罷。寶珠說好。美雲便寫道。

深巷賣花聲。天氣兼寒暖。

麗雲道。該我了。便坐下寫道。
時光陰復晴。綺屏鑪篆細。
綺雲接下道。
瑤榻簟紋平。蘭葉香風滿。
賽兒便請綺雲代寫。自已念道。
薔薇宿露盈。珠幃垂屈戍。
茜雲道。
銀押響冬丁。
大家都道四妹子詩筆好多了。見他又道。
野馬飛何急。
瑣琴贊聲好。接下道。

烏龍靜不驚。綠陰。琴。磴。覆。

藕香聯道。

紅。雨。畫。欄。傾。

衆人一齊贊道。這對仗工穩極了。又確切初夏即景。見藕香又寫道。

屏几開雲母。

漱芳接道。

棋枰展水精。

大家又道。這雲母水精。也不亞那個覆字對傾字。漱芳又寫道。

金爐香乍爇。

素秋聯道。

玉碗茗新烹。一院蜂聲鬧。

菊儂接道。

雙飛蜓翅輕。日中庭影直。

美雲贊聲好。趕着吟道。

花外竹枝橫。寂寂嫌春困。

寶珠搶着聯道。

懨懨帶宿醒。

紗廚新薦筍。瑛盞滿堆櫻。

婉香道。怎麼又搶我的下句。你不許聯。寶珠笑着唯唯。見婉香寫道。

寫着向寶珠道。你接一句算了。寶珠道。這一聯工穩的狠。又貼切着立夏。教我怎樣聯。又道。管他呢。

竹葉薰杯暖。

麗雲道。

榴花照面頳。水温。看浴。鴨。

綺雲道。

柳暗。却。藏。鶯曲徑人稀到。

茜雲道。

閑堦草自生。好花如有語。

賽兒道。

幽鳥。自。呼。名。

大家稱好。賽兒又道。

釵。漫。添。黃。虎

茜雲道。

經。曾。敎。白。鸚。

賽兒說對的好。茜雲却把下句再想不出來。忽看紗窗上一個珠絲網兒。被蒼蠅撞破了。因道

蠅投蛛網破。

瓊琴聯道。

鼠奪燕巢爭。

寫了這句道。下面只好一家一句了。大家數了數。韻果然挨不轉了。便叫藕香聯。藕香因道。

紅豆吟邊記。

漱芳道。

青山鏡裏呈。

素秋道。
西風休棄扇。
菊儂道。
明月愛彈箏，
美雲道，
揷柳懷前度。
婉香道。
飛花又滿城。
寶珠道。
春心愁欲碎。
麗雲道。

詩思苦相縈。

賽兒道。該結了麼。因說一句。

坐待夕陽晚。

綺雲收句道。

低徊無限情。

大家圍着從頭看了一遍。寶珠說今兒的詩。要算瑣姐姐第一。大嫂子第二。四妹妹第三。以外都抹倒了。只是重字太多着。還須細細改一遍兒。瑣琴笑道。又不刻硃卷去。改他什麼。寶珠笑起來道。姐姐動不動便離不了。文章。我看今年。鄉試。定是你的元了。瑣琴笑道。這倒不是頑話。不信。我扮個男子。和你同考去。看是誰的元。大家多笑。因見天晚了。藕香怕有人回事。便道我去去來。說着便自去了。不知後事如何。且看下

瑣琴開口總不免有頭巾氣所謂遺傳性也

回分解。正是

題字客來春欲笑。看花人去鳥無言。

第四十二回

燬春卌小夫妻反目　成好事大德慧過人

却說藕香去後。到晚膳後還不見來。漱芳又見丫頭來喚說秦瓊有事。漱芳也便捨下衆人。回東偏院來見秦瓊一個兒坐在梳妝臺邊。在燈下不知道看什麼。漱芳過來看。是文案房夏作珪的履歷。是託秦瓊代辦京同捐的。因問這個他託你捐什麼。秦瓊笑道。捐一個布理問。託我求老爺替他保一個免補本班以知州用。漱芳笑道。這事也用不着我。你喊。我來。什麼。秦瓊道。咱們。難道。不睡。了。不成。漱芳笑道。也太早了。可不要叫人笑話。秦瓊道。不妨事。咱們睡罷。因喊翠兒把床鋪好了。漱芳說早。秦瓊。叫。他。看。鐘。漱芳見已是十下鐘。因問太太可睡了沒有。翠兒說睡了。漱芳也便不語。翠兒鋪好床。關了門去。漱芳因不磕睡。因道。咱們睡的這樣早。什麼還是喝杯兒。酒睡的熟些。秦瓊巴。不。得。一。聲。兒因自。己。把。一。張。湘。竹。几。兒。搬放在。牀。裏。漱芳。要。在。桌。上。吃。秦瓊。不。肯。說渥被。兒。坐。着。有。趣。漱芳。便。說。不。要。吃。了。秦瓊。只。得。依。他。拿。了。隻。杯。子。倒。了。酒。又。把。桌。上。擺。的。鮮。菓。子。移。近。來。兩口。子。並。肩。坐。下。合。一。杯。兒。酒。你。一。口。我。一。口。的。喝。着。漱芳吃了幾個櫻桃。又喝了鍾酒。秦瓊見。他。臉。上。泛。出。桃。花。色。來。因拿。頑。話。去。逗。他。漱芳。溜。轉。眼。波。不。語。秦瓊道。我給你件兒好東西瞧。怕你一輩子也沒見過。漱芳當是什麼。忙向索觀。秦瓊道。你可不能攪壞我的。說着。向袖屜內取出一部紅木板面的法帖。上面標着泥金籤條。寫着三十六鴛鴦圖。繙出幾頁。都是些序跋題詠。漱芳

出其不意文筆亦是天外飛來
活畫秦瓊

要看。秦瓊道。這個有什麼好看。好看的繙過來就是了。漱芳再揭過一頁。見畫着一幅芍藥花圃。有些亭臺欄杆。那花陰下。石磴上。却不道。畫着。赤。條。條。的。兩。個。人。漱芳。紅。了。臉。道。這是。什麼。話。誰。畫。出。這個。來。秦瓊。一。手。摟。他。過。來。坐。在。膝。上。一。手。去。亂。扯。他。的。小。衣。漱。芳。正。了。色。道。你。瘋。了。嗎。秦瓊。一。手。抱。的。死。緊。一。手。又。繙。過。一。頁。來。叫。他。看。漱芳。氣。起。來。伸。手。把。那。幅。畫。頁。子。扯。做。兩。半。秦瓊。急。了。道。怎。麼。好。好。的。扯。碎。他。你。不。愛。看。這。頁。再。繙。過。一。頁。兒。來。漱芳。即。把。全。部。冊。子。奪。過。來。向。燈。上。燒。去。秦。僕。撇。手。來。搶。見。已。燒。了。一。角。便。一。手。推。開。漱芳。大。鬧。起。來。漱芳。本。來。沒。氣。力。被。他。這。一。推。早。倒。在。地。下。大。哭。着。罵。道。有。你。這。樣。下。流。坯。子。我。還。望。你。發。跡。怎。麼。來。秦瓊。也。吵。着。罵。着。一。口。要。他。賠。還。這。部。冊。頁。子。漱。芳。氣。個。半。死。越。哭。的。兇。了。翠。兒。等。聽。兩。人。反。了。目。忙。進。來。勸。見。漱。芳。跌。在。

地下忙扶起來漱芳一口說請太太來瞧是我錯了我便請太太打給他瞧卍兒不知好歹眞個要去請去秦瓊一把扯住一推也是一交跌在地下拿着那本册子一溜烟跑出去了漱芳哭了一會幾個丫頭勸着問什麼事漱芳又不好講得只隱忍着哭個不了睡了一夜次早醒來又哭翠兒勸不理只得請了袁夫人來袁夫人問什麼事兩口子又鬧了多管是瓊兒不是漱芳哭訴道媳婦自到這府裏爺也不知和我鬧幾回了往常總爲着我要勸他讀書上心些他不愛聽所以和我惱那也還不去管他昨兒索性拿出下流東西來給媳婦瞧媳婦便把他燒毁了點兒他便和我拚了命了照這樣媳婦還望他什麼好日袁夫人聽了也替漱芳生氣知道漱芳向來穩重不愛這些的便叫玉梅去喊秦瓊進來當漱芳的面很很訓斥了一番秦瓊氣得一句話也回不

兩小夫妻眞有此種神情不知如何體會出來

出來。便一。口。氣。跑。往。館。裏。去。叫把。被。鋪。搬。出。來。睡在館。裏。賭。氣。不。進。來。了。袁夫人也隨他去漱芳恰落得安靜幾天。也賭。氣。不。叫。人。去。看。他。兩口。子。拚。了。幾。天。我不。理。你。你不。理。我。倒。拚。出。眞。氣。來。了。秦瓊便住在南書廳裏有時陸蓮史回去睡。的。時。候。他。便。瞞。過。上。房。裏。眼。目。悄。悄。的。把。對。門。綉。鋪。裏。的。圓。圓。弄。了。進。來。陪。着。他。睡。也。不。止。一。次。了。看官知道秦瓊怎麽認識圓圓。且聽細細表白一番。原來正月間來順兒死了。秦瓊查起欵子。兆貴回說放在對門綉鋪子裏生息。秦瓊怕是慌語。便親自到圓圓家問去。圓圓因他母親死了。正穿着滿身縞素。秦瓊愛他。便和他逗幾句頑話。圓圓見他是位爺們。少不得也兜搭。他兩人便偷空兒成了交情。他那哥子阿喜。因吃的穿的用的。全是圓圓的。也只好裝眼瞎。況且又是秦瓊。他那裏敢惹。所以秦瓊自二月間漱芳歸甯去的時

候。便時時叫圓圓進府。只做送繡貨來的名頭。旁人那裏敢講一個字兒。況且這會子秦文秦珍都不在家。便是他大了。誰敢挑唆他去。所以秦瓊倒落得快活。前兒那部春冊子。原是葉冰山的舊物。是陸慧娟的丫頭。拿出來賣與圓圓的。便孝敬了這位爺。圓圓先打諒他有了這個便和他妻子取樂去。不來找他了。他倒。懊。悔。了。半。夜。誰道鬧了。出來。倒還。是。這。部。冊。子。的。功。勞。兩人便把這部冊子當做恩人似的。天天和圓圓兩個。疊股兒的看着。仿着。一日也是合當有事。陸蓮史晚間回去了。漱芳。免不過。便叫翠兒出去。叫他進來睡。可巧門口小廝。一個也沒得管着。便進南書廳來。見廳前沒一個人。廳後左間是秦瓊的臥房。便一手揭起門簾進去。猛見帳子垂着亂動。那床也咯吱吱響着。忙退了一步。見地下擺着兩雙鞋子。一雙却是女鞋。也不過三寸多大。心裏跳了

明明吃醋偏是說得大方

幾下。聽裏面吮嘴嚼舌的聲音。越發響的很了。翠兒忍不住。把牙兒抵着衫袖。飛紅了臉。軟坐在門口椅子上。站不起來。因想道。只不知是那一個丫頭。和他幹這些事。想等他出來看個明白。又怕惹出禍來。便忍住站起。走回東邊院來。告訴漱芳。漱芳聽說。先把臉羞紅了。後把臉急白了。再一刻。把臉氣青了。道這樣下流東西。我只當他睡在書房裏用功。誰知他到用這個功呢。說着哭了。又道。把自己的身子。這樣蹧去。怪道前兒說病了。還這樣蹧身子。明兒有個什麼長短。旁人只說我年紀輕。不老成呢。說着又哭起來。翠兒道。小姐何不告訴太太去。漱芳道。我告他。人又當我是醋意呢。翠兒道。依小姐怎樣。漱芳哭道。我有什麼奈何。他只等他把身子蹧死了。我跟他一齊兒死便罷了。翠兒勸着他。漱芳忽收了淚道。你知道那丫頭是誰。翠兒說不知道。漱芳又哭了。翠兒

聲色如繪

道。這個容易趁這會子太太往西花園去未回。我去把爺身邊的小厮。傳一個進來。一審便明白了。只是小姐要放點兒威勢來纔嚇的倒漱芳便叫翠兒去喊。不一刻。見翠兒帶着小喜子來了。漱芳。便喝他跪下。小喜子知道事發了。口裏還辨說。小的不知道漱芳道你不知道嗎。翠兒看皮鞭子過來。先給我打五十下子。翠兒便把秦瓊往常打小丫頭的皮鞭子拿在手裏。小喜子急的發戰了。漱芳蹙起雙眉罵道你這班狗奴才替你爺幹的好事你給我一字一字的供上來有一個兒不字仔細着皮。小喜子道。小的實在不知道什麼事。漱芳早喝令打。翠兒很很的打了幾十皮鞭小喜子哭道。爺樂得什麼似的到苦了我的皮肉呢。說着嗚嗚咽咽哭將起來。漱芳喝道住了。這不是你哭的所在。你把爺那個人是什麼人還是府裏丫頭還是外邊的粉妖兒。快講明白來小喜子磕個頭道。奶奶。明見。這事。有果然有。只不干小的事。那和爺好的。人便是對門。繡鋪子的圓圓漱芳道。吓。便是他。他幾時和爺好起的。小喜子道。小的不敢說。怕吃爺打。死。漱芳放下臉道。你怕爺打死。須知道。我這會子便取你的死。翠兒給我把這忘八羔子打死了。再問別個。翠兒早應着。把皮鞭子。夾頭夾腦雨點似的打下來。小喜子捧着頭。只是求饒。漱芳叫住了。可講不講。小喜子纔哭着道。那圓圓本來許給我了。是張總管作的主。這會子被爺霸佔了去。說着又哭。漱芳道。我不問這些。你講你爺怎樣和他上手的。小喜子便把從頭至尾。幾時爺到他家去。幾時他到爺這裏來。幾時爺到他家住夜去。幾時他便來陪爺睡。一本冊背的明明白白。漱芳心裏想道。聽說圓圓這人。是最壞的一件東西。倘放在外面。終保不住秦瓊不去偷空兒頑。倒不如給秦瓊收了。

原來小喜子是個傷心人

好主意

作。妾。倒。容。易。佈。置。他。想定主意。便叫小喜子起來。又喝道。你出。去。敢。露。一。點。兒。口風。你仔細着小喜子連連磕頭。說小的總不敢走漏半個字兒。漱芳又道。那。你去請爺進來。說太太喊。我在太太那邊等。小喜子。好。像。得了。命。似。的。飛跑。出去了。漱芳便帶着翠兒。到東正院來。却好袁夫人已回來了。漱芳。便。跪。在。面。前。哭將。起。來。袁夫人忙扯他起來。說什麼事。快不要這樣。你有話好好的講。漱芳說要太太依了。纔肯起來。袁夫人連道。你起來。我總依你。漱芳拭淚站起來道。媳。婦。年。紀。雖。輕。至。於。閨闈。私。情。却。也。看。得。甚。淡。所。以。爺。在。外。面。睡。了。媳。婦。只。當。他。用。功。倒。很。歡喜。一。連。七。八。天。也。不。敢。去。喊。他。進。來。那。知。道。爺。不。在。館。裏。睡。却。把。對。街綉。鋪。子。的。女。孩。子。壞。了。回。來。爺。在。外。面。吃。了。人。的。虧。設。或。有。什。麼。長。短媳。婦。可。擔。不。起。呢。袁夫人道。啊吓。這。畜。生。變。死。了。倘。被。他。家。執。住。那。還。

了。得嗎。漱芳道這倒不怕。聽說他家也沒了爹媽。只一個哥子。還是那女孩子養活他的。所以那女孩子愛嫁誰。便家誰。現在外面都說那人是咱們爺的了。只放在外面終究。不是個好事。媳婦又管不到。倘損了爺的。身子。可不。是頑。媳婦。意思。打算索性把那人要進府來給爺收了。倒也有點節度。請太太作主。并求太太依了。媳婦這個意思。袁夫人道你這話也很是。在外面孩子們年紀輕。是不禁蹧蹋的。倒是這個主兒不錯。你既肯了。難道我倒不肯。正說着秦瓊進來。撲的向袁夫人跪下。自說。該死。總求太太開恩。賞圓了。這事原來秦瓊早在牕外聽久了。見袁夫人允了。他纔進來。袁夫人本來最痛他的。見他這樣。不禁又好氣又好笑。起來。秦瓊見袁夫人露了個笑影。便跪着扭頸兒說求太太依了。媳婦這個意思。袁夫人罵道。你老爺不在家。你便狂到這個地步。你

說得大方
却又娓娓
可聽

不瞧你這副鬼臉兒痩的還像個人嗎不是你媳婦知道怕不把這狗命送往外頭去還沒個人收你骨頭呢秦瓊低了頭袁夫人喝道起來死跪着怎麽明兒給我把那粉妖兒喊進來我瞧看好便收了不好仍給我打出府去還不許住在咱們鄰近處今兒給我回媳婦房裏去放着好好的媳婦和他鬧倒和人家家的人好去還有這張臉兒見我與媳婦你這鬼臉我瞧不入眼快給我滾出去秦瓊站起來暗暗好笑便先出去了不知後事如何且看下回分解正是

命薄本來惟妾分　家和端賴見妻賢

第四十三回

三尺劍蔣圓兒戕命　一席話石漱姐寒心

却說秦瓊去後漱芳也便回東偏院來秦瓊接着連連作揖說好姐姐

好人。我打今兒起知道。你是個好人了。我打今兒起再也不敢和你鬧了。漱芳不理。坐下。秦瓊又黏黏扯扯的討好一會兒。漱芳道。你有怎麼好處。到我。我倒不忍看你死去呢。秦瓊道是呢。你痛我。我不知道好歹我這會子知道了。漱芳道。住呢。正經你知道我爲怎麼起見。我是爲你們祖宗積下一輩子福。總望子孫有個好日給祖宗爭光輝。像你這樣。你還有怎麼心思用功。你還有怎麼日子發跡。你須知道。我不是給你買妾誨淫。我是要你從此收心用功呢。鄉試近了。仔細倒了楣回來。秦瓊便一聲兒不言語了。漱芳逼近道。你可不願你不願我也何苦逢迎你那圓圓也沒進府來。此後由你攪去便了。我總不放一星兒屁。秦瓊連連道。你的話句句是金是玉。我那能不聽。圓圓來家了。我的心也可收定了。安分守己的念書去。漱芳道。但願你能這樣。我便謝天謝地。且給。你。祖。宗。磕。頭。道。喜。說着。便自解衣就寢。秦瓊細忖一會。覺得漱芳眞是大賢大德的。暗暗歡喜。也便睡了。次日醒來。想起這事。心裏。癢撓撓的。再。睡。不。住。忙忙的起來梳洗了。便到對門圓圓那裏來。見圓圓梳洗已畢。便將這話對他講了。圓圓自是歡喜。向哥子說去。他哥子。怕圓圓抽。欸。出。去。死。也。不。肯。答。應。秦瓊知道他意思。因道。我那二千兩銀子。便賞他做了身價。你到了咱們府裏。怕短了怎麼使用。這鋪子。你又管不着。不。如。索。性。也。賞。給了他。圓圓恰慷慨一口應允。便對他哥子講去。他哥。子。見。白。白。的。得。了。偌。大。一。爿。店。鋪。落。得。答。應。了。秦瓊便要他出一張賣身文契。帶回家來。便着人去接圓圓。圓圓少不得和他哥子有一番囑咐。便進府來。袁夫人見他人物尚佳。舉止亦甚大方。便准秦瓊收了。叫丫頭們但只叫他小名。不許稱一姨字。怕秦文回來講話。合府都遵了命。這漱芳却和圓圓十分要好。自己。吃什麼。便叫他也。吃。怎麼。自己。做。怎麼。穿。也給。他。做。怎麼。穿。只不許。秦瓊在。他。房裏。睡。只准睡在書房裏去。却把小廝撤去。換了自己的陪房伏侍去。便管的甚緊無奈秦瓊總偸空兒進來。清天白晝的。和圓圓偸幹會兒事。漱芳知道。也不說破。分外。和。圓。圓。好些。却叫圓。圓。搬來。一房兒住了。秦瓊便再沒法可想。倒把圓圓熬的要死了。也不敢怪漱芳。因漱芳待他和姐妹一般。合府上下人。便多贊他賢惠漱芳却知道圓圓是浪薄性成的。故意熬得他要死。却叫。他。新。花。園。採石。榴。花。兒。去。圓圓應着去了。漱芳。却。又。叫小。喜。子。到。園。裏。去。採。桃。子。小喜子那知就裏。跑進園去。可巧見圓圓拿着石榴花。出。來。一見小喜子。便笑道。你來什麼。小喜子笑道。我知。你。在。這。裏。特來。替。爺。帶。一。件。兒。東。西。送。你。的圓圓問什麼東西。在那裏。小喜子指着鏡檻。道這邊怕有人來。到那裏去。我給你瞧。圓圓跟着道過鏡檻。小喜子一把抱住道。好姊姊。我多少天沒和你叙叙了。這會子你被這爺收了進去。我可做夢也還不想這個。你可憐兒念個舊情。和我好一好。圓圓本來渴久了。便半推半就的。聽他所爲。兩人正在得意之際。忽外面一人大喝一聲進來。兩人一看。不是別人。便是秦瓊。剛要逃。秦瓊早進來把小喜子一腳跌倒了。把圓圓打了幾個嘴巴子。再回頭看小喜子已早逃去了。便又把圓圓打了幾下。氣的渾身發顫。講不出一句話來。圓圓自覺慚愧。把帕子掚住了臉兒。嗚嗚咽咽哭將起來。秦瓊見他袴兒還不緊好。因跑過來一把扯了下來。道這樣不愛臉的東西。還穿這個什麼。說着索性撕破了。他的又硬去扯他身上的衣服。圓圓哭的死過去了。秦瓊還很罵着。亂扯把衣服剝淨了。丟在地下。叫他自己看鏡裏。的。影。兒。可。像。個。人。嗎。正嚷着。忽翠兒走進來道。啊吓。爺。又。幹。這。種。事。快去。快去。奶奶來找爺了。說什麼又不在在館裏。秦瓊怕寃到自己身上。忙拴下圓圓。跑出園去。這裏圓圓見說漱芳來了。忙披上衣服。把袴兒也繫好了。翠兒問他。圓圓只是哭着。不肯說。漱芳來了。見這個樣子。因道。怎麼攪得這樣。敢爺又到這裏強你來。圓圓只跪在漱芳面前。說自己該死。漱芳道。那不能怪你。因切齒道。不道秦府裏也出這樣下流種子。可不醜死了人。說着也滴下淚來。圓圓只不敢多說。漱芳安慰了他幾句道。我和你一樣晦氣。但既嫁了。這樣沒志氣的男兒也沒得說了。拚苦這一輩子罷。說着拭拭眼淚。手攜着圓圓。進東正院來。袁夫人見兩人眼都哭腫了。問怎麼事。圓圓忙跪下。不敢回。漱芳哭着說是爺打。館。裏。跑。往。園。子。裏。去。強。他。他。不。肯。幹。這。沒。廉。恥。事。爺。把。他。衣。服。都。扯。

破。了。可。巧。的。我。去。逛。逛。纔。驚。散。了。袁夫人聽了着實生氣。圓圓。又。不。好。辨。說。眞。情。漱。芳。又。聳。了。一。扛。火。把。袁。夫。人。氣。個。半。死。叫漱芳帶着圓圓回。去。心。裏。還。道。圓。圓。好。見漱芳去後便一疊聲。喝叫丫頭們去喊小斯。把秦瓊帶進來。秦瓊一進來。袁夫人早。把個。茶。碗。擲。的。粉。碎。喝。令。把。皮。鞭。子。拿。來。秦瓊。見。袁。夫。人。盛。氣。不。敢。辨。說。袁。夫。人。拿。皮。鞭。子。很。很。的。打。了。一。頓。擲。下。鞭。子。放。聲。大。哭。起。來。秦瓊不知爲甚。忍着痛。不敢哭。膝行近袁夫人膝邊道。孩兒有怎麼不是。只請太太喊人。重重的訓責便了。太太不犯着爲兒子氣壞了身子。袁夫人哭道。你爺和我。那樣惜廉恥。怕。貽。笑。偏。生。下。你。這。不。肖。種。子。來。敗。壞。你。祖。宗。的。門。風。出。你。爺。的。醜。你。還。有。怎。麼。臉。面。見。人。照。這。樣。出。醜。不。如。給。我。死。了。罷。秦瓊道。兒果然不是。太太賜兒死。兒那敢不死。但是太太究竟爲了怎麼也教兒知道明明白白的死也好自己知道自己的罪袁夫人道你問我嗎我倒有些講不出口來說着一發哭的凶了秦瓊剛無可措詞見漱芳急急的來了趕先跪在秦瓊身邊捧住袁夫人的膝蓋代秦瓊求着袁夫人道我不要這敗家子孫了快給我速速自盡去漱芳哭道這多是媳婦防閑不密之故請太太先處了媳婦的死袁夫人一手扶他起來把秦瓊一脚踢開喝聲滾出去秦瓊倒在地下大家忙把秦瓊扶起來七手八脚的攙回東偏院來秦瓊頓足道這是怎麼叫我眞一點兒沒有頭腦因問翠兒太太究竟爲了什麼事翠兒說是爲爺剛在園裏强逼了圓圓的事秦瓊氣戰了手道阿吓這丫頭倒反咬我一口反了反了說着撇散翠兒一脚跑進圓圓房裏來圓圓正坐在床沿上拿帕子拭眼淚見秦瓊凶神似的進來忙站起來秦瓊飛起一脚踢倒了再向他心窩裏

很踢一脚圓圓早嘔出一口血來翠兒等連忙抱住秦瓊秦瓊此時力猛於虎早掙脫了向床上掣一把寶劍在手大家連忙奪下擲在地下秦瓊大罵道小淫婦坯子你還有什麼臉面見人不如賞你個死罷說着又要去踢衆人圍住了圓圓見事已至此受傷甚重血又嘔了出來料想活着也沒趣了便一橫心腸把地上的劍拾來向頸下一刎便直仆在地大家猛不防有這一着回頭一看見圓圓已是血濺滿衣伏劍死了衆人嚇得手足無措秦瓊見圓圓眞個死了頓足大哭起來翠兒早去報與袁夫人和漱芳知道兩人大吃一驚急忙跑來見秦瓊大哭圓圓已經死了幾個人療救着那裏還有生息袁夫人罵道你因我打了你你便逼死他好好你也逼死我罷秦瓊急道他和小喜子在那裏幹醜事吃我撞破了倒還敢在太太面前反來誣我照這樣東西留着

倒是禍水漱芳道阿呀有這一個紐樞兒我倒不知道橫豎他死了沒的對證只是我害死了圓圓了說着痛哭起來袁夫人道便是媳婦誤寃你你怎麽不問個明白便一口氣逼死了他秦瓊已是追悔不及見漱芳撫着圓圓的屍哭的悲切口口聲聲說我誤了你了秦瓊聽不得一抽空往外跑出到東花廳坐下一疊聲喊拿小喜子來看板子伺候管家和當差的不知什麽一片聲答應早把小喜子帶了進來小喜子見秦瓊坐在匟邊忙跪下磕頭只求饒命秦瓊不理一疊聲喝令給我打死這狗奴才管家等不敢違拗把小喜子揿倒了打了一百小喜子已經皮開肉綻那打板子的兩個也丟下板子跪着代小喜子求命說再打不得了秦瓊大怒一手把匟桌翻了拿靴尖子一脚踢開一個自已拿板子來打一衆人忙多跪下擁住替求秦瓊略煞了點兒火性便

好反筆

丟下板子一口。喝令攆出府去。永遠不許改名頂充進來。倘敢容留。一刻。你們也仔細着。衆人都磕了頭。帶着小喜子出來。秦瓊自往南書廳去了。且說小喜子被這一頓打。立刻攆出府來。茫無去路。身受重傷。又知道圓圓爲他死了。洒了幾點淚。忽起一個念頭。便萬事皆空。竟削髮入山去了。這且不表。再說圓圓死後。漱芳頗自懊悔。初意原只要秦瓊看破了圓圓這人。不和他死纏去便罷。那裏知道鬧出這樣大事。但到這地步也沒得說了。便拿自己的上好衣飾。給他穿戴成殮。又向袁夫人求把葉府寄在這裏的那具壽材。借他安放了。自己出三百兩的小貨。教帳房去照樣造一口還葉府裏。袁夫人見他這樣賢德。自是歡喜。便無話。不依次日把圓圓入了木。漱芳叫寄往大覺寺裏停厝。擇日安葬。那圓圓哥子阿喜。見這樣收拾。也就不敢多講了。這且不提。却說漱

所謂旁觀者清

當頭一棒作者正是菩薩心腸

險語破鬼胆

芳這一番舉動合府的人都說他是個賢婦只陸瑣琴看得親切心裏暗暗不舒服他這陸瑣琴因愛清淨在園內是住的水流雲在軒一日正在憑欄閑望看水底下走的雲忽漱芳來了瑣琴讓他坐下閑談一會見左右沒人瑣琴低聲道你我旣爲好姐妹我也不能冷眼看你妹妹年紀正輕着凡事總要留點兒道德那借刀殺人的事愚者瞞得過卽智淺者亦瞞得過只怕天地鬼神有所不容現在事已過去不必講了但問妹妹心裏什樣一個樣兒還是快還是悔漱芳被他一問止不住吊下淚來道姐姐咱們雖相交不久但我的心姐姐總看的透前兒那事我初意那料到此刀雖借殺人則非本心姐姐不訓誨我也自己抱歉但天地鬼神有知當必諒我本心卽死者亦不應怨我瑣琴半嚮不語因道妒字呢我不敢派妹妹只個很字我爲妹妹不取漱芳道阿

不送小說與他看偏送這個足發一噱

吓。只個姐姐怪我錯了。瑣琴截住道。妹妹。你也不必和我辨。總之。有則。改之。無則。加勉。便了。漱芳被他這一番話說得心裏着實難過。便歎口氣。站起來低着頭走去。不知漱芳往那裏去。且看下回分解。正是

莫謂虧心惟鬼覺。須知冷眼有人看。

第四十四回

葉小姐潦草依秦　石公子探花及第

却說瑣琴見石漱芳垂頭喪氣的去了。因笑道。此兒尚是可教。怕他悔恨太過。因檢一集有正味齋的駢文。叫綠綺送他看去。自己却來碧琅玕館。兜了白素秋。又到得月樓台。邀了金菊儂。到惜紅軒婉香這裏來。一進門見五色玻璃牕。都尚開着。映着日光。斑爛煥彩。十分可觀。堦前海。棠。半謝。飛花。撲人。有一。對。小。孔。雀。一隻。在。地。上。啄。落。花。片。子。一隻。在

大菖蒲盆邊啄那吐絲的青蟲兒吃素秋笑道。這孔雀是那裏來的。倒長的好頑。菊儂道。不是春笑軒那對兒嗎。瑣琴道。那對還比這個高大些。光景不是。說着。已到迴廊上婉香的臥房牕口。覺有一縷濃香從牕隙裏偸出。又微微聽得丁冬作響。較琵琶幽些。菊儂便向牕裏望望。却被玻璃光倒映轉來。只見些階下的花木影兒。望不見裏面。再加玻璃是五色碎錦塊子的。更望不透。便與瑣琴素秋立住悄悄的聽。覺丁冬逸響。宛然成調。忽寂然無聲。裏面婉香問道。誰吓。菊儂笑應道。我呢。便同兩人走中間進來。見婉香已在門房口。一手掀着花綉軟簾。身上穿一件品藍素緞滿身綉白蝴蝶兒的單衫子。越顯穠艷。笑微微的站在軟簾底下。見三人進來。笑道。好吓。我正冷淸淸兒的沒意思。這天氣又困人得很。睡又不是。坐又不是。你們來得好。談談消一會兒閑罷。瑣琴笑道。我也這麼着。來找你談談的。說着。婉香讓三人進來。見牕口琴桌上擺着一張琴。一爐香。又攤着一本書。素秋笑道。好頑意兒。剛彈的是什麼曲子。很幽緻呢。隨手將書拈來。看是綉餘琴譜。因問這是新出的嗎。婉香道。剛是姑蘇顧眉仙寄來的。便是他自己譜的。瑣琴菊儂便挨肩兒去看。素秋看了一會。放下道。指法倒細的很。妹妹學這個幾年了。婉香笑道。不過隨意頑頑罷。若講究起來。眞一點兒也不懂了。素秋笑道。這也有個客套。快彈點兒給我們聽聽。瑣琴道。好好。這個我倒沒領教過。你們兩個不拘誰彈給我聽點兒。素秋讓婉香先彈。婉香不肯。素秋定要他彈。婉香推不過。便坐在五徽位上。將七絃和五絃在十徽上調了個仙翁。又七絃散和四絃九徽調一個。也是仙翁。便流水兒一順調了幾個仙翁。回過來六絃上彈一個陳摶得道仙翁。住了道。絃准呢。

只我這指爪兒長。名指立不起。便是不登品。所以不很講究。他素秋道。這也不妨。你的指法狠好。婉香笑笑。因彈了一套洞天春曉。彈畢。餘音嫋嫋不斷。瑣琴菊儂都靜悄悄的聽着。見婉香又改絃作徵調。彈起聽琴吟來。素秋聽是。

　　呢呢兒女語。恩怨相爾汝。劃然變軒昂。勇士越敵場。浮雲柳絮無根蒂。天空地遠隨飛揚。

少住。又彈道。

　　喧啾百鳥羣。忽見孤鳳凰。躋攀分寸不可上。失勢一落千丈强。

略停。又彈道。

　　嗟予有兩耳。未解聽絲篁。自聞穎師彈。起坐在一旁。揮手遽止之。濕衣淚滂滂。穎乎爾誠能。勿以冰炭置我腸。

的論

彈畢。素秋贊好。便也坐下彈一套和陽指法與婉香不相上下。琐琴笑道。這聲音太幽。最好夜靜的時候。一人聽着。一人彈着。那纔有味兒。婉香點首兒道。是菊儂因道。寶珠什麽不見。婉香道。他被盛蘧仙和何祝春他們邀去了。菊儂便不言語。因道。天氣悶得狠。咱們何不往海棠香夢軒去看看美姊姊。婉香道。你們先去。我過一會子便來。菊儂便同琐琴素秋。將手兒要走。忽愛兒來報。說珍大爺回來了。葉老太太和軟小姐蕊小姐也都來了。請小姐去。婉香因問三人可同去。三人因多沒見過。便說此刻多分不便。回來見罷。婉香便自往南正院來。瞥眼見柳夫人袁夫人和葉太夫人。剛剛哭完。軟玉姐妹都在那裏。拿帕子拭眼淚。臉色。憔悴了。許多。心裏替他們。一酸。便弔下淚來。進去先給葉太夫人請安。回身。握着。軟玉。蕊珠。的手。便出聲。哭了。漱芳美雲麗雲都在便帮着勸住了哭。婉香拭淚坐下。因問軟玉蕊珠。身體好嗎。軟玉蕊珠多含淚說好。聽柳夫人問葉太夫人道。老爺和太太的棺木。可已抵碼頭沒有。葉太夫人道。這兩口子的來了。還有蘇姨娘和朱姨娘的。還沒到。是孫兒葉魁送來呢。婉香詫異道。敢兩位姨娘也殉節了。葉太夫人哭道。他們見冰山一過。多連串兒殉了節。拋這兩個孩子。叫我老大的年紀。怎麽管的了呢。說着痛哭。大家多替下淚。軟玉想他母親死的苦。早哭的昏暈過去。蕊珠也哭他的母親。衆人勸了半嚮。纔各收了淚。柳夫人想趁此一慟。便把葉用自刎殉孝的話講了。大家又哭一陣。慢慢的勸住了。却好寶珠回來。一進門便倒在葉太夫人懷裏。放聲大哭。回來又扯住軟玉蕊珠的手。哭個不了。柳夫人含着淚喝住了道。咱們剛住了哭。你又來嘔人。快到外面帮你大哥子照料行李去。寶珠只得出去。柳夫人便叫婉香等。陪軟玉姐妹往園子裏。看白陸金三位小姐去。婉香便同着漱芳二雲。邀了軟玉姐妹出去。這裏葉太夫人向袁柳兩夫人道。此番幸是文老爺升了刑部大堂。咱們纔不吃虧。一切在京用度。也是文老爺代理。値的咱們一家子。眞粉身難報此德了。兒孫俱已死了。我也沒甚可望。只葉魁一個小孫。年紀又小。全靠府上兩位爺。督率他了。這兩個孫女。我已有成見。請太太念先人一點交情。留在府上。代爲照看。我老了。也沒用處。況又無家可歸。便再做起家來。我也經不起苦惱。孩子們又不懂事。我定了主意。孩子們全託兩位太太照看成人。葉魁倘有好日。便是兩位太太的恩典。我打定主意。削髮爲尼去了。柳夫人忙道。這個使不得。葉太夫人道。我定了主意。隨你什麼人勸不轉。你們勸我。果然是好意。但我只想趁此身未死。尚好懺悔來生。你們不信。

異想天開却是入情入理

我給你們瞧說着把頭回轉來一看見腦後梳的一個頭沒有了大家都吃一驚原來葉夫人剛在轎子裏悄悄的把剪刀齊根絞了下轎來一干人便亂着哭沒一個人留心看他這會子衆人見他立志已決因道太太既要拜經也不必定到外邊去府裏空房子儘多請太太愛那一間兒便也好供佛禮齋倘嫌繁雜儘請把門反鎖了去便和外面一樣葉太夫人見這樣說心裏也便合式便含淚點點首兒說好道謝一時葉魁也來了給兩位夫人磕了頭出去秦珍給他在南書廳下了榻和秦瓊同房裏面葉太夫人便在南正院暫住軟玉姐妹仍住留餘春山房過了兩日秦珍替他們看下了墳地請人擇穴一連忙了幾日却好葉用的棺木也到了便叫都停厝在大覺寺擇了六月十一的日子安葬葉太夫人和軟玉等都親視入穴便在墳莊邊一個洗垢庵裏住

下。守廬一月。秦珍和葉魁兩個。天天出去督工。做石器。植樹。加土。軟玉蕊珠。便跟着葉太夫人日夜誦經吃齋。替亡人懺悔。寶珠秦瓊。也不時出城來請安。祭墓。光陰迅速。到了七月十一。墓上各工都早完備。秦珍和葉魁先進城去。打發三乘官輿來。請葉太夫人。卻死也不肯回來了。軟玉蕊珠。見葉太夫人不肯回去。也便情願跟着老太太。削髮。太夫人發了。惱。兩人。纔不。敢。下。手。秦珍知道。忙趕出城來。勸太夫人回去。太夫人決意不肯。秦珍見他志向已決。無可挽回。便把軟玉蕊珠兩個叫太夫人騙他們回府裏去。太夫人便只說上轎。叫兩姐妹先上了輿。自己卻不上輿。見一干人出了門。便把庵門反閂上了。軟玉姐妹上了轎。便飛風的抬回秦府來。一下轎。不見了太夫人。知道是謊。便多哭着要回庵去。經柳夫人等一干人扯了進來。又細細的開導他一番。柳夫人說。

全書總寫天性至情故覺動人心脾非同泛泛

太夫人有了年紀。你們做孫女的。不能使他快活。也該使他享幾年清福。頤養幾年。他在咱們府裏。自然住不穩。看咱們一舉一動。便多傷心。不如讓他安安靜靜修養着。不算是孝。也算是順。你們有時兒也可看他去。便我們也要常去望他。你們年紀正輕。你老太太有話對我講過了。可不要教我對不起你們老太太。軟玉聽了。纔明白些回園子裏去。寶珠又恩恩切切的勸了一會。婉香漱芳也都勸他。陸瑣琴又引用出許多古典來講給他聽。兩人纔安心住下。外面秦珍把葉魁送入書館裏。也請陸蓮史教了。此時已是七月中浣。鄉試近了。便督率着秦瓊寶珠兩人用功。一日陸蓮史正替寶珠批文章。正批的得意。忽聽見鑼響。忙喊小廝鋤藥去問。敢是報。鑼鋤藥轉來回說。正是剛來報石舅老爺點了第三名探花。授職翰林院編修呢。陸蓮史聽了歡喜。便擱下筆。站

瓊琴終不免頭巾氣作者處處偏要點醒

起來踱圈子踱了一會。因向葉魁道。可不要念書。你明兒也這樣。給你先爺爭口氣。又向秦瓊寶珠兩人道。你兩個看文章。是今年都好。中了明春去奪個元回來。也給你老爺太太開開心。寶珠笑笑。秦瓊因站起來告了公出。說往岳家道喜去。陸蓮史點首兒。秦瓊去了。陸蓮史也要回家去轉轉。看可有什麼親戚中了。要道喜去。便放了館。寶珠早一溜烟跑進去了。不知後事如何。且看下回分解。正是

富貴無常隨勢轉　功名有數逐人來

第四十五回

得月樓臺良宵聞笛　集詞牌令秋字飛觴

却說寶珠進來。先到留餘春山房一轉。見軟玉不在。問丫頭們。纔知道還是午間和蕊珠跟柳夫人出城。望葉太夫人去了。便到惜紅軒來。婉

香也不在屋裏。說往得月樓臺菊儂那裏去了。寶珠見天色將晚。便趁着晚光。走下山坡。打一直游廊上。到得月樓臺來。見臨水卷篷點了琉璃串子燈。映着波光。就像幾條金蛇在水面上攢動似的。便打後面走廊繞轉去。到水閣上見面水的六扇文牕一齊開着。捲起一帶湘簾。婉香和菊儂兩個。都穿着白羅衫兒。伏在欄杆上看水裏的月子影兒。寶珠挨近來看。婉香見是他。因笑道。你又逃學出來了。寶珠嗤的一笑。便依着婉香靠在欄杆上。看那月影子像是一個玉鈎兒在水裏浸着。恰襯出碧藍的天。晃明的星。幾點紅燈影兒。那水便是鏡子一般。沒一點兒波瀾。菊儂手裏拿着柄紈扇兒。在身邊搖着。寶珠要來看。却一個字也沒得。因道。倒也清脫得很。省得把那些墨漬灑着。汚了眼睛。菊儂道。我正要請你畫呢。什麼便推得這樣乾淨。寶珠連連退還他道。我不敢

又畫新秋晚景眞是寫生妙手

問着也不懂他兩個爲什麼笑

入畫但畫也畫不到此

領教婉香在傍一笑寶珠回轉頭去看他菊儂也嗤的一笑寶珠不懂起來因問笑什麼菊儂叫婉香不告訴他婉香便只是笑着不語寶珠連道好姊姊告訴我也給我笑笑婉香道你自己向鏡子裏照去寶珠便走到鏡屏邊一看見紫金冠的絨毬上綴着一顆火忙用帕子去抹那火便吊下來綴在衣袖上仔細一看原來是一個螢火蟲兒剛伸手去捉那螢火便飛起來寶珠用帕子去甩却飛到窗口去了菊儂順手用扇子一撲却好吊在婉香肩上寶珠忙在那裏叫道吓姐姐螢火兒在你肩上了看到耳朵裏去要吃腦子的呢婉香回頭見果然在肩上閃着剛要拿帕子去擋寶珠早過來替他捉在手裏向池子上撩去那螢火却飛起小翅膀兒停在一朵半謝的白荷花心兒上一閃一熠的亮着寶珠笑道這正是淸世界有幾人見呢婉香笑了笑道你文章有

趣極雋極

這樣熟便好了寶珠道怎麽姊姊也說出這樣的迂話來這個只有那位女學究講講的你幾曾見古來的美人講過這些迂話來剛說着忽菊儂一笑寶珠一回頭見陸瑣琴站在背後聽他見寶珠回過頭來他便一笑寶珠連連作揖道好姐姐你不聽這話我是放屁呢菊儂在傍笑道這算什麽樣兒敢是你在二哥子那裏學來的瑣琴一笑道敢是他二哥子和你姊姊這樣來怪道人都說他怕漱妹妹呢婉香也聽了好笑忽寶珠道我現在難得和你們一塊兒頑今晚子這好天氣咱們何不就在這裏請姐姐妹妹都來喝杯酒兒可不要辜負了這好秋色三人說好寶珠便道我寫條子請去說着便到書桌子上寫去衆人看他寫道

芳樽久空秋思殊滿畫閣臨水綺窗盡開月鈎倒映荷風吹香憑

妙評

欄小立。飄飄乎欲仙矣。良夜景物。不敢獨居。爲有願來共之。菊儂手訂。

瑣琴笑道。這個還是算散文。還是算駢體。寶珠笑道。管他呢。通便了。你要講駢文。明兒我做一篇你瞧。怕不嚇短了你的頸子。婉香菊儂都笑起來。便把這簽子叫一處一處的送去看。說軟小姐和蕊小姐倘回來了。也請過來。太太高興也去請一聲兒。丫頭們答應去了。寶珠便叫把茶几搬幾張出來。擺在欄杆邊。一字兒擺了四張茶几。八張桌子。後面又擺了一排。都面着水。又叫每張茶几上。擺兩付杯筯。一架十景攢盒因向三人道。咱們今兒不依次坐。只把首兩座空了。留與兩位太太坐。以外便誰先來。誰坐。菊儂是主人。要一坐一坐的退讓下去。二姊姊先來。坐在第三位。我坐第四位。瑣姊姊坐第五位。菊姊姊先坐了第六位。

夜景如畫

等有人來。再坐下去。剛說着白素秋來了。接着美雲綺雲也來。便依次坐定。素秋笑道。這排場倒像看戲。寶珠拍手道。阿吓。我忘了。快喊春聲館女孩子。到對面橋亭上坐着伺候。去看只邊簷口的燈點起了。便吹起笛子來。要吹一拍停一拍的。不許連併吹下去。丫頭們去吩咐了。一時見那橋亭上四面掛出纍纍的紅燈來。知道伺候着了。却好藕香麗雲茜雲賽兒都來了。寶珠便叫依次坐下。因問太太可回來了沒有。麗雲道。回來了。太太和軟姊姊他們便來。正說着。見左首臨水走廊上遠遠的來了幾對風燈。那火倒映在水裏。上下兩點。漸漸的移近來。到柳陰叢裏。便不見了。一時見許多丫頭們喧笑聲進來。見柳夫人攙着軟玉。軟玉攙着蕊珠。漱芳扶着袁夫人。一串兒進來。大家便一齊站起來。排下了五個位子。讓他們坐。柳夫人便和軟玉同坐了一張茶几。袁夫人和蕊珠同坐了一張。漱芳便來和婉香坐了。各丫頭斟上酒來。柳夫人笑道。今兒天氣倒好。你們這樣一個排場。打算怎樣頑法。寶珠笑道。且請太太乾一杯兒再講。柳夫人便乾了。大家陪飲一杯。寶珠道。咱們今兒共是十六個人。便可以好好的行個令兒。衆人問什麽令。寶珠道。便我起令。有不准者。無論是誰。概罰三杯。賽兒坐在寶珠背後笑道。快講。我們都依你。寶珠因指對河橋亭上道。那邊有女孩子等着吹笛子。是一。拍。一。停。的咱們。便。依。他。的。笛。子。笛聲。起。了。先飛。個。秋。字。數。到。誰便喝一杯門杯。先說兩個詞牌。中間一句詩句。或是詞牌。末句仍用詞牌結尾。要一氣貫串。偕韻的。倘笛聲住了。還沒講出口。便罰三杯。交令下去。該下坐一人說。大家都說好極。寶珠便叫把簷燈都點齊了。忽一縷風來。對湖的笛子起了。寶珠飲了門杯。說令道。

月下笛隔簾聽隔浦蓮綠蓋舞風輕郭郎兒近拍雙雙令

說完。却好笛聲住了。又說一句秋字道。銀燭秋光冷畫屏。一數該是後一排第一座素秋接令。素秋飲了門杯。聽笛聲又起了。因說令道

疎簾淡月垂楊碧秋水共長天一色泛清波摘遍新荷葉

衆人一齊贊好。說末句眞似一塊玉生成的。合席各賀一杯。寶珠道。我那郭郎兒近拍雙雙令。那裏比他差些兒。快也賀我的酒。大家都笑着不肯賀他。聽笛聲住了。便催素秋說秋字。素秋笑道。我忘了。便說一句水晶簾捲近秋河。數去該是後一排第六座茜雲接令。茜雲吃了一杯酒。不等笛聲吹起。便說令道

畫屏秋色金菊對芙蓉一絲風燭影搖紅夢玉人引步蟾宮

大家一齊喝采。又說秋字道。莫度秋風吟蟋蟀。說了這句。那笛聲纔起。

數去該是軟玉說。軟玉便飲了門杯。不等笛聲住了。便道

無愁可解。青衫淚濕。香羅帶。三山遠落。青天外。望帝京。春去也。

那笛聲住了。便飛秋字道。離人心上秋。數去該婉香說。婉香接令道。

湘春夜月。醉蓬萊。清風明月無錢買。卷珠簾。送入我門來。

大家說結句甚好。婉香又說一句。唾起秋聲無覓處。該是瑣琴接令。聽

那笛聲又吹起了。想一想。便隨口念道。

憶仙姿。長相思。長相思兮長相思。相思十二時。

大家一齊讚好。說這眞是一氣貫串的了。該賀一杯。瑣琴又說一句桂

花涼露濕秋衣。該是麗雲接令。麗雲也隨口念道。

珠簾卷。滿庭霜。卍字欄杆。亞字牆。柳梢青。荳葉黃。

笛聲住了。便飛一句楓葉荻花秋瑟瑟。該是柳夫人接令。柳夫人笑道。

這個坑死我了。待我想瞧。聽那笛子又吹起來。因道

八節長歡。慶清朝。人月圓。傳言玉女。勸金船。拂霓裳。解佩環。

大家一齊贊好。合席各賀了一杯。柳夫人又說一句。不許。秋風。老。鬢絲。

衆人又說好。袁夫人見輪到自己。聽笛聲住了。又起因想一想道。

小。樓。連。苑。上。林。春。八。節。長。歡。一。寸。金。憶。少。年。步。月。御。街。行。步。蟾。宮。

瑤。臺。第。一。層。

合席也賀一杯。袁夫人又說一句。好折秋花第一枝。却數到漱芳。寶珠笑道。太太這詩令兒是預兆。吉語。應在二嫂子身上。咱們也該賀一杯。

漱芳說令道。

四。園。竹。一。叢。花。更。深。月。色。半。人。家。搗。練。子。攤。破。浣。溪。沙。

又說一句。一層紗。閃幾星。秋。數到綺雲。那笛聲又起了。綺。雲。剛。飲。了。門。

却稱柳夫人口吻

杯。忽。笛。聲。住。了。大家便笑起來。便叫罰酒。綺雲笑罵道。怎麽。只。吹。兩。句。便。住。了。不。知。誰。吹。的明兒。我。要。很。很。的。灌。他。幾。杯。酒。說着那笛子又吹起。來。綺雲把三杯酒喝完了。那笛。子。又。住。了。婉香笑起來道這個。眞。嘔死。了。綺。妹。妹。綺雲不肯再吃。藕香道。這個不能。他們原唱的小晏曲子。這兩句一吹的是引子。他們又不能舞弊。綺雲只得再吃了三杯。趕忙說道。

瑣窗。寒。愁。倚。欄。杆。金。爐。香。燼。漏。聲。殘。月。上。海。棠。

又說一句。不知秋思落誰家。數去該是麗雲。寶珠回頭道。快說。仔細罰酒。麗雲道。我不要你管。你倒是替婉姊姊想幾個在肚裏。回來省罰酒。說着。笛聲起了。麗雲因笑向寶珠道。我便借重你罷。因指着他說道。

蝴。蝶。兒。好。春。時。知。他。最。是。關。心。處。東。風。第。一。枝。

恰到好處

說着。大家都笑起來。笛聲住了。麗雲又說一句。折碎秋心不計愁。賽兒見輪到自己了。便道。

春風嬝娜。明月生。南浦夜涼。獨自甚情緒。月底。修簫譜。

又說一句。綠楊無奈到秋黃。該蕊珠接令。蕊珠隨口說道。

上西。樓嬾畫。眉問君還。有幾。多愁。亭前柳。

又說一句。今夕誰家秋思耗。素秋接令。便道。

被花惱。念奴嬌。鳳凰臺上憶吹簫。上西樓望海潮。

又說一句。入秋荷葉便枯黃。美雲聽笛聲又起。接令道。

點絳唇。荷葉。杯勸。君更盡。一杯酒。隔簾聽。鮑老催。

大家說好。美雲又說一句。蟋蟀秋聲處處同。藕香接令。聽笛聲未停。接說道。

一氣呵成
覺成七絕

新雁過妝樓剔銀燈綉個薄羅兜不是鴛鴦雙並頭雪獅兒滾繡毬。

大家一齊說好極了情緻委婉的很藕香又說一句莫放秋風到桂枝。茜雲見又數到了聽笛聲纔住又起便說令道

月照梨花風入松高山流水擊梧桐畫屏秋色紅窗迥並蔕芙蓉一萼紅。

衆人贊好茜雲又說留得秋荷聽雨聲大家見月子已沉下西去那月子照的滿身滿屋子便請柳夫人收令柳夫人飲了一杯便說道

五福降中天瑤台聚八仙不知天上宮闕今夕是何年醉思仙

大家各賀一杯便收了令丫頭們送上八寶飯來各人吃了口兒閑談一會便漸漸散去不知後來如何且看下回分解正是

萬物已隨秋氣改。一樽聊為晚涼開。

第四十六回

軟心腸寶珠哭姊姊　巧口角麗雲笑哥哥

却說秦寶珠自那日在得月樓臺小宴之後。便一逕在館裏念書。流光易逝。倏忽已是八月初旬。鄉試到了。秦文早寫信回來。勉勵他兩人到了初七日。主試來省。陸蓮史看了進簾回來。寶珠迎着笑道。先生可知道主試便是誰。陸蓮史道。不知道。敢和府裏有親麽。寶珠道。親却遠了。便是翰林院侍讀學士花占魁。便咱們家表叔子。不想放了簾了。陸蓮史道。敢便是令姑丈花占春先生的令弟。寶珠道。是呢。不知道可要迴避。不要。陸蓮史道。這位主試和令姑丈還是胞弟兄。還是堂房。寶珠道。是從堂的。陸蓮史道。那不妨事。只怎麼前兒說主試是放的沈左襄。敢爲什麼。再放過的。寶珠低聲道。聽說。爲謠言。他前番北闈裏舞了點兒弊。這會子被人彈了。還予告呢。陸蓮史嘅然道。只正是宦海升沈。旦夕不知的。說着。順步兒。踱。起。圈。子。走。來。走。去。的。半。響。寶珠見天色將晚。便落得做個塲面。坐一會兒。到天晚再進去。一眼見葉魁皺着眉心。在那裏對課。見陸。蓮。史。踱。到。他。面。前。看了。看。因對寶珠道。這對子果然不好對。你對對瞧。是屏風兩字。寶珠笑了一笑。及細細一想。果然沒的對。兒葉魁去對了個燈火。陸蓮史搖搖首。又一會子。又去對遮陽。陸蓮史也搖搖頭。說遮字不是一件器皿。葉魁道。我把那屏字。當屏謝的屏字講。陸蓮史笑道。若是這樣。便對的多了。忽秦瓊說對寶星。陸蓮史道。敢是洋人大帽子上綴的那個寶星嗎。秦瓊道。是陸蓮史道。這個還可對得。剛要拿課本子去寫。寶珠道。我有了。對漏。斗。漏。是。器。皿。斗。是。天。文。如。何。

確是小學生情景

陸蓮史笑道。這個狠好。這個狠好。便寫上本子。因向葉魁道。對課要這樣一個活想。才對的好。這個不算。你再對這個去。寶珠偸眼在葉魁手上一看。是伯牛兩字。忙低聲道。季騧。又道王驩。葉魁暗點點首。到位子上去。故意做出那皺眉思索的樣兒。寶珠暗暗好笑。見上了燈。剛要告公出去。見秦珍進來。大家便都站起來。陸蓮史便讓秦珍向匟上坐下。秦珍道。今兒主試進簾了麼。陸蓮史道。是呢。大爺今歲子還攙這個不去。秦珍笑道。我總丟不下這個念頭。今科也免不過去混混。陸蓮史道。其實像大爺這樣高官。還爭這一點兒功名什麼。秦珍笑道。師爺不知道。咱們世襲的職官。最教人瞧不起。總說是單靠着祖宗餘蔭。憑你滿腹經綸。也沒個人信得過。必打這個上出來。纔有趣。我倒不希罕什麼舉子。我只想能殼僥倖任一個御史。我便把這些糊塗官兒參一個乾

蓮史注意所在讀者自知

淨。心裏。纔。舒。服。陸蓮史大笑起來。秦珍因見陸蓮史房裏擺着鴉片榻子，因走下坑來。說咱們裏邊談談去。陸蓮史便同到自己房裏。煙榻上坐下。因讓秦珍吃煙。秦珍道。我不會吃。我替你裝一口兒頑頑。便躺下這邊。拿簽子去挑烟。陸蓮史也躺下了。秦珍手裏燒着烟。口裏道。今兒我來。不爲別的。想替師爺府上說一個媒事。陸蓮史道。敢替小女說親麼。這好極了。我正爲他年紀大了。躊躕呢。是那家的郎公。敢是府。裏。的。秦珍道。也算。是咱。們。府。裏。的。若講郎官的才貌。自沒得批的。若一切行止舉動。也是師爺素所稱許的。陸蓮史低聲道。敢是寶。珠。秦珍。笑說。不。是。陸蓮史道。是了。我知道。敢是石師爺。秦珍笑點點首兒。因問何如。陸蓮史一口答應道。好極好極。咱們家一輩子結的是書香親。今兒待我去和賤內講明白了。明兒就請大爺給我允吉去。秦珍道。我知道你定肯許的。所以石太太對我講。我便一力擔承下來。既這樣。那劍秋那邊。我也不用講去了。陸蓮史道。那敢是劍秋的令妹。也還沒字人嗎。我到有一門子。你替他講講去。秦珍問是誰。陸蓮史道。也是一位新貴公講起來。你也和他相好。便是李冠英。你瞧可講得嗎。秦珍已將烟打在斗上。送過來給陸蓮史吃。陸蓮史知道秦府裏上下。都不許吃這個的。便也不讓。接來一口氣吸了大半筒。又揑一揑。又一氣。吃完了。放下烟槍。喝了。口茶。把烟。望鼻孔裏放出了。問秦珍道如何。秦珍笑道。好果然好。只是有了主兒了。陸蓮史道。這話我不解。秦珍道。是金師爺的令愛。要我和冠英講去。我所以不好再替劍秋講去。陸蓮史道。那也好。總是一講就成的。即日便有新貴出來。我再替劍秋說媒。忽秦珍跳起來道。我忘了。劍秋託我替他自己做媒。我怎麼便一時想不起來。陸蓮史道。敢

至情流露

是劍秋還沒對親麼。秦珍道正是。我便把金家這門親。說給他。再把他令妹說給李冠英。你看如何。陸蓮史道好。秦珍便告辭出來。立刻到白劍秋帳房裏講去。這裏寶珠却聽的明白。心裏早悲酸了。見蓮史送秦珍轉來。便告了公出。一逕跑到惜紅軒來。踏進門見婉香一個坐在燈下寫字。寶珠止不住一陣心酸。早哇的哭了出來。婉香吃了一驚。忙問你怎麼了。寶珠哽哽咽咽的哭道。好好的兩個姐姐妹妹。纔和我伴熟了些。我剛開心。說一個人做一輩子人。要這樣的好姐姐妹妹能有幾個。他偏氣不服。我一個一個的想法子送人家去。說着又悲悲切切的哭將起來。婉香不懂他話。這他字指的是誰。因問道。他是誰呢。寶珠哭道。大哥子呢。把瑣姐姐說給了石家。把素姐姐又說給了李家。把菊姐姐又說給了白家。照這樣一刻兒送了三個。今兒過這一晚。子可不要。把。我。的。好。姐。姐。好。妹。妹。多。送。光。了。麼。說着。又哭。起來婉香替他拭淚道。你又瘋了。一個女兒家。那能一輩子老大的伴着你頑。不家人去。寶珠道。那大嫂子。怎。麼。一。輩。子。伴。着。大。哥。子。不。嫁。去。呢。婉香笑道又獃呢太嫂子。是。給。了。你。大。哥。子。的。所。以。不。嫁。去。像美姐姐和麗妹妹。他們也和你好不了一輩子。也一個一個的要散去的。可見自己家的姐姐妹妹。還保不住。況。是。人。家。家。的。由。你。作。得。主。嗎。寶珠聽了這話。就像兜頭一勺冷水。因哭着扯住婉香的衣袖道。姐姐你呢。婉香紅了臉忽一個轉念。也。撲。朔。朔。吊。下。淚。來。搖。搖。首。兒更無一語。寶珠便痛哭起來。婉香連連收淚道。你瘋了。快放了手。給人聽見。算什麼。寶珠放了手。一兀頭倒在婉香牀裏。嗚。嗚。咽。咽。的。哭。去。婉香暗暗傷感了一會。見寶珠還在那裏哭。因走過去扶他起來。寶。珠。早。哭。的。淚。人。兒。似。的。道。好。好。你。們。一。

妙妙真是寫煞孩子氣

不堪言狀人生怎能免此

妙妙真是肺腑中流溢出的至情話

然則姐姐不該先問我

妙妙他們二字反襯得妙

個。一個的嫁去罷。聽我一個兒哭死罷。我哭死了。我把魂靈兒化出幾百個。我來一個一個的跟了你們去呢。婉香聽這話又覺好笑。又止了笑道。你講話越是隨口氽的了。你叫我嫁去。你叫我嫁誰去。寶珠道。姐姐你叫我。我叫你嫁誰去呢。婉香惱道。你這話越發瘋魔了。我問太太去。這話你敢是和我講得的。寶珠見他惱了。忙收淚央告道。好姐姐。你又生我的氣。倘你生了我的氣。氣壞了。我還和誰好去。還有誰和我好呢。說着又長一行短一行的淌下淚來。婉香剛要說。忽聽外一陣笑聲。春妍在那裏說。素小姐你們那兒來吓。怎麼燈也不點一個。燈婉香忙推他道。快不要哭了。他們來了。寶珠連連拭淚。婉香走出去迎着。見素秋和菊儂麗雲三個進來。麗雲一眼見寶珠拿帕子拭淚。便噗的一笑。走進來道。又哭什麼來。寶珠强笑道。我不哭。我眼睛疼呢。麗雲笑道。眼圈兒都擦腫了還說不哭。好好的又惱什麼。總是二姐姐不好。快不要哭。婉香笑道。誰和他惱來。他自己愛哭着。我也勸不理。素秋笑道。你不和他惱。你眼角上還有淚珠兒呢。婉香拿帕子一抹道。誰講呢。菊儂笑道。我常聽他們說。你們兩個打前年起一年三百六十日總是哭的日子多。笑的日子少。究竟也不知道你兩個有什麼傷心處。誰爲誰哭的。婉香笑道。還講呢。他不是爲你哭來。菊儂啐了一口。婉香笑道。你不信你問他去。菊儂眞個走近去問他。寶珠冷冷的道。我爲誰哭。我爲誰哭了。誰知道我爲誰。我哭我的。天不該生了我這人。還生我這個心。菊儂笑道。你不要這個心。你嘔出來給了我。寶珠道。我給你什麼。麗雲笑道。他要給二姐姐的呢。寶珠道。我又爲什麼要給他。我這個心不是好東西。人拿了去便彀苦了。勢必和我一樣的苦惱。我可不害了人。我嘔出來

你耶他耶
說的好聽

至情至性說來委婉煞人

詼諧妙絕

至情人說的自是到有深情

拿煤子燒了灰燒了灰還有痕跡漂到大洋海裏去給那些魚兒蝦子一吃光了可不乾淨那我這人便空空洞洞的沒一些兒苦惱沒一些兒心事了麗雲嗤的一笑道那你這個心給魚吃了去那魚兒可不也要和你一樣似的天天對着蝦子哭去素秋菊儂都嗤的笑起來婉香笑罵道那魚倒要對你哭去呢寶珠也忍不住笑了麗雲笑道我不和你講我還要問他呢因向寶珠道這麼你可不害了這個魚寶珠道那我不管麗雲道那是你的心你怎麼不管他去呢寶珠道我因不要這個心纔化了灰漂到海裏給魚吃去的麗雲道你沒了心可還能活嗎寶珠道死也有限麗雲又道那你值得什麼來寶珠道怎麼不值得趁你們姐姐妹妹都沒走散的時候我便這麼一死你們大家哭我的眼淚都盛在棺材裏盛滿了把我這身子放下去一浸便像泥人兒似的

浸酥了連骨頭也沒一根兒再倒在河裏去化了水給你們姐姐妹妹。煎了開水吃下肚去可不值得菊儂噗的一笑道吃下肚去不打緊回來把你說到這裏笑的講不出來婉香笑罵道你們今兒都要瘋了照這樣胡講。我不愛聽都給我滾出去。麗雲笑道你愛聽的話我多着呢。我講給你聽因學着寶珠的樣兒扭股糖兒似的黏在婉香身邊道好姐姐我和你好你可不要惱我呢婉香一手推開了。笑嗔道嘔死人了。我讓你們。儘你們胡纏去。說着要走。麗雲一手攔住了。呵着手要撓他的癢。素秋也扯住他不許走。婉香怕撓癢早笑的軟坐下了。忽外面海棠進來。說花農來請爺上學去。麗雲笑道。好好催命鬼到了。快去快去。寶珠欲待不去。又怕婉香生氣。待去又捨不下他們。頑想了想。無奈只得垂頭喪氣的走了出去。海棠拿着風燈。照到園門口。交花農照了出

上學可恨

去。寶珠到南書廳來。正在擺飯。便和陸蓮史一塊兒吃了。陸蓮史又講些塲規給他們聽。各自睡去。到了後天。便是頭塲了。秦珍也要考去。便和秦瓊寶珠兩個。在柳夫人袁夫人前請了訓。出來。再來見陸蓮史。陸蓮史叮囑了些仔細的話。便親自和白劍秋兩人送考。五人一齊上轎。出了府門。到宗祠裏拈了香。便一逕到貢院門口。見已天色大明。裏面早點名了。便護送入塲。各自回來。到初十。三人出來了。秦珍先自睡去。寶珠和秦瓊都把三篇文字謄清了。送陸蓮史看。陸蓮史大爲獎勵。說文章還是秦瓊的老到。寶珠的太發旺些。好也好。只比較起來略嫩些兒。寶珠怕丟了臉。二塲進去。便花團錦簇的做了五篇經文。出來送往陸蓮史看。蓮史大贊。說一定中了。到十四。秦珍秦瓊寶珠三人又進塲去了。不知後事如何。且看下回分解。正是華堂未賞三秋月。矮屋先躭九日風。

第四十七回

小廣寒法曲舞霓裳　大鬧熱飛觴折桂令

却說這日已是中秋佳節。秦府向例。兩府的人合在一塊兒過節的。此時桂花正開。袁夫人叫把席擺在東花園的小廣寒去。到晚。袁夫人便帶着漱芳茜雲先到南正院來。請柳夫人。見滿屋子都擠滿了人。原來瑣琴素秋菊儂三人。柳夫人都不放他們回去過節。便都在這裏。軟玉蕊珠。原打早間去拜太夫人的節。想陪着太夫人過節。太夫人不許他們在庵裏住。所以也剛回來了。藕香婉香美雲麗雲綺雲賽兒俱在。大家見袁夫人。便多站起。袁夫人讓了坐。因向衆人說。東花園山上桂花開的正好。今兒便在那裏賞月。那月供便設在桂花樹下。大家都說甚

絕好中秋景物

好。便喊掌燈。一齊出來。向東正院走廊上出去。仍接着走廊。彎彎折折的到了迴廊曲曲的所在。打晚春堂門口繞過。從皺碧亭走上循山游廊。漸漸高去。一路都點齊了燈。望下去有幾處沒人走去的所在。多不點。燈。琉璃。瓦上。照着。月光。還籠。着烟。大家俯望了一會。便都上去。早一陣風來。那桂花香氣。直參入鼻觀來。到月洞門口。見滿天井幾十株桂花。開得金粟似的。那月。光。斜。照在。西首。廊上。眾人。便打。西首。廊上。走。去罩着。滿身都是花影兒。砌下有幾個蟋。蟀在那裏咕咕的叫。苔堦上。鋪滿了。桂。花。米。兒中間。月台上。設着月供。一座絹紙札成的月宮。裏面樓台花木和走馬燈。做的嫦娥玉兎冰蟾杵臼。俱齊中間燒着一炷斗香。和着。桂。花香。氣。攪得氤。氤。氲。氲。月色。又迷。迷。濛。濛。不甚。清楚。那香。煙。浮空。飄着。就和。雲氣。似的一陣。風來。桂花。落的。滿身衣袂。皆舉。婉香笑道。

這裏倒眞像清虛府呢。麗雲笑道。月姥姮娥。素娥青女倒都有了。只少得一個兎子。美雲指着賽兒道。那便是他了。袁夫人和柳夫人都看着賽兒笑起來道。還不撑他的嘴去。賽兒笑道。便做個兎兒。也是有趣的。怕還輪不到我呢。婉香笑道。你放心。誰來搶你的美名兒。賽兒笑道。寶叔叔吓。大家都笑起來。進中間院子。見上面設着六扇圍屏。也挑了燈。居中極大的一張圓桌。却空了中間一塊。原來是十六張扇面茶几。搨攏一個圈兒來的。大家便依次坐下。是柳夫人第一座。袁夫人第二座。下面便是瑣琴、素秋、菊儂、婉香、軟玉、蕊珠、藕香、漱芳、美雲、麗雲、綺雲、茜雲、賽兒。却空了一位。本該是寶珠的。這會子不在。便把葉魁喊來坐了。蕊珠下首一座。婉香等看他年紀比寶珠小些。一切言語舉動。迥然各別。不知怎麼。有一種討人厭的樣兒。也不去理他。丫頭們篩上酒來。大家吃了一巡。柳夫人團圈看了一遍。道今兒人也不少。怎麽少了個寶珠。便冷。清。清。兒的袁夫人笑道。他們在塲裏。不知道還冷清到那樣呢。柳夫人點點首兒。便拿一個月餅。抝破了吃着道。今兒太冷清。抽腸子行令。也沒得趣。還是叫春聲館孩子。來這桂花地下。舞一回兒。倒好頑。大家一齊說好。便喊丫頭們往西花園傳去。一時伶兒嫩兒細柳兒等都來了。請過安。便先到對面迴廊上坐着。打起十番鑼鼓來。夾着笙簫。甚是幽雅。那時。月色。漸漸的。明了。滿院子。燈也通。明了。風。瑟瑟的。把外面。桂。花。香。氣。吹得。滿。屋。子。噴。香。婉香笑道。這桂花倒開的很盛。人家家的。總開的沒這樣早。想這花兒也是預來給兩位太太和兩位嫂子報喜的。你們不瞧。那月臺上的燭花。也開成一對如意樣兒呢。柳夫人笑笑。袁夫人也很歡喜。忽一。陣。鑼。鼓。響。對。面。走。廊。盡。處。月。洞。門。上。擁。出。許

好景天成較之新舞台的燈彩戲尤妙

多盞雲燈來一串兒約有十幾盞都是小孩子手裏拿着的打桂花樹底下高高低低一來一往的穿着忽接成一道雲街迴迴的擁了一轉都兩行兒分開接成八字式了雲燈盡處又着地擁出一朵雲上面站着一個仙女霓裳霞佩儀態萬方衆人定睛看時却是嫩兒扮的嫦娥口裏唱着後面跟出一隻兎兒燈來忽一道燄火過處又擁出兩朵雲燈來看是唱老生的大春奎扮了唐明皇一個唱凈的四喜兒扮了葉法士唱着出來滿天井都擁着雲燈那月色照入院子裏來桂花更香了那笙簫聲音幽細的很柳夫人一面看着戲一面喝着酒高興的很見滿屋子被月光移進來些花影兒因燈光逗着不甚明白便叫把裏外的燈一齊吹熄了那月光便雪亮的照着各人滿身大家都說有趣滿飲了一杯忽對面月洞門口點起一盞白色電燈來那光直逼的人

影透明。望去。見亮。光。打。月。洞。門。射。進。來。宛然。一。座。月。宮。忽然。又。走。出。五。六。個。女。孩。子。扮。的。仙。女。手。裏。都。拿。着。樂。器。吹。打。着。出。來。向。桂。花。樹。下。跟着。雲。燈。一。往。一。來。的。吹。着。唱。着。舞。着。滿座的人都看的出神了。丫頭們送菜上來。猛不防葉魁甩起一隻手來。一撞。把一碗。湯。倒。的。滿。手。因那。湯。是。燙。的。一。失。手。把。個。碗。打。的。粉。碎。大家吃了一驚。那茜雲的猫兒早跑。去。搶。着。吃。了。衆人都笑起來。一時戲完了。大家都飲了一樽。茜雲道。咱們令兒便把我這一個猫行一個令好嗎。柳夫人因問。怎麼樣一個行法。茜雲道。折一枝桂花。咱們一順兒傳過去。猫叫一聲。便住了。花在誰手裏。誰喝酒。婉香笑道。這個你能作弊。我不來。茜雲道。那我把猫交給你。好嗎。婉香笑應着。賽兒忙道。婉乾娘可不要聽他的哄。前兒我和他來過。他把猫交給了。我我打他弄他擰。他他死也不肯叫。我還了他。

他不知怎麼弄他。只看輪到我。那猫便叫了。袁夫人笑道。你們不知道。茜雲。忙叫。太太。不告訴。他袁夫人便笑笑不語。漱芳道。還是把猫交給我。罷茜雲料想他不知訣竅。便捧過來。放在他身上。丫頭們便折一枝桂花交柳夫人手裏。便由柳夫人起。一順輪下去。可巧到茜雲手裏。那猫叫了一聲。茜雲甘心情願的飲了一杯。再輪到他手裏。猫又叫了。茜雲駭異道。奇了。又飲了一杯。再輪到他。又叫起來。茜雲便說有弊。漱芳笑將起來。茜雲笑道。好好。二嫂子。你好。大家因問漱芳。漱芳笑道。他這個。猫。也。有點兒脾氣。你越欺弄他。他越不叫。你這拿手向他額上撫撫。他。的。順毛兒。他纔。肯叫。說着。因撫。撫。那。猫。果然。渺渺。的。叫。將。起。來。婉香笑道。那你不該連要他吃三杯。叫他知道。漱芳笑道。我只弄他叫了一聲。第二。回。是。麗。妹。妹。學。出。來。的。那裏。眞。是。猫。叫。這會子我不弄他。他却

這一賀賀得有趣

自己叫起來。大家都笑。柳夫人因道。只個不公道。還是叫伶兒們擊鼓傳花罷。合席說好。丫頭們便叫伶兒捧着鼓。到月洞門外敲去。這裏仍打柳夫人傳起。纔到袁夫人手裏。鼓便住了。滿屋子便嘩然稱賀。漱芳早滿滿的斟了一杯。送與袁夫人。袁夫人便飲乾了。又傳過去。却好到柳夫人手裏。鼓聲又住了。大家又鬨然稱賀。說今年兩位哥兒定恭喜了。柳夫人也高興。便喝了一杯。重又傳起。却到婉香手裏。住了。麗雲等又嘩然稱賀。婉香笑道。那我可有什麼可賀的事。麗雲笑道。寶哥哥高中了。也該賀你。婉香道。這又奇了。袁夫人也插笑道。婉兒的喜。定是來年。得個狀元郎呢。寶兒中舉。那算得什麼。柳夫人也笑道。好好。三太太講的是呢。藕香在旁道。妹妹快乾這杯喜酒兒。婉香剛要吃了交令。被他這樣一說。便放下不吃。道兩位太太和姐姐妹妹。總拿我開心也罷。

我便給太太做個歡喜團兒罷麗雲嗤的一笑婉香紅了臉道麗妹妹又笑什麼我以後和你講話眞先要在肚子裏輪一轉兒呢麗雲道誰笑你來快吃了這杯子喜酒再講婉香定不肯吃柳夫人說你吃了我不許他們笑話便了婉香纔飲乾了麗雲笑了他一眼婉香不理便將花兒從婉香傳起可巧到麗雲手裏住了麗雲怕婉香笑話不等他開口便把酒忙一口飲了婉香看着笑道忙什麼怕誰搶你的吃呢麗雲剛喝了沒咽下聽着不禁失笑把酒却噴了綺雲一臉綺雲笑着罵起來麗雲連連央告笑着把自己帕子替他揩拭茜雲也惱道我臉上也有了快給我揩呢麗雲一扭頭道我不信便噴到你那裏又詐我來茜雲不依經賽兒替他揩了揩又講些好話纔罷一時合席都傳遍了只葉魁沒接到手便手舞足蹈的說不公道一帶手把婉香手裏的杯子

寫景細極

又碰。碎。了。蕊珠着實過意不去。忙拿自己的杯子送給婉香用。婉香却毫不介意。仍舊談笑自若。一時擺上飯來。大家吃了。口便各散坐一會兒。月色已斜。上東牆便叫掌燈一齊走下山來。早覺得涼露滿天。那些樹。葉。都。津。津。的。映。着。月。光。和。綴。着。許。多。串。水。晶。毬。兒。的。一。般。一千人出了東花園。兩夫人和藕香漱芳茜雲賽兒便各歸院子。葉魁仍送進書館睡去。這裏婉香瑣琴等。一同打寶珠樓上。繞到一粟園山上。瑣琴菊儂素秋便打留餘春山房這邊下山回去。軟玉蕊珠美雲麗雲綺雲都在惜紅軒略坐一會兒。各自分路回去。婉香。却。獨。自。憑。欄。一。望。見。山。下。幾。對。風。燈。引。着。各。人。分。頭。向。月。下。走。去。遠。見。洗。翠。亭。在。池。面。上。籠。着。月。色。幽。邃。可。觀。便四下望了一回。見天井裏兩株銀桂也開的正好。月光籠着。別具清致。便賞玩一回。聽漏聲已滴二下。纔歸安寢。不知後事如

何。且看下回分解。正是

好。月。正。宜。同。醉。酒　深。宵。猶。愛。獨。憑。欄。

第四十八回

聽琴夜寶珠招薄怒　下場時秦瓊遇寃家

却說那夜中秋賞月後各歸安寢。次日秦珍秦瓊寶珠都出場來了。睡了一會。寶珠醒來。看已是初更時分。見婉烟晴烟都尚未睡。因問這裏人靜了沒有。晴煙說蕊小姐和麗小姐。纔打隔院子來。剛回去呢。寶珠便要起來。婉烟止他道。爺一連辛苦了這些天。可還不要將息會兒呢。寶珠那裏肯聽。早走下床來。向牕外一望。見花影還未過西。因道早呢。你瞧。這剔。團。團。的。明。月。兀。自。捨。不。得。下。去。我。難。道。捨。得。他。睡。了。不。成。婉烟笑笑。寶珠便走出游廊。到惜紅軒來。見垂花門已關上了。到花牆洞

好琴曲古意盎然不知如何揑撰出來

兒上一望見裏面靜悄悄的滿迴廊都是月色和水一般浸着那牕子。却開了兩扇裏面遮着湘簾有一點燈痕晃晃動動的閃着猛一陣風過處一縷桂花香氣和幾個蟀蟋聲又帶着丁丁冬冬的聲音細聽是琴又聽婉香在那裏微吟道

碧海無波兮天蔚藍秋雲似羅兮秋月彎碧梧亭亭兮高十丈是誰棲止兮雙鳳凰

少住又吟道

鳳凰於飛兮雲天長孤鸞對影兮瑤瑟涼伊人何處兮徒相望空山幾曲兮秋水一方

略停又彈道

秋草零露兮啼寒螢雲錦千丈兮拋擲璇璣旁銀河之水波浪浪

塡橋之鵲尾。𣴎𣴎凌波。低徊兮羅襪雙。欲往從之兮山上山。

寶珠偶然咳嗽了一聲。那裏面的琴聲便住了。見春姸掌着個風燈出來。向天井裏一望。寶珠便走到垂花門邊去。喚他開門。春姸隔着花格子。見是寶珠。便開了花格子門道。纔睡醒嗎。寶珠笑點點首兒道。姐姐也沒睡嗎。我正聽的好琴。怎麼不彈了。剛說着。裏面婉香出來道。春姸你和誰講話兒。春姸笑道。小姐你想。還有誰呢。寶珠應道。是我。婉香看了看道。你怎不好睡。又來這裏什麼。教人看着。算什麼呢。寶珠笑道。這有什麼算什麼的。姐姐。你看這一天的月色。故意圓的這樣好。似笑咱們寂寞似的。你既彈琴。何不到這芭蕉樹下石墩上坐坐。彈一兒套我聽。婉香看看月色。因喊春姸去拿琴出來。因教寶珠彈一套兒。寶珠應着。便拿帕子向石墩上撲一撲。坐下。把琴擱在膝上。彈了一遍。婉香聽

隨口謅來亦成文理

着不懂。因問是什麽曲文。寶珠笑道。是剛纔想了一闋醉太平的小令兒。我再彈給你聽。因彈着吟道

柳陰。花陰。風淸。月淸。隔牆。誰弄瑤琴。是鸞心。鳳心。　咳嗽。一聲。冰絃。乍停。可是姐姐。鶯鶯。正愁醒。酒醒

婉香惱的變了顏色道。你敢要死嗎。說着眼圈兒紅了道。好好。我知道你的心罷了。說着便自進房去。寶珠忙丟下琴。趕進來道。吓姐姐。我是無心講的。你怎麽又認眞了。婉香道。你欺我太甚了。動不動。拿我比鶯鶯。再也改不過這口號兒。我問你。鶯鶯是怎麽樣個名分。你拿他比我。我問你。寶珠不敢回答。只連連央告道。好姐姐。算是我口過。你不聽罷。婉香道。還講呢。你不算。難道倒是算我的口過。不成。我也不和你算這個。你自己算去。打前歲子起。你欺侮我幾回了。寶珠道。這欺侮兩字我

怎麼當的起。你要講我欺侮你。我便把這個心剖出來你瞧。說着。拿把剪子。眞要剖去。婉香督手奪下道。你要嚇死我。也容易。我先死給你瞧。寶珠忙去掩他的嘴。婉香撇手打開了。拿帕子捧着臉兒哭去。寶珠說又不是。勸又不是。只得聽他去。自己也坐着哭起來。春妍在外面聽見兩人都哭。料想又惱了。知道勸不理的。只在外面聽着。等兩人住了哭。纔進來。見寶珠陪着笑臉兒。對婉香講好話。婉香却不理他。拿着帕子呆呆的看那淚痕。春妍道。三爺怎麼又來和咱們小姐嘔氣呢。寶珠道。我那敢嘔他呢。我不過用了個西廂的典。他又惱了。婉香見他說西廂是典。倒不禁嘔笑了。春妍也笑道。爺昨兒在場裏可也用這個典不用。寶珠笑道。怎麼不用。我把全部子抄上去呢。春妍道。看光景爺倒把這部子西廂念的稀熟呢。明兒老爺回來。傳月課的時候。爺把這個講給

春妍可兒

老爺聽。定有重賞。寶珠笑道。你愛聽。我講那拷紅的一回兒你聽。春妍忙掩了耳道。我不愛聽明兒老爺回來講給老爺聽去。婉香笑嗔道。厭死了。什麼時候。還這樣鬧。我要睡了。都替我請出去罷。寶珠看那月色。打簾子上照進來。起了。滿地。滿身的波紋。因說好月子不賞。倒鬬口兒來。說着便走出天井裏去。仰面見那月兒。四圍多繞着五色的暈兒。因道。怎麼敢是月華。姐姐快來瞧呢。婉香不去理他。寶珠再看那月子四面暈兒漸暈漸大。顏色竟一層一層的分得畢清。漸漸的滿天都是了。寶珠喜的手舞足蹈的。連喊姊姊來看。婉香忍不住。便出來一看。見那月華。像是盤香似的。一圈。一圈的。垂下來。就像一個玻璃罩兒。罩在天井上。連天也被他遮住。看不見了。春妍見他兩個仰面看着。便也來看見地下的人影兒逼得洸明。仰面見那天好像戲臺上的鷄籠頂。那月

寫月華好極

春妍眞好

子便像一個水晶毬兒嵌在上面凸出了要跌下來的樣兒映的各人衣袂上都是光爛五色因道果然是月華要求什麼事快求呢寶珠便扯住婉香的手道我和你拜拜他婉香一甩手道我不求什麼你自拜去春妍笑道還是我來代求罷因歛衽祝道拜求月宮仙子庇佑咱們小姐和三爺各如心願寶珠大笑起來婉香嗔道痴丫頭你敢是瘋了春妍嗤嗤的笑着仰面見那月華漸漸的散了化做滿天的斑爛雲彩有像鳳的有像獅子的有像美人的奇狀百出那月子明的像電燈似的又分外圓了些飛也似的走向西去定睛細看那月子原不移動走的却是雲彩都往東去了一時露出碧藍的天一淸如洗也沒得一片雲連星也沒得一顆婉香正仰面看着覺得身上涼了便要添衣服去寶珠因向他肩上一撫早被露水沾透了應道好重露水快換衣服去

婉香撫他一撫。也濕了。便道。你也着了露水。仔細受了涼。正說着。嫣煙來接寶珠了。寶珠便自回去。婉香也就睡了不提。次日寶珠因場事積勞。又加受了點風寒。便抵擋不住。病倒了。婉香本來也是嬌怯怯的身子。昨夜受了風露。也傷風咳嗽起來。過了重九、寶珠纔好些。到了十二那日。貢院裏塡榜了。那些秦府管家。都探頭探腦的去打聽去。那日秦瓊却避出府去了。大家都不解是什麼意思。只石漱芳一人知道原來秦瓊中秋那夜在塲屋裏。見圓圓揪着號簾子進來。秦瓊一見早嚇的魂也沒了。只求饒命。說原是奶奶害你的。與我無干。圓圓道。這也不是奶奶害我。我雖我傷了廉恥。你也不該勒死我。我歸根你當初和我也和小喜子一般的。況我已先許了小喜子。還是你覇佔他的妻子。那時你若不娶我。我跟了小喜子。也不弄到這地步。我現在苦的那樣。你瞧。我頸

鬼氣逼人
那不嚇煞

子上還有血呢。秦瓊不敢看他。只滿口央告。圓圓道。你的命。尚不該絕。我也不向你索命。今科你本該中了。我如今和你講。你打今歲起。從此不許進場。你應得麽。秦瓊連連答應。向號板上磕頭。圓圓道。既這樣。那便算了。只是苦了我。你須得做法事替我懺悔纔是。秦瓊滿口唯唯。圓圓又道。我總信不過。因伸出手掌道。你給我個寫上一個憑據。秦瓊沒法。便拿起筆來。向他手心寫八個字道。如再入場。願憑索命。猛不防。圓圓趁墨未乾。一翻手。印在他卷上。秦瓊大驚。圓圓已不見了。忙拿水想把墨漬洗去。早攪的滿卷子多是墨跡。便大哭一塲。出闈和漱芳鬧了一場。說是漱芳害他的。漱芳也深自懊悔。這日塡榜。秦瓊怕貼了出來。丟了臉。所以便要了幾兩銀子。竟避出門頑去了。且說十一這晚。秦府裏自頭門起。直到裏面。都點齊了紅紗燈。上上下下。都一概不睡。等候

此之謂鬼計

倘一可風宮大得
如人不景家半穩
竟報大然子是的
沒中煞而弟拿

報。來。柳夫人袁夫人等。都在南正院設宴演戲。做永夜樂。菊儂是中秋第二日回去的。瑣琴素秋也家去了。漱芳告了病不來。座次兩位夫人和婉香藕香寶珠美雲麗雲綺雲茜雲賽兒十人。到了二更時候。先報來了。是秦珍中了四十一名。大家自是歡喜。合席賀了柳夫人和袁夫人藕香一杯。那些女孩子。便演起狀元譜的戲來。弄到四更時分。還不見第二個報來。婉香心裏疑惑。怕寶珠不中。寶珠自己也怕丟了臉。便避席出去。只說磕睡。回天風樓去了。這裏眾人直等到五更也不見報來。都說寶珠和秦瓊兩人。都沒望了。婉香正想着秦瓊不中容或有之。怎麼寶珠也會不中。可不空望了這些天數。心裏大不舒服。剛要出席忽外面婆子丫頭們喧擁進來。嚷着說三爺中了。婉香吃了一驚。柳夫人問道。敢是中了副榜麼。丫頭們眾口齊聲笑道。說三爺中了元呢。不

塡榜是先從第六名塡起直至副榜塡完再塡第五第四第三第二末後乃塡第一故揭曉最遲

知。道。是。副。榜。不是柳夫人道解元是第一嗎。怕未必呢剛說着。秦珍跑進來。趕忙向柳夫人和袁夫人道喜說寶弟弟果然中了第一。婉香暗暗。開。心。袁夫人因問瓊兒怎麽。秦珍皺眉道瓊弟因卷上汚墨竟被貼了。豈不可惜。袁夫人大失所望。秦珍因外面請便跑出去。見天已明了。滿屋子自鳴鐘。一齊都打了六下。秦珍忙出來問什麽事。沈順回說報子在穿堂上。和咱們府裏人打架。請爺彈壓去。秦珍便出來。到穿堂門口。許多當差的早一疊聲吆喝說住了。爺出來了。府裏人先住了手。那報子也。不敢打了。秦珍問什麽事你們在這裏鬧着。老管家高陞趕先回說。他們報三爺的喜。已是三報了。咱們賞他五十吊錢。他不拿不打緊。還丢在地下。罵小的們吃他串兒。小的們講他幾句。他便動手打了。秦珍哼了一聲道。你。們。這。些。混。帳。統。不。是。個。東。西。又。道那報子們也太胡鬧了。咱們府裏。從沒苛刻了什麽事。你在這兒鬧。是什麽意思。那報子回道。小的來報。蒙帳房裏賞了五十吊錢。這些爺們。要拿十吊。扣頭所以。和他。講這個理。秦珍喝令管家。把十吊錢追出來給了他。喝令出去。因順步出來到甬道上來看看天色。已經白了。便站立一會兒。把靴尖子。踹。踹。好。走下。堦沿。來見儀。門外。的紅。紗燈。已烏。隱隱。的沒。一些。兒光。了遠。遠的。有些。車。聲。馬。聲。秦珍走到門口早有人喊說大爺出來了。秦珍出去。見當差的兩排兒站着。因道陸師爺貢院裏去。敢回來了麽。沈順剛要回。見二門外進來一對高照燈。一乘官輿。和幾個馬。一串兒進二門甬道上。來早有人喝道。大爺在這裏。還不下馬。那些人都拍的跳下馬來。轎子也歇下了。秦珍忙令抬進去。那轎子裏早走出一個陸蓮史。一見。拱手稱賀。秦珍連忙作揖道。榜出來了沒有。陸蓮史道出來了。寶哥兒竟高標第一。有好多人嘖嘖稱羨。說十五歲的哥兒便大魁一省。眞從來少見的。只是大爺委屈了些。秦珍道。已經僥倖了。那還論得名次。只瓊弟可惜了。陸蓮史也說可惜。秦珍見天已大明。因道。師爺辛苦了一夜。請轉去將息會兒罷。說着。兩人便讓着進來。不知後事如何。且看下回分解。正是

公子。先。攀。第。一。花。
美人。已。上。無。雙。譜。

淚珠緣三集終

淚珠緣三集

每冊定價洋四角

著作者　天虛我生
校閱者　鈍根
發行者　中華圖書館
印刷者　中華圖書館　上海新聞路中　電話一三三三
發行所　中華圖書館　上海棋盤街中　電話二四五九
代售處　各省大書坊

民国首版文学经典

泪珠缘 [四]

陈蝶仙 著

上海科学技术文献出版社
Shanghai Scientific and Technological Literature Press

淚珠緣
卯集

淚珠緣自跋

這部書。是作者二十歲時候。在病中做着。消消遣的。從頭至尾。不上一個半月工夫。所以裏面的情節。也敘不到十年。承看官們。都說這部書打的很完備。但是作者自己看來。覺得這裏面的缺陷。也尙多着。要是如今打起一部六十四回的大書。便斷不肯瑣瑣屑屑。專敘這些兒女癡情。家常閒話。不是說現在打的書。定能勝似這部。要曉得時勢習俗。移步換形。如今的寫情小說。性質已是不同。筆法也是兩路。若教作者。現在再做這樣一部瑣瑣屑屑兒女癡情家常閒話的書。也是萬萬再做不出。金聖嘆說的好。文字。要立時捉住。方是本色。那過去的。和將來的。又是別項一種文字。我這淚珠緣。便是當時捉住的文字。倘使現在再做一部淚珠緣不要說字句情節另是不同便是依樣葫蘆的畫了出來也只算得別項一種文字現在這六十四回書已經刊齊了這部書在六十四回以後應該便沒得文字却因結末有一句原書本來有一百二十回的話不免又惹看官們疑惑或說還有續集的或說以後的書便是眞個有了我們也想得到定是寶珠賽兒盛蘧仙石漱芳等這班人一個個生了兒子秦文柳夫人袁夫人葉老夫人這一班子一個個都死了過去弄得風殘雲捲連那婉香浣花蕊珠等這一班美人也少不得一個個的老了收場完結豈不掃興那便和西冷訪蘇小見個白髮老嫗的故事一般無二所以作者自己想想也不必再有續集若是眞個續下去時想那秦寶珠倘是活着現今世界花樣翻新他處到這個局面那裏容得他這般忞忞昵昵一輩子幹這兒女子的勾當

也就、少不得和那新石頭記的賈寶玉一般改了方針換了腦筋去幹些新勾當出來了便說江山易改本性難移秦寶珠還是先前那模樣一個本來面目但那些夏作哇一流人物早也趕先放出一種手段來運動運動的了作者自做成這部淚珠緣以後眼見的希奇古怪這些事體身歷的悲歡離合那些情節足足又有一部大書的材料早想編做一部小說給大家看看只是在下這支筆向來只會得寫情的寫情寫到淚珠緣六十四回已經寫盡若要再寫除非寫些矯情罷了便是看官不嫌憎作者自己却先老大一個不願意再加現在的新小說無論是翻譯的杜撰的總要寫些外國地名人名方算是一篇傑作在那一般社會上通行的過去若說不呵任你寫得怎般入情入理便是紅樓夢金瓶梅出在現今世界那書裏又沒得什麼新思想什麼新名詞也就算不得什麼新小說了所以在下近來做小說的心思雖濃寫大書的筆墨卻是淡了與其另起爐灶裝腔作調的做新小說不如吾行吾素趁着現成再把淚珠緣續將下去倒也免了一番囉囉囌囌的安排交代落得開門見山簡簡直直的叙起事來豈不是好大凡一個人生在世上今日不知道明日的事那六十四回上秦文在晚春堂秋宴以後自然連秦文自己也不知道以後的事定是如何作者和看官那裏也就能彀拿得定料得準呢我這淚珠緣續集便從這時候直接演起這一段跋語就算是續集的楔子交代明白現且按下一邊再說

據此一段跋語續集敘事必須避卻以上云云所能逆料之事則續筆愈難果然續了我須拭目視之（拜花）

絕好一篇
吊渡文章

涙珠緣題跋

十二年前於武林書肆中見有小書八冊署為涙珠緣書名幽艷觸我所好取而閱之知為言情家之著述即書肆中略讀一過觀其結構純仿紅樓而又無一事一語落紅樓窠臼亟尋作者署名為天虛我生陳蝶仙數字及懷歸細讀始知尚係初集全書猶未畢也再往書肆中訪問作者是否近人而書賈嚅嚅無以為答嗣後隨在物色又得桃花夢傳奇亦署名蝶仙自是益深向慕然究不知蝶仙為何如人也迨乙巳之冬購文件於萃利公司無意中詢及主人始知僕所朝夕思慕之天虛我生即此萃利之主人翁也涙珠緣一書至是始得讀全璧遂冒昧以詩晉謁感蒙許立程門迄垂十載君詩詞名已噪大江南北著作等

身此說部蓋君弱冠時筆墨也全書曩印數千部早已不脛而走今春徇海上友人之請重行鋟版函來屬僕校誤爰爲戲書眉評數則旣不量佛頭着穢之譏并跋此數言以附驥尾亦誌僕與君遇合之因實此書之緣起也至於此書之價值則當世讀小說者早有定評固無待贅述矣甲寅四月拜花周之盛跋於倚紅仙館

淚珠緣四集目錄

第四十九回
報春闈吉士攀龍　宴秋興詩謎換盤
第五十回
小兒女活折鳳鸞儔　老夫人另訂鴛鴦譜
第五十一回
俏丫鬟妙語止傷心　好姊妹分襟齊下淚
第五十二回
易鮫綃斷腸分手　聞燕喜狂笑偏心
第五十三回

病寶珠對鏡惜芳姿　俏麗雲登山聽松籟
第五十四回
兩頭親花學士悔婚　一手本秦宮保請旨
第五十五回
感皇恩葉家表雙節　奉聖旨秦氏娶三妻
第五十六回
絕艷驚逢浣花醉酒　佳期再阻婉姐居喪
第五十七回
收寄女沈左襄仗義　鬨行人花占魁出殯
第五十八回
認花容姊妹訝生逢　祭江口弟兄悲死別

第五十九回　連城璧合寶珠迎親　合浦珠還蘧仙失喜

第六十回　新婚夕奪被悄嗔郎　好春宵入幃憐小妹

第六十一回　嫁浣花寶珠悲失蜀　勸眉仙婉姐暫歸甯

第六十二回　冷素馨多情圓舊約　沈浣花巧語難新郎

第六十三回　破猜疑分明留蜥蜴　配奇婚顛倒做鴛鴦

第六十四回

秦公子償完風流債
石公子歸結淚珠緣

淚珠緣第四集

天虛我生著
鈍根校訂

第四十九回

報春闈吉士攀龍　晏秋興詩謎換蟹

却說這年鄉試。五經魁是秦雲何祝春盛蘧仙華夢庵桑春一干人。原是都認識的。便互相拜賀。秦府裏少不得熱鬧幾天。鹿鳴宴那日寶珠領着一班舉人。前去參謁主司。花占魁見寶珠才貌俱佳。心裏頗覺歡喜。知道便是秦文的姪子。便存一個意見。到回京復旨後。自己便陞了內閣學士。這日從朝房裏出來。便往刑部大堂來謁秦文。并道喜。說令姪竟大魁一省了。秦文連連道謝。說些客套話。因問令姪女現在舍下。可曾着人望去。花占魁說。因奉旨閱闈。未及私事。秦文點首兒。花占魁因向秦文求親。秦文却不肯遽應。說足下剛打外面回來。舍姪又是足

我亦深怪秦文不知是何用意

下擢取的門生。此時提親。恐遭物議。花占魁又說。但求大人俯允了。外面且不提。及便沒人知道的。秦文道。那個不急。孩子門又尚小着。且再求教便了。花占魁倒不好意思起來。自怪冒昧。立刻拱茶去了。心裏却怪秦文又不好頂撞他。便擱起不提。且說寶珠自中之後。便把功名二字。看的極容易了。也不上學去。只和姐姐妹妹。鎮日的頑。倒是婉香督率他用些功。他不上學一天。便一天不理他。寶珠纔不敢荒疎了筆墨。這日正打南書廳出來。忽小斯迎上來道。夏師爺請講話。寶珠道。他有什麼話講。因便到文案房來。夏作珪笑迎着。講了些閑話。忽低聲道。兄弟蒙老爺保了個免補布理問本班。以知州用。兄弟想把三班補足了。進京引見去。爺可有什麼事。寶珠道。也沒甚事。夏作珪道。貴老師升了內閣學士了。聽說曾和老爺。給你提親。不知怎麽老爺不允。此番兄弟

原來有挾而求

五千兩潤筆那裏去了大約是媳烟藏着不肯拿出來了

進京。想便替三爺做個撮合山。可好嗎。寶珠紅了臉道。這事自有家太太和三老爺作主。夏作珪笑道。爺總還是孩子氣。這些終身大事。自己也要有點主意。倘日後不如意。可不悔也無及了。兄弟都知道。爺又害什麼臊呢。又不是女兒家。寶珠呆了半晌。夏作珪又問。寶珠低着頭道。那便奉託罷。說着便想走。夏作珪道。且請住着。那節兒事。憑我一力擔承罷。只是兄弟此番進京引見。還少點兒款子。想和爺商量。告假些兒。寶珠道。光景還短多少。夏作珪道。不多。只二千兩。有了。寶珠暗暗想道。他因我這一點兒事。借這些錢去。雖我沒用錢處。借給他也不稀罕。只我手頭也沒這些錢。因道。我平時師爺知道。我是看不得錢的手裏也沒拿過這些齷齪東西。既師爺要用。便向帳房裏支一千兩去。多了。怕老爺家來講話。夏作珪一口道了謝。又講了些閒話。寶珠自去了。夏作

人情活畫

珪便到金有聲帳房裏來。替寶珠出了賬。兌一千兩現銀來。又把自己的欵項併上。託錢莊匯去。自己便打十一月初上進京。一到京裏。便去謁見秦文。因把寶珠的親事提起。說是柳夫人特地着他來的。秦文因道。花占魁本來也和我提起過。我因怕招物議。所以暫復了。既二太太這樣特誠請你來作伐的。那你便對他講去。總一說便成的。夏作珪得意的很。便去謁花占魁去。花占魁因他是秦府的人。便叫請見。夏作珪鞠躬盡瘁。恭維了一番。見花占魁年紀不上四十。還比自己小些。便要充些老幹。講出許多卑陋不堪的話來。占魁已不願聽。及夏作珪講起提親的事。占魁還沒聽見講的是那一家。早一口回說。舍姪女已在提親了。夏作珪因問是那家。占魁含糊答應。說是同鄉。夏作珪還要想講。占魁已端茶了。只得辭了出來。一肚子好氣。回去告知秦文。并說花占魁那樣使架子。那樣不近人情。知道替府裏求親。他便一口回絕了。秦文也覺好氣。因道。他前兒向我求親。我沒許他。他今兒倒使起架子來。一個孩子家。怕沒有好女兒配給他。既這樣。不提也罷。幷吩咐門口說花大人來拜。可不必請見。夏作珪暗暗稱快。因寶珠叮囑了來。要一封回信。便只得寫一封書子去。又想道。這話不好實講。因只說花家現有兩門親事說着。光景總允這邊的。叫寶珠日後不怪着自己。發信之後。自己便領了部文。往湖北稟到去了。到了次年正月間。兩湖總督缺出。部裏因便放了秦文出去。署只個缺。花占魁却好也放了湖南學政。便都出京去了。不提。且說寶珠自接夏作珪信後。心裏滿料花占魁必就自己的這邊親。及至正月間。接見邸抄。知道花占魁和秦文同放了一處。料想事成。雖沒信來。只當秦文無暇及此。所以不提。的又落得和婉香一塊兒多頑幾日。過了元宵。柳夫人便叫秦珍整頓行李。打算覆試去。秦瓊却到秦文任上去了。這裏陸蓮史因秦珍寶珠進京去。也便回家。一轉。寶珠先覆了試。接着便是會試。寶珠中了會魁。秦珍中了進士。便又忙着殿試。過了。都便在京候榜。因盛蘧仙何祝春華夢庵一干人都中了進士。俱在一處。寶珠倒不寂寞。且說秦府裏自寶珠出門去了。便減了許多熱鬧。陸瑣琴已回家去。素秋因嫁期便在七月初上。不便在這裏久住。也回去了。只菊儂在府裏和婉香漱芳等。朝夕作伴。不知不覺。便把一夏過去。已是秋涼天氣。七夕近了。一日柳夫人正和軟玉蕊珠藕香婉香等。在南正院看女孩子踏戲。忽外面一片喧嚷聲。報進來說。秦珍殿試三甲。授翰林院庶吉士。寶珠點了一甲二名榜眼。授職編修。一家都狂喜起來。一時賀客盈門。鬧了一個多月。秦珍寶珠都蒙恩賞假三月。再進京聽用。這會子便都回來了。又設宴開賀。却好何祝春和盛蘧仙也點在二甲。授庶吉士。都賞假回來。華夢庵却在三甲。授額外主事。大家互相燕賀。又鬧熱了幾十天。此時寶珠便像個活寶似的。柳夫人和袁夫人。都分外疼他。姐妹們也看的他重。婉香是更不必說了。自然比衆不同些。寶珠看婉香分外的和自己講得來。自己便也十分憐愛他。宛然兩口子的樣兒。光陰易逝。瞬息已是重陽了。寶珠便起個登高會。把瑣琴素秋。也都接了家來。到東花園最高的一覽亭。設下一席。接了瑣琴素秋。到來便請了柳夫人和袁夫人藕香婉香菊儂美雲漱芳麗雲綺雲賽兒茜雲軟玉蕊珠一干人。都依次坐下了。先喝了巡酒。寶珠道。偺們多天沒這樣雅叙。今兒我出個令要合席俱遵的。并且一得兩便。婉香問是什麼令。寶珠道。昨兒盛蘧仙和何祝春在自己花園裏擺文虎子。叫人射。我射了好幾個來。回來拿條子給你們瞧。我想。偺們這邊園裏明兒也起個秋興的會。這裏菊花又多着。打一條子去。便給他十盆菊花。這條子便做令兒的令。這一盆子蟹也不彀。再去添來。一巡酒。每人出一條。回來大家鬬總數兒。誰少幾條。罰幾杯酒。誰多幾條。獎幾隻蟹。內中有好的。合席賀一杯。各人送他一對蟹螯子。大家都說有趣。寶珠便叫拿些紙條兒來。拿筆硯伺候着。寶珠道。譬如我出一條謎兒。你們大家猜去。誰猜着了。誰吃一隻蟹。我罰一杯酒。猜不着。我自己說明。合席罰一杯。我吃一隻蟹。好嗎。大家都依了他。因請第一坐柳夫人起令。柳夫人便要一張條子。寫了。叫丫頭們貼在玻璃窗上。大家望去。見是一句七言詩。

繞膝孫曾笑眼開　　　孟子人名一

婉香一口說是太公望。柳夫人笑笑點首。大家一齊贊好。寶珠因道。我們何不就這樣聯句罷。婉香道也好。便一面拿着蟹螯子。吃着想着。忽放下蟹。拿帕子揩揩手。寫了一條貼去。大家看是

西風送客過城來。　同前

寶珠道齊東野人。婉香道。那不算人名。寶珠又思索一會。早被瑣琴猜去。是東郭氏。婉香罰了酒。瑣琴也寫一條是。

先生道貌偏長笑。　同前

茜雲道。可是傳說。大家贊好。茜雲接一句道。

讓與獼猴仔細猜。　同前

袁夫人笑道。這個容易猜。寶珠早搶說是申詳。茜雲罰了酒。寶珠拿了一隻蟹。撕了一個小腿。吃着道。該我了。我們大家都要照這樣做孟子

人名的七絕。不許亂了規矩。因也寫了一條道。

芳草萋萋映赤虹。

大家思索半天。都想不出是什麼。便都願罰。教寶珠自己說出來。寶珠因笑道。是萊朱。大家說好。寶珠又接句道。

西廂若個譜絲桐。

袁夫人說是琴張。寶珠道是。罰了杯酒。見袁夫人出了一條是。

一從兒向京師去。

婉香道定是子都了。便接句道。

淸瘦楊妃玉匃空。

漱芳道。是瘠環嗎。婉香點首。漱芳接令道。

露滴楊枝春澤濃。

素秋道。柳下惠。瑣琴贊道。這個惠字有意思。素秋接下道。

畫眉人有好姿容。

大家都笑起來。麗雲道。素姐姐。嫁了位好姐夫。天天的說給人家聽。這會子又賣弄呢。素秋啐了一口。菊儂道。敢是張儀。素秋說是。菊儂道。

書裁四六遙相問。

麗雲嗤的一笑道。你敢是要問那個畫眉人的姿容好不好。那你便問。素姊姊好了。素秋紅了臉。大家都猜不出。說孟子上沒有駢字的人名。菊儂道。那不在四六兩字上面看。寶珠道。敢不是一個字的敵嗎。菊儂說是。寶珠把一個蟹斗子吃了。因婉香愛吃白肉兒。便把黃子挖淨了。把白肉兒送給婉香吃。請婉香代接一句。婉香遂道。

開府清新在此中。

女兒家吃蟹愛吃白肉最是討人喜歡

謎句妙在各切身分

軟玉道敢是庾公之斯婉香說是軟玉出句道

　轉眼齊梁帝業亡

柳夫人說是陳代嗎軟玉道是因罰了酒自接道

　美人滿擬比英皇

婉香笑笑說這句大有意思想是充虞了大家說好極婉香接道

　玉容自古招天妬

麗雲噗的一笑藕香道可是顏讐由寶珠贊好藕香接令道

　問夜何如夜未央

麗雲一口猜着是時子便接句道

　鏡無私照掛山陵

蕊珠道公明高麗雲喝了酒蕊珠道

夢入南柯客似僧。

大家都猜不着。蕊珠道是淳于髡。又接一句道。

妙劑。清。涼。應。不。死。

賽兒道散宜生。衆人說好。賽兒接令道。

須防夜半戰競競。

大家都笑。說這是什麼話。賽兒笑道。我。承。他。上。句。呢。寶。叔。叔。的。文。章。倘。有。我。這。筆。法。不。但。榜。眼。狀。元。還。不。止。呢。太家都笑起來。茜雲道可是愼子。賽兒點點首去喝酒。茜雲寫一條道。

白頭翁。唱。漢。宮。秋。

柳夫人道。敢是公劉。茜雲說是。柳夫人道。

子。又。生。孫。擬。狀。頭。

袁夫人道。曾元麼。我也承一句。

世業良工原克肖。

柳夫人道。敢是箕子。袁夫人笑說是。柳夫人接道。

戲封。籐。葉小。公。侯。

衆人都猜不着。忽婉香道是葛伯。合席講好。婉香面前已堆滿了蟹。因道。慢着且讓我吃完蟹呢。賽兒不許他吃。正亂着。丫頭們來請柳夫人和婉香。說姑蘇有人來呢。不知是誰。且看下回分解。正是

落。帽。客。應。延。座。上　催。租。人。莫。叩。門。來

第五十回

小兒女活拆鳳鸞儔　老夫人另訂鴛鴦譜

却說大家正在一覽亭作登高會。殿春來回說姑蘇花府上打發人來。

請太太稟事去。柳夫人應着。便和婉香出席下去。寶珠也坐不住。便也緊隨下來。到南北院。見廊下站着幾個有職事的老婆子。寶珠因叫高升家的過來。問道。來的是什麽人。高升家的道。便是前兒送花小姐來的。那來喜家的。和連陞家的。寶珠點首兒進去。見兩個婆子。坐在杌櫈上。柳夫人在上面問話。那婆子見寶珠進來。赶忙請了安。那連升家的笑道。兩年沒見。哥兒便長的這樣好呢。寶珠笑笑。因見婉香不在。便道。你見過你小姐嗎。柳夫人道。他剛回屋子去。安頓來的丫頭們呢。寶珠因問。你家老爺在湖南。可曾有信來。沒有。來喜家的道。便本月初二來一個電報。寶珠道。電報來怎麽樣。來喜家的道。小的們也不仔細是講什麽。寶珠還要再問。柳夫人道。你可外面坐去。咱們有話講呢。寶珠暗想。這光景定是提親來的因便退出却悄悄的站在窗外聽去聽柳夫人道。那你老爺來電。可曾寫明。你小姐是給那家的呢。來喜家的道。家太太單吩咐小的們。說家老爺來電。已將小姐許給人家了。着來接小姐家去。也不知道給的是誰家。聽柳夫人道。這便怪死人。你太太是什麼一個主見。既前兒喒們家求親不允。說是給了什麼同鄉。那也不能强求的。怎麼我甥女兒給了人。連我也瞞着。不許知道。這是什麼意思。連升家的道。哦。府上對老爺提親過嗎。或者便是許了府上。怕現在兩邊在一塊兒不好意思。不講明的也未可知。柳夫人哼了一聲道。那裏是爲這個。前兒喒們家三老爺。教夏師爺對你家爺求親去。你爺一口回復了。說已在提親了。着夏師爺不必再講。回來三老爺氣的了不得。寫書子回來。教我把婉小姐送他家去。喒們兩家兒從此不提這親。還是我看先姑太太面上。不忍把好好的姐兒給你太太磨死去。既今兒已另給了人家便是人家家的人了我也管不得許多但終究是我嫡親外甥女兒此去倘路上有甚差遲我便拿這老命和你太太拚去說着哭了寶珠便像兜頭一勺冷水忍不住一陣心酸跑出迴廊剛到藕香住的西正院門口早哇的一聲哭了賽兒聽見赶忙出來見是寶珠因問怎麼了敢是碰了那裏寶珠見問早一陣心疼便像斷了腸子似的忍不住嘔了一口仆到欄干上去賽兒一看嘔的是鮮紅的一口血早慌了手脚忙喊奶奶不好了寶叔叔不好了藕香原早回了這會子聽喊忙跑出來銀鴈小鵲等一干丫頭也蜂擁跟出來見寶珠倒在坐廊上賽兒在那裏哭着喊着也慌了忙帮着喊有半個時辰纔醒過來只是嚎啕的哭着一時丫頭們報與柳夫人柳夫人也急急的來了一見寶珠這樣也大哭起來衆人不知道爲着什麼只柳夫人知道寶珠

奇絕是否
竟是作主
硬將甥女
做了媳婦

阿吓却使
婉香如何
嚥得下去

心。裏。因哭着厲聲道。寶兒你放心。有我替你作主。你不要這樣拗執了心。因喊殿春。扶寶珠到舊日住的院子裏睡去。寶珠。早。哭。昏。了。只憑。他。們。做。弄。着。扶去。睡。了。柳夫人收了淚。回南正院來。藕香也跟了進來。見地下兩個老婆子還坐着。柳夫人盛氣。向丫頭們道。你喊外面。把花家來的人。都留下了。叫他。們。看。我。家。寶。珠。成了。親。去。丫頭們一片聲答應。那兩個老婆子。說也不敢。陪笑又不是。只得局局促促的坐着。藕香欲問。又不敢問。柳夫人向藕香道。花家。稀。罕。有。一。個。女。孩。子。一家。一家。的許。與。我。瞧。喒們。家。難。道。沒。有。婉。兒。寶珠。便。一。輩。子。沒。處。提。親。嗎。葉太。夫。人。本。來。有。話。在。先。軟兒。蕊。兒。日後。都。想。給。寶。兒。的。我便。允。這。頭。親。事。去。便你。給。我。往。洗。垢。庵。講。去。明兒。便。換。帖。子。藕香婉言道。太太且請息怒。有什麼。再講便了。柳太夫人不聽。便立刻叫喊轎班伺候。我自己去來。

藕香不敢再說。心裏。着急。怕婉。香。有。甚。長。短。因送柳夫人上轎去後。便進來吩咐南正院人。不拘是誰。一概不准進園裏去。自己便先來看寶珠。見寶珠已哭得死去活來。媳烟晴烟殿春。圍着勸他。藕香也來勸寶珠。只。是。啞。哭。一句。話。也。沒。有。藕香坐了一會。便打樓上到惜紅軒來看婉香。見婉香眼圈兒通紅。着倒做出歡喜樣兒在那裏指使丫頭們收書案桌兒。藕香心裏疑惑。進去。婉香迎着。藕香因道。妹妹敢是府裏人來接嗎。婉香道。是呢。家太太打算湖南任上去。着人來接我家去。我也正想着家鄉。只是此去。和大嫂子及姊姊妹妹。有幾天闊別。藕香暗暗想道。原。來。他。只。知。道。回。去。不。知。道。這。事。怪。道。不。甚。傷。心。想着因探他的口氣道。妹妹此去。須得幾時纔回。婉香道。只也看了。又道。這府裏。三。老。爺。敢。也。有。信。來。藕香暗道。哦。他。原。來。這。樣。的。想。去。了。因道。三老爺的信。

却還沒來過呢。婉香點點首兒因見把書箱收拾好了。便令丫頭們上燈。忽春妍進來說。小姐可知道。三爺病的兇呢。怎不看看他去。藕香只做不知道。怎麼好好的病了。快我看去。說着想走。婉香便趁此道大嫂子同我瞧瞧去。便喊春妍掌燈。打院子後面從樓上走下來。到寶珠房裏。見點着一盞圓玻罩的洋燈。寶珠坐在床裏面哭。只鴆烟一人陪着婉香便走近來一看。見寶珠兩眼腫得胡桃似的臉兒清減了。好些。寶珠、、眼見是婉香。便哭着一手兒來扯他。婉香忙退一步。見藕香已不在跟前。仍又走近問寶珠道。你怎麼了。寶珠哭道。姐姐你還問我呢。我只問你。那答兒發付我呢。婉香不解道。我去。仍要來的。你怎麼又這樣寶珠哭道。你到這地步。還哄我來。罷罷。算我今兒知道你的心了。婉香道。阿吓。這話怎解。剛說着。外面有人喊鴆烟。鴆烟出去。寶珠見沒人了。

直與黛玉聞驚一副神情

便一手扯住婉香手道姐姐你好很心你有人家去了叫我怎樣婉香愣呆道這從那裏講起你聽誰講來寶珠因哭着將剛在南正院門外聽的一席話告訴他聽婉香急白了臉呆呆的道哦原來這樣這樣我錯會了意了寶珠見他神色大變因道姐姐你也和我頭裏一樣錯會了意了婉香呆呆的道我錯會了意了寶珠見他目不轉睛的囚着忙了道吓姐姐婉香不應寶珠又扯他那隻手去婉香一甩手道能能說着便自站起走了出去寶珠忙喊他却不道喉嚨早哭啞了婉香也不聽見呆呆的認着扶梯走上了打留餘春山房後面回自己屋裏來剛到窗口聽裏面有人講話便站住了聽原來是軟玉身邊的寶寶和春妍講話聽春妍道那你老太太可應允了沒有寶寶道怎麼不肯本來是有這意思的早說過等三爺和你家小姐成了親他便把咱們兩位

分明是氣婉香柳夫人奈何不思

可憐可憐

也送給三爺做了二房這會子你家小姐。許了別家。咱們小姐。便算正了。可會不肯嗎。春妍道。難道兩位小姐。都肯一時許給了三爺嗎。寶寶道。可不是呢。說明兒就要納采。氣氣花家來的人呢。婉香不聽這話猶可。一聽入耳便似一個焦雷打在心裏一個昏悶嘔出一口血來沾得滿身禁不住一個頭暈忙立脚定了靠在欄杆上兒心泛起不住口的嘔將起來。春妍和寶寶聽見。忙問誰在那裏嘔。笑春在外面聽見先赶出去一看道。阿吓。是小姐呢。寶寶春妍。都跌脚跑出來。忙着問小姐怎麼了。婉香早嘔乏了。氣喘喘的講不出話。春妍和笑春兩個夾扶了進來。寶寶忙替舖好了被褥。給婉香睡下。拿火照見婉香含着兩包眼淚臉色潔白嘴唇也發白了只是仰面喘息着。春妍忙伸手進去向他胸口搨着。好半晌。見那含着的兩包眼淚。才和珍珠一般滿腮兒亂滾下來。却哭不出聲。那眼光直射在春妍臉上。春妍也覺傷心。便嗚嗚咽咽的哭起來。婉香歎口氣。轉過眼光看看笑春。又看看寶寶。便合了眼睛。覺得魂靈兒從頂上透出。虛無縹渺的飄蕩出去。到一個所在。見一株大樹下。坐着一個老叟。滿腮的白鬚。一手繙着一本簿子。一手拈着鬍鬚。在那裏呵呵大笑。見婉香飄飄蕩蕩的走來。因道。你是花婉香麼。你來這裏什麼。婉香聽他喚自己姓名。暗暗怪異。細想一想。這人好似舊識。剛要問他。見那老叟笑道。你敢是又在那裏哭。好好也哭出山快了。因把簿子給他看去。婉香接來看。寫着第一案顧媚香欠盛蘧仙淚珠五百零五斛。償訖。第二案何祝春欠胡蘭仙淚珠三十斛。償訖。第三案。華夢庵欠林雙玉淚珠五十一斛。償訖。反欠三斛。第四案花婉香欠秦寶珠淚珠。一千零八十斛。償訖。反欠六百二十斛。又訖。又欠二十斛。婉

異想天開
點醒書旨

香看了不懂什麼是反欠。什麼是又欠。那老叟收回簿子道。老漢專管這些帳目。反欠是你哭多了。該他償你的。他償你的又多了。你便又欠他別人的帳。我還攪得清。只你們兩口子的眼淚。償了又欠。欠了又償。再攪不清。剛孩子們送這簿子來我瞧。我也算不清。該是那一日纔了。這筆帳。我特地給你看了。你打量有這麼二十斛了。便去不得。怕又反欠了。那這筆帳便坑死了。我婉香因道。我打算今兒自盡死了。不還他的了。那老叟笑道。死什麼。你要死也不得死。快去罷。婉香還要再說。那老叟指道。寶珠來了。快去快去。婉香回頭一看。却是春妍坐在自己床沿上哭。婉香疑道。敢是夢嗎。春妍。我可曾睡熟。春妍回頭見婉香問他。因道。剛睡熟了會兒。此刻可好些。婉香點點頭。覺得枕函冰冷的。原來是剛纔的淚。想夢裏那老者說。自己和寶珠欠下的孽債。便心灰了好

得此一念乃得不死

至情人乃有此妙想高於馨兒一等矣

些。又想那顧媚香償訖了盛蘆仙的債。便死了。以外的也不知道。可見明兒自己償訖了寶珠的也便要死。至於現在自盡坐一個醜名。不如回家去了。把淚珠兒償完了寶珠的再死。可不乾淨。想着便暗暗點首。又想道一個人只要得了知心的。何必定要嫁了他纔算是有情。古來多少美人不如意的多着。何況是我。又何必傷心。我只誓死不嫁別人去。便算不負他了。況我心裡有一個他。他心裡有一個我。也算滿足了。還在什麼形迹上講去。想着倒反不傷心了。因教春妍睡去。春妍不肯離身。婉香也便隨他陪着。忽又想道我便這樣想通了。不知寶珠還想的通想不通。趁這會子人靜。我去細細開導他一番。可不要哭死了。來倒教我欠上他多少淚珠兒債。想着便和春妍講要去勸他的話。春妍教婉香不要去。婉香那裏肯聽。早掀過被兒起來。春妍苦勸道小姐身上病着。可不要捨了。自己。性命。倒管。人家。去。婉香。見。他說。出。人家。兩字。因氣。起來。道。這個。你。那能。替我。恨寶珠。歸根。是。偺們。家。負了。他家。的。他太太。待。我。和一。家。兒。似的。寶珠。待我。又。和。一個。人。似的。這。人。家。自己。從那。裡，分。起。呢。春妍。絡怪着。寶珠。因。婉香這樣說。便也。不拘。他。喊。海棠。掌了燈。自己攙着婉香起來。不知婉香去與不去。且看下回分解。正是

畢竟。桃花。應。薄命。　可憐。芍藥。贈。將離。

第五十一回

俏丫鬟妙語止傷心　好姊妹分襟齊下淚

却說。春妍扶婉香起來。婉香早立。腳不住。全掛子。靠在春妍。肩上。春妍。也。站。不住。便軟。坐。倒了。險些。兒跌。因道。小姐何苦來。橫豎。見了寶珠。也沒。話。好講。多哭。一。會。兒。什麼。事。呢。婉香想也不錯。便點首兒道。不去。罷。

便仍睡下。春妍替他蓋好。因喊海棠睡去。說我陪着呢。海棠應着出去了。春妍見婉香朝裏床睡了淌淚。自己又想不出話來勸他。便陪着坐一會兒。看看婉香睡熟了。便悄悄走到後房來。忽海棠進來道。姊姊可知這會兒三爺鬧的兇呢。剛要自己碰死了呢。春妍皺眉道。這也太不成話。被人傳出去叫俺小姐還活得嗎。海棠道。也是太太不好。忽然一下子要給他定葉家的兩位小姐。他便說不要做人了。春妍道。你陪小姐睡着。我去問寶珠來。說着。便拿個風燈。逕走往寶珠院子裏來。一進門。見寶珠正哭着。晴烟嬝煙圍着勸他。春妍一肚子好氣。走近來道。三爺爲什麼哭着。是哭的什麼事。寶珠見是春妍。因道。春妍姐。你難道還不知我的心嗎。春妍道。我知道爺的心。只是姊妹講的來。一時說要別過了。果然是捨不得。但是一個人誰沒得家鄉。回去也是正理。不瞧別

春妍爽利的是可人

個便如大奶奶二奶奶都是府裏的人了也要家去幾天况是偺們小姐寶珠哭道他比不得我怕從此散了便沒得再聚的日子春妍道爺只顧哭不知道人家不說是姊妹講的來還當有什麽意思照爺這樣還是爺要死在咱們小姐跟前還是要咱們小姐死在爺跟前寶珠道死也値得只是我不敢先死春妍道是呢這裏太太只有爺一個死便不孝爺又新蒙聖上擢取了現在賞假三月仍要進京聽用的死便不忠今兒太太旣給爺定了葉府兩位小姐不知道爺死了叫那兩位怎麽個了局這便不情爺旣知和咱們小姐因講得來不忍別去說以死相送的話是從來沒有的爺死了倒落得旁人議論把一個醜名兒給偺們小姐虛坐了這便不義爺果然要死也是爺自己歡喜的我也不用勸便勸也不理只請問爺是什麽一個名目寶珠頓住了嘴因道依

哀梨幷翦
庶乎似之

你怎麼說春妍道也沒怎麼說人生聚散是在所不免的前兒聚的時候不知道今兒散今兒散了安知後日不聚即散了不復再聚也是前定的緣分況世間無不散的筵席眼前雖姊姊妹妹的一淘兒的伴着那一個姊姊妹妹爺講不來明兒也不少得漸漸散去爺又那一個姊妹妹妹捨得別去倘多和咱們小姐一樣問爺一個兒有幾回好死爺既肯爲姊姊妹妹死的瓆小姐也是爺的好姊姊怎麼他嫁了爺不死菊小姐也是爺的好姊姊怎麼他嫁了爺又不死素小姐許了婿家爺又不死單爲咱們小姐便這麼傷心病狂起來可不是害咱們小姐嗎若說是爺和咱們小姐聚的長了所以和瓆小姐他們的情分不同那請問爺爺和美小姐是從生下地一輩子聚下來的眼兒美小姐嫁爺又怎樣寶珠被他問住了一句話也講不出連哭也哭不出了春妍冷

笑了一聲。便自想走。寶珠一把扯住道。照這樣說。你敢是怪了我嗎。春姸道。我那敢怪爺。寶珠道。姊姊呢。春姸道。那我不知道。他心裏只我看的。爺太不顧人了。寶珠道。我那裏肯不顧他。只我禁不住傷心罷了。我到這地步。也沒別望。可能請他來和我講一句話兒。春姸道。爺和小姐講得的。便和我也講得。我聽的入耳。便小姐也聽的入耳。爺要講什麼。只和我講。問什麼。便問我。寶珠被他這樣一說。倒紅了臉。低下頭去。半晌道。我待問他。怎麼樣主見。家去了怎樣。春姸道。主見想也沒什麼。爺怎麼樣個主見。便是小姐也怎樣個主見。家去了怎樣。爺也想得到。定要我講什麼。寶珠道。我想他好好的嫁去。忘了我。春姸道。嫁是該派。不嫁也是該派。忘是該派。不忘也是該派。寶珠道。是了。這話便傷我的心。他嫁我果然傷心。他不嫁我更傷心。他忘了我。我該傷心。他不忘我。我更自傷心我情願他忘了我我也忘了他春妍道這便是但也由不得自己作主總之爺譬如當初不見咱小姊咱小姊譬如當初也不見爺寶珠道姊姊你替我講去說他只當我死了我也只當他死了罷春妍暗道吓他這話分明是自己甘心另娶叫小姊嫁去了只是小姐未必如他的心因道爺這是眞心話嗎寶珠哭了春妍又暗道原來是傷心話這也不去管他只是日後這兩人不知怎生了局一個不娶一個不嫁是料定了歸根怎樣呢想到這裏吊下淚來忽又恨寶珠既有這心何不極早求親可見也是沒心腸的因寶珠來扯住他的手哭便洒脫了手冷笑道這會子哭什麼用不如將息些罷時候遲了我有我的事去說着便自走了這裏寶珠還哭着嬀煙勸道爺何苦來一輩子拿熱心腸待人到頭反叫人見怪不瞧春妍的尖酸話兒麽他和他小姐是

媼烟亦是哀梨幷翦

若是有了當初今日如何得了

一個鼻孔子出氣的可知他小姐爲着自己的名節還怪爺哭的不是爺爲他不要命了知道人肯不肯爲爺也這樣倘他也和爺一樣的念頭他還顧什麼眼前日後嗎寶珠聽了怪不受用便歎口氣道罷罷聽天由命罷媼烟道這四個字纔確切呢可知道謀事在人成事在天何況人也不去早謀呢寶珠聽他這話宛然和春妍一付聲氣因道呀姐姐你也怪我不早嗎哭道我那裏知道這不測的風雲呢說着又道罷罷早知今日悔不當初我也和紅樓夢上的晴雯一樣追悔不及還說什麼說着便躺下睡去媼烟替他蓋好了被聽寶珠在枕上飲泣一會便像睡熟了因看看他果然睡熟了自己便也睡了次日醒來見寶珠却自醒着在那裏哭媼烟道爺還哭得嗎不瞧這兩個眼圈兒這樣腫得桃子似的回來什樣能見人去呢寶珠道我還要見誰來呢媼烟暗

暗疼他。心裏又怪婉香沒用。便聽他孀子挾制。又因春妍數說了寶珠一頓。心裏更氣不服。想寶珠果然糊塗。婉香也不聰明。既到這個地步。便一個不嫁。一個不娶。也算不得有情。又況沒得名目。因也和寶珠講些正理的說話。道太太今兒替你納葉家的采。你便順你太太的意兒罷。寶珠咬牙不肯。說我若這樣。便我負了婉姊姊。又況擺他在面前。做這事給他看了。可不要活活的氣死了他。媳煙道爺專拿自己想別家去。爺歸根還是要婉小姐死。還是要婉小姐活。寶珠道我那肯叫他死呢。媳烟道可原來爺只樣死纏綿的纏着他。他不死在爺手裡便家去可能活嗎。不哭死也病死了。不如索性趁太太這個舉動給他瞧着使他冷了心。把爺怪到了兜底。倒是個好主意。寶珠道他怪了我。他便忘了。我果然是好。只我便定了葉家這門親。我終究不娶。要強我娶我便死只是他因這個怪我我終究也是個虛坐呢倒叫我留一個薄倖的名兒給天下後來人唾罵呢嫣煙便冷笑道原來爺是個貪虛名兒的爺不娶敢是算義嗎爺叫他不能嫁他敢能算節嗎歸根爺怕虛坐一個薄倖名兒眼下還只有婉小姐一個瞧不起你日後的話也怕沒人知道這節事兒那婉小姐許了不嫁怕沒人議論嗎爺不肯自己擔一個薄倖的名兒倒肯叫小姐坐了一個不貞的名兒嗎爺怕婉小姐一人瞧不起自己便不怕婉小姐去遭千萬人議論爺這個心我眞不解照這樣看人說爺是最有情的我看也不見得況今兒定葉府的小姐原不過給他瞧着使他冷心太太也是這個主見生怕兩個有甚長短鬧出事兒爺便依我這個話好歹日後娶不娶仍在爺旁人又不能强爺的況且爺本該不能負了軟小姐和蕊小姐爺想去而今幸是婉小

姐原清清白白的好出嫁去不算爺誤了他這會子爺爲着婉小姐要死可知道便不提這親事也還要死兩個呢倒不如定了也教人有个名目寶珠漲紅了臉低下頭一句話也沒得了因恨道偏我不早死要到這地步活着又傷心死了又不能罷罷聽你們佈擺去我從此便蒙住良心做人了罷嬝烟見他想通了便放下了心抽空兒告訴柳夫人去把寶珠已講明白儘向葉府締絪好給婉香冷心的話講了柳夫人認爲不謬便選了本月十二給寶珠締了葉府的姻軟玉蕊珠便移住東花園廻避去這裏婉香見這番舉動倒反歡喜心裡但求寶珠忘了自已那便自己的死活不干寶珠事滿擬回家不等婿家來聘便尋點口角自盡了也省得被人議論主意定了待寶珠締姻過後次日便向柳夫人辭行柳夫人見他一點沒悲傷的樣兒心裡頗爲得計因見他

兩眼還紅腫着。又分外起了一種憐惜的意思。自恨不早求親。放着好好的女孩子。倒給別家做媳婦去。想到這裡。又氣他叔子花占魁起來。又見婉香兀自依依膝下。不覺傷感起來。又挽留了一夕。和他講了許多出去做媳婦的道理。婉香那裡還聽得這些話。早又傷心痛哭起來。柳夫人知道他傷心。怕哭壞了他。不便多講。婉香初來。原和柳夫人一房兒睡的。這夜柳夫人要他同睡。婉香依了。等柳夫人睡熟了。將前年花朝來的時候想起。一件一件打心上輪過。覺得寶珠先和自己客氣。後來漸漸和自己親熱起來。又處處的憐惜着自己。再件件關切着自己。後來又分外親密起來。自己又怎樣和他惱。想到這惱字。猛回過念來道。咳。早知和他沒幾天好。就不該和他惱的。忽又想好也從今罷了。惱也從今罷了。算這三年做了一世人。打明兒起。算又是一世人。難道

一經訂婚便要迴避可知不替寶婉極早提親意正爲此

此語酸心不知婉香如何想出這一句來

後世人還把前世的事也追悔去不成想着安了安心便也睡熟了到次日起來柳夫人吩咐備下一席離筵與他餞別又替他把菊儂瑣琴素秋都請了來袁夫人漱芳藕香美雲等也都在座只軟玉蕊珠因寶珠在座不便過來坐次大家各敬婉香一杯寶珠也餞他一杯婉香飲了寶珠又斟一杯敬他婉香怕他有意思在裏面便不肯吃寶珠掩淚道姐姐你不吃這杯子你的心裡下得去嗎怕姐姐去後莫說我能不能再和姐姐把盞便怕這杯子也不能再沾着你的嘴唇兒了說着那淚珠兒撲簌簌的弔在杯子裡去婉香也是傷心便接來對飲對吊着淚臢了半杯又加滿了送與寶珠道昨兒沒敬喜酒請乾這一杯罷寶珠聽說忍不住淚如雨下一口把酒飲乾了衆人見他兩個飲着淚酒也都替他傷感往常麗雲總要取笑今兒也惻然了因對婉香道姐姐

不記。得前兒吊落花詩。有初見已鍾今日恨。重逢難訴隔年情兩句。不道。今兒做了讖語。婉香點首淚下。原來麗雲以先常聽見柳夫人口氣。是定。把婉香給寶珠的。所以總拿他兩個開心。別個也便不這樣頑去。此時。見他兩人赤緊的要分散了。倒反比衆人分外着的傷心。那賽兒是向來道婉香好的。又是孩子赤心。藕香又極相契婉香的。這會子要走了。席間那一個兒不傷感下淚。自不怪寶珠了。那春妍和海棠原是婉香帶來的。這會要別去。他們也有姊妹們餞行。少不得也有一番傷感。一時間外面回說。轎馬都齊備了。婉香便向各人拜辭。早已淚濕幾人衣袂。又向東花園來。給軟玉蕊珠告辭。又是一番悲痛。婉香打東花園轉來。一干人便送到南正院來。不知婉香還勾留否。且聽下回分解。

正是

無可奈何花落去　不如歸去鳥空啼

第五十二回

易鮫綃斷腸分手　聞燕喜狂笑偏心

却說柳夫人等一干人送婉香出來。直到二廳。看婉香洒淚上轎出去。春妍和海棠連陞家的來喜家的等。便叩頭道謝。一齊出儀門上轎跟去。這裡寶珠早哭得淚人兒似的。定要趕去護送一程。柳夫人許了。寶珠忙喊備馬。帶着花農鋤藥兩個小廝。一齊打甬道上上馬。寶珠早加一鞭。跑出大門。一溜烟飛也似的追去了。花農和鋤藥兩個馬的足力差些。那裡赶得上。一直追出錢塘門。向柳堤上跑去。猛見柳堤上拴着寶珠的馬。見寶珠坐在草地上哭。嚇了一跳。忙都下馬。問敢是墜了馬了。寶珠道不是。這馬乏了。我也腿軟了。花農道。爺本來病着。那裏還好這樣的很跑。既這樣請爺那邊亭子上坐坐去。寶珠點首。花農扶着起來。攙到亭子上坐了。寶珠定了一回喘氣。便又上馬。帶着花農鋤藥。急急的向柳堤上走去。到松木塲。花農遙指道。船在那裏。寶珠望去。見橋邊泊着四號大船。桅杆上扯起銜旗。風吹起來。飄着顯出河南督學部院的字樣。寶珠。早。一。陣。心。酸。弔。下。淚。來。一。到。岸。邊。便跳下馬來。見一船是裝着婉香的箱籠物件。一船是些家丁人役。第三號纔是婉香的坐船。頭艙捲篷下。懸着四盞纓絡珠燈。兩邊列着兩盞銜燈。花農先下艙回了。裏面喊請。早有水手打起扶手。請寶珠下艙。寶珠一脚踏進頭艙。早見春妍和海棠兩個。把中艙門上的花綉門簾。兩邊一齊打起。寶珠進去。見婉。香。側。坐。着。一。手。靠。在。玻。璃。牕。邊。的。雲。石。桌。上。拿。帕。子。揾。淚。寶珠。早。淚。如。雨。下。兩。個。厮。對。着。先。握。手。兒。嗚。咽。了。一。會。婉香纔收淚道。我

八字傷心今日始由婉香口中道出眞是無可奈何

文心如剝繭抽蕉無微不至

說得傷心

此去。料想未必再來。你也不必爲我傷感。天若有情。他生可卜。你祇幹你的正經去。你能一步一步的上進。我便死在九泉之下。也替軟姐姐和蕊妹妹歡喜。你若不忘我。你知道我家去。有了聘期。你但在小桃花館的桃花樹下。喚着我的名兒哭我一番。便感盛情了。我前兒許送你的綉枕頂兒和屏條子。我不該給了眉仙。那眉仙轉送我的綉花帳沿子。我前兒不是送你了。你留着。只當我的罷。咱們三年聚首。一旦永訣。我也沒別的報你。因把帕子遞與寶珠道。這個你拿去。是我這幾天拿着拭淚的。光景淚珠兒也不止二十斛了。完了。你罷。寶珠接着。也不暇細問他這話裏頭的講究。只把帕子反覆展看。見滿幅都是斑斑的淚漬。因又把自己帕子轉贈他道。我這個你也拿去罷。日後得能再見。也是個表證。倘不能再見。各人拿這個殉葬罷。說着兩人都哭起來。春妍

我去了三字如聞其聲

我讀至此也一陣心酸暈了過去

見日已西墜。舟子催促趲行。因來回了婉香。寶珠兀自不捨分袂。經婉香再三安慰。寶珠因再三叮囑。說到了姑蘇。便給個書子。我開春往京去。定打姑蘇轉。來看你。婉香應着。因淌下淚來。便拿寶珠的帕子去揾。兩人欲別不別的臉對臉兒呆怔了半天。纔同歎一口氣。寶珠便說聲罷。我去了。你自保重。婉香含淚應着。送到中艙門帘下。看寶珠登了岸上馬去了。還自呆望着。忽一聲鑼響。船已開了。掉過頭來。打玻璃牕望去。寶珠遠遠的在馬上一步一回頭。望自己的船。忽立住了不走。呆望着自己的船漸漸遠的看不見了。婉香早一陣心酸。哭暈了過去。春妍海棠。忙扶住。喚他再喚不醒。直等舟行了一里多路。婉香纔醒過來。睁眼一看。見是船裏面前。只春妍海棠兩個站着。莫說寶珠不見。連往日的笑春愛兒等也都不見了。又一陣心痛。哭暈過去。這回勢頭更兇的

傷心之語
如聞其聲

怕人。春妍急了。忙喊把船放緩些。把後船裏的老婆子喊幾個過來。幫着灌姜湯。捏人中的。救着足有一頓飯工夫。婉香。纔哇的。一。聲哭了。轉來。春妍早也淚如雨下。婉香向四下一看。見居中掛着一盞洋燈。四盞書畫竹燈。那船搖着一晃。一晃。的蕩着。便天旋地轉。的頭暈起來。嘔出一。口。不是。血。却是綠水。大家慌了。忙喊船泊定了。不搖。把婉香扶到床裏躺下。婉香自覺兜肚下泛起來。又嘔一口。便又昏暈過去。朦朧見他母親秦夫人。從水面上踏浪而來。走到面前。喚道婉兒。你不要苦惱。過幾天還你高興。婉香見是他母親。早去。扯住。衣角。哭。道太。太。怎留下。我這。苦。命的兒。吓。秦夫人道。快不要傷心。你吃我這杯兒水。便好了。婉香見他手裏。果然拿着一個杯子。送到他嘴邊來。婉香見是一杯清水。不知不覺。飲了下去。見他母親。便轉身踏浪去了。睜眼一看。見自己原睡

望不見寶
珠只得望
城子叵奈
城子也望
不見了

情天也替
人垂淚偏
向離人耳
畔響瀟瀟

在床裏丫頭老婆子圍在面前聽船底下的波浪聲甚大風刮的玻璃牕璫璫的響因道敢是起風浪了春妍等忽然見他開了口了看神色也正了便多放心因答道是呢小姐這回子心定些嗎婉香點首因問這裏是什麼地方了春妍回不出因去問了水手進來道是瓜山地面婉香點點首因墜淚道出城好多路了春妍扶我起來望望瞧可還望得見城子麼春妍道我剛望過連影兒也不見了婉香點首又滴下淚來因叫婆子們退去自己在枕上傷感一會忽篷背上淅淅瀝瀝的下起雨來那風打牕縫裏吹進來幃子遮着那燈早閃閃熠熠的雨越大了夾着風浪聲遠遠聽見更鼓打了三下心窩上的淚早和潮一般湧起來哭了會子因身體困倦便睡熟了次日醒來又哭一會一路上餐風宿露的哭着早把個嬌滴滴身軀兒病的和菊花似的這且漫表且

說寶珠自婉香去後。也不知哭暈了幾次。身子本來單弱。早也病了。天天嘔着血。柳夫人怎不焦慮。請大夫瞧。總說是心病。藥物也不甚中用的。還是金有聲替他用藥。當點心。足足病了半個多月。天天盼姑蘇的信。也不見一封。一日正哭着婉香。媳烟忽傳進一封信來。說是姑蘇來的。寶珠。又驚。又喜。忙拆開來看。却因眼角上綴着淚珠。看不明白。忙拿婉香。送他的那塊帕兒。揩淨了。看寫着

眉仙再拜。寶珠足下。

寶珠見這八字。便疑惑道。怎麽是眉仙出信早難道姐姐有什麽長短麽。又道。且看下去再講。見是

遲我拜芝勞人夢草。一方秋水。懸想伊人。轉輾夢轂。亦不自知所以然。月圓日。婉姐言旋。乍見之下。人淡如菊。略一撫問。淚潛潛下。

隱隱約約。糢糊得妙。此書殆是婉香起稿。所以靦於自陳。

寶珠看到這裏。不禁痛哭。停一會又看道。

哽咽半晌。始吐所苦。情頗不堪。而抑知適慱我槃挑燈一夕話竟使破涕爲笑。疾霍然愈。爲語足下。好自珍攝。留一形骸。待作相見歡爲是。

寶珠看了。不解。忽轉念道。這光景是眉仙哄我來。姐姐這病。那裡一夕話勸得轉的。多分病危了。怕我知道。所以哄我來。果然。姊姊好了。爲什麼姊姊不自己寫信給我呢。想着。又哭起來。忽又道。這待作相見歡一句有意思。難道姊姊還來我家嗎。祇怕斷斷沒有這話。要便是講我明年去看他的話。又道。姊姊往常說。眉仙的筆墨好。照這書子寫得不明不白的。也看得出本領了。又道。管他呢。且回他一封書子。再講。因便想掙扎起來去寫。那裡掙得起。祇得且擱着罷了。過了幾日。身體略好了

天性至親
那得不驚

些。因起來寫了信。復了眉仙。也只說自己病好了。剛發去。忽晴煙進來說。三老爺回來了。說病的兇。人扶着在南正院了。爺快請安去。寶珠吃了一驚。忙扶在晴烟肩上。到南正院來。進門見袁夫人漱芳等俱在。秦文坐在匠上。氣喘着咳嗽。寶珠上去請了安。秦文點點首兒道。你也病麼。寶珠說是。秦文道。你自睡去。不必陪我。仔細又冒了風。寶珠應着自己又站不住。便退了出來。剛出門簾。聽秦文道。寶珠怎麼病的這樣。多分孩子們大了。不甚安分。這會子我在河南。倒給他說下親事了。柳夫人道。吓。前兒我不知道。這裏也給寶珠定下親了。秦文詫異道。我八月間便有信來。敢失誤了。怎麼又定了一門子親。這怎麼處。說着。早喘着咳嗽。寶珠聽見講起他的親事。早一點。酸。從頂門上。起。直注。到心。窩。裡。禁不住。哇的哭了出來。秦文問誰哭了。什麼事。丫頭們忙回說寶珠被

回答得妙

文筆一展大放光明又是一折出人意料

聰子撞了一下。哭的說着忙把寶珠扶回院子去。這裡秦文向柳夫人道。這什麼頑意兒。一個孩子定下兩門子親。這怎麼處。又道那邊斷無法想。且問這邊是誰家的小姐。柳夫人因把花家去把婉香給了別家。氣不過。一下子定了葉府的兩姐妹兒。秦文聽着大笑起來道。你們知道我給寶珠定的是誰。柳夫人也陡然開心道敢便和花占魁講來。秦文道。還講花占魁呢。前兒他和我提親。我一時沒允。後來我替太太求親。去他也不允了。說着喘喘的咳嗽起來。柳夫人疑惑。因又問那眼下定的是誰家呢。秦文道。聽我講呢。因此我在京便杜絕了花占魁那知道我和他都放了河南。他來拜我。我見他便也絕口不提這親事。前兒七月間忽然都察院沈左襄上本子彈他。他慌了。當是我爲此過意不去。便來向我謝罪。我倒不懂了。次日便央中丞來允親了。我知道婉小

我讀至此也不禁失聲爲笑

老態可掬

姐。是。二。太。太。最。疼。的。我。也。很。看。重。他。的。所。以。便。允。下。了。大。家。都。啞。然。失。笑。起。來。心。裡。都。替。寶。珠。開。心。柳夫人是更覺歡喜過望。倒不肯信。秦文道。二太太不信。還有先姑太太的一隻碧霞鐲子。在我箱子裡收着。就算聘禮了。是我把一個西土漢玉貓兒墜向他換的。兩下允洽了。便在九月初六日下了聘。這裡來接。是幾時了。柳夫人道。那已是初九了。人來說。花占魁是初二打電報家去的。秦文道。是了。這裡和葉府裡。是多早晚下的聘。柳夫人說是十一。秦文笑道。既這樣。葉府總好講話。他三口兒便照下聘的遲早。定位次。罷。花占魁總不免有些話講。那只好做我不着。寫書子給他謝罪去呢。說着大笑。笑着又咳嗽。氣喘的了不得。便叫玉梅和湘蓮兩個。夾扶了回東正院去。袁夫人等。便都鬨堂大笑。起。來。說。這。節。事。倒。頑。的。有。趣。只。是。太。太。和。寶。哥。兒。婉。姐。兒。空。拋。了。許。多。

狂喜之態活躍紙上

眼淚。柳夫人也。心花怒開了。和一干人。說笑着。早有丫頭們聽的明白。報與寶珠。寶珠聽了。直跳起來笑的閉不攏口。因道。我夢想不到還有這。場天。大的喜事。說着又笑。又道。哦怪道眉仙那書子這樣講。原來姊姊自己不便出信與我。眉仙也不便明寫的。所以我還怪他不明白。那裡。曉得有這個意思藏着有這個好意思藏着。說着又大笑。起來。嬝烟扯他的衣角道。爺也不留意點兒。照這樣瘋着給人傳出去可不笑話。寶珠道。這會子還怕誰笑話。來老爺給我定了姊姊。我那姊姊便真是我。的。姊姊了。便眞。是我。的好。姐。姐。了。便眞。是我。的。好人。了。說着。又哈哈大。笑。起。來。嬝烟見他神色不像口角渦斜絕似瘋的樣兒。因道。爺怎麼講話也不留神點。這是算什麼話。寶珠笑道。姊姊這。又。什。麼。算什。麼。呢。又道。姊姊。可。來。了。麼。快。給。我。掌。燈。兒。我。見。他。去。嬝烟驚道。爺敢心偏了。

要你哭什麼
媳烟聽了心裡如何
喜出望外那得不瘋

寶珠道。我偏什麼我總一樣看待我敢偏了誰媳煙聽他的話眞瘋了。便哭起來道。我的爺你怎麼忽然便這樣了。寶珠道。你不哭你放心。我和姊姊是講得明白的決不苦了你。媳煙一發哭的兇了。晴烟等忙進來見寶珠指手舞脚的笑着說着口口聲聲念着姊姊大家多道他瘋了。忙去報與柳夫人知道。那柳夫人過來一看便大哭起來道。我剛道這遭兒萬事如願了。那知道他忽然瘋了。這敢是前世的寃孽嗎。說着頓足大哭。不知寶珠究竟是瘋不瘋。且看下回分解。正是

嬌花例受三春雨　圓月應遮一片雲

第五十三回

病寶珠對鏡惜芳姿　俏麗雲登山聽松籟

却說柳夫人見寶珠瘋了。正大哭着寶珠猛然見哭的是柳夫人。因低

問嬝烟道。這大的喜事太太怕不知道嗎。怎哭着。嬝烟見他略清些。又往常聽人說。一個人狂喜過度。定是偏了心。只一嚇。便嚇轉來了。因道。爺不知道花小姐嫁了。所以太太哭着呢。寶珠一驚道。吓原來嫁了。不是嫁我。嬝烟啐了一口。寶珠一想。當是丫頭們傳誤的。便自覺慚愧也哭起來。柳夫人見他也哭。因道。寶珠你怎便瘋了。寶珠紅了臉講不出來。柳夫人道。你姐姐給你了。你便喜也不致狂到這樣。你瘋了。教我怎樣。寶珠低了頭。柳夫人又道。我不打緊。你三老爺知道。可又不掃了興。你可怎樣對付得你姐姐住。此時寶珠心已清了。聽這話。又明明是眞的。心裡歡喜。便又露了笑影。又紅了臉。柳夫人見他低着頭。一句話也沒有了。知道醒了過來。因又氣又好笑。也不多講。便自放心歸院去了。還寶珠又把從頭的話。細想一遍。又有些疑惑起來。見嬝烟坐在旁邊。

因扯他的手道。好姐姐。你告訴我。究竟是怎麽樣的。媳煙道。我不和爺講。回來爺又瘋了。我可是嚇不起的。寶珠笑道。我那裡瘋來。我不過一時高興。忘了形了。你告訴我。也好安了我的心。媳煙笑一笑道。我問爺。果然婉小姐許給你了。你有什麽好處。寶珠笑道。講好處多呢。你明兒瞧着就是。媳烟拿指頭向他臉上一抹道。可不臊死人呢。寶珠嗤嗤的笑將起來。扯着媳烟的手道。爲什麽臊的呢。媳烟笑着一甩手道。不瘋罷。這會子總算病好了。也不將養會子。爺向鏡子裡照照去。可還像個人呢。寶珠不信。因走到着衣鏡邊。晴烟把鏡袱去了。寶珠一照。詫異道。這敢便是我嗎。晴烟一笑。媳烟也走過來。寶珠見自己臉兒早憔悴到十分了。只兩彎眉兒。綠的分外可憐。雖是笑着。還是顰態。把媳烟並肩兒一比。只覺得自己黃瘦了好些。忽吊下淚來道。我已這樣。不知我姊

細筆

姊。還。比。我。憔。悴。到。那。麼。地。步。呢。嫣煙道。他倒早好了呢。你病得這個樣兒。不早將養好。明兒給他見了。可不又叫他傷心嗎。寶珠點首。因便走開來。晴煙。仍。將。鏡。袱。遮。好。見寶珠睡去。便來替他蓋好了。讓嫣煙陪着自己歸自己睡去不提。且說秦文。自那日回來。氣急痰喘一日重似一日。秦瓊原帶回來了。因見寶珠已授了編修。秦瓊還只是個蔭生。心裡頗不受用。因在湖南時候。便給他保了個理藩院主事。眼下部文轉了。便打十一月初一。着秦瓊進京供職去了。自己原請了兩月病假回來。看看限期將滿。病尚未好。朝廷又不准乞休。只得再請展假。又因秦珍和寶珠兩個。開春都要進京供職去的。便打算把寶珠便在年內迎娶了。又省躭挨時日。因請柳夫人來。把這個意思講了。柳夫人却合着自己主見。便一口說好。秦文因喊漱芳。代寫一封書子。關會花占魁去。便

老官兒最喜背履歷正是入情入理處

把誤定下兩邊親事。要他隨和過去的話講了。漱芳順著秦文的話寫了稿子。送秦文看了。秦文點首兒。便教發書啓房叫白劍秋寄去。秦文因向漱芳道。親家太太。可在府裏麼。舅爺高升了。你可知道。漱芳道是呢。家太太還是八月間。接進京去的。秦文道。令兄在京的時候。和我講。他心裡極想放出來。所以不望打詹事府轉去。和我商量。纔得由編修升了都察院的巡街御史。照這樣好好的攪年巴。便好放出來了。這便宜多了。像我當初攪的纔費事。由編修遷了詹事府右中允。再由右中允升翰林院侍讀。又遷到國子監祭酒。我滿擬放出來了。那知道太好了。倒升了內閣學士。又遷到禮部裡去混了幾年。纔攪到一個左都御史。遷了刑部。到這會子纔放出來。從頭一算。已四十多年了。頭到白了。還不能告歸。所以我說。做京官不如做外官。自在的多呢。漱芳稱是。坐

態憨如畫

了一會。便退了出來。聽秦文又在裡面氣喘了。心裡很不愛用。怕秦文有甚長短。秦瓊便沒人約束了。回到自己院子裡。納悶了一會。忽丫頭們傳進一封京信來。折開看是白素秋寄來的。看了一遍。纔知李冠英由庶吉士升了內閣中書。便放了外府同知。此刻攬了個江蘇吳縣的署缺。到任去了。心裡替素秋歡喜。便放下書子。順步到東花園來。想和軟玉談談。進了園子。到鏡鑑來。可巧軟玉到綠夢庵蕊珠那裡去了。漱芳因便到綠夢庵來。進門。見芭蕉樹下睡着兩隻白鶴。蕊珠靠在欄杆上。手裡拿瓜子殼子打他。見漱芳來。因笑道。難得呢。怎麼兩天不來看我。險些兒悶死了呢。漱芳笑說。因老爺病着要服侍。所以不得空兒。蕊珠笑道。怪道人都說你是好媳婦兒。漱芳笑道。你也不用嘲笑我。你也是即補的媳婦兒。蕊珠紅了臉道。姊姊怎麼眼下便都是滿口官話。又是什麽卽補卽用的滿口嚼着潄芳也笑道我剛聽老爺背了許多履歷又素秋姊姊信來便覺聽熟了也隨口講講蕊珠隨把手裡的玫瑰瓜子分給潄芳吃潄芳接了笑問道這是姑蘇的水炒你那裡來的蕊珠紅了臉道偸來的呢潄芳道是寶珠送你的呢蕊珠啐了一口潄芳笑道還强嘴呢這可不是顧眉仙送來給寶兄弟的蕊珠一笑道誰講我吃這個還是婉姊姊前兒送我的你要取笑我我還有好東西着不給你了潄芳笑道我搜去說着便走進房去蕊珠也跟了進來潄芳向妝台上一看沒有把抽屜抽開一看也沒有因見玻璃廚裡擺着一盅洋錫罐子因笑道在了便走過來拿蕊珠笑着攔住了說你不告饒我定不給你潄芳笑道你叫我告什麽饒蕊珠道你可還講不講是他的呢潄芳道他是誰我還不知道呢蕊珠道你還講尖酸話兒麽說着紅

了臉。向他兩脇下撓去。漱芳笑的。軟坐倒美人榻上。蕊珠也笑着。忽床裡面有人笑罵道。造反了。我好好的睡一會兒。也不容我。漱芳回頭看是軟玉掀着帳子走下地來。漱芳笑道。怎麽大白晝跑這裡來睡。敢昨晚子。夢裡又和寶兄弟頑去沒睡覺嗎。軟玉啐了一口道。你倒。昨晚子做夢和瓊二哥頑去呢。漱芳紅臉道。扯你的臊。一個姑娘家也知道什麽頑。軟玉也紅了臉道。我本來不知道。你們怎麽頑。還是你講來我也不知道頑字指什麽的。漱芳笑道。你說我這頑字指什麽的。軟玉佯嗔道。我不知道。你問自已去。漱芳也便笑笑不叮下去。因將着蕊珠的手向軟玉道。睡什麽。咱們同往美姐姐那裡頑頑去。軟玉點點首兒。便整整鬢髮。向鏡屛裡照一照。見頰上印了些枕痕。因拿指尖兒搵了搵。同着出來。望見寶珠身邊的嬝烟手裏拿着個紙條兒走來。見三人來了。

閨人謔笑
別饒風趣

因站住了道。剛我看二奶奶去。說在這裡。爺喊我往舊院子裡。去請美小姐和麗小姐去。那知道我幾天沒去那園裡的人都搬到這裡來了。漱芳笑道是呢。爲那邊祇軟小姐兩位住着冷靜。所以都搬過來了。你敢沒找到大小姐嗎。嬡烟道。我不知道住在那幾所院子裡。漱芳因指道。茜小姐住的這邊石聽琴室。綺小姐住石林仙館。美小姐住小臨波榭。麗小姐住暗香堂後面的小羅浮仙館。嬡烟應着道。這幾天把我這位小太爺悶死了。說好像落了孤老院似的也沒一個姐姐妹妹看他去。這邊又不能來。怕三老爺知道要講他。氣得很。寫這個條子叫一房一房的送去。請他們看。漱芳接來看是。見寫着些寂寞孤零苦惱的話頭。因笑。給軟玉看看。軟玉付之一笑。漱芳把條子還嬡烟道。你講去說日子快當呢。回來少不得有他的好姐姐好妹妹成日的伴着他呢。嬡

軟玉之言煞有味趣

鶴態如畫

烟望着軟玉一笑蕊珠早低了頭軟玉見媳煙去了。因笑道。二嫂子這話倒有點兒像是氣寶珠幸而你是他的嫂子不然人還當你拈說着。笑止住了不說。漱芳啐了一口罵道。倒把我臊死了呢拈什麼來吓你和誰拈去便要拈這會子也早呢軟玉笑着早先走了。漱芳將着蕊珠跟來。一路笑說着。打沿山走廊繞到小羅浮仙館。見前後有幾十株梅花多已開得和雪似的石筍邊有一隻老鶴在苔堦下踱圈兒暝着見三人來了側着眼睛來看蕊珠拿帕子甩他一下那鶴拍着翅膀逃去亂叫。裡面暖帘一動將手兒走出兩個丫頭看時是美雲身邊的秋蘋碧桃。因道。你小姐也在裡面麼。秋蘋道。剛在這裡。這會子和二小姐三小姐到山上頂去了。漱芳因攜着軟玉蕊珠。打梅花下循山游廊走去。走上覊雪亭。見寶珠寫的百花頭上四字。已榜着了。憑欄望下去。那梅

漱芳舉動
亦是趣人

花和潮一般擁着。忽見下面走廊上。一個人打梅花隙裡。露一個影兒。兒是戴紫金冠的。當是寶珠。便把帕子。打一個結子。打下去。却兜在梅花枝上。那花片兒落了他滿頭滿身。那人昂起頭來。一看原來是賽兒。三人都笑了起來。賽兒見三人站在百花頭上對他笑。纔知是拿物事打他的。因道。怎麼你們打我嗎。漱芳笑道。我那帕子兜在樹上了。好姐兒。給我弄下來還我。賽兒仰面見帕子果然掛在梅花枝上。因進屋子裡去。找了個長雞毛帚兒來。倒轉頭用桿子去撩。却撩不着。便站到石櫈上去。一撩。那帕兒和些花瓣兒照臉打將下來。險些兒跌。聽三人在上面笑着。他便丢下雞毛帚子。一氣跑上來。一頭撞在軟玉懷裡。說你打我嗎。軟玉笑道。這可寃人呢。你嬸娘打你的。怎麼做我不着。漱芳早趁勢兒把帕子向他手裡奪來。望上面峭壁游廊上逃去。賽兒來追漱

趣極

芳急急走上一覽亭。笑着軟坐倒了。接脚賽兒和軟玉蕊珠也來了。賽兒又來奪帕子。漱芳不肯。軟玉却把賽兒一把抱住。說你怎麼撞我。我心痛了。快陪我來。賽兒笑掙着不理。軟玉把他挾的死緊。口裡要他告饒。漱芳却站得遠遠的一手。把個帕子展開來。擰着。引他道在呢。你拿得去嗎。剛笑着忽一陣風來。漱芳擰得不牢。那帕子和放風箏似的吹了去了。大家都笑起來。賽兒拍手稱快。道好吓。天也不容這勞什子呢。漱芳看那帕子悠悠蕩蕩飄墜下去。不知吊在那裏去了。因笑着和賽兒軟玉蕊珠四下望了望。滿的城樓屋兒。夕陽斜照着。只半城的人家有陽光照着。因道寶兒弟前兒詠這裡的詩有意思呢。那一線長江千里白。半城斜日萬家黃。兩句倒確切呢。賽兒點首。便和三人走那後面游廊下來。早聽見一片的波濤聲。再走下幾步。便見幾百株松樹成了

此是遯仙的佈置到今一點宛然身入其境

麗雲洵是可兒

一叢林子這游廊盤旋下來便穿到松林裡去彎彎曲曲多是紅欄杆子的走廊接着中間一座四方亭子榜着巢雲兩字進裏面有些杯盤狼藉着麗雲的兩個丫頭小紅小翠在那裡收拾軟玉因問他們那裡去了小翠向後面窗外指道在那裏呢四人同走出來見美雲麗雲紉雲三個正打那面游廊轉彎抹角走來兩邊迎着麗雲笑道怎麼你們嬌怯怯的今兒也上這高山來蕊珠笑道我早走的脚跟兒痛了你們怎不賞梅花却這裏來喝西北風美雲笑道我也這樣說麗妹妹天天對着梅花看厭了倒來聽這濤聲剛說着早一陣大風那滿林的松樹虎也似的吼將起來把各人的衣袂都倒吹起來賽兒等都捧着臉說好很的風只麗雲一人仍瀟瀟洒洒迎着風走去還說有趣衆人便在巢雲亭坐了會兒下山去小羅浮仙館裏暖酒賞梅去了不知後事如

何。且看下回分解。正是

小病。不。須。嫌。寂。寞　　美人。隨。在。見。風。流。

第五十四回

兩頭親花學士悔婚　　一手本秦宮保請旨

却說秦文自發信與花占魁後。滿擬卽日可以婚娶。因吩咐把自己東府裡。借葉府做了女府。花家送親來。若另打公館。則不必說。若不打行臺。也便可在東府做女家了。因選了十二月二十吉期。擬先把婉香和寶珠成了婚。三朝再娶葉氏姐妹的。那裡知道花占魁信來。說男子。婚。娶。例無。二。嫡。卽葉氏。情。願。作。庶。亦。於。理。不。合。聘。妻。未。娶。安。有。重。聘。之理卽。兩。不。知。情。以。致。重。聘。可。援。卑。幼。在。外。例。比。依。應。以。先。定。之。女。爲。婚。後定。者。聽。其。別。嫁。如其。不。然。彼。此。均。有。未。便。況。葉。氏。居。喪。出。嫁。亦。於。例。不

花占魁了得

合還請裁奪倘尊府願與葉氏成婚則違國律請還聘采云云。秦文看了氣起來道。這不是他分明的悔婚嗎。因拍案大怒。喊把柳夫人請來商議。自己早氣喘不絕。袁夫人勸着他。兀自盛氣。見柳夫人來了。便把花占魁的來書。遞與柳夫人看。柳夫人也怪他不盡人情。因道若說要軟兒姐妹作庶的話。倒還可以商量。竟說要咱門退婚的話。怕也沒這個例。秦文道他欺我太甚了。把一個律例來壓我。照例卑幼在外尊長給他定下了聘。他不知道。自已也定了一家。便該從尊長所定。把自已定的退了。聽其別嫁。若自已定的已經成婚了。那便把尊長定的退了。違者杖八十。有職人員。知法故犯。論杖九十。降四級調用。仍就照例改正。但咱們這事。比依不得。兩家都是尊長定的。誰該做嫡。誰該做庶。若說葉家居父母喪出嫁。於例不合。只也有他祖母作主。況且到下月二十二。已是二十四個月期滿了。還怕怎麼。他三番兩次的拿一個姪女兒居奇。也刁難得我殼了。我耐着且復他一信。說這邊是寶珠生母定的。斷無退婚之理。下面也不必講了。倘他回信再有請還聘采的話。我便和他奏上一本。說他悔婚。看他可當得起。柳夫人也不好講。秦文早拿起筆來顫巍巍的手抖着寫。一面喘氣一面寫完。交與袁夫人加上馬封寄去。秦文喘急了一會道。花占魁那人也太不懂事。總之年輕了些。一味子任意歪攪去。也不想咱們家不拘幹什麼事。也從不肯教自已短了理。他講律例。那總還是我明白些。知法故犯的事。我自己還辦人過來。我敢頑這個把戲嗎。所以他和我來講律例。早便不通死了。柳夫人說是。因道今兒已十二月初四了。他未必便轉信來。這喜期光景應不着了。秦文道。那也不妨遲些兒。索性等開春讓寶珠進京供幾天

細極

活畫

職。再告假回來。我也便可趁此乞恩予告回來享幾天兒清福。照我這病。怕也不久人世了。眼下雖好些。但有了年紀。得了這個痰病。要除根是難的了。柳夫人極意寬慰了幾句。又閑談一會。便自散去。過了幾天。秦文的病。却漸漸好了。因一路都是金有聲診視。居然有效。自是感佩無量。這日能彀起動了。便叫丫頭們攙扶着出來。到中門。換了小厮攙扶到賬房裡來。這日因是十二月二十九。金有聲正在結帳。見秦文進來。便忙放下筆。推開算盤。站起來笑迎道。爺怎麽便自己出來。敢竟全愈了。秦文笑着坐下道。竟好了。這多是老哥的恩惠。特來拜謝的。說着略一咳嗽。小厮們忙着替他搥背。金有聲便把自己喝的別直參倒了一鍾。送與秦文。秦文喝了一口。小厮接了去。仍放在桌上。秦文道。令甥可有信來沒有。金有聲道。剛昨兒來一封書子說。忽而降了禮部員外郎了。秦文慨然道。這御史的職分本來不容易當的兄弟前兒當這左都御史。也是戰兢兢的。生怕惹一點兒事。出來不好看。去歲子。像沈左囊那樣一個老練。他還惹了事。予告了。况是令甥初做官兒便當這個重任。自不免有人在暗地裡播弄他。在裡面過日子。頗不容易。好便一日就升。歹便一刻兒就降。眞是臨深履薄似的。此番兄弟進京。當想個法子。把他放出來便好。金有聲道。這是全仗照應。因問前中丞眼下怎麽了。前兒聽說革了職。還交部嚴議。到今日沒聽見說。有什麽長短沒有。秦文道。幸而他有照應。不曾議出什麽來。倒准了贖罪。抵銷處分。賞還頂戴。原品休致。只可惜一出京便作故了。金有聲忙道。他家可還有子。弟。秦文道。只個。倒。不。仔。細。老哥敢有什麽事兒。金有聲道。也沒什麽。他在本地時候。曾向兄弟這邊挪二千兩銀子去。兄弟早想進京去討

話中有眼讀者注意

了來。想捐個小功名兒攬攬。照這樣講。可不是落空了嗎。說着顏色沮喪了。秦文因道。論他呢。其實攬這一輩子巡撫。也沒多錢。倒把個功名壞了。便兄弟這邊。他也挪用不少。雖離任的時候。還了些兒。也不滿一半。這是衆人知道的。便葉冰山那時候。交給我五萬兩私銀。我倒替他還了人十二萬。這也算我們打夥一場。替他償還些兒。也算不得什麼。只可恨那些假冒索欠的。便都找到我。說前中丞和冰山的家事都交給我了。還說我吞他們的。可不氣死了人。金有聲答道。這也混帳透了。老東那樣慷慨仗義。誰不知道。這些話。也只好對孩子們講去。那孩子們稍有知識的。也斷不肯跟着他謗毁。秦文拈鬚笑道。兄弟到也公道在已。毁譽由人的。因順手把帳簿拿本來看看。卻是去歲的帳。隨手繙去。猛見寶珠支銀一千兩。因道。寶珠拿這一大注銀子。幹什麼去。金有聲道。說是借給夏師爺引見用的秦文把簿子放下。歎口氣道。眼下官場風氣。眞越壞了。這位夏老先生。得了個州缺。他便亂攪起來。到任不到半年。被上游察出。降調了通判。他又不知利害。前兒大計。便被彈參了。花這些錢。好容易得了個缺。一刻兒便攪壞了。金有聲也替他可惜。因問他人現在還在湖北嗎。秦文道。他早家來了。還老着臉託我薦事。我不好意思替他薦了個館地。又攪去了。金有聲嘅嘆了會。因順口託秦文進京去。代保個功名。秦文答應了。坐一會兒。便自進來。旁晚號房內投進幾角公文來。因眼花了。看不清。便喊掌燈。上來架起眼鏡。就燈光下看去。見一角是沈左襄的賀年帖子。再折一角。看也是賀年的具名。李冠英。再折一角。是薛笑梅的。都擱過一邊。因目力不佳。教袁夫人代看。報與他聽。袁夫人便坐在燈下。折一角。報一角。都是些同寅同年。

老景活畫

和些世交的賀帖。秦文都教發書啓房覆去。又有些稟事夾單。教發文案房桑春批去。一時內號房呈進書稟包封來。也教袁夫人念給他聽。內有一封報說是花占魁的。秦文便要來自己看。仍把眼鏡架上。看了一遍。哈哈大笑起來。又看一遍。便卸下眼鏡。遞與袁夫人看道。這個便是漏洞。明是悔婚的意思。我明兒進京去。定奏上他一本。再講。袁夫人笑道。這個果然禮短了些。怎麼講是斷然不能的呢。又說定要退了一邊。這是什麼話。秦文道。他的意思。竟說這邊不肯。退他便甘心送還聘禮。這不叫悔婚。叫什麼。因便把書子收入文具裡面。自己拿筆打了個奏摺稿子。叫桑春繕寫去。過了新年。自己病竟好了。邸抄上見兩河總督已放了兵部左侍郎了。便打燈節後。帶着秦珍寶珠都進京去。一路停船走馬。自不必說。到京面聖後。秦文便升了協辦大學士。秦珍升了翰林院檢討。寶珠升了國子監司業。謝恩回來。却好秦瓊來衙請安。并叩了喜。因講起開年以來。內官升降了許多。自己升了內務府員外郎。陸蓮史先生。倒由額外主事。挨補了工部主事。早經有電報去。光景明後天也該來了。寶珠因問何祝春盛蘧仙和華夢庵三人。聽說早來京了。可有升遷麽。秦瓊道。何祝春和盛蘧仙都派了實錄館分校。光景指顧便可升遷的。只華夢庵却授了戶部主事。他昨兒來問起。說老爺可曾來京。意思因近來各部主事出缺甚多。想求替何盛兩人照應的。秦文點首。因問昨兒在朝房裏。聽說花占魁又被人彈劾。奉旨取回京來了。敢有這事。秦瓊道。正是。人却尙未來呢。秦文道。可聽是彈他什麽。秦瓊道。這却沒細問。秦文點點首。次日把爲悔婚作難事的奏片。夾了上去。秦瓊秦珍寶珠。便都各自供職去了。及至花占魁來京。面聖。上面問及悔婚的事。花占魁吃了一驚。因也奏辨一本。兩家且都不拜謁。只掙着氣。聽候旨下不題。且說秦府自秦文秦珍等進京去後。家裏便沒一個男人。陸蓮史也赴京去了。葉魁便放學出來。因他頗不安分。慣和姐妹們尋鬧。便想請薛笑梅來教他。不道薛笑梅的候選縣丞。竟得了缺。赴任去了。便只得請了一個老學究督率着他。柳夫人因寶珠不在膝下。頗覺寂寞。金菊儂因嫁日近了。便早家去。金有聲和白劍秋也告假出去。外面都便換了一班新手。中門內外管的一發森嚴了。秦府丫頭們多還安分。沒鬧甚事。只小廝們在外面便放宕不成樣兒。裡面也沒個主子出來查問。所以柳夫人也不知道。還是金有聲常來轉轉。暗暗把幾個壞的小廝。看在眼裏。查了花名册子。註了小批。送進去請柳夫人看。柳夫人看了。便立刻點名。傳了進來。鞭韃了幾個。攆了幾個。又把張壽喊上來罵了一頓。給了兩支皮鞭子。教他有犯事管家小厮。儘自打去。這一下纔安靜些。一日已是二月初二。是先老爺秦政的冥慶。柳夫人想做些法事。因府裏太覺熱鬧。又沒個人督懺。因教在大覺寺設一壇水陸大齋。便去洗垢庵請了葉太夫人督懺去。自己便也到寺裏去拈香。轉來。袁夫人等。便都輪流往寺裡拈香去。一連忙了七八日。懺禮畢了。柳夫人便請葉太夫人來家住住。此時葉太夫人。也不似當年那樣悲切了。聽說便高高興興的答應了。說回庵去轉轉便來。柳夫人轉來。特地打掃一間凈室。供了佛像。待葉太夫人來住。不知來與不來。且看下回分解。正是

安排花果供活佛　願乞楊枝度死人

第五十五回

奇了為什麼下淚

感皇恩葉家表雙節　奉聖旨秦氏娶三妻

却說柳夫人因請葉太夫人來家小住。因把東府舊日美雲住的一所院子。收拾出來。作為淨室。次日葉太夫人。果然帶了個小姑子來了。大家坐談一會。柳夫人見那小姑子。年紀不過廿一二歲。生得眉如墨畫。唇似朱塗。頗有些面善。因問葉太夫人道。這位我敢是那裏見過。可新來的客師嗎。問着。那姑子弔下淚來。葉太夫人嘻他道。你又這樣來。那姑子低下頭去。葉太夫人道。他便是前兒咱們家的尤姨娘。柳夫人和袁夫人。藕香。美雲。多吃一驚。再仔細一認。果然便是尤月香。因他改了尼裝。故一時認不得。柳夫人將他的手。問道。你怎麼也便看破紅塵了。可是你老太太給你剃度的。月香道。不是。我自前年放出府去。茫無所歸。便在青蓮庵披剃。已經四年。前兒正月間。老太太來拈香。兩邊見了。

先都。不。認。識。及。至。細。認。纔。各。人。疑。惑。起。來。對。面。一。問。便。哭。死。了。我蒙老太太恩典。把我也接到洗垢庵作伴去。柳夫人因道。好好。冰山。有你。和。蘇。姨。娘。朱。姨。娘。三。位。也。可。瞑。目。了。因又問道。那羅姨娘和陸姨娘吳姨娘。可知道下落嗎。月香道。二姨娘四姐。說是改嫁了。四姨娘慧娟。却回籍去了。柳夫人道。吓。他是秦淮的歌妓。敢又仍去做那生涯嗎。月香道光景便是。柳夫人道。這。混。帳。透。了。那八姨娘吳閬仙呢。月香道。他吓苦呢。說嫁了個秀才。剛中了舉便死了。他也便打去歲子病死了。我還替他誦經懺悔的。柳夫人大爲感歎。一時擺上蔬筵來。柳夫人便讓葉太夫人首坐。月香二坐。月香斷不敢僭越。經袁夫人說。姨。娘。現。在。是。方。外。人。了。比。不。得。當。日。那。樣。倘。講。俗。禮。便。不。像。一。位。師。太。了。月。香。倒。紅。了。臉。只得謝罪坐下。下面便是柳夫人和袁夫人軟玉蕊珠葉魁藕香漱芳

我亦要替葉太夫人稱賀

美雲麗雲綺雲茜雲賽兒等坐了。丫頭們斟上酒來。大家剛吃得一巡酒。外面傳進一封京信。看是秦文的家報。袁夫人接來拆開。從頭一看。笑起來道。快請老太太和二太太。乾一杯子喜酒。我念給你們聽。大家都昂頭聽讀。是

奏請開恩給還前抄入葉府田宅一本。已蒙俞允。着戶部咨准。開銷封禁。仍舊給還。又蒙御史題奏冰山夫人。及其妾蘇氏朱氏殉節。請旌一摺。亦蒙准予開復袁氏封誥。着禮部照例旌獎。給發坊價。其妾蘇氏朱氏。俱敕封淑人。

大家聽着。都一齊欣舞。向葉太夫人稱賀。葉太夫人早望北叩頭謝恩過了。柳夫人等。各賀了一杯。軟玉蕊珠。見自己的母親都蒙恩旌表了。各各。感激涕零。一時席散。便各閒談一會。柳夫人送葉太夫人歸院次

日知道部文已到。便着人去領了憑文。把葉府修葺起來。便託金有聲去監工。不到兩月。便仍復舊觀。又且煥然一新。那墓上旌節牌坊。也起好了。葉太夫人便帶着月香葉魁軟玉蕊珠。前去祭掃墳墓。柳夫人和袁夫人。也去祭掃一番。葉府因人口稀少。暫不歸第。想等花婉香的一家子來了。便同住在一塊。好熱鬧些。這日柳夫人正在那裏說。還不知三老爺奏他悔婚的本子。上面怎樣一個議處呢。葉太夫人笑道。想總沒有斷咱們離異的例。若說先要分嫡庶。倒也不和他論這些。柳夫人道。論婉兒。也是很隨和的。偏他這位歪性的叔子嬸子。總三番兩次的作難。他前兒把婉香許給我們。也是勉强的很。只不知他嫌我們家那一點兒。論寶兒那樣個女婿。也算過得去了。他這樣和咱們作鬬兒。拿一個自己姪女子播弄去。不知道婉兒早又哭了幾次呢。葉太夫人因

忽然回來
那得不驚

問。婉小姐現可在家鄉。還在河南。柳夫人道。在家鄉呢。只他一個孀子。早晚的欺侮着也夠了。他了說着眼圈兒一紅。正說着。忽外面喧傳進來。說珍大爺回來了。藕香吃了一驚。瞥眼見秦珍滿臉笑容進來。藕香便和賽兒站起來。見秦珍向葉太夫人請了安。又向柳夫人袁夫人請了安。見屋子裏別無姊妹們在。因向藕香問好。賽兒請了安。秦珍纔笑向柳夫人道。老爺着我。先回家來通知。說花府上允吉了。不日就要親迎。想便借葉府裏。給花家做個行臺。老太太也便可在自已府裏去做好日。就請花占魁代爲主婚。只是那邊宅子。須得修葺。所以著我先回來料理。并要備辦應用物件。柳夫人笑道。葉府的宅子。却修葺好了。物件自要趕緊辦去。只不知道花家。怎生便允了的。秦珍笑道。有抄單在呢。因向懷裏掏出一角文書套子。抽出一張白摺來。呈柳夫人看。袁夫

人和葉太夫人也都來趁着看見寫着道。

大學士秦文奏請交部議處內閣學士花占魁悔婚一本。據花占魁奏稱。秦文在河南任內。爲其姪秦雲定臣姪女爲妻。秦雲母在家復定葉氏二女爲秦雲妻。雖係兩不知情。但例無二嫡。況更有三。比卑幼在外。例當以先聘之女爲婚。後聘之女聽其別嫁。現在三女俱未成婚。禮應離異。後聘之葉氏二女。秦文不遵律例。妄稱以尊長爲婚論。三女皆尊長所定。俱不能離異。亦不得區別嫡庶。是以情愿自己讓婚。並非悔婚等語。據禮部議。復查卑幼在外。尊長後爲定婚。例應後聘之女。聽其別嫁。無先聘者讓婚之理。如後聘之葉氏。不甘別嫁。似應聽其自願。仍與爲婚。先聘之花氏。亦不得阻揹。例無二嫡。議花氏爲嫡。葉氏二女。聘定在後。當俱作庶論。

奉旨着秦文照議辦理。花占魁毋得阻揹。國子監司業秦雲。賞假歸娶。念葉氏二女係秦雲之母所定。姑無分嫡庶。着禮部一體頒

贈誥封。餘依議。

葉太夫人看了。早大笑起來。柳夫人私袁夫人。也覺可喜。因把抄單給藕香看去。秦珍又拿出一張抄單。呈與袁夫人。袁夫人看是秦文告假的底稿。看了一遍。見後面批着。

大學士秦文。奏請病老予告一摺。念秦文効力有年。應准所請。賞加一級。升太保宮銜。一等伯爵。賜第榮歸。其子內務府員外郎秦瓊。理應歸侍。着免選本職。以鹽道候部選用。

大家聽了。都歡喜過望。袁夫人因問老爺可動身沒有。秦珍道。來時有許多同寅替老爺餞行餽送。光景這幾天該起行了。大約總在月半後

姿態可喜

家來呢。袁夫人點首。秦珍站一會兒。見沒甚話。便退了出來。到自己院子裏。見銀雁。灣着腰在那裏。檢點書箱子。秦珍笑道。這個隨他丟着罷。你倒茶我吃。銀雁便放下書子。向秦珍笑道。爺此番家來。怎麽滿面的喜色。敢有什麽得意事在外面麽。說着。倒一杯茶。送在秦珍手裏。扭腰兒斜倚在桌角上。看他。秦珍笑道。我在京裏。天天把兎精子鬧死了。一輩子也不見個好人。這會子回來。見了你和奶奶。不知道怎麽便心癢癢的。銀雁啐了口道。仔細奶奶聽見。又當我和爺逗着頑呢。秦珍笑道這妨什麽。人都說新婚不如久別呢。銀雁笑道。爺大共去了兩個月。還差點兒便算久嗎。不瞧瓊二爺。還是去年子去的。像爺這樣。可不渴死嗎。秦珍笑道。我果然渴死了。因喝一口茶。把杯子送到銀雁嘴邊道。你也解解渴。銀雁笑着一推。手把個茶杯子璫的打碎在地。秦珍大笑起

嬌妻艷妾
秦珍福分
也自不小

來銀雁灣腰兒去拾那碎片子秦珍向他腰窩裏一捏銀雁便笑軟倒了秦珍正笑着忽門簾一動藕香進來了銀雁忙站起來笑撣撣衣服道奶奶瞧呢爺一家來便瘋魔了藕香笑道誰叫你穿這件紅紅的小襖兒秦珍大笑銀雁也笑道那我便換去因便緊步走後房去了秦珍笑向藕香道你講他穿粉紅襖子我便狂了我倒愛你那件大紅小襖兒呢說着來扯衣襟兒藕香撇手打下了笑嗔道算什麼樣兒銀雁在裏面呢秦珍笑扭頭道好樣兒呢藕香看他好笑因坐下道不鬧罷我問你正經咱們家老爺說予告又恩復了可有這話秦珍道敢是你家老爺嗎恩復了現又想予告不幹了我來時已經在那裏打算和咱們老爺一同回來了忽嗤嗤的笑起來道別的沒什麼到是我這兩個小姨子竟長的花朵兒一般了藕香笑道敢是瘦春妹妹和浣花嗎秦珍

也字着得妙不知誰已憎他過了

鋪設新房這等細緻

拍手兒道是呢。藕香笑道。這干你什麼事要狂到這樣。秦珍笑道。我也不知道但提起這些美人兒我便把這個身子忘了像是雲裏霧裏的飄着呢。藕香笑道。這樣的年紀。還和寶兒弟一樣見識你不拿鏡子照瞧可還是我和你當年那個樣兒秦珍笑道。果然老了你也憎我嗎。藕香笑笑。一時掌燈了。賽兒回來。便說要拍曲子。秦珍愛。他便和他拍了幾套。飯後安睡。秦珍次日起來。便忙着往葉府指點鋪設去。藕香便吩咐丫頭們。仍把西花園鋪設出來。一切陳設鋪墊。都換上一批上好的。就把惜紅軒做了婉香的新房。板壁上和上面的天花板。各用五彩花的西地錦。裱糊起來。又把分間的十景靈空格子。向背面貼上鏡子做實心了好打外面望不見房裏背面也裱上錦。地下用整疋的大紅絨線氈鋪了。走起路來便沒得聲音。鋪設齊了。早把個惜紅軒。裝潢得和織女宮似的。又把右首留餘春山房。和左首的醉花仙館。鋪設起來。給軟玉蕊珠兩個做新房的。足忙了十幾天纔了。却好秦文的船。已泊碼頭。秦珍一騎馬。領了轎馬人役。前去迎接。見一路擠塞住了文武官員。都是接風回來的。到馬頭。見一字兒泊着十幾號官船。認一認銜旗。見有兩號是禮部右堂。並都察院的。有兩隻是翰林院的。居中一號挺大的銜旗。是宮保大學士的銜頭。又四號船。都打着黃旗雙龍的奉旨完姻字樣。秦珍便向秦文那號船上。報名上去請安。秦文便喊兆貴過船去。把秦瓊寶珠都喊了過來。着兩人先回府去。把東花廳讓出來給沈左襄住。婉香住的舊院。也讓出來給兩位小姐。沈瘦春和浣花兩姐妹居住。秦珍答應着。便先叫秦瓊寶珠。起岸上轎。回府裏去。自己便到岳父沈左襄船上去請安。過了。壓着管家們搬運行李起岸。不提。且說寶珠和秦瓊兩人回來。柳夫人和袁夫人接着。都各歡喜。問些路上辛苦。寶珠又往東府。給葉太夫人請安去。猛見旁邊站着的姑子。像是尤月香。吃了一驚。及仔細一認。問了一聲。果然是的。寶珠不禁眼圈紅了。月香也暗暗洒了幾點淚。怕葉太夫人看見。便暫各走開。一時秦文回來了。府裏一衆人。都叩頭道喜。秦文也覺從此釋了干係。得意的很。坐談一會。外面報說沈左襄來了。秦文忙自出去。又報兩位小姐進來了。藕香早先迎着。姐妹互相問好。攜着手進來。柳夫人和袁夫人漱芳美雲麗雲姐妹。都站起來。寶珠避在屛後偷望。見略長些兒的是沈瘦春。生得一張鵝蛋臉。下脖略瘦些。兩彎臥蠶眉。綠的可愛。一雙笑眼。膚色瑩白。見他笑着和柳夫人講話。柳夫人問他年紀。說是十九。再看那一個比蕊珠還嬌小些。兩隻小脚兒軟貼在地下。看還不盈一握。立着像風

滿身膩態四字奇評

吹得倒似的露出三四寸桃紅的小袴腳兒上面穿着件湖色緞白鑲的襖子腰身弱細如柳滿身膩態一張粉團臉兒那嘴唇兒更小的可愛眞和櫻桃似的寶珠不禁詫異道那知道除了婉姐姐還有個他呢固估量着年紀也不過十四五歲聽他在那裏講話總覺句句是聰明絕頂嬌小可愛得很的因便忍不住打後面繞出來只做外面進來似的闖將進去不知沈氏姊妹避他不避且看下回分解正是

天公也費心思做　各樣嬌容付美人

第五十六回

絕艷驚逢浣花醉酒　佳期再阻婉姐居喪

卻說寶珠剛想闖進去忽又轉念立住卻想道且慢我聽說浣花這人是最有脾氣的他連珍大哥尚且說要避過了不見何況我是什麼東

什麼東西
極妙口吻

西。又想道。橫豎他住在咱們府裏遲早總要見面的忙什麼。只我。討他。點。兒。好少不。得。也。和。我。一。樣的愛他呢。剛想着聽裏面一陣笑聲。便忍禁不住道。管他。橫豎。不。會。打。我。出來便踹踹靴尖兒。一。手揭着軟簾進去。見柳夫人正一手攜着瘦春。一手攜着浣花。笑說着。寶珠便赶先請個。安笑道。兩位。姐。姐。一路。辛。苦。嗎。浣花。紅。了。臉瘦春却笑回道。沒什麼。因問柳夫人道。這位敢便是寶哥哥嗎。柳夫人道。你們怎麼同路來沒見過嗎。寶珠笑道是呢。因爲那船。先後隔的遠。雖見過面却沒請安。姐姐。想。不。見。怪。藕香笑道。寶兄弟我兩個妹妹。都給太太做了乾女兒了。你。怎。麼。喚。姊。姊。呢。寶珠因問瘦春幾歲。瘦春說了。又問浣花。浣花。低着頭。紅。了。臉回不。出。來瘦春代說是十七。因轉問寶珠。寶珠。紅。了。臉道。不問。我。罷。講出。來。眞。慚。愧。死。我。了。藕香在旁邊嗤嗤的笑道。這也。有。個。客

這屋便是小桃花館

套。我眞聽不入耳。寶珠笑道。並不是落客套。我只爲最怕聽的是人叫我哥哥。往常麗妹妹叫我。我還羞呢。大家都笑起來。寶珠見浣花不合自己講話。也不肯笑。心裏頗覺有個缺憾。又不敢去逗他。正沒得話講。却好外面說請三爺。寶珠便趁此出去了。這裏瘦春和浣花兩個坐一會兒。便同藕香到婉香的舊屋子來。早已鋪設的極爲華美。便到房裏坐下。藕香陪談了一會。因有事。回西正院去。留賽兒與兩姨作伴。賽兒因說。咱們府裏怎樣的有趣。又有兩處園子。怎樣好。拍曲子彈琴的人也多。天天頑。也頑不厭。又說做詩的人也多。浣花纔高興起來。因問這裏算誰的詩好。賽兒道。除了婉乾娘。該算寶叔叔了。浣花因問誰是婉乾娘。賽兒便把婉香的履歷背了一遍。又說明兒就該喚作寶嬸娘了。光景花府上。下月便送親來。姨娘總瞧得見。浣花臉紅紅的聽着不語。

作者又來笑落人

瘦春却笑道。你家寶叔叔的詩集。我到見過。本兒。雖。多。只。是。好。句。子。却。少。浣。花。也。笑。起。來賽兒驚道。這樣說。兩位姨娘的詩定好了。想來總有集子。可肯給我讀讀去。瘦春笑道。我的也不見怎樣好。學不得。還是浣妹妹的集子。明兒我檢給你瞧。賽兒便等不得要浣花背幾首他聽。浣花謙說不好。定不肯背。賽兒也只得罷了。一時南正院丫頭們來請上席去。三人便都出去了。留着一個浣花的丫頭團兒在屋裏。賽兒的小憐因笑向團兒道。剛你們小姐說着可眞會做詩麼。團兒笑道。咱們小姐也眞可笑。不。拘。什。麼。總。說。自。己。不。如。人。的偏這幾句詩。他便不肯掩藏過去。在京裏那些翰林的詩。他還要拿起筆來批削。自己有什麼得意句子。便呈送宮裏去。也總有些賞賜。所以他用的筆墨紙硯。全是宮裏賜出來的。其。實。我。瞧。他。的。詩。也。瞧。不。出。好。處。來。小憐笑道。照。此。說。來。

團兒也善
笑落人

那你。更。比。你。小。姐。高。一。層。眼。界。了。團兒道。倒也不是。我只看他的詩。全是些臺閣體。所以說也不過是堆積成的。小憐因問兩位小姐可許親了沒有。團兒笑道。講這親事。也好笑得很。你奶奶還是先太太在日許的。所以沒得自己的主。這兩位吓。就不同了。家老爺又鍾愛的和性命似的。所以件件依他們自作主。他兩位便各開了一個詩社。把五名前的。都提了請老爺面試。自己打屏後看去。打前年起。點綉女似。的點了。兩年。也。沒。得。一。個。中。選。的有才。的總。不。得。貌。有貌。的。便沒得。才。纔今年選中了兩個。是這邊的人。一個姓何。叫什麽何褀春。一個叫做什麼盛蘧仙。那知道這兩人。都娶過親了。老爺便不與他提起。這兩位小姐却對極了。說做小也是情願。老爺也愛那兩人。便央人先對姓何的講去。那裏知道。這姓何的已有了一妻一妾。二小姐便死了心。那姓盛的知道咱們三小姐在京裏自打皇宮裏起。一直到外頭。沒一個不說是才貌雙絕的。上面賜他的圖章。便這四字。他到央人來求親。老爺問了三小姐。便一口允了下來。小憐笑道。既這樣老的出。他怎麼見了人還臉軟軟的。團兒笑道。他說。這是終身大事。所以要合自己的意。不然便抱恨了一輩子。若別的。他便講一句話也要害羞的。小憐因笑道。近來這樣的事也多。聽說本地有一家子的小姐。也這樣起個詩社選女婿兒。前兒選中了咱們爺。他便請爺面試去。爺回來講與奶奶聽。大家還笑的了不得。說那位小姐。又粗又笨。長的和水牯牛似的。爺說。他要選人。人也要選選他呢。團兒當是頑話。因道。這話敢眞嗎。小憐道。怎麼不眞。你不信。問你姑奶奶去。因又笑道。那家子的小姐。人說他像個牯牛。你家小姐長的果然好。只是太嬌小些。怕也有人講是黃鶯兒呢。團兒笑

妙有引證寶珠肚裏藏着紅樓西廂的典

道。誰講。來小憐笑道。剛咱們三爺和奶奶比說。你們二小姐。像個荷花。雀兒。三小姐。像個黃鶯兒。團兒笑道。也比的像他比大姑奶奶呢。小憐道。這倒也沒比方來兩人正說着。外面報說。小姐回來了。小憐忙替打起門帘子。團兒迎着。見浣花醉了。兩個丫頭夾扶着。一個掌着風燈進來。小憐看他兩頰紅的和桃花似的。兩隻眼睛欲開還閉的。蹙着眉兒。像似嫌這燈太明了。因把桌上的保險燈旋烏些。團兒扶着他到上床睡去。浣花早哇的一聲嘔了。小憐正找帕子。忽寶珠急跑進來道。呀眞個嘔了。這眞對不起了。浣花溜轉眼波兒。看了他一眼。早又嘔了一口。寶珠忙拿自己的帕子接去。看都是酒。也沒一點兒渣滓。還有些荳蔻的香氣。心裏暗想。可見那賈寶玉講好女兒的身子是水做的話不謬。因見浣花一手墊着枕衣兒。側臉兒要睡熟的光景。便自己忘了形替

故實在不少

他曳被兒蓋去團兒在旁道不勞爺罷我來伏侍呢寶珠纔自覺不好意思看浣花的臉兒又分外紅了一層打耳根上直暈到頰上酒窩兒邊去心裏便分外憐惜起來見團兒已替他垂下帳子便走開來小憐笑道爺怎麽把人灌醉了可過意得去寶珠縐眉道那裏我肯灌醉他只葉太夫人和兩位太太大奶奶各敬了一杯我也敬他一杯他像吃不下了我怕他醉了勸他不吃他意思怕我怪了他便一口兒飲了他臉兒便飛紅了我看他醉了纔叫人扶他來的他說要嘔了却果然嘔了只不知道呃壞了他的嗓子沒有這總是我不是我明兒給他謝罪罷說着又道那一個怕又要被他們灌醉呢我瞧去說着便自己拿個風燈出去小憐笑着便也跟去了浣花在床裏聽的明白寶珠講一個他字便臉兒一紅也不知道寶珠講了多少他字末後聽寶珠把自己

的人稱作他們一法、不好意思起來幸而隔着帳子沒人看見不然便眞要羞死了一會子聽對房瘦春回來了也不來看自己便聽見放帳鈎兒的聲音知道也多分醉了便暗把寶珠的舉動想一想很合心意又漸漸想到盛蘧仙身上去便自己害臊起來一合眼睛睡熟了次早起來覺得身體很倦四肢棉軟沒一些兒力氣竟病了兩天的酒寶珠過意不去不時過來問好費盡多少的温柔性兒纔把個浣花伴熟了宛然便是第二個婉香瘦春本來脫略自不比他了這寶珠起先盼婉香來覺得日子老長的盼不到此刻因用着心力伴浣花便不知不覺一日一日的過去轉眼已是四月初旬花家送親來了已在葉府住下葉太夫人和軟玉姐妹也都歸第去了又聽說婉香此番同了顧眉仙同來是眉仙要來送親的心裏便又活撓撓只恨不能過去見他這一番秦府裏上下。都忙的了不得。只寶珠是個新郎也害臊起來。便不預事去。成日家和瘦春浣花美雲賽兒作伴。過了幾日。已是十二了。聽說喜期卽在十五。次日便要發奩過來。心裏暗暗歡喜。等不得便想和婉香兒面。猛不防上燈時候。外面傳進來說花占魁死了。寶珠嚇了一跳。柳夫人也道。這怎麼處。剛愕呆着。秦文縐眉進來道。這岔兒打的兇呢。這怎麼處。袁夫人在旁道。這個諒不妨。這邊有這個七內從吉嫁娶的俗例。秦文道。只可旁人使得。咱們家可不能犯這個居喪嫁娶的例。便我甘願坐一個主婚的罪。那花太太不肯呢。袁夫人道。他一個女人。知道什麼。你喊珍兒和他商議去便了。秦文道。你當他是個女人不知道法律。我聽說。花占魁前兒爲這節姻事。也不知翻了幾百回律例。他怕不知道嗎。袁夫人道。姑且喊珍兒講去。也不妨事。說倘有什麼科罪。咱們一家子擔受便了。秦文想也不錯。便出去叫秦珍講去。并派了白劍秋和金有聲。去料理喪事。一時秦珍氣喘喘的跑回來。到南正院向柳夫人回道。花家去。剛大亂着。說花太太因身後也沒子息。沒什麼可望。竟把一切事全託了葉老太太。老太太問他。他但哭着說我隨老爺去。人祇說。是他傷心話。那知道。竟吞金死了。二妹妹已哭的死去活來。我也。不。好。講。這。話。了。葉老太太叫我來請太太。便去帮理一切事宜。柳夫人等聽了失色。良久。吊下淚來道。罷罷。不知婉兒的命怎苦。怕早哭壞了呢。喊轎伺候。我便去來。這裏喜事且擱着。等我回話再講。說着便匆匆上轎。到葉府裏來。進門。見擁擠着許多白衣帽的家人。到正廳上見居中停放兩具空棺。薰的滿屋子芸香。地下點着幾座樹燈。有許多僧道。在那裏諷誦經懺。敲着法器。鬧。鬧。閧。閧。跑。進。跑。出。多是些。忙。忙。碌。碌。

的。人。進後見中正大院子門鎖着。還掛着。大。紅。彩。匾貼着。喜。聯。原來裏面便陳設了兩家的喜奩着。恐怕遺失。所以封錮了。柳夫人往常總打這院子進出。見封鎖了。便不。得。路。走。却好葉府的丫頭婆子都打邊頭一個小牆門出來迎接。便引着柳夫人。打夾弄進去。穿過兩所正院。打左首偏院進去。早聽見一派哭聲。柳夫人進去一看。見右邊房裏擠滿了婆子丫頭。床上停着一個花占魁。那哭聲。却。在。左。首。房。裏。便捨下這邊。進那邊去。一。眼。見。婉。香。哭。暈。在地。葉太夫人和尤月香軟玉蕊珠及春妍海棠等都哭着喊着。他。柳。夫。人。着。了。忙。也。放。聲。哭。了。顫。聲。兒。幫。着喊。好。容。易。把。個。婉。香。喊。了。轉。來。婉香睜眼見是柳夫人。便扯住柳夫人的衣角。放聲大哭。柳夫人看他傷心。也早哭的昏了。兩個鬨哭了一會。大家勸着。纔略住了聲。婉香早把嗓子哭啞了。還是吼聲兒哽咽着。柳

鬨字着得有勁

夫人勸了他許多話、纔止住了。回頭見花太太停在床裏。有幾個婆子守着。柳夫人本來恨他入髓的。便也不去看他。拭去眼淚。猛見丫。頭。叢。裏。雜。着。一。個。浣。花。在。那。裏。勸。婉。香。心裏疑惑不解。及細認一認。略有些兒不同。覺這人的兩灣眉兒還比浣花的濃些。長些。他也滿眼角綴着淚。珠。便。眞。像。秋。波。似。的。因私問了丫頭們。纔知道。便。是。顧。眉。仙。暗暗稱羨。一時葉太夫人請衆人出來。到外面婉香的院子裏坐去。說這裏要小殮了。叫婉香也同過去。婉香不肯離開。經柳夫人硬扯了去。一干人便都一齊出來。到婉香院子裏。眉仙、纔請柳夫人的安。柳夫人便和他敘起久慕的話來。不知後事如何。且聽下回分解。正是

好。事。多。磨。原。有。例。　佳。期。再。阻。不。由。人。

第五十七回

收寄女沈左襄仗義　鬨行人花占魁出殯

睡態如畫

却說柳夫人這日。在花府裏。便跟着婉香等忙了一夜。次日花占魁夫婦。都成殮入木後。纔磕睡起來。因教婉香也該睡一會子。婉香依了。因教眉仙同自己睡。把眉仙的房。讓柳夫人睡了。一會兒眉仙先醒了。轉來。見婉香却正好睡。合着眼睛。那臉兒軟軟的貼在枕上。兩頰紅的同搽了胭脂一般。因把自己臉兒去貼一貼。驚道。敢又病了。怪道身子兒貼着也火暖的。婉香醒了。睜眼看見眉仙蓬鬆着鬢髮。顰著眉兒。因問什麼。眉仙道。你可覺得什麼來。婉香在枕上搖搖頭。又睡熟了。却甩過一隻手兒。壓在眉仙身上。眉仙握他的手心。也是火燙的。知道他手酸。因替輕輕的捏着。忽婉香嫣然一笑。眉仙當他醒了。再看原睡着的。不知道夢見了什麼。笑的正看着他。忽又皺眉兒。像要哭的光景。再一會兒果然哇的哭了出來。眉仙忙撲着他叫醒醒。婉香醒了過來。還呃聲兒哽咽着。眉仙因問怎麼了。婉香朦朧着道。我知道你的心。眉仙紅了臉。因又喚他。婉香睜眼一看。見是眉仙。便也滿臉飛紅了。眉仙見他紅了臉。知道把自己當了寶珠。因不禁一笑道。你夢見什麼來。婉香略露一个笑影。忽又沮喪了顏色。又把昨日的喪事想想。便又撲簌簌的滾下淚來。因便拗起。不想身子沒了力。早又一頭跌下了。眉仙因道。你養養罷。今兒還燒着呢。你有什麼事。我起來替你幹去。婉香點首兒。便又睡下。眉仙起來。走下床。仍替他蓋好了被。到妝台邊坐下。喚了一聲韻兒。走進自己的小丫頭進來。因喊沓臉水。韻兒應着出去。眉仙因把鏡臺上的套子揭去了。照了照。把鬢髮用指尖兒理了上去。又端詳一會。覺得眉兒更濃了些。像籠着烟似的。因也用指尖兒整一整眉心。韻兒

細到極處

已把臉盆子捧到面前。放在桌上。眉仙先把手洗洗。又把指爪兒浸浸軟。便拿手巾子帶着水。向臉上抹了一抹。閉着眼睛。把手巾子絞乾了。指爪彈一彈。抖開臉布。對鏡子照着。把臉兒抹乾了。又絞一布。把手也抹乾了。韻兒接了手巾子去。眉仙便拿絹帕子向臉上一拭。早是玉面生光。白膩如脂的了。韻兒又送上嗽口鍾來。眉仙接了。喝了口水。嗽了嗽口。便唾在韻兒手上的鍾子裏。又嗽了一口便算了。把帕子向嘴唇上搵一搵。早和透水的一顆紅櫻桃一般。又用指尖兒向眉兒上順勢整一整。便仍把鏡奩遮下了。見春妍進來替他梳頭。便斜轉身兒坐了。春妍替他打開頭髮。早滑手兒一順勢散了下來。解去了紮根子。拿梳子通了幾下。又拿篦箕輕輕的浮面篦了篦。那髮本來黑亮。又且細軟的。早和緞子一般。也不用抿油楊子。便分了一半。用長千子別了。紮了根。兒打尾梢上一順兒挽了上去。拿簪子一別。便梳好了。也不用修飾得。再把那支長千子抽去。兩邊的鬢髮。早烏雲似的遮了下來。眉仙重又坐正了。對鏡把面前一批楹髮。抿了下來。一字兒斬齊着。又另拿面手照鏡。反回手去。把背影兒映到大鏡裏來看了一看。便放下鏡子。站了起來。韻兒早捧着一件白緞子銀紅鑲的夾襖子等着。春妍接來。抖散了。替眉仙披上。韻兒替他紐好了下擺扣子。四角拽一拽。春妍已把着衣鏡上的袱子掀起。眉仙走近來。扣好襟子。整整前後。端詳一會。便走開了。海棠早端了一鐘子芡蕒來。眉仙吃了。因去看看婉香。見已睡熟了。便掀着門簾子出去。到對面房裏來。給柳夫人請安。不道柳夫人已到葉太夫人那裏去了。便也到上房來。見葉太夫人正和柳夫人講話。因請了安。一傍坐下。柳夫人和他講些閑話。眉仙一一回答。只把婉香病了不提怕柳夫人着急的意思。正說着外面報秦三老爺來了。眉仙迴避出去。秦文却見了一個背影兒進來向葉太夫人請了安。又和柳夫人問好。便自坐下。因道剛進去這位敢便是沈三小姐麽葉太夫人不解。柳夫人笑道。昨兒。我也。錯。認。不是的。秦文道。我險些。兒冒。叫。葉太夫人。因問誰是沈三小姐柳夫人講了。葉太夫人道。哦是沈左襄的姑娘。我明兒倒要見見。秦文因問起這喜期。究竟應不應了。可有個主兒。依我說。這從吉婚嫁的俗例。也還行得。好在這邊是有這個風俗。也沒人議論得的。柳夫人因道。婉兒還睡着呢。昨晚子也沒問他。便問他一個。女。兒。家。也。不。肯。講。什。麽。的秦文道。既他太太託了老太太便老太太做得主。葉太夫人道。別個不妨。他的脾胃兒是不容易捉摸的。眉仙是和他一副心腸的。回來我問他。瞧。又道。只是咱們。家又沒個正經主子占魁故了。誰主婚呢。秦文道。這個我想過來。橫豎沈左襄沒事。他也不打算回京去了。把婉兒和軟兒蕊兒。都給他做了寄女。請他主婚便了。葉太夫人道是呢。左襄原是我的乾兒子。這不知道他肯不肯。秦文道。他有什麽不肯的事。昨兒他聽說花占魁這樣了。身後又沒得人。他便想到自己。也祗有兩個女孩子。便招了女壻家來。也算不得正經。所以他還想求老太太。把魁兒給他做個兼祧子。便住在府裏。親自教他唸書。也好侍奉老太太幾年。葉太夫人正因葉魁沒人管束府裏也沒個正經主子。理値家務。便很合意。竟一口允許了。秦文轉去。便對沈左襄講。沈左襄亦是高興。瘦春和浣花被藕香留住。沈左襄便打次日去拜葉太夫人。極盡子姪之禮。還比葉冰山恭敬些。然後婉香軟玉蕊珠葉魁四人拜了寄父。眉仙眼熱。便也要拜做寄父。左襄看他。宛然是第三個女兒浣花便分外歡喜也受了他拜。談起。原來左襄和他父親顧芝珊。是表連襟。便都高興異常。日中葉太夫人備了一席盛筵。大家團飲了。座次。只有婉香不歡。眉仙因自幼失怙。便把左襄當做親生的一般孝順。左襄也便把他當做浣花一樣看承。歡洽自不必說。這婉香略淡些。倒不爲別的。因他心裏正傷感着。所以也無心熱趲。過了一日左襄因問葉太夫人。這親事怎麼樣個辦法。葉太夫人道。昨兒已問過眉仙。說婉兒定不肯依。他說便是居喪婚嫁。不犯例的。他也問心不過。說現放着兩叔嬸子的靈柩。便自己嫁去。理上也過不去。要叫咱們家兩個先嫁。等他服滿了再講。沈左襄道。這也是孩子們的一點孝心。旣他這樣說。且都擱着罷。占魁公的喪事。怎樣個辦法。請太太示下。葉太夫人道。這個你斟酌去便了。以後的事。你儘隨意辦去。也不必件件請我的示。我這幾天忙的不誦經了。打明兒起我仍誦我的經去。孩子們都你看顧着便了。沈左襄唯唯應着。見沒甚吩咐。便退了下來。且把親事擱過一面。關會了秦文。一面便打疊起精神。替婉香理值占魁公的喪事。設醮壇做法事。便在本府設下四十九日水陸大齋。到百日後。便打算出殯的事。秦文題了銘旌。寶珠撰了一篇祭文。送來吊奠。沈左襄看了這篇祭文做得好。便大爲賞識。寶珠看。已是自己的寄壻。便分外高興。出殯日。就選在七月十二。見一切都端整齊備了。便早日啓期開吊。打初十起。便有許多占魁公的同寅同鄉。以及年誼等輩陸續吊奠不絕。到了正日。那弔客一發多了。足足鬨了三日。便請柩出殯。送殯的除葉太夫人秦文沈左襄柳夫人袁夫人婉香眉仙軟玉蕊珠。外又有些花家的戚族。跟了送去。各大憲以及同鄉同寅等官。一路上都擺了路

好遞筆

祭。閑看的那些雜人。早擁的滿路一城子。都鬨傳說是大喪事。好看的很。有些沒看到的便都在要路口攢頭探腦的等着。一時聽見遠遠嗩吶子聲。都鬨說來了。那些身材矮的都墊起腳尖兒候着。看見先來一對本縣正堂路徑告示牌。接着就是頭亭子。有許多歪帽子的老虎差押着一班鼓手。那兩個吹嗩吶的都漲圓了下頦子很命的吹着。接着一對大鑼。肩着淸道旗兒。一副一副的拱金執事過去。都是些挺闊挺大的祖宗本家官銜。後面幾十對纔是花占魁本身歷任的職事和些德政牌。只一起職事。便排到一里多長。接着又是幾副黃執事。黃旗又十幾副黃亭子。裏面多標着小黃牌。寫着欽賜物件。接着便是協領的一隊兵。肩着雪亮的刀槍劍戟。落後又一個頭亭和些執事大旗提爐香燈。引着一乘八人抬的綠呢魂轎。後面便是幾十匹馬。上面多騎着

好當一編風土記讀

人。有些拿高轟長旗的。有些背大旗的。一個一個過去。接着又是一班馬上鼓手。吹打的分外好聽。又許多戴着頂子的官。腰弓佩劍的。騎在馬上。後面四個背勅印的。也騎着馬。有八個紅黑帽子。也在馬上。手裡擒着火牌。又四個馬上太保。過去便一隊撫院親兵。和幾班衙役。拖着鍊子。哌喟的吆喝着過去。後面引着幾十個路祭亭。來都有官銜標着的。接後就是挺高的一座銘旌。四人抬着。便插在雲際。又兩班僧道。都捧着長旛法器。和一班清音細吹。抬着兩座像亭。看男像是一個三十幾歲的。女像不過三十裡外。眉目間露出一種英烈氣。那些老婆子。知道他是殉節的。都口裡念着佛。合手拜他。見過去了。後面便是全白色的長旛和白綢子紮成的粉團毬子。引着兩具三十二人抬的獨龍杠大棺罩。四角站着四個女孩子。扮的童男童女。手裡也拿着小旛擁擠

一筆收住毫不費力

着過去。後面只一乘白幃大轎。裡面嗚咽咽的哭着。以後的便都是綠呢大轎。過去十幾乘。還有許多小轎。都坐些丫頭。又幾十匹跟馬。慢慢的過去了。落後又有許多本地官員。多擺着全幅道子。送出城去了。看的人。便一鬨而散。茶坊酒肆去談個不了。也無庸表得。且說花占魁出了殯。便停厝在大覺寺裡面。打算明後年再盤喪回去。婉香等回葉府。柳夫人便自轉來了。各各將息了幾天。光陰迅速。轉瞬已是小春時候。婉香漸漸忘了悲傷。只依着沈左襄膝下。覺得左襄待自己。比叔嬸還好些。就把左襄看做親爺似的。件件總先請了示再幹去。原想趁自己身子好着。把叔嬸的靈柩搬回家鄉去。沈左襄說等到秦府去了再說。便也不敢違拗。且擱過了。一日正和眉仙下棋。軟玉進來。兩人都站起來。軟玉笑說。浣妹妹來了。怎麽不見見去。婉香問是誰。軟玉笑道。便老爺常講的。說和眉仙妹妹像的那位。叫浣花的。婉香道。他來了。咱們看去。說着便拉了眉仙的手出來。不知軟玉是眞是謊。且看下回分解。正是

莫怪書生饞眼慣。女兒也愛看佳人。

第五十八回

認花容姊妹訝生逢　祭江口弟兄悲死別

却說婉香眉仙。同着軟玉出來。到上房裏一看。沒人。婉香笑道。敢哄我呢。軟玉道。誰哄你來。因問丫頭們。纔知道浣花恰到葉太夫人的佛堂裏求籤去了。婉香道。他到信這些來。眉仙道。偏你不信。我前兒求支籤很有道理。軟玉道。你求的什麼。可念給我聽聽。我給你解。眉仙見問。却紅了臉。笑道。我自己解過了。還勞你什麼。軟玉笑道。奇了。這有什麼講

妙極

不出口的你和菩薩講得的便和我講得我便是個活菩薩你不講我也知道你心裏眉仙把臉越紅了啐了一口道我不和你鬭口兒你是活菩薩我明兒請老太太把你供到佛堂裏去拜你剛說着後廊下一派笑聲進來了葉太夫人和蕊珠兩個却見蕊珠將着一個人逗他笑那人低着頭走來軟玉因迎上去道浣妹妹快來見兩位姊姊呢浣花抬起頭來瞥眼看見眉仙吃了一驚暗想這人好像常見的細想一想原來是像自己的那眉仙也吃了一驚婉香看他果然和眉仙一個樣兒因笑道果然再像沒有了浣花聞聲因看婉香也吃了一驚想世上還有這樣一個人便自慚形穢起來倒紅了臉葉太夫人指引着三人見禮通名過了便依次坐下葉太夫人看看眉仙又看看浣花因笑向婉香道他兩姐妹眞是一個粉撲的不在一塊兒總要認錯呢怪道前

含糊得妙

妙極讀者須知浣花的年紀不是自己的眞年紀呢

兒柳夫人和文老爺都錯認了。因問兩人誰長。眉仙因問浣花年紀。浣花回說十七。眉仙又問月分。說六月十四。眉仙因道。那是我癡長了。我是三月三日養的。浣花因道。姊姊也和我同年嗎。蕊姊姊是五月初十的生日。那算我最小了麼。因問婉香可也同年不是。婉香笑道。你不問我。你們只叫我姊姊便了。葉太夫人笑道。在這邊是算婉兒長了。眉仙敢又謊來。眉仙笑了起來道。蕊妹妹先哄了他。我也跟着呢。橫豎他總該派做小妹妹。浣花又紅了臉。像是年紀小了。又害羞的。婉香看他言語笑貌。果和眉仙一個模樣。只態度略有不同。眉仙的眉兒是顰態惱的樣兒多羞的樣兒少。浣花的便全是羞態惱的樣兒少些。因笑向眉仙道。我想一個人來纔和浣妹妹是一個塑兒塑的。眉仙道。可是二妹妹。婉香道。是呢。眉仙笑道。我剛纔瞥見的時候。還吃了一驚。當是他重生呢。浣花見拿了個死了的人比他便有些發惱。婉香笑道這會子眞像了。婉香知道這重生兩字講壞了。暗想人說眉仙有脾氣。這樣看來。他也和眉仙一副心腸的。因拿話蓋轉來道。究竟二妹妹。到今沒個着落。你這重生的話。可不是詛咒他麼。眉仙會意。也自悔失言。紅了臉。便不多語。浣花也看出婉香是看出自己惱了。所以講這話。倒教眉仙紅了臉。自己覺的過不去。因也紅了臉。倒拿話來搭訕。問二妹妹是誰。眉仙因道。是族妹。去維揚多年。至今斷了音問。有說在揚子江翻了船。也不確。他還有秦淮的詩。寄我來。浣花不、等講完。早問道。敢喚媚香的。眉仙道。是因聽浣花口裏。常露吳音。因問妹妹可到過蘇州。見他來麼。浣花且不答。因問眉仙道。姐姐是他族姐。可知道還有一位小名叫黛的。像姊姊的那位。現在那裏。婉香笑道。當面不認識。便眉仙的小名吓。浣

我也不解

花撲的吊下淚來哭道黛姐咱們五年不見便多不認識了婉香不解。眉仙詫異道吓敢妹妹便是影憐浣花早哭的淚人兒一般婉香也驚道妹妹便是影憐這怎麼解浣花含淚道姊姊也知道。敢姊姊便是小名只一婉字的麼婉香也早垂淚道是葉太夫人和軟玉蕊珠都弄得茫無頭緒了。見三人你握我手兒我握你手兒的團着哭了一會葉太夫人纔道照這樣講浣小姐原姓顧了怎麼又在左襄膝下眉仙婉香也都問他別後景象。浣花纔哽咽着把從頭的事細細講明。原來那年。他奔叔子的喪去。不料被颶風翻了船。隨波氽去。適值沈左襄往南京到任。去見波上氽了這樣一個人來。心裏可憐他。問心口可溫。人回說不能救了。左襄猛記得。那年自己也在這裏失足落水。沈死了四日。纔浮起來。被人撈救活了。聽說是水西門的一個道士救活的。料想他也

能救。因忙叫船放水西門去。找那道士。不料三年前已死了。只他一個徒弟。說那道士死的時候。留下一顆丹來。說三年後。沈左襄的女兒該在此落水死。該用這個救他。左襄聽這話。怕後面家眷船來。闖這個禍。便想把丹留着自用。忽又說。我不該存這個私念。見死不救。便把這丹給媚香灌下。果然一刻便活了。左襄問他籍貫。媚香不肯明說。恐怕吐實。萬一送將回去。可又不免終被壻家娶去。所以瞞過了。只說維揚商女。左襄原想送他到維揚去。那裏曉得後面家眷船來。果然報說。把自己十二歲的一個小女兒叫浣花的落水死了。左襄大哭了一場。也沒得說。因恐瘦春恨了媚香。暫不講破。却含淚把這番情節告訴了他。媚香見左襄仗義。捨了親生女兒。救了自己。便感激涕零。情願不回家去。竟仍了浣花的名字。做了沈氏女兒。左襄見他眞情懇摯。便一口允了。

那時因藕香正病在秦府裏。所以吩咐一衆人。不許告訴他去。故到今也不知道待左襄在南京解任到京去瘦春和媚香已親切的頭也肯割下來換了便把媚香當做眞浣花似的家下衆人也不提起前事了。此番到秦府來。藕香等不得要見妹妹。因那時藕香在閣。浣花還在襁褓。聽秦珍講他的好處。所以一見左襄。便討浣花妹妹看左襄便叫媚香見他。藕香也辨不出。瘦春也不說破。只媚香自己心裏傷感便了。那在京還壻的主意。便是他出的。因找瀟仙不着。所以開這詩社想總會自己報名進來。果然不出所料。便定了這頭婚。却不肯說破。怕左襄疑他不貞。所以隱忍着那瀟仙却尚未明白呢。看官記着。以後浣花便是媚香。媚香便喚做浣花了。且說這會子。婉香和眉仙聽他講這一席話。不禁都狂喜起來。葉太夫人見他們姊妹重逢。也替歡喜。立刻請左襄進來講與他聽。左襄大笑起來。因吩咐備一席盛筵。與他姊妹賀喜。因索性去把藕香瘦春接來。暢樂一會。席次談及藕香纔知道浣花是眉仙的堂妹。因洒幾點淚哭那已死的浣花。便又展歡容與現在的浣花作賀。便和往常一樣親密。一時席散。眉仙留浣花住下談心。藕香和瘦春便仍回秦府。把這話對柳夫人講了。合家一時傳爲佳話。次日把眉仙浣花都接了過來。兩夫人及各姊妹輪替兒設筵演戲。替他姐妹慶賀。那寶珠更自踴躍。早替蘧仙歡喜。因自悔前年不該懸揣說媚香已死。竟教蘧仙痛哭一場。病了半載。幸而蘧仙不死。倘死了。不是還要我陪還他一個蘧仙呢。想着心癢癢的。想寫信告訴蘧仙去。又想萬事講破。便不值錢。橫豎他沒得良心。知道媚香死了。他便也丢下了。又在京定這頭親來。他若知道浣花便是媚香。那也不用告訴他去。他若不知

道。竟。慕。着。浣。花。的。名。定。的。那便。不。犯。着。告。訴。他。想。着。便擱起了。却說盛

蘆仙自那年正月間。聽寶珠口氣說媚香果然翻舟死了。他便病了半

載。心傷了一晌。直至中了舉。點了林便丟下些因做做詩會。竟做出一

段姻緣來。他原一口謝絕的。倒因此痛哭起媚香來。又病了。他妻子冷

素馨本來最賢惠的。知他和媚香好。原不過爲慕他的顏色。聽京裏都

說沈浣花是宮裏稱許。才貌雙絕的。料想壓得倒媚香。因暗暗託人向

沈左襄求親去。竟一下子聘定了。到締姻那日。蘆仙纔知道木已成舟。

無可奈何的了。只得聽從冷素馨幹去。自己却痛哭一會想做篇自己

討罪的文。向江邊祭奠媚香去。却因心亂了做不出。因去找何祝春代

做。那何祝春正新娶了一位如夫人。自己也和他一樣犯了個負情的

罪。便替他做了篇駢文。自己倒請蘆仙也替做一篇。兩人到江邊上痛

哭狂歌的。吊奠一回。這一番哄動了滿京的人。說兩人有些涎氣的。因此傳入實錄館提調耳內。把兩人都撤了差。華夢庵氣不服便發狂起來。說國家正在用人之際。這些官兒無故把兩個好人丟了不用。我還做什麼官。主什麼事。便連晚繕了個親老告養的奏片。託人夾了本子上去。却好瀘仙祝春也都上本請假。上面批准了。三人謝恩出來。都拍掌大笑。說從此咱們又好家去優游自在了。便打二月間各帶家眷動身回來。一路三人談詩飲酒的快樂至極。到了家各人參過了祖先。仍來聚飲。華夢庵却把個大帽子上的項珠兒摘下來一脚踏扁了丟在水裏道。從今後不用這個勞什子。祝春和瀘仙都大笑起來。各自休息了幾天。也不拜客。也不見人。只天天作隊兒到西湖裏山頑去。那華夢庵一法放蕩的不成樣兒。好像天地間只他三個是快活人。以外便是

金頂兒所以踏得扁

些蟲蟲蟻蟻。不知是忙忙碌碌的幹些什麼事。并且把寶珠都忘懷了。不去看他。這日正是三月三日。打湖上逛了。進城來見通衢擠塞滿了人。攢攢動動的。不知看些什麼。華夢庵早先挨入人叢去看。何祝春和盛蘧仙也便過去。原來是一起大婚事。一對一對的執事過去。也不看清是什麼銜頭。後面一乘八人抬的綠呢綵輿。還沒坐人。知道是親迎去的。接着又是一起執事。一乘綵輿也沒坐人。夢庵道奇。看後面又是一起執事。一乘綵輿。也沒得人。三人都看得不懂起來。不知是不是迎親的。且看下回分解。正是

作官不如安坐穩　著書何似看山閒

第五十九回

連城璧合寶珠迎親　合浦珠還蘧仙失喜

却說三人正看的不懂。見後面接着一對黃牌。寫着奉旨完姻。三座誥命亭子。後面便是執事。題些宮保大學士兩湖總督。及經魁會魁榜眼及第翰林院編修國子監司業國史館纂修等銜。兩對提爐。四對朝燈。七八個武弁。扶着一乘八座官輿。裏面坐着的不是別個。便是寶珠。華夢庵大笑起來。見寶珠穿着吉服。左肩披一掛大紅綵球。溜轉眼波。向夢庵一笑。紅了臉。低下頭去。後面跟了十幾疋馬過去。三人都笑起來道。這眞有趣。算是人生第一件樂事了。藹仙道。寶珠還是去年奉旨來的。怎麽纔今年完姻。夢庵道。因花老師作故了。去年報了居喪。此刻光景服制滿了嗎。怕沒這樣快呢。祝春笑道。虧你一個戸部主事。這一點兒也不知道。他叔子的是期年喪。可不滿了。夢庵笑起來。因道。寶珠也可惡透了。這樣大喜事。也不來請咱們喝喜酒去。藹仙道。你自己杜門謝客。却怪誰去。夢庵道。喈們先別處喝了酒。等醉了。晚間闖進去鬧房。可不有趣。兩人說好。便找了個酒館。看招牌寫着萬不如軒。祝春笑了笑。夢庵道。好好。果然萬事不如盃在手。好便揀個極幽雅的座兒坐了。酒保上來問酒。華夢庵道。俺喝燒刀子。蘧仙祝春都笑起來道。怎麼攙出粱山泊的話頭來了。夢庵也笑起來。那酒保也覺好笑。夢庵手揮着道。去去。不笑罷。你要在這裏笑。快去把犢鼻褌子卸了來。酒保笑着又問菜。華夢庵說醉蝦子。要活的。酒保又問別樣。蘧仙道。咱們不用別的。你只把這個儘多的拿來。再弄三碟子筍來。別的總饡。不要吃。酒保答應去。拿上酒來。斟了。夢庵忙喊蝦子拿來。那酒保便去捧一個裝鴨子的盆子。裝了蝦子。因活的要跳。上面又覆一隻大碗。上去。夢庵一手把那碗掀開。早跳出幾十個大蝦。滿桌亂跳。蘧仙笑逃開了。夢庵早捉了。

夢庵舉動粗豪煞是趣人

吃了便走眞得畱香深心傳

一個放嘴裏去又捉一個來吃跳的隨他跳去他一手拿着杯子喝酒一手向盆子裏撈去那碗也索性不覆了跳的滿桌滿地都是蝦子祝春臉上也都濺滿了醬油沫子站得遠遠的罵道你這個刻薄鬼你這樣吃法照着我送嘴巴子過來夢庵笑着不理捉了一個活蝦子兜臉打來祝春避開了却好打在蘧仙臉上蘧仙吃了一驚笑罵道反了這眞是蝦子造反了因喊酒保來把桌上地下的蝦掃去見盆子裏已跳的一個不賸那一壺膏粱已喝的一點沒有了祝春因喊添酒去夢庵却一拍桌子站起來道走了祝春一把按下來道你還人敢是變死嗎一個兒煞神似的食祭了一泡子便大踏步走去你仔細撞着了眞的煞神把你也當蝦子似的捉了吃去蘧仙笑的腰也痛了夢庵便笑着坐下又倒酒吃把那筍一片一片的撩嘴裡去忽想起一件物事忙一

疊聲喊堂倌。酒保跑來。夢庵道。可有大魚。給我炒一大盆子松花。來酒保應着去了。一時端了上來。三人吃着已盡四壺酒。還喊着添酒。蘧仙道。吃不得了。這膏粱是一觔一壺。回來醉了沒趣。還要被寶珠憎呢。夢庵也便罷了。見時候已經不早。便要想走。忽滿屋子人亂着。都趕出去。夢庵當什麼事。也跟出來看。原來便是寶珠迎親。轉來。因喊蘧仙祝春來看。那日間的執事。都改用了明角頭對。先一起是寶珠的。共四十八對高照。十二對提燈。一班鼓吹。擁着一乘官輿。四角都挑出了琉璃吉語燈彩。後面便是花家的。也是四十八對高照銜燈。十二對提燈。一班細樂。一乘彩轎。過去。接着便是葉家的四十八對官銜牌燈。十二對軟宕紅紗宮燈。一乘綵輿。點齊了燈。接後又是沈左襄的四十八對官銜牌燈。十二對六柱紅紗宮燈。一乘燈轎。過去了。三人看了。轉進來。祝春因道。怎麼後一起打沈左襄的銜頭。難道葉家便搬不出官銜來麼。夢庵道。聽說早將三位小姐作了左襄的寄女。現是他主婚的。所以不能不用他的銜頭。兩人點首。便喊酒保去做了些餑餑來。當飯吃了。看時候已將起更。便叫寫了帳。三人出來。竟也不坐轎。也不帶小厮。逕到秦府來。見已交拜成禮過了。便先向秦文道喜。又向秦珍秦瓊道了賀。秦珍便讓三人進園子來。新人房裏頑去。三人進園。見曲折迴欄上。都點齊了燈。走上山坡。見留餘春山房。已鋪設的花團錦簇似的。又到惜紅軒一看。更覺華麗。滿屋子點了燈。彩映着玻璃鏡屏和些錦繡披墊。光彩奪目。進房一看。已裱糊得神仙洞府似的。桌上擺設着妝奩。全用大紅繡披墊着一股氤氤氳氳的香氣。也辨不出是什麼香。看了一會。出來滿身都沾的香氣。又到醉花仙館。看也是一般窮奢極艷的。歎賞

好看煞人

了一會。打走廊上轉惜紅軒來。見滿園都點齊了燈。望下去。便像元宵的燈市一般。猛一陣細樂聲。打循山游廊上上來。見十二對軟宕宮燈。二十四個小丫頭打着了。兩對提燈。引着一位天仙似的美人兒。兩個極端正的丫環攙扶着。欵步上來。背後一對宮扇遮着。秦珍和蘧仙等。退到欄杆外站着。看那千人是進留餘春山房去的。又一派細樂從山下吹上來。蘧仙便回身向山下看去。見下面池子裏石橋上走動着許多紅燈一串兒。接着向綠雲深處那邊循山游廊上來。看也是十二對軟宕宮燈。兩對洋角提燈。兩柄宮扇。遮護着一位極嬌小可憐的一位美人。進醉花仙館去了。再回看這邊走廊上。忽來了一對朝燈。引着一個寶珠近來。秦珍笑道。寶兒弟辛苦了嗎。寶珠一笑。夢庵拍手跳將出來。笑道。好艷福吓。寶珠嚇了一跳。見是夢庵祝春蘧仙三人。便笑着各請個安。讓進惜紅軒坐。陪房的丫頭。便送上菓盒子。各人抓了些吃着。寶珠因問三人。是多早晚出京的。蘧仙說是二月。夢庵忽道。吓。你們兩位是連襟了。怪道答應的快爽。沒我們講話的處兒。寶珠紅了臉道。夢庵又取笑來。正經。你們爲什麼忽而都告假回來了。蘧仙沮喪了顏色。夢庵道。今兒不講這話。正經。怎麼不請你那位姐姐上來。咱們見見。大家都笑起來。祝春笑道。今兒不這樣稱呼了。夢庵笑問寶珠道。你們今兒。改了什麼稱呼。寶珠臊的臉通紅了。蘧仙笑道。總不過他你我三個字。罷秦珍也笑起來。寶珠因笑道。蘧仙。你少和我使巧嘴兒。仔細我講一句話。臊死了。你又喜死了。你還要氣死。你呢。蘧仙不解。秦珍噗噗的笑着。蘧仙滿肚想轉。也沒甚事犯在他手裏。因笑道。聽你講來。我聽着呢。寶珠噗的笑道。詩會考取第一的是誰。祝春夢庵都笑起來道。這事你知道嗎。寶珠笑指秦珍道。現放着他的嫡親連襟。那還瞞得我。蘧仙果然紅了臉。寶珠道。可不是臊死了嗎。祝春笑道。喜呢。寶珠笑道。須得蘧仙拜我。我纔講。夢庵因叫蘧仙拜他。蘧仙不肯。秦珍道。這個果然該拜。寶兄弟又該拜我。蘧仙不解。華夢庵不耐煩道。蘧仙你便拜他。怕他不回你。他今兒和三位嫂夫人拜的有趣了。所以也叫你跟着他有趣兒。蘧仙笑起來。竟撲地的跪在寶珠面前。寶珠慌了。忙也撲地跪下。兩對手兒攙着起來。笑個不了。祝春笑道。照這樣看起來。你們兩位倒都是跪踏腳板兒的老手呢。寶珠不解這話。蘧仙紅了臉道。你倒是老手。連名目也有了。明兒還要打都元帥的旗號呢。祝春笑道。這個我忘了。剛寶兄弟迎親去。那銜牌上不知打不打這個實缺的官銜。大家都笑起來。夢庵急起來道。鬧這半天。究竟是怎麼一個喜事。寶珠因笑道。這位媚香樓主人。竟被我訪查到了。蘆仙猛吃一驚道。吓。怎麼講。寶珠笑道。訪到了。蘆仙道。敢是墳墓。寶珠道。唔唔。你不咒詛他罷。前兒我也誤聽了。他好好的現在呢。蘆仙道。吓。敢是眞的。現在那裏。寶珠噗的一笑道。現在。我。房。裏。呢。蘆仙啐了一口道。我當你眞話呢。原來拿我開心。大家都鬨笑起來。寶珠正色道。眞呢。你不信。我和你瞧去。因將着蘆仙的手進房去。祝春夢庵都跟着進來。寶珠却指着一條單條畫兒上一個美人兒道。這可不是。蘆仙還當是頑的。及細一看。原來是一幅寫眞畫着十幾位美人。夾着一個寶珠。都畫着古裝的。那指着的這位眞是像媚香。傍邊又畫一個。媚香兩人。臉對臉兒的笑。看了不懂。又看近媚香身邊。又一位絕美絕艷的美人。也含着笑。寶珠便挨着肩兒站着。又兩位。便是剛才看見的兩位新人。殊覺不解。因看上面題的詩。是合浦珠。

還圖便喜起來道好兄弟不欺我可便在府裏寶珠笑道是呢他天天和我作對兒頑呢藹仙紅了臉道正經怎麼這畫上又畫兩個是什麼一個講究寶珠故意指着眉仙的小影兒道這位便是你那位未娶的沈夫人藹仙暗吃一驚想他兩人原來一個模樣的只不知道他知我負了他娶沈小姐他可恨不恨因道媚香可在你面前講什麼來寶珠笑道他却沒什麼倒是這位沈小姐替他怪你藹仙因道他可有什麼主見寶珠未答忽小丫頭進來說請三爺寶珠便向藹仙一笑出來打後面進去了藹仙又懼又喜跼促不安了一會祝春和夢庵都替藹仙大喜過望一刻小丫頭來向秦珍說太太吩咐請爺留這三位爺給三爺送房秦珍站起應着便邀三人仍打留餘春山房廊下穿過聽裏面一片笑語聲有許多女眷在那裏鬧房便不敢抬頭低着頸子越過向

游廊上下來。到西花廳坐下。一時秦文來向三人道罪。並謝了勞出去。一會子五對宮燈。引着寶珠來了。向三人拱了個揖。小厮說。請三位爺和大爺送房。四人便讓寶珠先行。寶珠略讓一讓。夢庵笑道。這個那能讓。我們的寶珠。紅了臉。便先行一步。早一對洋角宮燈引着。分四對宮燈。照了四人。一班細樂。早在廊下伺候。引着到園裏走上山坡。向留餘春山房走廊上穿過。早見對面醉花仙館也來了一班女孩子的細樂。五對軟宕紗燈。近面走來。原來是藕香漱芳眉仙瘦春送婉香歸房的。這邊的人。便都站住。等那邊一干人都進惜紅軒去。見五對紗燈回了出來。一字兒擺在廊下。這邊宮燈。纔引着衆人進去。見左首新房裏門簾垂下了。這邊右首的門簾打起。寶珠進去。三人看和那邊新房一樣鋪設。桌椅床鋪妝奩。俱一個稿兒的。牀上疊滿了被褥繡枕。早聽左首房裏撒喜菓兒的聲音。和些女孩子們的笑語聲。見這邊丫頭們。也捧出四盤喜菓來。請四人撒。各人撒了滿地。丫頭們在旁講些吉利話兒。夢庵講了句入門大喜。大家都笑起來。聽那邊房裏也笑的熱鬧。原來漱芳講了句三仙歸洞。連婉香也忍不住笑了。於是大家都取笑他一時。兩邊房裏都擺上歸房宴。各人敬了筯子菜。講些吉利話。喝了雙杯的酒。便撤去了。秦珍等四人。把寶珠。送到這邊房門口。外面小厮已喊送客。早換了四對手照風燈。引了瀟仙和視春夢庵三人。秦珍送了出去。這邊寶珠站在房門口。裏面走出春妍媳烟和笑春晴烟四個丫頭。都拿風燈來。引着寶珠先到軟玉房裏去轉了出來。又到蕊珠這邊也轉了轉。回來早有四對風燈。引着藕香漱芳眉仙瘦春四人去了。春妍等便照寶珠進房見海棠和愛兒兩個。攙着婉香站起來。春妍和媳烟。

攙着寶珠立定。見地下早鋪着墊子。扶他兩口子拜了牀。又逗了交杯盞。給兩人掉換各飲兩口。媳烟便替寶珠寬去公服。春妍已替婉香卸下宮裝。六個丫頭。一齊叩了喜。先送婉香入幃。便一齊出去。帶上了門。不知寶珠和婉香如何。且看下回分解。正是

最惱新婚頭一夜。　要循舊例過三更。

第六十回

新婚夕奪被俏嗔郎　好春宵入幃憐小妹

却說寶珠。見房裏沒人了。倒不。好。意。思。便和。婉。香。一。床。兒。去。睡。因把花燭上的燭花。夾短了些。又把鏡袱子整整好。看鐘已指在三下。料想免不過。便漫漫的寬去衣服。入幃去。見婉。香。把。被。蒙。了。臉。兒。睡在。外。床。因低聲道。姐姐睡裏床去。婉香。不。理。寶珠又軟軟的說了一遍。婉香。仍。不。

理。寶珠只得睡到裡床去。不道那和合被兒。是瑣套兒式摺的。中間隔煞了。寶珠挨近去喚他。婉香仍不理。寶珠笑道。怎麽咱們反生疎了。便一手想去把被窩兒打通了。婉香早裹得嚴嚴密密。那裏打得通。寶珠見他這樣。自己倒覺不好意思起來。又怕婉香惱他。便不敢再動。婉香却躭着心事。怕他用強。直等寶珠睡熟了。纔放下一半心。因趁此朦朧一會。寶珠略聰一聰。醒來見枕兒上沒有了婉香。聽床後微微的有踢脚鈴兒的響聲。知道婉香有事去的。便趁此把被窩兒打通了。自己睡到外床來。又想怕婉香生氣不睡了。便又退到裡床去。等着聽鈴兒的響聲近來了。偸眼看時。見婉香只穿着一件大紅白繡小緊身襖子。走進床幃兒。向床沿上坐了。把那一點兒的大紅鞋子褪了。露出玉筍似的一對纖不盈握的小脚。套上睡鞋兒。見他褲兒也是白繡大紅的揭

正面描寫新婚夜情態古書得未曾有

着被和衣睡了進來見寶珠已把被打通了便一轉身走下地去寶珠忙去扯他。婉香一手甩脫了出去。寶珠漲紅了臉因也走下地來陪笑道姊姊你不生氣我仍把被兒鋪好了罷婉香因嗔道你不容我睡我便不睡。寶珠笑道。我那裏不容姐姐睡我失手兒把被打通了我仍去鋪好能婉香道。我不睡了寶珠央告道。好姊姊不和我鬬氣我從此刻起睡着不動一動兒。說着來扯婉香的手婉香甩脫了寶珠又央告着婉香氣惱起來。寶珠沒了法。只得和他廝對兒坐了一刻。見婉香不惱了。他又挨肩兒來坐婉香把他一手推開向裏牀睡去聽寶珠一個兒在那裏哭了起來道我好好的一個姊姊把他們這樣一來到弄的不和我好了我早知道做了親要不和我好的我便該一輩子不做這個勞什子的親呢說着便嗚嗚咽咽的哭得眞傷心了婉香過意不去因一手掀起帳子。輕輕的喚道。你不睡。坐着哭什麽。來叫人聽見。不是笑話嗎。寶珠走近來。向牀沿坐下道。你怕。我爲。你沒。哭死。婉香忙掩住他的嘴道。今兒。幾。時。你又。這樣。講。起。來。寶珠接着道。你瞧。你這。塊。帕。子。我早。哭。的。這。個。樣。了。婉香接來手裡看。見滿。帕。子。都。是。淚痕斑爛。錯。雜。的也。認。不。出。點。子。來。因把自己的帕。子也給寶珠道。你瞧。你這。個。可。有。我這。個。樣。兒。寶珠一看見不。是。淚。痕。竟。是。一。斑。一。斑的血。漬。暈兒大驚道。吓姐。姐。你爲我到這個地。步。倘。沒。有。今。日。這。一。日。咱。們。兩。個。不。知。早。做了。什。麽。了。婉。香。眼。圈。兒。一。紅。又。滚。下。淚。來。寶珠忙勸住。了。兩人便一被兒睡下。朦朧一會。便天明了。兩人在枕上。互相問了些別後苦況。看。玻璃。窗。上。的。幃。子。已。是。透。亮。又。怕。人。笑。便。相。扶。着。坐。起。原。是。和。衣。睡。的。便揭。去。被。兒。兩。人。挨。肩。兒。坐。在。牀。沿。上。把。帳。幃。掀。起。兩。人。臉。對。臉。的。呆。看

絕妙神情畫家所不能畫

了一會各嫣然一笑紅了臉低下頭去寶珠順手把他的睡鞋兒拿在掌上珍玩一回婉香瞥手搶去丟在裏牀寶珠笑道好便給我看看我今兒纔能擎在手裏可知我前兒爲這個還吃嬝烟的寃枉呢婉香沒知道那節兒事因問道怎麼寶珠把前事講了一遍婉香也覺好笑兩人親愛了一會便同走下地來寶珠忙拿一件大紅襖子給他着上自己披了衫兒互替鈕了扣子並肩兒向鏡屏上一照各紅了臉婉香略站開些兒自己的眉兒濃了些還覺油潤了些兩鬢鬆了下來用指尖兒挑上了看寶珠和自己剛一樣長臉兒也差不多白只寶珠較自己豐滿些端詳一會就走開了寶珠去開了房門春妍和嬝煙進來便向兩人稱喜兩人一齊漲紅了臉婉香先正了顏色嗔了春妍一眼春妍含笑低下頭去一時海棠晴煙送兩盞參湯上來也口稱恭喜寶珠便

情愛至于極點轉覺無可奈何

向妝台側首坐下。笑春端一盆臉水上來。送與婉香。因向寶珠道。請爺那邊。梳洗去。寶珠一扭頭道。我要在這裏呢。笑春一笑。婉香却不動聲色。漫漫的揭去鏡套。洗了把臉。也不施脂粉。漱了口。把水唾在臉盆裏寶珠。看他越美好了。心癢癢的。恨不把他一口水吞下肚去。笑春待把臉盆拿去。寶珠按住道。我便這個洗洗罷了。婉香回眸道。有漱口水唾在裡面了。髒呢。換一盆去。寶珠笑道。這妨什麼。我只當攙和了香水呢。大家一笑。婉香紅了臉。寶珠便自洗了臉。又把指爪浸浸軟。因向婉香道。姊姊你瞧。偺們三年不見。我這指爪。便長了這許多。你那個呢。婉香也把指爪給他瞧。寶珠比看。却正和自己的一樣長。因笑一笑。見他那手兒小的可憐。便握一握。婉香不好意思起來。寶珠放下手。便把婉香牘下的半鐘漱口水。拿來漱了口。也唾在臉盆子裏。愛兒捧了出去。又送上兩盞燕窩來。兩人吃了。寶珠便坐着看春妍替婉香梳頭。只目不轉睛的看。梳好了。因笑道。我也會梳了。姐姐。明兒我替你梳。婉香不語。一時婉香梳洗已畢。春妍和笑春兩個替他帶上宮翹。兩邊墜着兩大掛紅鬚兒。額上插戴了西施珠條兒。鬢邊加一對步搖宮花。便覺儀態萬方。又穿上大紅綉蟒的大衣。罩上霞帔。披了雲肩。腰間寬寬的圍了玉帶。儼然是一位宮主的樣兒。寶珠得意的很。自己便也梳了頭。戴上束髮紫金冠。綴一顆冬珠。是御賜的。穿了大紅金綉全蟒花衣。圍了玉帶。罩上排總箭袖。墜了玉蝴蝶兒的項圈兒。站起來向鏡屏裡一照。自己恰配婉香這副模樣。剛心裏歡喜。外面海棠報說。軟小姐和蕊小姐來給爺和小姐請安。婉香早說不敢。站起來。和寶珠迎出去。見軟玉也帶着宮翹。耳邊墜着兩穗玫瑰紫的鬚兒。穿一件紫色團鶴的宮衣。下面拖着宮裙。佩着綉金玲瓏。蕊珠也是西施宮翹。墜兩穗粉紅鬟兒。穿一件粉紅團鶴宮衣。三人站在一塊兒。和天人似的。也分不出妍媸來。婉香看他們這樣裝束。便覺自己俗了。因都是宮裏賜的服色。不敢換得。也便只得隨和過去。四人各問了安。便同到南正院來見幾個姐妹。早在柳夫人穿一件一品團鶴衣。在匟上坐着。下面椅上。便是藕香眉仙瘦春浣花賽兒五人。寶珠便同婉香軟玉蕊珠。並肩立了。一齊請了柳夫人的安。又向各人問好。柳夫人便叫往東正院請安去。寶珠等四人去了。柳夫人笑向衆人道。婉兒這樣裝束。倒越好看了。便像富麗得很。臉龐兒也豐滿了些。和牡丹花兒似的。軟兒和蕊兒也這樣打扮。好看。我當他們都做仙子看。呢。大家都笑起來。說果然體面。早外面一派笑聲。見漱芳美雲麗雲綺雲茜雲。送着寶珠和婉香四人進來。漱芳等五人先請了柳夫人安。又向藕香等問好。五人便挨肩兒坐下。柳夫人匠邊。早有丫頭們把四張交椅分左右兩邊打開。恰寶珠和軟玉坐在左首。婉香和蕊珠坐在右首下面兩行椅上。左首一排是藕香等五人。右首一排是漱芳等五人。早坐的筆劃四淸。忽報袁夫人來了。大家都站起。柳夫人下匠迎着。見袁夫人也穿一件團鶴衣。領上綴一顆明珠。神氣儼然。和柳夫人一匠坐下。十六個大丫頭。兩行兒分送上蓮子茶來。各人接了一盞。齊向兩夫人稱賜各飲了一口。丫頭們接了去。又送上一道燕窩來。衆人也吃了。纔換了淸茶上來。向各人面前几上擺下。兩府大小丫頭多分班上來叩喜。接着又是老婆子和有職事的老媽們叩喜。又是兩府的管家小厮們。多在南正院中門口遠遠的叩頭道喜。笑春媿煙和墨香書芬。早各去自己院子裏。帶了許多小丫頭各捧

氣局井然

緞盒。裏面承設綉貨。每房四架緞盒。共四十架緞盒。輪流上來。送柳夫人過目。都捧了出去。交給管事的老婆子。分頭賞給丫頭去。又每房兩個丫頭。托一盤元寶。遮着大紅綉袱。也一齊交給內總管張壽家的。交外總管給兩府管家小厮們去。一時丫頭們回說。東府老爺賜晏在東花園晚春堂裡。袁夫人柳夫人和衆人。一齊站起來應着。各丫頭各攙扶了主人。逕到晚春堂。見正中八字式設着三席。下面兩字排下十四席。見秦文秦珍秦瓊。早在兩邊。接着互相請安問好。秦文自己便坐了正中一席。秦珍秦瓊兩側侍坐。袁夫人柳夫人。便左右各据一席。寶珠夫婦四人。一齊向上謝賜。纔分頭各踞一席坐下。左首一排七席。是寶珠軟玉眉仙浣花漱芳麗雲茜雲。右首七人。是婉香蕊珠瘦春藕香美雲綺雲賽兒。各各坐定。秦文便派玉梅步蓮金荷素菊四人。執壺下來

絕好排場　每次排宴　排法不同　足見善於　佈置

斟酒。各姐妹都站起來。飲了一樽。中間本來極寬闊。已鋪下紅氈毯。一班春聲館的女戲子。上來扮演利吉的戲劇。下午席散。晚間又是袁夫人在東正院賜宴。兩夫人兩席。藕香漱芳茜雲側侍了。寶珠一席。秦珍秦瓊陪了。婉香一席。眉仙浣花陪了。軟玉一席。瘦春美雲陪了。蕊珠一席。麗雲綺雲陪了。笙簫鼓樂的。直鬧到二更纔散。這晚柳夫人便派了秦珍藕香和秦瓊漱芳兩對兒。把寶珠送往軟玉房裏去。也和昨夜那樣。撒喜菓。吃歸房宴。席次是寶珠軟玉並坐。秦珍秦瓊和藕香漱芳對坐。傳杯遞盞的。早把個寶珠弄醉了。大家笑着散了。寶寶伏侍軟玉睡下。替掩了房門出去。寶珠早倚着醉。一擱碌爬上床去睡了。次日已是三朝。又是賀客盈門。裏外開晏。東花園讓了男客坐席。西花園延接了女客。兩處開鑼演戲。好不熱鬧。外面那些閑人。多想看戲。閧閧鬧鬧的。

險些兒把個秦府大門擠破了。那些武弁親兵便也彈壓不住。回了秦文。便另傳一班戲班在甬道上捎檯唱起戲來。給那些閑人看纔不鬧了。這晚直鬧到三更後纔靜。仍是秦珍秦瓊兩夫婦送房。把寶珠送了蕊珠房裏。勸晏一會。各自散訖。蕊珠却已醉了。斜靠在妝台上。他丫頭筆花給他解衣。他害羞。把筆花推開了。寶珠笑說隨他罷。你去。筆花笑着去了。寶珠挨近身來叫聲妹妹。蕊珠臊紅了。臉低下。粉項。寶珠臉貼臉兒的問道醉了嗎。偺們睡罷。蕊珠羞的了。不得。寶珠便替他解衣扶他起來。蕊珠軟靠在寶珠身上。寶珠溫存緩欵的擁他入幃。蕊珠被酒困了。動彈不得。早被寶珠摟在懷裏交頸睡了。不知後事如何。且看下回分解。正是

好酒最宜微醉後　美人須看半羞時

第六十一回

嫁浣花寶珠悲失蜀　勸眉仙婉姐暫歸甯

却說寶珠新婚後。過了三朝。接着藕香漱芳眉仙瘦春浣花美雲麗雲綺雲茜雲賽兒十人。各設宴慶賀。一日一日的。直鬧到三月下半月。纔安靜些。蘧仙便來找寶珠。替他設法。一見媚香。寶珠笑道。他和你那位二夫人。是極投契的。你娶了這位夫人家去。少不得也要來見你的。這會子。在咱們家相見。成什麼名目。可不是被人議論。蘧仙想也不錯。便回去。擇日打算迎娶浣花不提。却說寶珠把蘧仙這意思告訴了浣花。又把自己娶親那日。怎樣要他的話。講給他聽。浣花笑笑不語。盛蘧仙數日後。已央媒送喜期去。向沈左襄求親。沈左襄便允了。吉是三月二十九的喜日。便打二十幾上。把浣花接了家去。待期。瘦春也家去了。寶

胸有成竹

珠見好好的一個浣花纔件熟了。便要嫁去。雖瀟仙和自己一樣。終究不是自己心裏納悶。竟茶飯不思的害起病來。婉香急了。問他纔知道是爲這個想也沒得法子的只常勸着他。說天下的美人多着呢。你見一個便要想一個。難道天下的美人都該你獨得嗎。况那些美人兒也未必個個對你便對你。你也容不得這許多。又誰肯給你做小軟妹妹和蕊妹妹。果然請了誥封。難道你一個兒功名。可請得幾百付誥封嗎。寶珠道。那他嫁瀟仙去也沒得誥封呢。婉香笑道。那他和他自己情願的有如我和你。也是這樣。寶珠又道。他嫁了瀟仙。他忘得了。我我總不忘了他呢。雖眉仙姐姐和他一般模樣的。又一樣和我好。人說他兩個便像一個。我心裏總覺得眉仙和我好。是眉仙的好。他和我好。是他的好處。眉仙是眉仙。他又是個他呢。且我還有一着傷心之處。現在浣花嫁了。還有個眉仙。我把。他。一。個。當。做。兩。個。看。只是。明。兒眉仙。也。少。不。得。嫁。去。了。我怎。麼。呢。說着。哭。了。起。來。婉香實在可憐。他因替他拭淚。道只也不怪你傷心。我叫眉仙也嫁你。可好麼。寶珠道。姐姐。哄。我。他那。裏。肯。呢。婉香道。是呢。我不哄你。偺們小時候。因講得來。在一塊兒發過誓的。說我和他兩個。要形影不離的。日後無論如何。必要共事一人。此番他和我來。就是這個意思。我原想告明我叔叔的。不道叔叔過去了。便暫擱起着。你既捨不得浣花。好在他和浣花就一個身子似的。你便向我老爺求親。斷沒有不允的。寶珠道。只個我不好對你老爺講去。你老爺說。新娶了你姐妹三個。還沒滿月。又要得隴望蜀的。可不惹罵。便不罵。偺們三老爺也是不許的呢。婉香想也不錯。因道。那。你。且。放。下。了。心。遲早。我。總。把。眉。仙。交。給。你。只是。你。須。向。我。發。一。個。誓。我給。你。定。下。了。你。倘。

日。後。負。了。他。不。娶。怎。麽。說。寶珠道。那有此說。我便在這燈下發一個誓你聽。因對燈發誓道。倘若不娶眉仙。叫我一輩子不得再遇一個美人。一刻兒憔悴死。婉香笑道。這樣誓算得什麽。總之。你若負了眉仙便負了。我寶珠笑起來道。是呢。剛說着。忽門帘一動。却好眉仙進來。婉香一笑。寶珠早扯着他的手叫道。眉姐姐。浣妹妹。眉仙一笑道。我又。不。是。兩。個。合。攏。來。的。半。邊。人。兒。你。究。竟。是。叫。我。還。是。叫。浣。妹。妹。寶珠笑道。他便是。你。你。便。是。我。咱。們。三。個。分。什。麽。形。迹。說。着。笑。將。起。來。眉仙紅了臉。笑向婉香道。你瞧寶弟弟瘋了。婉香笑道。他怎麽不。要。瘋。誰。叫。你。和。浣。妹。妹。長。的。一。個。樣。兒。可。不。要。引。瘋。了。他。眉仙滿臉飛紅了。道。姐姐這引字怎麽講。我引他什麽來。婉香笑道。你生這付好臉龐兒。可不引了人的魂靈去。寶珠嗤嗤的笑着。看。眉。仙。兩。頰。早。和。桃。花。似。的。怕。他。惱。羞。成。怒。

因拿話扯開道。浣花。聽說明兒便出嫁了。不知道他念我和姐姐也不。眉仙道。他念你什麼。便念你。我也不知道。寶珠道。蘧仙的言語笑貌。都和我一樣。他可以把蘧仙當作我看。姐姐和浣妹妹也言語笑貌一樣。我便把姐姐當做浣妹妹看。可不是兩便。眉仙冷笑道。我像浣妹妹。哼。他配像我。寶珠驚道。這怎麼講。眉仙道。我也不用講。你想去。婉香看了寶珠一眼。寶珠正色道。啊呀。姐姐這是什麼話。此心惟天可表。鬼神俱鑒。眉仙見錯會了意。倒紅了臉。因笑道。你想那裏去了。婉香也笑起來道。這便叫虛心。寶珠急的要哭道。你們這樣疑我。我只有把心剖出來給你們瞧。婉香道。你又忙什麼。我不過講着頑。你又當什麼眞來歸根。我這點兒也不知道你心。我還算什麼人呢。眉仙纔笑道。我是講他一點兒沒主意。一味子隨人擺弄去。險些兒把性命送在江心裏。也沒人知道。叫我。照他起先那樣。早死在蘆仙面前。不但蘆仙既忘了他。娶了夫人。又娶什麽二夫人。便該眼看他去娶他那個沈浣花去。自己便不應卑躬屈節的。給他做偏房去。寶珠聽了這話。便似一勺冷水。忍不住的道。那你先和婉姐姐發誓來。敢便不算了嗎。眉仙吃了一驚。紅了臉。婉香却怪寶珠口快。因怕眉仙怪了自己。因道。妹妹你不和他講去。他瘋了呢。寶珠也自悔鹵莽。便不好意思多說。因搭訕的走了出去。往軟玉房裏來。見軟玉已掩了房門睡了。因彈着門喚道。姐姐開門呢。軟玉聽見道。我睡下了。你有什麽話。明兒講罷。寶珠謊他道。不是我忘一件兒要緊物件在床裏呢。軟玉道。什麽明兒來拿罷。寶珠見他眞不肯開門。又怕他起來凍了他。也就罷了。仍回來見婉香的房門也關上了。寶珠喚開春妍。向後面繞出來道。爺睡別處去罷。小姐和眉小姐睡了談心呢。寶珠撫着他肩兒低笑道。你叫我睡那裏去。春妍嗤的一笑道。爺睡的處兒多呢。這邊有軟小姐。那邊有蕊小姐。不呵。還有嬿烟姐姐。寶珠嗤的笑道。再不呵。還有你。春妍啐了一口。寶珠笑貼他臉兒過來。春妍把手推開。寶珠道。我借你後房去聽聽。他兩個兒商量些什麼。春妍尚未答應。寶珠早一手將了他。悄步走進婉香的後房去。向春妍床上坐下。聽有些喁喁私語。切切咄咄的聽不明白。寶珠側着耳朶皺着眉兒細聽。春妍却把兩手掩住了寶珠的兩耳。寶珠低聲央告着他。春妍抿嘴兒一笑。放了手。讓他聽去。見聲音益發幽細了。忽聽婉香嗤的一笑道。你獃了。聽眉仙道。你不依我。我便死也不從。聽婉香低聲道。那還喚什麼嫁字。眉仙道。心裏算嫁他便了。那身子兒。還是我的。聽婉香又道。那還嫁什麼來。聽眉仙啐了口道。臊死了人。原來你們多爲這個。

嫁的怪道浣花死也要嫁蘆仙去又因不能嫁寶珠爲恨呢聽婉香不語了寶珠低聲向春妍笑道他講爲這個是爲什麼春妍飛紅了臉不理他半晌聽婉香又道不是爲這個說着那聲音狠像羞澀的接下道不過一個人總要想一個好結局不嫁呵果然心許了一樣但終究不得個了局落後倒和林黛玉似的被人猜疑議論呢身子果然清白只是名兒總被汚了照你這樣說難道算貞婦嗎天下只有貞女的呢眉仙道我便情願做個貞女婉香道你既嫁了他怎麼還加得上女字照這口氣你敢又背了剛纔的話聽眉仙發恨道你自已便要做一輩子的清白人不肯叫他玷汚難道我不是人嗎你說爲宗祧起見你不肯替他養自然有那肯養的着那裏能派到我身上來你要把我當做替身我便情願背了前頭的盟誓一輩子不出嫁到也乾乾凈凈的死了

還可立一塊某某女史的碑。倒還比什麼勞什子的誥封榮耀些呢。寶珠暗暗點首。因向春妍道。你疑我和姐姐有什麼過了。可聽見不是我哄你的嗎。春妍笑道。我不問這些帳。寶珠一笑。便悄悄解衣和春妍睡下了。原來春妍和蟫烟及筆花書芬四人。都早奉了柳夫人的命。給寶珠收了做了陪房的。這是秦府規矩。因房裏的丫頭。要穿房入戶的。不收。倒覺不便。所以每房成了房。總收一個丫頭。做了貼身伏侍的。件件可不用避得。那笑春因年紀大了些。便賞給了小厮鋤藥做媳婦去。這也是秦府的規矩。丫頭們一過二十歲。便多發配成房。願來伺候的。一月後仍可進來。每月放假三日。到月底除月支外。每月另給拾兩銀子的安家費。這也是極好的法則。那春妍四人。雖收下做妾。卻仍不改稱什麼姑娘新娘。依就和丫頭一樣。只不過每月除月支外。另給三十兩一個的花粉錢。這原是怕爺們大了不老成。至於偸偸摸摸鬧出事來。所以不如竟明公正氣的給他做了姬妾的好。這且表明不提。且說次日寶珠醒來。聽前房婉香已起來了。因便披衣起來。春妍替他鈕好扣子。他便也跟着起來。寶珠對他一笑。春妍便紅了臉。倒在寶珠懷裏。寶珠又和他親愛一回。兩人便手將手兒走下地來。寶珠整整衣服。先走到婉香房裏來。見婉香梳洗已畢。却不見眉仙。因見床上帳子垂着。便輕輕揭開一看。見一幅文錦被兒空堆着。一掀已沒得人。見枕邊放着一雙婉香的睡鞋兒。心裏動了一動。覺得牀裏面有一種溫溫存存的熱香。因向床沿坐下。招兒手喚婉香道。姐姐你來。我問你呢。婉香便走過來。寶珠按他並肩兒坐下。因怕人進來看見。把帳幃子遮了。寶珠便問眉仙的事。婉香笑道。他先不肯。他說還是做女兒家的沒拘束。經我

現身說法，是廣長舌，是菩提心，普天下多情女兒聽者

說了許多說一個女兒家有一個知己的。果然是心交不在形迹。總不免要避些嫌疑。又刻刻自己要箝制着。怕起一點兒軟心腸。便遺了個終身的大憾。好還不去管他。但情分也從此到了極處。再沒別的好出來了。倘不呵。便沒人知道。也是抱愧終身的。不看別個。只看當初的我倘然我沒一點兒主意。順了你的心願。到那別過的時候。我不悔死也早愧死了。那裏還有今兒這一日。看我前兒那樣避嫌疑着。還有麗妹妹取笑。我倘我眞有什麼。可不要羞死我了。那還不止麗妹妹一人取笑呢。到今兒咱們兩個並起並坐的。誰還敢講一個不字。便麗妹妹也取笑不出什麼了。可知一個人既有了心。便該趁早定了主意。不等和前兒我和浣花那樣起一個風波。他聽這一席話。纔信伏了我。因說嫁便嫁。只不許同睡。便同睡也不許說着。便紅了臉。講不出口。寶珠故意

問道。好姊姊。他說怎麼。婉香笑道。不許和軟妹妹他們一樣。寶珠笑道。一樣怎麼。婉香笑嗔道。我不知道。寶珠嗤嗤的笑起來道。看光景。你們都要。望成仙。的。怕明兒。騰雲身子重了。墜下來呢。又道。橫豎我也不講究這些。一個人。只要情投意合。似這樣的。親親。密密。軟貼。一輩子。也便成了。仙我頭裏把這些紅樓西廂看壞了心術。後來也猛悟過來。那些事。都不是人幹的。所以早心定了。此刻更參入三昧。不但沒味。并且自覺醜呢。只一個。調情兒最是有趣的。所以。我把這些事。比作做文章一做到。正面便味同嚼臘了。婉香笑道。好嗎。你到今兒纔悟過來。可不是我往常欺你嗎。寶珠笑道。你欺。雖不。欺我只不該。動不動便惱。我說我。下流。可知一個人做一輩子。夫婦也總要有遭兒的呢。婉香連連搖手道。你這話。不說我聽罷。我臊死了。你把這話。傳給眉仙聽了。他便立刻回姑蘇去。寶珠央告道。好姊姊。我不就是了。你今兒道老爺的喜去。便替我講這節兒。罷眉仙叫他不去。伴着我。頑。婉香道。這可不妥。當你講話不留神。回來他惱了。便我和老爺講妥來也沒用。你不如給我早往盧仙那裏道賀去。我便好放心講去。寶珠依他。便先往盛家道喜去。這裏柳夫人和藕香婉香軟玉蕊珠都往葉府。給沈左襄道賀去了。只眉仙推病不去。不知後事如何。且看下回分解。正是

孽債已償公子願　情絲還繫美人心

六十二回

冷素馨多情圓舊約　沈浣花巧語難新郎

却說寶珠到盛蘧仙家來。見白劍秋何祝春華夢庵林冠如桑春等。一班名士俱在。寶珠便和蘧仙道喜。見主婚的是他岳父冷太史。寶珠原

在國史館見過。便行了子姪禮。那冷太史和他談了幾句。另有客來。寶珠便退了下來。要蘧仙引導着道冷素馨的喜。去蘧仙辭了。寶珠定說要見嫂子。蘧仙纔依了他。引着進去。向中門口站住。丫頭珠兒早傳話進去。裡面何祝春的夫人夏氏。華夢庵的夫人周氏。都迴避過了。蘧仙纔和寶珠進內。見中間鋪設。備極華麗。貼地鋪着紅氈。聽廊下丫頭報說奶奶來了。軟簾一動。走進兩個丫頭。攙扶着一位極嬌小像蕊珠的一個冷素馨。進來。寶珠忙請了安。叫聲嫂子。說家太太着來給嫂子道喜。因往女府去了。沒親自過來。抱歉得很。素馨低下頸子。紅了臉道。這個不敢。三位嫂子。怎麼不請過來頑頑。此番咱們家攀了沈府的親。兩家子都和一家兒一樣了。一切事。總請哥兒照應。纔是。寶珠見他會講。因偷眼打諒他。年紀不過十八九歲。一張小粉團的拱臉兒。較婉香略

多情人相見每存慳慳相惜之意正不必有何種心腸所謂至情天性使然也

瘦些眉兒彎彎鼻梁一統齒白唇紅的能言舌辯看樣兒是極小巧靈動的。正看他見素馨也偷眼打量自己。兩付眼光却好一逗。一齊紅了臉。低下頭去。寶珠便說聲回來再給嫂子請安。因和藹仙退了出來向花廳上。坐下了席是祝春夢庵冠如劍秋四人陪的大家談笑一會又和夢庵祝春鬧一會子酒。便散坐了。見藹仙已親迎去了。這邊園裏。便開場演起戲來。冷太史邀衆人園裏看去。寶珠看那園子也不小。佈置的極有邱壑。彷彿葉冰山家的花園一半。見榜着待藏園三字。寶珠不解。也不好問。便繞過三四個院子。早到一所大院。彷彿如自己家裏的晚春堂相似。只略小些。是五間一統的。進去見戲檯却在廳裏面的四邊圍着欄杆子。正唱的熱鬧。滿廳擺下幾十桌席面前面一排早坐滿了人客。只留三席空着。冷太史便讓寶珠和祝春夢庵一席白劍秋林冠如桑春一席。看坐定了。自己便退了出去。管家斟上酒來。大家喝了一口。寶珠向四下一望。見些男客。也有認得的。也有認不得的。看這廳彷彿似京城裏的戲館那麼樣兒。兩邊也有邊廂。坐滿了女客。隔着簾子。透亮的紗帳屏風。裏面點了燈。外面滿廳也是燈。那紗幛雖隔着。也仍看得了了。見那些女客。老的小的村的俏的。各具面目。眼光射轉。沒一個看得過去的。算只有左首廂內兩個人最好了。一個便是冷素馨一個却不知是誰。正看着。忽華夢庵一拍手叫起好來。寶珠吃了一驚。見滿廳子人。也都跟着喝采。那鼓聲兒。咇嚦嚦的滾將起來。向檯上一看。沒得人。見衆人都仰面看着。因跟着眼光看去。見兩個開口跳在那裏。溜鐵桿子。做的便是八蜡廟。寶珠不愛看這些。因回頭喊花農。把自己府裏的女班子傳來。花農答應了去。這裏喝一巡酒。見換過了一齣

幸而不是戲館否則花農不做小喜子也幾希

雙搖。會是夢庵點的。寶珠看那兩個花旦。搽着一臉。粉耳後。露。出。黑。油。油。的。腦。袋。就。像。戴。着。伏。面。似。的。還。扭。頭。顫。頸。兒。和。兩。個。花。臉。老。奴。子。做。些。醜。態。夢庵大笑着。寶珠實在忍禁不住。因有了酒。竟嘔起來。祝春夢庵等忙問他怎麼。寶珠合着眼睛。搖搖首。鋤藥知道寶珠脾氣。早向檯上。喝。聲。道。住。了。那。些。戲。班。子。人。只。當。什。麼。事。果。然。住。了。滿廳子看的男女人客。也不知什麼。一時見許多紅纓帽子的小厮們押着十幾座硃紅描金的大箱子。來寫着春聲館字樣。擡向戲房裏去。便見那些戲子。都一串兒下抬來。退了出去。又見打廳外走進二三十個美人兒似的女孩子。來齊向正中寶珠席上請了安。便一串兒向檯房去。衆人纔知道是換班子。有些知道是秦府的女班子。有些知道本來是葉冰山家的。送了秦府裏。又經挑選了。自己教演過的。沒見。戲。早。知。是。好。一時檯

所謂先聲奪人

上七八個女孩子。打起大鑼鼓兒。鬧起檯來。那敲法便自不同。一陣緊似一陣。早震的滿屋子都是應聲。忽而鼓聲吣的一聲。一齊住了。便一個一個的女孩子。扮了大天官出來。唱了進去。寶珠早吩咐。便唱雙搖會的戲。出來一個小旦是嫰兒。又一個花旦是伶兒扮的。千嬌百媚。便把兩廂看的女客。一齊壓下去了。何祝春已看的出了神。華夢庵早失了魂。瘋也發不出了。再看那兩個小花臉。扮着老頭子出來。也是一個粉團兒似的。雖奇形怪狀的裝着。總流露出一種柔媚態度。滿廳子的男男女女。都一齊看的出了神。一齣完了。便也做八蜡廟。有幾個女孩子。都打了臉扮淨。有些還有女兒腔。只大春奎和四喜子兩個最好。一時兩個開口跳出來。是武旦細柳兒和武小生燕兒兩個扮的。一身花綉小戰襖。兩雙極小的靴子。向地上一縱。早飛也似的上去。一手扳住。

了鐵桿子倒豎一個蜻蜓起來又放了一隻手只一隻手扳着做個側飛蝴蝶忽兩手一空墜下來却用一個小靴尖兒勾住了懸空倒掛着那細柳兒便在地下豎個蜻蜓把小脚兒朝了天那燕兒倒掛着一手托住他一隻靴尖兒那細柳兒便一個翻身倒打個斛斗向燕兒手掌上站起一點兒脚尖子做個魁星跌斗的勢兒又做個拜觀音又扭轉軟腰兒做個美人睡態大家連連喝采不絕華夢庵早跌足贊歎道飛燕掌上舞也不過爾爾何祝春也極口贊歎一時已換了一隻新排的燈彩戲是善財童子游斗牛宮的梆子腔那扮龍女的一個小旦實在眞好和天人似的唱的聲口又好祝春因問寶珠道這人很好他喚什麽名字寶珠說叫香玉是新來的祝春大爲贊歎這齣戲罷已是三更外面蘧仙早親迎回來了已經交拜成禮冷太史來請祝春寶珠夢庵

別是一副筆墨加意描寫

冠如四人送房進去見浣花尚未揭去紅巾團兒和喜兒夾侍着坐在大紅幃幔影裏中間已設下歸房宴讓瀘仙首座並肩右首虛設一席四人陪飲一會便各自散去瀘仙送寶珠至房門口道罪寶珠笑向他道你仔細兩個膝蓋兒呢我明兒再來看你瀘仙紅了臉見寶珠去了纔回來替浣花揭去紅巾一看眞和媚香一個模樣心裏大喜團兒扶浣花向席上與瀘仙並肩坐下兩人吃了交杯丫頭便將席面拆去遞了和諧伏侍浣花睡下丫頭們便退出去掩上房門瀘仙寬了衣便入幃來見浣花擁衾兒一手拿帕子支着腮兒哭瀘仙吃了一驚道小姐怎麼浣花用指尖兒向他頰上指道薄情郎還有顏面見我瀘仙道吓小姐敢爲媚香姐姐恨我嗎浣花聽這話心裏倒好笑起來知道他聽了寶珠的哄因故意試他的心道你娶了我還娶媚香不娶瀘仙道娶

否。總。憑。小。姐。許。我。浣花道你一。個。酸。丁。能有。多。少。福。分。還。望。捨。了。我。再娶。一。個。嗎。蘧仙笑道。小姐不許。我也不敢擅主。只心。裏。丟。不。下。他。但。得。一。見。娶否。我也不。在。這。形。迹。上。講。去。浣花故作喜色道。那你肯不。娶。便好。不呵。我便。明。兒。歸。甯。去。我仍。做。我。的。郡。主。去。誰願。給。你。三。妻。四。妾。的。做。來。蘧仙。不。語。浣花又道。你果然不娶了嗎。蘧仙笑道。且再講。說着便想上床去睡。浣花正色道。你給我講定了。果然不娶他。我纔許你睡。不呵。你給我出房去。蘧仙因笑道。我依小姐。不娶便了。浣花道。不娶。竟。不。娶。什。麼。便。了。蘧仙見他正顏厲色的。暗道。不道。竟。是。一。個。醋。瓶。因隨意應道。那。便。不。娶。浣花道。那。便。不。娶。這。那。便。兩。字。敢。指。我。強。制。你。不。娶。嗎。蘧仙道。這那裏好說是小姐強制我不娶呢。是我自己不娶了。浣花道這樣。那你是不娶的了。蘧仙道。眞不娶了。浣花道。果然不娶他了。蘧仙

惝恍迷離如墮五里霧中

道。果然不娶他了。浣花恨一聲道。負心郎。負心。至此。說着哭將起來。瀘仙弄得不懂了。因道。這是小姐叫我這樣的那裏我眞心負他浣花道住了。你知我是誰。瀘仙道。敢不是小姐。是姐姐嗎。浣花道。誰是你小姐。誰是你姊姊。瀘仙不懂了。浣花哭道。你今兒倘眞被沈小姐挾制住了。你也便不娶我了。我還癡心什麼來說着痛哭起來。瀘仙想道。這話他分明便是媚香了。多管他和沈小姐商量讓他先嫁來探我的我不該落這圈套因自覺慚愧也哭起來浣花哭着道。你住了。你哭什麼來敢因是有了我沒了沈小姐嗎。瀘仙道。姊姊你一味怪我也太不知道我的心了。浣花哭道。你的心我知道了。有了沈小姐便捨得我有了。我却捨不得沈小姐你所以哭來我如今代沈小姐嫁了你我便不許你娶沈小姐了。你敢應得下。瀘仙道我和沈小姐本無瓜葛。我有了姊姊還

浣花善於惡作劇眞是伶俐得可人

又是一個轉側眞把蘧仙弄糊塗了

娶他什麼。浣花道。他是宮裏的人。你無故退他的婚。他便告你。蘧仙道。我有了姐姐。便他請了旨。要砍我的腦袋。我也和他拚了。況今兒明媒正娶。誰不知道我是娶沈小姐的。他自己暗中使你代了。誰管他事。浣花道。是了。你不娶他了。他叫我嫁。你原是好意。你竟以德報怨。你問心得過嗎。他既。許。了。你。你不。娶他。着他。嫁誰。去。蘧仙笑起來道。任憑姐姐的意思。浣花道。我意思。決不許你娶他。蘧仙道。便不娶。浣花道。又是便字。你敢。怪。我。强。制。你。嗎。我便。强。制。你。不。許。娶他。蘧仙道。我便不娶。浣花道。當眞。蘧仙道。當眞。浣仙道。果然。蘧仙道。果然。浣花笑起來道。你知。我。是。誰。蘧仙大驚道。敢。原。是。小。姐。嗎。我。眞。該。死。該。死。浣花冷笑道。薄情。郎。薄。情。至。此。還。講什麼。說着。便一手推開蘧仙。撲朔朔的滾下淚來。蘧仙慌了道。吓小姐。浣花哭道。誰是。你。小。姐。蘧仙道。總之是我薄情。小姐不生氣。浣花見他還是小姐長小姐短的。一心注在沈浣花身上。大恨起來。一頭向瀟仙懷裏撞去。道罷。我和你同死罷。瀟仙慌了。只是滿口央告。竟屈膝跪了下去。浣花倒不禁好笑起來。忍住道。你跪誰。還是跪你小姐。還是跪你姐姐。瀟仙見他帶着淚。露了個笑影。暗想這個話。又像是媚香的了。因道這眞眞糊塗死我了。你若是小姐。我便算跪小姐。你若是姐姐。我便跪姐姐。浣花聽他掉巧舌兒。不禁笑道。我便是你小姐。也便是你姐姐。起來罷。我不愛看這下流樣兒。留着跪你那位素姐姐去罷。瀟仙見他調笑起來。便站起來。一把抱住道。好姐姐。你不笑我罷。你究竟是小姐。還是姐姐。浣花笑嗔道。我不知道。隨你喚去罷。說着便睡下了。不去理他。瀟仙究竟辨不出是浣花還是媚香。向枕邊問了半日。浣花故意叫他狐疑一夜。好便和他好了。卻仍不肯吐實。次早起來

妙情妙景
妙事妙人

蘆仙還是個滿腹狐疑知道他二人是言語笑貌都極像的究竟辨不出誰是誰因起來悄悄走出向團兒問道你小姐究竟是誰團兒不懂道這是怎麽解蘆仙也自覺好笑因又問道我問是不是你家浣花小姐團兒笑道爺敢痴了難道一個女兒家出嫁也有人冒名頂替的麽蘆仙笑起來道那邊府上有一位小姐和他極像的可有沒有團兒道有的蘆仙道敢是姑蘇顧家的團兒道是蘆仙拍手笑起來道我到這會子纔明白剛說着外面來請說寶珠和祝春夢庵來了蘆仙便披了大衣出來見三人已在花廳上談笑見蘆仙進來都笑迎着問昨夜怎麽蘆仙笑道不取笑罷寶兒弟正經媚香還在府上還在敝岳家我滿意想去一見寶珠大笑起來不知怎講且看下回分解正是

與我周旋還作我　為郎憔悴卻羞郎

自己只道明白誰知愈不明白了

玄之又玄幾乎玄煞（鈍根）

第六十三回

破猜疑分明留蜥蜴　配奇婚顚倒做鴛鴦

却說寶珠見蘧仙問起媚香。不禁大笑起來道。你們兩口子已經好了一夜。還問我要人來。蘧仙詫異道。那是沈小姐呢。寶珠道。便是。蘧仙道。他不是媚香。是浣花呢。寶珠笑道。浣花和媚香有什麼分別。蘧仙笑道。言語笑貌。果然沒甚分別。但人究竟是兩個呢。寶珠道。誰講來。祝春夢庵都不解這話。蘧仙道。奇了。難道浣花便是媚香嗎。寶珠道。可不是。媚香便是浣花。浣花便是媚香。蘧仙道。那怎麼他丫頭團兒說。還有一個姑蘇的顧小姐在家呢。寶珠笑道。那是他姐姐。叫眉仙的。便我那天指畫上與你看。哄你說是浣花的那位。蘧仙狐疑道。這個我又不懂了。聽

喜出望外
那得不拜

京裏人說。沈左襄的小姐叫浣花。打十歲上便給宮裏做了乾孫女兒。算來那時媚香還在我家。怎麽此刻兩人便會合攏一個了。寶珠因把媚香奔喪去。如何翻舟。如何被沈左襄救了。又沈左襄的女兒浣花。竟落水死了。便收了媚香作寄女。仍了他的名氏。不去歸宗。後來進京去。宮裡召見浣花。沈左襄帶了媚香進見。把前事奏明了。宮裏愛了媚香。便也收了做乾孫女兒。一一講明了。夢庵早跳起來稱快。蘧仙還怕寶珠哄他。因記得媚香左臂上曾有一點守宮記的。便進去向浣花要看。浣花伸左臂給他看。見那守宮記是纔脫去了的。還露一點雪白的嫩皮肉兒痕跡可認。便狂喜起來。浣花也破顰爲笑。蘧仙告知素馨。素馨也替兩人歡喜。向蘧仙襝衽作賀。因向浣花問一路的情事。浣花在這裏和素馨講。蘧仙早跑出去。一兀頭向寶珠拜倒。寶珠也忙拜倒兩人起來。各笑個不了。祝春夢庵。也向瀛仙道賀。瀛仙早喊開宴。一面擺席上來。四人坐下。忽祝春淒然淚下。寶珠不解。夢庵嘅嘆道。他也和我一樣。想起自己的苦惱來。寶珠問道。祝春已娶了如夫人。還苦惱什麼來。祝春搵淚道。你那知道我的心。我一逕沒向你談過。怕瀛仙聽了傷心。今兒他美滿了。我不妨講講。也見天下的缺憾尚多。因道。我先有個姐姐。姓蘇。喚做意意的。竟眼睜睜看他。眞個在我面前病死了。這還有什麼可望。此番娶的小妾。却自揣荆專主的。因他有些像意意的。所以我也收下了。究竟不是我那個意意了。被瀛仙這樣一來。相形之下。他何等美滿。我便怎生苦惱。說着淚下如雨。瀛仙也替他俛仰不已。寶珠長歎一聲道。這是最無可奈何的了。因問夢庵是什麼心事。夢庵一拍案道。不講罷。老天總不公。閻羅也太惡。我明兒死了。定把這森羅殿一脚踢

快人快語快事快文心頭無限抑鬱不禁為之一快

妙謔

夫子自道也點明書旨不是閑文

倒了。纔出我這口氣。說着那腳匾個一踢。把桌面掀翻了。夢庵倒跳起來。拍手大笑。寶珠吃了一驚。祝春也被他嚇住了。蘧仙也拍手大笑道。快哉快哉。祝春倒嘔笑了。罵道。這裏不是森羅殿。你使這付身手什麼。只怕你明兒眞到了森羅殿。見那上坐的。卻不是閻羅。便是你死了的那位好姐姐。只怕便义到你油鍋裏煎去。你也酥了骨頭。還怕把靴尖兒踹破了鍋子底。你敢打飛腳麼。大家都笑起來。小厮們早把席面翻起擺好。那打碎的碗盞都拾了去。另擺一席上來。夢庵嗤嗤的笑着。早把大杯子酒直顙子的灌了下去。寶珠等也浮了一白。寶珠因問祝春道。貴華宗還有一位叫駢盦的。聽說新著一部舊酒痕。還未脫稿。內中有一位蘇意意的。敢便指你的事。祝春笑道。稗官野史。大率附會成書。我也不知道他指不指我。夢庵道。這位駢盦先生。我卻會過面。果然

只叫做死無對證是作者弄乖處

千古才人同聲一哭

是大才磅礴了不得的還有一位蘧仙的貴華宗叫羅浮山人也是當今了不得的一位大才人和駢盦兩個是名噪一時的他也有集說部叫什麼名兒我却忘了是寫他一生的事跡的只可惜這兩位先生現在都作故了書集雖滿屋子也沒人替他刊刻行世去寶珠道吓他兩人都作故了可見才人自古如名將不許人間見白頭說着合席欷歔太息起來寶珠笑道夢庵既和他兩個在日見過明兒便去把他所有的著作齊搬了來我替他出資發刊可知道這些才人名士當著書的時候不知道費却幾許心血原望傳諸後世教人知道的不幸早死他在九泉之下也不瞑目我替他們刊了行世還勝似收拾暴露屍骨呢大家稱是夢庵道這兩位好在都住在本地寶月山下和石時先生是左右鄰我明兒便去找石家的人向他家要去不然我去時他家還當

揹大家私
不過爾爾
豈有他哉

是。我。去。謀。他。的。家。私。呢。大家都笑起來。一時席面散去。寶珠便辭了回家來。到柳夫人處請安過了。便回惜紅軒來。見廊下掛着婉香舊時的鸚鵡。見寶珠來叫道。寶珠。你好吓。寶珠一笑。看婉香房裏窗子開着捲起了。幃子。婉香和眉仙兩個。作伴兒。坐。着。低下。頸。子。手裏。都。拿。着。針。黹。做。口裏。都。笑。着。講。閑。話。寶珠走進來。一手掀着軟綉簾兒進去。看婉香穿一件品藍緞閃白點兒的單衫子。眉仙穿一件寶藍湖色鑲的單襖子。看婉香手裏。做着一頁鞋面子。却是一對兒。分着兩人做的。因笑道。好天氣。不頑頑去。做這個什麼。眉仙不理他。婉香一面。做。着。針。黹。一面道。你愛頑。你頑。去。不在。這裏。惹。厭。罷。寶珠笑笑。因道。給我瞧瞧。看誰做的。好。婉香停了針。醮他看。寶珠看是一隻蝴蝶兒。纔綉了兩隻翅膀。還差兩針着。又看眉仙的。也是一樣。因道。姐姐。我替你綉針兒。眉仙笑道。

省罷不獻醜也罷了仍一針一針的做着不遞與他寶珠因問婉香討來做婉香也不肯給他寶珠見他頸子低着白嫩得和脂粉搓成一般覆着幾莖短檻髮兒忍不住向他頸上一撫婉香怕癢扭轉頭兒笑嗔道什麼樣兒寶珠嗤嗤的笑將起來眉仙見他兩個這樣紅了臉不去看他婉香要拿針去戳他的手寶珠料他不肯戳倒送過手去叫他戮婉香笑道你當我眞個不敢刺你嗎我閉瞎了眼兒看不刺你一下眉仙笑道姊姊你不捨的刺他我來刺手拿來針等着呢寶珠便把手送過去道好姊姊你肯刺我便是我的造化刺呢眉仙眞個要刺下去的樣兒寶珠卻縮轉手逃開了眉仙來追寶珠狂笑着跑到醉花仙館來見蕊珠和軟玉兩個在窗下繚花線板兒軟玉手裏拿牙板兒繞着蕊珠用兩個指兒綳着粉紅色的絨線兒讓軟玉一週一週的繞向牙板

上去桌上攤着一卷花樣本兒還有幾絞的五色絨線擺着寶珠進來笑道今兒什麼好日家家都做起活來軟玉見是寶珠因道我繞的手腕兒酸了你替我繞罷蕊珠也道我指兒也綳酸了放着不繞罷於是兩人多放下了站起來寶珠一手握着一個的手替他揑手腕兒蕊珠紅了臉先甩脫手寶珠也便放了軟玉三人三跌角兒坐下因講起浣花的事寶珠說藫仙疑惑了一夜來兩人多笑因問可見着冷素馨來寶珠說見過了因向蕊珠道和你差不多樣兒不過脫略些軟玉等又拏別話閑談了一會便也隨意走散不提且說沈左襄因那日婉香歸來把眉仙的事從頭訴說一遍說自在閨裏的時候盟下這個誓來是背不得的左襄原是個極隨和的人因便許了和秦文講說是花占魁的遺意本來想兩起婚事一下子辦了的因婉香在苦塊上不好講這

些話。所以到今纔講。秦文先決意不許。經沈左襄發了惱。拿硬話頂撞了幾句。秦文本來懼憚他。因他是個國戚。自己又受他好處。便也只得依順了他。左襄請他擇日。秦文說。便是八月十五是團圝日罷。又道。這付諳封。我可討不來呢。左襄笑道。這不干你事。我自有法子。少不得有的。因道浣花已嫁去了。我家裏只一個葉老太太。和小女瘦春。葉魁也長大懂事了。我想給他們成了房。便把葉魁當了兼祧的子婿。養出孩子來。大的給了冰山做後。小的便歸了我的宗。可不也是個主見。我和老弟商量。偺們瘦兒年紀小。懂不得事。本來兼祧子可以娶得兩房妻小的。老弟可肯把大小姐給他作了正室。偺家瘦兒是情願退後一步的。秦文道。這個我和冰山。本來是最相契的。又況夾上你老哥。我那有不肯的話。不過。年。紀。差。些。那也不妨事。我剛因前兒三王爺。知道偺們

孩女子們不懂事眞有這種思想

家的麗雲能幹些正經。他想要去做了媳婦。我因美雲還沒提親。所以暫擱起着。既這樣。我便把美雲許給了魁兒。這邊也便允吉去。罷左襄滿心歡喜。秦文又皺眉道。別的女孩子。都不愁什麽。只偺們家的。賽兒被男裝扮壞了。他便不肯改裝。轉來又不肯出嫁。去說還要討媳婦兒。成房呢。這可不是胡鬧。你做他外祖父的。該有個主見。左襄笑起來道。這孩子也太聰明了些。前兒大小女家來。講起也很爲難。說他說一個女兒家。嫁了男人。便要養孩子。說疼得很。所以他不願嫁。又要叫他改裝。他是死也不肯的了。他還說。他便和眞男孩子一樣要娶媳婦的。他說橫豎自己便變作男孩子。也不肯叫媳婦養孩子疼的。這不是可笑。我意思倒有個人。和他一樣。有個奇癖的男孩子。他母親因養的男孩子多了。再養不出個女兒來。見他長的好。便給他扮做女孩兒樣子。今

不知如何
天造地設
竟有此一
對憨兒女
着

如此看來
男扮女裝
確是有趣
難怪不要
改扮轉來

年十六歲了。他也不肯改裝。說男孩子的樣兒蠢。不願改轉來說。還要揀個美男子嫁去呢。秦文大笑起來道。天下竟有這等奇事。是誰家的孩子。左襄道。便林冠如的兄弟。叫愛儂的。秦文道。咋。便是他。因失笑道。幸而我前番沒許他。左襄問是什麼。秦文笑道。前兒人來給寶珠提親說是冠如的妹子。我因聽人說。他妹妹竟常和男孩子在一處頑的。所以我辭了。照這樣說。人家不知道的。當他做小姐呢。左襄道。可不是。前兒還在蘧仙家。雜在女孩子叢裏瞧戲。人家多不知道他。還多和他握手兒說笑呢。說着兩人大笑。秦文便託他提親去。左襄答應了。次日便來回說肯了。兩家且多不講明。讓他明兒兩口子自己頑去。不知這事究竟是眞是假。且看下回分解。正是

世上奇婚原不少　假新娘嫁假新郎

越做越奇了（鈍根）

第六十四回

秦公子償完風流債　石書生歸結淚珠緣

却說賽兒定了林家這頭親事。合府都傳爲佳話。只不把賽兒知道。怕他不肯。便只說是給他討媳婦。那林家也怕新郎知道不肯。所以都不講出。秦府便定下了八月十五和寶珠一日成親。送了喜期到林家去。先行了聘。竟把秦府做了男家。林府做了女家。到了先一日。林家也照眞嫁女兒的一般發了喜奩來。賽兒却一點不害臊。仍喜笑自若的。一時沈左襄家發了眉仙的妝奩來。便都忙着鋪設新房。此時瘦春已搬在園裏。住了聽秋聲館。這邊小桃花館便讓賽兒做了新房。眉仙的新房便做在夕陽紅半樓。兩處早鋪設得和花艸府似的。到了正日。賀客

倒底不行

盈門。鬨鬧了半日。老老小小都講着賽兒的親事好笑。一時寶珠先向沈府親迎了。眉仙來交拜成禮畢。先送歸房。寶珠便自出來。讓些姐妹鬧眉仙的房去。這裏賽兒也出來要親迎去。見滿廳院多擁着男人看他。便害羞起來。不肯出去迎親了。倒跑回南正院來。一頭倒在藕香懷裏。紅了臉。說大家看我呢。我不去了。藕香笑道。你要娶媳婦。總該這樣的。又害什麼臊。快去呢。賽兒定不肯去。柳夫人因教丫頭們用兩把宮扇搭護着遮了出去。又叫寶珠陪他親迎去。賽兒纔依了去了。一時親迎了轉來。柳夫人和袁夫人藕香漱芳及軟玉蕊珠茜雲。都到屏後來看新人。只婉香伴着眉仙房裏。滿院子擠塞了人。都當看戲一般的爭着看。見寶珠和秦瓊攙扶了新人。作對兒交拜成禮。過了送入房去。柳夫人等一干人。便都到新房來看。賽兒早臊的躲到園子裏鬧眉仙的

純然是女扮的男孩子氣

眞是奇情奇事

房。去。這裏新人揭去了紅巾。大家一看。都吃一驚。宛然一個美人兒。再看不出是男孩子扮的。面目態度。絕似軟玉。看脚。也是一雙極周正纖小的。原來這新人。是從小纏足的。自己又愛做女人。便狠命的纏小了。此時衆人看了。都好笑起來。見那新人早羞的飛紅了臉。一種女兒腔調。不說破那裏看的出。柳夫人袁夫人和藕香。都很歡喜。因私問丫頭們。纔知道新人的名字叫愛儂。大家說笑了一會。愛儂纔知道是嫁的一個女孩兒。心裡大覺懊悔。因交拜時。偷眼看見賽兒。却和寶珠一個樣兒的。纔不十分掃興。一時衆人散了出來。柳夫人見時候已經不早。便叫藕香軟玉婉香蕊珠四個。送寶珠進眉仙房裏去。這裏便派了漱芳美雲綺雲茜雲。送賽兒進房去。麗雲定要謀這差使。袁夫人便把茜雲換了麗雲去。四人送賽兒進房去了。丫頭們把賽兒和愛儂兩個並坐了。四人旁坐陪飲。早把兩個新人的臉都臊紅了。麗雲敬了賽兒一杯子酒。又敬愛儂一杯。取笑了一番。丫頭給兩人各飲了一口。又逗了交杯兒。送兩人唇邊。去兩人都羞的要死。了定不肯沾着一點兒。丫頭們也只得算了。麗雲笑道。今兒賽兒這一節兒事。倒像再生緣裏的一段故事呢。漱芳笑道。這個不像。我算來從古至今幾千百部小說。也沒有這節兒奇事。賽兒不懂了。大家都笑了起來。一時宴罷。四人退出來。便悄步立在窗外。看他們兩口子遞和諧拜床。麗雲回頭見婉香軟玉蕊珠藕香也都躡着脚兒來。聽大家拿帕子掩着嘴暗笑。只見窗裏面遮了幃子。瞧不見。暗喚玉簪進去。偷放開一線兒隙縫來。大家爭着看。見翠翹和小憐兩個。替賽兒脫去靴子。露出一雙小脚來。見那愛儂偷看了一眼。兩個陪房丫頭。忙着替愛儂卸去宮裝。早露出一頭黑亮的好髮。面如秋月。眉似春山。竟和軟玉相似。看他寬去了宮衣和裙子。早顯出一身花綉緊身子。下面大紅散脚袴兒。一對小脚。立着剛和賽兒一樣長矮。見丫頭們扶他入幃去。一種嬌羞掩怯的。宛然是女孩子。害怕光景。見丫頭們掩了房門出來。翠翹和小憐。看見衆人。便嗤的一笑。大家都亂着搖手。教不要響。見裡面賽兒。一個兒走到帳門邊。又回身立定了。紅了臉。拿帕子掩着嘴。嗤的一笑。便鑽入幃去。半向沒得響動。一會子聽賽兒低聲笑着喚姐姐。聽愛儂不應。忽聽賽兒嗤嗤的笑了起來。又聽賽兒失聲叫道。阿吓。這是什麼說。帳幃一動。早伸下一雙小脚來。是賽兒的。像要走下地來。又被愛儂扯住了的樣兒。聽愛儂嗤嗤的笑聲。忽賽兒急喊玉簪。玉簪。笑。抿着嘴不應。賽兒又喊翠翹。翠翹也笑着不應。賽兒又喊一個。小字像被愛儂掩住了嘴。忽帳幃一動。又掛

我讀至此也不禁吃吃的笑了起來

下一雙小腳來知是愛儂。聽他低語道我原和你一樣你慌什麼。橫豎我嫁了你我總不能强你怎麼的。大家一齊都紅了臉。聽賽兒道既這麼着你可不許告訴人去說我是女孩子。愛儂道那你也不許告訴人去說我是男孩子。聽兩人都吃吃的笑將起笑。這裏婉香等多也掩着嘴兒笑。見兩對小腳都縮上去了。帳幃一動。兩個人影兒都沒有了。聽賽兒忽又和愛儂惱起來。賽兒哭了。停一會賽兒不哭了。怨帳幃一動。聽賽兒又輕輕的哭了起來。大家一齊飛紅了臉。便都掉轉頭來不看了。各自回去。且說這夜寶珠眞個和眉仙規規矩矩的睡了一夜。眉仙先還怕他。後見寶珠沒什麼歹意。便也放放心心的和他親熱睡了一夜。次早起來。衆人都稱了聲恭喜。眉仙便羞惱死了。打這晚起。便不許寶珠同睡。一連杜絕了十幾天。寶珠央告着婉香。和眉仙講。准他睡幾夜。兒婉香拗不過。寶珠只得和眉仙說。橫豎你們沒什麼人取笑的由他取笑去。終不成睡了一夜。便一輩子不許進房了。眉仙道。我終究怕他呢。我和你講到的。我只跟着你。他要同睡。要便我和你一床兒。讓他睡在外床。我在裏床。要安安穩穩的。倘不呵。我便從此謝絕了。婉香笑答應了。晚間果然三人睡了一床兒。寶珠要睡在中間。眉仙不許。寶珠發了急呢。說我倘不老成。叫你們兩個的身子兒挨攏來。立刻把我的骨頭擠酥了。眉仙見他這樣說。一發不肯了。寶珠怕他惱。便只得依了他睡在外床。次日寶珠求着婉香。要把酒灌醉了眉仙。自己先往軟玉房裏去。你和他睡熟了。回來換我。婉香笑道。這個我不敢。回來他眞個發恨了。這可是難處的呢。寶珠連連作揖打拱的要求他作成。婉香道。你定要和他這樣。他又不肯。何苦來呢。回來倒因此惱了你。寶珠道。我情願他惱我。我總愛他呢。婉香想了一想道。依便依你。成不成可不怪我。寶珠竟撲的跪了下去。婉香笑避開了。不道兩人剛說的時候。眉仙在窗外聽的明白。暗暗罵道。婉兒有這些可惡。他自己要清白。倒拿我作耍麼。我知道你呢。因不進去。回到自己院子來。晚飯時候。却特地送上婉香的門來。見寶珠和婉香喝酒。他見眉仙來。便叫添杯筯子同喝。眉仙道。寶珠在這裏。我不喝酒。寶珠笑道。我廻避了好嗎。眉仙道。不要我吃飯。酒回來再吃。婉香因和寶珠乾了兩杯兒。便多用飯了。飯畢。閑談一會。寶珠便喊掌燈。到留餘春山房來。見軟玉蕊珠都閑坐着。寶珠便低聲笑說。昨夜三人一床兒怎麼有趣。今兒咱們也這樣睡。蕊珠先不肯。被寶珠軟逗住了。便也依了。一時睡下。寶珠左擁右抱的親熱。一會。見兩人都紅了臉。寶珠便軟貼到軟玉身邊去。蕊珠羞的朝裏床睡。

去。把衫袖兒抵着牙兒臊的要死。猛不防寶珠又貼到自己身邊來惹珠。吃了一驚。禁不住寶珠溫存綣欵的。便只做不知道隨他去了。一時朦朧睡去。寶珠見兩人都睡熟了。一心念着眉仙。便悄悄起來自己掌了燈。回惜紅軒來。見房門開着。床上帳子垂下了。地上擺着一對小紅鞋兒看正是眉仙的。早心醉了。忙吹息了燈。鑽入幃去。正待輕薄。猛可的驚醒了他。顫聲問道。吓怎麼。一聽是婉香的口氣。寶珠更抱的死緊不放。說姐姐這是天作合的。婉香見已到這地步。也沒的說了。因道眞是。我作法自弊。倒被眉仙打算了去。寶珠便極意溫存了一番。婉香嬌啼不勝。寶珠不忍。便抱持睡了。次日起來。眉仙早笑着來替婉香道喜。婉香大恨。嗔了幾句。眉仙笑受下了。怕婉香還報。極意嚴防了幾日。婉香也沒奈何他。一日晚間。趁眉仙不在房裏。便把寶珠藏在他房裏。自己睡去。次日一早起來。便到眉仙房裏來。見兩人尚睡未醒。便仍笑着回來。到南正院給柳夫人請安。見愛儂和賽兒兩口子早在已經談笑自若的了。見婉香進來。便兩口子一齊請了安。婉香請了柳夫人的安。一時漱芳藕香美雲麗雲綺雲茜雲都來了。寶珠和眉仙及軟玉蕊珠。先後也都到了。柳夫人因說。今兒重九。那年做登高會。半途被打散了。煞了風景。今兒我已去接瘦春和浣花菊儂。却好昨兒素秋也打姑蘇回來了。瑣琴也出京來了。都接去了。敢便要來。咱們今兒便在晚春堂去做菊花會。已叫珍兒佈置去了。大家一齊高興起來。一時素秋菊儂和瑣琴都來了。衆人接着問好。寶珠因問瑣琴。敢和石大哥同家來的。瑣琴說是。又說家老爺給各位請安問好。大家都說不敢。柳安人因道。昨兒見邸抄。纔知道尊老爺放了會試同考。咱們沒來賀喜。到狠抱歉呢。瑣琴謙說不敢。柳夫人又向白素秋道。令兒會試去。可得意嗎。素秋道。微倖點了傳臚。大家都替菊儂歡喜。一時秦珍來請定席。去一千人便都打東正院轉。請了秦文袁夫人和秦瓊。齊到晚春堂來。見滿堂堆了菊花山。曲曲折折的繞轉了滿廳。陳設下每人每的二十四席。是柳夫人首席。秦文和袁夫人對席。下面便秦珍藕香等末兩席是賽兒愛儂兩口子。共飲一巡。秦文笑起來道。我纔今兒一日。做這個合家歡也算人生難得的事了。說着呵呵大笑。因叫春聲館女戲子來。點了齣永團圓的崑曲。一時絃管並奏。向紅氍上歌舞起來。柳夫人和袁夫人都欣欣得意。合席的人。各捧一杯酒。上來奉敬。秦文因一手拈着斑白的長髯大笑道。我這鬚。不想還能留在家裏白了。今兒飲這二十杯子孩子們敬的酒。美滿美滿。說着一杯一杯的乾齊了。看女孩子正扮演的熱鬧。那滿堂的花香人語。夾着酒香。這身子竟忘了還在人間了。忽大丫頭可兒來報說石舅爺來拜秦文因正在高興。說回他明兒答拜去談罷。可兒傳諭了小廝。小厮趕出去擋了駕。石時便回寶石山自己家來。却好華夢庵等着。一見夢庵便跳起來道。老哥。今兒纔候到你。難得難得。因把寶珠想要刋駢盦和羅浮山人的著作。請他取去的話講了。石時笑道。那駢盦的舊酒痕。在我這裏。我瞧看只打了三五回。不成書呢。夢庵道。那便叫何祝春續去便了。石時說好。因把舊酒痕付給了他。說羅浮山人的集子。我還沒找到。待今兒再找去。夢庵叮囑再三便捧着那部舊酒痕。交何祝春續去了不提。且說石時見夢庵去後。便進去向他母親請了安。便到間壁來尋書子見滿架殘書。都被蠹魚食的剝落零碎。也認不出卷軸來。回到家內。納悶半晌。替那羅浮山人嘅嘆了一會因身體倦了便隱几而睡忽見寶珠來了因笑迎上去一看却不是寶珠是盛蘧仙因道久違了近來可好見蘧仙道虛花泡影天上人間往事都不堪提起的了石時驚道這話怎說再看他原來不是盛蘧仙却是羅浮山人因失笑道原來是老弟我找你的書子不到你打的那部什麼說部寶珠想代你刻去呢羅浮山人笑指案角上的一部書道這不是嗎石時轉眼一看見那羅浮山人竟化了個大蝴蝶兒飛去了石時見案上眞有一部書擺着拈來一看原來是一部小說便說的秦寶珠一身影事叫做淚珠緣因笑起來道原來如此倒也是個極美滿的大觀因提起筆來題道

絕好韶華能幾時　十年償了淚珠兒
分明不是紅樓夢　別寫南華筆一枝

剛寫完背後有人瞥手把筆奪去回頭一看却是絕不相識的因道你怎麼奪我的筆那人笑道你把淚珠緣行世去敢與我的紅樓夢抗衡嗎說着一手又來奪書石時連忙揪住已被他搶了幾本去看原本和紅樓夢一樣是一百二十回的却只謄了六十四回下來因頓足道可惜可惜忽四下一望悄然無人因大笑道唔唔原來是夢因淚珠緣尙在手裏便把這六十四回發刋行世了打算再入夢去的時候問那羅浮山人補齊去看官等着正是

我亦三生杜牧之　十年一夢醒來遲
才人眼淚生來有　兒女恩情過後知
漫把黃羅書舊夢　悔抛紅豆種相思
姻緣兩字今休問　反寫團圞亦太癡

淚珠緣書後一

淚珠緣六十四回。分作三十段看。方知結搆層次。楔子爲一段。說作書本意。籠絡全部。第一回爲二段。敘秦府家世。并于石時夢中。出寶珠婉香春妍等人。伏第三回。南正院演書一線。第二回爲三段。敘秦府房屋方向。使讀者不致恍惚。已將地圖橫緯胸中。卽伏十六回移住惜紅軒。第三回爲四段。出秦氏兄弟。并淸客諸人。就石時遞入寶珠身上。寫入正文。發第一回伏線。第四回至第六回爲五段。寫婉香多病。回顧第一回。金有聲曾經診病一語。寫春妍笑春爲六十回收房張本。第七回至第十回爲六段。夾敘秦葉兩家事。是一部淚珠緣之關鍵。第十一回至第十四回爲七段。出齊秦氏諸姊妹。寫足一筆。敘媪烟景況。結春柳兒公案。第十五回至十六回半。爲八段。敘寶珠姊妹等移住一粟園。爲秦府正盛之時。十六回半至十七回爲九段寫小人作威弄權。伏下兩線。十八回至十九回爲十段。結沈元家的公案。伏四。十。一。回。線。二十回二十五回爲十一段。出諸名士幷寫葉氏兄弟。敘栩園位置。又補敘一粟園形勢甚詳。此爲秦府最盛之際。二十五至二十七回爲十二段。敘盛蘧仙事。伏五。十。七。回。線。二十七回至三十回上半。爲十三段。專寫寶珠學分。順結石漱芳。三十回至三十二回爲十四段。結楊小環一段公案。發尤月香瞿福之私。伏四。十。回。線。三十三至三十四爲十五段。寫蔣圓圓等。另具一付筆墨。三十五至三十六。爲十六段。寫園林盛事。三十九爲十八段。結來順兒悉淫公案。寫石漱芳身段。四十回爲十九段。出白素秋金菊儂等人。敘葉府衰落。文勢最吃緊處。四十一回爲二十段。了結葉冰山葉用袁夫人朱賽花蘇畹蘭諸人照應三十回之瞿福與尤月香一案四十二至四十三爲二十一段寫秦瓊之紈袴石漱芳之險詐了結蔣圓圓誨淫公案並寫陸瑣琴之老成持重小喜子之浪蕩出家四十四至四十九爲二十二段寫一粟園極盛五十回至五十二回半爲二十三段敘寶婉姻事中變文勢一折五十二回半至五十四爲二十四段寫寶婉姻事成而復敗文勢又一折五十五爲二十五段敘葉氏中興寶婉軟蕊親事成五十六爲二十六段寫寶婉姻事又阻了結花占魁夫婦一案出眉仙浣花瘦春諸人五十八至六十三回爲二十七段結盛蘧仙顧媚香公案六十三半爲二十八段結賽兒美雲瘦春麗雲葉魁等姻事六十四半爲二十九段結寶珠眉仙婉香軟玉蕊珠并諸人姻事大備六十四下半爲三十段總結淚珠緣始末此一部

書之大義也。至於各大段中。尚有小段落。或夾敘別事。或補敘舊事。或埋伏後文。或照應前文。禍福倚伏。吉凶互兆。錯綜變化。如線穿珠。如珠走盤。不板不亂。尤爲出色。書中說話處。或銜口而出。或幾句說話止說一二句。或一句說話。止說兩三字。便咽住不說。其中或有忌諱。或有隱情。不便明說。用縮句法。咽住。最是傳神之筆。

一部書。筆墨不止一種。寫寶婉等。是一種筆墨。寫秦瓊漱芳等。又是一種筆墨。寫蔣圓圓葉赦。又是一付筆墨。寫丫頭小廝。又是一付筆墨。寫盛蘧仙何祝春是一付筆墨。寫華夢庵又是一付筆墨。寫林冠如桑春白劍秋李冠英等是一付筆墨。寫夏作珪葛亮甫等又是一付筆墨。聖歎批西廂云。作者當有怪筆一箱。吾於此書亦然。

書中無一正筆。無一呆筆。無一複筆。無一閒筆。皆在旁面。反面。前面。後。

面渲染出來中有點綴。有翦裁。有安放。或後回之事先爲提挈。或前回之事閑中補點。通體如常山蛇。首尾相應。節節靈動。

說部中言情之委婉纏綿。無過於紅樓。言事之精細圓到。無過於金瓶。不謂淚珠緣兼而有之。

紅樓中人亦云夥矣。男子二百三十二人。女子一百八十九人。共計四百二十二人。淚珠緣乃有五百二十三人。又復時時照眼。絕不冷落。亦大能手。

從來傳奇小說。多託於夢。此獨不然。舉一緣字爲全書綱目。雖以石時一夢。引起秦氏。然亦非夢也。緣也。

書中翰墨。則詩詞歌賦。文扎尺牘。大書戲曲。奏片諭狀。以及對聯匾額酒令燈謎。無不精善。技藝則棋局畫理。宮商律呂。琴學品笛。拍曲譜工。

以及匠作搆造樹藝栽種格物戲玩畜養禽魚烹調鍼黹。巨細無遺。人品則忠孝節義。方正邪淫。貞烈頑善。豪狂怪僻。炎凉勢利。諂笑逢迎。迂腐黠拙。刁酸奸猾。無不形容盡致。人物則王公大臣。倡優僕隸。尼僧女道。僞士名人。茶博酒保。車夫舟子。神仙鬼怪。醉漢無賴。色色皆有事跡則繁華筵宴。驕縱淫慾。操守貪廉。慶吊盛衰。生死離合。貿易鑽營。游歷夢想。事事皆全。甚至壽終夭折。暴亡病故。及充軍下獄。自刎被戕。懸樑吞金。謀害索命。削髮中毒。等事。亦件件俱有。可謂包羅萬象。囊括無遺。誠泱泱大觀也。

淚珠緣一書。人謂全似紅樓。謂寶珠如寶玉。婉香如黛玉。柳夫人如賈母。秦文如賈政。石漱芳如鳳姐。美雲如元春。麗雲如探春。綺雲如迎春。茜雲如惜春。藕香如李紈。賽兒如芳官。秦珍如賈珍。秦瓊如賈璉。袁夫人如王夫人。軟玉如湘雲。蕊珠如可卿。瘦春如寶釵。浣花如寶琴。金菊儂如李綺。白素秋如李紋。陸瑣琴如邢岫煙。銀雁如平兒。嬝烟如晴雯。春柳兒如襲人。晴煙如五兒。春妍如紫鵑。海棠如雪雁。花農如焙茗。盛蘧仙如甄寶玉。何祝春華夢庵如秦鐘湘蓮等。均有所喻。枚不勝舉。不知。究竟情性行止舉動。未嘗同也。如寶珠之多情而好色。不淫。異於寶玉者明矣。婉香則合釵黛二人情性。兼有之。而賈政之才。則不如秦文。柳夫人之明。則勝於賈母。漱芳偶售其術。而卒肯悔悟。則又愈於鳳姐。此外諸人。以面貌性情相仿。則稍有似之然。在我則終覺淚珠緣。是淚珠緣。紅樓夢。是紅樓夢。各寫各事。兩不干涉。

書中詩詞。各有隱意。若啞謎然。口說這裏。眼看那裏。其優劣都是各隨本人。按頭製帽。故不揣摩大家高唱。不比他種小說。先有幾首詩詞然後。硬。嵌。上。去。

是書名姓。無大無小。無巨無細。皆有寓意。如石時之爲實事。秦文之爲情文。秦珍之爲情眞。秦瓊之爲情窮。秦雲之爲情匀。婉香則合二人名而爲一。他如藕香及四雲。均有一字着落。其餘大多就對面作字。借音作姓。從無隨口雜湊。可謂妙手靈心。指揮如意矣。

光緒二十六年歲次庚子秋九月七十三叟金振鐸斕盦氏識

淚珠緣書後二

或問第八回媳烟以死自誓。以視袁夫人。幾有不容久安之勢。何後此不聞有問言者何也。癡石曰。袁夫人之斥媳煙者。以春柳兒之事誤聞耳。逮春柳既出。水石自分。夫復何疑。慧眼人早已識透。奚用贅述。

或問第七回題目云。驚讖語婉姐吊殘紅。當時讀芳容自分無三月。薄命生成祇一春二句。無不爲之欷歔太息。以爲婉香不壽。何繙閱至底而不見。應此所謂讖語者曷故。曰。子固不知婉香爲誰。淚珠緣以淚珠爲名。固非美滿事也。作者原作一百廿回。第六十四回後。其性情事實類皆如月之缺。如雲之散。適足令人怏怏。勢必又留天地間一大缺憾。故作者自題之詞有曰。緣深緣淺何須問。得到團圓便可休。至謂讖語。

則指初見已鍾今日恨重逢難訴隔年情一聯耳見好姐妹分襟齊下淚一回。

或問軟玉與寶珠其親昵甚於他人殆有故歟曰吾不知吾只覺寶珠之與姐姐妹妹均一視同仁無所區別或有他故要惟嫣煙知之。

或問小環與寶珠訂再生緣何後不提及曰夢中事何必認眞否則勢必又如老嫗說因果矣。

或問月香削髮而後寶珠驟見之下固爲感傷後何不復敘明曰六根既淨孽障自除。

或問婉香曾云媚香已經字人何媚香後爲浣花及至歸蘧仙後亦不提及所字何人作何了局卽浣花礙齒不提蘧仙斷不致于忘却其舍畜而不置問者恐非縮筆曰第五十回已詳言之矣倘後復載恐又不

兎有復筆之誚

或問六十三回突出林愛儂其人以前似欠伏筆曰前一回寶珠在蘧仙家看戲兩廂無一可人云可上眼者祇二人一則明爲冷素馨一即林愛儂也其後沈左襄口中亦經述明俱早現一影子若必刻木示印卽是笨伯

或問瘦春浣花向未提及何忽由秦珍口中一贊後即突如其來何也曰子又略矣盍回憶第一回金氏所云

或問媚香與蘧仙神交耳守宮何所用記得毋厚誣歟曰非也蘧仙之與媚香猶寶珠之與婉香耳當寶婉別時固以死自誓不冀生還者而蘧仙之與媚香固未嘗以死誓也設以死誓蘧仙何復冀其生於以知媚香之去不但有他生約而幷有今生約第已字人恐他日致蘧仙疑

以守宮自記情也亦理也若以私情疑是傖父耳子何樂有此說

或問小喜子做和尚去後何不見一影子曰做了和尚還有什麽說得

或問愛儂嫁後林冠如何不來省視一次未免缺筆曰淚珠緣之結只在五日後耳不及也

或問顧眉仙亦自有家何婚姻乃能自主曰婉香早言之矣其家祇一老僕安敢預聞

或問葉太君自首至尾諒其年紀當在柳夫人之上老而不死何爲乎曰老而不死是爲賊賊害也葉氏之敗亂其害蓋在老夫人治家不嚴

或問美雲年紀至結尾時當已二十外葉魁猶一孩提耳如此婚配未免欠酌曰事固有之

光緒二十六年庚子季秋華亭一鶴痴石氏識

淚珠緣書後三

六十四回大書。若觀海茫無涯岸。而其中自有段落可尋。或四回爲一段。或三回爲一段。或一二回爲一段。無不界劃分明。囫圇吞棗者不得也。

有謂此書原本一百二十回。吾則不信。觀其通體結構。如常山蛇。首尾相應。安根伏線。有牽一髮全身動之妙。至六十四回止。正如懸崖勒馬。回視全文。仿彿如羣山萬壑赴荆門矣。又如浙地之斷龍頭來龍一派奔騰而至。直削而下。乃見筆力。六十四回以前之伏筆引線。至此俱發。更無餘步。更無可續。即尋得其餘緒。亦系蠶婦棄絲。不能作乙乙抽也。故知淚珠緣只六十四回。斷無一句一字可續。雖重以父兄命。萬金賞。

使奇園續半回。不能也。故奇園斷斷不信有一百二十回。一部淚珠緣。計三十餘萬言。洋洋灑灑。可謂繁矣。而無一句閑文。一部淚珠緣。計百餘萬字。瑣瑣碎碎。可謂夥矣。而無一字虛放。善讀者必能晰義分解。

淚珠緣寫五百二十三人。一人有一人形景。一人有一人態度。一人有一人言語笑貌。行動舉止。人謂得法於西廂水滸三國金瓶紅樓。吾謂得法於一部史記。

鶴林玉露云。莊子之書。以無爲有。戰國策之文。以曲爲直。東坡生平。熟此二書。爲文惟意所到。俊辨痛快。無復滯礙。吾謂淚珠緣亦是深得於老莊戰國策者。

是書每人都有影子。石時爲盛蘧仙影子。盛蘧仙爲寶珠影子。賽兒亦爲寶珠影子。眉仙爲媚香影子。媚香爲婉香影子。浣花亦爲婉香影子。蕊珠爲浣花影子。冷素馨爲蕊珠影子。小環爲圓圓影子。圓圓爲月香影子。月香爲小環影子。菊儂爲石漱芳影子。白素秋爲軟玉影子。陸瑣琴爲藕香影子。美雲麗雲綺雲茜雲爲婉香眉仙軟玉蕊珠影子。嬝烟春妍。又爲寶婉二人影子。笑春晴煙又爲嬝烟春妍影子。書中凡寫某人。後必用某人遞下。故能如線串珠。累累不斷間有以他人接寫者。必由影子遞入本人。寫畢再用影子遞出。一絲不走。牢不可破。此爲通體大章法。

書中大致。一枝筆便是寶珠身子。作者目光專注寶珠一人。寶珠到何處。筆便跟到何處。歇落處必在寶珠去時。吃緊處便在寶珠來時。此即做文字第一秘訣。所謂捉住題眼也。寶珠便是題眼。

一大部書。寫若干人。皆有主賓。有正反。以家庭論。秦府爲正面。葉府爲反面。秦府爲主。葉府爲賓。以人物論。柳夫人爲主。袁夫人爲賓。秦文爲正面。葉冰山爲反面。沈左襄爲主。花占魁爲賓。就寶珠婉香論。寶珠爲主。婉香爲賓。蘆仙爲寶珠之正面。浣花爲婉香之反面。其餘悉可類推。解此以觀。勢如破竹。

淚珠緣一書。有反筆。有正筆。有襯筆。有借筆。有明筆。有暗筆。有順筆。有倒筆。有先伏筆。有照應筆。有着色筆。有淡描筆。有烘染筆。有雙關筆。有拗筆。有縮筆。有迴環筆。各樣筆法。無所不備。

淚珠緣一緣字。有前緣。有孽緣。有兒女緣。有朋友緣。有再生緣。有文字緣。有奇緣。有骨肉緣。有佛緣。有仙緣。有露水緣。有一面緣。有半面緣。有一夕緣。有一載緣。有鏡花緣。有魂夢緣。有婢妾緣。有夫婦緣。有一笑緣。

奇園讀書細心處非人所及

讀淚珠緣者莫不謂盡套紅樓得奇園一語道破乃見淚珠緣寶重於紅樓矣

有相思緣。而卒歸之於淚珠緣。種種緣法。罔不粲陳。一部淚珠緣。如詩三百首。可以一言蔽之。曰思無邪。紅樓以前無情書。紅樓以後無情書。曠觀古今。紅樓其矯矯獨立矣。吾則一語以剖菂紅樓之前未有作者。紅樓之後無敢作者。非無作者。作者不能脫紅樓窠臼耳。故曰作紅樓者易。作紅樓以後書者難。夫天下人之情一也。紅樓之言情至矣盡矣。淚珠緣何出紅樓之右耶。曰紅樓之情曰至情。淚珠緣之情曰人之同情。情固一也。而所施於人者異矣人世間樂事。固靡日而窮也。乃紅樓一書窮之矣。故淚珠緣之作難於紅樓。其一大部書中無非行樂耳。同一行樂。而必勾心鬬角。別出新裁。不特不同於紅樓。又必使前後古今幾千百部小說中不同一事。嗚呼。難矣。故淚珠緣實是一部大書。一付大手筆。荷燈之賞。廣寒之舞。尤令

人夢想十年

二十八回寶珠論宮商一段條晰縷辨發千百萬人之疑議振千百萬人之聾聵司馬遷律書蔡西山律呂新書均未有確論使人了了奇園素爲怏怏不圖於小說中見此大議論大文字即此一段律呂定論直可懸諸國門

又發明姜白石自度曲註譜字樣一節實是眞大眼孔眞大學問陸鐘輝藏之汲古閣三十年而對之茫然謂如魯鼓薛鼓之亡其音而留其譜以待後來博學之士剖之設淚珠緣一書得與鐘輝共讀吾不知其欣喜當何似

書中凡値寶婉相逢之際其萬種柔腸千端情緒一一剖心嘔血以出之細等鏤塵明如通犀若云空中樓閣吾不信也

書中諸女均有如花之貌以花譬之婉香如白牡丹眉仙如素心蘭浣花如秋海棠軟玉如玉蘭蕊珠如茉莉瘦春如荷藕香如梅賽兒如粉團美雲如凌霄麗雲如玫瑰綺雲如杏花茜雲如櫻桃漱芳如薔薇素秋如白芙蓉瑣琴如蠟梅菊儂如菊小環如梔子月香如夜來春妍如白杜鵑笑春如桃花嫣烟如素馨晴烟如山茶春柳兒如荼蘼冷素馨如水仙嫩兒如白玫瑰春燕兒如含笑伶兒如夾竹桃圓圓如楊花海棠如石榴愛兒如葡萄而如蛺蝶之栩栩然游於中者則寶珠是也

余近年來死灰槁木已超一切非非想祇鏡奩間尚恨恨不能去適來無事雨窗展此唯恐擅失竊謂當賓茗讀之爇名香讀之於好花前讀之空山中讀之清風明月下讀之繼南華楚騷讀之伴涅槃維摩讀之天下不少慧眼人其以予言爲然乎否乎淚珠緣在知必有繼予而評

之者。辛丑春。奇園汪大可識。

淚珠緣四集

每冊定價洋四角

著作者　天虛我生

校閱者　鈍根

發行者　中華圖書館

印刷者　中華圖書館　上海新聞路中　電話一三三

發行所　中華圖書館　上海棋盤街中　電話二四五九

代售處　各省大書坊

民国首版文学经典

泪珠缘 [五]

陈蝶仙 著

上海科学技术文献出版社
Shanghai Scientific and Technological Literature Press

淚珠緣五集

慕蘂題

丁悚畫
畫

淚珠緣五集目錄

第六十五回
盛蘧仙議續淚珠緣　華夢庵醉演家庭史
第六十六回
論婚姻鬼計擅牢籠　謀家產瘋神猜計畫
第六十七回
爲朋友熱心出死力　算家用冷眼看生機
第六十八回
溯風水中年纔養子　欠租米流弊屬家丁
第六十九回

怕痛苦巾幗改鬚眉　享閑福家庭親骨肉
第七十回
一字課大家鬬心角　兩首詩小妹悟情禪
第七十一回
何祝春籠絡守財奴　秦寶珠聽講生公法
第七十二回
晏除夜晝筵開翡翠　消白晝綉被覆鴛鴦
第七十三回
認玉船大方不推究　結珠胎小妹太嬌羞
第七十四回
親上親雲兒出嫁　美中美婉姐說詩

第七十五回　憶舊遊美姊感年華　求新學魁兒赴日本
第七十六回　何祝春查帳釋疑團　沈浣花多情感癡夢
第七十七回　登日報眉仙盡人事　借風琴賽兒論聲音
第七十八回　小兄弟有心營兎窟　老奴才無術補羊牢
第七十九回　鬼計多端桃僵李代　人心叵測害命謀財
第八十回

顧長壽迷魂破鬼計　李冠英仗義斷官司

淚珠緣第五集

天虛我生著
鍾根校訂

接續前書
天衣無縫

點醒時令
上書結於
晚春棠賞
菊此時已

第六十五回

盛蘧仙議續淚珠緣　華夢庵醉演家庭史

却說石時把那羅浮山人的淚珠緣六十四卷。刊了出來。華夢庵早先要了一部去看。因見書尾說着原書是有一百二十回的。便想央盛蘧仙替他接續下去。因挾着那部書去訪蘧仙。小厮文兒迎着笑道。華爺來的正好。石爺和何爺。也在這裏呢。夢庵道。可是在園子裏麼。文兒道正是。因便引着夢庵進了待藏園。便到前兒演戲的那所廳上。只見滿廊下擺列許多菊花。開得都有盎子樣大。因贊道。這時候。還有這樣好。花。眞難。得。呢。裏面有人笑道。瘋兒。來了。總這。樣大。驚小。怪。聽聲音是何

在十月天氣故云這時候

涉筆成趣

回顧第二十六卷夢中夢翻舟驚惡兆

祝春的。因便搶幾步闖進門去。見何祝春正拿支筆。在桌上畫畫。石時盛蘆仙左右圍着看他。因便從祝春背後。伸手過去。把支畫筆劈手搶來。向祝春。臉上。一。抹。道。偏你。這。張。貧。嘴。會。得。罵。人。祝春猛不防。早被抹了一臉的黑墨。用手揩時。那裏揩的乾淨。居然。頰。上。凉。毫。成了。一。張。小丑。臉兒。引的石時蘆仙都拍手大笑。文兒忙去捻了一塊手巾過來。祝春接着。便向匳邊的鏡屏上。照着揩着。夢庵還在那裏好笑。却不防祝春把塊手巾。捏个團兒兜頭打將過來。夢庵躲避不及。正中臉上。叫聲哎唷。那何祝春早笑着逃向廻廊上去了。夢庵那裏肯依。經蘆仙石時硬攔住了。纔坐到祝春的椅上去。拍案大罵。一面罵一面看那張畫。見畫着一角紅樓。樓下的桃花開的正盛。桃花外露出一片明湖。波紋皺的甚細。樓廊下掛着一架鸚鵡。欄干上靠着一個美人。樓下石橋上畫

此處因欲寫夢庵囑蘧仙續下故用此數句過渡其實此等筆墨反若不似接續原

着一個少年。攜了一個垂髫小婢。一手正指樓上。不知不覺看出了神。罵也忘記了。因問蘧仙道。這是畫的什麼圖。蘧仙道。是我四年前的夢境。這樓上的便是媚香。那垂髫婢便是小春。我做這夢時。已在翻舟之後一年了。其時媚香已在敝岳沈左襄膝下。做了浣花。小春却不知下落。多分已死在波濤之中。前兒偶和浣花講起。我想這夢。定是小春的靈魂。安慰我的。如今咱們這一段因緣已成就了。不由得我和浣花兩個不時記着小春。所以請祝春畫這一幅。做個紀念。夢庵笑道。那也用不着叫祝春畫。我給你瞧。早有人替你詳詳細細記在這裏了。說着便把淚珠緣第二十六卷。翻將出來。給蘧仙看。蘧仙笑道。這書我早見過了。夢庵道。你既見過便好。我今兒來便想請你續下去。蘧仙道。這個不行。我又不是寶珠的影子。能跟着他走。他在那裏做的事。講的話。我怎

書宛如另起後部語氣

紅樓夢一百二十卷叙不到十年之事言情筆墨時少意多本無甚偶故管窺之見以爲是書三十二卷以後反不若前半之意味深長寫實事易寫柔情韻事難

麽。能。彀。知。道。若。是。憑。空。臆。造。可。不。是。畫。蛇。添。足。麽。要。則。你。請。寶。珠。自。己。續。去。否。則。再。歇。上。十。幾。年。待。我。留。心。些。事。跡。下。來。方。好。動。筆。石。時。笑。道。那六十四卷書。也不過只有五六年的事。你續上幾回。值得什麽何必定要等上十幾年呢。蘧仙道。原來這書開篇的時候。便打的太嫌冗長。等到後半部。纔打的緊湊起來。所以人家看這書的。看初二集時。總嫌乏之味。及至看到後來。方才有點意思。如今我續這書。少不得要些實事。若是單寫些柔情韻事。豈不是續如不續。夢庵道。好好。那便任你什麽時候續去。只是不要丟在腦後罷了。因問祝春的舊酒痕怎麽樣了。祝春道。誰和你這般空。你愛嚼蛆。你竟自己嚼去。少來惹人厭。你也不想想。如今的蘧仙。成日價打疊起一副溫柔性兒。對付兩位嫂子。還怕疎淡了。一時半刻。他有工夫替你著書呢。夢庵道。正經。我倒要問蘧仙一

寫柔情韵事讀前書結尾不續如續寫實事則續如不續

何其急也

句話。你那一位浣花夫人。本來和寶珠的眉仙夫人。是嫡堂姊妹。前兒聽寶珠說。他那婉香夫人。要替他叔嬸盤柩回去。眉仙也要回姑蘇去。你浣花夫人可也同去不去。蘧仙道。這話我倒沒聽見講起。前兒重陽節上。浣花打秦府裏轉來。也不曾提及。你却聽誰講來。夢庵道。我聽寶珠自己講來。他說自己本想過來問你。若是同去。可格外熱鬧一點兒。只不過因他是替叔岳盤喪去的。不便奉邀罷了。蘧仙道。這有什麼忌諱。他可曾說。多早晚去。夢庵道。這倒不曾說。蘧仙因托夢庵代去問明。幷說自己也願意同去走一遭。兒夢庵答應着。便站起要走。被祝春一把扯住道。偏你忙得這樣。平日找你。又沒找處。不知鎭天的跑那兒去。今兒好容易碰到。不是發狂。便是鬼。婆。子。似。的。煩。絮。個。不了。煩一。會。子。纔閉了口。却又提起脚來要走。夢庵道。那麼你叫我凊坐着什麼事。好好。做蘆仙不着。快拿酒來吃。嘴裏說着。一面早東張西望的找文兒。遠遠望見文兒正站在走廊下的秋葉門邊。和一個丫頭講話。便一疊聲的喊文兒。快向上房裏去要那藏着的好白玫瑰兒。或是鮮荔枝兒來。文兒正和冷素馨身邊的珠兒講話。聽夢庵喊。便跑過來。夢庵正沒頭沒腦的喊着。因道。我的爺。這時候那兒來的鮮荔枝呢。夢庵道。好哥兒。前兒不是你爺。買了許多鮮荔兒來。請你奶奶浸酒的嗎。你不要替你爺肉疼。快去替我向你奶奶討賞一點兒來喝。文兒笑道。爺眞好記心。因回身見珠兒剛待進去。忙趕上和珠兒說了。珠兒便向冷素馨住的院子裏來。却見浣花和素馨正在窗口桌上喂蟋蟀。團兒也圍着看。滿院子靜悄悄的。只有蟋蟀子在那裏咭喏咭喏的叫。珠兒因問素馨取酒。素馨笑道。玻璃櫥裏不是有着呢。敢要我去拿來遞給你手裏嗎。珠

東張西望好看煞人令我憶及鄉醉蝦之時矣

寫夢庵狂放不拘狀能宛如在目

倘令吳友如畫之絕妙一幅秋景仕女前在小廣寒則曰吐

咭咭的咩此時則咭啁咭啁的咩同寫一物而時祭不同正是文心細緻處

初閱至此亦覺葉魁美雲之姻確乎不妥

兒也笑道。那半。瓶。子。酒。怎。麼。殼。瘋。爺。一。口。子。喝。浣花笑道。怎。麼。珠兒。叫。爺。叫。瘋。爺。了。素馨道。你不知道。他說華夢庵呢。夢庵那個人。簡直狂得有點兒瘋了。前兒我聽見他吃醉蝦子的故事。幾乎笑彎了腰。浣花不懂。央素馨講給他聽。素馨因把華夢庵在萬不如軒鬧的笑話。從頭講起。浣花聽的好笑。竟把。手。裡。喂。着。的。蟋。蟀。也。跳。了。幾。個。正笑着。文兒又來催酒。素馨便叫珠兒去另拿了一大鑪。交文兒送了出去。夢庵等便在瀛仙家午膳。酒次。石時談及葉魁的姻事。已經秦文允將美雲許他。女媒是金有聲做了。這邊男府裏。要請瀛仙做個現成大賓。祝春道。這件事我倒有點子不懂。這兩位老先生作事。委實有些古怪。沈左襄先生既要把自己的二小姐給葉魁。將他做了贅壻。爲什麼又要娶添一位。並且葉魁今年纔十六歲。那秦府的大小姐。不是叫美雲的嗎。聽說

掩卷思作者之心理亦無頭緒及閱下文不禁恍然

聞雖未聞見卻常見

已二十二歲了。差這麽多的年紀。那文老先生又怎麽肯許這頭親事。石時笑笑不語。夢庵笑道。天下的人。鈍不過。就算是祝春。你識不透。秦文。老的一生。作用。你便糊塗死。你可知這位文老先生面子上極是一點一畫。他心裏實在只看重一個錢字。他那樣一個古板人。居然肯給寶珠娶上四位夫人。也便是這個講究。他給姪孫女兒結上那重奇怪婚姻。也都是這一個道理。祝春駭道。你這話眞是聞所未聞。夢庵因指石時道。論理文老先生是令姻伯。我不該當着你的面講這些話。但是你笑。你必定早也識透了。橫竪蘧仙面前不防碍什麽。我把些眞憑實據。講給你聽。蘧仙笑道。你不要講些險話來。嚇破了祝春的鬼膽。夢庵便呷了一大口酒。講出一番話來。正是

人海燃犀皆鬼魅　家庭談虎亦文章。

由寫情小說一變而爲家庭小說眞乃出人意料不可不讀

原來如此

第六十六回

論婚姻鬼計擅牢籠　謀家產瘋神猜計畫

却說華夢庵喝了一口酒之後。便向石時道。你從十七歲上。便到秦府裏去。你因該知道葉家和秦府裏的淵源。石時道。這個我自然曉得。夢庵道。只怕祝春和蘧仙不明白呢。我講給你們聽。那葉冰山先生的夫人。便是文老先生的小姨子。當時袁太史膝下。只有兩位千金。大的便是寶珠的嬸母。嫁過來時。那袁太史還在。不過照例給些妝奩。還望日後養個晚年之子。承襲家產。及至後來絕了望。便多給了小女兒帶去。所以葉冰山居然成了巨富。祝春道。當時文老先生。怎麼便有這等忠厚。夢庵道。那時他也沒法。但是過了幾年。葉家倒反加上些利錢。送還了文老。祝春道。那冰山先生又怎麼有這等慷慨。夢庵道。到那時節。冰一山。也。叫。做。沒法。祝春道。這話。更。把。我。糊。塗。死。了。夢庵笑笑。却又喝了一大口酒。把桌子一拍道。你這個人。眞是。糊。塗。蟲。你。不。記。得。葉。氷。山。是。抄。了。家。的。麼。祝。春。方。才。省。悟。道。是。了。是。了。原來如此但是葉家被抄之後。雖然後來又把些田產發還過來。終究値不了多少。你說秦文給寶珠娶他兩位小姐。爲的是錢。這話我可不懂。夢庵道。若被別人娶了他兩位小姐。少不得添了兩家對頭出來。保不住有一日戳穿窗子。被人報復轉去。所以。他。便。存。個。一。網。打。盡。的。念。頭。索。性。多。給。寶。珠。做。了。媳婦豈不。乾。淨。如今因沈左襄又把個葉魁做了半子。葉太夫人也還活着。生恐疎不間親。將來和他算帳。所以。趕。快。的。把。個。女。兒。穿。插。進。去。大。家。又。結。上。一。重。火熱的新親。那便反。不。過。臉。來。等待再過幾年。葉太夫人和沈左襄。少不得多要久違的了。不要說沒人和他算葉家的帳。便是沈左襄的遺產。也就到了葉魁手裏。葉魁還是個孩子。瘦春也只得十八歲的人。你想接管這兩份家產的不派美雲還派是誰。祝春聽到這裏。不禁拍手道。好作用。虧你能彀體貼出來。蘧仙笑道。話雖如此。偺們老丈又不是個呆人。他向秦府求親可不是正中那文老的下懷麽。夢庵道。這個正是棋逢敵手。纔有這一着。那左襄先生也是個精明極頂的人。他正爲着要刺探文老的隱秘沒處着手。所以要求這一門子親。好從他大小姐手裏撈些頭緒來和他理值。石時笑道。這個只怕未必。我們家姊做了秦府的媳婦。已經四年了。論我家姊的心計也是個極精細的。却從來不曾探到文老先生一些兒隱事。不要說家姊。便是我姊夫。從小兒在他膝下。却也不知道他的行事。那位大小姐雖然年紀長些。女孩子家。更不留心到這些上面。聽我家姊說。我那位姻伯在家裏時。不拘什麼事。總不和人家商量。便是袁夫人面前。他也不肯多說。平日和人家往還些帳目。他也不教帳房裏記帳。只記在自己心裏罷了。所以家母舅常說。雖替他們秦府裏管了這幾年帳。其實毫無一點兒頭緒。每年若照帳房的帳算起來。每年收進來的房屋田產上出息。總抵不過兩府裏的日用。不彀用時。只向萬豐銀號裏拿摺子去取。照那摺子上看。足足已取了一百多萬。究竟萬豐裏自己有多少本兒也無從窺探。不過照此看去。無論多少。也有一日取來用盡。若說取用的都是號裏盈餘。也未必有這許多。論理文老先生是個精明人。若說果眞每年入不敷出。便該趕緊把家用收小。還怕來不及呢。怎麼又大興土木的起這東花園來。給孩子們頑。好像有的錢太多了。只愁用不完似的。瀟仙道。大凡看得透世故的達者。總存個人壽幾何。及時行樂的高見。夢庵笑道。又是一。個。糊。塗。蟲。來。了。你只道這些舉動。是文老的達觀。你可知道他。却有一種深心妙用在裏面呢。祝春道。這話我又不懂了。夢庵道。你們不知道秦府的家底。自然總看不透。我說給你聽。秦府裏自寶珠的曾祖下來。本沒有分過家。只有寶珠的姑母。嫁與花占春的時候。那秦文勝公和陸太夫人。都是愛憐少女的。便把家產提了四股之一。陪嫁過去。如今。花。家。沒。有。後。人。少。不。得。又。是。連。本。加。利。的。還。到。秦。家。來。了。祝春笑道。偏。你。專。爲。替。人。家。算。這。種。因。果。帳。夢庵道。我還沒有講到正文呢。這不過順便提明一句罷了。那時秦敏秦政。都還在世。秦敏因自己沒有後。繼了一個同曾祖的堂姪過來。便是瀘仙的令連襟秦珍。當時敏老先生。就想分家。秦文因想自己膝下賠錢貨多。若就此分了。少不得自己吃虧。因便極力阻止了。直到如今。也沒有分。瀘仙道。一家子能彀數世同堂。也是個好景象。夢庵道。他一時間口裏雖說不要分。他心裏實在早存了個終究要分的主意。不過自己要多分呢。講不出這句話。所以放出些手段來把公衆的錢儘先撈些到了自己身邊。然後再讓小輩們手裏分去。祝春道。他家的公衆錢。難道柳夫人不知道數目。怎麼便能任意撈向自己身邊去。夢庵道。正爲柳夫人知道數目。所以纔要放些手段呢。他起這兩所園子。便是他的手段。譬如。實在用十萬時。他便出上二十萬帳。他又專會趨奉。嫂子知道柳夫人鍾愛婉香。他便常時討好兒打些金珠首飾。做些衣服。交柳夫人賞給婉香。面子上說是愛憐外甥女兒。其實每打首飾時。必打五份做衣服也是如此。婉香得了一份。自己的女兒也各得一份。你想他這種算盤打得精也。不精。石時聽着。不禁笑了起來。夢庵道。如何。這種事。想來你通章猜論秦文心思。如燃犀燭怪。無微不至。惟盛何華與寶珠同日訂交。遽仙又與寶珠誼關至戚。又有石時在秦府多年。尚皆不知就裏。何獨夢庵精細至此。我却不懂。大約華夢庵是個大閱歷家大理想家。

令姊總說過的。不是我嚼舌麼。依我估量起來。秦府裏的公衆錢。若是原有三百萬。每房該派一百萬的。如今還怕派不到十萬了呢。但是文老在日。我包得他們不會分家。爲什麼呢。現在他正是得心應手的時候。後望方殷。那一爿萬豐銀號。便是文老變戲法的一條氈毯。你們不信。只往後看着便了。講到這裏。便自舉杯狂飲。正是

解識深心賴明眼　莫因當局怪旁觀

第六十七回

爲朋友熱心出死力　算家用冷眼看生機

却說石時當日聽了華夢庵一番怪話。心裏頗覺鬱鬱不樂。因想如果秦文眞是這一番的作用。日後寶珠這邊如何得了。難道柳夫人也便糊塗住了。不替寶珠往後想想。預先留個退步。據我從旁看去。他們娘

兒兩個簡直心角兒也不曾想到若不是夢庵提醒便我也只算同在夢裏模模糊糊的過上六年如今被他一語道破我從頭想起文老的言語舉動委實有些深刻令人望而生畏他平日看待寶珠本是痛癢不關的安知不存放着這種很心辣手因對夢庵道你這些話還是人家告訴你的還是你自己心裏猜度出來夢庵笑道不瞞老棣台說我生平最愛的是朋友最喜歡趕的是熱鬧我因寶珠和我是最要好的朋友他家裏又最熱鬧我因他這熱鬧替我好朋友想想照這樣的熱鬧能彀熱鬧到幾時因此倒反替他想起種種的恐懼起來我因存了這一種恐懼心我便處處替他留神想他家裏何以能彀這樣熱鬧這是不必說他家裏有錢樂得使用罷了我因又想他家便有錢難道不怕有用罄的日子寶珠果然年紀輕不想日後柳夫人果然是六十多

歲的人了眼見得來日無幾樂得亨些晚福只是文老是個極精明的人怎麼也跟着一家子老老小小天昏地暗的鬧着過去當初我還疑心着文老也是個治國有餘齊家不足的糊塗虫誰知逐處留心看去他那所作所爲正是一個神奸巨嫞他在京裏嘗做些殺人不見血的事你總該知道那些不知道的還說他是治世的能臣呢他那一種手段實在使的玄妙我因此推想到他家裏的事也是照樣的一種玄妙手段不過當局者迷沒有我旁觀的這樣清楚罷了石時道你既在局外看的清楚你和寶珠也是好兄弟你便該提醒他一聲夢庵道這個使不得我若是竟和寶珠講這話時無論他當不當我瘋話便當做眞話了少不得立時把個寶珠的人驅入惡道中去離間人家骨月的事我華夢庵生平不肯做的要便讓你做去石時道據你說難道竟冷眼

看他們不成。夢庵道。冷眼看他呢。我們做朋友的也看不過去。若說憑仗我的熱心。竟把這話和寶珠講去。眼見得他家裏便成了。你猜我忌此爭彼奪的世界。被人家知道這話。是我們講的。還說我們離間了他們。骨月。從中圖着些什麼了。所以我早有一個主見在這裏。原想和你們商量着去做。因爲這種話。實在驟然之間講將起來覺得唐突的很所以我含忍了多時。也不曾和你們講過一字。瀘仙道。今兒既然講了。便請你率性講將出來。果然是好主見。我第一個便願意替寶珠出些死力。祝春石時也道。你講你講。果然是替寶珠設法的事。我們也多願意聽你指揮。合力做去。夢庵道。那麼着請你三位浮一大白。聽我發令。瀘仙便隨口乾了一杯。祝春石時也多飲了。夢庵因指着石時道。第一件事。便用着你。請你和你母舅講去。把秦府裏帳房這一席讓給你瀘仙拍手道。這個果然是第一要着。石時道。這個我總做得到。夢庵又道。第二件仍用着你。請你和令岳講去。把祝春薦到萬豐銀號去。充個副帳。祝春道。怎麼這事要煩陸蓮史呢。夢庵道。你不知道陸蓮史先生在秦府裏年數最多。他又是一位老先生。文老最器重他。他又從來不問秦府的家事。就不至於動疑。蘧仙道。我想這事不如託我們老丈。夢庵道不行。沈左襄先生是文老最尅忌的。所以我不教你到萬豐裏去。便是祝春。若你令岳去講。也包管一個不成。我不是講過。這萬豐銀號是文老先生變戲法的氈毯子嗎。他怎麼肯教看戲法的主顧。薦個人去。充彩房裏下手呢。說得大家都笑起來。蘧仙因道。第三件該用着我麼。夢庵道。我和你都欟時落後。待他兩個都進去站穩了之後。我自有用得着你處。說着又是一杯。當下一大罇的荔枝酒。已經告罄。便各用飯。

却好石時家的許升來請說金有聲在家裏等候有事商量便各飯罷。散訖。原來金有聲去找石時。正是爲了年關將屆秦府的舊例十一月初便要由帳房裏分頭派人出去收租到了這個當口帳房的事便忙個不了。往年石時在秦府裏充記室的時候金有聲總叫他過去帮忙。如今金有聲有了年紀精神不比從前並且有了個氣逆痰喘的病自分萬吃不消這些辛苦因和秦文講了來央石時前去代庖這下子正中石時和夢庵的一番計較因便一口應承便從十一月朔進了秦府帳房。這時各莊上派出去的收租家人共有三十餘處每日這邊收了些錢解欵上來。那邊欠了些租派人趕去簡直的忙個不了並且石時處處分外留心。凡是一張田房契帖向他手裏過時他總把那戶名坐落。畝。分。年月。都詳。細摘。記。下來因此又加上一層心力忙得什麼似的。

進府之後。也沒工夫去見寶珠。寶珠也不知道石時做了自己家裏的帳房。更不知道他做帳房是替自己來用心出力的。這日正是冬至夜。秦府裏照例是闔家眷屬都往宗祠裏去上祭。祭畢。回到府裏。管家小廝丫頭婆子。都該給主子叩頭道喜。按名給賞一兩銀子。單這一天的開銷。連着祭品和各房的酒食。一應便費了六百多兩。石時不禁吐吐舌道。照這樣的四時八節過去。一家子的上下人口。一年多似一年。少不得有個山窮水盡的日子。只是自己又不是秦府裏的什麼人。那裏配講。一個不字。心裏却是萬分納悶。過了幾天。聽說他姊姊回家去了。因便找個空兒。也回家裏來。想從漱芳口裏探些秦文的主見。只不知道漱芳如何講法。正是

已覺衆生皆醉夢　　不堪來作獨醒人

第六十八回

溯風水中年纔養子　欠租米流弊屬家丁

却說石時回到家裏。已是晚膳過後。漱芳正在他母親金氏房裏。因便進去給金氏請了晚安。和漱芳彼此問好。漱芳因道。弟弟你回來得正好。剛母親說。要問你自己呢。石時道。什麼事要問我。金氏道。剛係姊姊來說。你丈人昨兒去找珍爺。說陸太太有病。打算回家去過年。問咱們家怎麼個意思。若是年內完姻。是最好的事。否則便要明年春上再說。今兒珍爺。特地教你姊姊回來問我。我意思你現在正替你母舅在那裏管帳。年盡歲邊。正是忙不了的時候。不如明年春上的好。你瞧怎麼樣。石時笑道。姊姊也太聰明了。些年日無幾。便不替秦府裏管帳去。誰也有這們子空閑工夫。百忙裏來趕辦喜事。不接口的回覆了。也值得來請問母親。還教母親來問我呢。漱芳笑道你不知道。母親一個兒在家裏。怪冷清清的。菊儂又不來。素秋又往蘇州去了。我又不能彀常常回來。早把嫂子娶了過來。早養下個姪兒子。給母親熱鬧熱鬧。豈不是好。金氏道。漱兒你講起來。我眞好氣呢。自你嫁過秦府裏去。我便指望着抱外孫子。怎麼說。到如今四個年頭了。還教我眼巴巴的盼不到來。虧你還來我面前說嘴呢。漱芳笑笑不語。半晌道。這個要怪他們秦府裏的風水。金氏道。你這話我又不懂。漱芳道。我聽見大嫂子說。當初文老爺也是二十歲上成的親。直到三十四歲上。方纔養下咱們爺來。自養了這一胎之後。却便一路順風。兩年一個的。添上四位姐兒。便是政老爺聽說打二十二歲上娶了那位兪夫人。過上十年。也不曾有過一男半女。及至三十三歲上。續娶了這位柳夫人。却又過上了十二年工夫。纔養下一個寶弟弟來。可不是秦府裏祖坟風水。發蔭得遲的緣故。所以婉妹妹和軟玉蕊珠。打今年三月裏成親下來。也沒得一星兒影子。便是那眉仙妹妹。也是八月裏成親的。若要有時也該有點兒影響。怎麼說連收房的幾個大丫頭。也都毫無消息呢。他們。有着。三。妻。四。妾。的。還。是。這。樣。冷。清。清。地。可。難。怪。我。一。個。兒。了。金氏笑道誰教你一個兒放着翠兒這麼大的丫頭。也不教你爺收在房裏。漱芳冷笑了笑。本待講一句話。却因石時在旁。便縮住了嘴。半晌不語。金氏見漱芳要講出氣來了。因便拿別的話和石時搭訕道。今年秦府的租收的還好嗎。石時搔首道。年成呢。斷沒有收不起的道理。並且秦府的聲勢。誰敢。欠。下。一。顆。半。粒。來。討。官。司。吃。不。過。收。租。的。那。些。家。人。們。舞着弊。再。也。教。你。查不。清。來。可。也。沒。設。法。了。漱芳聽了這話。因道。這還了得。誰在那裏舞弊。

現在查案的官場也都如此前淸的糧差民國的催收生同此一弊不知作者如何體會出來

你既然知道。就該開出個名單兒來。回過老爺。很很的辦幾個纔好。石時笑道。你眞會打官話。你要辦也不用我開名單。從總管張壽起。一個兒也除不了。漱芳道。這話又講的太過了些。總共派出去收租的也不過三十幾名罷了。怎麼說個個該辦。石時道。便依你。先把這三十幾名辦了。明兒換一班人收去。那第二班人便和第一班的去接洽了。通同作弊。少不得仍舊要辦。並且辦人。也不是沒個憑據。胡亂辦得的。你要辦時。必定先要派人去查。那去查的人。只要分到些好處。查出了也說查不出來。除非咱們親自查去。但是那些佃戶也不敢實說。終究仍是個查不出。漱芳道。那佃戶欠租。不是要官追的嗎。他爲什麼肯自討苦吃。完了說不完。石時道。這有個緣故。譬如一個佃戶該派今年還一百担租。我是收租的。準你欠五十担。到明年冬季上總完。却先把加一或二分的一年利息向他收了來自己受用你做佃戶的自然沒有不肯的道理若說眞的欠了租官追去呢那個弊更舞的利害譬如佃戶欠上多少担租咱們府裏總教家丁出面往衙門裏告追去那時原告便是這個家丁他却一面告了衙門一面便去找那佃戶講好謝禮替他包圓只要自己得到多少錢便教他一個法子一面挺押不繳一面拿張發押的堂諭回來銷差過上十天半月就封印了咱們府裏也就沒奈何他變做了一件蹋案那一面却早給他想個法子保了出去對帳房裏只說換了佃戶其實不過改了名氏依舊給他承種却又可以弄上好幾個錢所以這種弊端幾乎成了個習慣你想秦府上的租可還收得足嗎要是每年能彀收上四五成來還算是這班爺們的天良呢金氏笑道那倒不如咱們家田產少的每年內佃戶送上門來的乾淨

多了。漱芳不禁慨然。正是

豈無鬼瞰高明室。大有人開方便門。

第六十九回

怕痛苦巾幗改鬚眉　享閑福家庭親骨肉

卻說石時那晚家去。原想從漱芳口裏。探些些秦文的舉動。誰知講了半天的閑話。金氏早先倦了要睡。只得暫且擱下。各自回房安寢。次日大早。許升來說府裏有事。石時便和許升同到秦府裏來。剛走進穿堂。卻巧碰到寶珠的小厮花農捧着一個漆盒子。正從東書廳出來。因道你爺起來了麼。花農笑道。早起來了。咱們爺這幾天苦呢。白師爺請了假出去。偏偏這幾天往來的信扎。也不知道有多少。三老爺叫咱們爺在那裏替白師爺的職呢。石時道。請你爺辦這些些事。可不嘔死了他。你爺得空兒時。請他到我那裏坐去。花農答應。便自捧着盒子逕向惜紅軒來。却從留餘春山房經過。見晴烟站在廊下。和書芬講話。打量寶珠總在軟玉房裏。因向晴烟道。爺在這裏邊麼。晴烟自從春柳兒的事出了。早便看不得花農。因只做不曾聽見。倒反將着書芬的手。向裏面走去。還是書芬廻過臉兒來。對付了一句道。爺和奶奶都到太太那裏去了。花農見晴煙那種傲睨神情。不禁好笑道。什麼晦氣。大淸早便碰釘子。晴煙姐。你拿一雙水汪汪的眼波兒來瞋我。你只道是奚落我。可知我却當你是抬舉我呢。說着又撲嗤嗤的笑了起來。口裏雖這樣講。心裏又怕晴烟來擶他的嘴。見那門帘子一動。便打循山游廊上飛也似的跑了下去。及至晴煙轉身出來。花農的影兒早已不見。也就罷了。剛想回到惜紅軒去。聽屋裏面一片笑聲。知道寶珠已回來了。便仍回進門

愛儂改裝都從如此寫來煞是情理

去見寶珠一手挽着賽兒一手又挽着個男裝的女孩子一眼看去却不認識但覺面善直到面前一認不禁也笑了起來原來那人不是別個便是賽兒的姑爺林愛儂今兒忽地改了裝束所以一路走來那些丫頭們先都呆住了認不出及至細細一認不禁都好笑起來晴烟笑道怎麽今兒賽哥兒也許你愛姐兒這樣裝束了呢愛儂努嘴兒道晴烟姐你愛稱你賽姐兒作哥兒任你稱去你可再不要稱我做姐兒回來又害我呢晴煙不懂寶珠因道這也難怪你不懂我告訴你他前兒家去他嫂嫂正做產呢他纔知道做了女孩兒出了嫁總要受這種痛苦因此愁的飯也不要吃了他哥哥說怕吃這種痛苦只要改了男裝就不會做產的了你若仍就叫他做姐兒可不是害了他呢說着早已笑彎了腰看官你想這種話眞是騙小孩子的論理林愛儂年已十六

是絕好的家規可以當做家庭教科書讀

賽兒也十七歲了。差不多知識開得早的。什麼事還不知道。偏他兩個。雖說做了小夫妻。其實並不知道做夫妻是什麼一個講究。這也他們林秦兩府的家教淸嚴。從小兒不給他們看那些淫邪小說。是然無從領會。賽兒雖也讀過紅樓會唱西廂牡丹。但是秦府裏的規矩。凡是這種書。總把那兩回犯淫邪的早先扯去。所以頭裏寶珠也並不懂得什麽。只道憑肩偎臉便算享了艷福。溫柔共枕同衾就占盡了天倫樂趣。因此秦府裏的人。纔要到得中年纔會養子。這就是家風淳厚的緣故。閑話少表。言歸正傳。當下寶珠因叫晴煙把圓桌兒擡在中間。說要擺酒兒替愛儂道賀。一面忙着叫海棠墨香硯香愛兒寶寶分頭去請各位姊妹。寶珠正在興頭上時候。瞥見花農在門帘外向晴煙陪笑請安。晴煙不去理他。歸自走了。因問什麼事鬼頭鬼腦的。花農見問便笑回道。剛從東書廳去來。今兒的信扎。比昨兒更多，滿滿的裝了這一盒子。我怕爺沒的空。求晴煙姐代收起來。送爺屋裏去。回來再看。免的這會子掃了爺的興。寶珠聽說。不禁皺皺眉兒。想一想道。你便丟在這裏也好。回來我再想法子。花農答應。便將那捧着的漆盒子。遞給書芬。退了出去。一會子，婉香眉仙軟玉蕊珠也都來了。寶珠因問太太可來不來。婉香道。太太說到這山子上來要走樓梯，怪吃力的。今兒不來了。寶珠道。那麼大嫂子呢。眉仙道。今兒已是什麼日子。大嫂子那裏來這般閑空。便是二嫂子。剛纔回來了。也被三太太喊了去。說有事呢。寶珠道。那麼大姊姊也怎麼不來。正說着。麗雲已在窗外接口道。好嗎。我說寶哥哥是單請大姊姊的呢。我們三個都回去罷。嘴裏雖這樣說。却並不眞的回去。跟着美雲。將着綺雲。綺雲又將了茜雲。茜雲又抱着一個猫兒。

麗雲憐似湘雲

魚貫似的走了進來。晴煙早已指揮着小丫頭們。擺好了席面。寶珠便攔着大家坐下道。今兒我請姊姊妹妹。是替愛儂央你們。打今兒起。不要再叫他做姐兒。若是誰叫了。便照樣罰誰請酒。麗雲笑道。那麼都叫他。愛哥兒。嗎。咱們就都變做了史湘雲了。寶珠笑道。你本來。很像。湘雲愛儂道。什麼哥兒姐兒的稱呼。我都不要。最好便叫我的名字。茜雲道。這個最好。請你聽着。我叫我的猫兒先叫你一聲。說着便一手去弄那猫兒。那猫兒叫的聲音。眞有點子。像愛儂兩字。大家都笑了起來。寶珠一面吃着酒。一面早想出了個法子。因道。今兒我行一個令。大家來對一字課。凡是對不出的。罰他吃一杯酒。替我寫一封信。美雲笑道。好主意呢。你自己討素秋姐姐的好兒。答應他替他哥哥的職。怎麼替不到三五天便怕煩了。這會子想出法子來。想叫人家替你。我便第一個不遵令。寶珠道。誰央你替我呢。不過你對不出課來。便該怨你自己。並且我今兒只要對一字課。容易的很。軟玉笑道。一字課。總該沒有對不出的。你吃了門杯。講出來我們對。正是

曾說。千。言。堪。立。就。　何須。一。字。費。敲。欲。

第七十回

一字課大家鬬心角　兩首詩小妹悟情禪

却說寶珠飲了門杯。便道我出一個鴨子的鴨字。誰先對出。便是誰接着出去。一語未了。合席。早。一。疊。聲。的。鷄。魚。猪。羊。的。報。了。出。來。寶珠笑道。這等對法。只派是三歲的小孩子講。講你不看這一個字。分開來是甲鳥兩個字呢。你們對。也要分開合攏。都對的極工。纔算。於是大家都把天干地支上廿二個字。在肚裏輪了一轉。却總拼不成一個字來。因道。

這眞有點兒難呢。畢竟婉香敏捷。就想了一個出來道。我對海市蜃樓的蜃字。大家說好。寶珠便叫書芬把漆盒子拿來。凡是對不出的每人分一封。信去。婉香道。忙什麽呢。回來打總算。每一轉除了對出的每人派一封就是了。這會子但請大家吃了門前杯兒。衆人依了。婉香便出鸚鵡的鵡字。蕊珠搶着說。蚊虫的蚊字。寶珠說好。蕊珠出桃李的李字。茜雲道。又是天干地支來了。最窘人的。蕊珠道。我這個還有廿二個字好對。婉姊姊的武字。除了文字再沒有對得工的。正說着。賽兒已對了賞雨茆屋的茆字。眉仙道。我也對着一個了。說出來可算不算。寶珠道只要對的出。隨便多少人都算。但是出對子。總該讓給第一個對出的眉仙。因道。我對葵花的葵字。賽兒拍手道。好好。這比我的茆字强多了。算我顯醜。我便出一個顯醜的醜字。愛儂道。我對仔細的仔。綺雲道。我

一字課眞不易對郎如洒字也無工綴字面可對

對仵作子的仵字。於是迎刃而解。軟玉對伸縮的伸字。蕊珠對伶仃的仃。茜雲對上任的任字。寶珠笑道。亂了亂了。這會子不記起來。回來可算不明白。因點了一點。不曾搶對的是婉香眉仙美雲麗雲四個。回頭教春妍記着。婉香道。連你自己派是五個呢。寶珠道。那麼我對上一個好姐姐的好字。賽兒道。這個字纔是正對。婉香笑道。女字對鬼字。總不見得工。照這樣好對。我便對個小孩子的孩字。眉仙道。那麼我也有了。妊娠兩個字。却好對得。麗雲笑道。好好。那麼咱們該有喜酒吃了。說的眉仙滿臉飛紅起來。美雲怕眉仙着惱。因搭訕道。我來對一個麗妹妹的妹字。麗雲道。妹字這邊是從末字的。不是末字。還是我倒想了一個來。却抵得兩個。寶珠因問怎麼一個字好抵兩個。麗雲道。我說酒醉楊妃的妃字。可不是天干地支上都有的麼。說着對眉仙一笑。眉仙知道

絕妙對仗真可以一抵二

自己臉上紅着。更覺不好意思。想想又沒得話好辨。因便托故離席。回到夕陽紅半樓來。韵兒正攤着許多臘梅花蕊兒。在那裏用銅絲穿花籃子。看見眉仙因站起來道。小姐用過午膳了麼。眉仙搖手兒道。我吃不下。你把我被窩兒打開來。我睡一會兒。韵兒看眉仙臉上紅紅的。因問敢是多飲了酒。眉仙有意無意的答道。也差不多。說着。便和衣躺到床上睡去。心裏怪不舒服。自己也說不出究竟是爲了什麼。因見床頂居中已掛了一個花籃子。便把眼光移在花籃子上。將那花蕊兒一五一十的數着。却又數不淸楚。因是無聊之極。不知不覺也就朦朧熟了。寶珠等席散之後。便拿了幾封信來找他代寫。見眉仙正在好睡。不忍驚動。便自坐到眉仙的書案上。自己寫去。抽開抽屜取信紙時。見有一張詩牋。認得筆跡是浣花的。看上面寫道。

言簡意賅
的是好詩

宿債償完萬慮休。我於人世復何求。情場證果心如佛。不解歡娛那解愁。

轉覺性情歸淡漠。更無言語表纏綿。十年求杵還容易。難怪裴航不學仙。

寶珠看到這裏。不禁大笑起來。却把眉仙驚醒了。寶珠見眉仙已醒。便丟下詩牋子過來。見眉仙兀是滿臉睡容。寶珠道。姊姊你怎麼回來便睡。又不好好兒睡。怕不着了寒呢。眉仙搖搖首兒。因道你一個兒在那裏笑什麼。寶珠道。我看涴妹妹的詩。他那一種見解。眞和你一個鼻孔兒出氣。只怕的將來你兩姊妹兒。眞要成仙成佛呢。眉仙笑道。成仙成佛。又何必等到將來。我早說一個人。若是指望一件事。居然有一日。遂了他的心願。就比方脩仙學佛的人。居然成了仙佛。當初那人因爲羨

眉仙此論精確之至洵是情場中閱歷之談

情痴語非寶珠不能道隻字

慕仙佛不惜工夫的去脩他學他在那脩學的時候惟恐成不來仙佛又恐仙佛屏棄了他於是凝神壹志的諷經誦呪去諂媚那仙佛及至眞個成了仙成了佛之後你想他心裏可不滿足還指望別的什麼事來照此看去咱們這些人可不是已經成了仙佛你說浣花的見解錯了我試問你你如今心裏還指望什麼也不寶珠頓住了嘴半晌道我指望我化出許多身子兒來伴着我的姊姊妹妹或是我姊姊妹妹大家終日都圍着我再不要離開了一刻兒疎淡了一個兒那我心裏方纔滿足眉仙笑道癡人又說癡話呢我不和你講去去你還是對婉姊姊講去說着伸手兒去推寶珠寶珠便一頭倒在眉仙懷裏一手去勾他的頭兒道你這小嘴兒會講冷話我吃了你肚裏去盪熱了再和你講正是

心別。芳透。玲瓏。藕。　妙舌。廻環。宛轉。珠。

第七十一回

何祝春籠絡守財奴　秦寶珠聽講生公法

却說秦寶珠在家裏行樂。就賽過一個神仙。再不想到何祝春爲他。進了萬豐銀號。却在那裏納悶。賽過做了一個囚犯。原來陸蓮史和秦文講時。原想派他一個副帳。那知秦文說副帳的責任重大。非在號裏多年的。怕辦不了。因何祝春是個筆墨朋友。便把他派了個信房。却把老信房升了上去。補那副帳的缺。祝春本待不去。就這一席。因被華夢庵再三慫恿。說信房也是個消息靈通的好機位。那升副帳的老信房也好常常請教他去。還比自家單充副帳强的多了。祝春想想。也有道理。便答應了。這日進號裏去。那些經理副帳及各執事人等。知道何祝春

活畫一個老錢儈模樣

是一位名士。便都十分敬重。却又因是秦文放下來的。又都十二分畏忌。何祝春進去了幾天。看看一無頭緒。好不納悶。直到後來慢慢的熟了。纔探問出些情形。原來這一爿字號本是柳殿翔的。後來給柳夫人做了粧匳。秦府裏又添上些資本。加了個記號。叫做公記。這號裏的經理。是從加記之後。第三年上進來。如今已廿六年了。這人姓葛。號叫雲伯。便是從前秦府裏帳房葛亮甫的老兄，雖然有了年紀。却尚好一副精神。生得一張團臉。兩道長眉。見了人。總是嬉着嘴笑。那兩撇鬍鬚。雖不見長。却早白的和銀子似的。有時遇着一件不中意的事。他那髭鬚。便都根根上豎。一雙黃眼珠子。就會放出火光來。因此號裏的一班夥計。替他起個綽號。叫做笑面虎。秦文因他有點才幹。所以非常的信重。一切進出。都憑他調度。那葛雲伯也着實交代的過。每年總做些盈餘下來。不過秦府裡取去用的錢。也實在不少。虧得秦府上的名氣大。葛雲伯的手勢圓。只有存進來的欵子。沒有抽出去的戸頭。便把自己的資本都撈了出去。再把人家的存款用上多少。也毫不妨碍什麼。一爿店號。做到這種地步。不消說是不容易的了。因此沒一個人不說葛雲伯是秦府裏的功臣。何祝春看出雲伯是個愛恭維的。便每見面總拿些高帽子給他戴上。自己寫的信。明明曉得不錯。却總送給雲伯看過。纔發出去。沒事的時候。便過去和他閑談。不到幾日工夫。那隻笑面虎。竟被他降伏了。過來那一個升做副帳的老信房。叫做夏傑臣。本來也好弄筆墨。因此和祝春分外投機。每到晚間公事畢後。他兩個總在一塊兒喝酒。以上所述那些號中情形。就是從夏傑臣嘴裏得來。這且表明了。不在話下。却說盛蘆仙因多日不見祝春。到他家裏訪來。總碰不到。因便喚了了文兒到號裏訪去。這廾銀號。便開在學士街蔣阿喜的綉顧舖斜對門。因先走過綉顧舖門口。見那舖裏正鬨着。許。多。人吵。鬧。門首街上。都擠滿了人。幾乎走不過去。文兒正喊着讓路。忽背後馬鈴聲響。有人趕將上來。帮着文兒叫讓路。蘆仙看是寶珠的小厮鋤藥。因回頭去看那馬上的人。却不是別個。正是寶珠。寶珠因望着前面擠着的人。不曾見到蘆仙。蘆仙因叫寶珠道。三哥往那兒回來。寶珠聽說。低下頭來一看。見是蘆仙。便撲地跳下馬來道。我正看前面那人像個文兒。便估量到大哥在這裏呢。敢是看我來的嗎。蘆仙道。我因多日不見祝春。特地想到萬豐號裏去找他。寶珠道。祝春在咱們號裏麼。蘆仙道。他進去多天了。寶珠。不懂。蘆仙因把他在號裏做信房的事說了。寶珠駭異道。怎麼。他。去。幹。這。種。事。蘆仙道。說來話長。咱們改日再細細地講。

却爲了什麼吵鬧

寶珠不依。定要蘧仙同到府裏講去。蘧仙說是不便。寶珠因邀蘧仙同到萬不如軒酒店裏談去。當下寶珠便把牲口交給鋤藥。自和蘧仙回出學士街口。進了萬不如軒。却好座上並無他客。兩人檢個座兒座下。堂倌。認得寶珠。是從。來過。門。不入。的分外。巴結。不待。開口。早把。好酒。好菜。供。了。滿桌。一面。又。招。呼。文。兒。和。鋤。藥。在。外。面。吃。酒。這裏寶珠替蘧仙斟上一杯。便問祝春何以要去充那信房。蘧仙欲待不說。心想。拿。假。話。誆。人。是。生。平。最。不。肯。做。的。事。若竟說時。却從。那裏。說。起。因。道。祝春的事。且慢慢的告訴你。我先和你講我的事。你我交好。雖則四年了。我却不曾把我的家事。告訴過。你你不怕煩。你喝一杯酒。我講給你聽。寶珠道。你府上有什麼事。我和你。和一個人似的。講給我聽。總該不妨礙什麼。蘧仙因放下酒杯。嘆口氣道。不瞞好兄弟說。我自從七歲上。先嚴去世。

邀仙一席話深得詩人比興之旨

一切家政。都是家叔管的。我先母在日。家叔待我先母。是沒得說的。待我。又比待我家兄。格外好些。人家都說我叔父看待寡嫂孤姪。還比自家妻兒。勝上十倍。誰知我先叔先母。相繼去世之後。家嬸見我已經完姻。便和敝岳說是先嚴遺產。逐年下來。早已虧用一空。現在的家用。都是用着先叔的。也用的差不多了。若不趁早各圖自立。將來總有一日山窮水盡。因打定主意。要將住屋賣出錢來。除還了虧空。就此分家。你想我岳父那裏好講一個不字。但說我年紀尚小。總要求他照料的話。我嬸母主意已定。誰也挽不過來。於是竟將住屋賣了兩萬塊錢。除還了一萬多虧空。其餘分作三股。我那家兄是兼祧長房的。分了兩股。賸下一股來給我。你想我家當初雖比不上你們府裏。却也稱是素封家母在日。從來不曾聽我家叔說過少什麼錢用。怎麼說一下子便鬧了

一針見血足抵一部惡家庭演義

一個精空寶珠呆呆的聽着。因道。想來裏面總有個緣故。瀟仙道。便是呢。當初我母親有了年紀也不管什麼閑事。我又是一個孩子。那裏有點心角兒想到家務上去。當我母親臨終的時候。還對我說。只要你守規矩兒不去花費咱們家十年二十年還不會短了什麼。將來成了親少不得樹大分枝。不說祖宗遺產的話。但我兩老手裏積蓄下來的也還有十幾萬存在你叔父手裏。將來總是你的。寶珠駭異道。那麼照你老太太這樣講來。有這些在你令叔那裏。怎麼你令嬸太太還講那些話。瀟仙道。家庭間要弄起鬼來。那裏講的盡照你這句話。我岳父也問過我嬸子。誰知翻出帳來。一筆筆開的明明白白。我先嚴名下積存在自己開的莊上。原有十幾萬。卻那錢莊上每年總蝕上一兩萬。我家裏的用度又大。單我母親名下。每年支用總有三五千的數目。我先嚴和

頑石點頭
禪機大悟

先慈的兩筆喪葬。也開上了一萬有奇。我的完姻之費。還說是借進人家的錢來用呢。寶珠不禁拍案道。這個不。消說。竟是早先有心欺侮你。娘。兒。老。小。罷。了。但。是。府。上。總有些田產。難道也好獨吞了去不成。遽仙笑道。豈敢呢。田房產業果然是有的。但是。張張契據。都是。我。叔。父。的。名字。並。且。還。有。許。多。我。不。知。道。的。便。知。道。的。我。也。還。不。出。畝。分。糧。戶。絲。毫。沒。得。憑。據。所以我岳父本想替我打官司。來。我想。一。乘。土。牛。已。經。入。水。還。有。什。麼。好。撈。摸。的。多惹一番氣惱。又何苦來。索性連分給我賣了屋子的錢。也一個不要。便一口氣搬了出來。把我母親給我內人的那些金珠首飾。變了萬巴塊錢。化了一半兒。買了這所待藏園。也還將就到了如今。不過回想過來。還幸而我母親在日。有這些給我內人。內人又還落落大方。若不然呢。那時。分。家。出。來。可。不。便。難。死。了。我。寶珠點頭太

一語打到寶珠身上可謂苦口婆心不知寶珠可曾因此想到自己

當頭一棒

少年公子大都如此作想是以豪富之家每每一落千丈

息。乾了杯酒道。家庭間竟有這種怪事。眞是聞所未聞。蘧仙道。正多着。呢。你不看你婉香夫人和我媚香。可不是都吃了叔子嬸子的虧。來這都是咱們小時候不留心到家務上去的毛病所以一到父母去世家政。落了人家手裏。便一點兒也沒些知覺。任人擺弄着自己。還只道是應享的癡福呢。不說別個。只怕你也少不得有我過來的一日。蘧仙說時。寶珠只把嘴唇兒擱在酒杯子上。眼睜睜的看着蘧仙的臉。不禁出了神。半晌笑道。承你的情想到我身上。不過我們家叔不至於此。蘧仙道。何以見得。寶珠道。情理上和平日的行爲上看來。斷沒有這種心思。況且。我家累世下來。不曾有過分家的事。便是分了。我也不稀罕什麼我也。決和你一樣。不要他們分給我一個錢。並且我生平最厭惡的是錢。我要這種醃臢東西來幹什麼用。蘧仙笑道。這種孩子話現在還好

藹仙亦是大閱歷家

講得這怕你令堂百年之後便要你講也講不出這種寬心話來了你如今自然你試和你四位嫂子到那西湖裏去住上一月兩月不許家裏送衣食過來大家身邊又不許帶錢又不許你們帳房裏去開支我問你你們幾口子可是神仙能穀寒不添衣饑不進食的嗎寶珠不禁笑了起來道不和你講這些死話還是說正經倒底祝春爲什麼到咱們號裏去充那信房藹仙道你不愛聽我這些話也就不必講了說罷便歸自己飲酒吃菜還遜着寶珠也吃寶珠那裏忍得住早已沒口子的央着叫好哥哥不要嘔我快和我說了你不說我便打今兒起一輩子不和你吃酒藹仙見他純是小孩子氣知道講了眞話反掃了他的雅興因扯個謊道祝春因爲自己想開個店號又苦沒得經驗所以投身入去學習點子生意上的經絡寶珠笑道好好你們這班人眞的做

過了官便換了一副腸子一心只想發財只怕都害了銅錢病呢好好的人不要做倒去學做錢鬼回來我見着䂀春總得很很駡上他幾句出出我的穢氣好哥哥你不要往號裏去仔細身上惹了銅臭吃我嫂子和浣妹妹的嫌憎說着笑個不了正是

艷福算來消不盡　　鑄愁何苦覓黃金

第七十二回

晏除夜畫筵開翡翠　　消白晝綉被覆鴛鴦

却說當下蘧仙和寶珠在萬不如軒吃了會子酒蘧仙因問蘇州可去不去寶珠說是美雲的好日改在正月十三要等二月上纔能彀去蘧仙因說浣花想同去的話寶珠說好其時天已傍晚蘧仙叫文兒付了酒帳讓寶珠上了馬便自回去這裏寶珠帶着鋤藥回到府中逕到川

堂裏面下馬。見廳上已點起了燈火。有好幾個家人。提着燈籠。大廳的中門開着。裏面打好一乘大轎。光景是秦文要出門去。心想碰見了沒趣。不如去石時那裏坐一會子。想着。便向南書廳後面走來。許升迎着。忙去通報。石時走到廻廊下來。接着寶珠笑道。我來府裏這多天了。總不會見你到一面。今兒是什麼風吹來。寶珠道。前兒花農和我講了。我纔知道大哥在這裏。早想過來請安。却得不到一點空兒。說着。兩人挽手而進。到帳房裏坐下。石時見寶珠臉紅紅的。因問今兒從那裏喝了酒來。寶珠因把遇着蘧仙的話說了。又把蘧仙講的話。講給他聽。却只笑那祝春。說是害了銅錢病呢。石時心裏明白。暗想寶珠竟是天眞爛漫的。一些也不見到自已身上。可見年輕嬌養慣的人總不懂得人情世故。便也不好多講。只搭訕道。祝春想開店號。我也說他轉錯了念頭。

原來爲如此吵鬧着的

婆子丫頭最是有些權力

要曉得開店是不容易的呢。不瞧。今兒。咱。們。對。面。的。綉。顧。鋪。一下。子。便。逼。掙。了。嗎。寶珠道。那爿綉顧鋪子。不是咱們府裏張壽開的嗎。石時道。便是張壽和蔣阿喜摀股兒開的。所以這回子東府裡的妝奩都叫他鋪裏辦去。誰知這一回辦出來的東西。全不合式。前兒退了出去一件不收。你想這個虧。他們怎麽吃的下。一面是賒。來。的。綢。緞。一面。是。欠。着的。工。錢。一面又是。錢。鋪。裏。把。動。着。的。墊。本。一面。咱。們。府。裏。又。要。追。還。定。錢。這種貨物。又不比別的。好賣給別家去。你想一下子。四面。擠。軋。攏。來。又。是。年。下。到。來。怎。麽。得。了。寶珠道這也容易。只要東府裏求去將就點兒。替他收用了便罷。石時道。不中用。張壽家的。早去求過了。來。無。奈。三。太。太。和。大。小。姐。身。邊。的。婆。子。丫。頭。衆。口。同。聲。的。都。說。做。的。不。好。又。說。妝匳。是。不。比。別。樣。用。上。這。種。綉。貨。是。傷。了。新。娘。娘。體。面。的。呢。寶珠笑道這就是張壽自己該死。怎麼辦下這等不中用的來。光景他也和祝春一樣。害了。銅。錢。病。呢。說得石時也好笑起來。時已晚膳。寶珠便在石時這裏吃了。又談一會。便自進去安寢。不提。光陰迅速。這日已是除夕。秦府裡合家大小。祭了宗祠回來。便在南正院設席分歲。一席是柳夫人寶珠婉香眉仙軟玉蕊珠。一席是秦文袁夫人秦瓊漱芳美雲麗雲。一席是秦珍沈藕香綺雲茜雲林愛儂賽兒。共是十八位。分作三席。品字式擺了。滿院裏點的燈燭輝煌。廊下又設下幾席。是給幾個有體面的丫頭分歲的。一席是柳夫人的大丫頭殿春賞春。袁夫人的玉梅步蓮。沈藕香的金雀翠鶯。石漱芳的翠兒花婉香的笑春。一席是秦珍收房的銀雁。寶珠收房的嬀烟春妍筆花書芬。又添上一個賽兒的玉簪。和寶珠的晴煙。婉香的海棠。還有兩席。是袁夫人的金荷素菊。美雲的湘蓮

合府丫頭名至此一點綴好排場

碧桃瑞蘭秋蘋麗雲的小紅小翠小桃小珠。綺雲的情兒喜兒茜雲的四兒佩兒。藕香的翠鳳小鵲。婉香的愛兒。眉仙的韵兒。軟玉的墨香寶蕊。珠的硯香。賽兒的小憐。各席都派了小丫頭伺候斟酒。眞個是翠繞珠圍。春光如海。只覺得衣香鬢影。吹氣如蘭。院子外面又擺下兩席。是給春聲館的一班女孩子分歲的。早已打起十番鑼鼓。十分熱鬧。此時各席上人人歡笑。個個精神。做書的只有一枝筆。也記不及這些。只好從略表過。這一夜整整的鬧熱到了明年大年初一早晨。方纔散席。秦文帶了眷屬。又到宗祠裏去拜了祖先。回來南正院早已鋪設下滿地紅氍。先是秦文夫婦給柳夫人道喜。落後便是秦珍夫婦。秦瓊夫婦。寶珠夫婦。四雲姊妹。以及賽兒夫婦。給柳夫人拜年。最後是一班丫頭婆子們叩頭。接着又是小厮們家丁們。都到階下來叩頭道喜。烏壓壓

過年一節寫得秩序井然

的擠滿了一院子的人。大家便在南正院用了早點。各自回去。柳夫人帶了秦珍夫婦和寶珠夫婦。又到東府裏去給秦文夫婦道喜過了。寶珠等回來。又到西正院和東正院。給珍瓊夫婦道喜過後。回到惜紅軒來。賽兒夫婦也來叩喜。隨後藕香漱芳四雲等也來了。整整的忙了一上半天。這日午膳。仍擺在南正院。大家都在那裏吃了。下午是麗雲約了衆人。在他住的小羅浮仙館賞梅花。各人因都有倦意。回房安息一會。寶珠便回到婉香房裏。睡了一瞌醒來。聽得。中間房裡。擲骰子聲。春妍和嬿姻在那裡說笑。早就心癢癢的。推着婉香要他一同起來。婉香不肯。欲待。先自走起。又捨不得婉香。欲待再睡。又怕誤了麗雲的約。被他取笑。因央着婉香道。好姊姊。咱們回來早點兒再睡。這會子你和我同去。我才有趣兒。婉香笑道。誰弔住了你。你愛去。你去。你的。我愛睡。我

我亦坪然心動讀至此覺西廂酬簡一齣

正面文章寫得如此清潔所謂不着一字盡得風流

睡。我。的。咱。們。兩。個。又。不。穿。連。腳。褲。兒。呢。寶珠笑道。連腳褲兒。我倒不曾見過是怎麼樣的。咱們試。穿。穿。瞧婉香怕癢。忍不住格吱吱的笑了起來。寶珠見他如此。越發用手去揑他的腰兒。婉香笑的話也講不出來。只向被窩兒下底鑽去。攪的。一。床。被。也。皺。得。不。成。樣。兒。那。床。屏。上。的。玻。璃。也。震。得。格。楞。楞。響。婉。香。恨。道。我。要。惱。了。快。還。不。放。手。寶珠怕他眞的發惱。因住了手道。你叫我一聲兒。我便饒你。婉香因叫聲寶弟弟。寶珠說。我不愛你叫我寶弟弟。婉香道。那麼。叫。你。什。麼。寶。珠。向。他。耳。邊。低。低。的。講。了。一。聲。婉香紅了臉道。啐。你。叫。你。軟。姊。姊。叫。去。寶。珠。見。他。臉。對。臉。的。啐。來。趁。勢。兒。一。頭。抱。住。把。自。己。的。臉。蛋。兒。去。慰。貼。着。不。作。一。聲。胸。口。覺。着。婉。香。的。心。翼。翼。的。跳。着。身。子。軟。得。和。近。了。火。的。糖。人。兒。一。般。寶。珠。看。他。臉。色。嬌。滴。滴。越。顯。紅。白。刼。閉。着。眼。只。裝。睡。熟。了。那。靨。上。的。紅。潮。直

尙是俗筆

因係通房故寫來不覺唐突

暈到眼泡兒下面任憑推着悶着。總是不理。此時寶珠心裏好似飲多了酒的一般迷迷朦朦恨不得一口兒將他吞在肚裏便緊緊的偎傍了一會重入睡鄉。直到傍晚。麗雲着小翠過來催請。春妍聽房裏沒得聲息。便進去隔帳兒叫聲小姐。却不見應。因輕輕地揭開帳兒看時。兩人正交頭睡着。一條錦被。却只蓋了半身。幸是房裏升着宮薰。不然怕不惹了風寒。此時外面已下雪花兒了。春妍的臉上。本是冷颼颼的。這刻兒不由不一陣陣的熱將起來。因不好動手去驚動他們。便放下幃兒。再把宮薰上的炭加熾了些。退了出去。却叫海棠進去上燈。自己也同進房來。故意說話響些。親手把燈架子扯下來。時骨轆轆的怪響。果然把寶婉兩人。一齊驚醒。兩人臉對臉的一笑。見房裏已點了燈。聽春妍說話。婉香因問什麼時候了。春妍道。纔晚呢。麗小姊正着小翠來請

爲什麼不要吃酒閱者思之

爺和小姐去呢。寶珠道。我不去了。你回他。說姐姐倦的不願意起來。我也陪着……說到這裏還沒講下去早被婉香掩住了嘴自己接說道。春妍你只說我昨兒多飲了。今兒不適意着就是了。春妍笑道。那麼爺怎麼說呢。難道也說不適意。寶珠道是呢。回來總給他們取笑。我去。我去。我起來。婉香道。好好。你還是去的好。讓我也睡得安穩點兒。不過去便去。酒可不要去吃。寶珠道。爲什麼呢。婉香瞋了他一眼。寶珠不禁嘻嘻的笑了起來。不知又向婉香耳邊講了句什麼話。婉香道。不要不要。你今兒不要回這裏來。你若不聽我的話。打今兒起一輩子不睬你。寶珠笑笑。也便不答。隨卽披衣下床。春妍替他披上外衣。蕙煙聽寶珠已起來了。便叫愛兒送臉水進去。見外面雪花逾緊。知道寶珠要到東花園去。便把風兜子和一口鐘。都預備好了。寶珠出來。便替他穿戴上。自

嬾得走動四字耐人尋味
新年景物寫來自與平日不同

己和春妍兩個。掌了風燈。照着同去。這裏婉香見寶珠去後。也睡不穩。便自起來。晚妝既畢。嬾得走動。便在自己房裏用了晚膳。拿出一副牙牌兒來打五關消遣。不多時。眉仙回來。走過惜紅軒廊下。聽見牌兒聲響。向窗眼兒裏一望。見是婉香一個兒在燈下弄牌。海棠愛兒都站在旁邊看他。婉香却手不住的在那裏檢牌。燈光相映。那一張白礬石的桌面。攤着幾行雪白的牙牌。襯着一雙玉手。分外出顯。因便笑着走了進來道。姊姊倒靜悄悄的有趣兒呢。我被他們鬧酒。鬧的頭也昏了。我和你來鬬牌。婉香笑道。你打算拿什麼來輸給我。眉仙笑道。有呢。說着。因把手帕兒在桌上一放。道。要是你贏得我去。我便把這個送你。婉香打開看時。却是一隻玉船兒。彫刻的十分細精。看是做酒杯用的。因道。這是誰的。我從來不曾見過。眉仙道。東府裏的東西。你不見過的。怕也

五關兒也好賭輸贏來眞是創舉

原來又和寶珠賭來

着。這是三太太的。我愛這個。賭了酒被我贏來了。幸而十杯多。要輸。不。是輸了。我這會子怕不做了醉人兒嗎。婉香把玩一回。愛不忍釋。因道我也和你賭十杯酒。我輸了吃酒。贏了。你不必吃。只把這個玉船給我。便拿這牙牌兒做個酒令。我打一副五關。你也打一副。誰打不通時。誰輸。大家都打通了。不算。再打過。你說好麼。眉仙答應。便坐下來先打。却是贏的。該婉香回打一副。正打通了四關。還賸一關未通。剛急着怕吃酒。却好寶珠一疊聲嚷了進來道。好好。我吃了。酒賴了。我的。玉船。兒逃這。裡。來。了。眉仙見寶珠來了。忙把玉船兒拿在手裏笑着要走。婉香不依。攔住了不許他走。寶珠趁勢。便向眉仙手裏來奪。三個兒早扭做一堆。笑聲滿屋。外面有人道。你們爲了玉船兒。不要弄哭了一個呢。正是

房幃樂事喜難盡。　寶器驚逢別有因。

第七十三回

認玉船大方不推究　結珠胎小妹太嬌羞

却說眉仙。正怕寶珠婉香搶他的玉船兒。見軟玉進來。忙央着道。好姊姊。快帮我呢。軟玉道。妹妹你交給我。眉仙道。好罷。他們。做鷸蚌你做。漁翁。呢。軟玉笑道。誰希罕這個。這東西本來還是我家的呢。眉仙道。越發好。了。倒來。充。做。主。子。了。呢。寶珠道。正經是軟姊姊家的。我從前也見過來。婉香笑道。既是軟姊姊家的。怎麼會到了三太太那裏。軟玉道。想來是我太太在時。送給三太太的。寶珠道。這也未必。我記得你太太去世之後。我還在你府裏用過只一隻杯子。要便原有照樣的兩隻。也說不定。若說是你太太送給三太太的。這話。不像。軟玉笑道。照你。說。不。是。我。太。太。送。你。三。太。太。時。便是。你。三。太。太。從。我。太。太。那。裏。偷。了。來。的。說着。笑。

彎。了。腰。寶珠聽說這話。便不肯依。呵着兩手要去呵癢。慌的軟玉奪門逃了。眉仙道。軟丫頭眞是該打。你還不。擰他的嘴。去。寶珠不待他說。早就躡足兒趕着軟玉出來。軟玉見寶珠追了出來。忙向左轉個灣兒。避入醉花仙館。忙叫蕊妹妹帮我。呢。口裏說着。早已穿過蕊珠的臥房。繞向後房躲去。寶珠進來。却和蕊珠撞個滿懷。蕊珠的身材本是極嬌小的。禁這一撞。早便跌在地下。寶珠不防撞了蕊珠。吃了一驚。見蕊珠已在地下哭了。不禁笑道。好妹妹。快不要哭。這是你姊姊害你的。你跌疼了那裏。說着早蹲下地去。抱他起來。蕊珠。却一。身。兒。都。靠。在。寶。珠。肩。上。說我。的。心。和。牙。齒。兒。都。震。碎。了。呢。寶珠說。不哭不哭。今兒是大年初一。哭不得。我和你來擲狀元紅。蕊珠聽說果然止了哭。一手揩着眼淚頭倒在寶珠懷裏。說你不要追我姊姊去。我和你來。寶珠因將着他手兒。

走到妝臺邊坐下。一面叫筆花拿骰盆子。來一面向空笑道。軟兒。你躲着。儘你躲去。明兒我總好好的收拾你。硯香笑道。大小姐早從後房繞了出去。寶珠便不理會。也叫硯香筆花。一淘兒擲狀元。蕊珠每盤都輸。落後寶珠擲了一盆五紅。却被蕊珠將骰子一把收起。說不和你來了。寶珠不肯。蕊珠重又放在盆子裏道。讓你一個兒來去。回頭瞋硯香道。火爐子。也熄了。茶也冷了。被窩兒也不抖。咱們今兒賭一夜子氣嗎。硯香見蕊珠已有倦意。便答應着去倒茶。筆花也走開去添那火爐子的炭。寶珠却走向床上一頭躺下。蕊珠笑道。就這樣睡了麼。還是半夜裡再。起。來。抖。被。寶珠聽說。重又坐起走下地來道。我還想軟姊姊那裏去蕊珠、看。了。寶。珠。一。眼。半。晌。不。答。既。而。道。是。呢。回。來。我。姊。姊。當。你。眞。的。惱。了。可不。穩。便。果然。是。去。的。好。因回。頭。叫。硯。香。打。燈。硯香。笑。笑。却不。動。手。

我替寶珠
設身處地
想來雖然
享艷福却
有點四面
做人難呢

筆花已把被窩抖好了將着硯香一同退了出去隨手把房門帶上寶珠見蕊珠滿臉的不自在相因看看鐘道十二下了咱們睡罷蕊珠道早呢軟姊姊或是婉姊姊眉姊姊都等着你呢你怎麼不去你不去可要我替你通知一聲兒嗎寶珠笑道你愛去通知你只管請我却要睡了說着便自寬衣蕊珠却眞的站了起來拿個煤子點了火又去點了風燈剛拿在手裏要走不防寶珠走過來一口吹熄了接去放在桌上一手便替他解衣鈕子蕊珠擘手抹了寶珠的手寶珠看他眼波兒早已水汪汪的因道何苦來嘔我呢蕊珠不語把個手指兒在寶珠頰上輕輕的點了一下那淚珠兒竟滴了下來寶珠心裏本是憐惜蕊珠見他這樣因怪到自己不該冷落了他因打起一副溫存手段沒口子的逗着他笑好容易纔把蕊珠擁入羅幃少不得枕邊衾底又有多少纏

綿。這且按下。却說這夜軟玉。滿擬寶珠總到留餘春山房來。因一個兒坐到兩點多鐘。聽小丫頭說已在醉花仙館睡了。便自和衣上床。正朦朧間。忽聽書芬房裏。有人講話。細聽是筆花的聲音。軟玉本未睡熟。因叫聲筆花進來。問這時候你來什麼。敢是爺醉了酒。嘔了嗎。筆花道不是。頭裏小姐跌了一下。倒不覺得。這會子吵肚裏疼的忍不住呢。軟玉道。怕是受了寒呢。筆花道。不是。剛請金爺來診脈。說是動了胎氣呢。軟玉怔道。怪道你小姐總說有病。每每吃了什麼。便覺的耍嘔。又喜歡吃酸。食兒。筆花聽說。軟玉講自己小姐愛吃酸。想到方纔的光景。不禁臉紅。紅的笑了。起來。軟玉道。金爺既來過了。太太可也知道了嗎。筆花道。太太剛來過了。纔去。心裏又歡喜又急。別的倒不說。什麼只吩咐爺說今後不許歇在醉花仙館。因此。咱們。小姐。又哭。得。和。淚人兒。一。般。軟玉

話妙雙關

笑道。只又是太太的什麽意思呢。筆花臉上又紅了一層。欲待不說。估量軟玉不懂。因道。聽說是有了喜時。兩口子同不得床。怕養下孩子來。瘖瘂兒多的緣故。軟玉仍是不懂。因道。這又什麽緣故呢。筆花回答不出。半晌道。從前聽我府裡太太這樣講的。大約總是醫生們嚼的舌根子。倒也不管他。不過這會子咱們爺倒爲了。雖了眼看着小姐病着。怎麽肯分床去睡。若不依太太時。怕又惹了太太的氣。我剛到惜紅軒和夕陽紅半樓去。來都已睡的靜了。所以來和書芬姐商量。怎麽想個法子。把爺請到這裡。纔好說着。書芬已進來了。笑道。這個你也太多事了。太太吩咐不過不許爺說到這裏。却抿嘴兒羞的講不下去。又道。爺不放心丟下你小姐時。你只等他坐的倦了。請你房裏睡去。就是筆花聽說。兜臉的啐了一口道。倒是請爺到你房裡睡去。軟玉也笑了起來。

正說的好笑。忽地硯香又忽忽進來。對筆花道。小姐和爺惱了呢。快還不去。大小姐還沒睡。快也勸去。軟玉見他神色倉皇。因道什麼便惱了。硯香道。小姐。因金爺說。是有喜。羞得什麼似的。却又被太太知道了。他說。明兒少不得合府的人。都要知道。把張臉兒放那裏去。恨的不要活了。說都是爺害了他。這會子和爺吵着。把爺的手臂兒上擰的沒一塊好肉。爺也沒一句話兒分辨。又不忍避開了。不儘他擰。怕他分外生氣。這會子擰的哭了呢。說的大家笑了。軟玉道。正經不要把爺擰得什麼似的。明兒見不來人。書芬道。聽他呢。他這張貧嘴。不拘講什麼。總加銜兒。爺總願意給蕊小姐擰着。便是疼了。也總有趣兒。管他去呢。軟玉總放心不下。便叫書芬掌燈。走下地來。整整衣。同出院去。此時雪已下得兩寸多厚。天氣更冷。風吹過來。覺得寒勁勁的。遠遠已聽得鷄聲喔喔。

神情如畫

筆花笑道。今兒大年初一。又鬧了一夜。咱們眞是那裡來的晦氣。硯香笑道。大年初一得了個喜信。怕還不好嗎。說着已到惜紅軒門首。見裡面燈火已熄。只有婉香房裡還有隔幃兒的一點燈影。便從游廊上走去。那鸚鵡聽的人聲。早驚醒了。叫將起來。軟玉等却不理會。一直來到醉花仙館。見裡面燈火通明。房裡的火盆子升得正旺。蕊珠擁着被兒捧着臉。在那裡哭。寶珠却低着頭。蹙着眉兒。一手撫着自己的膀子。面向着蕊珠。並不覺得。軟玉進來。軟玉看他兩個的神景。不禁好笑。因道。寶弟弟。你可是被蕊妹妹擰的疼了。我來替你揉呢。寶珠回頭見是軟玉。忍不住也笑了。道。你妹妹和我拚命呢。蕊珠抬頭因向軟玉道。姊姊你來的好。你把我命宮裡的魔星。前世裡的冤家。帶引了開去。免的我看着生氣。又道。你也知道了嗎。我明兒怎麼見人去。軟玉笑道。這也斷沒有人來取笑你的。只有替你高興。替老太太道喜去的。寶珠道。你少說。仔細。你的。皮肉。他正。沒處出這口子氣呢。軟玉道。正經妹妹。你這會子疼的怎樣。蕊珠道。這會子。我。撑的。他疼了。我倒。疼的。好了。說着。不禁。破。涕。爲。笑道。只怕姊姊倒。替他疼的利害呢。軟玉也笑道。寶弟弟你何苦來。他既不要你在這裡。你怎麼不到別處去。蕊珠道。是呢。我也說。怎麼。不。到。姊。姊。那。裡去。軟玉寶珠一齊笑了。答不出話。倒是箏花笑道。怪不。道。剛。纔大。小。姐。說。我小。姐。愛。吃。酸食兒呢。說得軟玉越發笑了起來。此時天已微明。紗窗。上。映着。雪。光樹枝。上。的。雀。兒。早先吱吱。咄咄。的叫。了。起。來。蕊珠兩夜不睡。也便倦了。朦朧着去。硯香喚醒了。叫他睡好。他便和衣躺下。硯香給他蓋上了被。蕊珠又重新睜開眼來。看看寶珠。見軟。玉。在。旁便不。則。聲。轉臉。兒。向。裡。床。睡去。軟玉。知道。蕊。珠。的。意。思。並不。

眞要寶珠往別處去。因便推說冷了。回去添衣。這裡寶珠便仍睡下。不提。打這一日起。蕊珠心裡只怕人家當面取笑。便推病不到南正院去。寶珠也終日的伴着蕊珠。不忍離開一步。連婉香眉仙到來。蕊珠也只隔着帳兒談天。有時明明坐在床上。却總躲向被窩兒裡去。朝着裡床。對答不肯和人照面。大家知道他是害羞。也就絕口不提這一個喜字。直到美雲的嫁期近了。還是不肯出去。却好葉太夫人着人來接軟玉蕊珠。因眉仙已是沈左襄的寄女。一併接着過去。預備美雲過來時。不致寂寞。蕊珠便趁此機會。避到家去。和瘦春作伴。那葉府裡又把浣花接了回來。帮着軟玉眉仙等。料理新房。打從正月初八行聘那日起。兩府裡忙個不了。秦府裡一切。都是袁太太和沈藕香石漱芳主持。葉府裡則太夫人年壽已高。尤月香又不慣閒事。眉仙是男府裡的眷屬。有些不便作主。軟玉蕊珠又少不更事。瘦春是卽補的新娘。避了不出。還把個浣花扯住了。陪在身邊。因此便把大賓金有聲的令妹。石時的太太請了過來。主持一切。這且表過不提。却說喜期的正日便是正月十三。早兩天發奩。金有聲大早起來。先到葉府裡道喜。一會子盛蘧仙也到了。又添上兩位陪賓。男府請的是桑春。女府請的是華夢庵。四人都在葉府會齊。同到秦府。只見車馬盈門。自頭門起直到川堂裡面。大廳上開了中門。二廳上舖滿妝奩。沿路上掛燈結彩。搭了棚廠。喜字幛子。掛的沒一絲兒壁縫。眞個紙醉金迷。賽過珠宮貝闕。四乘大賓的轎子到門。早已大吹大擂。一重一重的門首都有吹打。到大廳上下轎。早有張壽高升等接着。引到南書廳和秦文道喜過後。就有四位知賓的貴客。是李冠英白劍秋林冠如何祝春等。陪到東花廳坐茶畢後。就在西

只消兩語
爲盡喜事
人家主賓
神氣

花廳坐席。每處廳上。都有一班清音細樂。只覺人人都是滿面春風。個個含着一團和氣。夢庵和蘧仙本來都是放浪不羈的。這會子在這雍容整肅的場面上。倒不免有點兒拘束了。所以轉覺金有聲桑春等一班老輩。瀟灑自如。閑話少說。不一時飯畢之後。秦文過來給四位大賓道勞。外面早已人聲鼎沸。忙着穿桿子絡索子。抬動妝奩。金有聲等便起身告辭。階下鼓樂齊作。聒的言語也聽不明白。秦文送至西花廳門首。仍是四位知賓。送到大廳上轎。男府大賓在前。女府大賓在後。魚貫而出。門外升炮三聲。一班閒人閃開讓路。看那媒人的轎子去後。再向門內探頭一望。正是

萬重朱戶神仙窟。百寶妝奩富貴家。

第七十四回

親上親雲兒出嫁　美中美婉姐說詩

却說秦府裏的小姐出嫁。那妝奩的富麗。排場的闊綽。自不必說。看的人。那一個不嘖嘖稱羨。不過美雲心裏。却不很高興。你道爲着什麽。因爲小時節。曾經親眼見過葉魁。有點儍氣。雖聽說是沈左襄躬自督飭。兩年以來。已成了一個飽學。但只怕是江山易改。本性難移。有些相信不過。又因妝奩一層。外觀雖然華麗。到了萬分。却不過是些衣飾器具。並無一片字號。一扣莊摺。一畝膴田。一間產屋。眼見得葉府是抄過家的人家。沈左襄也是個兩袖清風。毫無居積的。將來要單靠葉魁手裏起家立業。只怕有點兒爲難。初不料秦文只在這些空場面。給他鋪排。內骨子。一。無實濟。因此。不由得。不。怨自己。命薄。暗中啜泣。已非一日。人家只道他是依依骨肉。誰知他正是一腔幽憤。欲訴無從。到了十二那

寫盡做新娘的心理

天。眼見得明日便要出門。從此就是外人的了。他心裏那種難過眞教我有筆難描。整整哭了一夜直到天明早聽得外面鼓吹喧天。礮聲震地。滿耳聞只有歡笑聲。和道喜聲。自己的房。原在小臨波榭。這會子纔和綺雲對調了。住在這所石林仙館。和東正院祇隔着一處走廊曲曲的所在因此愈覺熱鬧。此時辰光雖早。恰已梳洗完畢。外面人聲喧雜。知道往自己屋裏來的。因在鏡屏上照見自己的眼圈兒腫得和胡桃一般見人不雅便索性閉了眼睛冥心靜坐任憑陪房、丫頭去周旋應對。自己總不開口。一會子喧傳進來說彩輿已經到了。美雲聽得這話。心中一陣炸熱身子兒好像墮入雲霧之中。春聲館的女樂進來吹起傍妝台的曲子。婉香漱芳兩個。替他上了冠。麗雲綺雲茜雲賽兒四個。陪他吃了和合飯。便去辭過祖先。又辭過柳夫人和秦文夫婦。以及珍

寫盡送嫁的心理

寫盡女府上彩輿出門後情景

瓊寶婉夫婦和自家姊妹此時不由不個個心酸淚落因爲是個喜事又不得不勉強裝做笑容外面早就開鑼升砲來親迎的葉魁已在正廳上轎打着道子先走落後秦府裡的彩仗也就起身滿院子人山人海鼓吹震天袁夫人出來左右兩個丫頭一個拿面圓鏡子一個拿一根紅紙火撚兒向轎內炤了一炤轉身進去那一班鼓手越發用勁吹起兩支彎號響得和虎吼一般早見四個陪房丫頭攙着美雲罩了紅巾款步從南正院出來前面一對雀翎宮扇兩對宮燈後面簇擁着許多女眷送到院門口站住美雲迴身福了兩福便自上轎八個人夫扶着出去那彩輿上點的燈彩和火樹一般四個陪房便是湘蓮碧桃瑞蘭秋蘋也一齊上轎秦瓊和寶珠去做送親一霎時風殘雲卷的散了出去秦府裏就像喜事完畢了的一般滿院子都鴉雀無聲了其實原

有許多男女賓朋在那裏上晏。不過秦府自家人心裏好像空洞洞的少了一件什麽似的。暫且按下一頭。再說葉府裏彩輿將到。滿堂點起燈燭。四位大賓先到。坐茶散後。華夢庵高興。便扯了盛蘧仙去做贊禮。站得高高的。一時葉魁親迎回來了。夢庵知道彩輿即到。早先打掃喉嚨。預備高唱。等到彩輿扛到中廳。夢庵就放開嗓子。喝起禮來。果然是一鳴驚人。任你鼓樂聲喧。笑聲也蓋不過他的音響。唱得字字清楚。先是主婚的沈左襄出來。向轎門兒拱了一揖。隨後葉魁出來。站在下首拱迎。然後三請新人降輿。這種禮數。是沈左襄臨時改正的。所以與流俗不同。當下主人拜過喜神。兩新人隨叩過了。送神易位。交拜成禮。送入洞房。華夢庵就拍手狂笑。下來討喜酒吃。其時花園內早已擺了席面。外面男賓便先入席。裏面少不得有一番忙亂。這且不必細表。到得

寫盡回門時新娘心理

膳後。兩新人參過家廟。又參謁過合家眷屬。三黨姻親。直至傍晚。方纔雙雙回向秦府而去。少不得又有一番禮數。別的不說。單說袁夫人見葉魁的舉止言動。果與從前不同。心中自然高興。此時美雲回到家內雖則嫁去了。不過一天半日。竟像隔別了三生再世。重見親人的一般。心裏頗覺舒暢。兩日以來。不曾吃過什麼。這會子回到石林仙館。進些飲食。葉魁在西花廳上散席下來。便到南正院請過柳夫人的安。又到東正院去見過袁夫人。袁夫人少不得一番叮嚀。不一時玉漏已沈。銀燈將熄。秦府裏外。重又點起滿堂紅燭。一對宮燈。便到石林仙館來請美雲。美雲正在卸了嚴妝。閑散一會的時候。聽說又要動身去了。不免兒心的引起了一絲煩惱。想到此刻轉去之後。不免又添上十分害怕。萬種羞慚。却是由不得自己。早被一班人簇擁着。去往東正院叩過了晚安。又向各位告辭。到正廳上。已見男賓引了葉魁出來。於是作對兒又在廳上叩辭一番。同時上轎。逕向葉府而去。兩頭一併按下。如今做書的要來白幾句了。看官。你想美雲在家裏時節。除了一個寶珠之外。連自己的哥子。也還嫌他鄙俗。如今嫁了這個葉魁。比起寶珠。自然天差地遠。心裡納悶。自不必說。虧得有眉仙軟玉蕊珠瘦春浣花一班人。和他朝夕厮伴。葉太夫人又把婉香接了過去。少不得笙歌筵晏鬧熱幾天。因此美雲也頗不寂寞。倒把一個寶珠臟在家裡。悶得忍耐不住。若沒有春妍媳烟書芬筆花一班人。早就一兀頭憔悴死了。寶珠常說。這會子不單是嫁了他姊姊一個。分明把他的四位夫人一齊和白鴿子似的裹了淘去。打從五朝過後。沒一天不叫人去接。總接不到一個回來。自己又賭了氣不去。直到過了正月底。纔把個婉香眉仙接了轉

妙聲

來寶珠早和着了漿的紙蝴蝶兒一般粘在他兩人身上寸步不離因問起美雲和葉魁可講得來婉香搖搖首兒半晌道論理魁弟弟也不比從前的討厭樣兒了他近來做的詩也頗看得過看他的詩却是一片性靈可見他如今也不是一個蠢物了不過大姊姊的眼界過高一下子總覺得心裡不甚滿足寶珠道你看見他近來做詩麽婉香笑道是呢這會子他做的新婚辭我還記得我背給你聽倒彷彿是你的口氣呢因道他第一首說

幾日前頭暗忖量如何覥靦作新郎高堂阿母還相笑何況聰明姊妹行

寶珠笑道這分明是我做的一般不過他太太早已去世這阿母兩字用得不妥婉香笑道西池阿母便是王母祖父母稱做王父王母何嘗

不切當呢。又說第二首道。

安排百輛去親迎。詩要催妝取次成。不是人前偏臉軟。奈人都是

驀生生。

寶珠道。他那催妝詩也做的很好。我還道是蘧仙代他做的。照這樣看

來。是他自己做的。倒難爲他。婉香應問是怎麼樣兩首。寶珠道。我沒有

你這樣好記性。兒回來我去找來給你看。他那新婚辭。總派還有你索

性背將完來。婉香道。第三四首是

花輿簇簇降中庭。寶扇雙開孔雀屏。揭去紅巾人似玉。華燈照影

太娉婷。

霞裾。新着。嫁衣裳。綏款。明珠。結珮。瑺步。上紅。毺翻。自訝。是何。福分

做。鴛。鴦。

寶珠擊節道。這眞好呢。他把心坎兒上一種說不出的歡喜都形容出來了。婉香笑道。他還有呢。他說

合歡杯酒略沾唇。已泛胭脂到十分。拜罷盈盈堂上去。萬條銀燭擁天人。

乍逢無處用溫存。辜負葡萄酒滿樽。燈底不須偸眼望。嫁郎如我彀銷魂。

寶珠聽到這句。不禁噗的笑了。起來道。詩果然好絕了。只不過魁弟弟不配講這種話。婉香笑道。你說他不配。誰配來。寶珠指着自己的鼻子道。除了我還有誰。婉香把個指尖兒向他頰上一抹。道不愛臉呢。一般兒的愛誇自己。分什麼彼此。來寶珠笑道。還有沒有了。婉香道有是還有。我却記不淸了。只記得有兩句道。不敢憐卿比肩坐。有人屛背悄羞

郎。又道。惱。煞。外。家。癡。阿。妹。牽人。一。處。間。稱。呼。寶珠笑道。他這幾首詩都好。我去找那催妝詩來給你瞧。說着便自到石時那裡找出。原來當日喜事的時候。也是石時管的帳房。這些真文禮帖。都收在他那裡。因便一找就着。袖了進來。見眉仙正和婉香坐着說笑。因給兩人看。是一幅泥金箋上寫着四首詩道。

紅燈隊隊上華堂。却扇爭看傅粉郎。拈取珊瑚雙玉管。萬人叢裡寫催妝。

盈庭。簫。鼓。沸。春。聲。綠袖。紅裙。繞作。城。都說。天。孫。今。夜。嫁。如。何。還。不。駕。雲。輧。

賓朋謔笑太胡嘲。華燭如椽徹夜燒。何事。彩。鸞。不。相。顧。被人。看。煞。小。文。簫。

漫着霞裾嬾畫眉。催妝未竟反催詩。原來一管生花筆。還在張郎手內持。

眉仙笑道。詩果然好。但是總不脫一種矜誇的口氣。寶珠道。凡人在心滿意足的時候。不論做出詩來講出話來。總不免自高聲價。兢鳴得意的。這個我是過來人。所以看了他的詩。我怪覺心癢癢的想到去年時候。說着早把兩手去搭在兩人肩上道。姊姊你兩個可也想到那時候的情景嗎。說着嘻嘻的笑個不了。倒把婉香眉仙羞的答不出來。正是

無限嬌羞新嫁婦　有情眷屬舊神仙

第七十五回

憶舊游美姊感年華　求新學魁兒赴日本

却說美雲嫁到葉府之後。光陰迅速。轉瞬已是滿月。秦府裏接了美雲

來家。少不得一番熱鬧。軟玉蕊珠。早於先一日回來。那日。是個。花朝。忙着。些。空頭事兒。把園裏的花木。都繫了。金鈴。懸了。彩勝。次日美雲回來。看見這些。花旛。倒反引起了。無限感觸。心想我去了。一月不道。滿園。的花。樹。都已。綴葉。生花。再過。幾天。少不得。成陰。結子。花落。春殘。我自到了。葉。府。彷彿。我在人。世上的事已經做完了。我的心便也死了。多時今兒回。來。就彷彿。死過了。的人。回神。一般。這些。花旛。只算。是替我。招魂。的他們。都儘着。歡笑。尋樂。可知我心裏直是。空洞洞。沒一點兒。生趣。呢。想着。不禁現出一種悽惶的顏色。此時美雲本到惜紅軒去看婉香的。不知。不。覺。忘了。神。信步。走。向。洗翠亭。的石橋上。去後面跟着碧桃和秋蘋兩個。因道。小姐怎麼走這兒去。美雲道。我怕他們絮煩個不了。我尋個幽僻的所在。去坐一會兒。走着已到了亭內。看那亭子上。還掛。滿了。各式

今昔之感最是無可奈何

花鐙想來前兒鐙節上在這裏擺宴的因又想起寶珠生日的時候在這裏賞荷燈何等熱鬧如今自己倒反變做客了不免又添上一重感慨碧桃見他沒精打采的一種神情因道這裏有風不要受了寒聽說春笑軒的杏花却早開了咱們何不到那裏逛逛去美雲點首於是便從綠雲深處走來見那兩岸的垂楊已經着芽嫩黃淺綠煞是可愛走到月洞門邊有一叢楊柳條兒低覆下來碍人行路美雲順手攀了一條看那葉子宛然是一種嫩茶葉兒碧桃因道咱們到清可軒去要點子開水泡來吃秋蘋笑道這個怕不能吃的碧桃道誰講來我倒常聽小姐詩中說什麼楊枝水好吃的很呢美雲不禁好笑因道癡丫頭你知道什麼叫楊枝水碧桃道怕不是拿楊柳枝來泡開水嗎秋蘋道那些不過詩上做做的罷了那裏好當眞你要當眞你想詩詞上不是嘗

確是滿月新娘回門的妝束

說美人兒的眉兒是個柳葉眉又說什麼桃花臉兒櫻桃嘴兒你倒試去摘兩片柳葉兒來八字式黏上了又把幾朵桃花貼在臉上口裏含一顆櫻桃你看去可不像一個妖怪嗎說的美雲也笑了起來向北不多幾步已到了春笑軒看廊外的杏花果然開了幾朵兩隻孔雀正在艸地上啄青蟲兒吃看見美雲便都護都護的叫將起來美雲道這孔雀不是在東花園鏡欄裏的幾時仍移到這兒來了你瞧他還認的我呢那孔雀見美雲穿着一身玫瑰紫平金滿綉的一枝花襖兒下面穿着五彩花繡的飄帶宮裙光彩奪目華麗可觀便頭翹翹尾角角的走到游廊外面廻身一步扭轉頸兒去將身一擺那尾上的翠毛好像一柄絕大的扇子撒了開來一個個的金翠圓圖兒又好像許多的眼睛閃爍爍的放出異樣光彩碧桃秋蘋都高興得怪叫起來那孔雀廻過

寫生妙手

頭來對着美雲點點頭神情似乎誇耀自己華麗美雲氣他不過拿手裏的帕子向他一揚不道那一隻孔雀正在旁面把個長頸子和蛇一般向美雲手上啄來嚇的美雲一聲疾叫連忙退後不防踹了碧桃一脚幾乎跌倒惹的秋蘋笑個不了碧桃却早坐在欄干邊一手捻着自己小脚兒眼汪汪的要哭出來美雲笑了笑也不理會心裏却想這一雙孔雀竟是兩口子有這般的恩愛我拿帕子颺着這個那一個便來帮護比到葉魁那種自顧自的情狀竟是人而不如鳥乎的這句話了正想着只見門首有人探進頭來望了一望美雲看不明白因問是誰那人便含笑走了進來給美雲請安美雲看是春聲館的伶兒見他穿着一件本色本鑲的湖色緞襖下面也是一式的褲兒却那襖兒的身材十分纖小又短到十分還蓋不過膝袖子又小又短露出一雙珠釧

兒壓在緊身子的小袖子上頭上的髽髮却似嫌他太長了的用個牙梳兒卷在上面兩耳上銜着一對小小的金環越顯得嬌小可憐因道伶兒我多天不見你洗妝的時候原來越出落得可人意兒難怪寶兒弟常常提起你呢伶兒聽說不禁臉紅了低了頭道姑奶奶總講笑話美雲聽他叫出姑奶奶三字不禁也漲紅了臉道什麼攙出這樣的怪稱呼來咱門府裏的規矩不論怎麼總不改了往常的稱呼伶兒笑道是呢小姐取笑我要我紅臉兒來我也請小姐紅這麼一紅美雲不禁笑道猴兒似的好油嘴怪不道太太疼你伶兒道前兒小姐嫁去我和嫩兒吹着笛子我心裏不知道駮楚得什麼似的竟吹不出一個字來幸而大春奎來替了我去後來三朝那天我到男府裏來唱戲滿想唱一隻好好的曲子偏那一位姓華的瘋爺點了一齣喬醋我怕小姐還

生。我。的。氣。呢。這一個月來。我想小姐總辛苦得什麼似的。美雲笑道。我也。只。算。和。你。們。一。樣。唱。了。本。戲。你。們。唱。戲。的。不。過。唱。唱。罷。了。總。走。得。散。只我說到這裏便頓住了。碧桃怕又提起美雲的煩惱。因道。伶兒姐。你知道咱們小姐。最愛聽的。是你唱的崑曲。你那裏可有人麼。何不請我小姐到你那兒去。你唱一個裊晴絲。請我小姐聽聽。伶兒道。咱們屋子裏人多着。不要說清唱。便是扮演起來。也不費事。因扯着美雲的衣角兒道。小姐。到我那兒去。美雲本來沒有甚事。因便伸手將着伶兒。穿過吟秋榭水流雲在堂。轉個灣兒。逕到春聲館來。不道寶琮婉香和愛儂賽兒都在那裡。正滿桌子擺了笛子鼓板。嫩兒香玉。也在旁邊。見美雲和伶兒來了。大家站起。第一個寶珠開口道。大姊姊難得到這裡來。我們不如唱戲的好。不要清唱。美雲笑道。我就怕寶弟弟會吵。清唱最好。

怎麽一下子見我來了。又改了要扮戲。并且我們這幾個人。冷清清的有什麽興致。寶珠一疊聲道。那麽嫩兒快着人去請了太太。和三太太來。再叫人把姊姊妹妹。一併請來。我來起唐明皇。伶兒起楊貴妃。香玉起梅妃。大春奎起郭子儀。四喜子起安祿山。賽兒起高力士。賽兒笑道。你做皇帝。我來做奴才。我不來。美雲笑道。不來。最好。免的他着忙。寶珠道。那麽改。改。改。改唱牡丹亭。如何。讓你做柳夢梅。賽兒說好。當下不由分說。早已滿院子鋪設起來。寶珠怕美雲走了。囑托婉香陪着自己。便忙的和熱鍋上螞蟻一般。因人手不齊。竟自上檯去扮天官。眼看着柳夫人袁夫人和藕香漱芳眉仙軟玉蕊珠麗雲綺雲茜雲等絡續來了。便滿心歡喜。分外精神。唱的有趣。到萬分大天官下檯。寶珠因柳夫人喜歡鬧熱。便扮了一齣水漫的雜劇。上臺鬧出許多蝦精蟹精蚌殼精烏龜精、引得柳夫人等笑個不了。這也是秦寶珠舞綵娛親的慣技。無庸細表。却說沈左襄既把葉魁和美雲完婚之後。過了一月。美雲歸甯去了。便趁這個當口。選定二月廿四的喜期。通知親朋戚友。把葉魁做了贅壻。和瘦春結婚。說明白是將來美雲養了孩子。便算葉氏之後。瘦春養了孩子。則歸宗沈氏。此番的大賓。一個便是秦文。一個是便陸蓮史。所以大家都說沈左襄的主意不錯。這頭親事。越見得義重如山。當少不得又是一番熱鬧。不過小說的體例。最忌的是重複。所以略而不敍。這些世故閑文。想來看官也不耐煩細看。不如略過。且說瘦春本來是個極灑脫的人物。曉得沈左襄的意思。不過爲着葉沈兩姓宗祧。一舉而得。起見葉魁雖然非偶。只是重於父命。也就無可如何。嫁了葉魁。只當完了前世的債務一般。不過不養一個孩子。這筆債總算不曾完清所以他和葉魁心裡雖然不滿眼面前總不肯傷了和氣在這半個月裏一心只想完清了孽債所以和葉魁倒反比美雲更好那葉魁本是初出茅廬的人物那禁得瘦春的這般操縱不免醉心落魄傾心在瘦春身上等到美雲回來葉魁已和他隔了一月神情舉止之間少不得分出了個親疎冷熱美雲益覺葉魁這人薄倖寡情到了絕頂索性不把葉魁放在眼裏平時只和尤月香去談天幾乎也要參禪悟道的樣兒還是瘦春覺到美雲有些醋意因嘆道誰愛結這一重孽障不過完我前世的冤欠罷了既這麼着我又何苦來因此便對葉魁也冷冷的沒一些兒笑臉看官要曉得一個人娶兩個妻子是最難對付的好了這邊便惱了那邊寶珠娶着四位夫人本來都是自家姊妹又加着寶珠一種溫存手段所以還不曾有甚口角便是蘧仙娶了浣花他和

浣花本來是從小的姊妹論起資格來冷素馨是娶了過來纔認得的也免不得相形之下有些軒輊何況葉魁是個不善於體貼女兒心性的人怎麽能彀享受這些艷福閑話少表且說葉魁娶了這兩位夫人滿擬消受些柔情艷福誰知倒做了一個東懵西嫌的厭物當初葉太夫人還愛憐着自己自從美雲嫁過來了却把全副精神注到了美雲身上動不動總說是葉魁得福不知惹人氣惱那沈左襄更不必說了總是愛憐自己的女兒因此倒覺得横不是竪不是一行一動都要惹人討厭他明知是自己不會爭到尺寸功名所以妻子瞧不起他要想考去呢又自量未必能取多落一重痕跡想來想去想出個好意思來了原來那時朝廷上已換了一班人物極意求新把些青年子弟送出洋去就學打算將來回國替國家造福那些出洋學生自然要比從前

作者善於奚落人但也是示人一條捷徑如葉魁者不可不學

原來革命偉人都是葉魁一般人物

科舉出身分外看重。葉魁想到這條門路。心想若教我讀中國書。時便讀到鬍鬚白了。也不見得出人頭地。不如從大學之道讀起。去做出洋學生。好回來說幾句愛皮西提或是阿以倭愛。叫那些老前輩也懂不得一字。諒不穿我的學問。那時我豈不成了貫通、中外的碩學鴻儒。主意既定。便和沈左襄說明。左襄見他成婚已經三月。夫妻們又不和睦。趁着自己康健。落得讓他出去混混。因便回明葉太夫人。替他央中丞出了一道咨文。咨送到日本欽差大臣那裏。給他送入一個什麼學校留學去了。後來葉魁回國。正值革命軍起義。光復漢土的時代。葉魁倒做了一個赫赫有名的人物呢。這是後話。暫且緩表。正是

誠心自可開金石。　志士何須戀室家。

第七十六回

何祝春查帳釋疑團　沈浣花多情感痴夢

却說葉魁出門去後。美雲也便回到秦府。葉太夫人膝下。未免寂寞。因把軟玉蕊珠。接回家來。和瘦春作伴。偏是寶珠的脾氣。乖張。自己又不肯。住。在。葉。府。却。只。早。一。躺。晚。一。躺。的。着。人。去。接。倒。惹。的。葉。太。夫。人。生。了。氣。因而沈左襄想出個調停的法子。趁此時候。打發寶珠同了婉香替花占魁夫婦盤柩回蘇。寶珠本不願意。因眉仙也要回姑蘇。一行。李冠英本是在署理吳縣任內。此番因事來杭。現已事畢。仍要回到任去。婉香等因與白素秋睽違已久。趁此也得前去把晤。於是決定於四月初六起行。浣花本來也想同去。忽於前兩日患起病來。是以不克同行。屆時。寶珠帶了花農鋤藥。婉香帶了春妍笑春。眉仙帶了韵兒愛兒。僱下兩號大船。一隻裝了花占魁夫婦的棺木。派着幾名家丁照料。秦文因占魁夫婦。此去即須營葬。知道寶珠幹不了這些。當請白劍秋和林冠如兩位同去料理。又重託了李冠英一番。冠英當下另僱一號船隻。一同開向姑蘇。暫且按下。却說沈浣花自從四月初上。偶患寒熱。足足過了十幾天。還未痊愈。因眉仙等往蘇州去。未免觸動鄉思。又想起從前的情事。只覺心裏熱潮起落。也說不出有多少的煩惱。他本來是個弱不勝衣的人。那禁得病豎愁魔和他糾纏。早已消瘦得和秋後的菊花一般。本來是金有聲看的。偏偏這日金有聲也病了。轉荐出一個何祝春來。瀛仙和祝春本是好友。那裏有不知道祝春能醫的道理。因爲朋友過於知己。轉覺得祝春不是個岐黃術的專家。所以從來不去請教。到了此刻。除却金有聲之外。却也想不出別個靠得住的。就不得不降格相求。便着文兒去請。不多時祝春到來。也不推辭。替浣花細細的診了一回脉退出花廳上來坐定。却不開方。只皺着眉兒儘自咕嚕嚕的燒。那水烟蘆仙還當他想方子。早把筆硯擺好。研好一堂墨。鋪下一張箋紙兒。祝春兀自沈思。不禁轉生疑慮。道這病敢是凶麽。祝春笑道。不是不是。蘆仙道。那麽你裝這些鬼臉兒做什麽。祝春道。你要我開方子嗎。酒來。蘆仙道。你也學了夢庵的瘋相。動不動開口就先是酒來。只怕酒鬼轉世也沒有這樣的饞癆。祝春縮縮頸子。不禁噗噗的笑了。因道。說起華瘋兒我眞恨得有幾口子好咬。且開了方子。回來告訴你。蘆仙問他為了什麽。他便只做不理。會拿起筆來。側着頭向那箋上寫方子。了。寫完註上分量。把筆了一放道。吃了包好。快叫撮去。蘆仙看了一遍便遞與文兒。因問你說夢庵怎麽。祝春喝口茶道。說來話長。我自從聽了。他的鬼話。趕年下鑽進萬豐裏去。誰知白費了半年光景的工夫。蘆

出人意表讀者被惑夢庵也迷住了直到于今

仙道。敢是一無頭緒。祝春搖首道。頭緒呢。我倒多摸清了。那裏知道竟是鬼疑心。那文老的作事實實是個光明磊落的了不得。倒是夢庵拿了小人之心度君子之腹呢。蘆仙駭異道。原來如此。倒是可敬。但你又何以見得。祝春道。不說別的。單就葉氷山的一筆賬。就正氣得很。他在葉府被抄之後。收上他的京匯銀五萬兩。又收金葉一萬兩。兌合銀四十二萬。付過他十二萬多兩的代還各帳。又修理房屋等兩萬多。歷年婚喪嫁娶支用四萬。光景連利連本。還存着三十多萬。若說他有吞沒的心思。怎麽還肯收上帳去。蘆仙道。他在那個驚天動地的時候。倒不怕累下寄頓庇匿的干係。公然肯立這一筆帳來。足見仗義。祝春道。帳上立的戶名。却是個信記。不過我打聽出來。就是葉氷山的。他這信記。就是本心上表明信實的意思。蘆仙不禁替寶珠歡喜。倒怪夢庵不該

原來因此一席話生出疑心來
確是心理上作用喚醒世人不少

有這些鬼疑心來因道你這些話可曾對夢庵說明祝春道我已告訴他過了我問他怎麽忽然有起那一番議論夢庵說他從金有聲那裏聽到文老的口氣說葉冰山只交給他五萬銀子後來倒還替他上十二萬債却把葉太夫人裝在壽材裏寄存到他那裏去的二十封金葉子抹煞了不提還說替冰山賠了七萬至於那被參了的徐中丞究竟有多少錢寄存在文老手裏更是死無對證的了因此他看不起文老就處處留心去覺得文老處處用着手段撈摸人家的家私瀛仙不禁好笑因道一個人凡是起了鬼疑心便處處只覺得人家弄鬼不過夢庵又怎麽樣這等淸楚那秦葉兩府的事祝春道他是個鬼什麽事不留意面子上看他是瘋其實正是他的深心作用處呢閑話少說我也被他調撥的彀了白白地鬼混了半年我到午節定辭了出來還幹我

夢庵明地裝瘋暗地精細却是一個深心人介人可搜

我讀至此也覺冰銷雪渙只不知道後來究竟如何

自己的正經不替那杞人去憂天了但是夢庵那個鬼還總疑心着文老他說文老如果不包藏禍心爲什麼不改正他的戶名要立着這個只有天知地知他知我知的信記又說萬豐明明是柳夫人的陪嫁秦府雖添上些資本也只算一小半是秦氏公產一大半是柳夫人的私產爲什麼竟一古腦兒加上公記兩字你想這話可不是夢庵的眞瘋話嗎蘧仙心裏的狐疑至此早已冰銷雪渙也就付之一笑看日已將午便叫文兒開飯祝春說有事把好酒留着改日再吃便自去了蘧仙進去見浣花已將那藥吃了正睡熟着便不去驚動走向冷素馨房裏來素馨正在用飯兩口子便一桌兒吃了閒談一會再去看浣花時已經醒了蘧仙問他吃了藥覺得怎樣浣花搖首兒道也不覺什麼我只是心口悶的利害頭昏昏的睡着便做怪夢蘧仙道你做什麼夢來浣

花笑道。也。沒。什。麼。好。講。的。醒。了。又。糢。糢。糊。糊。的。記。不。清。了。我這會子想姊姊他們。該已到了蘇州。你給我寫封信去。問問他們。可好。蘧仙屈指道。今兒是四月十五了。他們是城外去拖輪船的。初六動身。初七便該到了。只不知道寄信去。該寄到那裏。浣花道。前兒聽他們說。此番去時。便住在婉姐姐家裏。我家的老屋子。說是租給人家住了。這會子打量着總住在一處。蘧仙道。眉姊姊那裏。難道也沒人的了。浣花道。我伯父伯姆去世。下來。膝下便只有他一個。也和我一樣。不過我當初跟着叔父一塊兒住。他跟着伯父。從六歲上到廣東任上去的。我又住到你家來了。所以咱們雖說是姊妹。從小兒不在一處。我伯父當初。又和叔父是鬧翻過的。彼此雖不曾分家另住。却只不過存個名色。早已不相聞問。所以眉姊姊當時。見了我還認不出來。蘧仙道。眉仙此番家去。心裏少不得有許多感觸。我想你兩姊妹都在這兒了。只留一個老家人守着蘇州的產業。終究也不是長久之策。浣花聽說。不禁眼圈兒紅了。因道。我前兒也和姊姊講起。不如把蘇州的產業。設個法子。移了這裏來。省得費事。只不過我又痴心妄想。想我翻了船時。我那兄弟。或者也遇了救。有一日回到蘇州。倒說咱們兩姊妹。都把家產變了這裏來。我叔父只有他這一個孩子。我們可怎麼對的住呢。我今兒睡着還夢見我弟弟。長的。和你差不多了。說不定。眞有這事。所以。我要你寫信給我姊姊。叫他留心。招尋。見瞧。或者早已回到了。蘇州也。說不定。蘧仙笑道。你總拿夢兒來當眞也罷。世間上的事。本來說不定。我便替寫封信去教眉仙。酌量就是。浣花就叫蘧仙拿紙筆來。床前。寫自己一句一句的說着。叫蘧仙照樣寫好。重又看了一遍。便教團兒發出去。寄看官你想他那兒弟自翻了舟時算到如今已過了七個年頭論起年紀若果活着已經十八歲了只比浣花小了幾個月分那裏會想不到家裏老在外面不回家來眼見得葬了魚腹早已變做蟲沙除非轉過世來倒是一個六七歲的孩子了若是不昧前生或者還能彀回到家裏你說世間上可有這等的事不必說是沒有的了不過浣花的一種癡念忽因病裏一番胡夢而起後來引出許多怪事出來眞覺得世間上人情變幻無奇不有此是後話。暫且擱過一邊。再說浣花將那封信寄了出去。蘇杭路近。不消兩日便到了蘇州花府。此時寶珠等已把花占魁夫婦的棺木安了窀穸。只算幹還了正經。便和婉香眉仙虎邱山塘的任意閒玩去了。這裏墳台上的一切工程。都是白劍秋和林冠如的責任。兩人帶了家丁。倒在墳上結廬住了。監督工程。毋庸細表。且說眉仙接到浣

入情入理婉香喜難人意

花的信。教他設法招尋兄弟。不禁好笑。因把信給寶珠婉香看。寶珠道。這從那裏招去。浣妹妹專有這種痴想。婉香笑道。也怪他不得。他想到自己原好好的。着因此想到這一層上。眉仙道。我意思原把家產丟在這裏不動。等再過上幾年再說。橫竪咱們也不急急。便每年到這兒轉一躺也落得享幾天清福。寶珠道。主意也是不錯。我想你那弟弟若是還在世上。要招尋他也容易的很。只要在那報上。登一條兒告白就是。眉仙道。這告白怎麼樣說呢。寶珠道。他叫什麼小名兒。眉仙道。他書名是一個全字。小名也叫做全兒。寶珠道。那麼我擬一個稿兒。你瞧。正是

祇分推衣憐手足。　却教剪紙召靈魂。

第七十七回

登日報眉仙盡人事　借風琴賽兒論聲音

却說寶珠寫了一個招尋告白的條兒。遞給眉仙看。婉香也在旁邊看他寫的是

全弟倘在人世。當不忘祖宗廬墓之鄉。盍歸乎來。黛白。

婉香笑道。這是招魂辭。是什麼尋人的告白。寶珠道。這消如此。多講了倒不好。眉仙想了想道。就這樣也好。他自己本人見到。總會明白。他那時已十二歲。並不是毫無知識的人了。家裏的事。他那裏便會忘記。只不過這條子告白。明知也。沒得用處。既浣妹妹癡念着教我來找我。登這個也。便算依過他了。好好。便這樣。登去。寶珠也覺好笑。就叫韵兒送出去。交給來喜寄去不提。過了幾天。墳上工程告竣。寶珠等過去祭掃一番。又往李冠英署內住上兩天。和白素秋告辭了。轉來就料理起程回杭。只有白劍秋留在。冠英署內。那林冠如則已先一日起身回去。覆

大家閨秀改變時裝每都如此輸入

過秦文等到寶珠婉香眉仙轉來。柳夫人已是望眼將穿。好在先一日已經知道。便把軟玉蕊珠都接了來家。次日大早。便打發張壽等去接。直到下午還不見來。柳夫人心裏焦急。又着高升家的帶了小厮看去。到得天色旁晚。裏外面都上燈了。纔聽到外面人夫嘈雜。賞春早來報說寶珠等回來了。柳夫人歡喜得恨不立時到了面前。剛問怎麼還不進來。游廊下一陣笑語聲。早見軟玉蕊珠迎着婉香眉仙和寶珠一同進來。美雲麗雲綺雲茜雲同在柳夫人身邊。便都站起相迎。柳夫人瞥見婉香眉仙都改了妝式。穿着一樣的元色夾紗衫裙。都是本色鑲的非榮邊兒。壓上一道白色皺襉的外國花條子。頭上的鬅髮卷做一個卷兒。越顯得明眸皓齒別樣的風流。因道多早晚不見。竟變了蘇州樣兒回來了。這樣短小的衣服穿着倒舒服麼。寶珠笑道蘇州都這樣呢。

我說也不好看美雲笑道怪道我前兒見伶兒也這樣來婉香等請過了柳夫人的安可和諸姊妹問好藕香賽兒愛儂等也都來了你一句我一句的爭問些蘇州風景忙得他三個對答不了我做書的只有一枝筆更來不及只好從略單說浣花聽說眉仙回來自己的病本早好了這會子便打起精神起來梳洗了帶着團兒到秦府裏來把個南正院熱鬧得和做喜事一般柳夫人寂寞已久這會子自然分外高興因道往常也不覺得自從寶兒他們去了我這裏幾乎鬼也鑽得出來今兒大家都來了我這裏又好像是一爿新開的戲館到了什麼新角兒似的你看連了頭婆子們也在門帘兒外面擠滿了呢藕香笑道太太講的是呢他們都來看兩位妹妹的衣樣兒只怕兩三天裏頭咱們府裏的衣服就一下子都改了樣兒呢浣花笑道我的衣服也算短小的

了姊姊的更比我短小穿着果然又靈便又好看回來我也改去賽兒道我看了兩位乾娘的衣裳就覺得我和寶叔叔的衣服邋遢得怪討厭的寶叔叔我和你也都改了他們一樣可不好嗎藕香笑道好孩子你肯改我立刻兒叫裁縫做去賽兒滿心高興又說愛儂也陪我改了愛儂不肯賽兒又裝起臉兒來要和愛儂吵嘴婉香笑道賽姐兒你愛穿這個我現成的有着呢你試穿穿瞧眉仙道你的怕長不如我的好因叫韵兒去拿幾件來給賽兒檢賽兒說要和你們一樣的一面便嬲着婉香替他卷檻髮兒也要梳起頭來藕香趁此機會極力說好便和婉香兩個同到柳夫人房裏給賽兒裝扮去了柳夫人笑道本來十七歲了的女孩子老不改的扮着男裝也不雅觀寶珠笑道蘇州的女學生那一個不梳大辮子放了脚扮得男不男女不女的倒是男孩子抿

八都說愛儂穿耳不近情理經此一說實是人情之常

着檻髮兒修飾得和女孩子一般走起路來也扭扭揑揑的踏細步兒。若教愛儂和賽兒兩口子同在蘇州誰也認不淸到底誰是男誰是女。來說的愛儂紅了臉道這會子。我可不是和寶叔叔一樣着。寶珠道你不瞧自己怎麼男孩子也穿了耳朵你這鞋兒尖魆魆的可不像個放了脚的女學生。柳夫人道那男孩子穿耳的也不止他一個有些人家怕小時候抬不住穿了耳朶當做女兒的也多着。愛儂道可不是。我太太在日。說命裏只派一個兒子。一個女兒。有了我哥哥之後。又有了我。怕應了瞎子的話纔把我扮做女孩子的。說着藕香婉香已把賽兒裝扮好了。將着手兒出來。大家看賽兒。倒比往常好看的多了。都絕口贊他。賽兒却看看自己的脚道。偏是我這一點兒。比着婉乾娘。覺得怪難看的。婉香道現在倒脚小了被人笑話呢。眉仙也道我去年在蘇州。他

此時正論當向天足會演說一番

們就來邀我入天足會。那時節放足的人還少。如今連素秋姊姊也放了。還怕穿着放足鞋兒腳尖的不好看。儘用些棉花兒塞他滿來呢。說的大家笑了起來。寶珠怕大家不信。又背出許多上諭和天足會的章程。柳夫人見他說的認眞。因道照你們已經出了嫁的人也落得寫意一點兒。只有姑娘家知道將來對的親講不講究這個上面費了多少年的苦工夫一刻兒放了。也不免可惜。麗雲笑道若是太太准我們放我便第一個。茜雲笑道能彀這樣我也省吃了多少痛楚。柳夫人笑道那總要你自已太太許你們纔好。我那裏作得這個主。不要說你們姑娘家。便你幾位嫂子也要你哥子們自已心裡愛那樣纔好。若說是我的意思。可不要給你哥哥們背地罵我老昏了呢。說得大家一齊笑了。其時了頭們已上來擺起席面。柳夫人便扯了浣花賽兒和婉香眉仙

不是婉香說破讀者也未留心

軟玉蕊珠寶珠坐了一桌。藕香說因有事。便帶了愛儂要去。四雲也要東正院去。柳夫人道。不是還有一桌兒嗎。你們不願意兩桌兒好在我這圓桌。是不拘人數的。咱們一塊兒也坐的下。藕香回說。因是石時回家去了。秦珍在外面忙的很。裡面單只銀雁翠鶯。怕管不了。帳柳夫人便讓他自去。却把愛儂美雲叫住了。一桌兒坐下。麗雲綺雲茜雲。却已早自去了。寶珠因問石時怎麼常回家去。柳夫人道。他是新婚燕爾也怪不得。寶珠道。他幾時成了親。我倒沒有曉得。不曾道喜去呢。柳夫人道。你纔今兒回來。怎麼派你曉得。今兒算來已半個月了。婉香道。怪道滿屋子人。少了一個二嫂子。寶珠四面一看道。正是呢。不是你說。我倒忘了。美雲笑道。你到這回子才覺得。還在滿桌子上尋呢。寶珠自覺好笑。一兀頭喝杯兒酒道。魁弟弟可有信來沒有。美雲不答。軟玉道。便來

美雲不答寫盡新嫁娘心理

罵盡世人作者不怕被衆人打殺麼

又罵女學

一封信說是進了東京的一個什麼學校還帶了些東洋本子的詩集來送你另有一份什麼太陽報裡面也有一門文苑刊着些東洋人的詩倒也做得很好他的信雖只來了一封這份報倒已寄來了三次了寶珠笑道東洋人也學我們的詩偏是我們這些不學無術的這輩子人倒去學那似通不通的和文來謅人浣花正和眉仙講話聽得這句因笑道你自己不懂日文罷了怎麼又講別人寶珠道我最不愛聽那些平等自由的口頭禪竟也有人用到詩裡去的什麼力填平等路血灌自由苗做詩做到這樣那裏還有點兒生趣浣花道前兒我聽蘆仙說兩句倒很好他說桃花夕照紅平等楊柳春波綠自由寶珠笑道這是隨手拈來成了妙語並不是硬嵌的所以還不覺得生硬眉仙道講起這些新名詞現在女學生講話幾乎沒一句兒不嵌上一個柳夫人

生了作者眞不怕人打殺

又罵音樂教員了作者眞不怕人打殺

只怕讀了十年音樂教科書依然參不透來

笑道若教他當做詞牌兒集一封信或是當做藥名鳥名編一個節詩
兒倒好頑呢蕊珠笑道將來魁弟弟轉來時少不得滿嘴爛熟了我叫
他編一個來孝敬太太賽兒道這個你不要先替他談口兒我曾見過
學堂裏的什麼唱歌書他那塡的詞兒派用平聲的也用仄聲沒一句
兒不拗口愛儂笑道你不會風琴自然不會唱賽兒冷笑了一聲道你
懂得什麼他那朶來米法蘇拉既七個字便是合四乙上尺工凡乙凡
便是變宮變徵只差半個音低半個便是四工高半個便是上六所以
曲子上用着乙凡的最難唱凡是這種字便萬萬用不得去聲愛儂道
你是一位曲子先生我倒要請教賽兒笑道我講給你聽倒省的你讀
十年書這種音樂上的工夫咱們秦府裏沒有一個不精不要說我一
個兒胡謅令兒行一個令你打一個通關你輸了吃酒咱們輸了講一

一段精確之論教會老少乖人

節。兒。你。聽。愛儂連連說好。看看寶珠坐在自已的右手。便先從寶珠打起。却是寶珠輸了。寶珠笑道。賽兒的話不訛。你那一隻西樓記的樓會你不是會唱的麼。愛儂點首。寶珠道。單說慢整衣冠步平康的一段兒你便明白了。平上入三聲在曲子上面唱起來。都作平聲。你唱那整字可不是唱做之英二字的切音。愛儂辨了辨道。是呢。寶珠道。可不當做平聲。以下的幾斷腸的幾字。度短牆的短字。都是如此。以外凡是曲子的水字。淺字等。都是拿上聲作平聲的。從沒有一個誤做上聲。至於入聲。作平聲呢。那西廂記上的肉字。讀做時乎二字的切音。玉字月字都讀。做於字的樣兒。那可以曉得凡是入聲都作平聲。獨有去聲是破口而出。高舉直揭。迥然的不同。所以詞曲家把個去聲字看得極重。有一定的用處。有不能不用的地方。也有萬用不得的地方。若把該用去聲的地方用了上聲入聲那調子便提不起不該用的地方用了那腔子使調不圓來了說的賽兒和柳夫人都擊節稱說講的透澈獨有愛儂還要問道那麼照這樣說來填一句詞曲兒字字都要去細細辨過那如果打一部傳奇可不就要打了一生一世還怕打不及呢說的大家笑了寶珠道凡是會得一點子絲竹能讀幾句詩詞的就不用逐字辨去只要自己讀着順口沒有拗口兒捩嗓子疊牙兒搭舌兒的毛病就到了正好的地步再細細咀嚼去也不會得不協律的愛儂呆呆的聽着寶珠兀自滔滔不斷却被柳夫人罵道這會子用什麼功你們愛講兩個兒慢慢地講去可不要來打斷了我的酒興婉兒咱們大家乾一杯子正是

莫倚高談驚四座　惱他多少向隅人

又教會了多少乖人

第七十八回

小兒弟有心營兎窟　老奴才無術補羊牢

却說愛儂正和寶珠談得高興。便任憑柳夫人和婉香等去鬧酒。自己只纏着寶珠。要他再講。寶珠見別人都吃着酒。在那裏說笑。便也不肯講了。說明兒再講。禁不得愛儂一味厮纏。因道。你回來問我大嫂子去。他比我還講的透澈。愛儂見寶珠無心對付自己。便扯扯賽兒的衣角。要他同去。賽兒不肯。愛儂等不得。便趁柳夫人不留心着。回到西正院去。見藕香正忙着沒空兒講話。便自回到小桃花館。看見玉簪。便要他唱曲子。自己拿一枝笛兒吹。將起來。玉簪見他有了點子酒意。因道。吹笛子傷氣的呢。愛儂搖首兒道。我恨的七個調子。總翻不轉來。你教我吹。玉簪道。這會子奶奶喊我呢。我去了來。說着便走向西正院。見藕香

玉簪講話煞是伶俐可人其意若曰只怕姐兒不聽便奶奶也沒法呢況乎咱們了頭

正和沈順家的講話。藕香見玉簪來了。因道。你到我房裏去等一會兒。玉簪答應着。便進房去。見翠鶯站在賬桌旁邊。看一張帳兒。玉簪道。姊姊忙呢。用得着我來帮你嗎。翠鶯見是玉簪。因道。奶奶等了你半天。怎麼纔這會子來。玉簪未及回答。藕香已進來了。笑道。我喊你也沒什麼事兒。賽兒今兒已改裝過了。他回來。你們總贊他。說好明兒。不要又老樣兒。要是他仍改了老樣子來。仔細你們的嘴巴子。玉簪笑道。奶奶要姐兒怎樣。還怕姐兒不依麼。不過咱們配不上講話。要是姊兒不聽咱們的話。不是苦了咱們的皮肉。翠鶯笑道。放心呢。照你這樣可人意兒。奶奶捨得打你。藕香也笑了。道。你們最愛湊姐兒的趣。他說好便好。說不好。便是好也不敢說。好。我今兒吩咐你。你便看着他改了。不好也只說好便罷了。奶媽有了年紀。癡騃騃的婆子氣。你也吩咐他一聲兒去。

我正想問

這單子是給賽兒新做的衣服不要做了。又沒人穿。玉簪笑道。要是姐兒不愛穿時倒僥倖了咱們丫頭們呢。藕香因問翠鴛道。這丫頭今兒撒嬌呢。快還不替我擰他的嘴。說着笑了。忽又想起一件事來。忙道快看沈順家的去了沒有。外面小丫頭早接聲兒叫着沈順家的。玉簪見沒甚話說。便自退了出去。你道藕香這般忙着是爲了什麼。原來這一日秦文偶從湖上回來。路過大街。見臨街一所大洋樓。點滿了五色珠燈。樓上絲竹之聲。洋洋盈耳。心裏只當是一爿茶店。及細看樓下匾額。題着觀海堂三字。裏面燈火通明。照耀如同白晝。却是滿架的圖書。是一爿書店。滿地擺列着許多玻璃寶籠。不知是些什麼。因便叫轎子歇下。踱將進去。早有一個少年出來招呼。秦文看他是個念書人的樣兒。因也點點頭。一面看那擺設的。都是外國文房器具。竟有好許多。叫不

老先生那裏認得這些

活畫一個櫃檯夥計聲口

出名目曉不得用處的。因順口問道。寶號是多早晚新開的。那人道。纔是禮拜一開的。咱們是專辦學堂裏用的東西。杭州還沒有第二家呢。秦文暗暗笑道。怪道有些古怪東西。我都認他不得。因道這些書籍想來都是外國書了。那人道是呢。英文法文德文日文的原本譯本。咱們這兒都有。凡是初小學堂起。到大學堂止。任是什麼應用的書本物件。咱們沒一件兒不備。便是醫藥堂。工藝學堂。該用的什麼藥品器械。也都有的。秦文四下裏看着。偶見有許多珍禽異獸和些蟲豸兒。都做得像的很。因道這頑意兒倒有趣。那人道這是動物標本。原是拿真的來剝製過了。便不會壞。你老要辦。這個價目可以格外一點兒。秦文笑道。我不用。這個但問問。瞧照這一個野鴨子要多少錢。那人道這是要全副買的。共是二百種的。只須一百六十兩。秦文不禁駭異。暗想照這樣

奇了正是出人意表

我也疑惑起來了難怪秦文

看來。這爿店的成本。可不輕呢。因問令東是那一位。那人道。敝東是此地有名的大家。便是學士街秦府。秦文吃了一驚。道你不要纏錯了。那人笑道。這那裏會錯。敝東本來是個鹽道。他不愛做。因爲現在學堂是國家最注重的。特地開這一爿鋪子來提倡提倡。秦文道。更錯了。秦府裏那有這種人。要是家人們頂名兒開的。那人道。不是不是。敝東便是東府裏的瓊二爺。剛剛還在樓上聽留聲機器。纔走了的。秦文聽得這話。不禁氣得滿臉鐵青。本待發作。復想和他們夥計有什麼話講。便立時上轎回府。一疊聲叫小廝們把秦瓊喊來。不道尚未回府。秦文無奈。回到東正院。便問袁夫人可曾曉得。袁夫人說並沒知道。又把漱芳去接了回來。問他也說不知。秦文倒疑惑起來。心想他開這店。既家裏人都不知道。又往那裏來的本錢。因叫沈藕香去查帳。藕香因着沈順家

原來大哥子接洽怪說怪說

現在的儀器館大都是這種做品一面賒了來一面却兜股子調度支呢

的把帳房裏的帳一併吊來。又叫往號裏去查過。秦珍也就同着進來。向藕香道。帳房裏和號裏。瓊弟都沒有支過錢。不過這一爿鋪子的情形。我倒有點子接洽。藕香道。到底是誰冒了瓊弟的名兒開的。秦珍道。冒名。倒也不是。你聽我細細的講給你聽。前兒魁弟到了東洋。他寫信給瓊弟說。要開這樣的一爿店。他在東洋朋友很多。什麼東西都拿得動。不必先付錢。只要賣出了。第二次拿現錢買去。就是不過他在東洋。只好管着進貨。這裏沒有靠得住的人替他開這鋪子。因教瓊弟給他料理。只算是兩個兒合股做的。其實大家都沒拿出本兒。瓊弟本在家裏悶的慌。橫豎不費什麼。落得借這一爿店。做個消遣地方。因就答應了下來。魁弟還派了兩個人來。帮着料理。纔幾天裏。開了起來。藕香道。那麼咱們老爺和大妹妹。都該知道的了。秦珍道。這件事。除了我。沒第

原來如此

二個接洽。便怕的傳到三老爺耳朵裏去討罵。其實照瓊弟和魁弟這樣年紀。既不出去做官。做點兒生意。也是該派。況且這種生意也不丟了什麽面子。三老爺急的便怕他們年紀輕。丟了本兒罷了。既曉得了。便直說也不妨事。藕香搖首道。這個萬說不得。三老爺生平。最不喜歡這些。若說了時。便活活的氣個半死。我想不如說別人的鋪子。不過請瓊弟在那裏帮帮筆墨的好。秦珍想了想道。也好。我明兒和瀘仙接洽一聲。只說是他開的就是。藕香道。還得和瓊弟打一個招呼。回來不要兩不對頭。秦珍點首道。我還會子便去。你且先回一聲兒三老爺去。藕香答應。兩人便各分頭而去。看官。你道秦珍這番話全是眞的嗎。天下那裏有不該一個本兒好做的生意。那些話不過騙騙婦人女子的罷了。少不得秦珍也有分兒在裏面。只是他兩弟兄爲了什麽忽然去開偏偏不肯一氣說了作者可惡。緊接七十七回不是突筆讀者須知。

這一片鋪子自必其中另有緣故。當時作者也猜不透。直到後來方才明白。如今也只好委屈看官暫不細表。不是做書的故意波折。實在那時候出來的希奇事體太多。不得不按下一邊。再說起一邊來。且說顧眉仙的老家人。叫做顧忠。年已望七。膝下單生一女。嫁在廣東。已經死了。只賸一個外孫女兒。叫做薛慧兒。他老子在日也教他讀幾句書。生得十分清秀。十七歲上。嫁了一個小家子弟。那人姓魏。叫做魏企仁。比慧兒長上一歲。他父親原是當跟班的。當時跟過一個出使日本的隨員。這魏企仁沒了娘的。從小跟在他父親身邊。便給隨員做個小廝。十四歲上。到過東京。住上三年回來。愛上了這個薛慧兒。便成了親。兩口子又同到日本進學堂去了。直到現在回國。因帶了慧兒來到蘇州。探望顧忠。此時顧忠住在鄉下。便是顧府的墳莊子上。本是僱人守着的。

只是坟樹的故拔並非別人砍的讀者須知

此番因眉仙回來祭掃。見坟上的樹木被人砍去了不少。因把管坟的人攆了。派這顧忠住在這裏。一來看守坟墓。二來也好料理見莊田上的租佃。這老人住在此地。只帶了一個乾兒子。叫做長壽的。給他做飯。此外的小廝們。一個也不帶過來。倒是清清靜靜在那裏享着閑福。這會子他外孫女兒和外孫女壻尋來。初見面幾乎彼此都不認得。還是薛慧兒原原本本提起些前事來。顧忠早喜的口也合不攏了。道我真老眼昏花。怎麼說只幾年不見。便會忘了自家的人。企仁道。那年帶着慧姐兒來。不是你老人家也不認識了。咱們總一輩子常在外面。到你老人家這兒來。你老人家總忙着府裏的事。只到咱們客棧裏轉一轉就去了。總算起來。還不曾有過一天半日坐在一處兒呢。怪不得你老人家。一下子認不得。顧忠捻着一把髭鬚。哈哈的笑着點頭不了。應問你們幾時回來。行李却丟在那裡。慧兒道。在閶門外客棧裏呢。我先教企仁到顧府裡門上。望你老人家來。誰知竟在這裡。顧忠道。那麼我喊長壽去客棧裡取了行李來。這兒不比府裏。你兩口子便住這兒也不打緊。兩人都說。今兒還回棧去。有許多事呢。顧忠見說。也就不再囉嗦。讓他兩個坐定。便叫長壽見過了企仁夫婦。出去打了兩壺好酒。弄些好菜。和他兩口子一桌兒坐下來吃。又問些近年的光景。企仁回說也混的過罷了。只是總受不起一個錢來做家。因此這番回來找你老人家。聽說蘇州的男女學堂開了不少。你老人家在這裡多年了。荐個巴教習。想總容易。顧忠連連搖首道。再也不要說起。咱們府裏自從三老爺在揚州故了之後。便賸下咱們一位小姐。從來不和親戚家往來。去年又嫁到杭州去了。府裏只賸我一個老朽。除了些佃戶租客之外。再也不會結交一個酒肉朋友。那些學堂裏人。我認識的雖有。還有咱們府裡小廝充着校長。不過他們見了我。便瞧不起我。說我是個老古董。老實說。我也實在瞧不起那些鬼精靈的小猴子。來說的慧兒笑了。因道。我從前聽說。大小姐長的和天仙似的。我却沒福見他一面。這會子嫁了那一家有福氣的郎公兒了。顧忠因把秦府上的履歷背了一遍。接着又嘆口氣道。再不想咱們顧府上。便會絕了。後若不是對了秦府的親。咱們小姐少不得招贅一個女壻回來。養下一男半女。給顧氏做個宗祧。如今嫁到秦府。他們也不希罕咱們府裡的家產。這念頭可不斷了。但願這回登着的告白有靈。能彀全哥兒回來。那就是邀天之福慧兒駭異道。全哥兒不是六七年前沒了的嗎。顧忠道。是雖是呢。但是也說不定。因把浣花的一番前事。講給他兩個聽。又說。你想想影姐兒面。咱們不知道。罷呢。慧兒呆呆的聽完。因道。這眞是吉人天相。世間難得的事。顧忠又說。此番眉仙轉來。本想把這裡的產業。變了。帶杭州去。因恐顧全還在世上。所以登這告白招尋。若是再過上一年半載。沒得消息。少不得要把顧氏的家產。併入秦府去了。那便只算偺們爺。爲人在世。替那秦府裡做了一輩子奴才罷了。說着。他一雙老眼。不禁弔下淚來。正是

能遇了。救過上這許多年。咱們家並不知道。就說不定。全哥兒。也在外

黃金作祟能爲患。　　白眼看人盡是癡。

第七十九回

鬼計多端桃僵李代　　人心叵測害命謀財

却說顧忠因講起老主人的家事。不禁大發牢騷。說個滔滔不斷。薛慧

老年人最喜背履歷講老話那知便是一個禍根

神情如繪慧兒竟是深心人

兒本是聰明絕世的人心裏忽有所感便乘着顧忠有些酒意掘根到柢問些顧府裡從前的歷史那顧忠正苦沒的講處便一直從頭自小兒進了顧府裡講起倒篋傾筐一直講到現在爲止他兩夫婦彷彿聽了一部大書直到天色將晚便告辭了他老人家回到客棧用過晚饍魏企仁早已倦了道今兒被你外公眞絮聒得彀了慧兒看了他一眼笑道照你這樣的嬾蟲又嬾又蠢怨不得一輩子沒出頭的日子企仁見他又埋怨自己便不多嘴寬了外衣歸自己鑽進床去睡了此時棧裡還十分熱鬧慧兒坐在燈下手裡捧一杯茶眼睛看着鏡子裡自己的影兒只顧出神聽企仁早已呼呼的睡去也不理會却把茶杯子放下用指頭蘸一點兒水儘在桌子上畫圈子畫了又畫描過又描心裏不知盤算些什麼忽而自己吃了一跳回過頭去却沒得人聽聽棧裡

的人已都睡靜便掩了房門遮上窗帘寬了衣服脫了鞋兒鑽進床去把企仁推醒了道不要痴睡我和你商量一件事企仁醒過來擦擦眼睛道好人你這會子纔來慧兒道不要鬼纏我和你講正經剛纔我外公講的話你多記得麼企仁笑道人家的事干我什麼慧兒道我和你要過好日子便在這一席話上企仁笑道這話我不懂慧兒把他臉上很很的擰了一下道蠢蠢蠢蟲企仁猛然省悟道好人眞是鬼精靈似的我想到了你不是叫我去冒講到這冒字慧兒早把一手握住了他的嘴忙走下床去看一看門窗關的正好又側耳聽聽隔房都是鼾聲纔放下心重又上床却早被企仁摟在懷裡道好姐兒我這會子想來正是一個好機會兒慧兒忙道幽雅點兒好雖好偺們還得細細的商量個萬全之策偺們睡着慢慢兒計較兩口子因便一枕兒睡下慧兒

活畫一個深心人

道你前年到府裏可有人見到你過企仁道我和你外公是在路上碰到的別人都沒和我打過照面不過這件事只怕你外公不肯做慧兒道那自然他怎麼肯和偺們打通一氣不過這事兒也不急他是望七的人了少不得過上十年五載要久別的了那時候咱們再出面回來便萬分妥貼如今只要想個法子從遠處放個風兒到兩位小姐耳朵裏去種一個根子着那結果收成放在後頭也不打緊企仁呆呆的想着一件事慧兒講到後面他竟沒有聽見慧兒見他不答因道怎麼又發呆了企仁忙笑道沒有什麼沒有什麼我想他那兩位小姐難道會認不得他兄弟慧兒道這一層毋庸慮得如今已隔上六年了那全哥兒是十二歲上沒了的便是眞個活着今兒回來也不免認不得了呢並且大小姐是從小兒在廣東直到大老爺死了之後纔搬回蘇州來

那全哥兒已是死了不曾見面便是二小姐也從二老爺去世之後只和三老爺合住了三個多月過了百日便到盛府去了隔過一年回來同出船去便翻了江裏連貼身婆子丫頭們也都翻了還有誰認得出眞假來不過第一件事要把顧府裡的家事早晚記在心裡能彀隨口兒背得上方不會露了馬脚所以我想打明兒起我便去外公那裏住上幾天要把全哥兒小時候和兩個姊姊們在家中的舉動言語也打探一點兒放在肚裡方好企仁道這個不妥當他那裡還有人着回來認熟了你倒又添上一層障礙如今我且問你一句要緊話到底顧府上有多少的財產回來不要値不得我一番舉動慧兒道現錢呢我不知道單論田產你昨兒不聽我外公說有百巴萬嗎企仁道那麼三股分來就有上三十多萬慧兒道有了兒子那裡還派女兒分得好在他

老輩手裏本末分過將來誰好講這一個分字企仁不禁笑道看你不出竟是打着如意算盤呢也說得是本來沒有放着兒子再準女兒承襲家產的例不過他家裏三位老爺的名字和太太的母家姓還有什麼人祖宗坟墓又在什麼地方葬着的是什麼人都派源源本本打聽一個仔細慧兒道所以我說要到外公那裏去多住幾天纔好明白你說又怕人認熟了企仁道我又想過了來他那裏不過只有一個長壽將來也容易打發的明兒我便和你同去也好慧兒應允當晚夜已深了兩人各在枕上思前想後的想了一番各自睡去到了次日他兩口子便襆被到了顧忠那裏住下少不得說長道短一個說的無心兩個問的有意不消幾日竟已全神在握那顧忠的乾兒子長壽本是芝珊的小廝生得十分伶俐因此顧忠認他做了乾兒當初芝珊給他一個

體貼一般女學生心理亦是無微不至

了頭。做了妻子。後來他那妻子。有了外遇。活活的被長壽逼着死了。所以也看破了。不願意再娶。直到如今三十多歲了。還做着鰥夫。這會子慧兒到來。見他出落得和畫上的美人一般。心中不面歆羨。慧兒又稱他做母舅。頗形親熱。他自然骨頭兒也輕了一半。因看慧兒面上和魏企仁也十分投機。那魏企仁是走過道兒的人。知道長壽這人容易結交。有心要用着他。便任憑他和慧兒去親密。慧兒是出過洋的女學生。本來不在形跡上講究。見長壽愛着自己。越覺得自己的面貌超羣出衆。纔會教人傾倒。益發放出手段。牢籠長壽。居然把他這人玩弄在股掌之上。凡是慧兒講一句話。長壽便如奉了聖旨一般。慧兒見火候已到。便把自己想做的那件事兒告訴長壽。又說將來做到那個地步。偺們便好一輩子住在一起。包管你後半世的受用不了。長壽驟聽之下。

愕呆了半晌後來想想不禁笑了起來道果然好主意包充得過去只是這老頭子精神正好那裏便會死去日長久遠的等着倒叫人不耐煩呢慧兒笑道終不然把他謀死俗語說的好有心不在遲欲速則不達我這會子告訴你不過教你做個內應把些田房產地留心記下一等老兒轉背你便趕緊通個信兒給我我便好同着那一個轉來長壽耳朵裏聽着心裏却只自轉念頭因道你兩個不等在這裏嗎慧兒笑道這那裏有日子好等的我打算明後兒仍和企仁往日本去聽說秦寶珠的小舅爺葉魁在着日本偺們只要碰到葉魁提起自己本來姓顧十二歲上赴揚州去時翻了船落水遇着姓魏的救起做了兒子帶到日本來住到如今因爲家中只有兩個堂姊本來不甚相得一個已是同時落水死了一個又在廣東不知下落所以不想回去照此講給

企仁亦是知趣人

葉魁聽了。少不得便會通知寶珠去。等他們來信叫偺們回國。偺們只說不願意去。仍自住在日本。那時他們知道全哥還在。自然不敢動那家產。便要動時也得留起一股。偺們只要等到老兒轉背。回來享受就是。你說好不好。長壽笑道。好果然好。只不知道等到幾年。這會子你那一個那兒去了。慧兒道。他見你來了。大約到老兒那邊去呢。長壽便自走去找那企仁。找着了。兩人同到竹園裏去。密談了一會。企仁答應他將來事成之後。把所得的家產。分給他三股之一。長壽滿口應允。卻要魏企仁寫一張字據。給他做個日後的憑證。企仁道。這個。那裏可以形諸筆墨。長壽道。那不行。回來我倒白費了心。沒一點兒憑據。我又怎麼信得過你。企仁想一想道。也罷。停會子我寫來給你。長壽道。說做便做。你快寫去。我到老兒那邊轉一轉。仍在這兒等你。企仁點首。便回到房

內。見慧兒不在。便寫了一紙。袖好走到竹園。長壽已等着了。便伸手討來。看他寫着是

立證券顧全。予自髫齡。沈舟獲救。改姓魏氏。賴我同志扶助一切。致有今日。歸宗顧氏之後。願以承襲所得財產。割三分之一。畀我同志。以資報酬。倘食斯言。有券爲證。

長壽笑道。這是。代。全。哥兒。出的。那裏。是。你的。企仁也笑道。我若。不。做了。全。哥兒。時也。沒得。什麼。財產。好分。給你。吓。長壽想想也是有理。便摺好了。謹謹。愼愼。塞在褲帶上的袋子裏面。因悄悄的道。話雖如此。到底該怎麼一個下手。沒得形跡。企仁。四面張了。一張。見沒人。因低聲道。你可萬。不。能。對。慧。兒講。明長壽道。我曉得。我曉得。你放心。企仁因左右。張。望。了。一。望。把。長。壽。扯。到。牆。角。邊。叫他。附。耳。過。來。道。我明。兒。帶了。慧。兒。便。走。

> 惟出過洋的學生乃有此種學問乃有此種手段

我到了上海。寄一瓶子東西給你。那東西叫做燐。是浸在水裏的。若出了水。遇了空氣。立時便會發出火來。你用一個大點兒的紙蓋子。裏面盛了水。把燐倒在水裏。放在老頭子的後房草堆裏。你便自己進城去。等到晚頭火着了起來。誰還想得到你。只是一層你要記着。你要到上燈邊纔好把水盛在蓋子裏去。不然怕滲漏的太快。你放這蓋子到艸堆裏去。要把蓋子着地。上面蓋草。方不滲濕了誤事。長壽領會。纔問道。這個法子我想不妥。萬一白燒了房子。老兒倒不曾燒在裏面。反鬧的驚天動地。並且把付老骨頭葬在火裏。也不免有點兒問心。不過能穀怎麼樣教他一無痛苦。和睡着了去的一般方好。企仁想一想道。那也有一種藥。便是外國醫生用的迷藥。叫做哥羅方。多嗅了便會迷過去回不轉來。長壽道。那麼用這個法子好。企仁點首。兩人就此議定。正是

科學昌明添虎倀　家庭危難出鳩媒

第八十回

顧長壽迷魂破鬼計　李冠英仗義斷官司

却說魏企仁和長壽計議停當。次日便和慧兒告辭顧忠。逕自去了。臨行。慧兒不免有些戀戀。顧忠還教他改日再來。只有長壽和企仁兩人心中暗暗好笑。以爲再來時。只怕你老人家已經投了胎呢。顧忠那裏夢想得到。見他兩小夫婦去後。依然享着他的閒福。獨有長壽。眼巴巴的盼着企仁寄東西來。又怕接在老兒手裡。每日總到門首盼望。這一日。居然被他盼望到手。看是一個極小的玻璃瓶子。裝潢得極爲華麗。仔細一看。却明明是個玫瑰香水瓶兒。面上還貼着一朶玫瑰花牌子。向塞子邊聞聞。竟是玫瑰香氣。不禁跌足道。誤事誤事。這個定是拿錯了。慧兒的香水寄來那裏是什麼迷藥。若是迷藥。我聞着那有不頭脹的。道理這眞正是誤事。繼而又笑道。管他呢。他送給我一瓶兒香水。我也落得受用。這香氣不是和慧兒身上的一樣。我聞到這個氣味。我心裏便好像心花兒一朵朵的開了似的。我拿去藏在枕兒邊。倒有趣兒想着。便自回房。心裏又胡思亂想了一會。繼而忽又疑惑起來道。說不定就是迷藥。但是迷藥又不該聞着毫不覺得。光景隔着塞兒聞的緣故。我想企仁說。聞多了纔會回不過來。那麼我如果稍微聞一點兒。便眞是迷藥。也不過打一會兒磕睡。有什麼要緊。想到這裡。便把塞子打開。先遠遠的嗅一嗅。竟是香水。便把鼻子湊近去再嗅一嗅。愈覺得眞是香水。一毫也不覺得。不禁笑了起來。仍把瓶子蓋好。推過一邊。站起來。却不妨一個頭暈。栽倒地板上去。只一聲響。顧忠當是什麼。忙進來

竟是受了催眠術的神景不知如何體會出來

看時。兒是長壽跌了。忙去扶他。那裏扶得起。向他臉上一看。兩個眼珠。兒。呆在中間。好像沒了光的。一般。嚇得顧忠只當他着了邪魔。忙向長壽耳邊叫道長壽。你怎麼了。禁這一問長壽竟似中了催眠術。一般只見魏企仁在自己面前問他因道。你怎麼寄錯了。一瓶子香水顧忠看他神色不對。當是見了鬼。又問道。你和誰講話呢。你講。的我。不懂長壽。還。當企仁。問他因發急道。怎麼說不是你教我拿迷藥迷殺那老頭子。嗎顧忠益發駭異道。誰教你謀殺誰長壽。眼裏忽然。換了。一個慧兒問他。因答道慧兒。姐你不。知道呢。你企仁。和我講好的。謀殺。你外公得了。全哥兒的產業分給我。一股呢顧忠聽見這話，好似當頭一棒忙道你這。話。從。那。裏。講。起。長。壽。還。只。見。是。慧。兒。問。他。因。道。你。不。信。我。有。企。仁。親。筆。寫。的。筆。據。呢。我。拿。給。你。瞧。說。着。竟。自。伸。手。向。褲。袋。裏。掏。出。那。張。證。券。

疑是祖宗附着說話老頭子確有此等心理

來。向。空。亂。塞。顧忠接來一看。眼見。得。不。是。囈。話。分。明。顧。氏。祖。宗。附。在。他。身。上。不。禁。跪。在。地。下。叩。頭。不。迭。長壽還自喃喃道。這。會。子。你。可。信。了。不過。不。把。老。兒。治。死。了。他。活。着。總。不。方。便。顧忠聽說這話。打一個寒噤。厲聲。道。你。這。喪。天。害。理。的。畜。生。這。主。意。到。底。是。誰。起。的。此時長壽忽換了幻。象。見是一位金甲神人。手擎着巨斧。向他喝問知道。欺瞞不。過。便抖索。索。的。從。頭。背。起。一。絲。不。漏。看。官。你道眞是菩薩祖宗顯了靈。嗎。原來不是大凡一個人着了迷。他那神經便失了感覺。任你用刀子割他。也不知道疼痛。只是向他耳邊去。講不得話。若是講了。什麼。他眼前。便。幻出。什。麼。景。象。有。時。一。個。人。在。病。中。發。燒。得。利。害。的。時。候。也。是。如。此。日本有一種催眠術。却不用藥。拿一個小球杆兒。放在人的眼前。叫他注眼看。着他把這球兒漸離漸遠。那人的眼光也跟了遠去。一時也會迷了過去。迷了之後。問他什麼。他便會盡情對答。把心裏所想眼前所幻的。都講了。出來這是心理上的講究。顧忠那裏曉得。還道祖宗菩薩顯靈。只把長壽和企仁兩個。恨入骨髓。又想長壽竟忍心害理。想謀死自己。益發恨如切齒。當叫幾個佃戶到來。把長壽用根繩子綑起。自己拿了那樣證券。投報吳縣衙門裏來。那吳縣不是別個。便是李冠英。聽得這等的事。駭異到了萬分。立即升堂。先把顧忠傳上來問過。顧忠說明就裏。又把魏企仁寫的證券呈上。冠英看了。便叫站堂的。用冷水噴醒了長壽。帶上來問。長壽猛醒過來。好似做了一場怪夢。眼見得兩旁站着衙役。上面坐一個官兒。旁邊還站着一個顧忠。不禁吃了一驚。自言自語道。難道還在這裏做夢。那兩旁衙役。早喝起一片聲堂威。上面李冠英。把驚堂一拍。道這混帳東西。先帶下去。打了再問。早聽兩邊差役應

活畫前清堂判時局面

兩腿上嘗着這稱滋味作者如何也體會得出來一笑

一聲喟閃出兩個人來一把揪下堂去到川堂下撳倒一個擰着辮子一個按住腰脊兩個刑杖蹲在兩邊一十二十的打了起來打的長壽叫痛不迭兩腿上好似雪片兒黏上一般又冷又熱一會子堂上叫放上來那刑杖手還很很的添上兩下方住了手長壽站起一手塞着褲腰一手揮着眼淚一蹺一拐的走到堂上跪下李冠英把那張證劵擲下去給他自看因道你把你和魏企仁怎麼商量怎麼圖謀你寄父的一一的照直供來倘還敢狡賴一字半句再仔細着你的皮肉長壽眼見得事已敗露便一五一十的直供不諱招房一面錄了口供李冠英道你和魏企仁怎麼樣約着叫你寄信到那兒去通知長壽道原約慧兒約在日本東京村上旅館裏的後來企仁改在上海虹口百來旅館裏等信冠英道你知道這個罪名嗎你現在還算是下手未成的從犯

那造意的首犯便是魏企仁如果魏企仁走了你就沒處推諉少不得首犯就是你了我如今把點子恩典你你快寫封信兒只說你寄父已經死了教他轉蘇州來長壽道這個使得但是企仁原說得了我的信仍要往日本去轉了纔回來的。因把他們想從葉魁那裏繞個道兒的意思說了。冠英點點首。因道。那也另有個辦法值堂的你把那證券附了卷。把長壽帶去收監。左右答應一聲。早呈上一塊監牌。寫好長壽的名字。冠英就標上硃。一面提牢房早把長壽上了頸鍊。一手接了監牌。一手牽了長壽下去。冠英又叫值日差隨同顧忠去把那藥瓶取來存案。當下退堂進去。先到書房裏和白劍秋講了教他辦一角關提文書。去到上海提那魏企仁。薛慧兒兩個劍秋領命。冠英便到上房裏來。將這番怪事告知他夫人白素秋。素秋聽的呆了。說天下竟有這種險詐的。事要不是長壽自家敗露。那顧忠的性命。怕不早結果了。冠英道。這也是顧府上謾藏誨盜的緣故。兩位姐兒既然都已嫁了杭州去。就早該把這裏產業。分析了妝併過去。那全哥兒再也不會得還在人世。這回子忽然登起招尋的告白來。分明引鬼揶揄。招人覬覦。我想蘧仙和寶珠。都還有些孩子氣。幹不了正經。這件事。總得文老和沈左老兩個作主。索性給他分作三股。一股留着做了顧氏的祭產。兩股給他兩姊妹兒分了的妥當。將來眉仙和浣花。誰先有了孩子。把一個做了顧全的後人也就罷了。素秋道。早該如此。只因眉仙和浣花兩個。都不肯自已出主。蘧仙和寶珠。又不便啓齒。所以大家都氷擱着。你既有這個意思。好在眼前出了這一番亂子。你便寫封信去。給文老爺和沈左襄商量。也是該派。算不得好管人家的閒事。冠英點首。便自到簽押房去寫信。加上馬封。着人送去。一面把顧忠傳來。說知此意。顧忠甚合己意。忙跪倒地下叩頭。說替先老爺叩謝。顧氏有後。都是大老爺的恩典。所賜回去便把一應田房產地。開下清單。呈送到案。不多幾天。魏企仁和薛慧兒都已關提到來。過了一堂。人證確鑿。也抵賴不去。冠英便和劍秋商量。錄供通詳。一面秦文和沈左襄信轉。都說請冠英替他們作主。無不樂從。當下冠英便教劍秋一併敘入詳稿。劍秋答應。自去起草。次日送給冠英看時。只見上面寫道。

爲詳請事。案據顧忠報稱。伊幼主顧仝。於十二歲時。乘倪錦福船前赴維揚。途次翻舟被難。曾在吳縣報存有案。卷查屬實。迄已七年。杳無踪跡。伊主芝珊等兄弟三房。長次兩房並無子嗣。長房一女。嫁歸秦氏。次房一女。嫁歸盛氏。三房一子。卽顧仝。所有祖遺產業。向未分析。已嫁二女。凝念顧全或在人世。爰一面登報招尋。而以所有財產。悉交顧忠管理。詎顧忠有外孫女薛慧兒。起意圖財。教令其夫魏企仁。冒爲顧全。轉恐顧忠義不肯爲。串同顧忠之義子長壽。令其下手毒斃顧忠。並由魏企仁預用顧全名字。出立證劵。允許長壽於事成之後。分給財產三分之一。事經顧忠察破扭送。長壽前來。訊供不諱。續提魏企仁薛慧兒到案。質訊證劵筆跡分明。毒藥現在。亦各不諱。據此魏企仁爲造意首犯。照謀殺人已行而未曾傷人例。擬徒三年。長壽擬照爲從例。處十等罰。薛慧兒擬照詐教誘人犯法例。與魏企仁同罪。至薛慧兒供稱祗圖謀財。未圖害命。保非狡辯。是以未敢任聽避就。擅爲出入。除暫一併收禁外。所擬是否有當。理合具詳。呈乞察奪。批示施行。再查顧氏譜

詳文簡賅
老到非新
輪手不辨

牒。並無同宗昭穆。周親支屬人等。堪爲應繼。照例戶絕財產。果無同宗應繼之人。應由所有親女承受。顧忠以危難身經。不敢再任保管之職。經知縣商同二女夫屬嗣後二女孰先得子。即以承繼顧全爲嗣。現將所有財產。劃分三股。以一股提爲顧氏祭產。將來由顧全嗣子承受。餘則二女各得其一。俱經各該夫屬。允願取結備案。合併陳明。爲此具詳伏乞照詳施行

冠英看了。說照這樣詳出去就好。不過薛慧兒的罪名重了一點。劍秋笑道。還輕呢。若擬重一點兒便是絞罪呢。照這樣還是咱們積的陰德一個女孩子家起這麼一個隱謀鬼計簡直是死有餘辜所以遇到這種上面便不能還存起一個憐香惜玉的心來冠英不禁笑了。便叫劒秋發房寫去顧忠聽得長壽只擬了一個十等罰自己外孫女兒倒徒

衙門裏能走太太的路事無不濟

一經改引輕重判然刑名家出入人罪眞可以意爲之然而現在新刑律亦何獨不然可勝浩嘆

上三年不免有些不平便鑽條門路進去求太太作主素秋本在二堂背後暗地見過慧兒長得怪可人憐的因便替他和冠英說了冠英原有此意因被劍秋嘲笑過幾句不好意思親口講去只叫素秋和他哥子自講果然太太的話靈劍秋就把慧兒科了個不應爲的重律處八等罰把長壽改重了些比照用毒藥殺人買而未用的例也徒三年便裝成宗卷出詳定案正是

世事但憑反覆手　美人都有愛憐心

終

版權所有

中華民國六年四月再版

淚珠緣五集
（每部一册）
定價大洋三角

著作者　天虛我生
校閱者　鈍根
發行者　中華圖書館
印刷者　中華圖書館（上海新閘路中　電話一三三）
發行所　中華圖書館（上海棋盤街中　電話二四五九）
代售處　各省大書坊

民国首版学术经典丛书第一辑

留欧外史（第一辑上编）/ 黎锦晖
清代学术概论 / 梁启超
中国目录学史 / 姚名达
理学纲要 / 吕思勉
中国殖民史 / 李长傅
白话本国史（四册）/ 吕思勉
近代中国留学史 / 舒新城
五十年来中国之文学、论文杂记 / 胡适、刘师培
历史研究法与中国文字变迁考 / 吕思勉
苏曼殊年谱及其他 / 柳亚子
中国商业史 / 王孝通
妙峰山 / 顾颉刚
中国文字学史（上下）/ 胡朴安

民国首版文学经典丛书第一辑

新月诗选 / 陈梦家
火灾 / 邱东平
我们的六月 / 朱自清
红的天使 / 叶灵凤
红雾 / 张资平
未完的忏悔录 / 叶灵凤
生死场 / 萧红
云游、志摩的诗 / 徐志摩
徐志摩选集 / 徐志摩
休息、给予者 / 王实味、欧阳山
迷羊 / 郁达夫
第七连 / 邱东平
弘一大师永怀录 / 弘一大师纪念会
石门集 / 朱湘
飞絮 / 张资平
鲁迅杰作选 / 鲁迅
胡适留学日记（四册）/ 胡适

民国首版学术经典丛书第二辑

东西文化及其哲学 / 梁漱溟
印度哲学概论 / 梁漱溟
中国历史研究法 / 梁启超
中国历史研究法补编 / 梁启超
中国小说史略 / 鲁迅
汉晋学术编年（四册）/ 刘汝霖
淮南鸿烈集解（上、下册）/ 刘文典
近代中国教育史料（四册）/ 舒新城
人生哲学（上卷）（上、下册）/ 李石岑
太炎文录续编（上、下册）/ 章太炎
中国百名人传（上、下册）/ 陈翊林
中国画学全史（上、下册）/ 郑昶
中国女性文学史（上、下册）/ 谭正璧
中国哲学史大纲（上卷）/ 胡适
中国文化史（上、下册）/ 柳诒徵
经学教科书 / 刘师培
中国学术史讲话 / 杨东莼
穆天子传西征讲疏 / 顾实
中国伦理学史 / 蔡元培
宋学概要 / 夏君虞

民国首版文学经典丛书第二辑

中国新文坛秘录 / 阮无名
曼殊六记 / 苏曼殊
英兰的一生 / 孙梦雷
一叶 / 王统照
新生代 / 齐同
二月 / 柔石
丽莎的哀怨 / 蒋光慈
苔莉 / 张资平
古庙集 / 章衣萍
海滨故人 / 庐隐
呼兰河传 / 萧红
公墓 / 穆时英
秋风集 / 章衣萍
囚绿记、龙山梦痕 / 陆蠡、徐蔚南
愤怒的乡村 / 鲁彦
泪珠缘（五册）/ 陈蝶仙
春醪集 / 梁遇春
缀网劳蛛 / 落华生
旧梦 / 刘大白
漩涡里外 / 杜衡
都市风景线 / 刘呐鸥
山野掇拾 / 孙福熙
西北远征记 / 宣侠父
花之寺 / 凌叔华
爱眉小札 / 徐志摩
怀旧集 / 柳亚子
音乐会小曲 / 陶晶孙

图书在版编目（CIP）数据

泪珠缘 /（清）陈蝶仙著 . —上海：上海科学技术文献出版社，2015.2
（民国首版文学经典丛书 . 第 2 辑）
ISBN 978-7-5439-6477-8

Ⅰ . ① 泪… Ⅱ . ①陈… Ⅲ . ①章回小说—中国—清代 Ⅳ . ① I242.4

中国版本图书馆 CIP 数据核字（2014）第 299829 号

责任编辑：张 树 李 莺
封面设计：周 婧

泪珠缘（一 ~ 五册）
陈蝶仙 著
出版发行：上海科学技术文献出版社
地 址：上海市长乐路 746 号
邮政编码：200040
经 销：全国新华书店
印 刷：上海中华商务联合印刷有限公司
开 本：850×1168 1/32
印 张：32.75
版 次：2015 年 2 月第 1 版 2015 年 2 月第 1 次印刷
书 号：ISBN 978-7-5439-6477-8
定 价：186.00 元（五册）
http://www.sstlp.com